AF296897

A. VIALON DEL.   J. GUILLAUME SC.

On trouve encore dans les bureaux du Siècle

HISTOIRE DES DEUX RESTAURATIONS (DE 1813 A 1830), par M. ACHILLE DE VAULABELLE

Huit volumes in-8°. —Prix : 40 fr., et 20 fr. seulement pour les abonnés du journal le Siècle.

HISTOIRE DE LA RÉVOLUTION DE 1848, PAR M. GARNIER-PAGÈS

Huit volumes in-8°.— Prix : 40 fr., et 20 fr. seulement pour les abonnés du journal le Siècle.

Ajouter 50 c. par volume pour recevoir *franco* par la poste.

Afin de faciliter aux abonnés l'acquisition de l'un ou l'autre de ces ouvrages importants, il leur sera loisible de se les procurer par parties de 1 volumes chaque, au prix de 5 fr. pris au bureau, et de 6 fr. par la poste.

𝕰mmanuel 𝕲onzalès

LES

MÉMOIRES D'UN ANGE

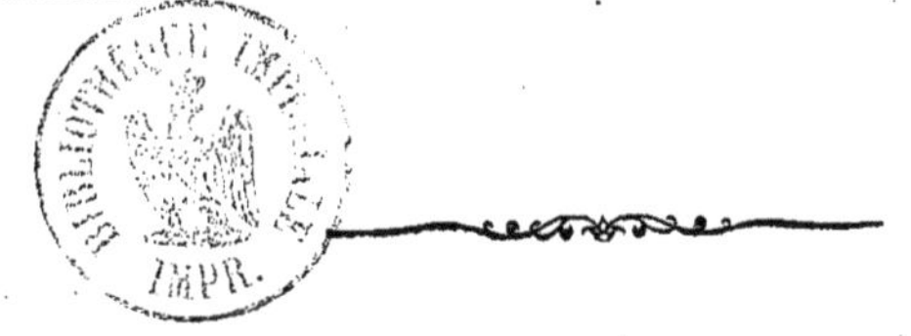

PREMIERE PARTIE.

ΕA FILLE DU CONVENTIONNEL.

I

LE SECRÉTAIRE INTIME.

on pauvre Gabriel, je vais donc te laisser à la mer-
e cette mer pleine d'écueils et d'orages qu'on appelle
onde, et dont je voulais te sauver en te gardant tou-
s sur mon sein, en te faisant humble et petit, en t'en-
issant comme un trésor précieux dans ce village igno-
Hélas ! la destinée a été plus forte que moi. C'est en
que j'ai voulu creuser un souterrain pour y empri-
ner ou plutôt pour y cacher notre vie à tous les re-
ds. Quand l'aiglon a une seule fois entrevu le ciel
isparent, il veut s'élancer dans l'espace, et ne baisse
sa fauve paupière devant l'éclat du soleil Dois-je te
ouer ? après tout, je suis fière de ta résolution. Une
re est toujours femme, et elle ne peut s'empêcher d'ê-
flattée par le démon de la vanité dans son amour
r son fils. Seulement, il me vient maintenant au cœur
grande crainte. Je t'ai élevé pour la solitude, Gabriel ;
as grandi dans l'ignorance des choses de la vie ; tu as
u dans ton âme avec la prière et l'amour, mais ton
rit est novice et sauvage comme celui d'un enfant. J'ai
t une grande faute, j'ai commis un crime peut-être ;
je devais penser que je ne vivrais pas éternellement,
qu'au jour où le guide de ta jeunesse te manquerait,

tu serais comme un hôte étranger au milieu des hommes
et qu'ils ne voudraient peut-être plus t'accueillir en fre-
re. Toi, digne de vivre auprès du trône de Dieu, mêlé
aux immortelles phalanges du ciel, tu pourrais périr de
lassitude et d'humiliation sur le seuil d'un paysan, et
maudire alors le nom de ta mère. Gabriel, pardonne-moi !
Cette heureuse ignorance, que je rêvais pour ta vie isolée deviendrait un danger et un vice pour ta vie active.
Tu irais, poitrine découverte, comme une dupe héroïque,
au-devant des lâchetés et des hypocrisies félonnes du
monde, et j'attendrais, moi, qu'on te rapportât blessé sur
ton bouclier. Non ; je serais coupable de ne pas t'instruire, de ne pas t'éclairer du peu que je sais sur cette terrible et difficile science de la vie. Je dois redresser ta jeune intelligence éblouie et faussée par des fantasmagories
idéales. Dans le monde, tu trouveras plus de ronces héris-
sées sous tes pas que de fruits d'or se balançant sous tes
lèvres. Ici, tu as eu le grand malheur de vivre matériel-
lement avec des paysans sournois et grossiers, et en rêve
avec des demi-dieux dont les vertus chimériques ont tourné
ton enthousiasme en exaltation ridicule et creuse. Il est
donc temps de déchirer le fatal rideau qui te cache la vérité, et de montrer le miroir où se reflète la face positive
et vraie de la vie humaine. Ce n'est point, du reste, en
professeur que je t'ouvrirai les portes de mon cours ; je
n'entends rien aux démonstrations scolastiques, et l'E-
vangile a toujours été mon seul code de morale ; ce que
tu vas lire au bout de ces lignes, c'est tout simplement
un secret de famille qui peut te servir en même temps
de leçon d'histoire. Seulement ne méprise pas trop, dans
la loyauté de ton cœur, les hommes que je vais te faire
connaître, quand tu verras dans leur âme le levain de
cette perfidie haineuse que tu reproches à nos paysans ;
la trahison se cache mieux sous des formes qui ne devraient appartenir qu'aux archanges de Dieu. Que ce triste récit t'apprenne à marcher toujours droit et franchement dans la ligne du devoir et à ne te jouer jamais de
l'amour d'une femme, car c'est là un trop sanglant holo-
causte pour pouvoir espérer le pardon du ciel. Si ton o-
reille est toujours ouverte au cri de ta conscience, le bon-

heur descendra sur toi, et le baume que la religion versera sur tes plaies les guérira toutes, puisqu'elle a pu endormir le remords de mes fautes et me permettre de vivre pour toi.

Cette histoire me paraît déjà bien vieille. Il me semble que la chaîne de fer des années s'est magiquement détendue pendant longtemps, ou que je suis restée engourdie dans un sommeil sans rêves, et je m'étonne de n'être pas à cette heure décrépite et ridée, la figure jaunie, le corps brisé et ployé sur un long bâton. C'est que tant de jours ont passé depuis sans que les voiles funéraires de leurs brouillards ou les flots de lumière de leur soleil aient lavé sur mon cœur la tache de la honte ; sans que mes prières aient pu détacher de mon front cette inexorable couronne d'épines que le malheur y a plantée ! O jours douloureux, consumés dans le travail et les larmes, et que j'ai comptés minute par minute aux battements de mon cœur, chacune de vos heures m'a été versée comme une goutte de plomb par la main de Dieu !

Si tu savais, mon Gabriel, comme je tremble et je rougis de te faire le terrible aveu qui frissonne au bout de ma plume. C'est qu'il me faudra baisser désormais les yeux devant toi, mon enfant, et que c'est là un bien épouvantable sacrifice, vois-tu ? le plus épouvantable de tous, que de se condamner soi-même au mépris de son enfant. Mais je dois accepter sans peur toutes les humiliations et ne pas arrêter lâchement le bras prêt à laisser tomber sur moi la pierre de l'opprobre. Tu sauras tout, Gabriel, et peut-être auras-tu plus de pitié et de pardon dans l'âme pour ta mère qu'elle n'en a trouvé pour elle-même dans son cœur.

Ton amour pour Juliette te fera mieux comprendre ma faute et mes douleurs. Car, sache-le bien, l'amour a passé dans l'histoire de toutes les femmes. C'est toujours là le crime ou la vertu, l'intrigue ou l'héroïsme de leur vie, le secret de leur pensée, la santé ou la maladie de leur cœur. C'est par l'amour qu'elles sont heureuses et par l'amour qu'elles sont malheureuses. Elles vivent par l'amour comme les fleurs par l'air et le soleil. La femme qui n'aime pas se flétrit au premier ouragan : c'est un être sans sexe qui n'a ni la beauté, ni l'esprit, ni la grâce de la femme. Elle porte un jupon, et voilà tout.

N'est-il donc pas juste, en effet, que les femmes trouvent un refuge dans ce doux tabernacle de l'amour aux heures où les hommes sont enrôlés au profit de la vie active et extérieure, de la vie civile ? n'est-il pas naturel que celles dont l'esprit n'est pas discipliné aux calculs de l'ambition et aux frénésies de la politique cherchent une compensation dans les tendres chimères de l'âme? Hélas ! quand j'étais jeune fille, on traçait autour des femmes un cercle de fer encore plus étroit qu'aujourd'hui. Esclaves indolentes, vouées au couvent ou aux plaisirs du monde, elles vivaient dans une odieuse ignorance. On cherchait à tarir en elles les sources de l'intelligence divine : la morale du temps défendait de leur apprendre à écrire. L'écriture, cette science perfide qui permettait à une femme de répondre aux billets doux, était proscrite, et la haine de toute science fêtée comme une vertu. A en croire les galants du jour, la moindre tache d'encre eût perdu de réputation les doigts blancs et effilés d'une jolie femme. L'époque allait éclater pourtant où mes sœurs ne s'effrayeraient pas de si peu et boiraient stoïquement un verre de sang humain, au pied de l'échafaud de leur père, quittes à s'évanouir après ; une époque où ces femmes si frêles et si blanches se noirciraient les doigts aux cartouches, coucheraient sur la terre glacée enveloppées dans une capote de soldat, et renouvelleraient, nobles et pâles héroïnes, les miracles des temps anciens. Leurs nerfs devaient bientôt s'aguerrir.

Pour moi, hélas ! mon esprit fut sevré de bonne heure ; mais l'éducation à la fois libre et puritaine que je reçus ne me sauva pas du gouffre et ne me rendit pas plus heureuse. Que je me suis repentie souvent depuis d'avoir été si orgueilleuse de ma science précoce et d'avoir cru avec une si naïve confiance que l'étude des livres m'avait donné l'expérience de la vie et m'avait préparée contre les embûches de l'esprit du mal. Hélas ! mon père avait su faire mûrir des idées dans ma jeune tête, mais il avait oublié l'éducation de mon cœur. Du haut des cieux seulement, ma pauvre mère pouvait veiller sur mon âme et le garantir de toute blessure. Les coquettes hypocrisies des jeunes filles m'étaient inconnues. Ma franchise de sentiment m'interdisait toute défiance à l'égard des autres. Je croyais aux paroles des livres comme aux paroles du cœur, et je ne savais pas soulever le masque des fausses pensées. Mon père m'aimait d'un amour profond, mais sans faiblesse, et que les signes extérieurs trahissaient rarement. Pour moi, il eût donné sa vie : il me sacrifia à son honneur. Sa bonté était froide, et sa vue vous glaçait comme les brumes d'hiver. Des nuages semblaient toujours s'épaissir sur son large front, et, quand il marchait, on eût dit que son pied ne devait jamais fouler que les pampres gris de l'automne.

Ma naissance avait emporté dans une tombe le dernier lambeau de son bonheur terrestre, en coûtant la vie à la seule femme qu'il eût aimée, à ma mère. Ce souvenir m'était fatal. Depuis lors on ne le vit plus sourire, et souvent, à de folles heures d'angoisse et d'oubli, ses bras repoussaient mes caresses innocentes comme celles d'un meurtrier.

Tu le vois, bien cher Gabriel, du premier jour où ma tête blonde d'enfant se pencha joyeuse hors du berceau, une horrible fatalité pesa sur mon front. J'étais vouée au malheur ! Qu'avais-je fait au ciel pour qu'il me jetât ainsi toute frêle et toute aimante dans les bras d'un de ces hommes rigides et stoïques, taillés en fer dans l'empreinte des médailles antiques, dont le cœur inflexible garde éternellement la ride d'un souvenir, dont l'orgueil probe et austère ne sait point plier, fût-ce devant la hache du bourreau, dont l'oreille est d'acier pour les prières du repentir !

Mon père tirait vanité de son origine plébéienne : sa famille était noble de quatre cents ans de bourgeoisie avérée. Il avait à soutenir le poids d'une vertu de tradition et passée en proverbe. Tous ses aïeux s'étaient légué la considération publique comme un patrimoine sacré et inaliénable. La couronne de chêne semblait inamovible sur leurs fronts. Lourde responsabilité que celle d'un nom ainsi honoré ; tâche difficile que celle de ne pas rester au-dessous de si nobles exemples ! Je crois voir encore mon père se promener à pas lents dans le grand salon carré de notre maison de l'île Saint-Louis, au milieu de ces beaux meubles d'ébène incrustés d'ivoire et de tapisseries de damas violet. C'est là qu'il vivait au milieu d'une famille de portraits qui semblaient le protéger de leurs conseils et de leurs inspirations et le suivre gravement du regard. Quand j'étais enfant, ces figures si pâles et si sérieuses me faisaient grand'peur, car je pensais toujours les voir descendre au premier moment de leurs immenses cadres sculptés, et venir m'entourer ; alors, je me cachais derrière mon père et je les épiais bravement du coin de l'œil, courage qui servit du moins à graver impitoyablement dans ma mémoire les moindres traits de ces farouches croquemitaines. Et plus tard encore, quand l'enfant fut devenue jeune fille, je n'entrais jamais sans émotion dans cette galerie historique de notre race. C'est que, pour une femme, il y avait quelque chose de mystérieux et de terrible dans ces visages de marbre, sur lesquels ne se glissait la teinte d'aucun sentiment, qui semblaient tous avoir dépouillé l'humanité pour s'idéaliser comme la personnification rigoureuse de la justice. On devinait à la première vue que le droit, le devoir, la loi avaient été toute la croyance, toute la passion, toute la religion de ces hommes ; aussi l'héritier de leur sang et de leur pensée aimait-il à s'entourer de leur magique influence, et en contemplant ces vrais héros, éprouvés par la lutte constante du bien et du mal, il sentait qu'il n'était pas seul au monde, qu'un passé glorieux planait sur lui, et que son nom valait une fortune et une noblesse de prince.

Et pourtant, qui lui eût dit cela en face, eût-ce été son meilleur ami, lui eût fait un de ces cruels outrages qui ne se pardonnent pas en ce monde.

Ma mère, fille noble, avait été maudite et déshéritée par ses parents pour s'être *mésalliée* à mon père, simple bourgeois de Paris. Sa généalogie roturière ne valait donc pas une fortune et une noblesse de prince.

Telle était la plaie toujours saignante au cœur de mon père; le continuel souci de son esprit avait pris racine dans cette mortelle offense. Mais il ne voulut pas laisser son cœur couler en vaines larmes devant les bourreaux qui l'avaient pressuré et meurtri sans pitié sur leurs parchemins jaunis; il voulut que chacune de ses larmes fût sanglante et rejaillît sur un de ses ennemis, que chacun de ses cris de douleur blessât leur orgueil comme un coup d'épée eût déchiré leur poitrine.

Pendant que les prêtres laissaient tomber leurs prières sur le front pâle de ma mère qui venait de mourir, mon père s'agenouilla devant les portraits de ses ancêtres, comme pour implorer leur avis, et se demanda froidement et avec calme si les privilégiés de la noblesse étaient réellement justes ou injustes. Dans le secret de son âme, il manda à la barre du tribunal dont il se constituait le juge suprême toute la grande famille féodale. Après deux heures d'une méditation douloureuse et terrible, pendant laquelle il chercha à écarter de son esprit le voile de l'égoïsme, la question fut résolue en dernier ressort. En son âme et conscience, il avait condamné à mort l'aristocratie. Toute la caste passait par le même jugement, ou peut-être était enveloppée dans la même haine.

Dès lors la fièvre révolutionnaire saisit ce fier cerveau. Il but à la coupe impure de toutes les idées nouvelles, et, une fois l'esprit aveuglé par les doctrines démagogiques il poursuivit inflexiblement, jusqu'au terme le plus rigoureux, la logique de ses opinions. Pour lui, l'homme disparut alors devant l'humanité comme autrefois devant la loi. Il fit abstraction de l'homme au profit du principe; plus tard il devait faire abstraction de Dieu au profit de la morale. Pourtant il n'avait pas mis Dieu à l'index dans mon éducation; car il prétendait que la religion était la morale des femmes et la meilleure sentinelle de leur vertu, puisque le sentiment savait mieux que la logique faire brèche dans leur cœur. Tu vois, par cet exemple et celui du père de ta Juliette, que la tolérance est familière à tous les hommes véritablement honnêtes. Du reste, la glace de son caractère ne se fondait que pour moi en paroles douces et tendres. Quand une maladie me clouait sur un lit de douleur, il veillait nuit et jour à mon chevet, et j'étais sûre, en me réveillant, de rencontrer son regard attaché sur moi avec amour. Alors les traits fermes et durs de son visage semblaient s'amollir et se dilater dans une inquiète expansion, et il était réellement beau ainsi; tu le comprendras facilement, toi qui as vu cette noble figure, dont le magnifique caractère de gravité et de haute dignité accuse la portée d'un esprit supérieur. Que de fois je t'ai fait contempler, dans ce précieux médaillon que la mort seule fera passer de ma poitrine sur la tienne, le regard lumineux et plein de franchise austère auquel mon père soumettait les hommes comme à une pierre de touche infaillible, et ce front large et blanc, terrible arsenal de pensées funestes, et toute cette face de marbre qui paraissait devoir éclater et se briser plutôt que de s'émouvoir dans un sentiment de pitié et de pardon.

Notre maison était une solitude plus murée qu'un couvent, un véritable tombeau dans lequel je me trouvais ensevelie vivante. Quel univers triste et borné on me donnait à parcourir! Ces grandes murailles grises et désolées, qui se baignaient dans un éternel brouillard, ces vastes salles, ces hauts plafonds, ce triste jardin sans verdure, cet horizon sombre et monotone auquel mes

regards étaient condamnés, faisaient glisser sans cesse en mon âme de sombres nuages. Je n'étais heureuse que par la prière, seule passion que mon père m'eût permise et que la solitude fortifiait en moi. Il ne craignait pas de détourner les ferveurs de mon âme sur cet amour idéal de Dieu, qui, selon lui, devait me sauver des faiblesses de la terre. A cette tolérance j'ai dû de connaître les ineffables béatitudes de la religion, qui seule a pu cicatriser mes remords. Ainsi, telle était ma vie de jeune fille : je priais Dieu tandis que mon père pensait à briser l'autel. Je veillais avec tendresse sur ma chère famille de fleurs, attendant qu'un rayon de soleil tombât du ciel bleu sur notre carré de jardin, et fît fleurir les feuilles au bout des branches, tandis que mon père se disait qu'il faudrait arroser de sang les terribles semences de la moisson révolutionnaire, et féconder ce terrain civique avec des cadavres pour en faire surgir des enfants purs et dévoués à la démocratie. Chaque jour, ces idées maudites rendaient son visage plus sombre. Il m'embrassait plus rarement encore, et souvent il se prenait à regretter, même devant moi, de ne point avoir un fils, un héritier qui pût porter glorieusement son nom, être le bras exécuteur de ses rêves, une âme qu'il eût initiée à tous les secrets de sa pensée et à qui il eût confié le soin d'achever sa tâche de justice implacable, le jour où il serait tombé de lassitude. Alors je pleurais, moi pauvre fille qu'il jetait ainsi à la porte de tous ces vœux, et lui, ayant pitié de mes larmes, les essuyait avec un baiser, et rendait un mélancolique sourire à mes lèvres avec une douce parole. C'était une vie d'inquiète et indécise attente où, sans être malheureuse, j'étais triste, comme si le phare lointain d'un pressentiment m'eût éblouie et fait deviner l'avenir dans les ténèbres de mon cœur. L'heure qui allait décider de la fortune de ma vie approchait.

Chaque matin, j'avais l'habitude de me rendre dans le cabinet de mon père vers dix heures. A cette heure seulement m'était ouverte la porte du sanctuaire. Chaque fois, je surprenais le sévère jurisconsulte accoudé sur ses livres chéris, immobile comme une statue, pétrifié dans ses graves réflexions. Je tombais, ombre légère et riante, au milieu de ce cabinet solennel, dont la grande cheminée de marbre noir portait une colossale pendule en bronze doré, ornée de l'inévitable Thémis, si fort à la mode à cette époque chez tous les gens de robe. L'histoire ancienne avait fait les frais du décor de la tapisserie : là, Brutus condamnait ses fils au supplice des traîtres; ici, Hippocrate refusait les présents d'Artaxercès; plus loin, Caton offrait son suicide en sacrifice à la déesse de la liberté, et Sénèque se faisait ouvrir les veines dans son bain. Des hautes fenêtres à petits carreaux tombaient jusqu'à terre des rideaux bruns, qui arrêtaient la lumière du jour au passage et faisaient sommeiller dans un continuel crépuscule tous les héroïques personnages dont je viens de te parler.

Un matin donc, j'entrais gaiement dans le sombre cabinet et j'allais embrasser mon père, quand je m'arrêtai, tout interdite et toute honteuse, en apercevant, penché sur le bureau de travail, un beau jeune homme qui venait de retourner doucement la tête en m'entendant entrer. Contrairement à la coutume générale, de longs cheveux blonds encadraient gracieusement son visage frais et rose, ses yeux bleus semblaient caresser et sourire, trop vaguement peut-être; mais ses lèvres minces et pâles semblait s'aiguiser incessamment pour le sarcasme, cette morsure envenimée de l'orgueil aux abois.

Sous ce premier regard dont il m'enveloppa tout entière, je me sentis singulièrement troublée, et je dirais presque humiliée. Jusqu'alors je n'avais réellement pas vu d'autre homme que mon père. Je ne saurais compter pour quelque chose les passants de la rue; c'étaient pour moi des hommes de pierre ou des ombres, car je n'allais à l'église que les yeux baissés et la figure cachée par un long voile. Un compliment, loin de me plaire, m'effrayait; loin de me faire lever la tête, me faisait hâter ma marche. Plus d'une fois j'avais entendu une douce voix de jeune homme admirer la petitesse chinoise de mon pied, ou deviner sous ma mantille de soie noire la souplesse de ma taille; mais pas une main n'avait effleuré le bout de mon gant. J'étais donc une véritable enfant. Sur ce coup d'œil rapide je devins femme. Je fus subjuguée du moment où, pour la première fois, le hasard m'eût fait regarder cet homme en face. Je restai clouée à ma place. Je ne sais quel étrange rêve agitait mon esprit; mais il semblait que cet étranger était mon maître, et qu'il me souriait comme un roi à son esclave. J'étais à la fois heureuse et effrayée, et je sentais des larmes monter à mes paupières. Que te dirais-je, Gabriel? mon cœur était à à lui, et sans le regarder je le voyais. Ces souvenirs minutieux ont encore pour moi un charme douloureux que je ne saurais définir.

Ce jeune homme était vêtu simplement, mais; sous son costume bourgeois perçait une distinction remarquable. Son port de tête démentait la qualité grossière de ses habits. Son frac anglais, d'un noir douteux, était boutonné jusqu'au menton; mais l'aisance aristocratique de ses mouvements ennoblissait cet extérieur pauvre. Tout autre, avec une pareille friperie sur le corps, eût eu l'air d'un poëte râpé; lui était beau comme un ange.

Mon embarras le fit d'abord sourire, puis le troubla lui-même. Pour me rendre quelque assurance, il baissa lentement la tête et reprit son travail, comme un inférieur qui n'a pas le droit d'occuper votre attention, et feignit de ne plus prendre garde à moi.

Mon père qui, pendant cette scène muette était resté debout contre l'angle de la cheminée, sourit, me tendit la main et me baisa au front. En ce moment, un rayon de soleil se glissa entre les rideaux bruns et vint tomber sur nous, éclairant d'une joyeuse auréole le drame de cette chambre silencieuse qui venait de conquérir un nouvel hôte. Mon père se tourna vers le jeune homme et lui dit doucement:

— Ne craignez pas d'être indiscret, monsieur; à partir d'aujourd'hui, vous êtes un enfant de la maison. Vous allez être au courant de mes affections comme de mes affaires. Mes rêves les plus chers vous seront connus, puisque vous devez tenir la plume sous l'inspiration de ma pensée, comme eût fait mon fils, par bonheur si j'en avais eu un. Vous voyez, monsieur, mon unique enfant, l'orgueil de ma vie et la joie de cette demeure solitaire. C'est un trésor précieux que je garde tout entier pour moi, le seul; quant à ma vie, à ma fortune, à mes veilles, tout cela est acquis à la patrie, vous le savez.

— Je rougis. Le jeune étranger s'inclina profondément.

— Monsieur va s'asseoir à notre table, — continua mon père en me regardant.—Le malheur l'a éprouvé sans relâche jusqu'à cette heure; il faut espérer qu'il obtiendra ici une trêve de ce cruel ennemi. Camille, fais bon accueil à mon jeune secrétaire; il m'est recommandé par une main bien chère, par mon ami d'enfance, le plus honnête homme que je sache au monde, le chirurgien Delbois, qui guérit maintenant nos pauvres blessés en Amérique. Octave est aimé de lui comme un fils, m'écrit-t-il; cette amitié me le rend déjà cher. Sa jeune imagination égayera d'ailleurs l'ennui de tes longues soirées et te fera meilleure compagnie que le radotage d'un vieux rêveur comme moi. Vous voyez ma confiance en vous, monsieur,—ajouta-t-il. - Je mets ma fille sous l'égide de votre honneur. Il faut que pour vous ce soit toujours une sœur.

Le jeune homme s'inclina une seconde fois; moi, je fis de mon côté une révérence bien cérémonieuse et bien gauche. Il sourit; je devins rouge comme une cerise et me trouvai plus sotte qu'auparavant. Une gêne mystérieuse s'établit entre nous. J'avais peur de regarder le protégé de monsieur Delbois; si l'on m'en eût demandé la cause, je n'aurais su que répondre; mais le fait est que je tremblais et que je souffrais d'une souffrance bien heureuse. Si mon père eût pu devenir femme en ce moment, comme

le prophète Tirésias, il eût eu peur de ce glacial accueil. Cet embarras réciproque, à la fois hypocrite et naïf, était le précurseur d'une sympathie profonde. L'homme dont le regard m'avait ainsi troublée ne pouvait plus être à mes yeux ni un frère, ni le secrétaire de mon père; pour moi il devait être Octave.

La journée fut remplie par le souvenir de cette première entrevue, et je m'endormis, l'esprit bercé par des songes riants. Le lendemain, quand j'entrai chez mon père, je trouvai son jeune secrétaire seul, penché comme la veille sur des papiers épars, d'une main soutenant son front, de l'autre.... J'allais me retirer, quand je crus m'apercevoir qu'il contemplait un portrait. Ce ne pouvait être qu'un portrait de femme. Le démon de la jalousie m'emporta sur son aile, sans doute, car, je ne sais comment cela se fit, mais je me trouvai tout à coup près de lui, et, me penchant curieusement sur son épaule, je regardai.... C'était mon portrait, mon portrait à moi. Je fus éperdue de joie ou de peur, je l'ignore, mais je mis ma main sur ma poitrine pour étouffer les battements de mon cœur, espérant me retirer comme j'étais entrée, sans bruit, tout doucement. Vain espoir! j'étais prise au piége. Octave se retourna, il ne fit pas un geste pour me retenir, mais il dirigea sur moi ce même regard amoureux et suppliant qu'il attachait sur mon portrait. Nos mains se touchèrent, elles étaient brûlantes, et le frissonnement passionné ue ce contact monta jusqu'à mon cœur. Tous deux, nous baissâmes les yeux comme de concert, n'osant nous regarder et tremblants comme la feuille que le vent détache de sa tige. Soudain je pâlis d'une pâleur mortelle, et je sentis que j'allais tomber dans les bras d'Octave, qui se tendaient convulsivement vers moi. Déjà il se levait de son fauteuil; j'eus peur, et, faisant un effort terrible pour échapper au danger, je m'enfuis comme une folle. Il m'avait nommée Camille, et moi j'avais entendu le nom d'Octave murmurer et se glisser de mes lèvres contractées, virginal aveu d'amour.

Il n'osa ni m'arrêter ni me suivre. Je revins la tête perdue dans ma chambre, et là je pleurai à chaudes larmes, et je m'agenouillai devant mon crucifix pour demander pardon à Dieu, comme si je l'avais offensé. J'aimais et je croyais être aimée.

A partir de ce jour, l'intelligence de nos âmes fit fleurir l'arbre de notre bonheur. Malgré la réserve que je m'imposais, notre passion s'enflammait à chaque geste, à chaque regard, à chacune de ces mille étincelles magnétiques qui sont les étoiles de l'amour. Les moindres paroles s'épanouissaient en tendres illusions et tombaient comme une douce rosée sur notre cœur. La fleur de ma vie ouvrait son calice. Toutes les joies touchantes du premier amour, je les recueillais dans leur chasteté naïve. Sans nous rien dire, nous nous entendions à merveille pour rendre les heures plus douces et plus rapides à mon père, et pour chasser les sombres nuées qui ridaient son front. Notre vie si calme était remplie par tous ces petits incidents, qui deviennent pour les amants de grandes aventures. Les divins enfantillages de la passion occupaient à la fois notre cœur et notre esprit. Les rêves de la nuit doraient l'avenir. J'aurais voulu pouvoir offrir à Octave quelque sacrifice éclatant comme gage de mon amour, et je souhaitais que nous fussions toujours ensemble ainsi. J'étais bien fière d'avoir trouvé mon *prince Charmant*, comme les petites persécutées des contes de fées. Je comparais notre vieille maison à ces donjons sans issue où un enchanteur jaloux retenait captives les belles éplorées, aux longs cheveux d'or, aux dents de nacre, à la taille impalpable, aux yeux de velours. Puis je me disais que les barreaux de fer de mon cachot s'étaient changés en guirlandes de roses et de primevères, et la vieille maison, qui sommeillait autrefois comme le palais de la Belle au bois dormant, me semblait s'être réveillée toute joyeuse, toute éblouissante, toute pleine de mélodie. Je ne la reconnaissais plus, et je m'étonnais d'avoir été si longtemps triste dans ces vastes chambres, où je rêvais maintenant avec tant de bonheur à Octave. Puis, quand le ciel était bien pur, nous descendions au jardin avec mon père, et chaque douce parole que nous lui adressions était pour nous un aveu. La sympathie de nos joies et de nos douleurs, les larmes que nous arrachait la même lecture ou le même événement, le regard que nous jetions à la même étoile solitaire du ciel, tout contribuait à fortifier l'intime communauté de nos âmes. Mais, hélas ! l'Eden riant de notre félicité allait bientôt se flétrir, se dépouiller de ses fleurs et perdre ses parfums. Ce palais enchanté de l'amour devait s'écrouler, comme tous les rêves trompeurs de la vie.

Les pioches révolutionnaires s'aiguisaient dans le silence. La traînée de poudre des encyclopédistes avait pris feu. Il ne s'agissait plus d'une faction hostile à un ministre, mais d'une levée de tous les esprits contre les principes éternels de la monarchie. Chaque jour était un siècle, chaque séance de l'assemblée une bataille ou plutôt un procès gagné sur les institutions du passé, aux dépens duquel on flattait l'avenir. Bientôt on devait voir les jacobins destituer Dieu et puis le rétablir en fonctions, supprimer et autoriser tour à tour la religion. Mon père s'était jeté au plus fort de la mêlée. Sa parole était un tocsin de détresse pour le peuple et une mitraille incessante pour l'aristocratie. Octave, dont le caractère paraissait doux et timide, s'effrayait de cette hardiesse frénétique, et me faisait part de ses inquiétudes et de ses regrets. Il me parlait du courage de nos rois, de la splendeur de leur cour, du sang versé pour la France par leur brave noblesse, de l'infamie qui s'attachait toujours au nom des sujets rebelles, et comme en me disant cela son regard s'animait, que toute sa noble figure rayonnait magnifiquement, je le contemplais sans l'écouter, et j'admirais sur parole tous ces raisonnements dans la foi naïve et sincère de mon cœur. Il avait d'autant moins de peine à me convertir à ses principes que ceux de mon père m'avaient toujours épouvantée.

Quand ce dernier revenait aigri et fatigué de l'assemblée, il s'asseyait taciturne au coin du foyer, comme un lion blessé. Nous devinions facilement que la tribune lui avait manqué sous les pieds, et alors Octave cherchait à lutter avec ce gladiateur déjà vaincu. Une seule objection fouettait la verve de mon père. Il oubliait aussitôt son interlocuteur et laissait son esprit chevaucher, la bride sur le col. Octave profitait de ces moments de lassitude pour provoquer les plus complètes révélations sur les plans révolutionnaires.

— Monsieur, lisez les lois, — lui dit un jour mon père. — Notre jurisprudence est un arsenal diabolique. Vous faites grand bruit des priviléges et franchises des provinces ; ce sont, à mes yeux, les anneaux d'airain d'un collier d'esclavage. Chaque loi est une pointe de fer enfoncée dans les chairs du peuple. Le corps de ces lois est un véritable cilice politique, ou plutôt un filet perfide tendu par les araignées du pouvoir et dans lequel la nation se débat en vain. Nous, ses mandataires, nous devons proscrire tout ce passé odieux qui lui mettait le pied sur la gorge et la laissait violer tour à tour par la royauté et par les parlements.

— Pourtant, monsieur, me direz-vous, — s'écria Octave, — qui a rendu la France noble, glorieuse, immortelle ? qui lui a fait conquérir, au prix de ses veilles et de son sang, l'unité, cet inestimable diamant de la couronne ? qui a pensionné ses poëtes et ses industriels ? qui l'a guidée au combat de son épée et l'a fécondée pendant la paix par sa justice ? qui a donc fait tout cela, monsieur, si ce n'est la famille de Bourbon ? Ah ! la France est un patrimoine chèrement acheté, et il se serait cruel d'exercer un ostracisme aveugle contre ces majestés qui ont été les images de Dieu sur la terre.

— Bien, jeune homme ! — répondit en souriant mon père. — Vous parlez avec la fraîche et enthousiaste poésie de votre âge : j'aime cette loyauté, qui prouve que vous n'avez voulu voir encore que le côté doré de notre his-

toire. Mais en ce temps l'expérience doit instruire les hommes de grand matin. Ainsi donc, écoutez-moi. Vous me parlez des veilles et du sang que vos rois ont sacrifiés au bonheur de la France. Eh bien ! moi, monsieur, mes yeux sont usés, mes traits se sont jaunis et ridés sur les parchemins où sont inscrits les actes des parlements, et j'ai compté une à une les gouttes de sang et de sueur dont le peuple a payé chaque baiser des maîtresses, chaque ode des poëtes, chaque humble courbette des courtisans de ces rois. Si vous le voulez, je vous dirai comment Louis XIV, Louis le Grand, a battu monnaie sur son coffre fort vide, lorsqu'au milieu de son palais de Versailles, bâti de pièces d'or, il se vit à la veille de faire banqueroute.

— Je vous écoute, monsieur, — répondit froidement Octave.

— Ce n'est pas moi qui parle en ce moment, c'est l'histoire. Louis XIV, ce roi qui fit légitimer ses bâtards par édit du parlement, affama son peuple pour pensionner royalement ses fils, déifiés princes de par l'adultère.

— Ce fait est sujet à contestation, je pense.

— Nullement, monsieur. Vous pouvez lire dans les mémoires du duc de Saint-Simon quatre pages naïves qui sont une terrible accusation au sujet des famines artificielles. Le roi fit mieux que d'engraisser ses enfants avec la faim de son peuple. La charité municipale était venue au secours des pauvres, le roi vola le produit de cette aumône. La lèpre de la mendicité troua tous les habits et les changea en haillons, déssécha tous les corps et les rendit livides comme des cadavres. Le roi mit un impôt sur ces haillons et força ces squelettes ambulants à courber leur dos nu sous la corvée. Il inventa que la pauvreté n'était pas un malheur, mais une industrie, et le bâton des officiers royaux *acheva* les moribonds.

En entendant ces horribles paroles, je poussai un cri comme si mon père eût blasphémé Dieu. Octave avait tressailli, et je l'entendis murmurer :

— Que vous a donc fait la royauté pour la calomnier ainsi ?

Mais mon père continuait toujours avec son sang-froid étrange :

— Le duc de Bourbon fit mieux encore que le roi des dragonnades. La vue des mendiants déplaisait à sa noble maîtresse, madame de Prie. On leur fit faire la chasse par des archers suisses ; on leur marqua les bras avec le feu ; enfin, au milieu des fêtes splendides de Chantilly, le contrôleur daigna écrire ces lignes atroces : *Devant être couchés sur la paille et nourris au pain et à l'eau, les pauvres tiendront moins de place.* Pendant ce temps la noblesse s'ameutait à la curée des faveurs, et empoisonnait de ses flatteries l'esprit et le cœur du jeune roi Louis XV.

Mon père se tut et se retira dans son cabinet. Nous restâmes seuls, Octave et moi. Ses lèvres pâles étaient crispées par un amer sourire, comme le jour où je l'avais vu pour la première fois ; mais bientôt cette expression dédaigneuse se perdit dans la tendresse de son regard. Sa voix devint plus émue et presque tremblante en me proposant de descendre au jardin avec lui. Quand nous fûmes sous les arbres chétifs qui se mouraient de consomption sur ce coin de terre stérile, il me parla longuement de son amour et des mille projets qu'il ébauchait dans son esprit pour notre bonheur futur. Le poison de ses espérances enivrantes descendait doucement dans mon cœur, et je l'écoutais attendrie, quand tout à coup, au moment où l'ombre de la nuit venait de laisser tomber son voile sur nous, il saisit mes mains avec un transport frénétique, imprima sur chacune un baiser de feu et disparut. Cette folie me laissa longtemps rêveuse, et jusqu'au lendemain je crus sentir la flamme de ces deux baisers brûler mon sang.

. . . .

Quelques jours après, une nouvelle discussion fit sortir les langues du fourreau.

— Quand les meubles de la maison craquent de vieillesse,—disait mon père,—il faut faire maison nette; quand les murailles tremblent sur leur base, il faut faire du logis un feu de paille. Aux grands maux les grands remèdes. En politique, comme en morale, la peine du talion est chose juste: la noblesse a dévoré le peuple pendant dix siècles, le peuple doit avoir sa revanche.

— Ceci est un cri de révolte, — répliqua Octave, — et la révolte est un crime.

— Il n'y a point de crimes en politique, monsieur; des erreurs tout au plus. La justice est éternelle et inexorable; le temps ne légitime rien à ses yeux. Or il n'est pas juste que l'aveugle fouaille sans cesse le chien qui le fait vivre, qui le guide et lui lèche les mains.

— Voilà une théorie qui vous mène droit à la Bastille.

— La Bastille est un anachronisme aujourd'hui. On n'emprisonne pas un peuple. Les flancs de la Bastille ne sont plus assez larges, et les geôliers mourraient à la peine s'ils devaient mettre les fers aux pieds de tous ceux qui partagent mes opinions. Quand une nation a brisé ses vieilles chaînes, ces chaînes s'allongent en barricades et s'effilent en épées.

— Le peuple n'oserait pas.

— Le peuple osera tout, car la noblesse aura peur. Il trouvera son courage dans la lâcheté de ses suzerains. La royauté ne pourra acheter de bouclier assez fort pour la garantir; elle pâlira sur son trône au premier murmure, et, si elle tire un coup de fusil, la balle reviendra sur elle et la frappera au front.

Après avoir ainsi réfuté les objections d'Octave, mon père nous quitta pour se rendre à l'assemblée. Le jeune secrétaire le suivit du regard jusqu'à la porte, mais d'un regard sombre et hautain qui me parut étrange. Le dédaigneux sourire qui contractait habituellement ses lèvres à la suite de ces discussions reparut plus altier encore, et m'effraya ainsi qu'une menace; mais, dès qu'il se fut aperçu de mon trouble, son visage changea d'expression comme par magie, et ses yeux se fixèrent sur moi calmes et tendres.

— Ce sont là de cruelles paroles pour une âme aussi douce que la vôtre, n'est-ce pas, Camille? et ces pensées de haine et de vengeance doivent vous effrayer comme des fantômes évoqués par un mauvais esprit. Quand on est aussi parfaitement bonne et aussi naïvement belle que vous, ma bien-aimée, on ne saurait comprendre ces horribles violences; tant, pour un noble cœur, c'est un besoin naturel que de pardonner et d'aimer! Vous ne condamneriez pas ainsi, vous, un pauvre roi qui n'a pas d'autre tort que d'être trop honnête homme; vous ne penseriez pas à puiser de l'audace dans sa résignation pour lui faire payer les crimes prétendus de ses pères et pour rougir vos mains blanches du sang de ses blessures. Vous n'iriez pas insulter dans leurs fils tous ces rois endormis au fond de leurs tombes de marbre, et pourtant...

— Il est des hommes sans pitié, — murmurai-je d'une voix tremblante, car j'accusais mon père.

— Oui, sans pitié, reprit Octave, — et qui ne trouveront pas de pitié autour d'eux quand le vent du malheur viendra glacer leur âme. Mais, en vérité, c'est folie à moi d'attrister votre esprit de pareils discours, quand je pensais vous parler de notre bonheur à venir. Vous êtes la fée que Dieu a mise dans mon paradis, et vous avez pris une trop large place dans mon cœur pour qu'il ne soit point inhospitalier à toute pensée qui ne vient pas de vous ou qui ne va pas vers vous. Souvent je me demande avec douleur si vous croyez bien à la puissance de mon amour; je voudrais pouvoir vous en donner une de ces preuves éclatantes que les châtelaines d'autrefois exigeaient du dévouement héroïque de leurs chevaliers. Je voudrais être seul avec vous dans un désert, pour vous porter comme une enfant dans mes bras pendant de longues heures et empêcher que vos petits pieds ne se déchirassent aux sables étincelants.

Je souriais à toutes ces folles paroles, qui tombaient

comme des caresses de ses lèvres et qui se gravaient à jamais dans mon cœur. Mon Octave me paraissait si noble et si beau que je ne m'étonnais nullement de lui paraître si belle. Je l'aimais trop pour pouvoir douter de son amour. J'étais sincère parce que j'étais confiante, et faible parce que j'étais heureuse. Mais plus il s'apercevait de ma faiblesse et plus grandissait l'emportement de sa passion. Quand il me vit baisser les yeux sous son regard, il me supplia de lui laisser au moins emporter cet espoir qu'il ne serait pas seul à souffrir de son amour ou à lui devoir son bonheur; il me demanda, au nom de Dieu, de lui dire enfin si je l'aimais, et, comme je ne sais quel vague effroi retenait cet aveu sur mes lèvres, il tomba à genoux devant moi et pleura. Je ne pus résister à ses larmes, et, me penchant doucement vers lui, je murmurai à son oreille ces trois mots divins : *Je vous aime!* Aussitôt sa tête se redressa fière et rayonnante, ses yeux brillèrent d'un éclat singulier, il éleva lentement son visage rose comme celui d'un chérubin, et ses lèvres touchèrent les miennes.

Autant ses larmes m'avaient émue, car j'ignorais qu'un homme sût pleurer, autant cette témérité m'indigna; c'était pour ma chasteté sauvage une insulte et presque un crime. Je repoussai Octave avec force, et je jetai un cri de surprise et de fierté blessée. Mes mains tremblaient de frayeur. J'étais rouge de honte et de colère.

Il se releva aussitôt, le regard humide et repentant, et me supplia de lui pardonner une audace qui trouvait son excuse dans l'enivrement de son amour. Je baissai les yeux sans pouvoir répondre. Il s'éloigna d'un air morne et consterné. Pendant plusieurs jours, nous restâmes ainsi contraints et froids l'un envers l'autre. Nos promenades avaient cessé; je ne voyais plus Octave qu'à l'heure du repas. Nous nous parlions à peine, et seulement pour ne pas éveiller les soupçons de mon père. Je demeurai tout le jour dans ma chambre, immobile devant ma fenêtre ouverte; j'avais oublié la prière et le travail, mon cœur et mon esprit étaient ailleurs. Souvent je passai de longues heures à regarder un oiseau essayer ses petites ailes dans l'espace qu'il peuplait tout entier pour moi, jusqu'au moment où il se perdait à l'horizon. Parfois ma pensée s'attachait aussi à quelque nuage rose qui se berçait dans l'air bleu, et, quand il fuyait tout à coup, je m'écriais involontairement : Petit nuage rose, où vas-tu, et pourquoi me laisses-tu seule? Mais le nuage ne m'écoutait guère, et, au lieu de me prendre sur son aile, il rejoignait l'oiseau. Alors seulement je sortais de ma rêverie, et j'étais tout étonnée de sentir mon visage baigné de larmes comme si mon cœur eût lutté contre quelque douleur réelle. Pourtant je n'avais aucun sujet de tristesse ni de joie; mais je restais plongée, malgré moi, dans une sorte de marasme indifférent que le souvenir d'Octave me donnait seul la force de secouer. Parfois j'oubliais la scène de ce baiser fatal qui m'avait effrayée comme un pressentiment, je rebâtissais tous ces rêves du cœur qui me semblaient l'avenue riante du bonheur; mais, hélas! je ne pouvais les achever. On eût dit qu'un vide affreux, un mystère effroyable se cachait au fond de ces songes trompeurs.

Du reste, j'avais religieusement gardé le secret de cet amour qui mettait un si grand intérêt dans ma vie calme et solitaire. Octave était bien sûr de ma discrétion; il savait bien que je ne prendrais jamais mon père pour confident et que, au fond de l'âme, je ne lui tenais pas rigueur. Néanmoins je voyais sa tristesse s'accroître chaque jour. Quand il me parlait, il devenait soudainement pâle, et sa voix tremblait. L'instinct de l'amour me faisait deviner sur son visage les traces de larmes secrètement versées. Cette sympathie de souffrances, cette douleur muette et résignée me touchèrent; un jour vint où je me reprochai ma cruauté. Hélas! c'est presque toujours la pitié et la générosité qui livrent à un amant le cœur d'une femme. Pour les hommes, au contraire, la séduction est bien souvent un calcul. Octave avait compté,

trine oppressée, et ma tête se pencha sur son épaule, tandis que mes yeux cherchaient encore le ciel.

Une seule étoile y brillait, au-dessus de nous, et menacée par un cercle de nuages noirs qui se rétrécissait de plus en plus. Il me vint une idée étrange. Je pensai que c'était ma mère qui, sous la forme de cette blanche étoile, veillait sur moi par l'ordre de Dieu. Mais presque aussitôt l'étoile sombra sous les nuages. Je me dis alors que le ciel se fermait pour moi, que tout m'abandonnait, et je fermai les yeux. Octave appuya ses lèvres sur mes paupières abaissées.

Pourtant mon bon ange luttait encore pour mon salut. Je rouvris les yeux en tressaillant, et j'entrevis soudainement, comme une autre étoile protectrice, une clarté dans les ténèbres. C'était la petite fenêtre du cabinet de travail de mon père, dont la lumière d'une lampe faisait flamboyer le vitrage. Je crus voir tomber sur moi le regard courroucé du rigide patriote, prêt à me juger. Je raidis mes bras contre la poitrine d'Octave, pour me dégager du cercle de fer dans lequel il me tenait enchaînée, et je me levai droite et éperdue. L'effroi chassa la passion de mon cœur, et alors seulement je compris ma faute. Mon père n'avait pas encore achevé sa veille laborieuse; il travaillait dans la paix de sa conscience, calme, heureux, rêvant peut-être à sa fille qu'il croyait endormie d'un chaste sommeil, et sa fille veillait, elle aussi, elle veillait pour son déshonneur! Je ne pus que tomber à genoux et tendre mes mains vers la fenêtre étoilée, en criant:

— Pardon, mon père! et vous, merci, mon Dieu!

Mais aussitôt les bras d'Octave se glissèrent autour de ma taille et me relevèrent doucement, tandis que l'insensé me demandait:

— Qu'est-ce donc, Camille? — Je lui montrai du doigt cette fenêtre qui scintillait toujours dans la nuit comme un phare de sauvegarde. — Eh bien! — dit Octave.

— Eh bien! monsieur, ne comprenez-vous donc rien? Mon père est encore debout, vous dis-je. Un soupçon peut lui venir. S'il voulait bénir le sommeil de sa fille, s'il voulait déposer sur mon front le baiser du soir, s'il entrait dans ma chambre et qu'il la trouvât déserte...

Je sentis une sueur glacée sur tous mes membres à cette horrible pensée.

— Enfant!—fit Octave avec son singulier sourire. Et il me pressa plus passionnément sur sa poitrine en ajoutant:

— Rassurez-vous, Camille!..... Pourquoi ces vaines frayeurs? Ne suis-je pas là pour te défendre...

— Contre mon père, n'est-ce pas? — m'écriai-je avec un accent de mépris.

— Oui, contre votre père,—répondit-il durement. Puis il essaya d'adoucir le sens odieux de cette parole en continuant d'une voix moins farouche : — Contre Dieu, contre le monde entier!

— Laissez-moi, monsieur, — repris-je avec effort, — vous me faites horreur.

J'espérais me sauver en irritant son orgueil.

— Vous ne m'échapperez pas, — dit-il froidement.

Tout mon sang reflua vers mon cœur.

— Qu'espérez-vous donc, monsieur? — murmurai-je. — Me retenir de force peut-être? Ce serait là un noble triomphe.

— De force ou de gré, vous resterez ici, Camille, car je vous aime.

La peur joignit mes mains tremblantes. Le front pâle, je fixai mon regard troublé sur la fenêtre, redoutant de voir ma dernière espérance s'éteindre dans l'ombre. La fenêtre rayonnait toujours.

— Ah ! — dis-je avec égarement,—vous ne m'aimez pas comme je vous aimais, Octave. Vous m'aimez parce que vous me trouvez belle; je suis l'idole de vos yeux, mais non pas la maîtresse de votre cœur, puisque vous n'avez pas pitié de mes larmes. — Il ne répondit pas.

— Encore une fois, monsieur, — m'écriai-je indignée, —

si vous n'êtes pas un lâche, si vous ne voulez pas porter la main sur une femme, livrez-moi passage ! — Il resta immobile devant moi et il posa brutalement sa main sur mon épaule, comme pour me repousser.—Vous me faites mal, monsieur, — lui dis-je alors avec douceur.

Toute mon énergie était brisée et affaissée par cette lutte horrible:

— Et moi, — dit Octave, — croyez-vous que je ne souffre pas?... A mon tour, écoutez-moi. Vous dites que vous m'aimez. Et qu'appelez-vous donc amour? Est-ce m'aimer que de me laisser brûler vos mains de mes baisers, caresser votre doux visage de mes regards, frôler vos cheveux de ma joue ardente, et, quand la passion bout dans mes veines, de me dire : « Détournez-vous de ma route, monsieur, et livrez-moi passage. » Et vous croyez que sur ce mot, moi qui vous tenais palpitante contre mon cœur, j'ouvrirai les bras comme un esclave soumis et que je vous laisserai partir sans savoir si jamais nous nous reverrons ainsi seuls dans la nuit? Oh ! non ! on ne joue pas ainsi avec mon amour. Ce manége de coquette doit me trouver inflexible. Et d'ailleurs je ne vois pas ce qu'il y a de si noble et de si courageux à m'accabler de votre colère, en m'appelant monsieur, moi qui tout à l'heure étais agenouillé devant vous, et que vous appeliez Octave !

Lâche cœur! je trouvai presque qu'il avait raison; mais je voulus combattre ma propre faiblesse, et je répondis :

— Si je jette un seul cri, mon père sera dans ce jardin avant que vous ayez pu songer à un moyen de fuite.

— Evoquez donc votre bon génie! — dit Octave en ricanant; — mais n'oubliez pas qu'il deviendra aussitôt votre juge et votre bourreau. Ce sera là un étrange témoin pour notre rendez-vous d'amour. En l'appelant à votre secours, c'est la mort que vous appellerez sur votre tête, car il vous tuera.

— Que m'importe de mourir!—m'écriai-je avec désespoir, — si je meurs innocente.

La lumière vacilla sur le vitrage, tandis qu'une ombre s'y dessinait.

— Vous ne mourrez pas, Camille, car je tuerais votre père avant que sa main effleurât votre robe.

— Si jamais vous m'avez aimée, — fis-je épouvantée, en saisissant avec violence le bras d'Octave, — jurez-moi que vous ne toucherez pas à un cheveu de mon père. Voulez-vous donc que je sois une fille parricide?

— Eh bien ! alors, c'est lui qui me tuera, — dit Octave, — car je serai lâche devant votre père, Camille. Et puisque vous ne m'aimez plus, la mort me sera douce, et cette mort du moins ne vous causera ni larmes ni remords.

— Ah ! vous n'avez point de pitié ! — m'écriai-je.

Tout mon courage fondait en larmes, et je me sentais défaillir.

— Camille ! — murmura Octave.

Par un dernier effort, je regardai la fenêtre lumineuse. Sa clarté s'éteignit tout à coup comme ces étoiles qui tombent de la couronne azurée du ciel. Je ne sais comment cela se fit, mais je retombai, à moitié évanouie, dans les bras d'Octave. Il avait frappé sur mon cœur avec le nom de mon père, et cette terreur qui devait me sauver m'avait perdue. Le talisman que j'invoquais avait servi d'arme pour briser ma résistance.

Qui oserait deviner les effroyables sensations qui déchirèrent toutes les fibres de mon cœur le lendemain de cette nuit maudite? J'étais comme étourdie de ma chute et je ne voyais pas clair dans mon malheur. D'abord, je souffris cruellement à la vue d'Octave, lui qui n'avait pas craint de me sacrifier comme une victime à la fièvre de ses désirs. Un instant je crus le haïr. Mais bientôt la générosité naturelle à nos pauvres âmes l'emporta sur mon ressentiment. Je cessai de regretter ma faiblesse, dans l'espoir qu'elle serait un lien sacré qui attacherait la vie d'Octave à la mienne. C'est ainsi que je commençais à enterrer mes remords dans le secret de mon cœur ; mais Dieu me réservait un coup terrible qui devait les réveiller.

Trois jours s'étaient écoulés. Le soir de la quatrième journée, le dîner fut triste et silencieux. Une pensée secrète semblait préoccuper l'esprit d'Octave et de mon père, et retenir les paroles sur leurs lèvres. Tout à coup, ce dernier se leva brusquement et dit :

— Faites vos adieux à Camille, Octave ! Puisque ce départ est malheureusement nécessaire, il ne faut pas épuiser notre courage en frais de sensiblerie. Les larmes ne signifient rien dans les crises de la vie : elles prouvent tout au plus l'irritabilité du système nerveux chez ceux qui les versent. Vous savez quels regrets vous allez laisser dans deux cœurs qui vous ont sincèrement aimé. Une balle anglaise vous attend peut-être là-bas ; mais il est beau de mourir pour une cause héroïque.

Je ne pouvais croire aux paroles que j'entendais. Mes yeux s'attachèrent avec l'expression d'un étonnement désespéré au visage pâle d'Octave. Il évita mes regards.

— Monsieur Octave nous fait ses adieux ? — dis-je d'une voix tremblante.

— Delbois est dangereusement malade, — répondit mon père. — Comme il se trouve seul au milieu d'étrangers, les soins d'un ami lui sont nécessaires. Octave, en obéissant ainsi sans retard et sans hésitation à la prière d'un homme qui ne sera peut-être plus qu'un cadavre à son arrivée, remplit un devoir sacré. On ne doit jamais marchander avec son dévouement.

Les mortelles douleurs font monter à l'âme une audace singulière. Au lieu d'abattre votre courage, elles soufflent dans tout votre être un esprit de révolte. La blessure ouverte dans votre cœur irrite votre orgueil. Vous éprouvez alors une joie sombre et amère à lutter, pied à pied, pour garder un lambeau d'espoir ou pour aspirer tout votre malheur. Vous vous enivrez avec délices de tout le fiel qui vous est versé. Vous voudriez que la nature fît mugir la voix de ses tempêtes pour sympathiser avec l'orage de votre âme. Enfin votre front se relève électriquement pour faire face à l'ennemi, quitte à être foudroyé comme celui de l'archange. Dieu, sans doute, me donna la force d'écouter sans mourir les paroles de mon père et de répondre hardiment.

— Monsieur Octave oublierait-il que, nous aussi, nous sommes ses amis, et que son héroïsme nous coûtera des larmes cruelles ? Il est de belles actions que tout homme n'a pas le droit d'accomplir.

Ces mots étaient une énigme pour mon père. Mais je voulais entendre la voix d'Octave m'assurer qu'elle ne tremblait pas, qu'elle était calme comme son visage, que pas un tressaillement ne troublait la paix de son cœur. Mais ses lèvres ne daignèrent pas s'entr'ouvrir. L'habile tortureur laissait à mon père la fatigue des phrases banales et le regardait avec son abominable sourire.

— Pardonnez à l'indiscrétion de ma fille, — reprit ce dernier, — ou plutôt regardez-la comme une preuve de l'affection de sœur qu'elle vous a vouée. Pour moi, je vous blâme, mon enfant, — ajouta-t-il en me jetant un coup d'œil sévère. — Octave agit en honnête homme ; il n'abandonne ses amis tranquilles et heureux que pour aller consoler de ses paroles ou de ses larmes un ami malheureux, abandonné, prêt à mourir. Lui reprocher une si noble et généreuse action, ce serait faire preuve d'un bien misérable égoïsme. Partez, Octave, nous vous suivrons du cœur dans ce long voyage, et votre souvenir ne cessera pas d'habiter cette maison, de vivre dans nos pensées et d'errer sur les lèvres de Camille, quand elle priera Dieu. — Oh ! l'horrible supplice ! Nous étions tranquilles et heureux, avait dit mon père. Tranquilles et heureux ! Si j'avais pu d'un mot ou d'un geste lui montrer la vérité fatale qui tremblait dans mon cœur, ses cheveux eussent blanchi comme ceux d'un vieillard. Octave, disait-il, devait nous laisser un doux souvenir. Hélas ! c'était le souvenir de la honte et du déshonneur

qu'il devait nous laisser. Il allait, ce lâche bourreau, mouiller de quelques larmes le linceul ou la tombe d'un ami, et son départ assassinait une femme. Ces reproches que mon père accusait d'indiscrétion, n'avais-je pas bien chèrement acheté le droit de les adresser à Octave ? Mais que pouvais-je dire encore ? Le frémissement convulsif qui secouait mes membres était une parole assez désespérée ; mais cet homme, si jeune, si beau, n'avait pas de regard pour ma souffrance. La présence de mon père, qui croyait en moi plus qu'en Dieu, clouait sur mes lèvres le cri de ma honte. Je baissai la tête, comme si j'eusse senti mes pieds s'enfoncer lentement dans le froid du sépulcre, et je fermai les yeux. Le condamné ne ferme-t-il pas les siens quand sa tête a touché le billot ?

— Venez avec moi, Octave, — dit mon père, — je veux vous remettre tous mes papiers pour Delbois et nos amis d'Amérique.

Je restai immobile et froide comme une statue de marbre. Quand le bruit de leurs pas s'éteignit, je crus que la vie se retirait de moi. Le coup qui m'avait frappée était au-dessus de mes forces. Tous mes rêves, tous mes espoirs, toutes les joies du passé tombaient à la fois de leur piédestal pour se faner dans une mare de sang ; car je ne voyais plus qu'une chose au milieu du vide qui se faisait autour de moi : c'était la mort, le suicide ! Pouvoir mourir avant de perdre l'estime de mon père, avant de devoir m'agenouiller devant sa colère, voilà le bonheur suprême que j'ambitionnais. Mais quand je pensais que peut-être il me tuerait de sa main, un froid mortel glaçait jusqu'à la racine de mes cheveux.

Te dirai-je pourtant la dernière et lâche illusion qui se tenait tapie au plus profond de mon âme ? Eh bien ! oui, j'osais encore penser que la cruauté d'Octave n'était qu'un jeu, une épreuve, que sais-je, moi ? Le motif d'une semblable trahison me semblait si incompréhensible que je ne pouvais y ajouter foi. Toute ma vie se cramponna à cette pensée, qui était sa planche de salut ; à force de la caresser dans mon esprit, je fus persuadée. Je passai de mon profond désespoir à une joie insensée ; je riais de ma terreur, j'attendais qu'Octave vînt implorer mon pardon. J'épiai son retour.

Folle que j'étais ! Il parut enfin, mais il traversa le salon sans me voir. Mon cœur ne battait plus. Je courus vers Octave et pris ses mains dans les miennes sans rien dire. Il me repoussa. Je me laissai tomber à ses pieds, pâle et mourante, en lui disant d'une voix éteinte :

— Il est donc bien glorieux de tuer une pauvre fille qui a commis le crime de vous aimer. Oh ! je voudrais mourir ici pour vous laisser un plus libre passage.

Il me regarda avec une attention singulière.

— Votre crime n'est pas de m'avoir aimé, — répondit-il.

— Quel est donc ce crime ? — m'écriai-je. — Que vous ai-je fait ? De quoi m'accusez-vous ? Pouvez-vous me condamner sans me dire au moins pour quelle faute je meurs ? Et de quelle faute me suis-je donc rendue coupable, si ce n'est de mon amour ? On vous aura trompé, Octave, soyez-en sûr. Oh ! dites-moi la vérité, je me justifierai. Vous avez bien cru ceux qui m'ont accusée ; ne me croirez-vous pas, moi qui vous aime et qui pleure à vos pieds ?

Octave souriait en m'écoutant.

— Comme elle ressemble à son père, — dit-il absorbé dans une pensée profonde, — et qu'il m'est doux de voir le sang de cet homme tressaillir devant moi dans les veines de son enfant, l'honneur de cet homme s'humilier et s'avilir devant moi dans les prières et les sanglots de sa Camille ! — La parole, le geste, le regard, tout en lui s'exaltait dans un tel sentiment de haine que je fus épouvantée. Il reprit son sang-froid et me répondit doucement : — Personne ne vous a accusée, Camille. Pourtant Dieu lui-même ne pourrait vous justifier d'un crime qui n'est point le vôtre, mais que vous devez expier par le malheur de votre vie entière.

Tout ce que je pus comprendre dans ces phrases obs-cures, c'est qu'Octave était inflexible.

— Ainsi donc, — lui dis-je, — vous avez tout oublié? Notre amour n'est plus même un souvenir.

— Notre amour! — répliqua-t-il froidement. — Vous ai-je jamais aimée, Camille? Je vous l'ai dit, il est vrai ; mais deviez-vous me croire?

Le sang me monta au visage sur le coup de cette insulte, et je me relevai droite en regardant l'assassin jusqu'au fond des yeux.

— Vous êtes un lâche! — lui criai-je.

— Ah! — reprit-il, — l'âme de votre père s'éveille enfin en vous. Dieu soit loué! c'est ce que j'attendais. Il m'eût été possible de terrasser une victime sans résis-tance, mais voilà le rugissement de la lionne qui com-mence.

— La lionne se laissera frapper par vous, monsieur, — fis-je avec dédain.

— Je ne suis pas un manant, mademoiselle, et j'atten-drai que votre père vienne m'ouvrir lui-même cette porte si bien gardée. Il trouvera peut-être votre affection de sœur un peu exagérée.

Cette froide ironie me révolta. La lutte avait épuisé mes forces. Ma voix sanglota dans des larmes sou-daines :

— Non, — m'écriai-je, — il est impossible que ce départ soit une vérité. Pardonne-moi, Octave, si j'ai pu te croire coupable de cette lâcheté. Tu ne saurais me repousser ainsi dans cette maison dont chaque pierre est un témoin que mon amour pourrait invoquer ; sainte demeure où je suis née, où j'ai vécu chaste et innocente ; autel de mes prières d'enfant, qui pour moi se convertira en prison ou en tombe, si vous m'abandonnez, Octave. N'est-ce pas ici que vos furtifs regards ont troublé mon cœur, que vos paroles d'amour ont murmuré à mon oreille, que vous m'avez poursuivie de vos soupirs et de vos larmes, sous l'œil de mon père? Hélas! toute cette maison est peuplée de cet amour qui m'a perdue. Et s'il faut, pour vous toucher, faire appel à mon déshonneur, — ajoutai-je en entraînant avec force Octave vers la fenêtre ouverte,—c'est en vous montrant ce jardin où j'aurais dû mourir que je vous demanderai si vous serez sans pitié ! — Ma vie était suspendue à ses lèvres. Son cœur fut remué, l'émotion brisa l'affreux sourire qui crispait les coins de sa bou-che. Je fis un dernier effort. — Là, sous ces arbres, il y a un terrible secret, la honte d'une famille. Ici, dans ton cœur, Octave, il y a l'honneur de cette famille. Tu peux faire grâce ou tu peux condamner. Si moi seule je devais souffrir de ton arrêt, je ne t'implorerais pas. Si je te prie à genoux, Octave, si je pleure comme une pauvre misé-rable sans âme, c'est pour le nom sans tache de mon père. L'amante ne te retient pas, c'est la fille coupable qui embrasse vos pieds, monsieur, pour que son crime ne retombe point comme une flétrissure impie sur la vertu de son père.

— Votre père ! — interrompit Octave, dont le visage redevint glacé, — j'aurais tort en effet d'oublier ce que je lui dois. Il a tenu dans sa parole tout l'avenir de ma vie... Savez-vous, — ajouta-t-il en chiffonnant avec distraction le bout de ses manchettes, — que vous joueriez à ravir la tragédie bourgeoise, ma chère amie !

Tout était fini entre nous. L'orgueil de ma race se réveilla dans mon cœur.

— Puisque les larmes que répand une femme sur la poussière de vos bottes ne sont pour vous qu'un sujet de sarcasme, allez, monsieur, je vous précéderai, — lui dis-je. — Je vous ouvrirai moi-même cette porte. Je ne ne ramperai plus sur mes genoux, je ne me laisserai plus outrager, mais je saurai mourir en expiation de votre crime.

— Je vous aime ainsi, —répondit-il.— La faiblesse de femmes les fait trop fortes. Votre fierté me rend tout mon courage.—Je marchai d'un pas ferme devant lui. Ma main ouvrit sans trembler la porte de la rue. Quand Octave

eut touché le pavé du pied, il se retourna. Mon cœur se brisa à ce moment suprême. — Camille, je t'aime, — me dit-il de sa voix d'or, — mais une nécessité impérieuse me chasse de cette maison. Tu ne me crois pas, j'ai mérité cette défiance. Mais voici un gage de ma dernière parole. Cet anneau est à toi. Consulte-le quand tu voudras m'appeler à ton secours. Le chaton renferme un nom et une adresse.

Je ne répondis pas, mais chaque mot de cet adieu se grava dans mon cœur. Je regardai Octave s'éloigner : c'était ma vie qui s'en allait. A chacun de ses pas, ma poitrine était plus oppressée. Quand il eut dépassé l'angle de la rue, j'eus à peine la force de pousser la porte pour me cacher aux regards curieux des passants et je m'af-faissai contre le mur du corridor.

Mon père me trouva évanouie, froide, la tête cachée sous mes cheveux épars.

— Souffres-tu ? — me demanda-t-il avec inquiétude.

— Le froid m'a saisie, — répondis-je.

La chaleur était extrême. Mon père hocha la tête. J'avais le délire. Quand je me réveillai de ma douleur, l'anneau que je ne croyais pas avoir accepté serrait un de mes doigts de son cercle d'or, et je le portai frénéti-quement à mes lèvres.

II

UNE PETITE MAISON.

Il est des douleurs qui sanglotent sous la plume. Je baigne de larmes amères chaque ligne de cette fatale histoire, et pourtant je n'ose m'arrêter dans mon récit. C'est un dernier regard jeté sur ce passé mort à jamais pour moi, auquel ma vie ne se rattache par aucun lien, si ce n'est par le lien de la douleur. Heureux ceux pour qui le passé a des souvenirs vivants qui font la joie de leurs nouveaux jours ! Pour moi, ma mémoire a hâte de divorcer par un adieu solennel avec ce drame horrible dont j'ai été la triste héroïne. Plus j'approche de son dénoûment effroyable, plus je sens mon courage se gla-cer. Je ne reculerai pas néanmoins devant l'accomplisse-ment de cette tâche. D'ailleurs j'espère user les agonies du souvenir à force de raviver le feu dans la plaie de mon cœur. Quand tout y sera cendre, peut-être oublie-rai-je.

J'étais née pour les rêves calmes, pour la vie monotone et facile du cloître, et j'ai dû passer, étrange contradic-tion du hasard, par tous les orages de la vie réelle. Le déshonneur, la pauvreté, la malédiction paternelle, l'outrage banal de la rue, l'insulte dédaigneuse du salon, la calomnie louche du village, rien n'a manqué aux épreuves que j'ai subies. J'ai bu toute la lie que le Dieu de miséricorde cache au fond de la coupe dorée de l'existence, et j'ai tant souffert dans ce monde que j'ai droit de beaucoup espérer de l'autre.

Il est des femmes bénies du ciel qui passent ici-bas comme un rêve. Toujours enveloppées d'une atmosphère rosée, elles ne soupçonnent même pas les angoisses qui font saigner tant de cœurs. Tous les hommes ont pour elles des regards d'amant ; leurs rivales emmiellent d'un sourire les plus âpres médisances ; la mort cache à leurs yeux sa pâleur glaciale et décharnée sous des draperies noires semées de larmes d'argent ; leurs pieds de satin ne glissent que sur des tapis ; de l'amour elles ne con-naissent que les aveux murmurés à l'oreille dans le tour-billon de la valse, ou discrètement cachés au fond d'un bouquet ; du jeu elles ne connaissent que les tables tendues de drap vert et le scintillement des pièces d'or Ne parle jamais à ces reines du monde, mon Gabriel, des pauvres filles que les greniers du faubourg Saint-Martin abritent pendant quinze ans, l'épaule grelottante sous un haillon et la dent affamée, et que le flot vert de la Seine rejette, six mois après, flétries sous une robe de soie, aux dalles humides de la Morgue. Ne leur montre jamais le joueur qui sourit des lèvres et qui troue du doigt son jabot de malines, car le louis qu'il vient de perdre c'es le dernier châle de sa femme, le dernier morceau de pain de ses enfants. Les belles dames payeraient peut-être d'une charmante moue d'attendrissement les frais de tragédie, si tu étais un grand poëte ou un illustre philanthrope ; elles applaudiraient l'acteur, mais elles ne le croiraient pas. Et ce ne serait point toujours chez elles disette de cœur et de générosité. Seulement le pathétique n'est reçu dans les salons que comme un hôte de fort mauvais ton. Et puis le bonheur énerve les sentiments. Saint Thomas l'incrédule est le patron du grand monde ; les femmes nobles et riches, qui ne voient les souffrances vulgaires que poétiquement colorées par un pinceau mignard ou pleurant des larmes fausses sur la poussière des planches d'un théâtre, qui ne touchent pas du doigt le cœur palpitant des victimes, qui ne mettent pas leurs pieds d'albâtre dans les souliers percés des malheureux, ne peuvent avoir l'intelligence des angoisses de l'âme et du corps. Ainsi donc ne les accuse pas trop, Gabriel, car le jour où leurs yeux se sont ouverts, où la révolution a mis l'épouvante et le malheur à la portée de tout le monde, elles ont montré la noblesse de leur courage, oubliant toujours leur danger pour avoir pitié du danger des autres. Cette égalité momentanée de toutes les souffrances, sous le couteau de la terreur, voilà, à mon avis, le plus beau côté de ce remuement immense. Jusqu'alors le malheur était pour les élus de la terre comme ces mots prétentieux que vous avez balbutiés dès votre enfance, et dont vous n'avez jamais cherché à savoir exactement le sens. Vous les répétez de confiance, sans y attacher aucune idée précise, jusqu'au moment où le hasard vous sert de maître d'école. Alors vous êtes très-étonné d'avoir attendu si longtemps un enseignement si facile, mais on croit aisément savoir ce qu'on ignore, et, pour avoir prononcé un mot avant d'en comprendre la signification, on s'habitue bien vite à n'y plus penser. Hélas ! la révolution n'apprit que trop aux grandes dames que le malheur n'était ni un mot en l'air, ni une invention de roman, mais une odieuse réalité qui abrutissait assez la créature de Dieu pour qu'on vît des mères vendre leurs filles au prix d'un morceau de pain !

Pour moi, j'ai vu en face une seule fois la joie des grands du monde, la joie âpre et blasée de l'orgie, et elle m'a plus épouvantée que les privations de la mansarde. La faim qui tinte à votre oreille, qui fait claquer vos dents à vide et raye votre gosier comme un fer rouge, vaut mieux que ces festins de débauche où, quand les estomacs sont repus, l'on entend les mauvaises pensées de l'homme monter du cœur aux lèvres ; où, quand la nappe est bien tachée de vin, on met sans façon ses coudes sur la table, on appuie sa main tremblante sur le cou nu et rouge de baisers d'une belle maîtresse ; où les frénésies du vice, oublieuses du mensonge social, sont bégayées par l'ivresse.

Tu vas bientôt juger de la vérité de mes paroles, Gabriel, et tu verras si les plus effroyables malheurs de la terre ne sont pas ceux que le monde traite indifféremment de malheurs communs et vulgaires ; communs et vulgaires parce qu'ils abattent tant de victimes qu'il serait fatigant pour les heureux de trouver assez de larmes dans leurs yeux, de pardons et de charité dans leurs cœurs, pour les consoler et les sauver. On s'attendrit par curiosité sur l'évasion périlleuse d'un forçat ; qui versera une goutte d'eau sur les lèvres d'une pauvre fille qui meurt, un enfant collé à son front flétri, chassée de la maison de son père et reniée par son séducteur ?

Après le départ d'Octave, je vécus sans compter les jours, morne, distraite, absorbée dans un véritable somnambulisme moral, fatiguée de moi-même. Tout m'était

indifférent ; ma vie n'avait plus de but. Les ressorts de mon âme se détendaient, énervés par une douleur sourde et irritante. Ceux-là seuls pourraient comprendre cette situation désespérée qui, réveillés de leur sommeil dans l'ombre de la nuit par un bruit continu, voisin, inexplicable, se sont accroupis tout pâles sur leur séant, la main sur la poitrine, l'oreille béante, les lèvres serrées, et, pendant de longues heures, ont senti marteler leur cœur par chacun de ces sons mystérieusement terribles. Et toi-même, Gabriel, n'as-tu jamais, dans les rêves, entendu les rugissements d'un animal furieux éclater derrière toi, son souffle brûler ton épaule, tandis que tes pieds engourdis et scellés dans le sol ne pouvaient se lever pour te soustraire au péril par la fuite ? Ce sont là de mortelles terreurs, folles, irréfléchies, sans cause. Eh bien ! telle était ma torture constante.

Aux prises avec le cauchemar écrasant de la fatalité, je ne pouvais me débattre contre cette étreinte abominable. J'avais lutté tant que j'avais espéré de l'amour d'Octave une réparation de ma faute. Abandonnée par lui, il ne me restait aucun moyen de salut. Tenter de renier mon déshonneur, d'écarter cette réalité funeste qui oppressait mon cœur, c'eût été combattre à vide. Je m'enveloppai donc dans une résignation farouche. Je n'osai plus prier, car j'étais honteuse devant Dieu. L'idée fixe de mon esprit me fit comprendre le supplice de la goutte d'eau que les tortureurs de l'inquisition laissaient tomber du haut d'une voûte dans le creux de la poitrine des patients. A la dixième goutte d'eau, le prévenu n'était plus qu'un cadavre. Pour moi, un regard de mon père me faisait pâlir, car je me disais avec terreur : Peut-être sait-il tout ? Sur un geste, sur un mot, je me sentais prête à mourir, foudroyée par une révélation dont ma vie était l'enjeu.

Le dirai-je ? les pointes d'acier du remords labouraient moins impitoyablement mon âme que l'anxiété du doute. Oh ! le malheur n'est rien ; c'est l'attente du malheur qui est terrible. La mort est belle quelquefois et peut glacer des lèvres souriantes ; c'est l'agonie qui est hideuse et fait grimacer le visage humain comme le masque ardent des damnés. Si tu veux deviner ce que j'ai souffert, figure-toi un coupable qui ignore le jour et l'heure où son arrêt doit être exécuté, et qui pendant des mois entiers attend, seconde par seconde, qu'il distingue sur les marches de pierre de son cachot le pas lourd et lugubre du bourreau, ce sanglant valet de la mort. Cet homme, vois-tu, Gabriel, essayerait vainement de garder un front calme et une âme sereine. Certes, il ne suppliera pas le geôlier de lui apprendre l'instant du supplice, parce qu'il craindra de paraître lâche, ou qu'il pensera être oublié, ou qu'il aura peur d'une certitude, tant l'orgueil, l'espoir et la faiblesse tiennent fidèle compagnie à notre pauvre machine jusqu'au dernier souffle ; mais son front sera bientôt rayé de rides, mais son cœur se gonflera au moindre bruit. Le bourdonnement d'une mouche lui fera peur, le pain noir de la prison ne criera pas sous ses dents, le sommeil ne fermera pas ses yeux. Sous le coup d'une pareille attente, le plus fier esprit, le plus insouciant coquin, deviendront poltrons et se rattacheront à l'amour de la vie par l'effroi continuel de la mort. Les moins braves sont bientôt fous ou se pendent, en faisant de leur cravate une corde à potence. Ce qu'il y a de singulier, mon enfant, c'est que nous sommes tous, infimes créatures, encagés dans le même tonneau sans fond ; nous sommes tous sûrs de mourir, c'est la seule certitude de notre vie, et nous ignorons tous l'heure fatale. Il est vrai que personne n'y pense ; il faut remercier Dieu de cette compensation. Voilà bien des phrases pour t'amener à comprendre sans trop d'indignation que la vie avait fini par me devenir si terrible que je voulus mourir. Mon âme, emprisonnée dans sa terreur, semblait demander des ailes pour aller se purifier dans le ciel. Je me promis le suicide comme une délivrance. Mais Dieu me gardait pour ce jour de désespoir un avertissement suprême.

La belle matinée! J'étais debout devant la fenêtre du jardin, encadrée par les guirlandes de lierre et de liserons qui couraient sur l'appui de bois rouge; le soleil, ce sourire du Seigneur, éclairait mon visage; j'aspirais sa douce chaleur, j'écoutais avidement le chant babillard des oiseaux, je saluais d'un dernier regard les arbres qui agitaient indolemment leurs panaches de feuilles vertes; c'étaient mes amis fidèles que j'allais quitter. Mon père lisait dans un gros livre parcheminé, à fermoir d'acier; mais, tout en lisant, il me regardait à la dérobée avec tristesse, car j'étais bien pâle et bien amaigrie. Tout à coup, au moment où je me tournais vers lui, je vis ses paupières se plisser comme pour retenir une larme, et le livre échappa de ses mains. Je me penchai brusquement pour le ramasser. Un cri jaillit de mes lèvres contractées, un cri de douleur qui fut toute une révélation pour moi.

— Tu t'es blessée, Camille? — fit ce bon père épouvanté.

— Ce n'est rien, une égratignure! — répondis-je.

Grâce au ciel, le fermoir d'acier avait froissé ma main, et deux gouttes de sang me lavaient de tout soupçon. Je me relevai péniblement et rendis le livre à mon père, en essayant de sourire. Je tremblais de frayeur et j'avais la joie dans l'âme. Mon sein avait tressailli. J'étais mère et j'aimais mon enfant.

Je me sentis aussitôt plus forte et plus fière : il me semblait qu'un enfant c'était la bénédiction de Dieu. Alors je résolus de vivre, de vivre pour lui, c'est-à-dire de combattre et de souffrir sans relâche et sans plainte pour cette faible créature dont le ciel me confiait le bonheur. En cet enfant ma jeunesse allait renaître, mon innocence revivre. A force de l'aimer, je devais trouver le pardon de ma faute. Chacun de ses baisers devait sanctionner les baisers d'Octave, car Octave n'était plus mon amant mais le père de mon enfant. Déjà je le voyais tendant à mes lèvres ses petits bras. Je baisais du cœur ses yeux bleus, ses cheveux bouclés, ses petits pieds blancs qui tiendraient tous deux dans ma main. Oh! l'heureux songe! mes bras se croisèrent sur ma poitrine comme pour y étreindre mon nouveau trésor.

Ma décision fut bientôt prise. Je compris l'adieu d'Octave. Il n'y avait en effet qu'un homme sous le ciel pour qui ma honte dût être une dot sacrée, un titre au pardon et à l'amour, et non pas un sujet d'outrage. La joie qui épanouissait mon âme me fit mieux apprécier sa conduite; je l'ennoblis et la divinisai de nobles sentiments. Je pensai que son départ était une feinte. Sans doute, me dis-je, il était pauvre; il aura craint, en me faisant épouser sa misère, de laisser planer sur son amour un soupçon de lâche cupidité. Eh bien! j'irai à lui; mes prières triompheront de sa fierté. La femme qui aime véritablement ne doit-elle pas se donner tout entière, âme, fortune, honneur? L'amour qui a fait ses réserves d'orgueil, de confiance, ses calculs d'abandon et de froideur, n'est-il pas un exécrable égoïsme? Entre deux créatures qui se sont dit l'une à l'autre dans un long embrassement et d'une voix mourante : *Je t'aime!* peut-il être question de dignité et de convenances? Serait-ce m'humilier que d'aller vers Octave et de lui dire : Voici notre enfant, donne-lui le nom de son père? Oh! je veux le revoir. Sans doute il m'attendait, et, moi, folle, qui n'avais rien compris! Mais il ne faut pas qu'il m'accuse plus longtemps dans son cœur.

Je brisai le chaton de l'anneau : je lus un nom et une adresse. Pendant tout le jour, je fortifiai mon courage en disant : Comme je vais le rendre heureux d'un seul mot! A six heures du soir, je m'évadai de la maison de mon père, sûre d'être pardonnée à mon retour. J'eus soin de m'envelopper dans une grande mante de soie noire, et je mis hardiment le pied dans la rue.

Hélas! je me croyais plus brave que je ne l'étais. Dans la maison, où aucun bruit extérieur ne venait troubler et assourdir ma pensée, je n'avais songé qu'à la nécessité

inflexible de ma téméraire résolution, sans m'arrêter aux difficultés de détail. Je croyais acheter le bonheur à vil prix par une absence qui durerait à peine tout un soir. Quand je sortis, le soleil qui rougissait à l'horizon comme une tache de sang devint presque aussi pâle qu'un clair de lune. Le vent n'avait pas encore séché la boue étendue sur le pavé par une pluie bien froide pour le mois de juillet. D'abord je voulus marcher très-vite, mon idée marchant devant moi plus vite encore, et je répétais en mon âme le nom d'Octave pour me donner du courage. Mais j'ignorais le chemin, mes pas devinrent incertains, et je n'osai supplier personne de me tirer du dédale dans lequel je m'étais engouffrée. A un angle de rue, je me retournai tout effarée, et, ne voyant plus rien de connu autour de moi, je fus saisie de terreur et je pleurai. Je cherchai du regard les arbres de notre jardin, ces protecteurs familiers de mon enfance, ces bancs de gazon dont je reconnaissais la place dans la nuit, toute cette petite patrie à laquelle tenaient tous les souvenirs de mon cœur, et, en me sentant courbée sur une borne grise et froide, je me vis soudainement seule et comme perdue dans un monde étranger. Pourtant c'était fête ce soir-là dans la ville, des lampions patriotiques s'allumaient aux fenêtres, les tambours battaient dans les rues; mais des figures sinistres venaient me flairer de leurs regards insolemment curieux. Je repris ma course. J'entendis des pas marcher sur mes pas. Moi, je ne marchais plus, je fuyais.

Ma crainte, Gabriel, n'était ni chimérique ni puérile, comme tu pourrais le croire; elle ne grossissait pas à mes yeux les passants en fantômes. A cette époque, la rue n'appartenait plus à l'homme qui allait simplement à ses affaires de cœur ou d'intérêt. La révolution devait être la seule affaire de chacun, et on ne pouvait songer à autre chose sans être suspect. On a dit que les murs avaient des oreilles et des yeux d'espion. La rue avait aussi des bras d'agents de police. C'était tout à la fois une arène, un champ de bataille continuel, un corridor de prison et une salle à manger de repas civiques. La vie privée s'ébattait en plein air, mouchardant et soupant au feu des lampions. Les libertins et les moralistes de carrefour avaient la parole libre. Quand j'arrivai au boulevard, je tombai au milieu de deux clubs. A droite, une chaise sous un arbre; à gauche, une borne au coin d'un mur, servaient de tribune aux orateurs. Ces derniers chancelaient sur leurs jambes, mais leurs voix ne tremblaient pas au moins. A coup sûr, ils étaient gens, la parade finie, à aller cuver dans le ruisseau leur éloquence de gestes et de poumons.

J'avais espéré échapper dans la foule aux hommes qui me poursuivaient. Erreur! Ils devinrent plus hardis encore au milieu de leurs frères du haillon et de la cocarde, et leurs paroles brutales sifflèrent à mes oreilles comme le premier coup de canon tonne à celles d'un nouveau soldat. Je fus étourdie de stupeur.

— Où va donc cette petite dame en capuchon qu'elle court comme une biche effarouchée? — dit l'un.

— La princesse va chercher fortune, — répondit l'autre, — et elle a hâte. Que veux-tu? ça dîne de ses baisers comme nous de notre rabot.

Je me mis à courir pour échapper à cette grêle d'insultes étranges.

— Les mijaurées! — reprit le premier, — ça aime mieux faire la noce avec un galant doré que de tremper la soupe à un bon ouvrier de mari.

— Dame! la paresse, — fit le second, — et puis le plaisir d'être bien cossue, de se dorloter dans le satin, de se laver les mains avec des pâtes d'amandes, et d'être luisante de diamants comme une châsse de saint...

— Sans compter que ça leur chatouille fièrement l'esprit de s'entendre dire toute la journée : la jolie fille par-ci, la jolie fille par-là, de la bouche des grands farauds qui se moquent d'elles et qui les aiment un peu moins que leurs chevaux.

29

Ces dernières paroles me firent monter au front une sueur glacée. Je crus entendre éclater la voix prophétique de l'avenir dans la phrase rude de l'ouvrier. Mon cœur était perdu, mes jambes défaillaient sous moi.

— Ces femmes-là n'ont pas de cœur, — dit l'autre.

— En revanche, elles ont des yeux pour voir les louis d'or et des oreilles pour écouter les fleurettes. C'est né sur le plancher des vaches, ça dépense l'argent comme ça le gagne ; ça verrait geindre ses père et mère sur la paille sans leur donner un blanc, et ça finit par crever dans un lit d'hôpital.

Mes souliers s'écorchaient au pavé, mes pieds saignaient. Je dus m'arrêter, pensant que je m'étais bien avilie par cette fuite honteuse de la maison paternelle, puisqu'on osait m'outrager d'un langage si nouveau pour moi. Je sentis courir sur mes lèvres ce cri suprême : Mon père ! et je pensai soudainement que son nom seul pouvait encore me protéger. Je me retournai aussitôt et marchai droit à ces hommes. Ils reculèrent devant moi de surprise.

— Messieurs, — leur dis-je d'une voix profondément altérée, en rejetant le capuchon de ma mante en arrière, — ai-je donc l'air d'une fille joyeuse qui court à un rendez-vous ? — Les deux ouvriers, en voyant ma figure pâle et l'éclat sinistre de mes yeux, roulèrent gauchement leurs bonnets dans leurs doigts. La hardiesse pouvait me sauver. Je ne voulus pas leur laisser le temps de la réflexion. Il fallait jouer mon honneur et ma vie sur l'effet d'une parole. — Je ne vous cacherai pas plus mon nom que mon visage, — ajoutai-je rapidement : — je suis la fille du citoyen Duhamel.

Il s'en fallut de bien peu que ces braves patriotes ne tombassent à genoux devant moi.

N'oublie jamais, Gabriel, l'influence enchantée, la fascination despotique qu'exercent sur les natures vulgaires l'éclat d'un titre, l'audace d'une volonté, l'autorité morale d'un nom, le caractère d'un costume. Ce sont là des puissances magiques avec lesquelles on emporte d'assaut la soumission de presque tous les hommes : l'indécision, flasque et peureuse, naturelle aux êtres d'une trempe médiocre, sert merveilleusement ceux qui sont doués de ce pouvoir sans bornes, la volonté. Un forçat évadé ne s'est-il pas amusé à exploiter pendant six semaines les génuflexions et les courbettes de tous les préfets du Midi, avec quatre habits volés à un fripier ? Personne n'eût osé soulever les épaules du faux général de brigade ou la soutane violette de monseigneur l'évêque de Manfredonia, pour voir la marque infamante qui rayait son épaule. La robe des juges n'est-elle pas de moitié dans la terreur qu'ils inspirent, et les princes n'entendent-ils point le plus souvent saluer leur seul diadème par des cris d'enthousiasme ? Mais le monde s'agenouillera toujours devant le mystérieux *il Bondocani* du *Calife de Bagdad*.

Les deux ouvriers ne me demandèrent point, je t'assure, la preuve de mes paroles. Ils étaient consternés de honte.

— La fille du grand patriote Duhamel ! — s'écria enfin le plus hardi des deux. — Ah ! mam'zelle, si nous avions su... Mais le soir, quand on voit une femme seule dans les rues, on peut penser, n'est-ce pas...?

— Point de vaines excuses, — interrompis-je. — Voulez-vous réparer votre faute ?

— Si nous le voulons, mademoiselle !...

— Eh bien ! je vais vous prouver ma confiance en votre parole. Je dois me rendre ce soir dans une maison de la rue du Cerceau. Il s'agit pour moi d'un intérêt plus cher que la vie, et j'ignore le chemin, messieurs. — On gagne toujours les hommes du peuple par le cœur. Pourtant les ouvriers se regardèrent l'un l'autre avec un air d'embarras singulier. — Vous hésitez ? — leur dis-je froidement. J'avais la fièvre dans le sang.

— Ah bah ! — dit un des deux, en enfonçant son bonnet sur ses cheveux crépus, — nous vous accompa-

gnerons, mam'zelle, quoique nous eussions mieux aimé vous voir aller dans toute autre rue, ce soir. Et je vous réponds que personne ne s'avisera de vous regarder de travers en route.

Je ne cherchai pas à comprendre le mystère de cette réponse, et, escortée de mes deux gardes du corps improvisés, j'arrivai, au bout de vingt minutes, à la rue du Cerceau. Là, je les remerciai d'un mot et d'un sourire. Ils me saluèrent et se retirèrent discrètement. Grâce à Dieu, le nom de mon père m'avait servi de sauf-conduit.

La rue étant déserte, je fus bientôt en face de la maison indiquée. Sa façade extérieure était plombée de ces teintes bistres et rouillées qui attestent la gangrène lente des années. Le ciment pulvérisé ne joignait plus les pierres. Le bas de la muraille était rongé par une ceinture de plantes parasites. Toute cette vieille habitation, prête à couler, semblait loger la misère ; elle était silencieuse comme les masures voisines, dont les fenêtres restaient fermées. On avait étayé un côté de la porte d'entrée, dont le bois vermoulu était criblé de trous vides, autrefois peuplés de clous. Cet étrange abandon dénonçait la triste et incurable insouciance des malheureux qui, sachant qu'on ne peut les voler, font abdication de toute défiance. On sentait s'exhaler de ce logis les miasmes de la pauvreté moisie qui n'a qu'une chaufferette pour tout foyer et qu'une botte de paille pour grabat. Je poussai la porte entre-bâillée, mon cœur se serra. Je n'embrassai du regard que la perspective terne et bornée d'une muraille de terre, couverte de tuiles creuses et percée de fentes qui ressemblaient médiocrement à des fenêtres.

— Lui dans ce bouge ! — pensai-je, — lui si jeune, si délicat, si beau ! Oh ! que j'ai bien fait de venir et comme il va m'aimer ! Pauvre Octave, a-t-il dû souffrir ! Mais mon amour le récompensera de toutes les douleurs que lui a imposées sa noble fierté. Je lui ferai oublier ses mauvais jours. Sans doute je vais le revoir pâle et triste, comme l'ombre de lui-même ; mais je sais des paroles qui rendront la joie à son cœur et le sourire à ses lèvres. — Je laissai retomber le marteau sur une seconde porte enchâssée dans la muraille de terre. Cette porte s'ouvrit. Mais, chose étrange, au lieu de me trouver dans une espèce de tanière, je restai immobile sous une charmille vivace qui s'allongeait sur le côté intérieur du mur, taillée en colonnes et en portiques verdoyants. A droite et à gauche, des sylphes et des nymphes de marbre s'embrassaient sur le dos d'une chimère dont la gueule grimaçante faisait pleuvoir un torrent d'eau. En face de moi se déployait la façade d'une maison à un seul étage, vers laquelle montait une rampe double et circulaire qui s'appuyait à quatre énormes piédestaux, où dormaient deux lions et deux sphinx de granit. L'atmosphère lourde et parfumée du jardin troublait la tête et enivrait les sens ; on eût dit qu'elle vous caressait. — Où suis-je donc ? — me demandai-je, — reculant épouvantée et pressant de mes mains mon front brûlant. — Est-ce un songe ? Mais non, c'est bien moi qui suis venue ici, seule, poursuivie de mille terreurs, sur la foi d'un mot d'Octave. Oh ! s'il m'avait trompée, s'il s'était joué de mon amour !

— Que demandez-vous ? — fit une voix brusque. — On ne donne rien aux mendiants ici. Si mon maître vous surprenait, je serais chassé. Ne m'entendez-vous pas ?

C'était un laquais qui me parlait ainsi. Mais j'avais perdu tout courage. Terrifiée par la crainte d'une trahison, oubliant le nom gravé dans le chaton de l'anneau, ne songeant plus qu'à celui dont mon cœur gardait fidèlement la mémoire, je balbutiai d'une voix tremblante ces mots :

— Je demande monsieur Octave.

Un hourra d'éclats de rire résonna à mes oreilles. Les arcades de la charmille vomirent une nuée de laquais insolents.

— Octave ! — répliqua celui qui m'avait interrogée,— est-ce là un nom de chrétien ?

— Nous ne connaissons pas ça, Lisette, — fredonna un autre.

— Joli prétexte pour nous déranger, — ajouta un troisième. — Nous l'avez-vous donné à garder, votre monsieur Octave ?

— Voyez-vous, ma mignonne, quand on fabrique des noms en guise de passe-port pour entrer chez les gens, faudrait en choisir qui ne soient pas brouillés avec le calendrier.

Tous ces outrages pleuvaient sur une statue ; le dard acéré de tant de paroles cruelles ne pouvait effleurer mon cœur, car j'étais résignée à tout souffrir pour arriver au but qui me semblait marqué par le doigt de Dieu. Je compris seulement que ces hommes ne connaissaient point Octave, et le soupçon grandit dans ma pensée.

— Il s'appelle pourtant bien Octave, messieurs, je vous assure, — murmurai-je doucement. — Oh ! écoutez-moi ; vous êtes bons, ne me repoussez pas. Si vous saviez... il faut que je le voie, une minute seulement, et puis je partirai... Laissez-moi entrer... il vous en saura gré.

Le valet mit sa main sur moi et me poussa brutalement vers la porte.

— Allez chercher ailleurs monsieur Octave, ma mie, — dit-il, — ou faites-le crier dans les rues, c'est plus sûr.

Ses camarades riaient.

Je reculai pas à pas devant lui, lentement, le regard désespérément fixé sur la porte de la maison où je croyais voir apparaître Octave. Mais ce n'était pas assez d'humiliations : un autre laquais s'était glissé derrière moi. Je me sentis saisie par la taille. L'indignation empourpra mon visage et alluma mes yeux d'une flamme soudaine. Je me retournai brusquement, et le capuchon de ma mante s'affaissa sur mon épaule. Le valet poussa un cri de surprise.

— Sandis ! la petite est jolie, — dit-il à celui qui me chassait. — Tu ne l'avais donc pas regardée ? Fût-ce une mendiante, sa figure lui donne ici droit d'entrée comme à une reine. — Puis s'inclinant devant moi : — Veuillez me suivre, madame ; vous allez voir monsieur Octave, — continua-t-il avec un sourire.

Je n'hésitai pas, je le suivis. Les femmes ont de ces courages-là, Gabriel ; elles boivent la honte et se laissent rouler par les escaliers pour un enfant qui pleure encore dans leur sein.

Le valet me laissa seule dans une antichambre toute blanche et boisée, rayée de filets d'or, sculptée d'arabesques bleues, pavée d'une mosaïque d'un travail italien, dix fois plus belle que le salon de mon père, qui me paraissait si splendide. Là je restai absorbée dans mes pensées confuses. Le sang bourdonnait à mes tempes. Je croyais être emportée dans un rêve funeste.

Il me semblait parfois entendre des paroles et des rires se croiser dans la chambre voisine. Puis ce bruit cessa ou plutôt s'éteignit dans un murmure de chuchotements sourds.

Je ne sais ce qui se passa alors dans le fonds de mon âme ; mais je me troublai, accablée de ma douleur au point de me dire avec un dernier espoir de joie sombre et amère : Si Octave me voit, s'il m'entend, je serai sauvée, car il aura pitié de moi !... pitié !

Puis je levai les yeux. Mon regard fut un éclair, ma première parole fut un cri de bonheur. J'oubliai tout, souffrances, doutes, humiliations.

Un jeune homme, immobile devant moi, me contemplait d'un regard fixe et étrange. Ses cheveux blonds, pailletés de poudre, s'enroulaient en longs anneaux. Un élégant habit rouge de mousquetaire serrait sa taille svelte. Ses jambes étaient à moitié ensevelies dans des bottes molles de voyage. La pointe de son épée à fourreau de soie blanche se dressait coquettement en l'air.

Les yeux du jeune mousquetaire étincelaient, et ses joues, allumées d'ardentes couleurs, semblaient plaquées d'une couche de vermillon.

— Octave ! — dis-je en tendant vers lui mes mains tremblantes.

— Vous ici, Camille, enfin ! — répondit-il avec l'expression d'un étonnement douloureux. — Soyez la bienvenue !

— J'ai cruellement souffert pour arriver jusqu'à vous, — repris-je.

— Souffert... souffert, — répéta-t-il, comme s'il cherchait à s'expliquer le sens de mes paroles. — Oui, le malheur nous guette toujours du coin de l'œil... mais on le noie au fond d'un verre... le remède est excellent... quand le vin est bon.

Sa voix bégayait. Son regard devenait trouble et vague.

— Quelle est cette raillerie, monsieur ? — m'écriai-je avec effroi.

Il pressa son front de ses mains ; puis, s'accoudant au rebord sculpté de la cheminée :

— Pardonnez-moi, — murmura-t-il d'une voix douce et mélancolique. — Je n'ai pu vous revoir sans que l'émotion de mon cœur ne fît divaguer ma pensée. C'est moi qui ai souffert, souffert plus que vous, Camille. Votre maison ne s'était pas transformée pour vous en cachot. Vous étiez libre. Les portes s'ouvraient devant vous, et pourtant vous avez bien tardé... Bah ! l'amour le plus sincère, celui d'une jeune fille naïve, s'endort dans des heures d'oubli, comme celui d'une femme du monde, je le vois. Cependant je vous attendais toujours, Camille !

— Vous m'attendiez, monsieur ! Pourquoi mentir ? Les valets m'ont repoussée du seuil de cette demeure en me disant que personne ne portait ici ce nom tant de fois évoqué dans mes douleurs, Octave !

Il hésita à répondre. Je vis qu'il s'efforçait de réunir quelques souvenirs confus ou d'inventer une fable pour me tromper. Son front se plissa sous ce travail d'esprit. Enfin, l'impatience l'emportant :

— Ces valets sont des faquins, — répliqua-t-il brusquement, — mais ils avaient raison. Octave ! c'est un nom de comédie ou d'empereur romain. Était-ce là le nom gravé dans l'anneau, celui que vous deviez prononcer, Camille ? On ne connaît ici que le comte de Chavannes.

J'étais foudroyée.

— Le comte de Chavannes ! Que voulez-vous dire ? — m'écriai-je. — Mais c'est vous seul que je suis venu chercher, Octave. Je ne connais pas cet homme, moi. Où suis-je donc ? où suis-je ? Répondez-moi, monsieur.

— Chez moi, — dit-il avec un rire froid.

— Chez vous, Octave ! Quoi ! cette maison bâtie de marbre et d'or, ces jardins, ces statues, tout cela est à vous ? Ces laquais qui m'ont insultée sont vos laquais ? Ces armoiries gravées dans les panneaux des murs, ce sont vos armoiries ? Le comte de Chavannes...

— C'est moi, — dit-il encore.

— Je suis perdue ! — pensai-je. L'avenir s'ouvrit alors devant moi comme ces abîmes dont les lèvres noires et béantes sont voilées par l'ombre épaisse de la nuit au regard des voyageurs, mais qu'un éclair illumine soudainement jusque dans leurs plus effroyables profondeurs. — Ainsi donc, monsieur, — repris-je d'une voix émue après quelques instants de silence, — vous m'avez indignement trompée. Illustre gentilhomme, vous avez caché votre naissance sous un nom roturier ; riche à millions, vous êtes venu mendier le pain de notre table comme un pauvre et un malheureux ; c'est par une trahison domestique, par un mensonge constant de la bouche et du cœur que vous vous êtes fait aimer. Ce triomphe est glorieux pour vous, monsieur.

— Pourtant, si je te disais, Camille, — murmura sa voix tremblante, — que, dédaignant des amours faciles semés comme une haie fleurie sur mon chemin, amour qui se penchaient orgueilleusement au bras du gentilhomme et qui souriaient de toute la chatterie de leurs yeux et de tout l'éclat de leurs dents blanches aux diamants de mon habit, j'ai eu un jour la fantaisie d'être aimé pour moi-même? Si je te disais que j'ai renié ma noblesse pour m'élever jusqu'à toi, simple et chaste bourgeoise, que j'ai voulu purifier mon cœur à la douce flamme de ton amour, moi jusqu'alors joueur et débauché par ennui, car il fallait pour remplir mon âme une passion violente et vraie...

Les paroles moururent tristement sur ses lèvres. Je crus deviner des larmes roulant sous ses paupières. Pourtant je répondis :

— Je ne vous croirais pas, car vous m'avez lâchement abandonnée. — Je mentais, car déjà j'avais foi dans la sincérité de celui qui confessait si bravement sa trahison, et je me disais : — Il m'aime encore !

— Tu me hais donc, mauvaise ! — ajouta-t-il en s'approchant de moi et saisissant ma main.

Comme je sentais ma faiblesse, comme je ne savais plus dans quelle blessure de mon cœur chercher contre ce jeune homme, en qui j'aimais toujours Octave, un nouveau cri de reproche, je répétai, poussée par cet entêtement machinal familier aux enfants :

— Si vous m'aimez, pourquoi m'avez-vous abandonnée ?

— Ta, ta, ta, ma chère belle, — dit-il d'une voix rude et impérieuse, — trêve, je vous prie, aux jérémiades et aux pleurnicheries, cela me fatigue.— Je le regardai avec une stupéfaction profonde. — Voyons, sois bonne fille, —ajouta le comte ; — laisse là tes grandes phrases de vertu. Le souper nous attend avec de joyeux convives. Laisse-moi d'abord sceller mon pardon sur tes lèvres... — L'étonnement et le mépris faisaient trembler tous mes membres. Monsieur de Chavannes jouait-il un rôle? Cette scène était-elle une épreuve? D'où provenait ce changement subit? Je restai immobile. Il s'approcha de moi plus près encore ; son visage touchait presque le mien. Je l'entendis balbutier avec colère ces mots : — Ne fais donc pas la bégueule, Camille, ou je vais t'embrasser de force. Mais en même temps ses jambes tremblaient et sa main cherchait à se cramponner à ma mante comme à un appui. J'eus peur alors et le repoussai. Tout à coup le feu de son regard s'éteignit, ses joues pâlirent, et il se laissa tomber dans un fauteuil en murmurant : — Que j'ai soif, mon Dieu ! Marquis, remplis mon verre !

Son mouchoir, tombé à terre pendant notre lutte d'une seconde, était barbouillé de tabac et taché de vin.

Je compris tout. Le malheureux était ivre.

Oui, Gabriel, cette scène s'est passée ainsi, mot pour mot, avec cette horrible simplicité qui la rend plus odieuse à mon souvenir que toutes les terreurs du drame compliqué dont elle fut suivie.

La mélancolie de ces premières paroles du comte, qui avaient ému mon cœur, n'accusait que cette torpeur larmoyante de l'homme qui sent l'ivresse bourdonner dans son cerveau, et qui cherche à affermir son pied et sa voix. Mais l'attendrissement idiot d'un buveur se communique comme celui d'un histrion ; j'avais failli mêler mes larmes à ces larmes rouges de vin. Le feu des regards de monsieur de Chavannes, c'était encore le vin qui tournait sur ses sens en amour furieux et brutal. Puis la lassitude avait trahi la ruse du noble débauché.

La honte d'avoir été si grossièrement abusée paralysa mon esprit et mon âme. Toutes les sources de l'espérance et de l'illusion se tarirent en moi. Je n'eus plus peur du jeune comte ; j'eus pitié de lui.

— J'avais fait un beau rêve, — soupirai-je en contemplant le brillant mousquetaire enfoui dans son fauteuil, les bras inertes, les paupières à demi fermées.—Pendant quelques jours, j'ai cru au bonheur, j'ai espéré. Folle ! N'est-ce pas alors que j'étais heureuse? Aujourd'hui je regrette ces heures divines, mais je ne puis les rappeler. Leur souvenir embaumera le reste d'une vie qui sera bien terne et bien lugubre.

— A boire ! — répéta le comte en tendant languissamment la main comme s'il eût soulevé un verre.—Marquis, tu es un traître ! Tu verses à boire au plancher.

— Ah ! — dis-je en pleurant, — deux êtres misérables qui s'aiment peuvent être heureux, parce qu'ils se font une joie de la souffrance et du dévouement. Versées à deux, les larmes mêmes sont douces. Mais pour moi tout est fini. Seule j'ai aimé, seule je dois souffrir. Oh ! non, pas seule ! — repris-je un instant après en souriant, car je pensai à l'enfant qui tressaillait dans mon sein.

Je me rappelai alors le but de mon apparition chez le comte de Chavannes ; mais pourrait-il écouter et comprendre les paroles qu'il me fallait laisser échapper de mon cœur? Ce doute fut une nouvelle angoisse plus cruelle que toutes les autres.

Je saisis le bras du gentilhomme. Il me regarda fixement et répéta son refrain :

— A boire !

— Ma présence est un embarras pour vos plaisirs,—lui dis-je d'une voix calme et froide. — Les paroles d'une femme qu'on n'aime pas fatiguent. J'ai pourtant à vous confier un secret... que vous *devez* entendre.

— J'écouterais mieux devant une bouteille pleine,— interrompit le comte.

— Sachez d'abord, — repris-je, — que depuis votre départ le mépris avait chassé de mon âme l'indigne faiblesse qui me livra sans défense au guet-apens d'une séduction infâme...

— Pourquoi, diable ! es-tu alors venue ici, ma déesse ? — s'écria monsieur de Chavannes en battant une marche du bout des doigts contre le bras de son fauteuil.

— Pourquoi ? — répliquai-je profondément humiliée. — En effet, c'eût été une insigne lâcheté que de venir implorer l'aumône de votre amour, monsieur; mais Dieu sait que j'eusse su mourir avant de tomber si bas. Vous me demandez pourquoi je suis venue, n'est-ce pas? Eh bien ! c'est pour la vie et l'honneur d'un enfant qui est le vôtre, monsieur le comte. Je vais être mère !

Il y a des mots qui dégrisent. Monsieur de Chavannes tressaillit et se leva, le visage vert.

—Vous serez bientôt mère, Camille ! Dis-tu vrai? dis-tu dis-tu vrai ?

— Si je dis vrai, monsieur ! Mais, sans cette voix éplorée qui prie pour vous du fond de mes entrailles, aurais-je souffert vos insultes? Si je me suis traînée jusqu'à la porte de cette maison, si je vous ai écouté sans fuir éperdue, sans que la honte rougît seulement mon front, c'est que la fierté de la femme s'oubliait et s'humiliait devant le devoir sacré de la mère. Je viens faire un appel suprême à votre cœur, monsieur, car cet enfant me demandera compte un jour de la vie terrible que je lui aurai donnée ; il voudra savoir de quel droit je l'aurai jeté au milieu d'un monde auquel il ne tiendra ni par les racines vivaces de la famille, ni par celles de la fortune. Condamné dès sa naissance à une vie de paria et d'ilote, déshérité des plus maigres joies de la société, flétri comme l'enfant trouvé qui gît nu sur le pavé de la place publique, il maudira un jour la faute de sa mère, car alors cette faute, que Dieu pouvait pardonner au nom de l'amour, deviendra un crime.

— Il sera riche, Camille, il sera riche, — s'écria le comte.

— Riche, — repris-je amèrement. — Croyez-vous donc, monsieur, que, en attachant aux langes de votre fils un de vos diamants et à son doigt votre plus belle bague, vous lui aurez payé assez généreusement la dette de la paternité? Aurais-je assez fait pour lui, moi, en le nourrissant de mon lait? Un enfant vit d'un baiser et d'un sourire maternel plus que du lait de sa nourrice ; mais, homme, il vit d'un nom et d'une position honorée plus que d'une fortune. Oh ! je le sens, dans la jalousie de mon amour pour lui, je voudrais qu'il ne tînt de vous que la charité d'une pension. Vous le feriez riche, et moi je l'aimerais. J'accepterais ce partage devant Dieu, mais anx yeux des hommes cela ne suffit pas.

— Qu'exigez-vous donc? — demanda monsieur de Chavannes.

— Il faut donner votre nom à cet enfant, — répondis-je.

Un silence morne plana sur nous. J'entendis battre mon cœur.

— C'est impossible !—dit-il enfin d'une voix sourde.

Si la haine a jamais enfoncé ses griffes brûlantes dans mon âme, ce fut en ce moment. Je jetai au comte un fauve regard de mépris, et la pensée d'un crime jaillit à mon cerveau. D'un mot cet homme écrasait impitoyablement l'avenir de mon enfant; mais, hélas! la seule arme avec laquelle je pouvais me défendre, c'était la prière.

— Pourquoi est-ce impossible ?—repris-je en essayant de discuter avec des lèvres calmes ce qui faisait frissonner toutes les fibres de mon cœur. — Pourquoi? Est-ce la peur du sarcasme de vos nobles amis? Allons! ayez le courage de votre faiblesse. J'ai deviné, n'est-ce pas? Vous rougissez de moi; je ne vous en veux pas; entre nous deux, il y a un mot, la mésalliance, et ce mot est un abîme, vous ne voulez pas y tomber. Quoi de plus juste? Eh bien! écoutez,—ajoutai-je plus bas,—pour *lui*, je consentirai à tous les sacrifices. J'irai vivre dans les larmes avec mon enfant, loin, bien loin. Votre noblesse ne sera point compromise, on ne connaîtra que l'héritier de votre nom. Sa mère s'exilera dans l'oubli; vous la direz morte, si vous voulez. Son fantôme ne ressuscitera jamais devant vous. Le monde vous pardonnera lorsqu'il verra que vous avez immolé une femme obscure et inconnue à ses préjugés, que vous ne l'avez pas protégée contre lui, que vous vous êtes humblement soumis à sa loi sans lutte et sans résistance. Les vainqueurs sont généreux. Le monde vous plaindra peut-être. Du moment que mon front ne ceindra pas orgueilleusement la moitié de votre couronne de comte, que mon nom ne glissera jamais de votre bouche, vous serez admiré. Pour moi, je soignerai en mère mon enfant; pour les autres, je serai sa servante. Est-ce que cela fait quelque chose à une mère d'être la servante de son enfant? On me croira payée pour l'aimer. Qu'importe, pourvu que j'aie le droit de l'aimer !

— Non, — dit le comte, redevenu impassible. — D'ailleurs, on m'attend, Camille. Je ne puis prendre une si grave décision aujourd'hui...

Je pressai ses mains dans les miennes.

— Que votre fils ne soit pas aussi cruellement abandonné, — continuai-je, — dans un monde où chaque créature a son chiffre et sa place; car enfin c'est votre race tout entière qui sera flétrie et déshonorée en lui, s'il souffre comme un mendiant et un vagabond. C'est le sang de vos veines qu'on versera en le frappant; son ignominie sera la vôtre. Songez que le fils d'un de vos laquais, engraissé de ses vols, pourra prendre un jour à ses gages le fils du comte de Chavannes, son maître.

— Parlez plus bas ! plus bas !

— Tandis que si vous vouliez... moi, d'abord, je serai invisible. Je marquerai comme un nom dans votre vie, voilà tout. Au fond d'un village, où je tiendrai bien peu de place, j'oublierai le passé. Je m'interdirai les regrets et les rêves qui consolent. Je serai heureuse par le bonheur de mon enfant...

— Plus bas, par pitié, Camille !

— Vous demandai-je une chose injuste ou honteuse, monsieur?

Je vis son regard inquiet se tourner vers la porte de la chambre voisine.

— Qu'allais-je faire? — dit-il. Puis il ajouta : — Calmez-vous, Camille. Aujourd'hui, il est impossible... Partez ! oh! partez, je vous en prie ! Je vous reverrai, tout peut s'arranger encore...

— Je ne sortirai point d'ici que vous ne m'ayez promis

le salut de votre enfant, — répondis-je. — Si je pars, qui sait si je pourrai jamais revenir ! Je suis à vos genoux, monsieur le comte ; le mot qui va tomber de votre bouche doit tuer ou sauver deux créatures de Dieu.

— Camille ! — dit monsieur de Chavannes en me tendant la main.

Un chuchotement de rire étouffé frôla la porte de la chambre. Je me relevai, droite, glacée, le front pâle, les lèvres tremblantes.

— Il y a quelqu'un dans cette chambre ! — m'écriai-je en touchant la porte du doigt. — On nous écoutait. Le saviez-vous, monsieur ? — Le comte ne répondit pas.

— Ainsi, on a entendu le cri de ma prière et le sanglot de mes larmes. Mon désespoir a été donné en spectacle comme une bouffonnerie curieuse. Cela est beau, cela est noble !

— Camille !

Une nouvelle fusée de rire aigre et strident vint mourir à mes oreilles.

— C'est le rire d'une femme, — dis-je de cette voix froide mais amèrement haineuse qui caresse déjà l'espoir de la vengeance. — Je comprends pourquoi vous ne m'aimez plus, monsieur de Chavannes. J'ai une rivale. Elle est noble, celle-là, sans doute !

Et j'avançai d'un pas vers la porte.

Le comte me prit violemment le bras, et, la voix dans mon oreille,

— Camille, prends garde !— dit-il très-vite.— N'écoute pas la mauvaise pensée qui te pousse dans le gouffre. Tu es sacrée pour moi, puisque tu vas être mère. N'entre pas !...

— Je verrai cette femme, je veux la voir ! — criai-je en le repoussant.

— Non, n'entre pas, n'entre pas ! — répéta-t-il hors de lui. — Tu es pâle, tu souffres...

— Ah ! vous voyez maintenant que je suis pâle, vous avez pitié de ma souffrance ! — dis-je avec un sourire morne. — Cet intérêt pour moi naît bien à propos dans votre âme.

— Mais tu es perdue si tu entres là !

— Du jour que vous m'avez souri dans la maison de mon père, j'étais perdue, monsieur.

— Mais les hommes qui m'attendent dans cette chambre sont de fiers gentilshommes devant qui ne trouvera pas grâce la fille du citoyen Duhamel...

— Et les femmes, monsieur ? Et cette femme...

— Ce sont les maîtresses qui glorifient la débauche, mais qui flagelleront d'une haine sincère et impitoyable la niaiserie sublime de ton amour vrai.

— Ainsi, monsieur, dans votre propre maison, vous ne sauriez me faire respecter... — Les veines de son front se gonflèrent. — J'ai donc aimé un lâche ! — ajoutai-je.

Le comte devint pâle comme un mort. Derrière la porte, les rires éclatèrent franchement cette fois; il me regarda avec des yeux étincelants de rage :

— Ils se moquent de moi, et ils ont raison. Je fais l'enfant. Une dernière prière, Camille : Ne reste pas ici ; cet air est venimeux, empoisonné ; la débauche a taché de sa lèpre chaque pierre de ces murs, chaque fleur de ces jardins...

— Je verrai cette femme , je l'ai résolu, — dis-je.

— Eh bien! que ton visage soit au moins couvert d'un masque comme le sien. Le moment où ses cordons tomberont dénoués ne viendra que trop tôt... — Il ouvrit une armoire cachée dans la muraille et qui était encombrée de costumes de fantaisie, prit au hasard un demi-masque à barbe de soie rose, et le tendit vers moi. Je le pris silencieusement et le collai à mon visage. — Maintenant, —ajoute-t-il,—auras-tu le courage d'abdiquer le nom de ton père?... Si tu le révères, souviens-toi que le secrétaire Octave, qui t'aime encore, redeviendra le comte de Chavannes, et que sa vengeance sera inexorable. — Je souris dédaigneusement sous le masque. — Tu le veux? Eh bien! cours vers l'abîme, nous ne pouvons plus reculer ; mais, en vérité, j'ai peur de moi-même, — s'écrie le comte. Et il ouvre avec violence la porte à deux battants. Toute ma vie, le souvenir du tableau féerique qui éblouit alors mon regard m'apparaîtra comme un soleil incendiant une nuit obscure de soudaines gerbes de lumière. Au premier coup d'œil, la salle que j'entrevois n'est qu'un bosquet de marronniers qui dressent leurs blanches aigrettes de fleurs et leurs vastes éventails jusqu'à la voûte formée par des rameaux entrelacés. Le jour y ruisselle en pluie d'or à travers un vitrage jaune. Sur les branches des arbres se tiennent, perchés sur une patte, des oiseaux aux plumes bariolées de couleurs fantastiques. Du pied rugueux des marronniers s'élancent des buissons de roses trémières ; des campanules roses et bleues s'entrelacent, épanouissant autour de l'écorce brune leurs clochettes mobiles et leur luisant feuillage. Les perspectives fuient en points de vue variés, s'allongeant en pagodes microscopiques ou se creusant en bassins d'eau verte, illuminés d'un reflet de lune, bordés d'ajoncs et dormant sous l'arche d'un pont chinois! Des ouvertures coupées en arcades et en ogives encadrent des glaces énormes sur lesquelles chatoient tous les aspects du salon. Je demeure stupéfaite sur le seuil.— C'est ma salle à manger d'été, — me dit doucement le comte, — et voici mes convives.

— Quatre hommes et cinq femmes ! Je trouble sans doute une bien joyeuse fête.

Les femmes sont assises sur des piles de coussins aux pieds de ces marronniers de décor. Les hommes sont couchés aux pieds des femmes.

Une seule n'a pas l'épaule d'un esclave sous ses babouches de satin rouge broché d'or. Elle attend sans doute l'amphitryon. Tous portent un costume différent. Monsieur de Chavannes a pour convives un général, un robin, un marquis, un paysan, un bailli.

Un déesse au menton fardé menace le paysan du doigt. Une bergère de Florian enchaîne des nœuds d'un ruban rose le cou du général. La reine de théâtre pose son diadème de carton doré, incrusté de rubis, sur la perruque blonde du robin, et se coiffe galamment du bonnet carré de ce dernier. La bourgeoise regarde la foule et soupire au nez du bailli.

La religieuse solitaire frappe impatiemment le bout de ses doigts effilés avec son crucifix d'argent.

A mon apparition, le silence a soufflé sur toutes les bouches. La figure des femmes, d'abord assombrie, s'éclaire d'un sourire de méchanceté et de calomnie. Je lis sous leurs masques. La haine siffle déjà sur leurs lèvres roses.

Les hommes se lèvent.

— Mesdames, — dit le comte, — je vous amène une compagne dont j'étais loin d'espérer la visite. C'est une élève bien novice qui veut profiter de vos leçons et désire ardemment savoir quel charme magique vous employez pour nous paraître si charmantes, pour nous prendre le cœur avec une œillade ou un coup d'éventail. — La flatterie ne ride pas la barbe rose d'un seul masque. Les femmes restent cruellement immobiles ; les hommes s'inclinent devant moi. — La nuit tombe, les arbres grelottent sous la pluie, — reprend monsieur de Chavannes d'un air embarrassé. — C'est le moment de vider joyeusement nos derniers flacons, de fêter notre dernière belle soirée peut-être, car demain, demain sera pour nous tous l'émigration, c'est-à-dire l'exil, ou la fuite en Vendée, c'est-à-dire la levée de boucliers, la misère et la mort,—ajouta-t-il tout bas.

Les gentilshommes présentent la main aux dames. Le comte semble hésiter un instant entre la religieuse et moi. Enfin je l'emporte dans cette lutte muette. La délaissée se lève fièrement et s'avance seule vers la table imaginaire du festin. Le milieu du salon est vide, et je me demande si monsieur de Chavannes et ses convives sont fous, ou si l'invitation du comte n'est qu'une plaisanterie.

Tout à coup un voile semblable au *velarium* des cirques romains tombe sur le vitrage. Le pied de chaque arbre se fond et laisse échapper une hamadryade tenant à la main deux girandoles d'or, soudainement éclairées et étoilant de lueurs vives et tremblantes les massifs sombres de verdure. En même temps s'allument les lustres de bronze doré enchâssés dans des morceaux de cristal de roche éclatant, et appendus aux branches des marronniers par des chaînes de fleurs et des écharpes de gaze d'argent. D'une coquille de jaune antique, semée d'un gazon de violettes, bondit la fusée scintillante d'un jet d'eau qui s'épanouit et retombe en gerbe de grésil dans une fontaine. L'onde de la fontaine, bijou en porcelaine de Sèvres, est becquetée par des oiseaux qu'on écoute et qui ne chantent jamais, caressée par des fleurs dont on respire en vain les parfums fantastiques, frôlée par des papillons dont l'aile est toujours déployée et qui ne s'envolent pas, diaprée de coquillages qui sont peints comme les fleurs et les oiseaux. Dans un autre angle du salon éclate la fanfare d'instruments touchés par des musiciens invisibles, derrière le rempart d'un rocher factice qui sort du buffet.

Puis le plancher s'abaisse et remonte aussitôt chargé d'une table magnifiquement servie et entourée de douze chaises de bois de rose et d'ébène, matelassées en satin bleu glacé d'argent.

Chacun s'assied. Les verres sont remplis, les plats dévastés ; mais les fronts gardent le pli d'une inquiétude secrète. La conversation ne s'enflamme pas ; assise comme une ombre à cette table, je glace la gaieté dans les cœurs et sur les lèvres.

— Tu es triste comme un Génevois sans ministère, marquis ! — s'écrie enfin le comte. — Ton oncle le commandeur serait-il ressuscité de son apoplexie foudroyante ?

— Il est enterré, — répond le marquis d'une voix lugubre ; — mais ce qui m'afflige, c'est de voir notre société dispersée comme une poignée de sable à la voix de quelques rustres jaloux et furieux qu'on eût dû murer dans les cabanons de Bicêtre... Nos amis mettent leur vaillance à fuir le danger...

—Non pas à le fuir, marquis, mais à aller s'armer pour le combattre victorieusement.

— Folie ! c'est ici qu'ils devraient tenir tête à l'orage... A quoi me servira à Coblentz l'héritage de mon oncle ? Je ne puis emporter ses belles terres de Lorraine dans la poche de mon habit... Et cependant que faire ? Ne m'ont-ils pas envoyé de Coblentz une quenouille ? une quenouille à moi !

— Nos *impurs* sont beaux joueurs. Ils flairent les pistoles du commandeur et veulent te les gagner pour payer leurs frais de voyage.

— Bah ! laissez donc de côté votre vilaine politique, mes gentilshommes, — dit l'actrice. — Cette bonbonnière est le dernier asile du plaisir et de l'esprit, à qui ces méchants Titus de l'assemblée en veulent tant. Vivez encore de la vie de Louis XV, pendant quelques heures au moins, messieurs.

— Mais, toi-même, tu es plus sombre qu'une mariée de huit jours, Roxelane !

— Et le moyen d'être gaie ? Vous partez sans moi, je vais rester seule. Que devenir ? La révolution nous vole et nous assassine, nous autres. Vous ne me laisserez pas seulement un page de bonne maison à cacher dans mon boudoir. On nous les tuera tous ! — continua-t-elle en essuyant ses yeux du coin de son mouchoir.

— Eh ! ma chère, — dit le robin, — n'aurez-vous pas toujours à vos genoux une armée de fournisseurs, de fédérés, que sais-je, moi ? Puis nous reviendrons bientôt, on balayera ces petits messieurs de votre salon, et on les rendra aux amours d'antichambre, leur élément naturel.

— Des fédérés ! —répond Roxelane, — pourquoi pas

des gazetiers ! Ah ! chevalier, vous me supposez bien mauvais goût.

— Bah ! ton cœur n'est-il pas un caravansérail où il y a place pour héberger tous ceux qui payent noblement leur bienvenue ?

— Fi ! l'horreur ! — murmura l'actrice.

Pour moi, j'écoute, frappée d'une stupeur inouïe, cette conversation folle, brisée, fiévreuse, sans frein, qui bondit comme une spirale de feu, renverse et confond mes idées, déroute à chaque instant mon attente, effraye mon âme et trouble ma tête. Cette insouciante abdication de toute vertu, ce froid et dédaigneux sarcasme, cet amour sans jalousie qui se profane et s'insulte lui-même, qui gaspille effrontément devant tous les mystères de son cœur, arche sainte et inviolable, tout cela m'étourdit. Mais le vin tache la nappe de ses gouttes perlées, les paroles jaillissent de toutes les bouches ; moi, j'écoute toujours.

— En attendant que nous buvions l'eau des sources dans le creux de notre main, — reprend le comte, — ne laissons pas une bouteille pleine aux vainqueurs de la Bastille.

— Verse à plein bord ! — dit le marquis. — Les patriotes sont vertueux comme Diogène. Ils méprisent le vin de Champagne.

— Mais ils s'enivrent très-libéralement avec la piquette de Suresnes. O vertu !

— La vertu est fort malpropre, — hasarde d'une petite voix flûtée la bergère. — Ces messieurs les fédérés, par horreur de la poudre et des gants, laissent coller à leurs joues des cheveux plats et gras, et jaspent de leurs mains noires le satin de nos fauteuils.

— Tu verras bien autre chose dans quelque temps, Estelle, — dit le général. — Paris va se transformer en république de Platon, et les jolies filles seront chassées de cet Etat-là comme un luxe corrupteur.

— Ah ! mon Dieu !

— Mais on bannira en même temps les poëtes, ces demi-dieux de mansarde, qui vous mettent à toute heure une dédicace sur la gorge ou vous tendent une ode comme une sébile de mendiant aveugle. Cela fera compensation.

— Et fermera-t-on l'Opéra ? — demanda l'actrice.

— Crois-tu, mon enfant, — répond le marquis, — que les citoyens te regarderont voltiger dans un nuage de roses, tandis que les quatre frontières de la France feront feu et palpiteront sous le râle de la canonnade ? Les gentilshommes comme Maurice de Saxe savent seuls gagner des batailles entre deux opéras-comiques.

— Vous ferez de la vertu romaine, mes mignonnes, — ajouta le bailli, — c'est-à-dire de la charpie pour les blessés.

— Allons ! tout n'est pas si désespéré, — dit le comte. — Mirabeau s'amende.

— Oui, mais Barnave, Duhamel et leurs acolytes le frapperont, s'il veut arrêter leur croisade fougueuse contre la monarchie...

Je pâlis et je tressaille. Chavannes se tait.

— Duhamel ! — s'écrie le marquis, — il a des poumons solides, ce héros de cabaret !

Le cœur glacé, l'oreille béante, j'écoute la réponse.

— Que veux-tu ? — dit le général. — Une fois que la canaille a mis le nez hors des lucarnes, elle est reine. Les égouts débordent et charrient des Duhamel. Ces hommes-là sont des lâches et des envieux, qui soufflettent la noblesse de leurs injures, parce que la noblesse les a flétris de son dédain. Ils veulent lui voler ses priviléges pour en faire leur profit.

Le front du comte se plisse, son visage devient sombre, une pensée funeste semble allumer ses yeux d'un feu sinistre. Pour moi, je sens la fierté de l'amour filial se révolter dans mon cœur contre les paroles dont un débauché outrage mon père. Un mot de plus, et j'arracherais ce masque qui m'étouffe, si un regard terrible de monsieur de Chavannes ne m'ordonnait le silence et

ne me rappelait ma promesse. Le comte vide trois verres coup sur coup.

— Si j'avais été en France quand ce maraud a prononcé son premier discours, — réplique le marquis avec violence, — je l'aurais fait bâtonner par mes gens, et, s'il ne s'était pas tenu sage, quelque escamoteur émérite de la police l'aurait plongé dans le premier cul de basse fosse venu. Tout le monde se serait tû alors.

Mes yeux se voilent. Tous les convives applaudissent de la voix et des mains. Le comte ose sourire.

Alors j'ai soudainement honte de ma lâcheté. Quoi ! j'écouterais plus longtemps, avec ce sang-froid infâme, déshonorer mon père ? Je subirais de plein gré cette ignominieuse torture ? Je me laisserais avilir dans l'homme pur et loyal dont j'ai trompé l'affection et la noble confiance ? J'applaudirais par mon silence, moi fille ingrate et sans cœur, à ces insultes d'orgie dont on éclabousse le grand citoyen qui dévoue ses jours et ses nuits au bien du pays ? Oh ! non. Je me lève toute frémissante, j'arrache mon masque, je dépouille ma mante noire, et aux gentilshommes je crie aussi fièrement qu'aux deux ouvriers :

— Vous n'oseriez donc frapper vous-mêmes ce lâche, vous, les braves épées de la royauté ? Vous auriez besoin du bâton de vos gens ? Eh bien ! frappez donc au cœur votre ennemi, si vous l'osez ! Son sang est devant vous. Je suis la fille du citoyen Duhamel.

— La fille de Duhamel ! — s'écrient tous les convives effrayés. — Sommes-nous dans un guet-apens ?

Ils se lèvent et du regard interrogent le comte, qui vide son verre, me menace de son odieux sourire et répond froidement :

— Asseyez-vous, mes amis, et buvez tranquillement. C'est à la victime à rester debout, tête nue, et à trembler devant le triomphateur.

— Que signifie cette comédie, Chavannes ? — demanda le marquis.

— Vous ne comprenez donc rien ! — s'écrie alors le comte d'une voix tonnante. — Votre esprit est aveugle comme celui de cette femme. Vous ne devinez pas du premier mot que l'heure de ma vengeance, qui est la vôtre, a enfin sonné ! Vous parlez de faire bâtonner par vos gens le citoyen Duhamel, messieurs. Maigre, lâche et ridicule vengeance, celle-là ! Heureusement, j'ai devancé vos belles inventions et j'ai agi, moi. Cette fille est en effet l'enfant de Duhamel, son honneur et sa joie, — ajouta-t-il en me désignant du doigt avec un rire moqueur, — et cette fille est ma maîtresse.

Effarée sous les regards insolents qui semblent fouiller dans mon cœur, je couvre mon visage de mes mains froides.

— Pourquoi ce trouble et cette honte soudaine ? — continua impitoyablement le comte. — Est-ce moi qui ai arraché votre masque, qui ai dit le premier : Voilà la fille du patriote Duhamel ? Non. J'ai tenté de vous sauver, mais l'orgueil de votre père est remonté à vos lèvres et vous a perdue. Un instant la haine a dormi dans mon cœur ; vous l'avez réveillée en vous vantant, à la table du comte de Chavannes, du nom de votre père. Maintenant que tous mes amis vous ont vue à visage découvert, vous êtes condamnée, Camille.

— Madame est trop belle pour qu'on puisse facilement oublier ses traits, — dit la religieuse.

Je retombe sur ma chaise, inerte, sans souffle, sans regard, ne conservant que l'horrible faculté d'écouter les outrages, semblable à ces hommes, pétrifiés dans la léthargie, qui entendent sur leur cercueil gémir les prières des morts, sonner les cloches funèbres, et retomber sourdement les pelletées de terre, sans que leur bras raidi puisse soulever le lourd couvercle de la bière maudite.

— Certes, — poursuit le comte, — cette heure est la plus belle de ma vie. Mon cœur peut se dégonfler en paroles sincères. La curiosité que je lis dans vos yeux va être satisfaite, messieurs ; vous allez tout savoir. Sans doute vous n'avez point oublié le scandale que causèrent parmi nous, l'an passé, les premières diatribes incendiaires de Paul Duhamel. Elles eurent la puissance d'attrister, même au milieu de nos folies nocturnes, plus d'un cœur qui jusqu'alors avait gaiement vécu, de confiance, sur l'aile de l'heure présente, sans souci du passé et de l'avenir. Plus d'une fois les verres ne retombèrent pas vides de vos lèvres sur cette table. Le talent de Duhamel nous effraya tous, parce que son talent servait une haine profonde et implacable, et non pas une colère d'enthousiasme qui dût s'éteindre après avoir jeté sa flamme et sa fumée, ou une boutade de grand seigneur mécontent, ou une corruption déguisée, avide de se mettre à haut prix. Nous devinâmes bien vite que, en Duhamel, nous n'avions pas à craindre un orateur ambitieux de faire tonner sur nous une mitraille de brillantes métaphores, mais un homme que la noblesse avait humilié. L'orateur ne nous eût jamais attaqués si l'homme ne nous eût cordialement haïs. Duhamel devait la révélation de son talent à sa haine, et n'avait pas puisé sa haine dans le feu de ses discours, comme ces harangueurs qui se grisent de leurs propres paroles, ou ces Gascons qui finissent par être dupes de leurs mensonges à force de les répéter. Nous savions que ces haines égoïstes, qui amassent farouchement chaque goutte de leur venin au fond du cœur, sont les plus dangereuses parce que ce sont les seules franches et durables. Cet enragé-là était donc un gaillard à faire brûler nos châteaux et couper nos têtes pour le bien de la patrie. Il faut avouer que nous lui rendions loyalement la monnaie de son affection ; mais aucun de nos amis ne sut inventer un moyen, sinon de museler le sanglier et de lui rogner les griffes, tout au moins de lui rembourser intégralement chaque coup de boutoir dont il nous avait égratignés. Les uns parlaient de duel, mais il eût refusé de se battre, lui, Paul Duhamel, élu du tiers état, et le peuple eût crié à l'assassinat. Quant à le faire assommer au coin de quelque rue déserte, c'eût été un péché devant Dieu, un crime devant les hommes et une faute en politique, qui eût ruiné notre cause dans l'opinion. Pour tous les lingots du Pérou, le citoyen n'aurait pas biffé un de ses discours ; il eût mis fort brutalement la corruption à la porte. De guerre lasse, tous ces projets furent abandonnés. Maintenant vous devez aussi vous rappeler combien je parus indifférent aux rêves puérils que vous enfantiez contre Duhamel. Vous accusiez mon cœur de faiblesse. Moi, si ardent au plaisir, je devenais sombre et silencieux dès que vos cerveaux troublés par l'ivresse évoquaient le *citoyen* et que vous l'enterriez d'un coup de langue en chantant son *De Profundis*. Pourtant je le haïssais plus que vous. Comment n'avez-vous pas compris cela, vous, mes amis, qui savez de quelle hardiesse de caractère la nature m'a doué, qui m'avez vu à douze ans balafrer d'un coup de fouet le visage de mon vieux précepteur, l'abbé Maure, coupable de m'avoir retenu de force sur le seuil du collège quand je voulais fuir de ce bagne où s'étiolait mon enfance ? N'avez-vous pas été les témoins de cette *rencontre* dans laquelle j'ai eu la maladresse de tuer, à jeun, mon ami de cœur, Léonce de Ronquerolles, parce qu'il refusait de me céder sa maîtresse, pour qui j'avais un caprice ce jour-là ? Et toi, marquis, ne m'as-tu point entendu déclarer en face, à notre père, à ce dur vieillard dont la vue seule te faisait trembler comme un esclave qui sent le rotin du commandeur frôler son épaule, que je n'entrerais jamais dans les ordres ? Tout cela n'est-il pas vrai, messieurs ?

— Très-vrai, — répondent le marquis et les autres convives, — très-vrai ; continue, Chavannes.

— Eh bien ! après avoir rêvé une vie de jouissances, sans obstacles, dans ce monde où mon nom et ma fortune m'assuraient tous les bonheurs de l'orgueil et du plaisir, vous pouvez juger si je dus abhorrer cet homme qui, se dressant sur notre chemin comme une muraille

vivante, menaçait de convertir en vains songes les réalités de notre avenir. Mais je ne voulus pas gaspiller comme vous ma haine en imprécations trempées de vin de Champagne ; je la laissai se replier sur elle-même, je fis le mort, je feignis de ne prendre aucun intérêt à vos fureurs bavardes, je chantai tout en vous écoutant pourfendre Duhamel. Mais ma mémoire n'oubliait aucun des détails qui le concernaient. Enfin, un jour j'appris qu'il avait une fille. Une fille ! Ce mot fut un éclair. Je me dis aussitôt : Cet homme est à moi et au déshonneur, car j'aimerai son enfant de l'amour qui flétrit et qui tue. — On n'entend dans la salle que le sifflement du jet d'eau. Les convives semblent retenir leur souffle. — Et j'ai bravement accompli mon dessein, — poursuit monsieur de Chavannes d'une voix dure. — J'ai eu le courage de m'asseoir à la table de Duhamel, de manger son pain, de dormir sous son toit, de surprendre sa confiance, d'écouter les cris de sa haine insensée contre mes frères. Mais aussi j'ai trouvé le secret d'enrayer son ambition par honte. — Puis, saisissant mon bras et se penchant à mon oreille, le comte s'écrie : — Comprenez-vous enfin, Camille, que mon amour était de la haine ? Tandis que votre père écrasait les miens de sa parole, à la tribune, ma voix timide vous révélait l'amour et mon regard vous souriait. Le regard sait mentir comme la bouche, Camille. Chaque triomphe de la vie publique de votre père versait une goutte de poison sur la seule joie de sa vie privée. Je datai ses plus terribles harangues, l'une d'un baiser sur vos mains blanches, l'autre d'un baiser sur vos lèvres roses, la troisième enfin de votre déshonneur, Camille !

La frivolité des gentilshommes est glacée par cette odieuse explication. Seule, la religieuse dit en riant :

— C'est tout à fait là, cher comte, une vengeance d'occasion. Si le *citoyen* avait eu un fils au lieu d'une fille...

— Un fils ! — répond monsieur de Chavannes. — Eh n'aurais-je pas énervé son âme dans les furies fiévreuses du jeu ? Ne l'aurais-je pas poussé du jeu aux bras des femmes perdues, et de ces amours sans trêve au vol ? Oh ! oui, je l'aurais fait monter, comme voleur, au poteau infamant ; la bouche du peuple eût craché ses huées sur ce nom de Duhamel qu'elle bénit de ses acclamations forcenées.

Le comte n'a pas fini de parler que l'on entend éclater comme le sourd bourdonnement de plusieurs voix confuses. Ce murmure menaçant et étrange, qui trouble le silence profond de la petite maison du comte, m'effraye, chose inexplicable, au milieu de mon anéantissement. Un frisson court sur mes membres engourdis, le sang remonte à mon visage. Pourtant je puis à peine soulever mes paupières lourdes comme du plomb.

La porte s'ouvre. Un laquais se précipite dans la chambre, celui qui avait porté la main sur moi ; mais son insolence a l'oreille basse à cette heure, son front est blême, son regard est trouble, la voix meurt dans son gosier.

— D'où vient ce tapage ? — demande monsieur de Chavannes. — Qui donc ose entrer ici ?

— C'est le peuple, monseigneur, c'est le peuple ! — bégaye le misérable.

Le peuple ! A ce mot, qui tombe comme une menace de vengeance sur les nobles convives, ils pâlissent tous. Les femmes arrachent leurs masques et poussent des cris de terreur.

— Point de bruit, mesdames, — dit froidement le comte. — La maison doit être cernée, la fuite est impossible. Quant à nous, messieurs, nous devons agir en gentilshommes et attendre l'ennemi de pied ferme. Le Cerbère veut un gâteau. Cette canaille est affamée, elle flaire les bons endroits et désire lécher les miettes de notre dessert. Fabrice, — ajoute-t-il en se tournant vers le laquais tremblant, — ouvrez la seconde porte et laissez entrer.

La peur n'ose plus s'exhaler en cris et en frémissements. Chacun reste immobile, comme une statue, à sa place.

Deux minutes encore, et le jardin remue sous un piótinement formidable. La foule noircit les allées, gonfle les charmilles, s'accroche aux statues des pieds et des mains, monte comme une vague la spirale de l'escalier.

Et l'on entend une voix qui domine toutes les autres s'écrier :

— Du calme, mes amis, du calme ! Point de vio·· lence !

Mais cette voix je la reconnais. Mon cœur saigne et se brise. J'ai froid à la plante des pieds comme si mes pieds raidis touchaient le marbre de la tombe. Cette voix c'est la voix de mon père. Je rampe aux genoux d'Octave, j'embrasse ses mains avec folie, et, la voix coupée de sanglots, le regard noyé de larmes, je répète terrifiée :

— C'est lui ! Cachez-moi, il me tuera ! C'est lui, cachez-moi !

— C'est lui, — répond le comte ; — Dieu l'a donc voulu !

Et du doigt il me montre, dans un angle du salon, une conque immense, aux côtes rose-bleu, qui porte une corbeille si chargée de fleurs que les osiers dorés se sont troués à plusieurs endroits en brèches d'où ruissellent des guirlandes de roses, de lis et d'anémones. Je m'accroupis, froide et tremblante comme une moribonde, sous cette pluie parfumée, dans ce lit de fleurs, et, les yeux agrandis par la peur, je regarde à travers les ruptures de la corbeille la scène terrible qui va émouvoir les échos du salon silencieux.

III

PAUL DUHAMEL.

La porte s'effondra sous l'élan populaire. La foule se rua dans le salon, s'éparpilla, comme une couronne hideuse, le long des marronniers, et s'arrêta enfin, immobile de surprise, devant les splendeurs de ce boudoir enchanté.

Le visage sombre et impassible de mon père se détachait lugubrement sur cette masse de figures étonnées, féroces, communes ou niaisement réjouies, que baignaient les fulgurantes lueurs des girandoles. Quelques gardes nationaux étaient l'avant-garde de cette plèbe ; derrière eux on voyait moutonner des têtes hâves, dont les yeux étincelaient sous des paupières rouges. Des hommes diaprés de guenilles ou endimanchés d'habits à grands revers et à collets crasseux traînaient sur le marbre de grands sabres dont la lame devait être encore gluante de sang. Derrière cette fange vivante, j'aperçus d'honnêtes physionomies d'ouvriers comme estompées dans la perspective des glaces. Tout à coup je fermai les yeux pour ne plus voir une de ces apparitions que vous apportent les mauvais rêves ; j'avais cru reconnaître les deux hommes qui m'avaient escortée jusqu'à la rue du Cerceau.

Toute cette horde, émerveillée d'un luxe qu'elle avait l'habitude ou l'instinct de vénérer, ne souffla plus mot et regarda mon père.

Quant aux gentilshommes, ils ne boudèrent point et ne daignèrent pas retourner la tête pour saluer le péril : on ne traite pas des manants comme les officiers anglais de Fontenoy. Les femmes seulement se serrèrent, tout effarouchées, contre leurs protecteurs. Les nobles convives les rassurèrent d'un sourire, et, tendant avec calme leurs verres au laquais Fabrice, s'écrièrent :

— A boire !

Mais le laquais, plus livide qu'un déterré, laissa échap-

per la bouteille de sa main tremblante. Le vin jaillit sur les robes.

— Imbécile ! — dit le marquis.

— Poltron ! — cria le général.

— Je te chasserai, — ajouta monsieur de Chavannes.

Le peuple applaudit cette maladresse patriotique ; mais il n'osait pas encore bondir sur ses victimes. La dignité est le meilleur bouclier à opposer aux fureurs des masses. L'injure au contraire irrite leur rage. Un étranger soudainement transporté dans la salle des marronniers eût pris cette foule, immobile et muette derrière les convives, pour une de ces processions de badauds qui défilent au fumet des tables royales et prodiguent leur naïve admiration à l'éclat de la vaisselle plate, à l'élévation des pyramides de fruits et de sucreries, et à la grâce souveraine de chaque coup de dent, comme si les gens de cour *prenaient leur nourriture*, éternuaient et se mouchaient d'autre façon que le plus misérable bûcheron. Toutefois, quand l'admiration des patriotes fut repue, ils entendirent le murmure de leurs compagnons, restés dans le jardin et fouettés par la pluie qui tombait à flots d'un ciel noir et orageux ; alors ils avancèrent de quelques pas, toisèrent et insultèrent du regard les gentilshommes. Mais ceux-ci voulurent mettre vaillamment le feu les premiers à la poudrière.

Ils se lèvent d'un mouvement unanime et portent à haute voix ce toste qui est une provocation :

— Vive le roi !

Mais leur cri vibre encore dans l'air qu'un homme s'est approché de la table, a saisi un verre, l'a tendu au lâche laquais qui n'ose refuser de le remplir, et l'a porté à ses lèvres en criant :

— Vive le peuple ! — Un immense chœur répéta cette fière et simple réponse au défi des nobles. — On ne nous avait pas trompés, — continua mon père, le regard plein d'éclairs et les lèvres tremblantes. — A ces heures solennelles où le pays fait banqueroute, où la misère change nos lits en grabats, où la faim creuse et plombe tous les visages, où, n'ayant plus d'écus à tirer de nos bourses vides, nous payons à la patrie l'impôt de nos fils qui vont mourir à la frontière, pieds nus et le fusil rouillé sur l'épaule, ces gentilshommes, les élus du hasard, s'amusent. On n'a pu éteindre dans le sang leur soif d'orgies scandaleuses. Sourds à la voie de la misère qui crie sous leurs pieds, ils s'enivrent de leur orgueil égoïste. Leurs ancêtres, du moins, étaient tyrans de par la lance et l'épée, ils savaient défendre leurs châteaux forts ; mais ces nobles héritiers ont transformé les châteaux en lieux de débauche et troqué toutes les panoplies de famille contre une petite maison.

— Bien déclamé ! — répondit le marquis. — Vous devez avoir le gosier sec, mon brave.

Mon père tressaillit. Les gardes nationaux firent résonner sur les dalles la crosse de leurs fusils ; un d'eux posa sa main sur le bras du marquis et cria d'un ton bourru :

— Il y a le pain d'une province dans un pareil repas !

Le marquis le regarda avec insolence et répliqua en ricanant :

— Vous devez en effet vous y connaître, maître Chaudfour, vous êtes notre boulanger. Si mon intendant avait soldé votre mémoire, vous seriez peut-être moins bon patriote.

— La caque sent toujours le hareng, — ajouta un autre convive.

Le boulanger resta muet ; mais un de ses frères d'armes montra le poing au marquis en disant avec violence :

— Vous outragez le peuple, citoyens, en calomniant un brave, un garde national. N'est-ce pas une honte que de vous voir manger dans des plats et des assiettes d'argent, tandis que le cuivre manque pour payer l'armée ? Voilà sur cette table pour plus de cent mille écus de vaisselle !

— Cent mille écus! — répéta la foule.

— Cent mille écus, j'en suis garant! — beugla avec exaspération le garde national, fier de son triomphe.

— Au fait, vous devez savoir mieux que nous la valeur de ces brimborions, — reprit froidement le marquis, — puisque c'est à vous que mon cousin les a achetés sans marchander, et que vous n'avez pas encore reçu de lui le moindre à-compte.

— Vous êtes orfévre, monsieur Josse ? — s'écrièrent à la fois tous les convives, hommes et femmes, en saluant de grands éclats de rire le malencontreux garde national.

— Je ne m'appelle pas monsieur Josse ! — hurla ce dernier d'une voix étranglée par la colère.

Les rires redoublèrent.

— Vous criez beaucoup contre cette pauvre vaisselle, — continua le marquis; — eh bien! emportez-la et faites-en l'offrande sur l'autel de la patrie. Vous êtes trop bon citoyen pour la laisser dormir dans votre boutique, n'est-ce pas?

L'orfévre se tut. Un jeune homme, pâle et simplement vêtu, releva le gant et s'écria :

— Mais tout ce luxe qui insulte notre misère, comme l'a dit le citoyen Duhamel, c'est la sueur du peuple qui vous l'a payé !

— Vous vous trompez, mon cher monsieur Gebelin, — répondit le marquis en étendant la main vers les bas-reliefs qui servaient de plinthe aux glaces et qui représentaient divers épisodes de Roland Furieux. — C'est à la sueur de votre front que nous devons ce délicieux travail, et à coup sûr mon cousin a généreusement récompensé votre talent. — L'artiste se mordit les lèvres de dépit.

— Vous paraissez fatigué, monsieur Gebelin ? — ajouta d'un air bienveillant l'impitoyable persifleur. — Reposez-vous sur ce sofa, à côté de nous. C'est presque un meuble de famille pour vous. Votre femme s'y est assise avant-hier...

— Ma femme ! — répéta en frissonnant le jeune homme.

— Et déjà sa main effleurait la joue du marquis. — Ma femme, ici ! Que voulez-vous dire, monsieur ?

Mais en ce moment mon père, qui avait tout écouté avec le calme glacial d'un juge, et qui d'un geste puissant avait empêché la colère populaire d'éclater, s'avança entre le gentilhomme et l'artiste, et, retenant le bras de ce dernier :

— Seyez sourd à de pareils outrages, — lui dit-il. — Cet homme se venge par le mensonge; le déshonneur ne tache que lui.

— Ces braves gens, — reprit alors le marquis, — battent monnaie avec leur patriotisme.

— Leur aimable visite, — ajouta le général, — est un exploit d'huissier à poing levé.

— Ils devraient arborer cette devise, — dit le robin : — « A l'échéance, il faut payer ou mourir. »

— Silence ! — interrompit enfin mon père d'une voix terrible. — Ce n'est pas aux accusés à railler leurs juges.

— Et de quel crime sommes-nous coupables?—demanda en souriant le marquis.

— Vous avez été dénoncés comme ayant le projet d'émigrer...Vous allez être conduits à l'Abbaye. Ce repaire infâme où se tramait la honte des familles sera détruit, telle est la justice du peuple. Nous ne sommes pas gentilhommes, nous autres! Le sourire de la séduction ne fait jamais rayonner nos cœurs et nos fronts, ridés par les soucis pénibles de la vie. L'oisiveté blanchit vos mains, le travail durcit les nôtres. L'ennui pousse vos esprits inactifs à se distraire dans les friponneries du jeu, les excès de la débauche et la folie des honteuses amours; nous avons à peine le temps, nous, de gagner le pain de nos femmes et de nos enfants. Nobles de naissance, vous déshonorez votre race; nobles de cœur, nous commençons la nôtre. Notre nom est un blason. Nous sommes des ancêtres.

— Mon cher citoyen, — répliqua lentement le marquis, — vous portez des manchettes; vous ne nous méprisez pas, vous nous enviez. Si la noblesse avait daigné vous adopter...

C'était toucher la plaie au vif; mais mon père, qui sentait sa puissance, poursuivit :

— L'heure des bravades est passée. Ce n'est pas dans les derniers souffles de l'agonie que Lovelace lui-même parlait d'accrocher son échelle de soie à tous les balcons et de planter ses pantoufles dans toutes les ruelles. Nous ne sommes plus au temps où votre nom était un diplôme de voleur et de tirelaine, où vos nobles pères couraient vaurienner la nuit par les rues, cassant les lanternes, rossant le guet, tapageurs de clapiers, filous de brelans, dormeurs ivres de ruisseaux ; nous ne sommes plus au temps où les nôtres étaient attelés à une charrette comme des animaux de labour, ou forcés de passer les nuits à battre l'eau verte des étangs pour empêcher les grenouilles de troubler le sommeil de leurs voluptueux seigneurs. Ces fiers détrousseurs de grands chemins, vos aïeux, qui guettaient leur proie comme des vautours, du haut de leurs aires féodales, ont laissé des habits de fer trop pesants, des épées trop lourdes pour vos bras, tandis que leurs serfs ont aiguisé, de père en fils, pendant des siècles, le lourd collier de l'esclavage et en ont fait un glaive terrible !

— En vérité, c'est un insipide radotage de club que tout cela !—s'écria soudainement en se levant le comte, qui jusqu'alors, la tête cachée dans ses mains, avait gardé le silence.—Vous m'avez déjà dit vingt fois la même niaiserie, citoyen !

A cette parole, qui annonçait l'éclat foudroyant d'une reconnaissance imprévue, tous les regards dardèrent sur le nouvel interlocuteur leurs rayons de flamme.

— Qui donc êtes-vous?—lui dit mon père avec l'accent d'une surprise profonde.

— Buvez un coup, ça vous éclaircira les idées,—repartit insolemment monsieur de Chavannes.

Et il porta en riant son propre verre aux lèvres de mon père.

Celui-ci le regarda; pâlit, et, au lieu de frapper l'offenseur comme chacun s'y attendait, recula devant lui comme devant un fantôme ressuscité de la tombe, en répétant d'une voix creuse :

— Octave ! Octave, ici ! Octave !

— Non pas Octave,—répondit altièrement le gentilhomme, — mais le comte Victor de Chabannes, cousin du marquis de Len...

—Vous me trompez, vous me trompez,—dit à voix basse mon père. — C'est vous qui êtes venu chez moi comme secrétaire intime. Dites la vérité. Vous êtes venu sous le nom d'Octave. Oh ! je vous reconnais bien. Vous êtes le protégé de Delbois.

— Je ne suis plus ici que le comte de Chavannes; — répliqua froidement le jeune homme.

Mon père parut accablé par cette réponse. Son esprit ne pouvait rester fermé à l'évidence; mais, ne sachant comment s'expliquer le mystère de la métamorphose de son secrétaire Octave, n'entrevoyant que dans le lointain le plus confus de ses pensées la vague probabilité d'une vengeance, il s'approcha du comte si brusquement que leurs visages semblaient se toucher, et lui dit :

— Si vous êtes le comte de Chavannes, pourquoi avez-vous été mon hôte sous un faux nom? Pourquoi ? pourquoi? Répondez, monsieur; je veux le savoir. Je vous prie de me répondre, Octave.

Chavannes resta muet, mais il sourit.

Mon père vit le sourire.

— J'ai le droit d'ordonner, monsieur le comte,—ajouta-t-il sourdement.

Chavannes haussa les épaules et siffla l'air de *Malbrouck*.

Le bras de mon père s'était levé sur lui. Tout à coup ce bras retomba, inerte, paralysé. Une pensée, ardente et rapide comme un éclair, avait sans doute traversé l'esprit du fier patriote ; il baissa humblement la tête, craignant d'avoir trop compris le sourire du comte. Tous ses muscles frémirent. Le feu de son regard se ternit. Il eût voulu se rassurer, et ses lèvres s'entr'ouvraient pour interroger encore le jeune noble, mais elles frissonnaient convulsivement. D'ailleurs la réponse de monsieur de Chavannes eût peut-être été l'annonce publique de son déshonneur, et il l'eût tué. Le sourire du gentilhomme n'était qu'une insulte d'homme à homme ; il la subit avec joie.

Tout cela s'était passé très-vite. D'ailleurs le peuple était patient : il ceignait ses victimes d'une trop formidable muraille pour qu'elles pussent lui échapper, si ce n'est par miracle, et alors on n'ajoutait plus foi aux miracles. Pour moi, à cet instant je me crus sauvée. Monsieur de Chavannes ne pouvait pousser sa vengeance jusqu'à la délation. Peut-être serais-je oubliée dans ma cachette.

Tu dois être surpris, Gabriel, de la fermeté de cœur qui me permit de faire de tels calculs en face d'un péril si voisin et si terrible. C'est que je n'étais plus seulement une jeune fille coupable que la vue de son père devait foudroyer après tant de secousses et d'angoisses. Mon salut était là vie de mon enfant, et je voulais qu'il vécût, afin de pouvoir bien l'aimer et être aimée de lui. L'énergie de mon âme s'était retrempée dans les émotions des épreuves précédentes ; j'avais appris à oublier la peur, à force d'en souffrir. J'eus donc la force de voir et d'écouter cette scène comme si elle eût menacé l'honneur d'une autre femme, avec cette attention profonde, lucide et presque sauvage d'un captif courageux qui calcule froidement les chances de sa délivrance sur les impressions mobiles du visage de ses ennemis, qui devine le dénoûment du drame aux inflexions de leur voix dans une langue inconnue, qui écoute pétiller le feu de son bûcher dans un mouvement de leurs lèvres, ou prévoit à la douceur de leurs regards que ses fers vont tomber.

Une seule personne osait encore sourire à la table du comte. C'était la religieuse.

Mon père, sentant qu'il était espionné par tous les yeux, se tourna brusquement vers les convives, vit le sarcasme empreint sur le visage de cette femme, et d'une voix sévère lui dit :

— Votre nom, madame, et surtout soyez franche.

— Navarre, danseuse de l'Opéra, — fit-elle avec une petite moue dédaigneuse.

— C'est cela, — reprit mon père, — des filles perdues ! ce vice insolent des roués, qui s'attable, la nuit, à toutes les débauches et qui ne craint pas de promener au grand jour son front livide, ses joues fardées et son haleine vineuse. Et voilà les créatures que les pieux défenseurs de l'autel déguisent en religieuses pour aiguillonner leurs plaisirs.

— Depuis quand les magistrats du peuple prouvent-ils l'héroïsme de leur vertu en insultant des femmes ? — s'écria la fausse religieuse avec un rire amer.

— Des femmes ! — répondit mon père. — Doit-on garder quelque charité sur les lèvres pour les sirènes de ta classe ? D'un baiser vous dévorez l'avenir et la fortune d'un homme. Une nuit vous fait riche, une ride vous fait pauvre. Heureusement l'hôpital a toujours un lit prêt pour vous.

— Ah ! le vieux satyre, — dit-elle en lui lançant un regard de vipère, — il voit la paille qui est dans l'œil de son voisin, mais lui se croit un agneau sans tache. Si je lui faisais à mon tour une leçon de morale ? Qu'en pensez-vous, messieurs ? — La foule murmura, mais l'éveil de la curiosité ferma toutes les bouches. — Écoutez ces juges sévères, — poursuivit la danseuse avec un éclat de rire strident, — écoutez-les calomnier des plaisirs qu'ils craignent de voir leur échapper. Comme leur crâne est chauve et leur œil sinistre ! Ils n'oseraient nous regarder de profil. Ils emploient contre nous, pauvres créatures,

la parole et le fouet. Ils enferment dévotement leurs femmes et leurs filles dans un oratoire. Oh ! les vertueuses filles que doivent avoir de tels pères !

— Eh bien ! eh bien ! — fit sourdement mon père d'une voix qui criait du plus profond des entrailles, — que veux-tu dire, malheureuse ?

Cette question fut suivie d'un horrible silence. Le rire de cette femme me dénonçait d'avance. J'avais suivi les progrès de sa colère, et je vis qu'elle voulait se venger de mon père par moi, et de moi, sa rivale, par mon père. Le souffle de l'effroi passa comme un frisson sur ma chair. Les autres convives commençaient aussi à comprendre, mais ils se taisaient. Octave abandonnait à cette femme sa proie. Le peuple attendait, se doutant qu'il allait se passer dans cette salle quelque chose d'effroyable.

— Ah ! je suis une malheureuse, moi, — reprit la Navarre ; — une malheureuse, parce que je ne me blottis pas, tremblante, dans quelque coin obscur pour fuir les regards qui viennent épier ou menacer nos joies. Une question, s'il vous plaît, citoyen, et, à votre tour, soyez franc : Sont-elles chastes et innocentes, selon vous, ces femmes qui viennent s'asseoir à la même table que nous, user leurs lèvres aux mêmes baisers, s'enivrer des mêmes paroles ardentes, mais qui ont soin, il est vrai, de couvrir leur front d'un bandeau virginal, de cacher leur taille, leur visage et jusqu'au son de leur voix, pour qu'aucune de nous ne puisse dire, en les voyant pieusement agenouillées à l'église, ou marchant d'un pas modeste et le regard baissé dans la rue : « C'est cette femme qui nous a disputé une place l'autre soir à la table du comte de Chavanne ! »

— Où voulez-vous en venir ? — répliqua froidement mon père.

Mais en même temps il appuya sa main sur l'épaule de monsieur Gebelin. Son regard flamboyant déchiffrait le cœur et la pensée de la danseuse. Ses jambes tremblaient.

— Tais-toi ! tais-toi ! — dirent les autres femmes à leur compagne avec l'accent de la prière.

— Pourquoi me taire ? — répondit-elle. — Par pitié pour ces créatures qui veulent mettre en poche les bénéfices de la vertu parce qu'elles ne vont au vice qu'en trottant menu, d'un pied timide, dans l'ombre de la nuit ? Elles boivent ici dans notre verre et se croiraient souillées si nos mantes touchaient les leurs en plein jour. Ah ! nous sommes des femmes perdues, nous autres ! Que sont-elles donc ces filles qui, en sortant d'ici, vont tendre leurs fronts candides aux baisers de leurs pères ? Elles sont criminelles et infâmes, je vous le dis.

Ses yeux se dirigèrent brillants de haine vers ma cachette.

— Tais-toi ! tais-toi ! — s'écrièrent encore les femmes en l'entourant.

— Laissez-la parler ! — hurla le peuple.

Je regardai mon père. Des gouttes de sueur glacée hérissaient la pointe de ses cheveux. Sa figure, habituellement pâle, s'était marbrée d'une teinte crayeuse. Il faisait pitié à voir ; il restait néanmoins grave et immobile, quoiqu'il eût plutôt l'air d'un accusé que d'un juge. Seulement il se pencha à l'oreille de monsieur Gebelin, et lui dit très-bas et très-doucement :

— Mon ami, un peu d'eau !... J'étouffe.

Je ne sais comment il se fit que je pus entendre ces paroles, mais je les entendis, et il me sembla en ce moment que mon cœur se tordait sous une tenaille ardente. La respiration me manquait.

Monsieur Gebelin prit un verre sur la table, vida dans ce verre le fond d'une carafe d'eau, et le tendit à mon père, qui but machinalement.

L'implacable femme continuait :

— Je suis franche, voyez-vous, tout infâme, toute flétrie que je sois à vos yeux. Pour moi, la conscience, ce n'est pas l'œil du premier mendiant qui m'aura vue me glisser le long des murailles jusqu'à la rue du Cerceau ; ce n'est pas non plus l'oreille du valet qui m'aura entendue chanter quelque libre refrain au pied de ces marronniers... Je vide loyalement un verre de vin de Champagne. Si je serre ma taille dans les plis grossiers d'une robe de bure, c'est le déguisement d'un soir. Mon front portera demain la couronne de Cléopâtre. Et voilà cependant pourquoi vous me méprisez tous, comme vous méprisez celles de mes sœurs préférant ainsi que moi la révolte, qui nous emprisonne dans le cercle honteux et maudit des parias, aux monstrueuses abstinences du cloître, et au mariage qui nous ferait serves ou nous traînerait par le cœur dans les lâchetés dégradantes de la trahison domestique. Et voilà pourquoi ma rivale elle-même se croit en droit de me mépriser. Eh bien ! puisque vous êtes en train de faire aujourd'hui de la morale en action, citoyens, qu'une fois au moins la tartuferie en jupons soit dépouillée de son voile, montrée du doigt et insultée de la parole comme le vice sincère. N'est-ce pas juste, monsieur Duhamel ? — La danseuse aurait pu parler ainsi pendant douze heures que mon père ne l'eût pas interrompue. — Honnêtes et inflexibles juges, — reprit-elle, — à l'heure où vous nous *ramassez* avec dégoût, nous autres créatures infâmes, comme une vile fournée de prison, votre cœur se réjouit en songeant à vos femmes, à vos chastes filles, qui veillent en attendant votre retour, et qui vous trouvent bien lents à revenir. Heureux époux ! Heureux pères ! N'est-il pas vrai que vous pensez en ce moment à votre fille, citoyen Duhamel ? — Mon père bondit en sursaut. Il joignit ses mains crispées pour ne pas frapper cette femme. — Avez-vous votre compte de victimes ? — dit-elle aussitôt en changeant de son de voix. — Cette question obtint un signe de tête affirmatif. — Vos espions ont la vue basse, — repartit la misérable délatrice. — Ils n'ont pas su additionner toutes les brebis qui sont entrées ce soir au bercail. Je tiens à vous prouver que l'antre des débauches de monsieur le comte n'est pas uniquement peuplé de femmes perdues.

Sa voix vibra sur ce dernier mot.

— Cette créature est folle, — dit mon père en haussant les épaules ; — nous perdons notre temps à l'écouter.

— Folle ! — répéta la danseuse. — Nous verrons si, tout à l'heure, vous direz que je suis folle. Une seule question encore, citoyen : Que penseriez-vous d'une fille de bonne maison que vous trouveriez cachée dans cette salle ?

— Une vestale deviendrait ici une Messaline, — répondit mon père.

— Eh bien ! vous alliez oublier ici une vertueuse enfant...

— Noble ? — demanda-t-il avec angoisse.

— Mieux que cela !

— Une princesse ?

— Mieux que cela !

Le visage de mon père s'éclaircit. La foule déborde Des haillons couvrent les panneaux, masquent les marronniers ; on entend les glaces qui se brisent.

— La reine, peut-être ?

— A la façon de Barbari, mon ami, — fredonne le comte.

— Mieux que cela ! — crie la danseuse.

En ce moment, une joie épouvantable et féroce luit sur tous les visages, dans tous les yeux. La terreur a enlaidi les femmes ; le fard s'éraille et roule sur leurs joues. Les lustres bondissent, froissés par des mains avides, et les lumières vacillantes ne versent que des teintes blafardes sur la salle, qui tremble sous le remuement de cette fantasmagorie de démons.

— Bah ! prenez-nous, — disent les femmes à mon père, — Une de plus ou de moins, qu'est-ce que cela fait ?... Laissez l'autre s'échapper. Mettre la main sur elle, c'est la tuer.

— Il faut le compte ! — crient brutalement quelques gardes nationaux.

— Navarre vous l'a dit, c'est une enfant, — insistent-elles. — A quoi bon s'acharner contre une enfant ? Le beau triomphe !

— Il faut le compte ! — répète sévèrement mon père.

Alors seulement je me sentis bien perdue et bien abandonnée. J'étais flétrie et tuée par les deux seuls êtres que j'eusse aimés en ce monde. Il me sembla tout à coup qu'un cercle de fer rouge emprisonnait et brûlait mon front. On entendit quelque chose tomber derrière la conque de fleurs : c'était moi. Tout bruit cessa aussitôt.

Comme je l'appris ensuite, monsieur de Chavannes était alors debout entre mon père et la corbeille qui me servait de rempart. Il s'écria sur-le-champ :

— Le tigre veut sa pâture, qu'il aille la prendre ! — Puis, menaçant mon père du regard, il ajouta : — Tu veux ta victime, tu la veux ?... Eh bien ! la voilà !

Puis, le visage rayonnant d'un affreux sourire, il se pencha derrière la corbeille, saisit violemment mon bras inerte et me traîna évanouie sur le pavé de marbre, la figure voilée de mes longs cheveux.

— Quelle est cette femme ? — demanda mon père dont les vagues soupçons s'étaient éteints.

— Tu ne la reconnais pas encore ? — fit monsieur de Chavannes. — Rien n'a donc remué dans ton cœur d'acier ? Regarde, alors !

Et il rejeta en arrière mon capuchon et les cheveux dont les boucles s'éparpillaient jusque sur mes épaules.

Mon père recula comme devant un spectre. Un instant, il crut croire à quelque apparition surnaturelle. La vérité était trop horrible. En ce moment j'ouvrais les yeux, et, en le voyant si près de moi, j'étendis les bras avec épouvante. Lui me regardait avec des yeux vitreux. Nous avions peur l'un de l'autre.

Nous restâmes ainsi, moi courbée à terre, lui debout, muet, immobile, terrifié, pendant une minute. Enfin, il se pencha vers moi, et, dans son incrédulité douloureuse, toucha de ses mains mes cheveux et mon visage glacé, et puis, haletant, éperdu, meurtrit mon bras de ses mains crispées, pour m'arracher un cri de souffrance et se bien assurer que j'étais vivante.

Mais il m'eût brisée de sa force que je ne lui aurais pas crié · Grâce, mon père !

Alors une voix osa grincer dans le silence ces horribles paroles :

— Le bon père ! C'est sa fille !

C'était la voix de la danseuse, et non celle d'Octave. Mon cœur en remercia Dieu. Pourquoi ? Dieu seul a la clef de ces mystères.

A cette révélation, une tempête de cris de stupeur éclata sur toutes les lèvres et gronda dans toutes les âmes.

— Jour de Dieu ! la catin a raison, — crièrent involontairement les deux ouvriers qui se trouvaient alors au premier rang. — Cette pauvre mam'zelle est bien en effet la fille du citoyen Duhamel !

— Vous entendez ? — dit triomphalement la Navarre. — Je vous ai dit la vérité nue. La voix du peuple est la voix de Dieu.

Je regardai avec égarement les deux hommes qui rendaient ainsi témoignage contre moi. Ils avaient déjà compris leur faute : un mot assassine parfois mieux qu'un coup de poignard.

Tous les yeux s'attachaient sur mon père avec une sombre curiosité. Sans doute il sentit que le rêve et le labeur ardent de toute sa vie, que l'influence de son nom et de sa parole, que les glorieux espoirs de son ambition haineuse allaient s'engouffrer, en moins d'une seconde, dans le guet-apens des gentilshommes. S'il m'acceptait flétrie et me couvrait de son pardon comme d'une égide, le déshonneur retombait sur lui. Pourtant il eut le courage, le bon père, lui le haïsseur des nobles, lui tout à coup insulté par eux, lui qui trouvait sa fille bien-aimée dans ce bouge doré, lui frappé dans sa vengeance, dans tous ses principes, dans toutes ses affections, il eut le courage de saisir le bras de monsieur de Chavannes et de lui dire d'une voix étouffée ces mots que le comte et moi pûmes seuls entendre :

— Si je vous sauve tous deux, épouserez-vous Camille, monsieur ?

— Allons donc ! vous voulez rire, mon bonhomme ? — répondit le comte avec un geste de mépris.

Mais aussitôt mon père releva fièrement la tête et dit froidement :

— Il ne manque à cette comédie qu'un peu plus de vraisemblance. Ces messieurs en ont menti. Cette créature n'est pas ma fille. — Et, se penchant à mon oreille, il ajouta avec un de ces sons de voix auxquels on ne réplique point : — Ne me démentez pas, misérable ! — Puis il reprit tout haut, au milieu d'un silence d'étonnement inouï : — Acceptez-vous la complicité du rôle que ces hommes vous font jouer, mademoiselle ?

Je frissonnai comme si j'eusse senti se nouer et grimper sur moi les pinces d'acier de la torture. J'eus froid dans les entrailles. J'hésitai, mes dents claquèrent. M'humilier et me flétrir moi-même, renier mon nom et mon honneur, c'était souffrir deux fois la sueur sanglante et le râle de l'agonie. D'un regard effaré, je priai mon père comme on prie Dieu en mourant ; d'un regard il repoussa ma prière. Il fallait le sauver ; mes lèvres s'ouvrirent.

— Non, je ne suis pas votre fille, monsieur ! — m'é-criai-je.

Alors il lâcha mon bras. Je tombai à terre comme morte.

Le jeu tournait contre les nobles. Le peuple battit des mains. La danseuse ne riait plus. Les trois autres femmes pleuraient en silence. C'étaient, au fond, de bonnes âmes dont l'insouciance du vice avait perverti l'esprit sans leur gangréner le cœur.

Ce qui se passa ensuite, je le sus confusément plus tard. On emmena les jeunes débauchés à l'Abbaye. On laissa les femmes s'enfuir où elles voulurent. Leurs larmes avaient trouvé grâce devant mon père. Chacun ferma les yeux sur cette indulgence. La foule s'assit à la table du comte et s'invita à son festin, vida le fond des bouteilles, engloutit la desserte, mais n'emporta pas les couverts. Les statues furent éborgnées, lapidées, détrônées de leurs piédestaux ; on se baigna dans les étangs, on effeuilla les charmilles. Les mendiants à face lépreuse essuyèrent la boue de leurs pieds sur le velours des coussins.

Quand je repris connaissance, je me trouvai couchée dans un fauteuil, au milieu d'un vrai kiosque chinois avec ses toits crochus, ses dragons frileux contournés en girouettes grimaçantes, et ses mille cloches dont la langue de cuivre restait muette. Le long du mur souriaient de cérémonieux magots barbus, le doigt en l'air. Des pagodes effilées à perte de vue, des paravents à court de perspective, des sièges évidés et minces à treillis décorés de bambous, des vases de faïence bariolés de femmes et d'oiseaux, de noirs écrins de laque plaqués de dorures à traits déliés, complétaient l'ameublement de ce pavillon, perché sur une roche autour de laquelle croissaient des roseaux indiens à mille nœuds, qui levaient leurs tiges hors de l'eau bleue d'un petit lac. Le jour venait de poindre. J'entendais le chant des oiseaux saluer son apparition ; ma tête était lourde encore. Je n'avais qu'un souvenir vague de la scène de la nuit, le souvenir d'avoir souffert. Je me rappelais bien que quelque chose de terrible me séparait de la veille ; mais je ne savais pas si c'était un rêve ou une réalité, et je ne pouvais comprendre par quel hasard étrange je me réveillais dans ce lieu inconnu. Tout à coup un son imperceptible, un souffle, me sembla bruire derrière moi. Je me retournai, et je vis les figures attendries des deux ouvriers. Je me rappelai tout et je jetai un cri. Un de ces braves gens me dit avec douceur :

— Ne parlez pas encore, mamz'elle, ça vous ferait du mal. Nous avons été bien contents, allez, quand nous avons vu vos yeux se rouvrir.

—Vous ne m'avez pas abandonnée, vous,—murmurai-je tout émue, — vous pour qui je suis une étrangère, et eux ils m'ont reniée, reniée !

— Vous voyez bien que vous ne devez pas parler ? — reprit-il. —Voilà que vous allez pleurer, à présent. Allons ! il ne faut pas vous désoler comme ça. Nous avions fait la faute, c'était à nous à la réparer. Je vous crois innocente d'ailleurs, moi. Une si belle et si douce demoiselle ne peut pas être coupable des horreurs que cette danseuse du diable vous mettait sur le dos. Mais les faibles payent pour les effrontés.

— Nous vous avons transportée ici, — ajouta l'autre,— parce que c'est le seul endroit que nos amis aient épargné... Du reste, ils sont tous partis en braves, les poches retournées, et les mains vides levées en l'air.

— Je suis donc encore dans la petite maison du comte de Chavannes ! — m'écriai-je avec horreur, en essayant de me lever, mais je retombai.

— Oui, — répondit l'ouvrier ; — mais vous allez venir avec nous. Dame ! chez nous, vous ne mangerez pas du pain blanc ; mais nos ménagères et nos enfants vous aimeront bien. Vous verrez ! Mon petit gars vous chantera des chansons pour vous égayer. Cet enfant-là est un oiseau.

— O mon père ! mon père ! — fis-je éclatant en larmes et en sanglots.

— C'était donc votre père pour de vrai ? — dit l'ouvrier étonné. — Ah ! bien, tout pourra s'arranger. On verra à faire la paix avec ce père, mais ne pleurez plus.

Un quart d'heure après, j'étais hors de la rue du Cerceau.

IV

LA MANSARDE.

Mes nouveaux amis me conduisirent à leur demeure, misérable mansarde de la rue Saint-Antoine. Ils étaient frères et s'appelaient Brindejonc. Jean, l'aîné, marié depuis cinq ans, avait deux enfants qu'il aimait comme la prunelle de ses yeux, disait-il. C'est le seul personnage de ma triste histoire que tu ne connaîtras jamais. Sa femme, la bonne Marthe, me reçut comme un troisième enfant. Il fallait la voir s'empresser, se remuer autour de moi et déranger tout son pauvre mobilier pour me faire honneur. Le petit Jean et sa sœur Mariette, malgré la défense de leur mère, ne tardèrent pas à venir rôder autour de ma chaise, en ouvrant de grands yeux avec cette expression d'étonnement curieux et familier toujours si charmante sur les jeunes visages. Comme ils me voyaient pâle et triste, ils n'osaient d'abord me parler. Enfin Mariette, plus hardie que son frère, qui s'accrochait poltronnement de la main aux plis de sa jaquette bleue, me dit bien doucement :

— Vous avez du chagrin, bonne demoiselle ? Oh ! restez avec nous, nous vous aimerons bien. N'est-ce pas, Jean, que nous l'aimerons bien ?

— Oui, — répondit monsieur Jean avec un air de grave importance, mais en se tenant toujours caché derrière sa sœur. — Je lui chanterai la chanson du grenadier Larose.

— Et moi, — dit Mariette en sautant sur mes genoux comme une petite chèvre, — j'irai dans les champs vous cueillir de belles couronnes de bluets.

Ces témoignages d'affection naïve étaient peut-être la seule consolation qui pût me toucher. Je pleurai, et, au mileu de mes larmes, essayant de sourire, je murmurai en regardant Brindejonc et sa femme :

— Vous êtes heureux, vous !

— Ajoute donc, — dit Marthe en poussant vers moi son petit Jean, — que tu prieras le bon Dieu pour mam'zelle.

— Bien sûr qu'il priera le bon Dieu, et moi aussi, — répliqua Mariette.

— Oh ! oui, priez, — dis-je en éclatant en sanglots et attirant à moi les deux enfants que j'embrassai d'un baiser convulsif. — Dieu écoutera la voix de vos cœurs innocents. Je n'ai plus le droit de le prier, moi : je suis trop coupable. Mais, grâce à vous, peut-être aura-t-il pitié de moi. Que vos prières, — ajoutai-je, — soient récompensées par l'amour de vos parents ! Que les vôtres, — dis je aux ouvriers et à Marthe, — soient récompensées par le bonheur de ces enfants !

Je vis qu'ils pleuraient, et me reprochai leurs larmes en pensant que j'apportais partout la douleur.

Le jour même, je tombai malade. Mon corps se glaçait sous le contre-coup de la douleur qui avait allumé dans mon âme ses tisons ardents. Pendant les exaltations de la fièvre, deux mots vinrent seuls à mes lèvres : « Mon père ! Mon enfant ! »

Mais une autre vision s'accoudait aussi à mon chevet. Le spectre d'Octave se levait pâle devant mes yeux éteints, et je le voyais me sourire. Alors je poussai des cris terribles ; je voulais soulever mes membres épuisés hors de cette couche brûlante, je tendais mes bras vers une autre ombre qui fixait sur moi un regard immobile et menaçant, et je lui disais : « Mon père, mon père, sauvez-moi ! » Mais l'ombre inflexible me repoussait, et je retombais terrassée. Dieu veuille que tu ne saches jamais, Gabriel, combien il est cruel de se voir mourir dans le cœur de ceux qui nous ont aimés !

Quand le souvenir n'est plus qu'un remords, il semble que chaque jour on se sente enfoncer peu à peu dans le cercueil béant. Toujours on rêve le passé qu'il est impossible de ressusciter ; le cœur s'épuise sur ce fantôme, car les vivants ne sont rien pour lui. Le monde entier nous semble alors un désert, les hommes passent devant nos yeux comme des ombres ; nous ne voyons autour de nous que des étrangers, des inconnus, des indifférents. Nous n'avons rien à leur dire, et ils ne sauraient nous consoler. Notre souffrance même nous est chère, parce qu'elle touche à cet Eden du passé, et nous la caressons avec une sorte de plaisir sauvage, tandis que les joies de la nature nous sont amères et importunes.

Le père Brindejonc eut pitié de mon état, et, pensant que si je voyais mon père ce serait un baume de guérison, il rappela à son compagnon la promesse qu'ils m'avaient faite. Ils prirent leur courage à deux mains, comme ils disaient, et allèrent chez le redoutable tribun.

Ils furent effrayés en voyant Paul Duhamel, tant ils le trouvèrent pâle, affaissé, vieilli, couché plutôt qu'assis dans son grand fauteuil, le regard morne, la voix éteinte, devant un grand feu, et on était au mois de juillet.

Il ne recevait plus personne. Mais les ouvriers se présentèrent sous le prétexte de réclamer ses secours, et le malheur ne faisait jamais antichambre chez mon père.

— Que voulez-vous ? — leur demanda-t-il tout d'abord avec douceur.

— Nous venons de la part de mademoiselle Camille, — répondit Brindejonc en tremblant.

— Camille ! — répéta-t-il d'une voix rauque. — Qui a prononcé ce nom devant moi, dans cette maison ? Viendrait-elle me braver jusqu'ici ? Ce nom, je l'entends toutes les nuits résonner à mes oreilles, car je ne dors plus. Qu'on me laisse au moins souffrir en paix le jour ! D'ailleurs, — ajouta-t-il d'un air égaré, — je l'ai maudite, ne le savez-vous pas ?

Les deux ouvriers n'osaient plus parler. Ils se poussaient du coude pour s'enhardir. Enfin Brindejonc reprit :

— Votre fille !...

— Je n'ai pas de fille, — interrompit Paul Duhamel ; — non, non, je n'en ai plus. — Et il les regardait durement. Mes amis baissaient les yeux. Il reprit : — Vous êtes de bonnes gens, vous ! J'ai tort de vous traiter ainsi. Eh bien ! ma fille, qu'avez-vous à me dire ?... Parlez vite ! — Ils balbutiaient et cherchaient leurs paroles. Il devint plus pâle et murmura : — Parlez ! je suis préparé. Est-elle morte pour expier son déshonneur ?

— Si vous lui pardonnez, peut-être pourrait-on la sauver. Elle vivrait...

— Vivre ! vivre ! — s'écria-t-il avec agitation. — A-t-on le droit de vivre quand cette vie est la honte et le déshonneur d'un père ? Morte plutôt ! Qu'elle meure ! J'aimerais mieux la savoir morte.

— Oh ! ne dites pas cela, citoyen ! Elle qui vous aime tant ! C'est mal. Après tout, le crime n'est pas à elle. Elle a aimé, et on l'a trompée.

Il rougit de sa violence. Mais il restait inflexible, et à toutes leurs prières il ne répondait que ces mots bien cruels et bien tendres à la fois :

— Je l'ai trop aimée ! Comment voulez-vous que je lui pardonne d'avoir trahi ma confiance, mon affection, et pour qui encore ? pour un noble ! — Et à cette pensée sa colère se rallumait, et il s'écriait : — La malheureuse ! comme j'ai été dupe de son sourire, de ses caresses, de sa mélancolie même. Et je n'ai rien compris, rien, car j'étais aveugle, car je croyais en elle comme à la sainte innocence, car pour moi sa présence était une joie et une vision. Son visage me semblait celui de sa pauvre mère renaissant de la tombe.

Et il restait plongé dans un silence rêveur, oubliant tout à fait les témoins de son angoisse.

Enfin, voyant qu'il ne pouvait rien obtenir par la prière, Brindejonc lui frappa brusquement sur l'épaule, et lui dit :

— Mais, à tout considérer, citoyen, savez-vous que dans cette affaire elle n'est pas si coupable que vous, la pauvre chère créature ? — Mon père, surpris, releva la tête, et du regard lui demanda compte de cette insolente apostrophe. Mais Brindejonc, sans se déconcerter, continua : — C'est mon sentiment, citoyen. Tant pis si ça vous blesse. Mam'zelle Camille a été trompée, soit ! Mais ne l'avez-vous pas été vous-même par ce gueux d'aristocrate. C'est votre confiance en lui qui a perdu votre fille, je le répète.

— Ainsi c'est moi qu'elle accuse de sa faute, — interrompit amèrement mon père.

— Elle ! allons donc ! — dit Brindejonc. — Elle ne sait que pleurer et se condamner elle-même. C'est moi qui vous accuse, citoyen ; je ne sais pas enfiler de belles phrases, mais j'ai du bon sens. Vous n'avez pas fait votre devoir de père, entendez-vous. Quoi ! vous amenez dans votre maison solitaire un jeune homme, un beau parleur, un faraud fini. Vous demandez pour lui l'amitié de votre fille, une enfant qui a à peine mis le pied dans la rue pour aller prier Dieu, qui ne sait rien des rouéries du monde, et vous ne craignez pas que cette amitié ne se change en amour dans un jeune cœur que ne guident pas les conseils d'une mère. Ah ! l'habile politique qui s'occupe du sort du peuple et qui fait défaut dans sa propre maison.

— Citoyen, vous êtes un juge bien subtil et bien rigoureux, — dit mon père.

— Ecoutez votre conscience, elle vous parlera comme la voix du pauvre ouvrier, — reprit Brindejonc. — C'est au père à veiller sur l'enfant, et, s'il tarit la confiance dans le cœur de l'enfant, lui seul est coupable. C'est vous qui avez fait le mal. Vous avez introduit le loup dans le bercail. Vous les laissiez vivre toujours ensemble : partout mam'zelle Camille le trouvait devant elle. A son réveil, elle entendait sa voix. Le soir, c'était lui seul qu'elle quittait, lui seul dont l'image la poursuivait dans ses rêves. Est-il un arbre de votre jardin au pied duquel ils ne se soient assis de longues heures, où elle n'ait baissé les yeux devant le fiévreux regard de ce gentilhomme, où elle n'ait écouté en silence sa bouche hardie murmurer ces belles paroles qui enivrent les femmes. L'amour est leur vie à ces pauvres créatures. Dieu leur a fait un cœur pour aimer, et, si mam'zelle Camille n'eût pas aimé cet homme dont vous aviez mis la main dans la sienne, ce ne serait pas une femme, mais une statue sans âme. Mais vous savez cela aussi bien que moi, citoyen. Ce n'est pas votre vertu, c'est votre orgueil qui se révolte, c'est le respect humain qui vous domine. Vous avez vous-même jeté votre enfant dans le malheur, et vous pensez qu'en l'accablant on lui jettera la pierre, à elle seule ; qu'on vous lavera de tout reproche et que vous serez admiré de tous.

— Eh bien ! soit, — répliqua froidement mon père ; — c'est de l'orgueil, c'est de l'égoïsme peut-être, mais je ne fléchirai pas. Ce que cette enfant était pour moi personne ne le saura jamais. Je faisais le sévère devant elle, mais je pleurais en la regardant, à la dérobée, dormir, et je sentais battre mon cœur en pensant à elle ; en moi-même je m'humiliais devant sa candeur virginale. Elle me semblait entourée d'une atmosphère de pureté inaltérable . j'étais si fier d'avoir une telle fille et de la préserver de ce monde impur ! C'était comme une fleur cachée dont seul je devais respirer les parfums. Pouvais-je croire que la parole d'un homme suffirait à détruire ce bonheur ! Non ! celle que j'ai aimée n'existe plus. Elle est enterrée là ! — ajouta-t-il en frappant sur son cœur, — et je pense à elle quelquefois, souvent, — dit-il plus bas, — toujours ! pourquoi ne pas dire la vérité ? — murmura-t-il. — Mais ce passé heureux est anéanti. Ce qui a été ne saurait plus être ; celle dont vous me parlez, c'est une autre Camille que je ne connais pas, une enfant flétrie avec laquelle mon cœur n'a aucun lien, même de souvenir. De quelle tendresse je me sentais autrefois pénétré en recevant ses caresses naïves ! aujourd'hui je la repousserais avec horreur. Oh ! avoir eu plus de confiance en cet homme qu'en son père !

— Pardonnez, pardonnez, — dit Brindejonc ; — où l'enfant trouvera-t-il un refuge, s'il est repoussé du cœur et des bras de son père ?

— Pardonnez, n'est-ce pas ? — interrompit-il avec un sourire amer. — C'est une belle parole et facile à dire. Ah ! il est plus aisé de pardonner que de punir, citoyen ! mais savez-vous aussi ce que c'est que l'honneur d'une famille ? ce lourd et noble héritage qui s'est transmis de siècle en siècle dans notre maison. Le premier venu a bien le droit de se sentir ému de pitié devant les larmes d'une fille égarée , mais moi ai-je le droit d'accepter la tache imprimée à notre nom et de déshonorer d'un mot tous nos ancêtres saintement couchés dans leur tombe. J'ai passé ma vie comme eux à mériter le nom d'honnête homme, et, par la folie, le caprice, l'égarement d'une heure, ma fille m'a exposé sans pitié à la honte publique. Et j'irais lui tendre de nouveau les bras ; ah ! ils se fermeraient d'eux-mêmes en frémissant devant elle ! Descendrais-je avec elle dans la rue pour entendre murmurer : « C'est cet excellent père, ce vertueux Duhamel, qui a pardonné à sa fille... vous savez ? celle qui a été séduite par monsieur de Chavannes,. Le pauvre homme,. il a la tête un peu faible., on fait de lui ce qu'on veut... » Non ! plutôt mourir que de m'entendre insulter, que d'adopter ma honte dans ma maison, car alors je serais moi-même le complice de mon déshonneur.

— Ceci est une sentence de mort, — dit Brindejonc ; — mam'zelle Camille ne pourra pas être sauvée de cette condamnation-là. Adieu, citoyen !

Il ne les retint pas ; il ajouta seulement en se levant :

— Qu'elle souffre et qu'elle pleure, la malheureuse ; elle a fait sa destinée. Dites-lui que je ne la maudis pas, mais qu'elle m'a tué, et que nous ne nous reverrons plus.

L'autre ouvrier lui dit brusquement :

— Bientôt nous vous mettrons votre ouvrage sous les yeux, citoyen ; nous vous apporterons votre fille morte dans son suaire. Nous sommes trop pauvres pour faire enterrer dignement cette belle demoiselle.

— Morte !... le suaire... ! — répéta-t-il d'une voix étouffée en retombant dans son fauteuil.

Un tremblement fiévreux agita ses mains amaigries, qui s'allongeaient sur les bras de velours du fauteuil ; mais il ne parla plus et resta immobile comme s'il voulait les laisser partir sans faire attention à eux. Pourtant, quand ils furent sur le seuil de la porte, il poussa un cri sourd et tendit les bras vers eux.

Ils retournèrent la tête et furent émus de l'angoisse que révélait ce geste involontaire. Alors ils se rapprochèrent du fauteuil, et Brindejonc dit tout bas, mais gravement, ces mots :

— Voulez-vous ?

— Écoutez ! — répondit-il d'une voix altérée, — je ne puis la recevoir chez moi comme une fille bien-aimée. Si elle veut accepter une prison dans la maison de son père, je consens à être son geôlier. Mais il faut qu'elle vienne la nuit, furtivement, sans être vue... sans que personne se doute qu'elle soit ici. Elle ne verra personne, elle sera dans un cloître, vivante pour le repentir, sans les joies du monde et morte pour le monde, sans la paix de la tombe. A cette condition, je lui permets d'espérer un jour son pardon. Allez.

Les bonnes gens m'apportèrent cette réponse. Sous la dureté des paroles de mon père je ne vis que le pardon. Je remerciai mes sauveurs, et le lendemain, me trouvant plus forte, à la nuit, je me rendis, accompagnée par eux, à cette maison où j'avais craint de ne pouvoir jamais rentrer. Mon père m'attendait, seul, derrière la porte entr'ouverte. Je me glissai comme un voleur dans l'ombre. Je voulus prendre sa main glacée pour la porter à mes lèvres ; il me repoussa doucement, mais en me repoussant il se mit à marcher devant moi. Quand nous fûmes arrivés dans la chambre qui m'était destinée, il me dit froidement :

— C'est ici que vous vivrez, Camille. — Je le regardai, et je restai terrifiée de l'expression solennelle de son noble visage. Je compris le déchirement de ce grand cœur ; je me sentis séparée de mon père par toute l'étendue de ma faute, et comme devenue une étrangère à ses yeux. J'eusse voulu pouvoir embrasser ses pieds et les mouiller de mes larmes. Je l'implorai d'un regard dans lequel avait passé toute mon âme. — Je vois, — reprit-il, — que vous avez cru que j'avais peur du public seulement, et qu'ici, sans témoins, seul devant votre repentir, je redeviendrais votre père ; détrompez-vous, Camille ; mon cœur a été trop vivement atteint, il est paralysé ; désormais il n'aimera plus rien. Je n'ai pas voulu que celle qui s'était appelée Camille Duhamel végétât dans la misère, eût besoin de l'aumône du pauvre et fût à charge à qui que ce soit ; mais il est des choses qui ne peuvent s'oublier. Si je vous disais que je vous pardonne je mentirais : vous sentez-vous le courage de vous sacrifier en vivant près de moi comme une recluse et une condamnée sans espoir de pardon, ou préférez-vous une vie libre et à l'abri de la misère loin de cette triste demeure.

— O vous que je n'ose plus appeler mon père, — répondis je en fondant en larmes, — daignez au moins être mon juge. Vous êtes trop indulgent encore. Me permettre de vivre là où j'ai vécu innocente, dans cet air que vous respirez, n'est-ce pas me sauver ? Vous mettez le bonheur et la miséricorde à la place de la souffrance et de l'humiliation. Vous êtes trop généreux envers moi, qui ai mérité votre colère et votre abandon.

Ma résignation parut le toucher.

— La vertu n'est pas morte dans ton cœur, Camille, — dit le magnanime tribun,

Je crus renaître à la vie, je crus voir le ciel s'ouvrir dans le regard adouci et presque tendre de mon père. Que n'eussé-je pas donné alors pour sentir ses lèvres sur mon front ! Il me semblait que son baiser eût effacé la trace des baisers d'Octave; mais je n'étais pas digne encore d'être ainsi lavée de mon déshonneur. Hélas! les forces du cœur ne sauraient être toujours tendues; nous sommes de trop débiles créatures pour pouvoir même souffrir sans cesse d'une douleur et d'un remords également amers. On s'engourdit dans la souffrance et on use son repentir, je fus trahie par la lâcheté de mon âme. Pour m'élever contre moi-même, je m'abandonnai à ce dangereux souvenir. Quand le passé apparaissait devant moi comme une éblouissante vision, je sentais la fièvre s'allumer dans mon sang, j'étouffais, je me penchais à ma fenêtre pour aspirer un peu d'air pur, je marchais pieds nus sur le pavé de ma chambre, mais je voyais avec horreur que ces souvenirs, au lieu de m'épouvanter et de m'humilier, avaient pour moi un charme incompréhensible, et que au lieu de les fuir, je les cherchais avec une avidité funeste. Il n'y avait donc plus de calme possible pour mon cœur; l'esprit de vertige me dominait toujours et me poussait à me révolter contre mon arrêt, je ne pouvais me croire criminelle parce que j'avais aimé; je croyais encore à un avenir; je sentais en moi une attente inquiète, un de ces troubles précurseurs auxquels nos parents eux-mêmes ont croyance et qu'ils appellent pressentiment.

Est-il nécessaire de t'avouer qu'Octave était le compagnon idéal de mes rêves, et que parfois j'en venais à cette folie de l'excuser et même d'honorer son crime que j'attribuais au fanatisme exagéré d'un noble cœur. Qui pourrait comprendre les ruses misérables que l'amour emploie pour avilir les âmes les plus droites et les plus loyales! passion égoïste avant tout, elle purifie ou corrompt d'après la nature des êtres qui l'inspirent.

Dans mes moments de prostration profonde, dans cette nuit morale, l'orgie des nobles étincelait avec toute sa fantasmagorie vicieuse. Alors je croyais haïr Octave; mais je le haïssais trop pour ne pas l'aimer encore, et certes, je n'aurais pas osé le mépriser.

Dans d'autres moments, le soir, quand la lune argentait les feuillages de quelques arbres du jardin, je les contemplais avec attendrissement; il me semblait qu'ils étaient imprégnés de ses pensées, eux, les témoins muets de ses promenades nocturnes. La senteur de ces arbres devait être parfumée de son souffle.

Oh! comme je me rappelais avec une douloureuse joie l'histoire de cette jeune Arabe que m'avait racontée ma nourrice.

C'était une belle enfant de l'Yémen qui n'avait pas été trompée, elle, mais qui avait perdu son bien-aimé, noblement tombé sous les murs de Damas, car c'était un récit du temps des croisades; elle ne devint pas folle de douleur, la pauvre enfant, mais on lui avait rapporté le manteau blanc de son fiancé tout troué de coups de lance et taché de gouttes rouges de ce sang précieux. Eh bien! elle eut le tendre et naïf courage de vêtir ce manteau de mort, et, couverte de ce suaire, les tresses de ses cheveux d'or cachées sous le turban de l'Arabe, les pieds chaussés de ses brodequins de guerre, elle alla chaque jour se promener sur le rivage qu'ils parcouraient ensemble autrefois les mains entrelacées, et elle s'enivrait du plaisir de voir glisser sur le sable une ombre qui lui rappelait celle qui ne la suivait plus. N'est-ce pas là, Gabriel, une image touchante des superstitions de l'amour? c'est ainsi que la pensée fait vivre la matière et lui attribue pour ainsi dire une âme.

IV

LES MYSTÈRES DU SOMMEIL.

Bien des mois se passèrent. Je sortis de ma chambre pour soigner mon père, que les séances des assemblées avaient fini par épuiser. Un soir, vers la fin de sa convalescence, nous étions au coin du feu, nous ne nous parlions guère; dans le malheur, on recule devant les paroles, on a peur d'un mot jeté au hasard qui peut réveiller une souffrance, faire vibrer un souvenir fatal, trahir la secrète pensée que l'on tait cachée au fond du cœur; n'avions-nous pas toujours le même nom sur les lèvres et dans la pensée? n'étions-nous pas tacitement convenus de ne jamais le prononcer?

Un grand orage éclatait en ce moment sur Paris; la rue était solitaire; on n'entendait que le clapotement des volets détachés, le brisement des tuiles et des ardoises que le souffle de l'ouragan emportait et broyait sur le pavé.

Le vent faisait craquer les arbres du jardin avec des gémissements sinistres, l'atmosphère était lourde et suffocante, le ciel était noir comme de l'encre, à peine tatoué de quelques nuages blafards qui faisaient les ténèbres plus horribles en les rendant visibles.

La flamme du foyer, souvent chassée jusqu'à nous comme un serpent de feu par le vent engouffré dans la cheminée, éclairait seule notre chambre.

Par moment, le zigzag d'un éclair zébrait le ciel obscur et illuminait tous les objets d'une teinte rougeâtre.

Mon père, accablé par l'orage, s'était assoupi dans son fauteuil. Aux reflets de cette lueur fantastique, sa figure sévère devenait dure et effrayante. Le sourire amer qui crispait ses lèvres avait quelque chose de cruel; à cet aspect, une pensée singulière me vint et je pâlis; je vis tout à coup en lui le juge et le bourreau d'Octave, de celui que j'aimais d'un amour absolu, sans bornes, sans orgueil, d'un amour serf et humilié. J'oubliais le père dans cet homme dont la douleur avait fait un vieillard précoce, j'eus pour lui un regard de haine, car je me dis que sans lui Octave m'eût aimée et ne m'eût pas abandonnée. Oh! de quel misérable sophisme je me berçais pour me donner le droit d'être ingrate et féroce; mais la passion est aveugle et insensée.

J'entendis tout à coup des pas précipités dans la rue. Puis un coup violent retentit à la porte. Je regardai mon père pour le consulter. Il dormait toujours. J'allai ouvrir. On poussa brusquement la porte et on entra en la refermant derrière soi. J'eus peur et je reculai vivement; je n'avais entrevu qu'un homme embossé dans son manteau, comme disent les Espagnols, et le chapeau rabattu sur les yeux. Je crus avoir affaire à un voleur, et je me demandai si la lame d'un poignard ne brillait pas déjà hors du manteau. Mais l'inconnu poussa le verrou d'une main tremblante et s'adossa à la porte comme un homme épuisé.

Je ne savais que penser. Mais je me rassurai; d'un cri je pourrais réveiller mon père. L'escalier de bois qui nous séparait de la chambre n'avait qu'une quinzaine de marches. Cependant nous n'avions pas échangé une parole. Je ne sais quel trouble m'agitait, mais je sentais que ce n'était pas la frayeur qui faisait battre mon cœur. Cependant j'entendais la respiration forte et haletante de l'inconnu. Lui, l'oreille collée à la porte, il écoutait. Il me semblait que je serais demeurée ainsi des siècles, immobile, absorbée dans cette torpeur étrange, comme ces personnages enchantés par l'art magique d'une fée. Je subissais sans doute cette irrésistible puissance de fascination attribuée.à certains reptiles, cet engourdissement magnétique dont vous paralyse, dit-on, le contact de la torpille.

Au bout de deux minutes l'inconnu se retourna. Je vis luire dans l'ombre ses yeux comme deux escarboucles étincelantes. Il me dit d'une voix douce, mais impérieuse :

— Ils ne viennent pas; ils ont perdu ma trace. Je veux que vous me cachiez trois jours. C'est me sauver. Dans trois jours je serai oublié et je fuirai. Je vous fais riche si vous m'accordez asile. Me dénoncer, c'est vouloir mourir ! — J'avais reconnu cette voix. Gabriel, à ce souvenir, vois-tu, ma main tremble et mon cœur flétri tressaille encore. Non ! nul ne saurait comprendre quels flots de bonheur peut verser dans le sein d'une femme la bouche de celui qu'elle aime avec quelques paroles. En ce moment, je vis le ciel ouvert; je compris l'extase des anges séraphiques assis à la droite du Seigneur, admis à le contempler éternellement. Un vertige éblouit mes yeux, éclaira pour un instant cet escalier de bois, cet étroit corridor dont les murs brillèrent comme incrustés de diamants, cette porte que je souhaitai de fer pour mieux défendre Octave. Puisque tu aimes, pauvre enfant, peut-être tout cela ne te semblera-t-il pas de la folie; mais c'est que l'amour véritable chez une femme, sache-le bien, c'est du dévouement avant tout. Ne crois pas que nous autres, pauvres faibles créatures, nous trouvons notre bonheur à régner sur les cœurs, à plaire à des troupeaux d'adorateurs, à exiger capricieusement des péages d'amour. La femme se plaît à ces jeux frivoles tant qu'elle n'aime pas; mais son véritable destin, son plus cher désir, c'est d'aimer elle-même et d'être l'esclave intelligente de celui qu'elle reconnaît digne de devenir son seigneur. Elle baise avec joie les chaînes qu'elle a forgées elle-même, elle aime à reconnaître la supériorité de ce protecteur qu'elle s'est choisi ou plutôt que l'instinct de son cœur lui a révélé par quelque tressaillement soudain, et, plus son amour est profond et sincère, plus il s'y mêlera une nuance de crainte et de soumission. Juge donc de ma joie profonde en reconnaissant la voix d'Octave sur les lèvres de cet inconnu qui m'implorait et que je pouvais sauver. Une mère à qui il est donné de guérir la plaie envenimée de son enfant, en la suçant avec une avide ferveur, ne saurait être plus heureuse. En ce moment où la solitude m'avait comme enivrée d'amour, je le revoyais, *lui*, et j'étais appelée à le sauver. Je pouvais me venger ainsi de son cruel abandon. Je remerciai Dieu avec transport. Un étrange et généreux orgueil gonfla toutes les fibres de mon cœur. Du reste, j'oubliai tout le passé en voyant Octave malheureux et suppliant. Nous sommes si faibles devant le malheur ! Je compris que je l'aimais davantage de tout ce que j'avais souffert par lui et pour lui. Mon amour s'était nourri de toutes les larmes que j'avais versées, des hontes que j'avais subies, des remords qui m'avaient agitée. Il avait grandi comme le courage du marin grandit dans la tempête, comme l'âme du guerrier s'exhale en voyant couler le sang de ses blessures. Je m'attendris encore en songeant à tous les maux qui avaient dû le poursuivre avant d'atteindre le seuil de cette porte. Cependant, paralysée par tant d'émotions soudaines, je n'avais pas répondu. Octave, après un moment de silence, dit ces seuls mots : — Hésitez-vous?... Avez-vous peur d'un fugitif?

Je répliquai doucement :

— Savez-vous bien, monsieur, à qui vous demandez asile, et si vous n'êtes pas dans la maison d'un de vos juges, d'un homme que vous avez mortellement outragé ?

Il ne dit pas une parole; mais je sentis qu'il tremblait de tout son corps, et puis, comme s'il se réveillait d'un rêve, je l'entendis retirer doucement le verrou de la porte :

— Que faites-vous, monsieur de Chavannes ? — m'écriai-je.

— Je pars, — répliqua-t-il d'une voix sombre et frémissante.

— Y songez-vous ? — murmurai-je; — les hommes qui vous cherchent veillent peut-être dans cette rue. A peine sorti, vous serez sans doute à quatre pas d'eux.

— Ils seront aussi à quatre pas de moi, reprit-il fièrement. Il me reste un tronçon d'épée.

— Cette maison est la dernière où l'on songera à vous chercher... Restez ici, monsieur de Chavannes, mon père ignorera que vous êtes redevenu son hôte pour quelques jours, et pour moi je ne verrai en vous qu'un proscrit à sauver.

— Oh! Camille, — s'écria Octave en saisissant ma main, — vous êtes la plus généreuse créature de la terre ! C'est Dieu qui a dirigé mes pas vers cette maison que j'ai profanée. Mais je réparerai mon crime. Si vous saviez combien de fois, dans ma prison, j'ai pensé à vous avec angoisse.... Mais je suis fou ! reprit-il, quelle foi pouvez-vous garder dans les paroles du misérable qui vous a trompée et dénoncée à la honte publique ? Quel démon m'a versé en ce jour fatal l'esprit de vertige et de démence, je l'ignore. Comment ai-je pu sacrifier à mes haines politiques un amour si loyal et si pur, j'en rougis de honte et de mépris pour moi-même; mais si vous saviez, Camille, comme le repentir est descendu dans mon cœur et comme j'ai amèrement regretté d'avoir méconnu un amour si noble et si sincère ! Que de fois je regardais, à travers les lourds barreaux de ma fenêtre, le lit de pourpre et d'or dans lequel s'éteignait le soleil couchant, et, me rappelant les soirs où nous le contemplions ensemble, je me disais : « Jamais je ne reverrai avec elle ce magnifique spectacle. » Dans la nuit, je me réveillais parfois en sursaut de mon sommeil inquiet, et alors je croyais entendre vos pas se glisser sur le pavé de ma prison, votre ombre s'approcher comme une blanche vision; mais bientôt je reconnaissais que mes bras étendus n'étreignaient que le vide, et qu'un silence morne et effrayant répondait seul à mon attente.

— Taisez-vous !... taisez-vous ! — interrompis-je; — mon père dort dans cette chambre. Il peut se réveiller, vous surprendre... et il n'a rien oublié, lui.

— Votre père ! — murmura Octave dont la main se glaça; — oh ! je le hais, Camille... car il est cause de tout. Mais laissez-moi vous dire mes remords, laissez-moi vous dire que mon cœur est lié au vôtre par une chaîne invisible et indestructible, ou je ne consens pas à vous devoir mon salut.

O niaise et sublime crédulité de l'amour ! mon cœur s'abreuvait comme d'une douce rosée de ces jongleries de cœur qui ont perdu tant de femmes, car il est trop vrai qu'elles succombent plus à l'amour qu'on leur raconte qu'à l'amour qu'on éprouve réellement. Les dupeurs d'âme ont beau jeu avec elles. Du reste, Octave avait une de ces natures nerveuses et impressionnables qui se jouent naïvement la comédie à elles-mêmes, et peut-être croyait-il à son amour en ce moment.

— Écoutez, — lui dis-je, — votre vie est suspendue à un souffle. Pour monter à ma chambre, seul endroit où vous puissiez rester caché, car nul être vivant n'y a mis le pied depuis mon retour, il faut que vous passiez devant mon père endormi. Prenez donc courage, et venez sans tarder, ou nous sommes perdus tous deux. — Je montai les marches de l'escalier. Monsieur de Chavannes me suivit. Devant la porte de la chambre, je m'arrêtai saisie d'une profonde terreur en songeant à la scène terrible qui aurait lieu si mon père se réveillait. Je connaissais leur haine inexorable, et j'amenais ce jeune homme, plein de violence et de ressentiment, devant ce sévère tribun qu'il avait voulu déshonorer, et qui malade, désarmé, allait se trouver pour ainsi dire à sa merci. Je plongeai dans la chambre un regard curieux. Mon père dormait toujours, mais d'un sommeil troublé de rêves fiévreux. Sa respiration était oppressée et sifflait comme le râle d'un mourant. Ses lèvres bégayèrent quelques sons inarticulés. Sa main s'étendit vers moi comme une menace et une malédiction nouvelles. On eût dit qu'un rêve l'avertissait de l'approche d'un ennemi et qu'il voulait le repousser. A cette vue, j'hésitai ; je me souvins que mon père, cet homme d'une probité et d'une vertu romaines, avait recueilli dans sa maison l'amante délaissée et insultée par monsieur de Chavannes. Je me retournai et je regardai Octave. Je ne l'avais pas encore vu. Hélas ! à la lueur tremblotante que la flamme de la cheminée faisait vaciller sur le mur, je ne reconnus pas le brillant gentilhomme. Comme son visage avait maigri, comme il était devenu pâle et livide, tout hérissé d'une barbe touffue et négligée ! comme ses yeux, autrefois si brillants, avaient pris une expression morne et languissante ! La pitié remua mon cœur. Je pris sa main. Il faillit pousser un cri de douleur et me regarda avec un sourire si triste. Hélas ! sa main était tout ensanglantée. Je devins blanche comme une morte. Comme un éclair, je vis jaillir devant moi tout un tableau sinistre. Je vis sa chair se déchirer aux ronces de fer des murailles ; j'entendis le *qui vive* fatal des sentinelles, l'alarme donnée par les coups de feu, la fuite éperdue du malheureux, le lourd galop des chevaux et les jurons des soldats lancés sur sa trace comme une meute aboyant après le gibier. Je vis se dresser sur la place la guillotine altérée de sang, et j'entendis le grincement criard des roues de la charrette de mort. Dans cette hallucination effroyable, l'immonde panier suintant le sang sembla lui-même heurter mes pieds et je reculai avec effroi. Tout était décidé. J'entraînai monsieur de Chavannes dans la chambre. Déjà nous l'avions traversée, quand il s'arrêta ému de quelques paroles incohérentes que mon père venait de prononcer. — Ne craignez rien, — lui dis-je. — Il rêve souvent ainsi, quand son esprit a été vivement agité pendant le jour de quelque affaire importante. Venez ! monsieur.

— Un instant, de grâce, Camille, — répliqua-t-il de cette voix à laquelle je ne savais pas résister. — J'ai cru entendre des paroles...

La chambre était devenue silencieuse comme une tombe. Dans le foyer, de petites couleuvres de feu, serpentant sur des sarments mouillés, sifflotaient tristement. Je les regardai machinalement, croyant tour à tour entendre sangloter ou ricaner dans ces légères flammes bleues un chœur invisible de salamandres, ces démons familiers et causeurs de l'âtre domestique. Je me sentais transportée hors de ce monde et comme existant dans un milieu fantastique. Mon esprit flottait dans des limbes vagues et infinis. Rien de ce qui se passait autour de moi ne me paraissait vraisemblable, ni le sommeil tourmenté et profond de mon père, ni la témérité de monsieur de Chavannes.

Tout à coup la voix du premier me réveilla en murmurant :

— La Vendée et Coblentz, voilà les deux foyers. L'Ouest est fanatisé par les prêtres et les nobles, mais j'irai, j'irai bientôt. C'est avec du canon que nous prêcherons les féodaux et que nous balayerons les chaînes liberticides. Nous fondrons les cloches pour en faire des boulets et elles sonneront alors un terrible tocsin ! J'irai ! j'irai bientôt !

Et il se redressa dans son fauteuil, les lèvres crispées d'un sourire farouche et convulsif, mais les yeux toujours fermés.

Je tombai agenouillée d'effroi devant ce tableau étrange qui me semblait une vision.

Le regard de monsieur de Chavannes, fixé sur mon père avec une ironie sauvage, étincelait.

— Allons-nous-en ! — lui dis-je d'une voix étouffée par les larmes. — Venez ! vous souffrez, vous êtes faible, vous avez besoin de repos. Par pitié ! suivez-moi, monsieur !

— Laissez-nous seuls, lui et moi, — reprit-il à voix haute.

— Jamais ! jamais ! — dis-je encore plus émue. — Mais, malheureux ! oubliez-vous donc que votre voix va le réveiller, et que son réveil c'est votre mort,

— Camille, — répondit le fugitif d'un air froid et absolu, — j'ai passé bien des nuits autrefois avec votre père, et je puis vous affirmer que je n'ai rien à craindre en ce moment. Je fais mon devoir en demeurant ici. Mais vous, pauvre fille, êtes-vous bien sûre de votre courage en assistant à la scène étrange et solennelle qui va se passer entre nous,

— Mon Dieu, mon Dieu ! — balbutiai-je ; — tout ce que je vois et j'entends depuis quelques moments me semble si obscur et si incompréhensible ! Je ne sais que croire et penser ! mais j'ai peur, bien peur.—Puis glacée tout à coup d'un doute singulier : — Etes-vous bien monsieur de Chavannes, — continuai-je, — et ne suis-je pas abusée par quelque ressemblance trompeuse ?...

Je n'osai poursuivre en voyant le sourire amer et dédaigneux qui passa sur la figure du gentilhomme.

— Que ne confessez-vous tout de suite votre pensée ? — répliqua-t-il : — vous me soupçonnez, n'est-ce pas ? d'être quelque démon malfaisant doué de pouvoirs surnaturels, quelque spectre échappé des ballades allemandes et tout prêt à m'évaporer en fumée, quelque jongleur de magie, dont les flacons ou les regards versent le sommeil aux paupières les plus rebelles, et dont les formules cabalistiques évoquent le passé, dénoncent l'avenir, comblent les distances, et forcent les hommes et les choses à comparaître au fond d'un banquet mystérieux.

— Oh ! monsieur, — interrompis-je, — est-ce l'heure de railler ainsi ?

— Rassurez-vous, enfant, —continua-t-il, — je n'ai cette puissance. Je ne suis ni un farfadet, ni un charlatan comme Cagliostro, ni un prophète de sang et de deuil comme le vieux Cazotte. Je ne suis qu'un pauvre fugitif tout à votre merci. Mon corps ne se dissoudra pas à vos yeux comme une ombre invisible. Les doigts noueux et desséchés d'un squelette ne s'enlaceront pas à vos mains blanches. Rassurez-vous ! voyez si mon visage, au lieu de creuser, de pâlir et de s'évanouir, ne resplendit pas de joie au contraire, si mes yeux, au lieu de devenir vitreux et de s'obscurcir, ne rayonnent pas d'un feu nouveau.

En disant ces paroles, il s'avança vers le fauteuil de mon père.

— Que voulez-vous faire ? — m'écriai-je alors en me traînant sur mes genoux derrière lui : — ne touchez pas à ce vieillard endormi et confiant, monsieur. Vous n'êtes pas un lâche, n'est-ce pas ?... vous ne voulez pas défendre votre cause par une violence impie et sacrilége ?

— Ce que je veux faire, vous allez le savoir, — répondit-il d'une voix impérieuse. — Je veux interroger cet homme.

— L'interroger ! — répétai-je au comble de la stupeur.

— Je vais, devant vous, faire parler ses pensées les plus secrètes, et peut-être, qui sait ? faire reluire dans l'ombre de ses rêves quelques tableaux des choses futures. — Il parlait avec un accent de conviction si effrayant que je restai terrifiée. Il se retourna brusquement : — Camille, n'avez-vous donc point observé, en veillant votre père, les phénomènes oniriques qu'offre son sommeil. Paul Duhamel s'est tellement brûlé le sang dans ses travaux politiques ; il a tellement surexcité, par une vie intellectuelle active, son système nerveux déjà si impressionnable, que chez lui les organes cérébraux ne peuvent plus dormir. L'idée incrustée à son cerveau pendant la veille se continue pendant la somnolence qui engourdit ses membres. L'action de ses rêves revêt toutes les apparences de la réalité. Dans cet état, l'organe de la pensée s'injecte d'une perspicacité d'autant plus subtile que son énergie est plus concentrée. Cette concentration de la force vitale sur quelques-unes des facultés intellectuelles les doue d'un tel degré de puissance que le dormeur lit, d'un œil sûr et inspiré, les secrets de l'avenir, sent germer des pressentiments qui se changent souvent en réalité, et crée quelquefois des plans et des desseins extraordinaires. Oui, l'hallucination de ce sommeil, mêlé de délire et presque semblable à celui des somnambules, peut s'exalter jusqu'à la prophétie. Il est du reste tellement profond qu'il faudrait un bruit très-violent, une secousse même pour l'interrompre. Rassurez-vous donc, Camille.

Je sus plus tard qu'Octave, pendant son séjour chez mon père, s'était déjà mis avec lui dans une sorte de communication magnétique, à l'insu du loyal tribun.

— Mais, — repris-je, — c'est une trahison de vous laisser ainsi épier le sommeil de mon père.

— Cette trahison me sauve, ou bien je retourne vers l'échafaud qui m'attend... et d'ailleurs il n'en doit résulter aucun danger pour lui, — ajouta-t-il doucement. J'étais vaincue et je restai muette devant tant d'audace, et haletante, immobile en présence d'un spectacle si nouveau pour moi. Octave se plaça devant le vieillard et lui dit : — Ignores-tu ce qui se passe à cette heure, citoyen ? Il est aussi impossible que dans quinze jours Brunswick ne soit pas à Paris qu'il est impossible que le coin de fer n'entre pas dans la bûche quand on frappe dessus.

Les yeux de mon père restèrent fermés, pas un muscle ne remua sur son visage, mais il dit du ton d'un homme qui se parle à lui-même :

— Si le peuple tire l'épée, il en jettera le fourreau. Et s'il succombe en défendant sa liberté, ses ennemis ne régneront que sur un peuple de cadavres.

Et un ricanement sourd accompagna ses paroles.

— Bah ! — reprit le gentilhomme. — Vos bonnets rouges émousseront leurs piques sur le pavé de Paris, et leurs pied nus ne les porteront pas jusqu'à la frontière. Vos généraux ont reçu défense de vaincre. La moitié de vos législateurs s'est vendue à l'or de la liste civile. Vos places se rendront sans siége. La campagne de Brunswick ne sera qu'une promenade à petites journées. Des fouets de poste suffiront pour chasser ces roturiers qui arborent des épaulettes, ces manants qui se décorent d'épées. Toute cette canaille s'envolera comme un essaim effaré et se cachera dans ses ruches au premier coup de canon tiré sur les frontières.

Le visage du vieillard s'illumina alors d'une expression d'horreur.

— Oui, — dit-il avec force, — la république ne peut se fonder que sur les décombres du trône et les cadavres de ses partisans. Il n'y a que tout ce qui est peuple qui puisse aimer la révolution. Eh bien ! que le tocsin éclate dans tous les départements. Démolissons par le fer, dévorons par le feu les palais et les donjons. La patrie est en danger ! Courtisans et nobles, prenez garde à la colère du peuple. Isnard vous l'a dit : « Comme celle de Dieu, elle n'est trop souvent que le supplément terrible du silence des lois. » Si le glaive de la justice est trop court pour atteindre les traîtres, la pique et la hache du peuple s'allongeront jusqu'à eux.

Monsieur de Chavannes, les bras croisés, écouta cet anathème avec une rage concentrée. Quand le tribun eut fini, il se tourna vers moi, et me dit seulement :

— Vous l'avez entendu ! — Puis il reprit avec une apparence de calme : — Mais la Vendée en feu, quel est le montagnard hardi qui osera tenter de la dompter, citoyen Duhamel ?

— Moi, — répondit énergiquement mon père. — Les prêtres réfractaires et insermentés se sont coalisés pour nous préparer une guerre religieuse dans les campagnes vendéennes. Déjà trois chefs-lieux de district ont été surpris et incendiés. Déjà les prêtres constitutionnels sont insultés et assassinés au pied des autels. Les recteurs ont persuadé aux crédules habitants des campagnes qu'ils seraient invulnérables tant qu'ils combattraient pour la religion.

— Mais, citoyen, — demanda monsieur de Chavannes avec une avide et inquiète curiosité, — connaissez-vous les noms de quelques-uns des principaux rebelles ?

— Les noms de ces meneurs fanatiques, — dit le vieil-lard toujours endormi, — ils sont inscrits sur mes notes secrètes.

— Où cachez-vous ces notes ? — interrompit vivement le gentilhomme.

Mais mon père ne parut pas l'avoir entendu, et, poursuivant son idée, il continua d'une voix saccadée :

— Oui, je vois d'ici le juge de paix qui a fait prendre les armes à quatre paroisses de Bretagne. Je vois luire dans les haies des faux, des piques et des fusils. Là-bas, la côte, enveloppée dans les brouillards, semble déserte. Les mouettes trempent le bout de leurs ailes dans la vague amère qui brise son écume contre la falaise. Les goëlands tournoient en criant dans la nue qui se déchire aux crêtes des rochers. Le vent pleure et gémit sur leurs flancs granitiques. O côte désolée, toute suintante d'écume marine, tu sembles bien endormie et bien morte sous ton linceul de brume ! Mais qu'entends-je ? dans le clapotement des flots, sous le coup de feu du douanier, au milieu de la rafale, dans cette anse écartée, vient s'échouer une chaloupe. Elle jette sur la plage un agent de Pitt et quelques évadés de Jersey. Au fond de la chaloupe dorment des sacoches gonflées de guinées à l'effigie du roi George. Le sang des Français va couler en l'honneur de l'or d'Angleterre. Les débarqués sont armés de pistolets ; la bourre de ces pistolets est faite de trahison, elle renferme les instructions secrètes qui ordonnent la révolte. Oh ! que ne suis-je déjà arrivé dans ce district maudit !

— Il voit l'avenir ! — s'écria le gentilhomme avec une joie et un étonnement involontaires. Et ses yeux, comme attirés par un aimant surnaturel, semblaient attachés au visage de mon père. Avide, haletant, il se rapprochait de lui, toute son âme était suspendue aux paroles du vieillard. J'étais, moi, sans force, sans voix, sans volonté, anéantie. Mon père soupira tristement et s'agita dans son fauteuil, comme un homme harassé que la fièvre ou l'excès de la fatigue empêche de trouver le sommeil. — Est-ce tout ? — demanda bientôt monsieur de Chavannes avec impatience. — Ce tableau singulier s'efface-t-il déjà devant ton esprit comme le soleil s'obscurcit ou s'éclipse derrière un nuage livide ?

— Non, ce n'est pas tout, — murmura le tribun d'une voix plus sourde.

— Continue donc.

— Que veux-tu savoir ?

— Où vont les débarqués ? quel est le rendez-vous convenu d'où doit se propager ce que tu appelles la révolte ?

— La chapelle de Kerbader est penchée sur la mer comme une sauvegarde et une bénédiction pour les vaisseaux et les barques en détresse. Ne dirait-on pas que chaque coup de vent, qui l'enveloppe dans son tourbillon comme les deux ailes d'un démon, va la balayer dans les flots aussi facilement que le souffle d'un écolier renverse un château de cartes ?

— La chapelle de Kerbader ! fort bien, — dit monsieur de Chavannes se parlant tout haut à lui-même ; — je reconnais là le digne et vaillant recteur.

— Le recteur ? — s'écria en tressaillant mon père, dont la figure se contracta convulsivement, — qui a parlé de lui, lorsque j'espérais l'oublier ? Le malheureux ! oui, je le reconnais, moi aussi. Voilà bien ce visage d'oiseau de proie, ces rudes sourcils noirs qui se rejoignent à la racine de ce nez d'aigle, ces yeux sanglants qui semblent darder des flammes, ces restes de chevelure rougeâtre et hérissée. O le saint homme qui ose prier Dieu, comme si sa prière n'était pas un blasphème ! Tais-toi, malheureux, tais-toi !

Et mon père étendit de nouveau les mains comme pour repousser cette nouvelle vision.

— Parbleu ! c'est là un portrait bien tracé, — dit monsieur de Chavannes plus surpris qu'il ne voulait le paraître, — un portrait vivant ! — Et, se tournant vers moi, — Votre père connaît donc le recteur de Kerbader ? — me demanda-t-il avec une sorte d'inquiétude

— Nullement, je vous assure, — répondis-je non moins étonnée que lui.

— Comment ! — insista le proscrit, — jamais vous n'avez vu l'homme qu'il vient de dépeindre de main de maître ?

— Non-seulement jamais je ne l'ai vu, — repris-je, — mais jamais je n'ai entendu parler de lui, jamais mon père n'a prononcé son nom.

— C'est étrange, c'est extraordinaire, — répéta monsieur de Chavannes, — et des détails si précis, si positifs... sur un homme caché au fond de la Bretagne... et avec lequel il n'aurait jamais eu de relations... C'est tout à fait incroyable. Et vous êtes bien sûre, Camille... ?

Il n'acheva pas. Mon regard lui prouva que j'étais plus émue que lui de cet incident. Jusqu'alors j'avais pu prêter un sens aux révélations de mon père, que je supposais provenir de ses préoccupations politiques exaltées jusqu'aux divagations du songe. Mais je restai confondue en l'entendant parler de cet inconnu formidable comme d'un homme dont la personne et la vie lui eussent été familièrement connus.

Monsieur de Chavannes devint rêveur et passa plusieurs fois sa main sur son front.

Le silence régnait encore quand mon père s'écria :

— L'homme de sang ! voyez-le ! — Nous tressaillîmes comme des gens réveillés en sursaut, et nous écoutâmes.

— Voyez-le, ce doux recteur, — poursuivait mon père, — comme il fanatise ces pauvres paysans vêtus d'habits de peau, et armés de fourches et de bâtons. Il leur promet que l'eau bénite, en touchant leurs corps, les rendra invulnérables, et ils le croient, les malheureux insensés, et il va les pousser ainsi à la boucherie du bout de son crucifix. Le lieu saint est profané par le choc des armes. L'asile de paix est violé par des cris de guerre. Le ministre du Seigneur porte des pistolets dans les poches de sa soutane. Son bréviaire est un sabre. Pauvre chapelle, autrefois tu n'entendais que les vœux et les humbles prières des pêcheurs sauvés du naufrage, des femmes, des sœurs et des mères inquiètes du grain suspendu à l'horizon sur les barques de leurs hommes ! Une modeste lampe brillait sur ton autel; sur tes murs, je vois encore les ex-voto déposés par des mains pieuses, offerts par des cœurs sincères. Bientôt ces cœurs ne battront plus. La vieille chapelle s'écroulera sous le canon. Et toi qui avais charge de ces pauvres âmes et qui les as égarées, recteur de Kerbader, que répondras-tu à Dieu, quand il t'en demandera compte ?

La voix de mon père s'éteignit en finissant. Je remarquai que monsieur de Chavannes était fort troublé et qu'il répétait souvent à part lui :

— Il y a là quelque chose d'inexplicable. — Je l'engageai à se retirer. Il me répondit doucement. — Vous avez raison, Camille. Mais une occasion si favorable peut ne plus se représenter et je voudrais obtenir quelques renseignements qui me sont bien nécessaires. Votre père a parlé de notes secrètes. Il a sans doute des instructions fort importantes s'il doit être envoyé en Bretagne ou en Vendée comme représentant du peuple, ce que je dois conclure de ses paroles. Je veux savoir à quoi m'en tenir sur les soupçons que les jacobins peuvent avoir sur quelques-uns de mes parents et de mes alliés (1).

— Mais, monsieur, — hasardai-je timidement, — je ne puis consentir...

— A aider à ma fuite, n'est-ce pas ? — interrompit le gentilhomme avec une sorte d'emportement. — Eh bien ! alors, laissez-moi attendre ici le réveil de votre père et me nommer à lui. Tout sera bientôt dit.

— Me croyez-vous si lâche de cœur ? — m'écriai-je tout émue. — Mais jurez-moi que ces révélations ne compromettront en rien mon père, autrement, j'aimerais mieux mourir que de céder à votre prière.

(1) Nous verrons plus tard l'influence que la révélation de ces notes exercera sur les événements de Kerbader.

— Je vous le jure, noble fille ! Mais songez que je sors de prison. J'ignore tout. Je ne sais où diriger ma fuite sans péril. Les *miens* sont-ils morts, libres ou suspects ? A qui m'en informer ? Je ne puis me confier à personne. Ont-ils émigré, organisé la révolte ou l'attendent-ils dans le silence ? Les surveille-t-on, se doute-t-on de leurs projets, veut-on prendre des mesures contre eux ? Votre père a-t-il des révélations précises sur leurs plans secrets et leurs moyens d'action ? Tout cela, lui seul peut me le dire. Sinon je me jette dans un guêpier et je trouverai la mort là où j'espère l'asile et la lutte. Qui sait si mes pauvres amis ne s'endorment pas dans une fausse sécurité, se croyant à l'abri de toute inquiétude, et si je ne suis pas destiné à leur dévoiler le danger, à leur crier : Réveillez-vous, messieurs, car vous êtes déjà désignés dans l'ombre au couperet du bourreau !

— J'attendrai, monsieur. — répondis-je. — Mais si mon père se rappelle à son réveil ce qui s'est passé cette nuit ?

Monsieur de Chavannes sourit.

— Il ne gardera, je vous le jure, nul souvenir de ses paroles. C'est là un des phénomènes particuliers de ce sommeil presque magnétique pour lequel la science n'a pas encore inventé de nom. — Puis s'adressant au vieillard, dont la respiration devenait courte et gênée de plus en plus. — Citoyen, — lui dit-il, — ne crains-tu pas que l'épée des gentilshommes et les faux des paysans ne rasent les bataillons d'habits bleus comme les épis d'un champ de blé ?

— C'est à eux de craindre, — répliqua Paul Duhamel à voix basse. — J'arriverai comme la foudre pour les surprendre. Les traîtres sont trahis. Je connais les noms suspects, les opinions tièdes, les caractères entêtés dans leur fanatisme. Tous les rapports sont là, dans la cassette de fer, ajoute-t-il en désignant de la main la bibliothèque où s'empilaient tous ses in-folio de jurisprudence...

La fièvre d'une joie indicible luisait dans le regard dont monsieur de Chavannes suivit le geste de mon père.

En même temps, le visage de ce dernier se mouilla d'une sueur glacée. Sa respiration haleta comme un râle, je vis ses paupières remuer d'un tressaillement nerveux.

— La fin de la crise approche, — me dit précipitamment Octave ; — retirons-nous.

A ce mot, mon cœur se dilata comme s'il eût été déchargé d'un poids intolérable. Je me levai comme par un effort convulsif, et, tremblante, éperdue, je conduisis le fugitif dans une chambre noire pratiquée au fond du petit corridor où s'ouvrait la mienne, et dont la porte faisait muraille. Puis je redescendis, et je ne tardai pas à assister au réveil douloureux de mon père. Longtemps après avoir ouvert les yeux, il conserva dans son regard une expression d'étonnement et d'anxiété. J'étais tremblante, car la réponse de monsieur de Chavannes sur l'oubli absolu du dormeur ne m'avait rassurée qu'à moitié. Mais mon père me dit seulement qu'il était très-fatigué, me remercia de l'avoir veillé pendant son assoupissement, et m'ordonna d'aller prendre enfin du repos. Telle fut l'issue de cette soirée terrible dont les conséquences devaient être si funestes.

V

L'ÉVASION.

Monsieur de Chavannes demeura quatre jours dans la maison de son juge.

Te raconter, Gabriel, l'histoire de ces quatre jours serait presque impossible. Ce qu'ils continrent de joies et d'angoisses, Dieu seul le sait, lui qui compte les battements des cœurs. La solitude, l'ennui, l'excitation du péril, peut-être un peu de reconnaissance pour mon dévouement, enflammèrent d'une ardeur inouïe la passion de monsieur de Chavannes. Il ne pouvait redevenir Octave et répugnait d'ailleurs à se farder d'hypocrisie. Il affronta donc la lutte en face, hardiment, et tenta d'être aimé tel qu'il était, pour lui-même.

Il avait bien des avantages en sa faveur; il était malheureux, souffrant, menacé, guetté par la mort. Il pouvait, sans motif de gratitude, me flatter dans mon dévouement; je ne pouvais, moi, lui interdire la reconnaissance. Il fallait le plaindre, ce jeune homme vieilli par les angoisses de la prison. Devais-je songer à le craindre ou à l'humilier de mes reproches? Non, c'eût été une lâcheté. Hélas! mon cœur se plaisait trop à se montrer généreux envers lui.

De plus, mon amour était devenu plus vrai, sinon plus sincère. Ce n'était plus un amour de jeune fille, mais un amour de femme. Le malheur m'avait donné l'expérience de dix années de vie mondaine. L'illusion ne me guidait plus.

A dix-huit ans nous aimons pour aimer. La nature elle-même, avec ses bouffées printanières, n'est qu'un cadre irritant pour nos confus désirs; notre imagination rêve l'inconnu qui doit doit y trôner, nos regards le cherchent et l'incarnent dans la première apparence venue qui nous séduit. Nous faisons quelquefois un héros d'un manant. Nous ne tardons pas alors à reconnaître notre erreur; mais, hélas! il faut dire, comme l'abbé Vertot : « Notre siége est fait. »

Oui, à cet âge aveugle, l'âme croit aimer parce qu'elle désire et qu'elle aspire l'amour. Les choses et les hommes s'illuminent d'un prisme magique, grâce à cette flamme secrète qui réside en nous et qui s'épanche en tristesses, sans but, en fougues insensées, en larmes involontaires, en rêves impossibles et charmants; en un mot, nous avons soif de l'infini. L'objet de notre premier amour nous représente l'idéal; il ne nous faut que quelques semaines de contact bourgeois pour bien comprendre que l'idéal reste toujours voilé et qu'il a des ailes. Le bonnet de nuit et le pot-au-feu ne font pas bon ménage avec lui.

Mon second amour pour Octave était bien moins romanesque et plus humainement ressenti. Je me disais que, entre mille individus plus vertueux, plus braves, plus loyaux, plus doués de toutes les qualités et de tous es prestiges, je l'eusse *choisi*, lui seul. Je le reconnaissais pour l'élu cherché et sacré par mon cœur. J'avais besoin de sa présence, de son bonheur, de sa voix, pour respirer facilement, pour vivre. Lui mort, les autres hommes me semblaient un peuple de fantômes, des ombres qui m'étaient indifférentes. Mon âme était détachée de moi pour vivre en lui. Son sourire me réjouissait comme le soleil chauffe et colore le paysage; un regard froid de lui me glaçait et me tournait le sang, comme une trombe secoue et soulève des montagnes de vagues dans une mer tout à l'heure unie comme une glace.

J'étais si épouvantée moi-même de la puissance sans bornes qu'il exerçait sur moi que je m'efforçais de cacher mes sentiments, de les refouler au fond de mon cœur, et que j'affectai d'abord une réserve puritaine envers l'audacieux gentilhomme.

Cette réserve le piqua au jeu et l'encouragea plus que jamais dans son entreprise. Sans trêve, il se mit à me parler de son amour, à me montrer le doigt de Dieu dans cette destinée qui nous rapprochait, à me supplier de lui pardonner.

Et, quand je lui avais juré que tout était oublié, il s'écriait que c'était un signe de véritable amour, et, agenouillé devant moi, il embrassait mes mains, qui devenaient brûlantes sous ses baisers et ses larmes.

Alors il voulait entendre une fois encore murmurer et s'éteindre sur mes lèvres ce mot si doux : « Je vous aime ! »

Car l'esprit de l'homme est ainsi fait qu'il ne se contente pas, comme celui de la femme, de l'entente secrète, de l'aveu muet des âmes, du trouble naïf des cœurs qui palpitent ensemble et qui se parlent tout bas par le regard, par l'accent donné aux paroles banales, par les gestes plus onctueux et plus familiers; il lui faut des phrases, des formules.

A l'en croire, Octave ne demandait que ce seul mot pour être heureux. Il ne désirait rien de plus. Et pourtant, quand je l'eus prononcé, le cœur avide de cet amant se creusa un nouveau gouffre à combler, un nouvel espoir à se réaliser, un autre but à atteindre.

Lui qui, le premier jour, ne parlait que de m'aimer dans le silence de son cœur, pour l'unique félicité de m'aimer, de s'asservir à moi, de se dévouer à ma vie, de prouver l'abnégation de son amour par un véritable rôle d'ange gardien, dès le second jour il disait que les mots étaient de peu de poids en amour et qu'il réclamait de moi d'autres signes de ma sincérité.

— Que voulez-vous donc exiger encore? — lui demandai-je.

— Je veux que nous ne nous séparions plus, Camille, — répondit-il avec un transport passionné, en entrelaçant ses mains aux miennes et y versant par cette pression un jaillissement électrique qui semblait confondre le sang de nos veines et le faire monter à mon cœur.

— Mais c'est impossible, — lui dis-je naïvement, — puisque vous devez fuir et regagner la Vendée.

— Oh ! je vois bien maintenant que vous ne me comprenez pas, — reprit-il d'une voix sourdement irritée. — Ne pouvez-vous donc me suivre ?

— Vous suivre ! — répétai-je, et je restai stupéfaite comme si la foudre eût éclaté sur ma tête.

Mais lui, croisant ses bras sur sa poitrine, il dit d'un ton de découragement dédaigneux :

— Je devais m'attendre à voir ma proposition si flatteusement accueillie. En effet, il est peu généreux à un proscrit, à un homme qui doit au hasard la chance de vivre encore, il est peu généreux à lui d'offrir à une femme le partage de sa misère et de ses dangers. Les femmes vous aiment quand vous pouvez leur donner pour fiançailles un tabouret à la cour et blasonner leur tendresse d'armoiries, quand un serrement de main fait glisser une perle royale à leur doigt, quand vous cachez sous les étincelles d'une rivière de diamants l'empreinte d'un baiser sur leur cou de satin. Vanité! vanité! n'est-ce pas toi seule que les femmes appellent amour? — Je me sentis profondément outragée par ces reproches, monsieur de Chavannes me parut alors si injuste et si égoïstement préoccupé de lui-même que je gardai le silence. Il continua : — Une femme n'aime jamais que l'homme heureux, celui qui est envié soit pour son nom et sa richesse, soit pour son talent, son pouvoir ou sa beauté. Son amour n'est pour elle qu'un luxe, un ornement, une coquetterie de plus. Fou que je suis d'avoir cru que l'une d'elles accepterait comme du bonheur la fuite et le péril avec moi, la jupe de paysanne, le sommeil troublé dans les buissons, le pain rare du proscrit.

Un sanglot contenu étouffa sa voix. Tout mon corps tremblait. Je répondis avec effort:

— M'avez-vous réellement jugée ainsi, Octave?

— N'en parlons plus, — dit-il sèchement. — Je fuirai seul. Je ne vous importunerai plus de mes prières. D'ailleurs, je ne dois pas vouloir votre malheur. Et pourtant, — reprit-il après un instant de silence, — c'est en vain que je voudrais le cacher, Camille, j'aimerais mille fois mieux vous entraîner dans un abîme de maux avec moi que de vous perdre à jamais en expiation de mon crime.

Te l'avouerai-je, Gabriel ? cet éclat de passion violente, échappé de sa bouche avec le ton du désespoir, arraché de son cœur comme par le délire, m'enivra d'une joie incompréhensible.

— Croyez-vous donc, Octave, que j'hésiterais à vous

suivre si j'étais libre? Ces misères dont vous parlez, souffertes pour vous, ce serait du bonheur.

— Quel lien vous attache donc à cette ville maudite?

— Mon père, monsieur de Chavannes, mon père, qui m'a fait l'aumône de son affection, qui a eu pitié de son enfant coupable, qui lui a permis de regarder sa figure vénérable, de lire dans ses yeux rigides l'attendrissement de son cœur et la promesse du pardon. Et maintenant j'irais renouveler son outrage, renier ce pardon, provoquer en lui un désespoir mortel, lui faire de sa crédulité en mes remords un sujet de honte et de risée, l'abandonner souffrant aux soins des mercenaires? Jamais, monsieur de Chavannes, jamais !

Je cherchai ainsi à m'armer contre la faiblesse et les défaillances de mon cœur, esclave qui sentait sa chaîne, en évoquant à mes propres yeux toute l'horreur d'une faute et d'un abandon si honteux. Mais monsieur de Chavannes était un de ces amants jaloux et soupçonneux que je ne saurais mieux comparer qu'à ces sultans de Stamboul qui, pour inaugurer leur avènement triomphal, se font un pavois des cadavres de tous leurs frères et de leurs parents. Son amour farouche et tyrannique s'offensa amèrement de ma tendresse filiale, et ce ne fut pas sans une douloureuse surprise que je l'entendis me répondre:

—Vous avouez donc, Camille, que votre cœur est rempli d'une affection qui ne me touche en rien. Votre père est l'obstacle que vous m'opposez. Au lieu de vous élancer vers l'avenir, vous rétrogradez vers le passé. O misère ! est-ce là un amour complet, absolu, celui qui marchande ses sacrifices et met en balance un prétendu devoir avec les entraînements du cœur? Enfin vous me préférez votre père, mon ennemi.

— Hélas ! Octave, — lui dis-je, — aurais-je pu croire que vous me reprocheriez une tendresse si naturelle? Tous les amours ne sont-ils pas frères comme les rameaux du même arbre?

— Non, non,—reprit-il avec violence,—je ne sais pas, moi, aimer si purement ou plutôt si subtilement. J'aime avec exigence. Je voudrais tuer dans votre cœur toutes les autres affections. Je suis humilié d'avoir à partager votre âme avec une amie ou Dieu même. Je serais jaloux d'un enfant que berceraient vos genoux et qui élèverait son front de lait à vos lèvres. Je ne comprends, vous dis-je, que ces amours absolus où tous les désirs sont égaux et partagés, où la plus complète réciprocité fond deux cœurs en un seul, allumé des mêmes flammes. Je vous avais supposé une âme dans laquelle la mienne se serait épanchée entièrement, qui se fût identifiée à mes douleurs et aux hasards de ma vie, qui eût été heureuse de mes désirs comme j'eusse été heureux de tous les siens. Je me suis cruellement trompé. Heureusement, — ajouta-t-il avec une agitation croissante, — Dieu ne m'a pas pétri de ces lâches natures que le dédain seul attache et qui rampent humblement comme des marchepieds vivants sous les caprices et les mépris de celle qu'ils aiment.

Ces paroles si dures firent venir des larmes à mes paupières. Je ne pus résister à cet emportement et je lui répondis d'une voix brisée par les sanglots:

— Vous m'aimerez donc davantage, Octave, si je me montre lâche et ingrate; vous ne ferez jamais un crime à votre amante d'avoir été une fille dénaturée; vous ne vous direz jamais que celle qui a trahi son père pour une affection plus violente peut bien aussi trahir un jour celui qu'elle a juré d'aimer?

Ma douleur parut l'attendrir. Son regard plongea fixe et clair au fond de ma pensée; puis il se troubla, et, rougissant sans doute de l'odieuse contrainte qu'il me faisait subir, il répliqua avec une sorte de douceur et de dignité:

— Je vous répondrais, Camille, par les paroles de Dieu même: La femme doit quitter son père et sa mère pour suivre son époux.

— Pour suivre son époux, — répétai-je avec un triste sourire.

— Camille, — poursuivit-il avec feu, — dès que nous aurons gagné la Bretagne, je vous promets que le recteur de Kerbader bénira notre union. — Sans doute il crut qu'à ces paroles j'allais être éblouie de bonheur, abjurer toute hésitation, le regarder avec un enivrement mêlé de doute, le supplier de me redire ce serment inespéré, comme une personne qui se figure avoir mal entendu ou rêver. Tout au contraire, je gardai un morne silence. En croyant flatter ma vanité, il avait mortellement blessé mon orgueil. Je fus humiliée de sentir qu'il essayait encore de me tromper par la magie d'une proposition qui lui semblait un énorme sacrifice, tandis qu'elle ne me paraissait à moi qu'un devoir. D'ailleurs je ne vis qu'un subterfuge et un mensonge dans sa promesse. — Vous ne me répondez pas, Camille ? — s'écriait-il d'un ton impatient.

— Si j'étais libre, monsieur, je vous eusse suivi sans conditions, — répliquai-je.

— Ah ! vous ne me croyez plus, vous ne m'aimez plus, — dit-il alors avec l'accent du plus profond découragement. Créatures nerveuses et impressionnables que nous sommes ! — Cette voix désespérée m'enfonça un poignard dans le cœur. Je me reprochai de l'avoir mal jugé ; je faillis aller à lui pour le prier de me pardonner. Car c'est là le signe véritable de la loyauté généreuse que les femmes apportent en amour, que, même les plus fines et les plus fausses, du moment qu'elles aiment, sont aveuglées d'une touchante et naïve crédulité à l'égard de leur amant. Elles ne jouent pas la comédie avec lui. Elles le jugent toujours avec admiration et le placent dans leur cœur bien au-dessus d'elles-mêmes. Elles aimeront tout en lui, jusqu'à la laideur qui, par suite d'une maladie ou d'un accident, le défigurera ; tandis qu'on a vu des hommes reprocher à leurs maîtresses le dépérissement de leur beauté, dû aux ravages de la jalousie, aux marasmes de l'absence, ou aux fatigues subies pour les tirer d'une position dangereuse. L'amour est pour les femmes un prétexte inépuisable de dévouement. Au bout de quelques minutes d'un silence assez embarrassant, je voulus me retirer. Ma tête était en feu. Malgré moi, les paroles du proscrit revenaient bruire à mes oreilles et dérouler à mes yeux un horizon lointain et merveilleux. Je craignais le charme tentateur d'une pareille séduction. Mais monsieur de Chavannes me retint en s'agenouillant devant la porte et en embrassant avec une sorte de frénésie le bas de ma robe. — Ne me quittez pas ! — s'écria-t-il douloureusement.—J'ai trop souffert dans ma prison de la peur de mourir sans vous revoir. Loin de vous, comment ne pas me défier de votre fidélité? Dès que je ne vous entends plus, je doute. Dès que je vous revois, je renais à une seconde vie. Maintenant je vous embrasse de mes yeux avides. Que je parte seul demain, ce ne sera plus qu'un songe pour moi. Un vide effrayant séparera ces deux journées. Le monde me deviendra désert. Je serai exilé de votre amour, Camille. Je tenterai vainement de me rappeler votre image, de vous voir au-dedans de moi-même : ce ne sera qu'une ombre pâle et confuse qui s'évanouira bientôt. J'écouterai votre voix, et ma mémoire en répétera fidèlement les accents. J'aurai mille choses à vous dire et il sera trop tard !

J'étais émue par ses supplications déchirantes. Je répondis d'une voix faible :

— Pourquoi désespérer de l'avenir, Octave ?

— Que me fait l'avenir ! — dit-il impétueusement. — Mon avenir, c'est demain, c'est tout à l'heure, quand je serai seul et que j'attendrai ton retour, Camille. Hélas! hélas ! tu ne te doutes donc pas de ces tressaillements, de ces frissons électriques que j'éprouve sans cesse auprès de toi. Je dis sans cesse, car je ne te quitte jamais tout à fait. Absente, mon âme te suit. Alors, par moments, tout mon être va vers toi, tout mon sang bouillonne, tout mon cœur se soulève. Il me semble que tout en moi aspire à me quitter et à s'élancer hors de cette prison de chair, pour s'absorber en une autre âme, la tienne. Il me passe comme des froids dans les entrailles en pensant aux heures, aux minutes, aux secondes qui nous séparent. Et tu voudrais m'abandonner à jamais !

— O mon Dieu ! mon Dieu, sauvez-moi de ma propre faiblesse !— m'écriai-je en versant des larmes. —Dois-je le croire ? éclairez-moi, mon Dieu ! Sera-t-il réellement si malheureux de notre séparation ?

Mon cœur battait avec force. Le proscrit se releva et me pressa sur sa poitrine.

— Je te le jure, Camille, le cœur de ton amant sera toute une famille pour toi. Tu y trouveras l'amour profond et désintéressé du frère pour la sœur, du captif pour la captive, du banni pour sa compagne de misère.

— Je le regardai avec un sourire mouillé de larmes. Il ouvrit un portefeuille que je lui avais donné, écrivit précipitamment quelques lignes sur une page, la déchira, et me la remit avec un rayonnement de bonheur sur tous ses traits :— Garde ce chiffon de papier sur ton cœur, Camille. J'y ai engagé mon nom et mon honneur de gentilhomme.

Je saisis en tremblant ce papier et je lus d'un regard troublé cette seule phrase :

« Je promets, par le nom sacré de ma mère, de m'unir » en légitime mariage, aussitôt mon arrivée en Bretagne » ou en Vendée, à mademoiselle Camille Duhamel, qui » m'a généreusement sauvé la vie, au risque de la sienne, » et que j'ai payée de son hospitalité par la séduction.

» *Signé*, le comte VICTOR-OCTAVE DE CHAVANNES. »

— Comme amante, je déchirerais cette promesse, — lui dis-je attendrie, — comme mère, je la garde.

Tu vois, Gabriel, comme les fautes tiennent les unes aux autres, semblables aux degrés d'une échelle qui descendrait dans un abîme. J'en étais venue à regarder comme un devoir d'accompagner Octave dans sa fuite, et cependant je ne pouvais songer sans trouble et sans remords à mon père. Non, je n'étais pas une fille dénaturée, et mes tortures intérieures étaient d'autant plus violentes que j'aimais le sévère tribun d'une tendresse plus profonde, plus sourde et plus contenue.

L'instinct de la nature me criait que c'était la seule affection dont je ne dusse pas me défier, et que le cœur paternel renfermait seul ce sentiment large et désintéressé qui nous protége et nous fait comme un bouclier divin pendant toute notre existence.

Je ne crois donc pas que j'eusse eu la force d'accomplir ma résolution, si mon père ne m'eût appris que dans quelques jours il allait partir pour remplir une mission importante dans l'Ouest. J'allais donc rester seule, au milieu de toutes ces convulsions politiques, de ces échafauds en permanence, sans avoir même le but de servir mon père ; moi qui ne partageais pas ses haines d'homme de parti, j'allais le voir s'éloigner pour combattre les amis et les parents d'Octave.

Après m'avoir fait cette confidence, mon père eut pendant quelques instants l'air embarrassé et rêveur. Puis il reprit en hésitant :

— Après tout, je suis content de m'éloigner et de pouvoir être utile à mon pays en actions au lieu de l'être en paroles. Le terrain devient trop brûlant ici sous mes pieds. Chacun soupçonne son voisin. La meule va trop vite et broie sur son passage les bons et les mauvais, les forts et les faibles... Moi-même... le croiriez-vous ? Camille, la délation m'a atteint ; une rumeur vague a couru, un doute, un rien, sur ma probité politique. Mais enfin on a osé dire que je cachais dans ma maison des nobles, des évadés, des condamnés.

Je tressaillis et devins pâle. Heureusement mon père ne fixa pas ses yeux sur moi.

— Est-il possible ! — m'écriai-je.

— J'ai offert aussitôt, j'ai demandé instamment, — reprit le tribun avec agitation, — qu'on fît faire sur l'heure des recherches dans ma maison. On s'est récrié là-dessus ; on a prétendu que ces bruits n'étaient que pure calomnie. Mais la calomnie se répète, mais on doute de moi ; on m'accuse de faiblesse de cœur, et avant deux jours, j'en suis sûr, on fera une visite domiciliaire chez Paul Duhamel. O misère ! mes rivaux seront heureux de me faire payer par cet outrage ma fragile et amère popularité.

Juge de mon effroi, Gabriel. Je ne pouvais plus hésiter à partir, maintenant que mon père n'avait plus besoin de moi et que le péril du proscrit devenait si pressant. Je ne pensai plus qu'à combiner le plan de notre fuite. Je me munis d'une clef de la petite porte du jardin qui s'ouvrait dans une ruelle déserte ; je préparai l'espèce de travestissement qui devait nous rendre méconnaissables à tous les regards, le comte de Chavannes et moi. Et en même temps je me creusai la cervelle à chercher des motifs qui pussent expliquer ma disparition aux yeux de mon père ; ce ne fut qu'au bout de quelques heures que je m'avisai du prétexte le plus juste et le plus légitime. Mon père ne m'avait accueillie dans sa maison qu'en secret et par commisération. Paul Duhamel avait renié pour sa fille l'Ariane délaissée du comte de Chavannes. Si l'on me retrouvait chez le rigide tribun, c'était un démenti donné à ses paroles, c'était sa ruine politique. Mon devoir était de lui éviter un coup si terrible et de ne pas attendre qu'il se perdît pour moi. Voilà ce que je résolus de lui dire dans quelques lignes d'adieu.

La nuit vint ; nous la passâmes à faire nos préparatifs, Octave épiant le silence avec un mélange d'espoir et de doute, moi le visage noyé des larmes de l'angoisse et du désespoir. Ce n'était qu'avec un horrible déchirement de cœur que je songeais à me séparer pour toujours peut-être de mon père, cet ange gardien que Dieu m'avait donné.

Quand je le crus endormi et que je vis Octave déjà tout prêt pour le départ, il me sembla que mille choses me manquaient encore ; j'aurais voulu faire rétrograder les aiguilles de la pendule, j'aurais voulu avoir à recommencer tous nos préparatifs : j'eus comme soif de revoir mon père, tant il me semblait que je ne l'avais jamais assez bien regardé et que je ne le reverrais plus que dans mon cœur ; j'eus un désir irrésistible de lui donner un dernier baiser, tant il me semblait que je ne l'avais jamais assez aimé et que je ne pourrais jamais assez expier mon ingratitude.

J'entrai donc dans sa chambre, et, en le voyant dormir calme et placide comme un juste, je ne pus penser sans terreur à l'amertume de son réveil. Mille idées confuses se brouillaient dans ma tête.

— Il a veillé sur mon berceau, — disais-je, — et je vais laisser sa vieillesse isolée et flétrie. Oh ! non, non, je reviendrai vers lui plus tard, mais le front haut et pur, mais la conscience libre, et alors j'aurai un nom à donner à mon enfant.

Cette pensée me rendit tout mon courage et je commençai à écrire la lettre suivante :

« Je ne veux pas être plus longtemps un obstacle dans » votre vie politique, ô mon cher et noble père ! Hier » vous n'avez pas osé me dire ce qui a attiré sur vous » des soupçons, mais je l'ai deviné. C'est le mystère dont » vous êtes forcé d'entourer votre vie privée à cause de » moi. Je vous déshonore en restant davantage abritée » sous votre toit. Je vous quitte donc aujourd'hui pour » aller au loin expier ma faute, ignorant et redoutant » l'avenir qu'elle me réserve. Je me serais fait un devoir » sacré et un bonheur d'être votre humble servante et » de vous rendre silencieusement tous les soins que j'ai » reçus de vous pendant mon enfance. Dieu ne l'a pas » voulu : marchez maintenant dans votre carrière d'un » pas libre et le cœur dégagé de tout souci au sujet de

» votre malheureuse fille. Croyez qu'elle vous suivra de
» sa pensée et de ses prières à toute heure, vous qui avez
» eu pour elle la fermeté d'un père et le cœur d'une
» mère... »

J'en étais là et je mouillais le papier de mes larmes, et
j'eusse voulu le déchirer en morceaux et ne point partir
ni m'éloigner de cette sainte demeure, lorsque je fus interrompue par le bruit de pas précipités. Puis, sur le
seuil de la chambre, je vis paraître Octave, pâle, ému,
respirant à peine.

— Que vous êtes lente ! le temps presse ! — dit-il
d'une voix lente et saccadée.

Je me levai, surprise de sa brusque apparition.

— Avant de vous suivre, ne puis-je donc dire un dernier adieu à mon père ? — répondis-je. — Au moment
d'une séparation peut-être éternelle, ne me permettrez-
vous pas d'épancher mon cœur devant un vieillard endormi, comme on confesse ses fautes devant le Dieu véritable ? Avez-vous donc si peur des vagues dangers qui
vous menacent encore ?

— De vagues dangers ! — reprit-il avec un sourire
amer. — Il s'agit de fuir sans perdre une minute, une
seconde, Camille.

— Oh ! s'il allait me maudire à son réveil ! — murmurai-je en regardant toujours mon père.

— Venez, venez, Camille ! — dit précipitamment le
proscrit, — si nous étions encore dans cette maison au moment de son réveil, Paul Duhamel serait perdu comme
nous.

Et il me saisit par le bras pour m'entraîner. Je résistai
et lui dis toute tremblante :

— Mon père perdu, si je reste encore un instant ici !
que voulez-vous dire, Octave ?

— Je veux dire, — continua-t-il à la hâte, — que des
agents viennent faire une perquisition dans ce logis du
grand patriote. Venez, Camille. Je les ai vus déboucher
à l'extrémité de la rue, avec escorte de fallots et de torches. Si l'on me trouve ici, je cause votre ruine à tous ;
malheureux que je suis d'avoir accepté cet asile ! — Je
restai immobile d'effroi. — Oui, — ajouta Octave, —votre
père sera soupçonné de m'avoir caché ; la faveur populaire tourne comme une girouette en ces temps-ci ; votre
père est perdu, Camille, si nous ne fuyons à l'instant.
Venez !

Il n'y avait plus à hésiter. Je me précipitai vers le lit
de mon père. Je pressai son front de mes lèvres glacées ;
je vis ses paupières s'agiter et je disparus, égarée par l'é-
pouvante, au moment où des cris retentissaient à la porte
de la rue.

—Ouvrez ! ouvrez, au nom de la loi !

La nuit touchait à sa fin. Les étoiles pâlissaient. En traversant le jardin, Octave me dit tout bas :

— Fasse le ciel que la maison ne soit pas cernée !

J'entendis au même instant la voix de mon père, réveillé par le bruit, qui criait d'une voix qui me sembla
inquiète et douloureuse :

— Camille ! où es-tu, Camille ?

A cet appel déchirant, je me retournai par un mouvement involontaire, et j'allais me diriger vers la maison,
ne sachant pas moi-même où était le danger et le salut,
comme une pauvre biche effarée qui irait se jeter d'elle-
même au-devant des chasseurs et de la meute acharnée.

Mais Octave me retint violemment. Mes genoux tremblaient ; je ne pouvais prononcer une seule parole et je le
regardais avec des yeux troubles.

En ce moment la porte de la rue gémit sous des coups
redoublés et les cris devinrent menaçants.

— Du courage, ou nous sommes perdus, — dit Octave
au désespoir. — Du courage, si tu veux sauver ton père.

— Emporte-moi ! — dis-je alors en éclatant en sanglots, car je me sentais mourir et je n'avais plus de
force.

Il me saisit dans ses bras comme une proie, traversa le
jardin, ouvrit la petite porte, et, quand il la referma et
que nous nous trouvâmes dans la ruelle, toujours déserte
et silencieuse. la porte de la rue tombait sous les coups
des agents qui venaient faire une visite domiciliaire chez
le patriote Paul Duhamel

VI

L'INNOCENT.

Tu vas entrer, mon cher enfant, dans les secrets de
cette terrible et mystérieuse insurrection qui s'est appelée
la guerre de la Vendée, et qui a été si mal comprise par
tous les partis. A coup sûr il y a lieu d'être surpris que
ce cadre magnifique n'ait pas tenté et inspiré quelque
Walter Scott français. Les scènes auxquelles le hasard
m'a fait assister ont laissé dans mon esprit une empreinte
ineffaçable.

Je ne te détaillerai pas tous les périls qui accompagnè-
rent les commencements de notre fuite. Pour en juger,
lis les mémoires de madame de la Rochejaquelein, cette
apothéose littéraire des paysans de l'Ouest. C'était le
temps où aux barrières l'on ouvrait les pots de confitures
pour y chercher de la poudre à canon.

Nous arrivâmes enfin, Octave et moi, déguisés en rou-
liers, les mains noircies avec de la terre et de la suie, aux
limites du pays du Bocage qui allait devenir si célèbre.

Octave m'avait beaucoup parlé de cette contrée aux
mœurs primitives et gauloises, qui avait gardé son écorce
d'individualité au cœur de la France, comme le pays de
Galles au cœur de l'Angleterre, et qui comprenait une
partie de l'Anjou, du Poitou et du comté nantais.

Je fus émue d'une terreur involontaire quand nous
pénétrâmes dans ses premiers fourrés de haies et que
monsieur de Chavannes s'écria avec une joie amère :

— Nous sommes sauvés ! — Je laissais derrière moi
toute ma vie passée, humble, cachée, monotone, il est
vrai, mais qui eût été sans dangers, sans secousses, protégée par un père qui m'aimait pour moi. Maintenant
j'allais me trouver en face d'étrangers, seule, n'ayant
d'autre égide que l'amour capricieux et incertain d'un
homme qui m'avait déjà trahie. Mais je rejetais courageusement ces énervantes pensées. Nous avions bien
essayé de nous rendre en Bretagne, mais les difficultés
de cette route nous avaient rebutés. Octave avait d'ailleurs appris par des paysans que les soldats républicains
bivouaquaient à Kerbader et gardaient la côte. L'aspect
du Bocage me surprit comme si j'eusse tout à coup été
transportée dans un de ces pays fantastiques qui sont dé-
crits dans les contes bleus, pays sans fin, qui s'allongent
incessamment sous vos pieds et vos regards, de par la
baguette magique d'une fée. Cette immense mer de verdure, avec ses continuels flots de collines et ses escadres
de petites forêts, comprimait mon cœur et ma pensée.
Derrière chaque haie verte je soupçonnais un ennemi.
Octave, lui, tout au contraire, se sentait libre. Il respirait avec bonheur entre ces murs de groseilliers sauvages,
d'ajoncs épineux et d'aubépines.—Quel rempart,—disait-il,
— que ce labyrinthe de sentiers ! Qu'on essaye de nous
découvrir sous ces halliers, de nous poursuivre dans les
entrelacements de ces épais branchages de hêtres et de
châtaigniers ! Ici, un fossé entre nous et l'ennemi vaut
mieux qu'un bastion. Qu'on me donne vingt paysans dévoués et j'arrête une brigade de républicains !

Ces mots doivent t'expliquer tous les succès des Vendéens.

Le Bocage est gonflé de collines médiocres qui ne se
renouent à aucune chaîne de montagnes. Les vallées,
étroites, multipliées, peu profondes, semblent de grandes
clairières dont le sol verdoyant est doux au pied du

voyageur comme un tapis de velours. Sur ce tapis je voyais se dérouler, ainsi que des serpents engourdis, et miroiter sous des fleurs et des plantes aquatiques, une foule de petits ruisseaux qui vont se jeter les uns dans les eaux de la Loire, les autres dans la mer. Çà et là pointait la tête chauve et se hérissaient les flancs dentelés d'un rocher de granit. Mais je n'apercevais ni un mont qui commandât le pays, ni un château dont les tourelles s'élevassent au-dessus de ces arcades d'arbres innombrables. Mon regard se lassait de cet horizon borné, de ce dédale dans lequel nous marchions sans relâche sous des souterrains de verdure. En effet le Bocage, tout embuissonné d'arbres, n'a pas de forêts ; sillonné de ruisseaux, il n'a point de rivières ; parsemé de collines, il n'a pas de montagnes. La croupe même des coteaux les plus élevés est couronnée de verdure ; ces pentes ressemblent à des prairies qui se seraient oubliées en l'air, un jour qu'elles auraient été soulevées par quelque tremblement de terre.

Du côté de la Bretagne seulement, le paysage du Bocage est plus sévère. La Sèvre roule impétueusement comme une série de torrents sur un lit tout bosselé de roches énormes, dont les déchirures contrarient et font écumer les flots ; mais j'aurai plus tard occasion de revenir sur ce contraste.

. . . .

Je suivais Octave depuis plusieurs heures dans ces fossés argileux qu'il appelait des chemins, lorque les derniers feux du soleil commencèrent à s'éteindre dans un lit de nuages roses, et quelques fleurs d'or brillèrent sur le ciel plus foncé. Un jour tendre et mystérieux baigna la clairière où nous nous trouvions, étendant sur elle comme une diaphane gaze d'argent, tandis qu'une obscurité effrayante noircissait le cadre d'arbres et de haies qui l'entourait. La rosée faisait scintiller ses diamants liquides sur les fleurs du champ, qui, ranimées ainsi, ouvraient leurs corolles comme des cassolettes de parfums. J'entendais bruire sous l'herbe un ruisseau qui, frôlé et rafraîchi par les souffles plus frais du soir, exhalait un mince brouillard à sa surface.

J'aurais pu me croire au milieu d'un paysage idéal, si je n'avais pas été effrayé de la pensée qu'il nous fallait peut-être continuer longtemps encore une route si fatigante, dans ces chemins inextricables et au sein de cette obscurité formidable, pour gagner quelque habitation où nous pussions être en sûreté. Je n'osais le dire à Octave, mais cette nuit profonde et ce silence coupé de bruits vagues me faisaient peur.

Mais tout à coup nous fûmes comme éveillés en sursaut de notre rêverie par un bruit réel, quoique encore indistinct. Nous crûmes reconnaître le bourdonnemen sourd de plusieurs voix, le piétinement confus d'une troupe d'hommes, et enfin le choc particulier des fusils que l'on croise en faisceaux.

Puis une lueur rougeâtre s'alluma au loin dans l'ombre errante et vagabonde, d'abord comme ces feux follets qui effleurent pendant la nuit la surface des marais ; mais elle ne tarda pas à devenir assez fixe pour nous aider à diriger notre marche vers ce phare inattendu,

— Avançons avec précaution, — me dit Octave à voix basse. Nous nous glissâmes silencieusement derrière des haies gigantesques, appuyées, nouées à des chênes et des châtaigniers irrégulièrement plantés, mais trèsrapprochés, et dont les moindres tiges avaient quinze et dix-huit pieds. A certains endroits, toute cette végétation s'enchevêtrait tellement presque à fleur de terre que nous étions obligés de ramper sur nos genoux. Au bout d'un quart d'heure nous étions à deux pas d'un champ où se passait une scène singulière. La haie vive qui nous cachait aux regards bordait de ce côté une petite prairie bien verte, de l'autre une lande inculte et assez vaste, toute embroussaillée de grands genêts ou ajoncs épineux. Ces arbustes sont si bien encouragés par les paysans de l'Ouest qu'ils acquièrent d'immenses propor-

tions ; ils croissent par forêts, merveilleusement propres à cacher des embuscades. Cette prairie était tout illuminée par les reflets d'un grand feu allumé au milieu. Nous voyions luire les baïonnettes entre les arbres.

— Nous sommes au bord d'un guêpier, — murmura Octave à mon oreille. — C'est une escouade de bleus, une des patrouilles qui doivent fouiller les paroisses suspectes, et mettre en réquisition les hommes, les armes et les chevaux.

Je voulus répondre. Il me mit la main sur la bouche et me fit signe de regarder.

Les bleus (c'était le nom donné dans tout l'Ouest aux républicains, d'après la couleur de leur uniforme), étaient dispersés sans ordre dans la petite prairie. Mais aux quatre angles de la haie veillaient des sentinelles.

J'entendais de grands éclats de rire mêlés d'imprécations, des paroles de raillerie et de sarcasme grondant comme des injures, sans pouvoir deviner ce qui excitait à la fois cette grossière gaieté et ces accents d'ironie farouche.

Enfin un des bleus s'écria :

— Silence, camarades ! Un peu d'ordre dans les rangs ! — C'était l'officier qui commandait le détachement ; un homme d'une trentaine d'années, figure grave et d'une expression noble et candide. Il devait avoir un cœur de lion, un caractère stoïque, et un esprit simple et droit comme celui d'un enfant. Ses longs cheveux tirés des tempes se rejoignaient derrière son cou en queue énorme et rajeunissaient son front sévère et pur. Son uniforme bleu à parements rouges était usé comme celui de ses soldats, usé par les pluies, le soleil, la poussière et la rosée des nuits, où il avait dû dormir sur la dure. Ses épaulettes avaient été rejetées en arrière par les marches incessantes. On voyait bien que la France ne voulait plus d'officiers de parade. Au commandement du jeune chef, les groupes qui masquaient le feu du bivouac se séparèrent respectueusement ; mais, entraînés par la curiosité, quand le lieutenant fut arrivé devant ce bûcher rayonnant, les soldats se reformèrent en haie derrière lui, le cou avidement tendu, leurs figures mâles et héroïques vivement éclairées par la flamme. Mais ce moment m'avait permis de voir l'objet de tous ces cris et de tous ces rires équivoques. C'était un enfant pâle, maigré, chétif, à demi nu, accroupi sur un tas de paille à peu de distance du feu, les cuisses et les jambes grossièrement enfouies dans deux fourreaux de peaux de chèvres comme les gars bretons. Il n'avait l'air ni de voir ni d'entendre ce qui se passait autour de lui. L'expression de sa physionomie était souffrante et un peu égarée. A l'attention avide et puérile avec laquelle il contemplait le bûcher petillant, on l'eût pris pour un de ces guèbres persans adorateurs du feu. Ses traits étaient vaporeusement mignons et délicats. Ils paraissaient se creuser et se rétrécir encore sous les épaisses mèches de cheveux blonds qui pleuvaient de son front sur ses pauvres joues décolorées, et qui par derrière couvraient ses épaules et s'éparpillaient jusqu'au milieu de son dos. Il s'appuyait sur son coude, noyé dans les poils ébouriffés de *ses peaux de bique*, pour nous servir du terme local. Dans le moment rapide où je l'aperçus, ses paupières alourdies retombaient sur ses grands yeux bleus avec leurs franges de magnifiques cils noirs. Il s'endormait de fatigue. L'officier bleu s'approcha et lui toucha l'épaule. L'enfant tressaillit mais il ne se retourna pas. — Eh bien ! mon gars, — dit le lieutenant, — nous allons nous remettre en marche. Songe à mieux nous conduire. — L'enfant grelottait. On entendait ses dents claquer. Il se mit à chantonner un refrain des côtes :

Goëlands ! goëlands !
Rendez-nous nos maris, nos amants !
Goëlands ! goëlands !

L'accent plaintif de cette voix jeune, mais dont le timbre

était déjà fatigué, m'inspira une secrète horreur. — Assez de complaintes comme ça, Peau de-Bique ! — dit le lieutenant. — Tu ne gagneras rien à jouer avec nous le méchant rôle qu'on t'a appris... M'as-tu entendu ?

L'enfant ne sourcilla pas. Mais il dit tranquillement de sa voix traînante, qui ressemblait presque à un gémissement, et en tendant ses mains fluettes à la flamme :

— On va donc éteindre le feu ? Il fait pourtant si bon se chauffer quand on a froid. Éteindre le feu, pourquoi cela ? La pluie l'éteindra bien sans vous tout à l'heure. Le ciel noircit.

— Hâtons-nous, s'il en est ainsi, — dit le lieutenant. — Lève-toi ! Si tu as la fièvre on te portera ; mais il faut partir.

L'enfant, sans daigner détourner la tête, répliqua :

— Oh ! mes pieds sont sanglants et meurtris, bien meurtris. Mais laissez-moi prier la bonne sainte Vierge d'Auray, et vous aurez alors un bon guide.

— Lève-toi à l'instant, — dit brusquement l'officier, — si tu n'es pas un traître, un enfant perdu des brigands !

— Des brigands ! — répéta d'une voix creuse l'enfant. Et il se tourna aussitôt vers son sévère interlocuteur avec de tels signes d'effarement et de crainte stupides que celui-ci eut presque honte d'avoir soupçonné une si misérable et chétive créature. — Les brigands ! — poursuivit le pauvre diable ; — me feront-ils du mal, citoyen?... me laisserez-vous prendre par eux ?

L'officier haussa les épaules.

— Non, Peau-de Bique, si tu nous conduis assez promptement au manoir pour que le vieux marquis n'ait pas le temps de s'échapper, et que nous puissions mettre la main sur ce nid de conspirateurs.

L'enfant se mit à rire doucement en balbutiant :

— Le nid... le nid, je l'ai vu... Oui, mais ils y sont, et beaucoup... Comme ils jasent... Oh ! nous les surprendrons... Vous êtes un bon oiseleur, mon capitaine.

— Cet idiot va parler, — dirent quelques soldats, et ils se rapprochèrent.

— Continue, — demanda l'officier avec une sorte de joie curieuse.

— Vous suivrez le chemin couvert, jusqu'au carrefour du Miserere.

— Bien.

— Là, vous prendrez la première haie à droite, jusqu'à ce que vous trouviez un *échalier* devant vous.

— Qu'est-ce qu'un échalier? — interrompit l'officier.

L'enfant le regarda avec la stupeur soupçonneuse et ironique des paysans à qui un touriste piéton demande le chemin de leur village et qui croient qu'on se gausse d'eux. On voyait qu'il ne pouvait admettre qu'une créature de Dieu ignorât ce que c'était qu'un échalier.

Il répliqua avec un hochement de tête qui signifiait clairement son incrédulité.

— Vous voulez rire, monsieur le capitaine ?

L'officier eut beau insister, il ne put tirer d'autre explication de l'enfant. Il jeta alors un regard autour de lui, comme pour demander un interprète de bonne volonté parmi ceux de ses soldats réquisitionnés en Anjou et en Poitou. L'un d'eux s'avança et lui dit :

— Sauf votre respect, notre lieutenant, je peux vous expliquer l'énigme.

— Parle.

— Nous appelons *échaliers*, dans tout l'Ouest, la porte, le passage, l'entrée et la clôture à la fois de chaque champ. La plupart des échaliers consistent, comme vous avez pu le voir, en un seul tronc d'arbre dont les deux bouts sont scellés avec un ciment de boue dans la haie terreuse ou vive. Quelques-uns sont plus compliqués.

— Et quand nous serons devant ton échalier ? — poursuivit l'officier en s'adressant à l'enfant dont les lèvres semblaient sourire de dédain pour une si grossière ignorance.

— Vous franchirez le tronc d'arbre et vous entrerez dans le champ. Vous verrez au milieu un gros châtaignier et vous entendrez gazouiller dans ses branches les petits oiseaux du ciel. Il faudra marcher doucement, tout doucement, comme je fais quand je vais à la chasse sans filets. Aussi n'ont-ils pas peur de moi, les mignons oiseaux ; ils viennent chanter et voleter autour de ma tête. Surtout ne les mettez pas en cage, ne leur arrachez pas les ailes, comme les mauvais enfants, ou bien une autre fois je ne vous dirais plus où est le nid, le joli nid jaseur, — ajouta-t-il en battant joyeusement des mains.

L'officier et les soldats étaient restés si stupéfaits de leur méprise, qu'ils n'avaient pas eu la force d'interrompre leur jeune guide.

— Il se moque de nous, le gringalet ! — s'écria le soldat poitevin.

Le lieutenant lui imposa silence du regard et dit froidement au dénicheur de nids :

— Crois-tu nous amuser longtemps avec de telles balivernes, Peau-de-Bique ? Nous allons t'apprendre à mieux saisir les questions qu'on t'adresse. Dis-moi : Quelle peine mérite un traître ?

L'enfant répondit sans hésiter, et d'une voix douce qui faisait contraste avec ses paroles :

— Il mérite la mort.

— Ainsi, tu découvrirais tout à coup un traître dans un homme à qui tu accordais ta confiance, un espion dans ton guide, dans une créature qui t'aurait sauvé la vie, comme tu as sauvé la mienne, ce matin, au gué des Herbiers, car sans toi j'étais entraîné par la violence du courant contre un de ces damnés rochers de granit; eh bien! tu serais sans pitié pour ce traître et cet espion ?

— Sans pitié, — répondit l'enfant, dont les yeux ternes brillèrent tout à coup d'une lueur d'énergie sauvage.

— Pourtant, — reprit l'officier bleu, qui semblait combattu par une involontaire compassion, — si celui que tu soupçonnerais était un être faible, désarmé, inoffensif, dont l'esprit débile aurait été perverti par des gens astucieux, ne lui pardonnerais-tu pas ?

Sans doute il voulait lui ouvrir quelque issue, quelque voie de salut.

— Non ! — s'écria avec une exaltation presque fanatique le jeune gars; — je ne lui pardonnerais pas, fût-il mon frère.

— Quoi ! s'il te priait, s'il te demandait grâce, s'il se jetait à tes genoux en avouant son crime ou en révélant ses vrais auteurs ?

— S'il implorait ses ennemis, — interrompit l'enfant, dont les joues pâles rougirent d'indignation, — ce serait un lâche, un cœur de femme. S'il avouait son crime, ce serait un traître à double face, que tous devraient renier, maudire et chasser, les bleus comme les blancs.

— Ouais !—dit un soldat,— à deux pas de nous, le gars ne se laisse pas tirer les vers du nez.

— Non, — répliqua le Poitevin; — mais il s'est trahi par l'étalage de ses beaux sentiments. Ce courage-là est maladroit chez un idiot. Il est plus fin qu'il ne veut le paraître, mais il ne jouera pas notre lieutenant.

—Ainsi,—reprit l'officier,—tu ne regarderais pas comme une lâcheté d'user de violence envers un être plus faible que toi ?

— Je suis bon et doux,— répondit l'enfant;— je donne la volée aux oiseaux encagés, je ne tuerais pas une mouche, j'irais chercher mon ennemi tombé dans un précipice, pour l'en retirer au risque de ma vie ; je pardonne les offenses pour que notre Seigneur Dieu me pardonne les miennes, telle est sa loi divine ; mais je tuerais comme un chien toute créature convaincue de trahison.

— Ne te paraîtrait-il pas suffisant de le mettre hors d'état de nuire ?

— Il est généreux de ne pas poursuivre le voleur déguenillé qui vous dépouille furtivement, de fermer les yeux sur la course haletante du contrebandier, dont les ballots dégringolent de la côte sous le coup de feu des douaniers, de ne pas faire éventrer sous les sabots des chevaux de la maréchaussée le bandit auquel vous avez bravement résisté, mais pardonner à un traître c'est de la faiblesse, c'est un crime.

— Tu es diantrement sévère, Peau-de-Bique.

— Morte la bête, mort le venin, mon officier.

— Et tu ne veux pas marcher? — reprit le lieutenant d'un air pensif et sérieux.

— Voyez mes pieds en sang, — dit le gars avec son accent plaintif, tandis que s'évanouissait l'éclair d'intelligence qui avait lui dans ses yeux pendant cette discussion.

— Et tu ne saurais reconnaître positivement l'endroit où nous sommes?

— Je vous l'ai déjà dit, mon officier : la crue subite des ruisseaux qui a inondé la plupart des chemins couverts et les a changés en marécages m'a forcé de vous faire prendre de grands détours et je me suis égaré.

— Et ce matin, cependant, tu nous avais juré de nous amener cette nuit à la porte du manoir de ton ci-devant marquis de Sanglier-Chavannes.

Je regardai Octave. Il me serra vivement la main, et j'écoutai la réponse du gars.

— Oui, je devais vous y conduire pour manger le souper du vieux marquis, boire le vin, fusiller les hommes, saisir les armes, entasser les meubles dans les fourgons du district et brûler le château. Mais, bah ! plus il fera nuit, plus l'incendie sera beau. Oh ! la belle fête que nous aurons cette nuit ! — ajouta l'enfant avec un rire strident.

Et presque aussitôt, renversant sa tête en arrière comme par un mouvement machinal, il fit entendre une sorte de gloussement assez étrange.

Le silence devint profond. Rien ne répondit à ce signal sauvage, qui inspira visiblement à tous les soldats une défiance instinctive.

Tous se rapprochèrent des faisceaux de fusils et tournèrent les yeux avec inquiétude vers les haies, croyant déjà voir éclater sur eux une pluie de balles et entendre pousser à leurs sentinelles un cri d'alarme et de détresse.

<h3 style="text-align:center">VII</h3>

<h4 style="text-align:center">LE BATON CREUX.</h4>

Tout resta tranquille.

L'atmosphère était lourde, brûlante, imprégnée d'une vapeur humide.

Les arbres qui enveloppaient le champ de leurs arcades sombres ne bougeaient pas plus que les arbres d'un tableau. Dans leurs branches pas un souffle de vent qui frissonnât, pas un oiseau qui égrénât son chapelet de notes perlées, pas même ce grésillement d'insectes qui bruit dans les lieux humides quand l'air est embrasé.

L'enfant baissa ses yeux. Mais ses oreilles épiaient les sons les plus vagues et les plus fugitifs de la campagne.

Le lieutenant n'avait pas cessé d'avoir l'œil sur lui, tout en feignant de donner des instructions secrètes à quelques soldats.

Ayant fini, il alla droit au jeune guide et lui dit froidement :

— Tu es un traître, et tu as ordonné toi-même ton supplice. Mais comme tu n'es qu'un enfant débile, un mauvais perroquet qui répète sa leçon, on se contentera de te faire obéir de force. Dépouillez-le ! — cria l'officier aux bleus.

L'enfant regarda les soldats avec un sourire calme et

dédaigneux. Puis il se dressa lentement, appuyé sur son long bâton noueux.

Je sentis la main d'Octave frémir convulsivement dans la mienne.

Dans cette pose énergique et sculpturale, le jeune guide ressemblait à ces beaux pâtres adolescents dont le pinceau du Giotto a reproduit les formes pures et gracieuses sans leur vigueur sauvage.

Ses membres grêles, mais d'une finesse et d'une proportion parfaites, se détachaient comme une charmante silhouette vivement éclairée par la flamme. Un mouchoir rouge de Cholet, négligemment noué autour de son cou, laissait flotter ses bouts sur un sayon en toile rousse tout usé, sorte de blouse sans manches qui couvrait médiocrement sa poitrine et son dos. Un chapeau vendéen à larges bords était à ses pieds.

Dans le mouvement qu'il fit pour se lever, il laissa tomber à terre quelque chose.

Un des bleus se baissa pour ramasser l'objet tombé et se releva précipitamment en criant à ses compagnons :

— La chaîne en cheveux de notre camarade Duhoux, celui qui a disparu il y a huit jours ! Voyez donc !

Et il balança dans sa main tremblante d'émotion la chaîne en cheveux.

Ce ne fut qu'un cri dans la troupe.

— Cet avorton a assassiné Duhoux.

— Il l'a volé.

— Lui si brave, si gai, si robuste ; mais il aurait écrasé ce vermisseau du bout de son orteil.

— Le gueux l'aura pris en traître.

— Et tué comme un loup enragé.

— Accroupi derrière une haie, il aura tiré dessus sans crier gare.

Moi je regardais l'enfant. Il avait tressailli et était devenu pâle comme la mort.

— Diras-tu comment tu possèdes ce joujou? — lui demanda durement le soldat qui avait ramassé la chaîne.

— Regardez ! il se trouble, — ajouta le Poitevin.

— Laissez-le parler ! Écoutons.

On fit silence ; mais tous les yeux interrogeaient le misérable enfant.

— Je sais mourir, — répondit-il, — mais je ne sais pas tuer même un ennemi, quoique les curés le commandent comme un bon moyen de faire absoudre ses péchés. Je n'ai pas assez de cœur pour tuer des hommes. Les traîtres, cela ne compte pas, — observa-t-il avec une énergie effrayante.

— Ce n'est pas répondre, gringalet ! — dit le Poitevin. — Que fais-tu de cette chaîne ? qui te l'a donnée ?

— Duhoux lui-même, — répliqua tranquillement le gars.

— Tu mens ! — s'écria le soldat.

— Et je la portais de sa part à sa promise, la jolie Madeleine de la paroisse des Échaubroignes, qui demeure sur le chemin que j'avais à suivre.

— Mensonge ! mensonge ! — répétèrent les soldats. — Parle plus clairement, dis la vérité, ou sinon...

Et ils l'entourèrent, furieux, menaçants, exaspérés.

— Duhoux a une promise qui l'aime, — poursuivit l'enfant en laissant tomber avec mélancolie sa tête sur sa poitrine. — Elle lui a fait entendre le petit oiseau qui chante dans son cœur. Oh ! c'est qu'il est grand, qu'il est fort, qu'il est beau, lui ! Il peut la défendre, il peut l'emporter comme une plume dans ses bras. On n'ose pas le mépriser et le railler, lui, car il saurait se venger. Mais moi je ne saurais défendre celle qui m'accorderait un sourire. Je ne pourrais que mourir pour elle.

— Qu'est-ce qu'il nous roucoule là, ce beau cadet? — interrompit le Poitevin.

— Il se moque de nous avec ses phrases, pardieu ! c'est clair, — dit un autre.

— Oui, Duhoux était un hardi compagnon, gai comme un pinson, et, s'il a été tué par guet-apens, il faut le venger.

— Jugeons le coupable.

— Il est jugé ! — cria le Poitevin d'une voix terrible.— Au feu le traître ! — Ce mot courut comme une traînée de poudre, comme une étincelle électrique, dans le rangs des bleus. Il donna un sens précis au vague besoin de vengeance qui venait de s'allumer dans le cœur de chaque soldat. Leur cercle se resserra de plus en plus autour de l'enfant, et il se trouva comme enfermé entre une muraille vivante d'un côté et une muraille de feu de l'autre. Il semblait qu'on voulût le pousser insensiblement dans l'immense brasier, dont les petillements étincelaient comme des fusées. Le lieutenant ne s'occupait plus de ce qui se passait. Il laissait faire, occupé qu'il était à écouter le rapport d'un éclaireur qui avait battu quelques champs voisins. Le silence se rétablit, comme toujours, au moment où une exécution va avoir lieu. A la solennité de ce silence, l'enfant comprit peut-être la réalité du danger qui le menaçait. Il se laissa glisser, agenouillé sur le tas de paille qui lui servait de grabat, comme si la force lui eût manqué tout à fait pour se tenir debout plus longtemps, et il regarda d'un air morne et hébété les préparatifs de ses bourreaux. — Enfant du diable, tu ne nous échapperas pas ! — dit le Poitevin. Tu voulais sans doute nous faire goûter à tous du même plat que tu as servi à ce pauvre Duhoux, mais c'est nous qui allons t'en assaisonner un.

— Mettez le feu à son lit de paille, et qu'il flambe comme un damné qu'il est ! — cria un autre d'une voix féroce.

Déjà plusieurs soldats se précipitaient vers le brasier, pour en retirer quelques sarments et tisons enflammés qu'ils voulaient secouer sur l'enfant, lorsque l'officier perça la foule et dit d'une voix sévère :

— Oublie-t-on si vite que je suis toujours ici, et a-t-on pris mon silence pour un acquiescement à cet acte d'indigne cruauté ?

Mais il n'obtint pas tout d'abord l'obéissance que devaient commander son rang et le pouvoir de la discipline.

— Mort pour mort ! — murmurèrent tous les bleus d'une voix sombre et farouche.— Il a tué Duhoux.

— Je ne l'ai pas tué ! — dit l'enfant en fixant sur l'officier son regard stupide, qui devint peu à peu suppliant et soumis comme un témoignage de reconnaissance.

— Mort pour mort ! — répliquèrent les soldats.— Nous ne pouvons nous laisser tous descendre comme des pièces de gibier au coin des haies, sans venger notre peau. Ce sera un exemple.

— S'il a tué Duhoux, certes ce sera justice, — reprit le lieutenant ; — mais il faut avant tout obtenir des aveux. Ce drôle n'a pas l'air d'avoir la tête très-saine. Il est possible qu'il nous aide à découvrir des coupables plus importants.

Mais les soldats continuèrent à murmurer. Les plus exaltés répétèrent même leur terrible cri :

— Mort pour mort !

Et le Poitevin brandit sur la tête de l'enfant une branche enflammée.

Je fermai les yeux d'effroi.

C'était un affreux tableau que de voir toutes ces figures martiales, enflammées par la colère, rougies par la clarté de ce foyer de bivouac, dans l'ombre de cette nuit profonde, se presser tumultueusement, comme un chœur de furies menaçantes, autour des poignées de paille sur lesquelles était accroupi cet enfant.

Cette pauvre créature si faible, si souffrante, dont l'esprit semblait léger et variable comme les nuées du ciel, le cœur naïf, doux et aimable comme une vierge qui tient encore de sa main la jupe de sa mère, ce gars chétif, disgracié, m'inspira en ce moment la sympathie que j'eusse éprouvée pour un frère enlevé dans ses langes par quelque bohème et miraculeusement retrouvé.

— C'est lâche ! — dit une voix. Je rouvris les yeux.

Cette voix était celle du lieutenant. Il avait arraché la branche en feu des mains du soldat et l'avait brisée et éteinte sous le talon de sa botte. — Etes-vous des bourreaux ? — demanda-t-il avec dédain aux plus furieux.

— Mon lieutenant ! — grognèrent deux ou trois soldats d'une voix sourde.

— Eh bien ! comment des braves peuvent-ils s'amuser à torturer un enfant presque idiot, qui ne peut faire un pas sans tomber sur la poignée de vos sabres, qui n'a pas même l'esprit de se défendre, et qui tremble de fièvre et de peur ? Voyez plutôt ! — En effet, l'enfant avait peur maintenant. L'épreuve avait été trop forte pour cette organisation nerveuse. Il eût bravé noblement dix coups de feu ; mais la menace et l'aspect prolongés d'une mort si terrible venaient de détruire cette énergie factice. Toute son âme était passée dans ses yeux, qui surveillaient avec une inquiétude hagarde tous les mouvements des bleus. — Soyons justes ! — dit l'officier. — Ecoute-moi bien, Peau-de-Bique, et réponds-moi catégoriquement, ou je te laisse à la discrétion des camarades.

Le gars frissonna. Son visage fut plissé par une expression craintive, et il répondit d'une voix faible et touchante :

— Protégez-moi contre ces méchants, et je vous répondrai comme au bon Dieu, au bon Dieu, qui a dit : Ayez pitié des petits et des innocents ?

— Ne veut-il pas nous prêcher, ce fils de Satan ?— cria le Poitevin.

— Debout, gringalet ! — ajouta un autre. — Le curé grimpe en chaire pour éternuer ses sermons.

— Silence ! — commanda l'officier. Et, s'adressant au gars : — Où as-tu vu Duhoux ? — lui demanda-t-il.

L'enfant répondit avec un accent solennel :

— Duhoux avait mangé le pain du marquis de Sanglier-Chavannes. Il était un de ses métayers ; on l'a forcé d'aller au tirage de la milice à Saint-Florent. Il a tiré afin d'avoir un bon sabre, un beau fusil et de la poudre. Si on l'avait envoyé à la frontière, Duhoux se serait battu contre les étrangers ; mais on l'a envoyé contre son seigneur, et il s'est égaré en route. Vous ne reverrez Duhoux que face à face, son sabre sur votre poitrine, la crosse de son fusil sur votre tête. J'ai dit la vérité. Ayez pitié de moi !

Les soldats restèrent un instant plongés dans la stupeur. Mais bientôt des imprécations sauvages retentirent de tous côtés. Le Poitevin s'écria en montrant le gars à l'officier :

— Vous voyez bien que c'est un enfant de brigand, car il hurle comme les loups. Qu'ordonnerez-vous de lui ?

— Il y a vingt minutes que je vous ai dit de le dépouiller de ses haillons et de le fouiller, — répondit le lieutenant avec émotion en se retirant en arrière et abandonnant le malheureux à son destin.

Le Poitevin saisit rudement le gars par les épaules, lui arracha son sayon sans se soucier de froisser et de meurtrir ses membres grêles, déjà déchirés par les ronces, et jeta ce haillon dans le brasier en disant :

— Tes hardes au feu pour commencer, cadet !—L'enfant sourit d'un air stupide et frappa, comme en jouant, le bras du soldat avec le bâton noueux qu'il n'avait pas lâché. — Le drôle veut résister, je crois ! — dit le Poitevin surpris et furieux ; il voulut arracher ce bâton à l'Innocent. Mais à cette tentative une lueur d'intelligence vaillante et désespérée étincela dans les yeux du gars, et il se cramponna de toute la force de ses mains longues et maigres au précieux bâton. Le robuste soldat saisit alors son débile adversaire dans ses bras, l'étouffa presque dans une étreinte effroyable, et le rejeta ensanglanté sur sa paille en s'écriant avec mépris : — Roquet ! voilà comme on traite les chiens mal dressés !—Il éleva triomphalement en l'air le bâton et le fit retomber sur les épaules nues de l'idiot. Le bâton se brisa en trois morceaux. — Voici du nouveau, mon lieutenant, — dit le Poitevin. Le chalumeau du brigand est creux.

Des papiers tombèrent du bâton.

— Donnez ! — dit vivement l'officier. Les soldats ramassèrent ces chiffons de papier et les lui remirent. Il les déplia soigneusement et se mit à les lire avec la plus profonde attention. Dès qu'il eut fini, il dit d'une voix brève : — Vous ne vous étiez pas trompés, camarades, cet enfant nous trahissait. Quand nous l'avons rencontré, il portait les dépêches cachées dans ce bâton creux au ci-devant marquis de Lescure. Il a lui-même dicté tout à l'heure son châtiment. Mais pas de cruautés inutiles. Qu'on le fusille !

Le Poitevin s'avança :

— Je réclame l'honneur du premier coup, mon lieutenant. Le traître n'aura pas besoin de confesseur après cette petite correction.

Le lieutenant se retourna avec un geste de dégoût et cria :

— En joue !—L'Innocent se leva tout droit sur son grabat, effaré, cherchant des yeux une issue, prêt à bondir par-dessus les rangs de ses ennemis, le visage vert, demi-mort. — Feu !

Une détonation se fit entendre.

Mais, chose étrange, mes yeux surpris ne virent pas chanceler l'Innocent. Il resta debout, les mains jointes comme pour la prière, les yeux fixes et dilatés, vivante statue de la terreur.

Alors je voulus regarder le tireur.

Je dus chercher son cadavre à terre. C'était lui qui était tombé avant d'avoir pu lâcher la détente de son fusil.

Je regardai les soldats. Ils étaient étourdis, hébétés, terrifiés.

— C'est une punition du ciel, — dit l'un d'eux. — On ne doit pas frapper un innocent. Dieu les visite.

Aucun de ses camarades ne se mit à rire.

Je regardai à côté de moi. Octave jetait dans une flaque d'eau du chemin couvert un de ses pistolets. Je devinai le miracle :

— Bien ! — lui dis-je à voix basse.

— Cet enfant est mon frère, — murmura-t-il.

Puis nous retînmes notre haleine et nous écoutâmes.

— Aux armes ! — criait le lieutenant. — Nous sommes sans doute entourés, trahis. Les fusils se heurtèrent, les bleus reformèrent leurs rangs. L'officier reprit : — Il faut donc garder cet enfant comme un otage et le forcer, si c'est possible, à nous ramener dans la route qui conduit au district. Après tout, le gars n'a fait que son devoir. C'est le dernier fils du vieux Sanglier-Chavannes, si j'en crois ses dépêches. Il ne pouvait livrer son père, nous guider lui-même jusqu'au lit du bonhomme.—Les soldats restèrent silencieux. — Il a préféré mourir. C'est bien !— ajouta l'officier bleu.

Cependant une étincelle du brasier avait jailli sur la paille du guide, et, quoiqu'elle fût humide, un nuage de fumée commençait à s'élever autour de lui lorsque la pluie qu'il avait annoncée peu auparavant, et qui avait commencé par quelques gouttes tièdes, larges et rares, éclata tout à coup avec violence.

En un instant, le grabat fut mouillé de façon à ne plus craindre d'incendie, et le feu du brasier s'éteignit en sifflant.

Les soldats se réfugièrent sous les arbres, laissant grelotter l'enfant sous cette averse soudaine.

— Ça ne pouvait manquer d'arriver, — observa un des bleus que son accent dénonçait aussi pour un fils du Poitou.

— Pourquoi donc ? — demanda un de ses camarades.

— Vous ne savez donc pas que le bâtard du vieux marquis est moins idiot que sorcier. C'est un *collibert* !

— Et ces êtres-là adorent la pluie et la conjurent à volonté. C'est connu.

Les soldats regardèrent l'Innocent avec cet air de mépris mêlé de crainte qu'inspirent toujours aux gens su-

perstitieux les êtres doués par la crédulité populaire de quelques priviléges mystérieux.

En effet, comme je le sus plus tard, les colliberts sont les parias du Poitou, les descendants de ces races débiles, maladives, persécutées et inoffensives, qui ont reçu dans d'autres provinces la dénomination de cagots, de crétins, de caqueux et de gésitains. Il serait impossible d'expliquer raisonnablement l'horreur et le dégoût traditionnels qui poursuivent encore les débris de ces familles serves et martyres. Mais j'aurai occasion, dans le cours de ce récit, de revenir sur ce sujet déplorable et de te conter des détails qui te feront frémir d'indignation. N'est-il pas douloureux, pour les cœurs qui recherchent sincèrement la vérité, de contempler les excès d'iniquité auxquels les hommes se livrent envers leurs frères ? ne se trouve-t-on pas blessé, opprimé, torturé, dans la personne de tous ces humbles martyrs dont l'asservissement et les tortures se sont continués pendant des siècles, la chaîne se rouillant sans se rompre jamais en passant du cou ridé et flétri de l'aïeul au cou frais et rose de l'enfant souriant dans son berceau ?

Les âmes généreuses s'identifient à ces longues souffrances et se révoltent contre les oppresseurs qui exilaient dans l'amère solitude, qui condamnaient au mépris, qui forçaient à la lâcheté, qui privaient de la société humaine et de la communion divine toute une race douce, aimante, sympathique ; qui la dégradaient de l'intelligence, elle intelligente ; qui, morte, lui refusaient quelques pelletées de terre consacrée. Courbez-vous donc devant la justice et le jugement des masses !

Cet enfant avait eu pour mère la fille d'un collibert. ne pouvait donc, suivant les paysans esclaves des vieux us, être qu'un idiot ou un sorcier. Vainement avait-il été baptisé, il était convaincu d'idolâtrie dans leur esprit. Ses yeux voyaient distinctement luire les trésors enfouis dans les entrailles de la terre. Les nuages s'amoncelaient à sa voix. Il les laissait à son gré nager dans le ciel ou se dégorger à terre, comme des outres qui crèvent. Il pouvait dire à l'inondation furieuse des torrents : Tu n'iras pas plus loin. Il pouvait faire écumer des vagues monstrueuses dans le lit desséché d'une rivière, tout cela d'un mot, d'un geste, d'un souffle, d'un clin d'œil, d'un froncement de sourcils.

Cette petite digression te fera comprendre le changement qui s'opéra dans la conduite des bleus. Te dire que tous croyaient aveuglément aux pouvoirs magiques que je viens de t'énumérer, ce serait exagérer à coup sûr Mais la plupart en croyaient une partie, et tous ressentaient devant le rejeton grêle et énervé de la race proscrite une émotion involontaire.

La figure de l'Innocent n'exprimait plus qu'une résignation mélancolique.

— Que deux hommes le soulèvent et lui donnent le bras pour soutenir sa marche, — dit le lieutenant. — Et, s'il refuse de marcher, s'il hésite ou s'il s'arrête, son compte sera fait.

Le signal du départ fut donné. Nous n'eûmes, Octave et moi, que le temps de nous jeter dans les genêts, de l'autre côté du chemin marécageux où nous nous trouvions.

VIII

LA VIPÈRE.

Les touffes de genêts d'un vert sombre nous eussent cachés, même en plein jour, à tous les regards.

Ce chemin ou plutôt ce fossé dans lequel descendirent les bleus était, comme presque tous ceux du pays, étroit, tapi et creusé entre deux haies ; je te le répète, car il est nécessaire, mon cher enfant, pour l'intelligence de ce qui va suivre, que tu graves bien dans ton esprit la physionomie de cette singulière contrée.

Les arbres, incrustés dans les haies, joignant leurs branches par-dessus, ombrageaient d'une voûte d'arceaux verdoyants ce sentier tortueux dont les rayons du soleil ne pouvaient boire l'humidité.

Autour des chênes s'enroulaient, grimpaient, s'entortillaient de lourds manteaux de lierre, des broderies de liserons, des festons de petites plantes mutines, le tout formant comme un mur végétal aussi redoutable que le mur d'une prison, aussi semé de pièges que les inextricables rideaux de lianes qui vous masquent le ciel, la terre et le soleil, dans les forêts vierges de l'Amérique.

Ajoute que le sentier était d'autant plus bourbeux et fangeux de vase qu'il servait de lit à un ruisseau grossi par la pluie, car il suivait le penchant d'une colline. De plus, il faisait nuit noire.

Nous nous croyions donc certains de ne pas être découverts.

Sans doute le lieutenant n'avait pas été dupe du miracle qui avait causé la mort du soldat poitevin. Les quelques mots qui lui étaient échappés nous le prouvaient. Mais il n'eut pas l'air d'avoir envie d'éparpiller sa troupe dans cette passe dangereuse. Il commanda seulement de tirer à tout hasard quelques coups de fusil dans les haies. Aucun ne nous atteignit.

Et l'Innocent descendit dans le chemin couvert, soutenu par ses deux gardiens, précédé de deux autres soldats qui portaient des torches pour éclairer la marche.

Ils étaient à quelques pas de nous. Enfouis derrière les hauts ajoncs, nous ne perdions pas un de leurs mouvements.

Tout à coup je sentis la main d'Octave serrer convulsivement la mienne.

Je me retournai vers lui le cœur épouvanté, mais sans froisser une feuille, sans faire le moindre bruit. A la lueur douteuse des torches, je pus le voir.

Il serrait violemment ses dents pour ne pas crier et ne pas nous trahir; mais son visage devenait pâle, pâle à faire peur. Ses yeux s'agrandissaient dans leur orbite qui se creusait. Tout son corps défaillait. Je l'interrogeai du regard, terrifiée, sentant l'angoisse comprimer ma poitrine, pâle comme lui, défaillante comme lui.

Il me montra alors d'un geste silencieux, mais plein d'horreur, son bras gauche autour duquel venait de s'enrouler une de ces affreuses vipères dont fourmillent les marais et les bas-fonds du Poitou.

Je poussai un cri terrible.

La tête plate de la vipère s'allongeait vers moi avec un petit sifflement et je vis briller ses yeux verts et cruels.

Je ne pus m'empêcher de reculer épouvantée.

Octave me jeta un regard de douloureux reproche et voulut saisir la vipère; mais elle glissa de sa main, se redressa rapide comme un éclair et le mordit à cette main de ses petites dents venimeuses.

La douleur fut atroce, car lui aussi il cria cette fois.

Sans force, inerte comme on est dans les rêves, je retombai, essayant en vain de tendre mes mains vers Octave, de le secourir, voulant le délivrer de l'étreinte du hideux reptile et vaincue par l'épouvante.

Cependant, à nos cris, les bleus étaient accourus vers l'endroit où nous nous cachions. Mais, hélas! je ne voyais plus en eux des ennemis, mais des sauveurs.

— A nous! venez à nous! ayez pitié! secourez-nous! — ainsi criai-je dans mon délire. Tous se précipitèrent vers nous; mais quand ils virent à la clarté funèbre des torches ce dont il s'agissait, aucun d'eux n'osa approcher. Comme moi, ils restèrent immobiles, fascinés par le regard étincelant du reptile. Le sifflement joyeux de la vipère ne cessait pas; elle s'acharnait sur sa proie; elle s'entortillait déjà autour du cou d'Octave comme pour l'étouffer. Sa queue luisante battait l'air. Horrible lutte! Octave ne pouvait plus résister. Ses bras se raidissaient

dans leurs efforts. Ses lèvres paralysées ne pouvaient plus laisser éclater que des gémissements confus et déchirants. Par moments il se débattait dans des convulsions désespérées, puis il retombait épuisé par ces suprêmes élans d'énergie. Pour moi, je ne vivais plus. Je regardais sans avoir conscience de la réalité de cette scène. Je me croyais plongée dans un de ces effroyables cauchemars où vous voyez quelque goule avide sucer lentement le sang et la vie de vos bien-aimés. Mais à un nouveau cri d'horreur que poussa mon malheureux Octave, dont les cheveux se hérissèrent, dont les veines du front gonflèrent, dont tous les traits se décomposèrent, crispés par le dégoût, en voyant s'abaisser lentement sur sa figure la tête informe du monstrueux reptile, je me réveillai de ma poltronnerie et je criai aux bleus : — Sauvez-le! sauvez-le si vous n'êtes pas des lâches! Quoi! vous êtes des soldats, vous êtes armés, et vous restez immobiles, et vous regardez froidement périr ce jeune homme, et vous avez peur comme des enfants ou des femmes! Oui, peur, vous avez peur!

Mais ils ne bougèrent pas.

— Tè, — dit l'un, — la bête est venimeuse, et ça n'aime pas à être dérangé.

— Le citoyen est aussi bien mordu, — dit un autre. — Il n'y a pas de remède.

— Mais le collibert, le collibert, — observa un troisième, — il doit savoir chasser les vipères comme tous ses pareils. Il sait le moyen d'en venir à bout et de se mettre à l'abri de leurs morsures.

Le lieutenant arrivait pour s'informer de ce qui arrêtait la marche de sa troupe, car tout ce que je te raconte si longuement s'était passé en une minute.

On entendit un peu de tumulte derrière lui, et un soldat s'écria :

— Le petit gars vient de s'échapper, mon officier.

Il n'avait pas achevé, que je vis bondir l'Innocent par-dessus la haie avec l'agilité d'un chat sauvage.

Déjà il avait arraché une flexible baguette de fer à l'un de ses gardiens, et, la brandissant d'une main sûre et puissante, il s'approcha, le visage en feu, la chevelure rejetée en arrière, vers notre groupe désespéré.

Il n'eut pas plutôt vu Octave qu'il poussa un rauquement guttural qui n'avait rien d'humain et que ses yeux menacèrent le reptile d'un regard sinistre qui semblait distiller la mort.

— Laissez-moi faire! n'approchez pas! Je vous suivrai ensuite, — cria-t-il aux bleus. — Laissez-moi sauver mon frère!

Et il se mit à siffler d'une façon étrange, d'une voix claire, perçante, agile à vous étourdir.

La vipère monstrueuse se retourna furieuse, menaçante, comme si elle eût compris qu'un ennemi formidable la défiait.

Le torse nu de l'enfant se mouvait avec une souplesse et une flexibilité énergiques. Il se mit à chanter des paroles bizarres que je sus plus tard être un chant gaëlique, et à faire tourner avec une adresse prodigieuse la baguette de fer, tantôt au-dessus de sa tête, tantôt devant sa poitrine, comme un bouclier tourbillonnant.

Et il s'approchait insensiblement toujours plus près de son frère, qui, énervé de forces, murmurait avec un accent à remuer les cœurs les plus durs :

— Tuez-moi plutôt! achevez-moi! Je souffre trop.

L'Innocent touchait presque du bout de sa baguette la tête du reptile.

La vipère recourba, replia les longs anneaux de son cou, siffla et s'élança sur lui au moment où la baguette, s'élevant en l'air, découvrait la poitrine du pauvre enfant. Mais, plus rapide que la foudre, l'arme terrible descendit la fouetter par le milieu et la coupa en deux tronçons comme eût pu faire une faux bien affilée ou le tranchant d'un cimeterre.

A la vue de ce coup adroit, tous les bleus applaudirent

des mains ou de la voix. Pour l'enfant d'une race dégénérée et timide, c'était hardi et c'était beau.

Mais presque aussitôt, sur un signe du lieutenant, on le ressaisit.

— Le collibert est plus important que je ne croyais,— observa-t-il tout haut. — Gardez-le bien. Vous en répondez sur votre tête.

L'enfant se débattit avec fureur dans les bras des soldats.

— Laissez-moi, je vous en supplie, — criait-t-il. — Mon frère va périr. La vipère est morte, mais le venin va enflammer le sang d'Octave. Seul je puis le sauver. Soyez des bourreaux, mais ne soyez pas des assassins. Laissez-moi ! vous voyez bien que je ne veux pas vous échapper, mais guérir ce malheureux. Mais si vous me retenez ainsi, misérables, dans quelques instants il sera perdu, condamné ; dans quelques heures il ne sera plus qu'un cadavre. Quel droit avez-vous donc sur cet homme pour m'empêcher de le sauver ?

— Bah ! — répliqua un de ses gardiens, — c'est peut-être ce gredin-là qui a tiré sur le Poitevin.

— Pas possible, — dit l'autre. — Alors, il n'a que ce qu'il mérite.

— D'ailleurs, — reprit l'officier, — nous n'avons pas le temps de rester engagés dans ce maudit sentier. Une bande de paroissiens comme toi peuvent au premier instant nous surprendre et nous exterminer. Ainsi donc, en avant, marche !

Folle, égarée, je me traînai aux pieds de l'Innocent. Je m'accrochai aux peaux de chèvre qui couvraient ses jambes, je le regardai en pleurant comme une mère peut regarder le médecin qui va prononcer l'arrêt de son enfant malade, et, d'une voix trempée de larmes, étranglée de sanglots, je lui dis :

— Que faut-il faire ? Parlez. Ma vie pour un mot.

L'enfant me regarda avec surprise, tressaillit, eut l'air d'être inquiet, puis il me répondit sèchement :

— Moi seul puis faire cela pour lui.

Et il engagea encore une lutte désespérée avec les soldats qui voulaient l'entraîner.

— Dans deux minutes il sera trop tard, — lui criai-je.— Que faire ?

Il haussa les épaules.

— Je ne reculerai devant aucun danger, devant rien,— dis-je encore. Je tremblais de tous mes membres. Il se mit à ricaner d'un rire amer et farouche et se dégagea un instant, par un violent effort, des bras qui l'emportaient. Je me relevai, et, d'une voix sévère, solennelle, presque indignée : — Au nom de votre père, parlez ! — lui criai-je.

L'expression altière de son visage s'effaça pour faire place à un air d'abord irrésolu, puis soumis et craintif.

— Si je vous dis le mot de salut, — murmura-t-il tout bas, — vous vous sauverez d'épouvante, vous frissonnerez de la tête aux pieds, et vous ne ferez pas ce que je vous dirai, car il y va de la vie ; et chacun tient à sa vie, je le sais.

— Et moi, je vous réponds que, si vous ne parlez pas, demain la voix de votre père vous demandera comme celle de Dieu à Caïn : Bâtard de Chavannes, qu'as-tu fait de ton frère ? Et alors, moi, je lèverai la main contre vous, qui aurez été volontairement son bourreau.

—Mon officier, – dit-il précipitamment au chef des bleus, — deux minutes de grâce et je suis à vous. Entourez-moi, gardez-moi, mais que je sauve ce malheureux et vous me tuerez après, si vous voulez ! —Mais le lieutenant s'était déjà éloigné. J'embrassai les genoux des soldats qui avaient ressaisi l'Innocent et lui garrottaient étroitement les mains. Alors il se pencha vers moi, et, d'un air de doute désespéré, il me dit : — Il faut sucer la plaie !

— Je restai étourdie, en effet, mais de joie, remerciant Dieu de pouvoir encore offrir à Octave ce dernier sacrifice.

Le dévouement, chez l'homme, est souvent un calcul tout comme le crime. Chez la femme, au contraire, c'est toujours un entraînement ; elle ne raisonne pas plus les instincts de son cœur, bons ou mauvais, que les folies ou les fautes de sa tête, et son âme s'abreuve toujours, avec une joie insatiable, de renoncement et de sacrifice.

— Vous voyez bien que vous avez peur ! — dit le gars en contemplant mon immobilité. — Je n'en entendis pas davantage ; je volai près Octave. D'une main frémissante, je relevai la manche de sa chemise de toile grossière. Je vis la plaie, et j'appliquai ardemment mes lèvres, comme un dernier baiser, sur cette morsure empoisonnée, et je bus avidement le venin comme une liqueur qui eût dû me rendre les forces et une vie éternelle. Pour moi, le monde n'existait plus. Je vivais dans ce prestige idéal dont l'amour sait envelopper comme d'un voile d'or la femme qui n'est pas séparée de son amant, qui peut le voir et le toucher, et qui dès lors ne voit que lui. Amour, sainte ivresse du cœur, sois béni même pour les douleurs que tu apportes, car elles sont encore un aliment céleste, un ineffable triomphe de l'âme sur l'égoïsme et la matière ! Et vous, mes sœurs, femmes que l'amour a vivifiées de son souffle, n'est-il pas vrai, dites-moi, que le malheur de celui que vous avez élu vous a toujours attachées à lui par de plus invincibles liens ; que, plus haut vous étiez placées, plus vous avez aimé à descendre, comme des anges gardiens, vers quelque pauvre rêveur dédaigné dans la misère et l'oubli ; que, plus votre amant a couru de dangers, plus il a été abandonné et fui de tous comme un paria, plus vous avez méprisé la cour des riches et des heureux, détaché vos colliers de pierreries et vos robes de fêtes, pour vêtir la bure et venir veiller à son chevet misérable, comme de chastes sœurs de charité ? Que le monde vous accuse, s'il veut, de toute la force de ses clameurs hypocrites, vous avez Dieu pour vous, lui qui vous a comprises et qui a dit à Madeleine : Il vous sera beaucoup pardonné, parce que vous avez beaucoup aimé. Oh ! si tu savais, mon Gabriel, dans quelle angoisse profonde j'étais plongée en épiant le visage d'Octave, qui ne se plaignait plus, hélas ! car ses lèvres étaient violettes, ses yeux fermés, son visage glacé. Ma main couvrait son cœur. Enfin je le sentis battre ; puis je vis ses yeux se rouvrir et sourire tristement à ma vue, ses lèvres remuèrent. Oh ! comme je sentis mieux alors qu'il était bien à moi, et que nulle puissance ne devait m'arracher désormais ce bien-aimé qui me remerciait si tendrement de sa résurrection. — Bien ! bien cela ! — dit alors l'Innocent. — La sainte Vierge d'Auray vous a entendue !

Octave se ranimait de plus en plus. Il me serra doucement la main.

— Nous sommes sauvés ! — dis-je en levant avec effusion mes regards vers le ciel.

— Pas encore, voici le lieutenant qui revient, — dit l'enfant.

Nous tombions d'un péril dans un autre.

— Ah ça ! qui êtes-vous, mes gars ? — demanda l'officier bleu. — Vous m'avez l'air diantrement suspects. Allons, parlez vite et bien. — Ce mot me rappela à moi-même. Je craignis de m'être trahie. Je restai muette, interdite, cherchant une réponse, et souriant assez niaisement sans doute, en tortillant dans mes doigts mon chapeau à grands bords. — Approche à l'ordre, — reprit-il. — J'obéis. Ma figure pâlie, fatiguée, bouleversée, parut le surprendre et le toucher. Il soupira et me dit :

— Tu es bien jeune pour faire le vilain métier dont je te soupçonne. Quel visage ingénu ! Voyez donc si l'on ne dirait pas une demoiselle ! — Mon cœur tressaillit. Je sentis une sueur froide couvrir mes épaules ; mais je souriais toujours. Il continua, comme s'il se parlait à lui-même : — Peut-on fanatiser ainsi de pauvres enfants. C'est infâme ! Faire de ces figures si douces et si angéliques des masques de trahison ! Pervertir ces jeunes cœurs pour les rendre complices de perfidies et de pièges politiques ! C'est infâme et bien digne d'eux. Le fruit est vermeil et tente vos lèvres, mais sous la dent il ne laisse que cendres et venin. Ils se servent de la naïve innocence comme d'un hameçon de mort. Avec eux, il faut se défier de la pitié même qu'on éprouve... Enfin ! voyons, qui es-tu ? — ajouta-t-il brusquement.

J'hésitai à cette question dangereuse. Une voix douce et faible comme un souffle glissa ces mots dans mon oreille :

— Répondez : Un paysan des Echaubroignes.

Qui me donnait ce conseil ? Peut-être était-ce me perdre que de le suivre.

Mais je reconnus un accent d'intérêt si réel dans cette voix que je crus à sa loyauté et résolus d'employer ce moyen de salut. En me retournant, je n'avais vu derrière moi qu'un groupe de soldats gardant le jeune guide, dont le visage semblait plus que jamais idiot, absorbé, détaché de tout.

Je répétai :

— Un paysan des Echaubroignes, mon officier.

— Mauvaise paroisse ! — répliqua le bleu ; — mais tu m'intéresses, mon garçon, par ton air de candeur et de sincérité, quoique ton compagnon me fasse furieusement l'effet d'un ci-devant. Le petit gars ne l'a-t-il pas appelé son frère ? Enfin nous débrouillerons tout cela plus tard au district. Mais écoute. Nous nous défions de ce collibert. Tu connais le pays, n'est-ce pas ?

Je recommençai à trembler.

— Dites oui, — me souffla la même voix.

— Et tu pourrais nous servir de guide ? — continua le lieutenant.

— Dites oui toujours, — répéta la voix.

— Je vous servirai de guide, — répondis-je, — mais à condition que vous n'abandonnerez pas mon compagnon. On peut lui faire aisément un brancard avec quelques branches d'arbres.

— Fameux embarras par de pareils chemins, — dit l'officier, — et je ne sais si mes soldats seront fort contents de porter un pareil gibier.

— Me comptez-vous pour rien ? — repris-je.

— Et moi ! — ajouta le collibert.

— Oui-da ! voilà de robustes infirmiers, — dit le lieutenant. — La besogne serait commode pour vous aider à vous égailler (1) ; mais on ne tond pas les jeunes chiens de guérite comme moi par ce temps-ci. Du reste, soyez tranquilles, nous ne laisserons pas le camarade en arrière pour qu'il indique notre piste et que ses amis les gars nous traquent comme des renards sans queue au long d'un de vos damnés ravins.

Sur l'ordre de l'officier, quatre soldats croisèrent leurs fusils, jetèrent son manteau sur ce brancard improvisé, et y déposèrent Octave, dont la pâle figure alanguie s'anima d'un fugitif regard de dédain.

Des larmes roulèrent sous ma paupière lorsque je le vis ainsi tombé aux mains de ses implacables ennemis.

Nous nous mîmes en marche.

IX

LE RECTEUR DE KERBADER.

L'enfant et moi, placés entre deux bleus des plus vigoureux, nous précédions la troupe. Il s'aperçut de mon émotion et me dit à voix basse.

— Ne pleure pas, brave cœur. Celui que les limiers de Paris n'ont pas dépisté ne sortira point prisonnier du Bocage. Ces haies nous aiment et nous protégent. Derrière leurs feuilles sombres, des yeux amis brilleront et

(1) *Egailler*, mot du pays qui veut dire se disperser.

épieront les bleus, des canons de fusil soulèveront le branches vertes. Les faux s'aiguisent les fourches s'agitent dans tous les champs d'ajoncs. Les gars y rampent comme des serpents et ils rient en silence de la folie de soldats.

— Mais comment dois-je guider ces derniers ?

— A droite, toujours à droite, camarade. Deux carrefours à traverser. A l'un, prends sans hésiter le chemin dont le premier arbre est troué d'une niche où prie une bonne Vierge de bois sans tête ; au second, un arbre marqué d'une croix faite à la chaux t'indiquera la route Là, les bleus recevront la bénédiction du recteur, — dit le collibert avec un ricanement que sa voix enfantine rendait affreux.

Je ne répondis pas, absorbée que je fus par un effroi insurmontable à ce seul nom de recteur, qui me rappelai les paroles mystérieuses de mon père. Je regardai avec inquiétude autour de moi comme pour reconnaître le chemin, tandis que je n'étais agitée que de la crainte de voir surgir dans l'ombre la redoutable apparition qui me semblait devoir être une menace vivante de malheur.

Je suivis les indications du collibert ; mais, quand nous eûmes dépassé ce second carrefour, le sentier devint singulièrement étroit et bourbeux. L'eau du ruisseau, gonflé par la pluie et descendant de la colline avec violence, nous entraînait, montant jusqu'à notre ceinture et souvent nous glissions dans des trous assez dangereux.

Les soldats avaient peine à garantir leurs fusils et leurs munitions d'être mouillés.

Le lieutenant en avait détaché deux en avant en guise d'éclaireurs. De temps en temps il grommelait en me regardant :

— Si tu nous trompais !

Puis, comme honteux de ses soupçons, il reprenait sa marche.

Heureusement la pluie avait cessé. La lune chassant les nuages noirs reparut, mais si blême et blafarde que sa lueur était plus triste que les ténèbres profondes. Elle nous faisait voir tous les périls de notre position. Les deux éclaireurs avaient tout à fait disparu, lorsque nous entendîmes deux cris affreux et plaintifs retentir à quelque distance devant nous.

Le lieutenant s'arrêta et toute la troupe fit de même. Nous écoutâmes. Rien d'abord ; aucun bruit que le bouillonnement du ruisseau ; puis tout à coup le bruit que ferait une masse, un corps humain qui tomberait dans l'eau, et nous restâmes glacés d'horreur.

Les derniers nuages qui voilaient la lune s'effacèrent ; elle couvrit toute la campagne de son manteau d'argent.

D'un seul coup d'œil je pus alors comprendre l'ironique et sauvage confiance de l'Innocent.

A trente pas de nous au plus, un de ces énormes rochers qui pointent çà et là de terre dans l'Ouest arrêtait le courant du ruisseau et éventrait les deux haies entre lesquelles nous marchions.

Plus large du haut que du bas, il reposait sur sa pointe, semblable à un pont qu'une seule arche porterait suspendu en l'air.

Ce roc était hérissé, dentelé, écharpé d'arêtes et de saillies à son couronnement.

La pointe au contraire était lisse et à pic. Il semblait que des oiseaux pouvaient seuls visiter la cime de ce gigantesque caillou de granit.

Nous fûmes bientôt détrompés.

Deux formes humaines, l'une herculéenne, l'autre presque naine, ne tardèrent pas à se montrer sur le rocher, quittant l'abri des saillies qui les avaient d'abord dérobées à nos regards.

C'étaient sans doute des rebelles disposés à nous disputer le passage. En effet, il devait être impossible de franchir cette issue étranglée sans être complétement à la merci de ceux qui étaient maîtres du rocher.

L'aspect de cette position avait déjà plongé toute la troupe dans ces pensées sinistres, lorsque des sons étouffés parvinrent jusqu'à nous. Nous reconnûmes la voix de l'un de nos éclaireurs, et bientôt nous le vîmes lui-même essayant de revenir vers nous en luttant contre la violence du torrent.

Il se trouvait alors entre la table lisse et visqueuse de granit vierge et la haie, inextricable réseau de ronces et d'épines sauvages auxquelles ses mains se déchiraient en cherchant à se cramponner.

L'eau furieuse, qui venait battre de son écume impuissante la base du rocher, montait, montait toujours, agglomérée qu'elle était dans ce détroit, et déjà elle couvrait les épaules du soldat.

Le malheureux, effrayé, leva alors ses yeux vers le rocher comme pour implorer du secours.

Un éclat de rire féroce répondit seul à sa prière muette; puis nous vîmes le plus grand des deux brigands, qui était vêtu d'une sorte de souquenille ou soutane noire, abaisser le canon de son fusil sur la tête du pauvre soldat.

J'entendis une détonation et tout fut dit.

Et une voix stridente et ironique s'écria pour insulter au silence qui avait suivi cette cruelle action :

— Voici le cadeau de bienvenue du recteur de Kerbader, dont la tête est mise à prix; il vous donne celle de ce compagnon pour rien !

Les bleus ne répondirent pas; ils n'eurent pas besoin de s'écrier : « Vengeons notre camarade ! » mais trente balles criblèrent le rocher.

Les deux ombres disparurent; mais, à peine la décharge faite, le même rire sauvage nous fit tous frissonner.

— Les brigands ! — grommela l'officier d'une voix sourde ; — ils se cachent derrière ces verrues de granit comme derrière les meilleurs créneaux. Ainsi donc ils vont nous fusiller en détail à leur aise. Ah çà ! ai-je le cauchemar ou suis-je bien éveillé ? — Alors il se tourna brusquement vers moi et, tordant sa moustache d'une main, il posa l'autre sur mon épaule. — C'est toi qui nous a trompés, méchant diable ; et moi, soldat du pape, qui me suis laissé prendre à ce museau naïf et à cette tête blonde ! mais tu ne riras pas longtemps du succès de ta ruse, paroissien de Satan ! — Et au même instant je sentis sur mon front le froid d'un pistolet. Cette fois la faiblesse de la femme l'emporta, une peur folle s'empara de moi et je m'évanouis. Voici ce qui se passa ensuite, d'après ce que me raconta plus tard le collibert. Il me soutint inanimée et arrêta le bras du lieutenant. — Qui me retient ? — s'écria celui-ci en jurant.

— Moi ! — dit l'Innocent.

— Que veux-tu ?

— Essayer de vous tirer d'affaire, si vous voulez vous confier à moi.

— Comment cela ?

— Je puis leur porter vos propositions.

— Entrer en pourparler avec ces brigands, oses-tu dire ! — s'écria l'officier bleu avec indignation.

— Tè, si vous n'aimez pas mieux perdre tous vos hommes, car il n'y a pas moyen d'échapper.

— Avancez, avancez donc ! — dit en ce moment la voix sinistre du recteur. — Venez payer le péage du pont, mes ouailles. Nous sommes des féodaux, nous autres, et nous prêchons pour le vieux droit, la vieille coutume.

— Ils raillent, les démons, les misérables, — reprit le lieutenant ; — mais il faut céder, il le faut. Va donc ! — dit-il à l'enfant.

Ce dernier s'accrocha des mains aux branches basses d'un arbre qui s'allongeaient par-dessus le sentier et disparut comme un sylphe presque en l'air.

Ce fut peu après que je repris mes sens. Au premier moment je pus me croire descendue chez les ombres et prête à traverser l'onde noire du Styx.

La lune éclairait toujours cette scène bizarre de sa mélancolique et pâle lumière.

Nous voyions parfaitement les deux défenseurs du passage. Le premier était, comme je te l'ai déjà dit, un homme d'une taille gigantesque, et ses larges proportions accusaient une force d'athlète.

La méchante soutane qu'il portait était assez cavalièrement retroussée, et il en avait relevé les manches jusqu'au coude. A ses bras velus et nerveux s'attachaient de robustes mains noueuses, longues et qui semblaient terminées par des griffes de chat-tigre.

Il s'appuyait assez indolemment sur une énorme branche de hêtre à moitié dépouillée de son écorce, et qui finissait en boule comme une massue grossièrement taillée.

L'aspect de ce singulier personnage fit courir dans les rangs des bleus un frémissement de colère.

— Oui, c'est bien là le recteur de Kerbader, — dit l'un, — le corbeau de malheur,

— Encore un drôle d'oiseau de nuit, — reprit l'officier. — Je serais curieux de me battre corps à corps avec lui pour m'assurer s'il est invulnérable avec son cilice et son morceau de la vraie croix, comme il le prétend.

— Oh ! c'est un saint homme, — ajouta un autre. — C'est le grand distributeur de scapulaires, le prêcheur de vêpres au coin des bois, l'apôtre de la confrérie du Sacré-Cœur.

— Le digne pasteur, — répliqua le premier, — comme il ne veut pas verser le sang humain, ce que défendent les canons de l'Eglise, il se sert d'une massue pour assommer ses ennemis et il s'en lave ensuite les mains comme un petit Jésus.

— Et son compagnon, cette moitié d'homme, — demanda le lieutenant.

— C'est le chasseur du roi, — répondit un bleu vendéen, — c'est le terrible cadet de Chavannes, une espèce de brute joviale, grand mangeur, plus grand buveur, le plus féroce tueur de loups, de cerfs et de sangliers qui soit au monde; du reste, cervelle de girouette qu'on tourne comme l'on veut en lui tenant tête à table et en le flattant sur son habileté de tireur. Bon enfant d'instinct, il se laisse dans l'occasion entraîner à des actes de cruauté par ses conseillers ; aussi dans le pays accuse-t-on sa gaieté bruyante et grossière d'être un masque qui cache un cœur cruel. Je crois qu'on a tort ; il n'a pas assez d'esprit pour être hypocrite et c'est le plus franc luron de la famille. Il prend feu très-vite, et alors il ne fait pas bon à regarder sa moustache de trop près. Tout le monde a peur de ses coups de boutoir, depuis ses frères jusqu'à ce Satan de recteur qui le ménage et qui, connaissant son caractère, se sert de lui comme d'une arme docile et redoutée.

— Merci du portrait, mon brave, — dit le lieutenant, — on s'en souviendra. Ces Nemrods royalistes sont heureusement faciles à dompter ; mais les hommes comme ce pâle et maigre recteur sont des dangers vivants.

— Malgré son esprit borné et étroit, — poursuivit le soldat, — le chasseur du roi aime et protége le collibert, à ce que l'on dit. Il planterait son coutelas dans la poitrine de quiconque ferait du mal à cet innocent, fût-ce le comte Octave, son aîné. C'est ce qui me donne de l'espoir pour nous.

— Est-il aussi brave que robuste ? — demanda le lieutenant. — Des cœurs de lièvre se cachent parfois sous des peaux d'Hercule.

— Dieu, en le faisant velu comme un ours, large d'épaules comme vous voyez, a dû lui dire à l'oreille de ne jamais rien craindre. Il se bat comme il chasse ; pour lui, c'est une partie de plaisir.

-- C'est bien, — dit l'officier ; — silence maintenant !

Le collibert paraissait alors sur le haut du rocher qu'il avait tourné, et abordait le recteur d'un air d'humilité soumise et de crainte respectueuse.

— Où sont les dépêches ? — demanda impérieusement celui-ci.

33

— Dans la poche du lieutenant des bleus, — répondit avec timidité l'enfant.

Le recteur resta muet de rage. Ses yeux ternes s'allumèrent d'une clarté sinistre ; puis il s'écria :

— Failli gars, tu t'es laissé surprendre. Que Dieu te pardonne, si c'est possible ! pour moi, je t'absous de tes péchés.

Et, faisant tourner sa masse, il la leva sur le malheureux collibert, qui fixait sur lui un regard vague et troublé.

Mais il ne frappa que le vide, car d'un geste rapide le chasseur du roi avait enlevé l'Innocent comme une plume.

Le recteur s'avançait toujours :

— Lâche-le, ou tu payeras pour lui, Orré !

Le cadet de Chavannes secoua dédaigneusement les longs cheveux qui couvraient presque son visage et, levant sa lourde carabine, il ajusta tranquillement son compagnon en disant :

— C'est dommage, il va y avoir un brave défenseur du roi de moins sur cette terre !

Le recteur vit sans doute dans l'œil clair et résolu du Vendéen le sort qui l'attendait, car il abaissa sa masse avec un sourire forcé et sinistre qui fit grimacer tous ses traits.

Je vis alors flamboyer l'atroce figure dépeinte dans l'hallucination extatique de mon père.

Je reconnus les grands yeux noirs aux sourcils durs et rapprochés, le nez d'oiseau de proie, les taches livides qui marbraient cette figure pâle, creusée, traversée de rides dues aux insomnies de l'ambition déçue, les lèvres minces et astucieuses qui savaient rendre le mensonge éloquent et faire une vertu du crime, tout ce visage, épouvantable idéal de l'esprit de vengeance et de haine.

— Du moins, — dit-il avec effort au Vendéen, — le messager infidèle ne doit pas garder le scapulaire que je lui avais donné pour fortifier son cœur. Rends-le-moi, méchant collibert. — L'enfant lui remit en tremblant le scapulaire. — Et ton chapelet bénit par le pape, où est-il ? — poursuivit le recteur.

L'enfant croisa ses mains en suppliant :

— Oh ! laissez-le-moi, bon recteur. C'est si doux de prier le soir en déroulant sous ses doigts les grains du chapelet.

Le recteur ouvrit de force les mains de l'Innocent, et, lui arrachant le chapelet, le passa à son cou en disant :

— Ce sera pour un meilleur serviteur.

— Que veux-tu, Jacques ? — dit le chasseur du roi à son frère ; — tu n'as pas bien rempli ta mission. Le recteur te reprend tes gages ; il est dans son droit. Mais je vais réparer ta sottise. — Puis, se tournant vers les bleus, il s'écria : — Rendez les dépêches, et je vous fais grâce à tous.

— Les voici ! — répondit aussitôt au grand étonnement de ses soldats l'officier bleu, en tendant vers le rocher les précieux chiffons de papiers.

Une joie farouche rayonna sur la figure du recteur. Le jovial chasseur du roi triompha de la lâcheté du lieutenant et lui cria d'une voix méprisante et cruelle.

— Apporte ! — comme s'il eût parlé à son chien.

A son tour, l'officier sourit, et, déchirant les dépêches, il les porta à ses lèvres, les mâcha et les cracha ensuite dans l'eau bourbeuse du sentier. Les Vendéens restèrent d'abord stupéfaits, puis il poussèrent une effroyable clameur de désappointement et de rage, et le recteur nous cria :

— Point de grâce ! vous êtes tous condamnés maintenant. Ce chemin est le seul par lequel vous puissiez regagner Bressuire. Tout le Bocage se soulève derrière vous et vous enferme. Votre officier vous a perdus.

Mais, pendant ces terribles paroles, le collibert s'était mis à parler avec vivacité au cadet de Chavannes, qui poussa bientôt un cri d'étonnement, alla droit au recteur et lui communiqua ce qu'il venait d'apprendre.

La conversation s'échauffa violemment entre eux.

Quand elle fut terminée, le chasseur du roi dit aux bleus :

— Vous ne pouvez échapper. Cependant nous serons généreux. Rendez vos prisonniers et vos armes. Nous vous laisserons le passage libre à tous, sauf à votre officier, qui a lu nos dépêches.

Tous les yeux se tournèrent vers le jeune lieutenant comme l'arbitre suprême de la vie ou de la mort de tant de braves gens.

— Nos armes à des brigands, — répondit-il, — jamais !

— Jamais ! — répétèrent fièrement tous les bleus.

— Consentez-vous du moins, — dit alors le recteur, à rendre les prisonniers et à rester en otage avec nous, vertueux citoyen ?

— Oui, — répliqua le lieutenant ; — je me dévoue pour sauver la vie de ces pauvres soldats.

— Eh bien ! promettez seulement de ne plus porter les armes contre nous.

— Soit ! car il est assez dur de se battre contre des Français, tout bigots et aristocrates qu'ils soient. Nous aimons mieux tordre le cou aux poules de Bavière d'Autriche que de faire flamber vos masures et vos prairies de genêts. Ma vie sera caution de ma parole.

L'héroïsme de ce jeune homme émut le chasseur du roi, qui répliqua vivement :

— Eh bien ! avancez. Vous êtes un brave.

Le collibert vint nous chercher.

Ce ne fut pas sans beaucoup de difficulté qu'il parvint avec mon aide et celle du lieutenant à transporter Octave sur un brancard formé de branches d'arbres coupées en toute hâte, et à le faire arriver sur la plate-forme par le sentier presque aérien qu'il avait suivi. Plus d'une fois nous faillîmes glisser sur ces degrés humides et grossièrement indiqués, échelons de granit presque impraticables.

Quand nous fûmes arrivés, le recteur détacha une corde qu'il nouait en guise de ceinture autour de sa taille, et s'en servit pour garrotter les mains du lieutenant, qui sourit avec dédain.

Les bleus défilèrent un à un sous la voûte du rocher dans un profond silence. On cessa bientôt de les voir, et nous nous trouvâmes seuls.

Le recteur et le cadet de Chavannes s'approchèrent du brancard sur lequel Octave était étendu, et ils échangèrent avec lui quelques paroles en gaëlique, dialecte étrange auquel je ne pus rien comprendre.

Plusieurs fois ils me regardèrent d'un œil soupçonneux. Mais Octave, se soulevant sur son coude, répondit à la question qu'ils lui firent sans doute à mon sujet :

— Pauvre Camille ! je lui dois deux fois la vie.

Le cadet vint alors à moi et me secoua si cordialement la main qu'il faillit la briser.

— Soyez le bienvenu ! vous êtes un brave, quoique maigriot, — dit-il avec un air de piété nuancée de mépris involontaire pour la faiblesse et la mièvrerie de ma constitution. — Je vous estime malgré votre mine de clerc. Vous serez mon élève, et la venaison fortifiera vos membres de poulet. C'est une grande joie que le retour de l'aîné. C'est la tête de la famille : nous autres, nous ne sommes que des bras. Le vieux marquis en oubliera sa goutte pour marcher au-devant de lui. Mais je sais de jeunes yeux qui ont pleuré depuis trois mois et qui vont sourire.

Ces dernières paroles m'inquiétèrent vaguement. Mais je vis le regard inquisiteur et perçant du recteur se fixer sur moi avec défiance, comme s'il eût voulu lire dans ma pensée ; puis aller de moi à Octave, comme s'il eût cherché à se souvenir ou à deviner, ou à réunir dans son esprit les fragments d'une pensée confuse. Je me hâtai donc de détourner les yeux de dessus cet homme et de répondre au chasseur du roi :

— Je ferai de mon mieux, monsieur, pour suivre votre exemple. Je suis faible, mais le cœur aide le bras.

Dès lors je sentis une haine secrète se dresser comme

une muraille invisible entre le recteur et moi. Je m'étais deviné un ennemi.

— Assez de paroles, — interrompit-il brusquement, — monsieur le comte a besoin de repos. La route est encore longue. Marche devant, collibert, et annonce l'arrivée de l'aîné au château. Que la chambre verte soit préparée pour nous recevoir; surtout qu'on ne réveille pas les dames! — L'Innocent ne répondit pas. — Allons, m'entends-tu, oui ou non? — reprit le recteur. — Que fais-tu là à rester en extase, comme un imbécile, devant ce compagnon? Le prends-tu pour la sainte Vierge d'Auray!

— Il est si brave et si beau! — soupira l'enfant.

Je levai les yeux. Le collibert était en effet resté immobile, absorbé à me regarder.

Le recteur haussa les épaules et lui montra du doigt le sentier.

Le collibert, en deux bonds, sauta du rocher dans le ruisseau et disparut.

Le lieutenant était tombé dans une sorte de marasme. Quoique morne et abattu, il offrit de nous aider à transporter Octave. Le cadet lui ôta les cordes qui liaient ses mains, et nous nous mîmes aussitôt en marche, prenant un autre sentier moins inondé d'eau, mais dont l'argile boueuse nous faisait cependant glisser à chaque pas.

Je me trouvais alors, mon cher enfant, dans une situation moins douloureuse que tu ne le penses. Cette suite rapide d'événements n'avait pour moi qu'un intérêt et qu'un sens: le salut d'Octave. _

L'amour a son mirage de cœur que tous les amants connaissent. Les incidents et les aspects de la vie extérieure les impressionnent différemment que les gens dont le cœur est libre et l'esprit inoccupé. Le sentiment exact de la réalité se perd chez les amants comme chez les rêveurs. Ainsi, par suite de la concentration de ma pensée au cœur, les faits, les hommes et les paysages prenaient pour moi des apparences et des proportions fantastiques. Comme je rapportais tout à l'objet aimé, tout me semblait embelli, adouci, enveloppé d'un voile d'or fluide, d'une vapeur céleste. Dans cette nuit d'encre, je croyais marcher sous un dais bleuâtre parsemé de fleurs d'argent, parce que le ciel était dans mon cœur et non devant mes yeux.

J'oubliais le passé, et je ne m'occupais pas de pressentir ni de redouter l'avenir.

Du moment qu'Octave était en sûreté, je me livrais tout entière au bonheur présent, égoïsme familier à tous ceux qui aiment, car l'amour absolu est exclusif et se nourrit de son propre délire.

La route n'était pas variée, et la pensée pouvait s'y endormir. Au bout de chaque champ s'ouvrait un carrefour qui renouvelait l'incertitude de la direction à suivre. Les habitants du Bocage eux-mêmes se perdent facilement à une lieue de leur métairie.

Une fois, le cadet de Chavannes nous dit:

— Arrêtons-nous ici, car je meurs de soif.

Je regardai autour de nous et ne vis que le même éternel horizon de verdure.

Mais alors le chasseur me montra en riant quelques toits bas, bombés de tuiles rouges, enfouis dans cette mer végétale, et la flèche aiguë d'un clocher pointant à travers des rideaux d'arbres, comme le mât d'un vaisseau sombré à la côte s'élève au-dessus des flots à la marée basse.

Je me trouvai, sans m'en douter, au milieu d'un village caché sous la mousse et les ombrages. Sur chaque maison, un vaste chêne recourbait ses rameaux feuillus comme une égide. Les fenêtres, étroites et grillées, étaient masquées de vignes et de lierres qui festonnaient les murailles, auxquelles se collaient d'innombrables nids d'hirondelles.

— Nous sommes ici sur nos terres, — me dit Octave.— Ce village appartient à mon père. Mais, je vous en supplie, Orré, — ajouta-t-il, — ne réveillons pas ces braves gens, car j'ai hâte d'arriver au château. Voilà l'orage qui menace d'éclater avec fureur, et la lune commence déjà à se voiler. Vous savez qu'aucun de nous ne doit avoir envie de passer la nuit dans ce lieu, qui a toujours été fatal à notre famille.

— Vous avez raison, Octave, — répondit laconiquement Orré, qui tressaillit.

Et, traversant le village silencieux, nous atteignîmes un bois de chênes auquel il était comme adossé, et dont l'obscurité profonde me glaça d'horreur.

<h2 style="text-align:center">X</h2>

<h3 style="text-align:center">LA BELLE RENÉE.</h3>

Je ne sais trop, mon cher enfant, si tu auras bien pu démêler les nuances fugitives et variées des sentiments qui dirigeaient, aveuglement mon âme au milieu de ces tumultes d'action auxquels je suis forcée de te faire assister. L'histoire de mon amour est une confidence intime et sérieuse, une de ces confessions qui n'éclatent hors du cœur d'une femme que tout humides de larmes et coupées de sanglots; mais comme cette histoire ne s'est pas écoulée calme et sereine, toute dans le cœur, avec quelques accessoires riants d'églogue et d'idylle; comme la fascination exercée sur moi par l'homme que j'aimai m'a fait franchir les limites de la tendresse chaste et permise pour me précipiter dans les orages et les tempêtes de la passion; comme elle m'a violemment tirée du cercle salutaire de l'humble foyer domestique pour me jeter dans la sombre et bouillante région des sentiments effrénés, des haines et des crimes, je dois te prier de me suivre au milieu d'étranges incidents qui, plus d'une fois, te feront croire que tu lis quelque lugubre roman inventé à plaisir ou quelque effroyable bulletin des gazettes du temps.

Moi-même, au souvenir de ces événements, quand je me dis: Non, ce n'est point un songe, ceci m'est arrivé; j'étais dans ce château; la soutane de ce recteur passait devant mes yeux; j'entendais ses plans sinistres, eh bien! mon cœur tressaille encore malgré moi. Il me semble que je vois défiler le long de mon lit une formidable procession de ces ombres maudites, et, terrifiée comme l'enfant curieuse qui écoute de tous ses yeux et de sa respiration suspendue les contes d'une nourrice bavarde, je suis prête à conjurer ces spectres silencieux de s'éloigner et de ne pas m'entraîner avec eux.

Laisse-moi donc te faire pénétrer un peu brusquement dans les détails extérieurs de ma vie, sans te déduire logiquement toutes les causes des événements auxquels le hasard me mêla malgré moi. Je ne suis ni un historien, ni une faiseuse de mémoires. Je n'ai jamais trop compris autre chose à la politique que ce qui se rapportait à mon amour pour Octave. Ce récit tout personnel est donc traversé d'épisodes dont la portée politique m'a échappé en grande partie. Cependant, pour éviter des obscurités et des rabâchages inutiles, je te détaillerai au fur et à mesure bien des choses que je ne sus que beaucoup plus tard. J'imiterai ces romanciers complaisants qui, pour satisfaire l'impatiente curiosité du lecteur, enlèvent d'un revers de plume le toit des maisons, qui lisent couramment avec leur loupe de fée dans le cœur de leurs personnages muets, et dont l'oreille de sylphe surprend jusqu'aux dialogues à voix basse des conspirateurs les plus ténébreux.

Quand nous eûmes tout à fait pénétré dans le bois de chênes, l'exaltation qui m'avait soutenue jusqu'alors commença à tomber. La fatigue m'assoupissait malgré moi, et mes superstitions d'enfance peuplaient ces ténèbres de gnomes hideux, faisaient fourmiller dans ces solitudes des caravanes de sorcières échevelées, et ressuscitaient les morts de leurs tombes pour les échelonner, formes indistinctes et impalpables, tout le long de cette route interminable. Il me semblait que je marchais vers un abîme et que je ne pouvais m'en empêcher ; que je franchissais un des cercles redoutables de l'enfer, mais que je sacrifiais mon âme volontairement, quoique avec épouvante, pour ne pas la séparer de l'âme d'Octave, comme Sapho se jeta du rocher de Leucade pour rejoindre son amant, quoique à la vue du gouffre avide et béant elle eût senti ses cheveux se dresser effrayés sur sa tête ainsi que des serpents, et ses yeux se fermer d'horreur. J'allai involontairement vers cette nouvelle crise de ma vie, vers ces épreuves que me prédisait l'instinct de mon cœur, mais j'allai. Quelle femme a jamais préféré la solitude amère et égoïste de son âme à la communauté de douleurs avec l'âme chérie !

Que de fois je crus sentir une main de marbre glacer mon épaule quand je me heurtais à quelque racine d'arbre et qu'une branche s'accrochait à ma blouse ! Pour rien au monde je n'eusse osé me retourner, tant je craignais de voir des démons rampants, troublés dans leur sommeil, se réveiller et me suivre de leurs yeux lumineux, appuyés du coude sur quelques pierre sépulcrale. Le bruit de nos pas m'effrayait. Quant aux arbres qui s'alignaient devant nous, je voyais leurs bras feuillus s'incliner au souffle du vent comme des spectres ironiques, et je me disais que ce vent ricanait dans les branches pour se moquer de ma folie.

En vain je levai mes regards vers le ciel. On ne voyait pas un coin de son œil bleu aux cils d'or. Et je pensais, dans mon imagination affaiblie, que les mauvais esprits, qui glissaient et rôdaient autour de nous comme des espions, avaient caché les étoiles sous leurs mantes de nuages noirs. Mais sous nos pieds s'allumaient quelquefois d'autres étoiles pâles et bleuâtres ; c'étaient les feux follets des bas-fonds marécageux qui s'égaraient rapidement dans les broussailles ; mais, dans mes souvenirs puérils, c'étaient les torches des pages du grand veneur, et je m'attendais alors à voir filer devant moi sa terrible chasse ; déjà j'entendais éclater les fanfares triomphales des cors, les aboiements de la meute infernale, les cris des chasseurs brandissant les épieux.

Et par moments même tout s'animait encore plus. Les chouettes se perchaient immobiles au haut des arbres, graves comme des sphinx d'Egypte ; les chauves-souris déployaient l'éventail échancré de leurs ailes velues ; du creux de chaque chêne, du fond de chaque mare, s'épanchaient des légions de génies malfaisants et de larves immondes qui, estompés dans un brouillard rougeâtre, formaient deux rangées de spectateurs silencieux.

Et alors s'élançait la chasse effrénée. Je voyais bondir par-dessus moi la grande bête, les crocs blanchis d'écume, le poil étincelant, les flancs déchirés, fouillés, dévorés par les dents altérées des chiens. Chaque pas du furieux animal entaillait la terre. Puis suivait comme l'éclair le grand veneur, courbé sur son gigantesque cheval noir, dont la croupe reluisait de sueur. Son panache flottait à moitié détaché de son chapeau, ses étriers pendaient, le sang ruisselait de son bras, ses éperons s'enfonçaient dans le ventre fumant du cheval. Il tournait vers moi son visage livide avec un sourire cruel. Grand Dieu ! c'était la figure menaçante, le regard effroyable du recteur, et je cachais mes yeux sous mes mains glacées.

Je voulus cependant revoir encore l'affreux meneur de loups, et je regardai de nouveau. Chose étrange ! son visage me parut celui d'une jeune fille, mais pâle et méchante ; ses yeux noirs brillaient d'une expression dure et insultante, sa bouche se crispait dans un sourire de mépris et de haine. L'orgueil, dans tout son implacable égoïsme, respirait sur ses traits, purs comme ceux de la Junon antique, mais non moins impérieux.

L'affreuse nuit ! et pourtant je suis bien sûre que ce ne fut pas là un vaine vision, mais un pressentiment envoyé par Dieu. Et lorsque tout se fut évanoui, qu'il ne resta rien de ce monde fantastique évoqué par mon délire, je sentis moi-même que ce rêve singulier se liait à ma destinée et qu'il ne pouvait mentir.

Nous poursuivions ainsi notre route à travers des solitudes de plus en plus sauvages. Au milieu des bois, nous traversions souvent des clairières arides et dangereuses pour quiconque n'eût pas été du pays, car des flaques d'eau croupie et verdâtre se cachaient sous des tapis de maigre bruyère grise ou de tourbe noire.

Tout ce paysage était sinistre et désolé. On n'apercevait ni hutte ni habitation, moi du moins, car je n'étais pas assez familière avec les usages du Bocage pour savoir distinguer les cabanes de *chapuseurs*, creusées aux deux tiers dans le sol, et dont le toit fait de branchages se trouve presque à fleur de terre et se confond souvent avec des piles de fagots entassées. Les paysans appellent *chapuser* le travail d'équarrir le bois et de façonner les instruments aratoires. Pas un cri d'oiseau ne troublait le silence.

Dans ces gorges perdues, sauvages, chevelues d'arbres, on n'entendait gronder de loin en loin que l'écume d'un torrent au creux de quelque abîme, du fond duquel croissaient cependant quelques chênes rabougris et tordus. Peu à peu nous vîmes des roches se suspendre audessus de nos têtes et le chemin s'encaisser entre leurs murs formidables qui remplaçaient les haies. Enfin, étant arrivés à une certaine hauteur, je n'aperçus plus qu'une mer pétrifiée de vagues de granit. Le sommet d'un roc était la base d'un autre. On eût dit qu'ils eussent été empilés et échelonnés les uns sur les autres par quelque bras de Titan, comme les degrés d'une échelle gigantesque dressée pour l'escalade du ciel.

C'était vraiment un aspect d'une sublime horreur, et il était difficile d'imaginer que les habitants d'une contrée aussi rude fussent des gens doux et hospitaliers. Je t'avoue que j'éprouvai alors cet invincible sentiment d'appréhension puérile qui doit saisir un Européen perdu dans les solitudes du nouveau monde vierges encore du pas de l'homme, et craignant, à chaque rideau de lianes inextricables qu'il troue ou soulève, de réveiller en sursaut une tribu d'Indiens fugitifs et désespérés.

Ce profond silence m'oppressait surtout le cœur, et la vue même d'Octave rassurait mal mon imagination exaltée, qui transformait presque son brancard en bière funèbre.

Vers la fin de la nuit cependant, nous crûmes tout à coup entendre un bruit sourd, puis une confusion de clameurs lointaines qui nous engagea à nous arrêter. Le chasseur du roi dit au recteur d'une voix basse qui trahissait un peu d'inquiétude :

— Que peut signifier un tel mouvement dans le pays à cette heure. Il est impossible que les bleus aient osé pénétrer si avant. Serait-ce plutôt une bande des nôtres qui ont voulu protéger notre retour au bercail ?

— Regardez, voici quelque chose de plus étrange encore, — répondit le recteur en étendant la main dans la direction de ce bruit singulier.

En effet nous vîmes une lueur rouge s'élever du milieu de la forêt jusqu'au ciel, qu'elle teignit d'une éclatante couleur de pourpre, et des tourbillons de fumée s'envoler dans l'espace.

— Ce feu brille dans la direction de la Bauge, — s'écria le cadet de Chavannes. — Ce serait en effet une drôle de bienvenue. Mais n'apercevez-vous pas encore des lueurs éparses dans le bois. Messieurs, je veux en avoir le cœur net. Restez ici sous ces halliers, et moi j'irai en avant, comme un éclaireur.

— Priez Dieu, monsieur, que ce ne soit pas le château qui brûle par le fait de vos patriotes, — dit le recteur au lieutenant prisonnier.

Ce dernier se croisa les bras sur la poitrine, et se mit à siffler la *Carmagnole* entre ses dents, do l'air le plus insouciant et le plus détaché du monde.

Au moment où le cadet se mettait en marche, nous entendîmes le bruit plus distinctement, et nous reconnûmes aussi le son des cors et des trompes de chasse qui retentissait d'une façon extraordinaire.

Orré laissa aussitôt éclater un gros éclat de rire :

— La peur nous trouble-t-elle l'esprit ? — s'écria-t-il. — Ce sont nos gaillards qui chassent à courre, par Dieu ! J'ai reconnu le cor de Richard.

— La nuit, à cette heure ! quelle folie ! — dit le recteur.

— Encore un caprice de ce démon de Renée, — reprit en soupirant le cadet. — Elle aurait bien pu m'attendre pour me mettre de la fête. Mais, bah ! pense-t-elle jamais aux autres quand il s'agit de son plaisir ou de sa fantaisie. Elle mène tous nos bandits comme elle veut ; et vous même, je suis sûr que vous n'auriez pas le courage de la gronder en face. — Je ne sais pourquoi je tressaillis en pensant à l'étrange hasard qui devait réaliser si promptement les prophéties de mon rêve. Etait-ce donc un pressentiment? C'était la première fois que je comprenais sérieusement que des femmes pouvaient habiter le château de Chavannes. Le chasseur du roi continua :

— Allons, messieurs, pressons le pas, et nous arriverons à la mare aux Biches.

Nous obéîmes. Au bout d'un quart d'heure de marche, nous voyions des lumières à quelques pas de nous. Le cadet poussa le même glapissement que le collibert ; des cris semblables lui répondirent.

Les lumières se rapprochaient de nous. C'étaient des torches portées par des paysans postés au coin des sentiers.

Presque aussitôt, nous vîmes accourir, ou plutôt voler, glisser comme des éclairs, par une allée transversale, quatre à cinq jeunes gens robustes, en habits de chasse, à la barbe inculte, à tournure de brigands, et dont les traits me parurent, sinon laids, du moins durs, irréguliers et totalement dépourvus de grâce.

— Par ici, frères ! par ici, Richard ! — cria Orré qui crut qu'ils venaient à notre rencontre.

— Impossible de nous arrêter, Orré, — répliqua le premier d'un ton bourru.

Et il passa.

— Nous voici, Armand. Viens embrasser Octave, — continua le chasseur du roi.

— Tout à l'heure, Orré, — repartit le second.

Et il disparut.

— Sont-ils devenus fous? — dit le cadet. — Et toi, Jean, et toi, Gaspard, allez-vous aussi nous fuir comme des pestiférés. — Ceux-ci s'éloignèrent à toutes jambes, sans daigner lui répondre. Le dernier allait heureusement avec beaucoup plus de lenteur, et je puis même avancer sans médisance qu'il trébuchait presque à chaque pas, ce qui contribuait à rendre sa démarche beaucoup plus solennelle quand il reprenait son équilibre. C'était un épais gaillard à trogne fleurie. Orré le saisit au collet, et, le secouant rudement : — Ah çà ! Michel, — lui demanda-t-il, — le diable a-t-il détraqué la cervelle de mes honorables frères ? quelle mouche les pique ? Croient-ils avoir une légion de représentants du peuple à leurs trousses ! — Michel ne bougea pas, et regarda son frère d'un air supérieurement niais et stupide.

— En voilà enfin un de raisonnable, — dit le cadet avec satisfaction en le lâchant. — Voyons, frère, m'expliqueras-tu pourquoi tous les enfants allongent les jambes comme des cerfs traqués, au lieu de s'arrêter ici quand je m'égosille à le leur crier. — Le jeune homme raisonnable se passa la main sur le front pour rassembler ses idées. Mais elles étaient probablement obscurcies par une cause que m'expliqua l'exclamation suivante de Orré, impatienté de ce silence hébété. — Diable d'ivrogne, es-tu muet? ne pourra-t-on tirer un mot de cette outre à cidre? Dis-moi : pourquoi courais-tu?

— Parce que mes frères couraient, — repartit Michel avec un flegme digne de la gravité d'un docteur.

— Voilà un motif, — dit le cadet en riant, — mais pourquoi couraient-ils?

— Tu ne devines pas? — bégaya Michel avec cette indécision traînarde si fatigante chez les gens troublés par les fumées du vin. — Quoi ! tu ne devines pas, toi qui es si futé chasseur ?

— Je ne devine pas, continue.

— Tu perdras ton nom, Orré, — poursuivit l'ivrogne, si tu n'as pas plus de nez que ça. — Eh bien ! donc je vais te dire : Il n'y a pas besoin de trépigner pour cela comme un possédé ; j'ai la langue un peu paresseuse, parce que je n'ai pas pu finir le coup de l'étrier.

— Abrégeras-tu, tonne de verjus moisi ? — interrompit le cadet de Chavannes furieux.

— Ne te fâche pas, Orré. Ne dirait-on pas que tu n'as jamais trinqué, au retour de la chasse, avec ton gros frère Michel ? Allons, sois franc, et avoue qu'un *pichet* de cidre débrouille furieusement les idées le matin, vous désaltère le gosier rêche de poussière à midi, et vous prépare le soir à dormir du sommeil du juste.

— N'as-tu que ces sornettes à nous débiter, Michel? — interrompit brusquement le chasseur du roi.

— Je voulais aussi te dire que nous avons voulu venir tous au-devant de vous ; mais, pour nous distraire et renouveler la provision du gibier, nous avons voulu courre le cerf. Une idée de la cousine.

— Ah ! une merveilleuse idée ! — s'écria le chasseur. — Une chasse de nuit? Admirable ! Je reconnais là notre amazone. Je vois d'ici le gibier réveillé au gîte, hagard, ébloui, fou. La lueur des torches espionne les fourrés, furète dans les terriers, fouille les bouges, miroite sur les mares et les étangs. Je vois des troupeaux de bêtes hurler, gémir, grogner, bondir, grimper, nager éperdues. Mais, Dieu merci ! il doit y avoir assez de gibier ici pour que mes frères ne craignent pas que je leur enlève toute leur chasse.

— Oh ! ce n'est pas cette crainte-là qui les faisait courir, — repartit l'ivrogne avec un air fin.

— Peut-être daigneras-tu nous dire enfin le pourquoi?

— Voici : nos chiens ont perdu la piste du cerf, et nous nous égarions du côté de la croix des Colliberts, lorsque nous avons entendu le cor de Renée, qui ne s'est pas laissé donner le change, elle.

— Et elle est seule ?

— Elle doit être seule aux prises avec le cerf, vers les rochers de la mare aux Biches. Voilà pourquoi mes frères couraient.

— Et tu me laissais bavarder ici quand Renée est peut-être en danger ? — s'écria le chasseur du roi. — Et tu me dis cela maintenant ? Allons, va cuver ton cidre, gros *pichet* ambulant. — Et, d'un coup de poing à assommer un bœuf, il fit rouler lourdement à terre le brave Michel ; puis il dit au recteur : — N'y a-t-il pas un démon logé dans la cervelle de cette belle fille-là ? — Et, me prenant la main : — Venez avec moi, camarade, — ajouta-t-il ; — il s'agit de sauver notre reine de beauté.

Je regardai Octave avec inquiétude ; mais le recteur me dit froidement :

— Je reste avec lui. D'ailleurs monsieur le comte est aussi en sûreté sous ces halliers que derrière les remparts de son château.

Octave lui-même me fit signe de suivre le cadet de Chavannes, qui me remit en main la canardière que son frère Michel venait de lâcher en tombant, et nous nous élançâmes sur la trace des autres chasseurs.

De distance en distance, des paysans étaient échelonnés, agitant des torches. Nous courûmes donc entre deux haies de feu, qui nous criaient à l'envi :

— A la mare ! aux rochers !

Nous entendîmes un nouvel appel du cor, qui résonna comme un cri d'alarme.

Le chasseur du roi s'arrêta.

— Mes frères se sont trompés, — dit-il après avoir bien écouté. — Le cerf n'aura pas grimpé sur les rochers pour se lancer à la mare. Coupons par cette allée à droite ; en deux minutes, nous arriverons au carrefour du Chapuseur.—En effet, toujours courant sous cette pluie d'étincelles, nous atteignons un immense carrefour où aboutissent douze allées et treize sentiers. Ce carrefour est une pelouse verte étoilée de fleurs ; les arbres ont de hauts troncs noirs, comme des piliers, et sont brodés, festonnés, enguirlandés de lierre et d'autres plantes grimpantes qui montent jusqu'à leurs larges panaches de feuilles vertes. Il n'est plus nuit, car le carrefour est éclairé comme en plein midi ; mais ce n'est pas le soleil dont les rayons d'or criblent de gouttes de lumière ce site sauvage et charmant. Des torches sont toujours semées çà et là, au poing des paysans nichés à la cime des arbres ou accroupis à leur pied, ou cachés dans les petits sentiers veloutés de mousse verte. Au milieu de la pelouse s'ouvre et miroite un étang, dont l'onde tranquille s'endort, du côté opposé, à la base de quelques rochers couronnés de bouquets de frênes qui flamboient. Le bord dont nous approchons n'est encadré que d'une ceinture de grands nénuphars jaunes. Un canot se balance sur cette mare étincelante dont les rives ondulent et forment de capricieux zigzags. Au milieu de ces solitudes, le carrefour du Chapuseur semble un Eden, un oasis enchanté, la salle de bal des esprits de la nuit. Le lac est pourpre et violet sous les flammes qui s'abaissent vers lui et le font rayonner comme un miroir de diamants. Les frênes brûlent sur les rochers ; ils se tordent, rouges et blancs de chaleur, sous les spirales de feu qui les embrassent, font pétiller leurs branches et les secouent comme des fuseaux enflammés dans la mare où ils s'éteignent en fumée crépitante. Ils conservent leur forme et se détachent, spectres lumineux, dans l'air jusqu'au moment où ils éclatent en pluie de cendre rouge. La chasseresse s'est vraiment donné un plaisir de reine. Nous voyons arriver en haut des rochers qu'illumine l'incendie les quatre frères, Richard, Armand, Jean et Gaspard. En ce moment, le cerf relancé, qui a secoué les grappes de chiens accrochés à ses flancs, vient de plonger dans la mare, éperdu, haletant devant la poursuite de la terrible amazone. Pauvre animal, sans doute, il s'est souvenu d'avoir toujours trouvé ce lac silencieux et paisible, quand la lune l'enveloppait d'une gaze d'argent, aux heures sereines et recueillies de la nuit ; alors il venait s'y baigner d'un pied timide, l'œil et l'oreille inquiets du moindre bruit, d'une feuille qui tombait, d'un insecte qui bourdonnait, d'un oiseau qui se réveillait sur une branche tremblante. Comme il s'enivrait alors, ainsi que ses biches et ses faons enjoués, des parfums mystérieux qu'exhale la transpiration des arbres, des plantes et des fleurs ! Comme alors ils aspiraient l'haleine odorante et saine de la forêt, certains qu'ils se sentaient d'être à l'abri des pièges de l'homme, certains que le ciel seul les regardait par ses yeux sans nombre ! Aujourd'hui cette mare perfide, c'était la mort. Tout avait changé. La flamme éclairait la nuit mélancolique. Les cris des chasseurs remplissaient le silence. Il ne s'agissait plus de boire la rosée, mais de pleurer et de mourir. Oui, c'était bien là une noble fête féodale. Moi je ne voyais donc que ce misérable cerf nageant désespérément dans ce lac étincelant. Mais le cadet de Chavannes s'écria : — Dieu soit loué ! voici Renée. Nous arrivons à temps. — Nous n'étions plus qu'à cinquante pas de la noble amazone. Je la vois, immobile sur son cheval noir dont les naseaux fument. Un justaucorps de velours vert dessine son corsage de reine, sous les plis de sa longue jupe de damas vert étincellent les éperons d'argent de ses petites bottines fauves, un mouchoir rouge de Cholet est négligemment noué à son cou, une plume brisée pend à son chapeau noir à rebords retroussés, autour duquel court un feston d'argent ; sa main repose sur la poignée de son couteau de chasse. J'embrasse tous ces détails d'un seul coup d'œil ; une femme n'a pas besoin de deux secondes pour esquisser le portrait d'une autre femme. Cependant les jeunes messieurs de Cha-

vannes commencent à descendre des rochers, précédés d'une meute de chiens dont quelques-uns se laissent dégringoler et les autres se jettent résolûment dans la mare. Le cerf, effaré, recule devant ces nouveaux ennemis ; essoufflé, palpitant, il fait volte-face et revient avec angoisse vers le bord où l'attend l'implacable chasseresse, teinte de rouge, elle aussi, comme l'eau, l'air, le ciel, les arbres et les hommes. La fraîcheur de l'eau n'avait pas entièrement épuisé les forces du pauvre animal ; mais il haletait, tirait la langue, et son élan se lassait en bonds irréguliers. J'entendis le chasseur du roi dire au paysan qui portait la dernière torche : — Et pourquoi, mauvais gars, n'es-tu pas allé à l'aide de ma cousine Renée ?

— Mam'zelle nous a défendu de bouger, — répondit-il.

Alors Orré murmura :

— Diable ! c'est qu'elle n'aime pas à être contrariée.

Et lui, à son tour, ne s'avança plus que lentement.

Mais moi, effrayée du danger que courait cette hardie jeune fille, émue de compassion en même temps pour ce pauvre cerf, qui depuis qu'il avait touché le bord pliait sur ses jambes peureuses et penchait languissamment la tête, comme s'il n'eût plus eu la force de la soutenir, je m'élançai vers le lac.

J'arrivai entre elle et le cerf, juste au moment où celui-ci, s'apercevant que le carrefour était cerné par un cercle de torches, venait de s'acculer contre un chêne de la rive et de dresser sa ramure, en attitude de vendre chèrement son dernier souffle.

La jeune chasseresse avait, de son côté, éperonné son cheval et s'avançait impétueusement vers l'animal aux abois qui osait lui faire tête.

Par un mouvement involontaire, j'étendis mes mains vers elle comme un suppliant. Je sentis le souffle ardent du cheval sur mes mains glacées.

Elle l'arrêta court avec une force et une adresse singulières. Je la vis bien en face.

La colère empourprait son visage et ses yeux étincelaient, ses cheveux débouclés tombaient sur ses épaules rondes et satinées que laissait resplendir l'échancrure de son justaucorps ; un sourire dur et cruel petillait dans son regard noir d'une ironie hautaine, la contraction de ses lèvres blanches et minces, son nez fin et droit, mais légèrement bridé du bas, dénonçaient des sentiments qui n'avaient rien de généreux ni de bienveillant.

— Qui ose toucher à ma chasse ? — dit-elle d'une voix dont le timbre grave avait des tons aigres et métalliques comme le fer. Et du bout de sa cravache elle flétrit mon épaule, afin de m'éloigner. Je ne bougeai pas. Cependant quelques chiens, ayant traversé la mare à la nage, vinrent rouler sous les yeux du cerf. Les cris des chasseurs se rapprochaient. L'animal, aveuglé par la peur, sembla prendre son élan pour bondir. Je tremblai et reculai alors, car j'étais femme, et je sentis un frisson courir dans tous mes membres et mes genoux s'affaisser. — Tu as peur, blanc-bec ! — s'écria la belle Renée en m'écrasant de son sourire dédaigneux et fixant ses yeux sur les miens, comme pour savourer ma terreur au lieu d'en avoir pitié. — Tiens, prends exemple d'une femme, — continua-t-elle, — et sache que, si elles n'étaient pas énervées par l'éducation perfide et l'esclavage auxquels les asservissent leurs tyrans, elles seraient plus vaillantes que les plus braves d'entre eux !

Elle lança son cheval en avant au moment où le cerf s'élançait, lui aussi.

Le cheval, reçu à la pointe des terribles andouillers du cerf, fut éventré et alla rouler à terre, traînant ses entrailles.

La bête aux abois lança presque aussitôt en l'air deux chiens qui venaient de la mordre à la gorge.

La belle chasseresse avait sauté plutôt qu'elle n'était tombée sur le gazon, car elle se releva leste comme une couleuvre, et on n'avait pas eu le temps de s'écrier à la vue de sa chute qu'elle marchait déjà intrépidement sur le cerf.

Le cadet de Chavannes s'écria :

— Je vais tirer. Prenez garde, cousine ; éloignez-vous.

— Allons donc ! mon couteau de chasse suffira pour abattre ce vil champion, — répliqua-t-elle brusquement.

Et elle s'avança.

Orré tira néanmoins, et le cerf retomba, le jarret fracassé.

Les chiens alors se pendirent à sa gorge, à sa tête, à sa langue pendante.

De grosses larmes roulèrent dans les yeux de la pauvre bête.

Je frissonnai, je l'avoue, comme si j'eusse vu pleurer un enfant ; il y avait tout un instinct de souffrance et de désespoir suprême dans cette victime d'un plaisir sanglant et puéril.

Je vis la belle Renée s'approcher de lui de sang-froid, sans comprendre ce qu'elle allait faire ; elle avait son couteau de chasse à la main.

Elle le lui enfonça dans le côté, le retourna plusieurs fois, et agrandit ainsi coquettement la plaie.

Le cerf fit un dernier effort pour se soulever, et le sang jaillit et éclaboussa la figure, la jupe et les mains de la belle chasseresse.

Elle sourit d'un sourire tranquille, comme une personne satisfaite d'avoir bien accompli son œuvre. Cette froide cruauté dans une femme me fit horreur, et je reconnus bien alors en elle la méchante jeune fille de mon rêve.

Je ne pus même m'empêcher de m'écrier avec une indignation contenue :

— Ah ! madame, comment avez-vous eu le courage...?

— Ce sont de nobles lâches, — répondit-elle en jetant sur le cercle de chasseurs qui nous entourait déjà un regard impérieux. — Ainsi, messieurs, devraient être traités tous les lâches qui barreraient le chemin aux fidèles amis du roi ou tenteraient de les trahir !

On applaudit à ces paroles par de grandes acclamations.

— Vous devenez fanatique de la chasse, — lui dit le cadet de Chavannes avec humeur, — et vous finirez par tomber un beau jour sous le boutoir d'un sanglier.

— Les sangliers ne se mangent pas entre eux, bourru, — répliqua-t-elle en riant. — Vous en avez sur votre écusson, et je suis de la famille, Orré. Oui, j'aime la chasse parce que c'est une image de la guerre, et que dans cette lutte chacun doit mettre en jeu tout ce que Dieu lui a donné de force, de courage et d'adresse, pour se défendre ou pour vaincre ; mais dans peu, j'espère, nous ferons une chasse d'un genre plus relevé. Voici Octave de retour. — Pendant que les chiens dévoraient les entrailles du cerf, ignoble spectacle dont elle semblait jouir sans dégoût, je l'entendis encore murmurer : — Oui, le triomphe est une glorieuse ivresse qui épanouit le cœur. Oh ! Octave nous aidera à donner l'impulsion à ses brutes de frères, et nous tâcherons du moins de rendre leurs vices bons à quelque chose ; mais, au milieu de ce tumulte, j'ai oublié de lui souhaiter la bienvenue. Venez, Orré.

Et, prenant le bras du chasseur du roi, elle se dirigea vers les halliers où nous avions laissé Octave et nos compagnons.

Voilà comment m'apparut pour la première fois la femme extraordinaire qui devait mettre le comble à mes malheurs, et dont la funeste influence devait contribuer à faire du reste de ma vie une lente agonie.

XI

LA BAUGE.

Je me sentis immédiatement isolée, perdue, abandonnée au milieu de cette foule d'hommes grossiers et sauvages, qui tous jetaient sur moi des regards curieux et railleurs.

Heureusement le chasseur du roi ne tarda pas à reparaître, et, lorsqu'il eut annoncé que j'étais le compagnon d'Octave et que je lui avais deux fois sauvé la vie, un changement subit s'opéra dans les physionomies, et j'eus à subir des témoignages de bruyante et triviale cordialité qui m'embarrassèrent encore plus que les railleries brutales.

— Le damoiseau est novice, mais nous le formerons, — dit gaiement Orré. — Mon jeune gars, je vais vous présenter mes frères. Ils ne poudrent pas leurs cheveux et ne sortent pas de l'Œil-de-Bœuf de Versailles. Ils préfèrent leurs souliers ferrés aux talons rouges ; mais ils sauront faire leur cour au roi à leur manière, en se jetant à corps perdu sur les canons des bleus.

Les quatre grands jeunes gens, dont la barbe hérissée, les longs cheveux emmêlés, les yeux roulés ou inertes, les vestes de siamoise, les larges pantalons de coutil, les mouchoirs rouges enroulés autour du cou ou noués en ceinture autour de la taille, m'offraient l'exacte ressemblance des brigands que j'avais rêvés d'après les contes populaires, défilèrent devant moi en me saluant assez gauchement et me serrant tour à tour les mains d'une force à me faire crier.

Le premier, nommé Richard, me parla d'une voix glapissante, assez semblable à un aboiement, et, en entremêlant ses paroles d'exhortations à ses chiens qui nous entouraient, sautaient jusqu'à sa poitrine, frottaient leurs têtes contre nos jambes et léchaient les mains de leur maître avec leur langue sanglante.

— Je vous ferai connaître le pays, mon jeune Parisien, et ce sera une joyeuse besogne. À bas, Hubert ! à bas ! Il est giboyeux, comme vous voyez, et nous nous amuserons. Vous êtes chasseur, eh bien ! que dites-vous de ce vieux Dauphin ? Saute pour le Parisien, vieux dogue, et montre tes crocs ! Avez-vous vu beaucoup de chiens aussi beaux que Bidassoa, dans votre grand Paris ? Regardez, c'est un chien couchant d'Espagne. Il chasse du haut nez et pique la sonnette. Coule, coule, basset !

— Mille remercîments, — répondis-je, confondue de ce jargon inintelligible pour moi ; — mais je ne suis pas chasseur.

— Pas chasseur ! — répéta-t-il en me regardant comme s'il eût regardé quelque bête sauvage et inconnue.

— Et je n'ai nulle envie de le devenir, — continuai-je pour lui ôter tout désir d'insister. — Je ne puis voir couler le sang des animaux sans frissonner, et d'ailleurs je ne suis pas assez robuste pour que les fatigues et les dangers de la chasse soient jamais pour moi un plaisir.

Malgré le ton ferme et arrêté avec lequel je lui parlai, je m'attendais presque à le voir me rire au nez ; mais il se contenta de me regarder avec une attention qui me fit rougir, puis il murmura :

— Qu'il n'en soit plus question, mon jeune monsieur. Je sais qu'il est des provinces où les *clercs* n'osent pas chasser.

Puis il me quitta en hochant la tête et rappelant sa meute.

Le second frère, Armand, vint me demander si j'étais bon écuyer. Il me dit qu'il avait la surintendance des écuries du château, et que je verrais qu'il n'y avait pas un palefrenier à la Bauge qui sût mieux que lui étriller, panser et dompter un cheval. Sa tournure répondait de ses talents. Je lui dis que je le croyais sur parole, mais que de ma vie je n'étais montée à cheval. Une assertion si inouïe renversait toutes ses idées sur l'emploi des facultés humaines.

Il s'éloigna aussitôt pour aller faire des gorges chaudes avec quelques-uns de ses compagnons au sujet de ma crasse ignorance hippique. Décidément je me perdais de réputation avec une facilité et une persistance singulières.

Jean, le troisième frère, n'était ni chasseur ni maquignon. Il était distrait, ses bas tombaient sur ses talons; il était rasé d'un seul côté et avait noué autour de sa tête un mouchoir rouge, parce qu'il avait perdu ou oublié son chapeau. Il me demanda d'un air effaré comment se portait son frère Octave, et, quand je lui eus répondu qu'il était souffrant, il me cria :

— Je suis ravi qu'il nous revienne en si bonne santé.

Puis il me quitta en courant pour boire dans sa gourde une gorgée d'eau-de-vie ; il ne m'avait pas seulement écoutée. Je le vis ensuite vider le fond de sa gourde au visage d'un chasseur qui était à côté de lui, et s'étonner fort des éclats de rire qui suivirent cette équipée. Il avait cru répandre ce reste d'eau-de-vie à terre.

Quand à Gaspard, qui louchait affreusement, et dont la figure enluminée et barbue ressemblait à celle de ces satyres de terre cuite que j'avais vus embrasser effrontément des nymphes fort ébréchées, sous les charmilles de la petite maison d'Octave, il s'approcha de moi d'un air mystérieux et confidentiel, et, me donnant de petites tapes sur l'épaule,

— Vous êtes joli garçon, mon petit ami, — dit-il d'une voix mielleuse qui contrastait avec ses formes ramassées et athlétiques. — Eh ! il ne faut pas rougir pour cela. Vous n'aurez pas à vous plaindre du pays ; vous y trouverez de jolies filles, des vilaines, c'est vrai, mais qui seront flattées d'attirer l'attention d'un si gentil aristocrate. Nous ferons nos caravanes ensemble, n'est-ce pas ? et nous nous consolerons de la bégueulerie de ces prudes comme la cousine, qui se croiraient déshonorées si un honnête gentilhomme leur adressait le moindre mot de galanterie.

Voilà les avances courtoises contre lesquelles je fus obligée de me défendre, et sans témoigner ni indignation ni dédain, pour ne pas révolter contre moi la vanité de tous ces nobles vauriens, abandonnés comme des bêtes à tous leurs mauvais instincts, à leurs appétits pervers. Et juge quelle présence d'esprit, quel courage il me fallait pour ne pas tomber dans le désespoir et parvenir à écarter tous les soupçons sur mon déguisement ! Je n'avais aucune des qualités ou, pour mieux dire, aucun des vices qui pouvaient me concilier les bonnes grâces des frères d'Octave, et le mensonge m'était si fort en horreur que, pour rien au monde, je n'eusse voulu feindre de partager leurs goûts.

Quand l'ivrogne Michel reparut, il me dit :

— Vous êtes un brave jeune homme, monsieur Camille, nous boirons ensemble. Je veux vous apprendre à tenir tête à dix paysans... à vider noblement trois *pichets* sans rouler sous la table. On noie tous les soucis au fond d'un pot.

Je lui repartis tout net que pour cause de santé je ne boirais que de l'eau, et je me réjouis sincèrement de voir tous les frères me battre froid, à l'exception du cadet de Chavannes.

Je me croyais vraiment tombée dans une tanière de brigands, en voyant la mine farouche et en entendant le rude patois de ces hobereaux de province, qui semblaient vivre en retard de deux cents ans, et ne pas avoir laissé entamer par une seule idée nouvelle leur écorce d'ignorance, de tyannie et de grossièreté. Je compris que je n'avais à trouver d'appui en aucun d'eux, et ma pensée se reporta alors sur l'Innocent, cet être chétif qui seul paraissait avoir deviné les mystères et les inquiétudes de ma position.

Cependant nous nous étions mis triomphalement en marche vers le château, au milieu d'un tumulte fort séduisant sans doute pour l'oreille d'un chasseur, mais très-assourdissant pour celles de toute autre classe de l'espèce humaine. J'étais mortellement fatiguée et j'éprouvais le plus grand besoin de repos. Aussi fus-je agréablement surprise lorsque le chasseur du roi me dit avec une sorte d'orgueilleuse emphase :

— Tenez, camarade, voici *la Bauge*. — Certes, le château méritait bien ce singulier et terrible surnom. Je crus voir une montagne dont on aurait fait une prison, une de ces formidables cages de pierre et de fer que la féodalité, cette hydre aux cent mille têtes, avait suspendue comme une menace éternelle et visible à la crête de toutes les hauteurs. Je sens que ma plume sera impuissante à te décrire cette cage, dans laquelle j'allais me jeter à la légère, comme un oiseau étourdi, tandis que de noirs pressentiments s'éveillaient dans mon cœur. Je voudrais cependant t'en donner une idée, mon cher enfant, pour que tu puisses comprendre le sentiment d'horreur et d'épouvante qui me saisit alors, et comment j'eus à refouler une irrésistible envie de pleurer. Nous nous trouvions sur la lisière de ces bois perdus, pleins de gorges sinistres, de mares désolées, de clairières monotones, et qui de toutes parts entouraient la Bauge comme un magnifique cadre. Devant nous s'élevait la base granitique d'une montagne, dont le feu du ciel avait sans doute ravagé le sommet dans des temps bien reculés. La main de l'homme ne pouvait avoir accompli un pareil prodige. Sur cette immense plateforme deux étangs s'étaient creusé leur lit, véritables étangs suspendus, qui cernaient de notre côté une presqu'île sur laquelle se dressaient les hautes tours grises du vieux château. C'était un bâtiment ancien, vaste, construit dans des proportions colossales et massives, et dont l'aspect répandait dans l'âme un mélancolique effroi. L'aube incertaine ajoutait encore à l'impression bizarre que je ressentais en contemplant ce vieux manoir éclairé de teintes indécises, triste et sombre comme les bois au milieu desquels il était caché. Il m'apparaissait si soudainement que je ne pus chasser une crainte superstitieuse comme s'il eût surgi devant moi par suite d'une création magique. Les deux étangs, moirés de plaques vertes, bordés de saules, d'yeuses et d'ajoncs, lui donnaient un caractère plus solennel que n'eussent fait des fossés ordinaires. On ne les traversait que sur une étroite chaussée de bois, facile à rompre ou à brûler. Le contour de la presqu'île s'enveloppait d'une ceinture de remparts très-dégradés, percés de meurtrières d'où s'allongeaient, non des canons de fusil, mais de longues tiges de lierres et de mauves ; je devinai des débris de créneaux rongés par la mousse et la bryone, étouffés sous les innombrables plantes parasites qui flottaient autour des pierres désunies. La Bauge offrait un aspect de solitude et d'abandon si attristant que j'en fis l'observation au cadet de Chavannes. — Vous avez raison, — me répondit-il non sans quelque embarras. — Notre père, le vieux marquis, avait en effet abandonné ce manoir depuis plusieurs années, on ne sait pourquoi ; à cause de sa situation solitaire et perdue, sans doute ; mais c'est ce même motif qui nous a engagés à y revenir depuis que la guerre a commencé dans le Bocage et que nous avons senti le besoin d'un abri sûr et d'une forte position. Le marquis a dû se faire violence, car il n'aimait pas ce château. On a eu assez de peine à remettre quelques-unes de ses vastes salles en état de recevoir des vivants ; quant aux morts, ils ne se gênaient pas pour en user comme de leur bien pendant notre absence, — ajouta-t-il en riant avec effort, — si nous en croyons les contes débités par les paysans et les *chapuseurs* des environs.

— Est-il possible, — m'écriai-je, — que de pareils récits aient couru !

— Les histoires les plus absurdes trouvent toujours des

sots pour les croire. Mais vous n'êtes pas, j'espère, un esprit faible qui ajoute foi à ces contes de nourrices. Vous venez de Paris, c'est tout dire. Tandis que tous ces robustes gaillards qui nous entourent, et qui sur l'ordre du recteur mettraient leurs poitrines à la bouche des canons des bleus, tremblent comme des femmelettes et sentent leurs cheveux se hérisser quand le premier manant venu leur parle d'ombres ou de fantômes qu'il a vus s'enfoncer dans les murs de la Bauge, et des lueurs surnaturelles qui brillaient souvent, la nuit, aux fenêtres du château.

Je restai fort surprise, comme tu peux croire, de cette étrange conversation qui ressemblait presque à une confidence. Mais ayant remarqué l'attention avec laquelle le cadet de Chavannes me regardait, comme s'il eût voulu étudier l'impression de ses paroles sur moi, tâter mon courage, ou voir quel fond il pouvait faire sur ma faiblesse, je cachai mon trouble, et, appelant à moi tout mon sang-froid, je lui répondis avec assez de calme :

— Votre arrivée a dû faire justice de ces superstitions ridicules. Quand les paysans auront vu que les fantômes vous cédaient la place...

— Oh ! ils ne font pas si bon marché que vous de ces belles inventions, — interrompit Orré. — Il faut vous dire que nous n'avons eu le temps de faire préparer qu'une partie des appartements. Il a fallu chasser l'humidité à force de feu, et renouveler le mobilier que la pluie, le soleil, la poussière et les quatre vents avaient notablement endommagé. Nous habitons l'aile restaurée ; mais le reste du château n'a pas seulement été visité.

— A quoi tient donc cette négligence ? — lui demandai-je.

— A dire vrai, — répliqua-t-il, — personne ne se souciait de vérifier la source des faits étranges dont il était question. Les assassins aussi, — murmura Orré, comme s'il se parlait à lui-même, — sont lâches dans les ténèbres et la solitude, face à face avec eux-mêmes. Leur conscience troublée, voilà le fantôme qu'ils redoutent et qu'ils fuient, et qui les accompagne dans les endroits les plus déserts et les plus cachés. Ils aiment mieux s'étourdir par les plaisirs bruyants ; ils évitent de regarder leur crime et ils croient l'oublier. Les insensés, comme si le temps ne devait pas venir où la malédiction de Dieu changera en poison le vin sur les lèvres du buveur, broiera l'écuyer sous les sabots de son cheval favori, incrustera une idée fixe dans l'esprit mobile qui flotte comme le vent, et mettra un cadavre au visage livide dans les bras du débauché, au lieu de la folle maîtresse qu'il croira étreindre !

Cette prophétie menaçante paraissait si bien s'appliquer aux frères du chasseur du roi, que je ne pus m'empêcher de le regarder avec une émotion extraordinaire, et de lui dire :

— Parlez plus bas, monsieur. Pensez-vous donc être seul ?

Il fixa sur moi des yeux troublés, puis sortant tout à coup de sa rêverie comme d'un sommeil brusquement interrompu, il s'écria avec violence :

— Qu'ai-je dit, jeune homme ? des paroles insensées, peut-être, et que nul ne devait entendre.

— Des paroles vagues, auxquelles je n'ai rien compris, monsieur, au lieu de m'expliquer pourquoi une partie du château était restée abandonnée, comme je vous le demandais.

— C'est bien, — répondit-il en reprenant son air soupçonneux. — La seule explication que je puisse vous donner, c'est que personne n'avait intérêt à pénétrer des mystères fort contestables, et que la curiosité seule ne pouvait entraîner aucun de nous à courir les risques de l'aventure.

— Vous croyez donc, monsieur, — repris-je, — qu'il y aurait de vrais dangers sérieux pour le téméraire...

— Assurément, — répliqua-t-il en éclatant de rire, mais d'un rire un peu forcé, à ce que je crus remarquer. — Voyez cette grosse tour à l'aile droite du château, flanquée

de sa tourelle en brique, ronde, au toit pointu écaillé d'ardoises.

— Eh bien ! — dis-je en suivant des yeux avec un frémissement involontaire chacun de ses gestes.

— C'est dans cette tour que se trouvent les anciens appartements d'honneur du marquis de Sanglier-Chavannes, — continua Orré. — Eh bien ! l'intérieur en est tellement en ruines, les escaliers sont tellement délabrés, que le plus hardi de nos chasseurs n'oserait tenter de la visiter. C'est de cette tour que l'on entend sortir la nuit des gémissements lamentables, chaque fois qu'un de mes frères médite ou exécute quelque méchante prouesse. Voilà ce que nos paysans et la plupart de nos domestiques vous répéteront à l'oreille, d'un air consterné, car c'est là leur marotte.

— Et vous, monsieur, n'avez-vous jamais rien entendu ? — lui demandais-je d'un ton fort sérieux, malgré la légèreté insouciante qu'il affectait.

— Jamais, — dit-il sèchement ; — et pourtant je me suis souvent assis au pied de cette tour mystérieuse. Mais je n'ai jamais entendu d'autre plainte que celle de la bise qui sifflait à travers les vitres brisées et s'engouffrait dans les longs corridors silencieux. Je n'ai jamais vu d'autre fantôme que ce pauvre diable de collibert qui rôde nuit et jour dans les cours du château, et qui, à coup sûr, pourrait bien passer pour une ombre ou un squelette, à des yeux prévenus, tant il est maigre et chétif.

Je ne sais pourquoi cette image de collibert se glissant d'un pas furtif dans les ténèbres de la Bauge me parut se relier aux mystères que le chasseur du roi voulait nier.

— Ainsi, — ajoutai-je, — personne n'a pénétré dans cette tour depuis longtemps ?

— Depuis une douzaine d'années, — répondit-il d'une voix un peu altérée. — Mais qu'il ne soit plus question de ces billevesées entre nous. Si je vous en ai parlé, c'est qu'il fallait que vous fussiez prévenu, afin de ne pas être tenté de faire des questions indiscrètes sur un sujet si puéril. Nous nous sommes promis, mes frères et moi, de ne jamais réveiller chez notre père le souvenir de l'ancienne splendeur de la Bauge et des événements qui le décidèrent à abandonner cette noble demeure.

Tu peux penser que ces détails émurent vivement ma curiosité, et que j'oubliai un moment mes propres malheurs afin de rêver à ceux qui avaient dû frapper le puissant marquis de Sanglier-Chavannes pour le forcer à prendre une si bizarre résolution. Je gardai le silence, et je regardai avec un serrement de cœur le pittoresque et effrayant château, qui devenait désormais pour moi le théâtre mystérieux de quelque crime inouï, échappé à la vue et à la justice des hommes et enfoui dans l'ombre. Je soupçonnai vaguement, au fond de mon cœur, la bande de nobles oursons qui nous entourait, et je cherchai des yeux des taches de sang à leurs vêtements et à leurs mains.

Des imprécations me venaient aux lèvres contre ce château funeste. C'était bien là une *bauge*, la retraite inabordable où le premier baron, souche de cette famille patricienne, hardi détrousseur de grands chemins peut-être, devait entraîner les victimes de son poignet de fer et de sa masse d'armes. Un Mandrin heureux, un Cartouche impuni, ne sont-ce pas là les pères de toutes les lignées héraldiques ? Le seigneur féodal, qu'était-ce autre chose que la force opprimant la faiblesse, des muscles de lion dans une armure de fer, une armure de fer dans une autre de granit ? Allez donc vous défendre, vous heurter contre le plus lâche de ces brigands, de ces Hercules cachés dans du fer, vous, peuple désarmé et à demi nu ! Toi, moine pacifique qui chemines sur ta mule en priant Dieu, laisse ta mule et ta soutane aux mains du haut baron, donne-lui l'absolution de ses péchés, et tu auras peut-être la vie sauve. Toi, vierge innocente, brebis du Seigneur qui passes sur la terre du baron, tu lui dois ton honneur, comme toi, chaste fiancée, tu lui dois tes pre-

34

miers baisers, car tout est à lui sur la terre, l'homme, la femme, la bête fauve dans la forêt et sur le rocher, l'oiseau dans l'air, le poisson dans le fleuve, les débris du naufrage sur l'écueil et sur la rive. Rien n'est libre, ni la langue, ni le geste, ni le cœur. Sur tous les êtres et sur toutes choses, il a posé son chiffre, c'est-à-dire le pommeau de son épée.

Comme les châteaux ont pesé sur le sol, la féodalité a pesé sur les âmes. Et le noble baron ne craignait pas de lasser ce peuple patient, dressé à la corvée et à l'insulte, mais fier et courageux d'instinct, mais robuste de nature, malgré les coups, la famine, la misère et les fatigues excessives. Pourquoi cela ? Le baron était il donc plus vaillant de cœur et plus vigoureux d'épaules que ses serfs ? Non, mais il leur interdisait de manier ses armes, il refusait de se mesurer avec eux, et ces êtres muselés, dégradés sous le fouet, croyant leurs mains inhabiles à se servir de ces nobles épées, leur courage inférieur à celui de leurs maîtres, se courbaient hâves et exténués devant un page ou un bailli, et se courbaient jusqu'au jour où, sans espoir, sans intelligence de leur droit et de la liberté, mais poussés par l'excès de quelques misères bestiales, par l'angoisse de la faim souvent, ils se levaient par milliers, comme si un seul cœur battait dans tant de poitrines, et, se reconnaissants frères aux signes du désespoir marqués sur leurs fronts blêmes, sur leurs yeux et leurs joues creuses, leurs cous flétris et ridés par l'anneau de la servitude, surgissant de tous les points du sol, vrais enfants de cette terre féconde, ils massacraient des armées de chevaliers avec leurs armes vassales, leurs pieux et leurs fourches, et allaient cuver leur victoire sur les décombres enflammés des châteaux, à la lueur des écussons et des armoiries fumants.

Oh ! que de mystères odieux, quels sombres drames s'étaient cachés dans les entrailles de pierre de *la Bauge*, dans cette toile d'araignée inexpugnable où s'éteignaient les gémissements de l'honneur violé, les malédictions du marchand dévalisé, les cris de détresse du juif dépouillé de ses écus d'or, rançonné pour chaque goutte de son sang, torturé par les tourmenteurs, sangsue avide dévorée par une sangsue plus impitoyable encore.

En regardant ces guérites de pierre cramponnées aux murs comme des nids d'hirondelles, en y rêvant ces sentinelles qui étaient des armures vivantes, en fouillant par la pensée ces cachots souterrains qui étaient des tombes, en ressuscitant tout ce passé hideux, cadenassé, captif, je me rappelais les discours de mon père et je comprenais sa haine contre ces temps de tyrannie.

Je sentais s'allumer à la fois dans mon cœur et dans mon esprit une sainte indignation contre cet indigne règne de la force matérielle et brutale, pendant lequel toutes les idées morales furent renversées et foulées aux pieds comme le saint crucifix l'a été sous les pieds nus de ces ignobles marchands qui allaient trafiquer en Chine et au Japon. A cette époque barbare, en effet, le crime était la loi et la justice ; céder sa nuit de noces au baron, par exemple, c'était une clause inscrite dans les chartes et coutumes de la province. Se révolter contre ses arrêts iniques, infâmes et insensés, c'était là le délit, le crime qui méritait châtiment. Qui donc pourrait, mon cher enfant, songer, sans éblouissement et sans confusion, que de telles horreurs ont pu durer tant de siècles, parce que l'intelligence du serf de la conquête restait immobile, inerte, emmaillotée dans ses langes. A la fin, heureusement, les châtelains s'étaient amollis dans leur puissance ; ils avaient échangé leurs donjons contre des titres, des cordons, des pensions et une petite place à l'Œil-de-Bœuf. Ils avaient désarmé leurs arsenaux pour obtenir un coin dans les carrosses du roi ou un tabouret à la cour pour leur châtelaine. Dès lors ils étaient perdus. Leurs fines lames, leurs brettes de parade devaient se briser sur la poitrine velue du peuple.

En retournant une fois la tête, j'aperçus la belle Renée qui riait en me regardant et penchait son beau visage à l'oreille d'Octave. Cet incident augmenta encore mon irritation plébéienne, et je la comparai, par une involontaire fusion d'idées, à ces grandes dames qui, bercées dans un nuage d'or et d'encens par d'illustres corrupteurs, avaient fait sur les marches du trône un marché et un métier de l'amour, à la face du peuple agenouillé auquel on prêchait la vertu.

Pendant que toutes ces pensées trottaient dans ma pauvre cervelle, nous arrivions par la chaussée au château de Chavannes. La grande porte, au milieu de laquelle était clouée une chouette les ailes déployées, s'ouvrit ; nous passâmes sous la voûte en ogive du portail, et nous pénétrâmes dans la grande cour de *la Bauge*.

De près le sombre édifice paraissait encore plus sinistre et plus ruiné. La mousse surchargeait les toitures défoncées et à jour. Des manteaux de lierre couvraient mal les profondes lézardes des murailles ; on eût dit des haillons à travers les trous desquels saignaient les plaies des mendiants.

Je remarquai alors que le derrière du château était adossé aux rochers, qui de ce côté n'avaient été ni minés par le temps, ni rasés par les efforts des hommes ; mais qui avaient gardé leur élévation escarpée. C'était pour *la Bauge* un rempart de granit dû à la nature et d'où, comme je le sus bientôt, les regards ne tombaient que sur d'affreux précipices dont les eaux glaciales et tortueuses alimentaient les étangs par des sources et des infiltrations souterraines.

Il y avait réellement quelque chose de mort dans cette grande demeure presque vide, dont les portes criaient sur leurs ferrures humides et oxydées ; les hautes fenêtres ressemblaient à des trous, avec leurs vitraux brisés ; les volets, pourris par les pluies, s'inclinaient pendants à un gond rouillé et battant à tous les vents. La rampe de fer du perron avait rougi, et les marches étaient gercées de fentes où poussaient de mauvaises herbes.

Toutes ces pierres, disjointes et comme rongées par une végétation parasite, offraient la plus désolante image des lents mais inexorables ravages du temps et de l'abandon. Sans le mouvement de cette foule bruyante qui m'entourait, j'eusse rêvé en effet, au fond de quelque corridor sombre et froid, ou derrière les barreaux d'une fenêtre de la tourelle, un blanc fantôme, ange gardien ou vengeur de la famille de Chavannes.

Pendant que les valets s'occupaient dans la cour, sous la surveillance de monsieur Armand, de conduire les chevaux aux écuries et la meute au chenil, les jeunes gentilshommes se précipitèrent dans une grande salle basse, où la belle Renée venait de faire transporter Octave, et où le chasseur du roi m'engagea à les suivre. Je devais y être témoin d'une scène étrange et terrible.

Une table immense était dressée dans cette salle pour les chasseurs et les domestiques. Des brocs de vin, des pichets de cidre étalaient leurs larges ventres sur cette table, où fumaient déjà dans les plats de vieille et massive vaisselle plate, armoriée au chiffre de la maison, toutes sortes de viandes d'un haut goût.

Tout le long des murailles étaient clouées, comme des trophées, des têtes de loup, des ramures de cerf, des hures de sanglier, véritable tapisserie de francs chasseurs. Les jeunes gens accrochèrent leurs fusils à des clous dorés entre ces glorieuses panoplies, et coiffèrent en riant, de leurs chapeaux à grands bords, les têtes de loup et les hures de sanglier, qui faisaient, comme tu peux le penser, une singulière grimace sous ce travestissement d'un nouveau genre.

Puis celui qu'on appelait Richard s'écria en secouant sa crinière blonde :

— A table ! messieurs, le digne recteur va nous dire le *Benedicite*, et notre gracieuse cousine daignera sans doute nous servir d'écuyer tranchant, en l'honneur... Il s'arrêta tout court, cherchant en vain mademoiselle Renée des yeux. — Ah ! — reprit-il, — la belle s'est effarouchée de notre tapage et a pris la fuite. Tant mieux, après tout

Entre hommes, nous boirons davantage et nous serons plus gais.

Cette promesse de gaieté m'épouvantait. Je m'étais rapprochée d'Octave et je lui confiai mon trouble de me voir mêlée à cette débauche de chasseurs qui pouvait si facilement dégénérer en orgie. Il me rassura en me disant que dès qu'ils seraient un peu trop égayés par le vin, je pourrais aisément m'échapper sans attirer l'attention.

Quelques convives s'assirent. Monsieur Armand rentra ; alors le cadet de Chavannes vint à moi pour me placer à table à côté de lui ; mais, avant de s'asseoir, il dit à son frère Richard :

— Le père est-il averti ?

— Je ne sais pas, — répondit monsieur Richard en haussant les épaules. — D'ailleurs, vous savez bien qu'il blâme nos plaisirs parce que son âge les lui interdit.

— Cela prouve qu'il est plus sage que vous, Richard.

— Sage, oh ! sage ! — dit Richard en ricanant ; car il était secrètement jaloux du courage, de la loyauté et de la réputation de chasseur consommé du cadet de Chavannes, comme je l'appris plus tard. — La sagesse, selon moi, c'est l'impuissance.

— Ne parlez pas ainsi, Richard ! — s'écria Orré en fronçant le sourcil. — N'oubliez pas que le vieux marquis de Sanglier-Chavannes est toujours le maître de ce château.

— Et le mien peut-être ? — répliqua dédaigneusement Richard.

— Et le vôtre, mon frère, quoique ses serviteurs obéissent à vous et non à lui, quoique vous chassiez le gibier sur ses terres et que vous touchiez les arrérages de ses métayers, quoique vous sembliez même oublier qu'un vieillard, tronc robuste dont vous n'êtes qu'une branche chétive, souffre encore silencieusement dans quelque recoin de son château.

— Me prenez-vous pour un perroquet à qui l'on serine une leçon ? — demanda avec hauteur Richard, qui était devenu pâle en s'entendant ainsi publiquement humilier.

— Non ; mais pour un chien mal dressé qui a besoin d'une correction, — riposta vivement le chasseur du roi.

— Orré, vous l'avez voulu ! — bégaya Richard en se levant pour sauter sur son fusil.

Mais Gaspard le retint, et, s'adressant à Orré, lui dit :

— Depuis quand es-tu devenu le paladin de la vieillesse, le chevalier errant de l'amour filial ? Ne devrais-tu pas avoir honte de toujours soutenir ce vieil ours brutal et chagrin, qui ferait de nous des moines si nous avions la sottise d'écouter ses jérémiades ?

— Je ne veux pas, — répliqua fermement le cadet de Chavannes, — qu'on oublie le respect dû au marquis ; que chacun sache bien ici que quiconque outrage mon père m'outrage.

— Allons, c'est bien ! — dit Gaspard. — Personne ne songe à l'outrager ; mais Dieu sait que, si nous l'avions laissé faire, si nous n'avions eu souci de l'honneur de la famille, il lui eût fait une tache...

— Silence ! — interrompit le chasseur du roi. — Mais ne vous vantez pas de soutenir dignement l'honneur de la maison tant que vous ne vous serez pas battu comme moi pour la cause sainte.

— Apparemment le cadet se croit le seul brave de la famille, — murmura Richard avec un sourire amer.

— Paix ! mes frères, — dit alors Octave, que j'aidai à se soulever sur le fauteuil dans lequel il était affaissé. — Que mon arrivée ne soit pas une cause de rixe et de querelle entre vous ! Laissez-moi me retirer, et qu'on ne trouble pas la solitude de mon père. J'aime mieux être plus préparé à le revoir.

— Oui, prépare-toi, Octave, — repartit Armand, — car il est dur de voir tomber son père en enfance. Apprends à ne pas te soucier de tous ses radotages. Il est aisé de faire des homélies à ses enfants quand on ne peut plus passer son temps à agir.

— Comment ! — s'écria Octave, — la raison de mon père serait troublée ?

— Ils en ont menti, frère ! — s'écria Orré d'une voix tonnante. — C'est bien digne de ceux qui déshonorent notre glorieux nom par leurs déportements.

— Nos déportements, vous l'avez entendu, mes frères, — dit Richard en éclatant d'un rire farouche. — Il parle tout à fait comme le vieux marquis. Orré, ne nous prêche plus une stupide obéissance ; garde plutôt ton éloquence pour dissuader le marquis de payer une grosse dot à cette fille de *chapuseur* que le troubadour Gaspard a séduite cet hiver ! Du diable si je sais, par exemple, où le vieil ours ira déterrer cette somme. Aurait-il quelque trésor caché dans ces murailles moisies ? Il faudra tirer quelque explication du collibert à ce sujet.

Le cadet de Chavannes l'avait laissé parler sans l'interrompre ; mais je voyais l'orage s'amasser sur son front et je démêlais plus de bravade que d'audace réelle dans les fanfaronnades de son frère. Évidemment Richard et les autres cherchaient à excuser grossièrement leur conduite ; ils craignaient la résolution farouche de Orré. Leur brutalité avait quelque chose de lâche et manquait de grandeur.

XII

LE PÈRE.

Orré attendit un instant pour voir si quelque autre de ses frères prendrait la parole après Richard. Enfin il éclata, mais sans fureur, avec un ton d'ironie froide et contenue, plus terrible que la colère chez un homme si irascible et si violent :

— C'est donc ainsi, — dit-il, — que vous jugez et condamnez notre père ! Il est trop lent à mourir peut-être. Vous ne l'aimerez que du jour où vous suivrez son convoi, si vous daignez lui en faire les frais. Et vous oubliez tous que vous avez tremblé devant lui tant qu'il a été robuste et énergique, et je dis que le son de sa voix seul vous ferait encore aujourd'hui rentrer sous terre. Le secret de votre haine et de votre rébellion contre notre père, voulez-vous que je vous le jette à la face ?

— Parle ! — s'écria Richard d'un air de provocation.

— Eh bien ! c'est la peur, — répondit Orré.

Tous se levèrent. Richard tira son couteau de chasse.

— Tu as prononcé là un mot, Orré, qui ne sera jamais pardonné par aucun de nous.

— Caïn ! — dit gravement le chasseur du roi en tirant lui-même son couteau et le jetant loin de lui par un geste plein de noblesse, — je ne me défendrai pas contre toi, mais Dieu te demandera compte de mon sang.

Richard, la face rouge, le regard aveuglé de rage, se précipita sur lui. Je poussai un cri déchirant, Octave voulut se jeter entre eux, mais retomba sans force dans son fauteuil.

En ce moment la porte du fond s'ouvrit, et je vis paraître sur le seuil un vieillard à la taille colossale, vêtu dans le goût des seigneurs de l'ancienne cour, à cela près que les broderies de son habit étaient dédorées et les rubans fanés. Sa barbe grise donnait à sa tête altière un caractère de majesté inexprimable. Une de ses mains, aux doigts ouverts et raides comme ceux d'un mort, s'appuyait sur l'épaule du collibert. En voyant cet enfant, je me sentis moins seule dans cet antre : j'y avais un ami.

À l'aspect de ce vieux gentilhomme, il se fit un mortel silence. Chacun resta comme pétrifié dans la position où l'avait surpris l'apparition du marquis de Sanglier-Chavannes ; car je devinais bien que c'était lui, à son grand air et à sa fière attitude.

Orré dit à voix basse à Richard, dont le bras levé me touchait :

— Vous pouvez me tuer, mon frère.

Mais celui-ci parut hésiter entre sa fureur et une crainte involontaire.

— Quels sont ces menaces, ces cris, ces bruits d'armes, — demanda d'une voix imposante le marquis. — Y aurait-il des épées croisées chez moi, mes fils contre mes hôtes, ou les frères entre eux? Non, c'est impossible. Gardez votre sang pour le roi, messieurs. Je ne veux ni assassins ni spadassins sous mon toit, entendez-vous! que ceux qui se sont menacés se nomment!—Nul ne répondit. — Que suis-je donc ici? — s'écria le marquis. — Olivier de Chavannes est-il mort ou vivant? Ose-t-on le dédaigner à ce point qu'on ne tient pas compte de ses ordres? En est-on venu là? Suis-je dans ma maison ou à la merci des étrangers? Est-ce que je mange le pain d'autrui, par hasard? Suis-je fou ou dupe d'un mauvais rêve? Est-ce une couvée de serpents et non une noble lignée d'enfants que le vieux Sanglier-Chavannes a eu le malheur d'engendrer?—Étonnée de ces paroles, je le regardai fixement et je m'aperçus que le malheureux marquis était aveugle et perclus des bras et d'une partie du visage. Cette tête sculpturale, immobile et grise, indignée et sévère, m'apparut semblable à celle de ces vieux rois de Grèce poursuivis par la fatalité, de crime en crime, d'exil en exil, d'orage en orage, et toujours enveloppés par le tourbillon des Furies sifflant des hymnes de malédiction à leur oreille glacée.—Pourquoi suis-je donc venu dans cette salle? — continua-t-il en paraissant rassembler ses souvenirs. — Était-ce pour être témoin de quelque duel impie? Tournez alors vos couteaux sur cette poitrine inerte et épuisez les restes presque éteints du sang dont vous êtes sortis.

Les jeunes gentilshommes gardèrent un visage interdit et embarrassé plutôt que véritablement soumis.

— Monsieur, — dit enfin Orré, — n'ayez nul souci d'une méchante querelle sans importance.

— Oui, — répliqua amèrement le majestueux vieillard. — je devrais y être habitué. On n'entend en ce logis que le choc des verres, les chœurs de refrains grossiers, les injures, le tapage et les ferraillements. Mais je suis venu aujourd'hui pour chercher l'absent, le fils qui respecte encore son père. Veut-on me cacher mon fils? a-t-on voulu lui cacher son père? A-t-on essayé de jeter une barrière de glace entre lui et moi, de le tromper, de le rendre ingrat comme les autres? Sans doute il a demandé à me voir, et peut-être on lui aura fait peur ou honte de moi. On aura craint que je ne trouve un protecteur dans le plus digne de mes fils, dans celui qui est le pilier et l'honneur de notre maison.

Ces paroles, qui trahissaient une tendresse contenue, mais profonde et loyale dans ce cœur de lion, m'émurent singulièrement.

Octave répondit avec quelque vivacité.

— Monsieur, n'accusez pas mes frères. Je suis ici.

— Ici! — répéta le marquis Olivier d'une voix tremblante, malgré l'empire qu'il exerçait sur lui-même. — Ici, et je ne te vois pas, et rien ne m'avertissait que tu m'entendais! Oh! mon cœur est-il déjà mort? O mon Dieu! c'est maintenant que vous me châtiez cruellement. Ne puis-je le voir! Je me souviens du jour de ton départ, Octave. Je te vois de mémoire, au moment du dernier salut, galopant vers la mare aux Biches. Comme je te suivais des yeux! mais un rayon de soleil t'enveloppa, puis un nuage de poussière; ma vue se brouilla; je sentis une larme sur ma joue. Tu étais déjà loin! Comme j'admirai alors ta jeune figure martiale. Je me reprochai en revenant au château de ne pas t'avoir assez regardé. Mais je faisais l'homme ferme, car alors j'étais un dur seigneur. On m'obéissait et on me craignait. Que j'entende du moins ta voix! Mène-moi vers lui, Jacques, car il est souffrant, je le sais.

Le vieillard s'avança en chancelant vers son fils. Jamais

je n'oublierai cette démarche incertaine et touchante, ces longs cheveux d'argent emmêlés, son habit de velours aux basques blanches, tout cet extérieur flétri mais noble. Les traits impérieux de son visage indiquaient un caractère rude et violent, mais on devinait qu'il avait été brisé par des remords et d'atroces souffrances morales.

Chez Octave, au contraire, je ne surpris aucun signe d'émotion ni de tendresse. Peut-être son père l'avait-il élevé trop durement. Un sourire froid et cérémonieux se dessina sur sa figure pâle, comme s'il eût pensé que le marquis aveugle le voyait. Le vieillard se laissa tomber dans un fauteuil près de celui de son fils, et le collibert s'accroupit comme un chien fidèle entre ses jambes.

— Je suis heureux de vous revoir, monsieur, — dit Octave, — et je souhaiterais seulement que de meilleures circonstances m'eussent ramené auprès de vous.

— Que Dieu soit loué! te voilà de retour, — s'écria le vieillard.—Mais quitte ce ton cérémonieux, Octave. Viens sur ma poitrine, sur mon cœur, mon enfant. Hélas! je ne puis plus, moi, te presser dans mes bras.— Richard et Armand haussèrent les épaules et commencèrent à entamer paisiblement une cuisse de chevreuil. Octave se leva, baisa son père au front et se rassit avec un air de fatigue et d'ennui. — Tu sauras tout, mon fils bien-aimé. J'ai été bien cruellement traité. Hélas! peut-être l'avais-je mérité. Je me suis montré autrefois violent et implacable; je n'ai pas tenu la bride serrée à mes passions. J'ai été un maître dur et cruel; aussi fais-je mon purgatoire ici-bas, Octave. Le Seigneur est juste. Mes passions déréglées sont devenues des vices mesquins et honteux chez mes enfants. J'ai mêlé au sang de chacun d'eux la lie d'une de ces passions sauvages. Ils se sont partagé ce triste héritage, mais mon cœur loyal, intrépide et généreux, je n'en retrouve pas une étincelle dans ces poitrines de fer. Orré seul a un bon cœur au fond; mais il est insouciant, et que ferait-il d'ailleurs? Orré n'est qu'un bras vigoureux. Mais toi, Octave, tu es mon espoir et ma consolation, car tout jeune tu étais déjà à la tête de toutes mes affaires.

— Je suis prêt à vous obéir en tout ce qui sera juste monsieur, — répondit froidement Octave. — Mais de quoi s'agit-il?

— De museler tous ces oursons révoltés, mon fils, — reprit le vieux marquis, — de leur imposer un frein salutaire, de nettoyer les étables d'Augias, de faire de ces fainéants, adonnés à la table et à la paresse, de vaillants défenseurs du roi... Pour moi, j'ai dû renoncer à y parvenir; car ils se rient de mes paroles. J'ai oublié de leur enseigner le respect dû aux barbes grises. Je leur ai donné l'exemple de la violence aveugle et de l'implacable égoïsme. Et si je voulais les faire rentrer dans le devoir, qui sait où ils s'arrêteraient et si leurs mains ne se lèveraient pas, dans l'ivresse, sur le vieil ours infirme, comme il m'appellent?

— C'est affreux, — dit Octave. — Mais à qui la faute, monsieur? Enfants, vous avez fait trembler mes frères et moi sous votre caprice.

— Mais, toi, je te berçais sur mes genoux, Octave.

—Vous les avez dressés, comme des chiens, à ne craindre que la force, la menace, le fouet!

— Mais, toi, à la chasse, je t'attachais à ma ceinture sur mon cheval. Tu te suspendais de tes petites mains roses à ma barbe... Je pleure en y pensant.

— Vous ne vous êtes jamais inquiété de leur âme ni de leur esprit. Ils ont poussé comme les ronces et les broussailles des forêts. Ils ont été libres d'agir à la guise de leurs désirs. Vous leur avez fait un besoin de cette liberté brutale et sans frein.

— Mais je t'ai envoyé à Paris, toi, Octave, pour apprendre les belles manières de la cour. Je t'ai recommandé à tous mes anciens amis. Je t'ai envoyé tout l'argent dont nous pouvions disposer pour que tu pusses briller davantage.

— Et aujourd'hui, — ajouta Octave sans paraître avoir

entendu les interruptions du marquis, — aujourd'hui que vous êtes redevenu enfant à votre tour, faible, impuissant, débile de corps et d'esprit, vous êtes traité comme vous avez traité les autres. N'est-ce pas naturel?

Le marquis Olivier resta stupéfait en entendant l'arrêt porté si légèrement contre lui par son fils préféré. Je me sentis remuée au plus profond du cœur en contemplant le sourire navré que la réponse d'Octave, empreinte de l'insouciance professée à cette époque pour tous les principes naturels, amena sur ses lèvres décolorées. Jamais expiation plus terrible ne foudroya un père. Ce grand et despotique vieillard, châtié par la bouche dont il attendait secours et consolation, réprimandé par celui dont l'indulgence n'eût été qu'un devoir, trahi, comme Noé, par son enfant, dut éprouver la plus déchirante angoisse qui ait jamais troublé les entrailles d'un homme. Par dernière pitié pour l'enfant égaré, sans doute il eût voulu ne pas exister et ne pas l'avoir entendu.

— Et toi aussi! — murmura-t-il avec accablement, comme César lorsqu'il se voila du pan de sa toge pour ne pas voir le poignard de Brutus déchirer son flanc paternel. — Oh! blessé par l'être qui tenait le plus près à mon cœur!—Cette exclamation lui fut arraché par la douleur comme une plainte, et ne fut écoutée que du recteur qui sourit et de moi qui pleurai. Puis la fougue originelle s'empara de ce rude caractère et lui fit crier sourdement : — O serpents nourris dans mon sein et qui retournent contre lui leur langue de venin!

— Marquis Olivier, — lui dit alors le recteur, — ne brisez pas dans votre main votre dernier bâton de vieillesse.

La face du vieillard se radoucit.

— Oui, dites-moi que j'ai tort, — reprit-il. — Chassons le vieil homme et priez pour moi, mon père. Je veux croire qu'on a méchamment abusé Octave. Mais tu ne sais pas tout, mon fils. Je craignais de t'irriter trop contre eux. Apprends à quelles humiliations on a soumis ton vieux père. D'abord j'ai dû déserter cette table où j'étais de trop. Je gênais les hoquets des buveurs et leurs chansons diaboliques. Quand Orré allait chasser chez les seigneurs du voisinage, les valets oubliaient de me servir et buvaient dans mon verre. Et tes frères riaient.

— Je reconnais, monsieur, que leur conduite était inconvenante et déplacée, — répliqua Octave, — si elle était telle que vous le dites. Mais vos souffrances vous ont aigri, et vous exagérez quelques négligences de service fort vénielles. Une vieillesse infirme et chagrine soupçonne toujours le manque de zèle chez ceux qui l'entourent.

— Non, tu ne peux croire que je mente, mon fils,—insista le malheureux vieillard;—mais j'ai des preuves plus terribles à te donner. J'ai voulu un jour entendre de nouveau les fanfares de chasse, me plonger dans cet enivrement d'air et de bruit que j'ai dû oublier pour m'habituer à l'amère solitude. Je me suis mêlé aux cavaliers. Mon cœur bondissait d'une nouvelle jeunesse. J'étais déjà aveugle, mais j'avais encore l'usage de mes vieux membres ; mais mes mains brûlaient en serrant mon fusil. En aspirant l'odeur des feuilles vertes, en sentant la chaleur du soleil, il me semblait que j'allais rouvrir les yeux et voir ces feuilles et ce soleil et le gibier que nous poursuivions. Tout à coup mon cheval bute contre un tronc d'arbre et tombe, mon front va heurter cette souche maudite. Ce jour-là aussi tes frères se mirent à rire. Octave, les valets eurent pitié de moi et me relevèrent, mais perclus, impotent, à moitié cadavre. Pourquoi ne ris-tu pas à ton tour, Octave?

— Monsieur, — répondit Octave d'un ton parfaitement respectueux et poli, — pourquoi mettiez-vous ainsi votre vieillesse en spectacle? On rit toujours des vieux qui font les jeunes; on respecte ceux qui ont soin de leur dignité.

— Ainsi, mon fils, — répliqua amèrement le marquis Olivier, — vous prétendez donner des leçons à votre

père. Ah! j'aime mieux encore la sauvage rudesse et la brutale gaieté de vos frères.

— Monsieur, — dit Octave, que cette observation avait blessé au vif de sa vanité, — le respect m'interdit de continuer un entretien dans lequel je serais obligé de combattre toutes vos idées. La tyrannie du pouvoir paternel n'est plus dans nos mœurs. Le sang glacé des vieillards ne doit plus enchaîner les bouillants transports de la jeunesse. La vie se ferme devant eux ; elle s'ouvre devant nous. Devons-nous rester enchaînés au logis parce que leur bras est débile, ne plus serrer la taille d'une jolie fille ni lui parler d'amour parce que la voix de nos pères chevrote? En un mot, au lieu de nous jeter dans la vie, devons-nous embrasser la mort et nous accroupir comme des victimes momifiées autour du fauteuil d'un vieillard podagre?—Nous perdrions donc à plaisir, continua-t-il en élevant la voix et s'exaltant de sa propre éloquence, — ces belles heures de fièvre, ce don magnifique de la jeunesse que Dieu n'accorde pas deux fois et qu'il nous compte heure par heure, ride à ride? N'accusez pas mes frères, leur folie est sagesse. Les vrais fous sont les vieillards qui prêchent la tempérance quand leur palais est blasé, et qui veulent empêcher les autres de jouir de l'existence par envie et douleur d'être réduits au rôle de Tantale. L'amour de nos parents, nous le reverserons sur nos enfants; chacun son tour et sa dîme. Les vieux peuvent concentrer leur vie dans la tendresse paternelle, seul amour possible pour eux; ils n'ont plus rien à attendre de la vie. Ils s'y relient, ils s'y continuent par leurs enfants; car ils se voient revivre jeunes dans ce resplendissant miroir de la famille. Ils s'associent de tête à l'ardeur de leur lignée. Si les jeunes gens s'attachaient toujours à la jupe maternelle ou à la robe de chambre de leur père, ils prendraient leur retraite de la vie avant d'avoir vécu, et s'annuleraient par cette tendresse oisive comme les moines par l'amour de Dieu. Cette sève ardente se tarirait au lieu de s'épancher par mille sources et de faire des guerriers, des savants, des marchands, des juges et des ouvriers de tous ces gaillards dont vous voudriez faire des garde-malades. La nature nous crie : En avant, pendant qu'elle fait germer la tendresse dans le cœur des pères pour qu'ils élèvent leurs aiglons jusqu'à l'heure de leur vol hors du nid.

Entraînés par l'accent réellement sympathique et la chaleur d'Octave, ses frères battirent des mains à cette sortie odieuse, brutale, coupable, dont ils ne comprirent que la portée banale.

Le vieux marquis Olivier avait écouté avec stupeur.

— Détestable éloquence ! — s'écria-t-il enfin, — mais avec des paroles on peut tout justifier, même l'assassinat des rois. Voilà donc le poison que tu es allé t'inoculer à Paris, Octave ! tu en viens à comparer l'homme à la bête, les sentiments aux instincts. Tes frères, s'ils provoquaient la colère peut-être trop prompte du vieillard, ne cherchaient pas du moins à le faire rougir, à le régenter et à lui prouver que Dieu leur avait donné le droit de ne pas l'aimer. Je ne les ai jamais maudits,—continua-t-il d'une lèvre tremblante;—mais toi, Octave—et alors le vieillard devint terrible à voir,—sois jugé un jour par ton fils comme tu as jugé ton père; car celui qui l'eût poignardé dans un transport d'ivresse et de démence brutale eût été moins parricide que toi.

Et il se leva d'un air si majestueux et si menaçant que les jeunes gentilshommes se levèrent à leur tour pour prévenir quelque catastrophe, oubliant son infirmité en le voyant redresser sa taille colossale.

— Laissez, — dit Octave, — la colère rend insensé à tout âge.

Le marquis exaspéré fit un pas vers lui, au hasard, les bras étendus dans le vide. Mais il sentit alors se nouer autour de son cou les bras grêles de l'Innocent.

— O noble cœur, sois béni ! — s'écria-t-il, — toi qu'ils nomment l'Innocent et qu'ils raillent, les démons ; innocent, en effet, de tout mal en action comme en pensée,

Toi seul, qui as été élevé loin de moi comme un étranger, tu ne t'es pas laissé corrompre par le mauvais exemple. Je t'ai ramassé un soir chétif et à demi nu sur mon seuil, sous la grêle et le vent, et tu m'as aimé. Pauvre vermisseau, tu as eu pitié du colosse. Le pauvre d'esprit, le faible de corps a eu pitié du puissant, de l'orgueilleux Olivier; c'est lui qui voit pour moi et qui dirige mes pas indécis. O terrible expiation! tu me fais l'aumône de ta faiblesse. Mes bras nerveux sont frappés de paralysie, ma volonté de fer est frappée d'impuissance; je suis heureux de m'appuyer sur toi, ma dernière sauvegarde. Mais Dieu l'a dit, le royaume des cieux est à toi!

Il fit quelques pas vers la porte, toujours soutenu et conduit par le collibert, dont le visage humble et le regard distrait ne bravaient pas les jeunes gens. C'était un tableau si touchant et solennel que ce groupe accablé, que plusieurs baissèrent involontairement les yeux.

Richard seul eut l'audace de crier aux valets :

— Ouvrez la porte toute grande et laissez passer le très-haut et très-puissant seigneur Olivier, marquis de Sanglier-Chavannes.

Cette dernière et insultante affectation de courtoisie, par laquelle il renvoyait et chassait pour ainsi dire son père, était tellement infâme que le vieillard s'arrêta, et, d'une voix tonnante, il s'écria :

— Merci, mon Dieu! de m'avoir ôté la vue dans ta miséricorde, afin que je ne puisse voir ces malheureux. Maudis-les, ces monstres qui laisseront bientôt leur père grelotter sans manteau et sans feu, qui regardent l'obéissance filiale comme un ridicule esclavage et la puissance paternelle comme une oppression. Fais-moi mourir avant qu'ils ne s'impatientent de ma lenteur à leur laisser cette fortune qu'ils sont avides de dévorer. Et toi, merci, Octave, qui as été l'instrument de la justice céleste, car tu m'as cruellement puni de ma préférence.

Cette fois, Octave parut troublé, et il regarda son père avec une sorte de regret et d'incertitude. Mais le recteur, qui plusieurs fois lui avait parlé à voix basse pendant cette scène, l'encouragea encore dans cette rébellion par quelques mots soufflés à l'oreille. Octave lui répondit cependant :

— Cette affreuse discussion a assez duré, monsieur le recteur, et je suis à bout de mes forces. Je sais de quelle importance il est pour nous de ne pas plier aux caprices d'un caractère si altier et si absolu. Mais peut-être même avons-nous été trop loin ; qui sait si son nom n'aura pas plus d'influence sur les paysans que vos prônes et nos sommations?

Le recteur s'inclina et dit :

— Soyez satisfait, monsieur le comte, le marquis votre père est à deux pas de la porte, et il a l'air aussi las que vous de l'entretien.

Octave demanda alors à voix haute :

— Armand, ma chambre est-elle prête dans la tour de l'Eau?

— Tais-toi, Octave, — s'écria le chasseur du roi avec terreur. Mais il était trop tard, le marquis Olivier avait entendu.

— La tour de l'Eau! Où sommes-nous donc? — dit-il d'un air égaré.

— A la Bauge! — répliqua le sinistre recteur.

— A la Bauge! — répéta le vieillard en s'appuyant contre la muraille en tremblant; — à la Bauge! où j'avais juré de ne jamais revenir! Ah! si je l'avais su, vous auriez été obligés de m'y traîner. Vais-je donc être encore tourmenté par ces visions terribles, entendre ces gémissements lugubres qui ont chassé le sommeil de ma nuit sans fin! Et rien ne m'a averti, rien ne m'a rappelé le séjour maudit. Toi-même, Jacques, — continua-t-il en s'adressant au collibert, — tu m'as trompé. Mais vous avez donc tous oublié que j'avais voué la Bauge à l'abandon et à l'oubli, et que j'avais moi-même cloué la chouette sur la porte, secoué la poussière de mes pieds, en signe de malédiction, sur ce rocher funeste? C'est

donc pour me voir souffrir mon agonie et pour hâter ma mort, — ajouta-t-il avec une expression d'horreur indicible, — que vous m'avez ramené à la Bauge?

Et il tomba étendu sur les dalles glacées de la salle, comme un grand chêne foudroyé, malgré les efforts désespérés du collibert.

Les serviteurs, avec l'aide de ce dernier, du chasseur du roi et de Gaspard, le relevèrent et le transportèrent dans la chambre reculée qu'il habitait.

Orré nous conduisit ensuite, Octave et moi, dans la nôtre. Pendant toute la matinée, le retentissement de l'orgie des jeunes messieurs de Chavannes parvint jusqu'à nous. Mais Octave, écrasé de fatigue et de malaise, dormait. Moi, je cherchai alors à rassembler mes idées étrangement bouleversées par cette rapide succession d'événements.

XIII

AMOUR LEVANT.

La scène affreuse à laquelle je venais d'assister m'avait anéantie. Les mystères qui semblaient entourer la famille de Chavannes et ce château de la Bauge, où sans doute quelque grand crime inconnu et impuni avait été consommé, me plongèrent dans les plus amères réflexions sur les suites de ma téméraire résolution.

Malgré mon aveuglement, je ne pouvais approuver la conduite d'Octave. Je comprenais que l'amour l'eût entraîné à me forcer d'abandonner mon père, mais de là à repousser dédaigneusement et même avec cruauté la tendresse du sien, il y avait un abîme. A mes yeux, dans cette scène, son esprit ardent, ambitieux et politique avait été écrasé par la grande figure et l'allure souveraine du marquis Olivier. Pour la première fois depuis ma fuite de la maison paternelle, j'éprouvai comme un impérieux besoin de m'expliquer à moi-même mon amour aveugle. En sondant mon cœur dans ses plus obscurs replis, je m'avouai que, sans l'auréole du malheur qui agit sur les femmes comme un aimant, tandis que pour l'homme c'est toujours une cause d'abandon et de mépris, sans ce prestige du danger qui rehaussait Octave, j'aurais pu aimer son souvenir, regretter l'illusion perdue, mais que je n'aurais pas commencé à l'aimer avec plus de violence encore qu'à l'époque de ses premiers serments.

Mais, malgré l'accroissement de mon amour, l'expérience de ma première déception m'avait transformée et éclairée, je ne pouvais m'empêcher de penser que j'aurais tout à craindre de celui qui bravait si hardiment la colère de son père. Il pouvait d'un jour à l'autre traiter avec dureté la femme qu'il cesserait d'aimer, et malgré moi l'image de la belle Renée vint s'interposer, dans ma rêverie entre Octave et moi. Mais telle est la force involontaire de l'amour que je n'envisageai qu'avec horreur la vague possibilité d'être abandonnée par cet homme que parfois je jugeais indigne de ma tendresse et de mon dévouement. L'émotion de cœur que j'éprouvais à cette seule pensée m'expliquait bien ma fuite insensée après l'épreuve cruelle de la petite maison. Hélas! l'amour n'est-il pas une puissance souveraine? Ceux qui se sentent aimés se plaisent à abuser de l'amour qu'ils inspirent, comme tous ceux qui sont armés du pouvoir, comme les enfants qui brisent leur hochet pour connaître le secret de ses ressorts. Octave en avait agi ainsi sans tenir compte de la victime, dont son caprice devait broyer le cœur et empoisonner la vie entière.

Octave reposa plusieurs heures; au réveil, il me trouva penchée à son chevet. Personne ne s'était occupé de lui, si ce n'est Orré, et aussi le collibert, qui deux fois entr'ouvrit la porte et me dit d'un air de mystère, comme si nous nous entendions et comme s'il eût voulu prévenir ma demande, que le père allait mieux, que son évanouissement avait cessé, qu'il sommeillait même, grâce à quelques boissons calmantes. Après quoi le pauvre Innocent disparaissait comme une ombre.

En regardant dormir Octave, je m'étonnais moi-même de la passion qui brûlait ma poitrine ; que signifiait cet élan continuel, cette aspiration de mon cœur vers lui, cette opiniâtre persistance à étudier chaque soupir, chaque mouvement qui lui échappait? D'où venait cette magie despotique qui ne me laissait pas une pensée ou un sentiment qui ne se reportassent bientôt à lui et qui anéantissait toutes les autres facultés de mon âme?

Quand il fut réveillé, il me demanda avec quelque hésitation si sa cousine était venue, ou si elle avait fait prendre ne ses nouvelles.

Je me sentis pâlir, et je répondis sèchement :

— Non.

Il sourit d'un air contraint et répliqua :

— C'est singulier. Il paraît que tout le monde vit ici à la sauvage. Chacun pour soi et le diable pour tous.

— Votre cousine me paraît en effet aussi sauvage que les solitudes où elle a vécu, — repris-je ; — mais elle est belle comme cette nature puissante, comme ces sites grandioses, votre berceau.

J'attendis avec anxiété sa réponse ; mais il n'eût pu lire sur mon front qu'une froide insouciance.

— J'avoue, — dit-il, — que je ne croyais pas ma cousine Renée de Béjarry si royalement belle. Je ne pensais guère à elle que comme une petite niaise farouche et assez mal élevée. Mais cette éducation libre et sauvage a transformé en une fière et charmante amazone l'enfant ignorante et turbulente que j'avais laissée. Avec des yeux de feu comme les siens elle ne saurait être sotte. Dans ce vieux château délabré, elle me fait l'effet d'une sorte de fée Mélusine, de dame gardienne de la maison. N'as-tu pas remarqué, Camille, comme elle m'a traité avec une amicale familiarité, sans la moindre rougeur à ses joues, sans trouble et sans embarras, comme un de mes frères qu'elle eût vu la veille.

— Soyez franc, Octave, — répliquai-je. — Vous auriez été charmé, n'est-ce pas, de la voir un peu plus émue à l'approche d'un des plus galants gentilshommes de Trianon. On a beau ne pas aimer une femme, on est toujours aise de lui faire regretter qu'on ne l'aime pas.

— Bonne folie ! — s'écria-t-il. — Que ne me représentez-vous déjà aux pieds de cette enfant gâtée? Les femmes ont vraiment l'imagination prompte. Je déteste, moi, ces allures fières et hardies qui vous font toujours douter si la jupe de ces demoiselles n'est pas un travestissement. Je n'ai jamais fait de madrigaux pour les chevalières d'Eon, que je sache. Ma cousine sera pour moi un camarade un peu moins mal léché que les oursons de frères, voilà tout. C'est moi qui lui ai appris à monter à cheval. Tout enfant elle me défiait déjà à sauter les barrières, avec une petite mine orgueilleuse et provoquante à se tenir les côtes de rire. Mes terribles frères l'aiment tous comme les dévotes leur sainte, mais ils la craignent plus que le feu. Celui qui voudra la dompter devra se ganter de fer.

— Bah ! — insistai-je pour démêler jusqu'à la pensée la plus secrète d'Octave, — ces belles farouches ne sont pas toujours plus intraitables que les autres. Toute femme doit se faire un idéal, surtout au milieu d'une bande aussi peu poétique que celle de vos frères. Mademoiselle Renée de Béjarry ne peut avoir oublié son beau cousin, le comte de Béjarry.

— Pourtant, à peine m'a-t-elle adressé quelques paroles de bienvenue et de condoléance. Je me serais attendu à un accueil plus cordial et plus empressé entre parents.

Je ne pus m'empêcher de répondre, en voyant combien peu il s'était aperçu du piége que je lui tendais,

— Pourquoi une femme ne cacherait-elle pas sa passion secrète avec autant de vigilance qu'un homme met d'ardeur à feindre un amour qu'il ne ressent pas ou qui se meurt dans son cœur ?

— Si ma cousine était éprise comme vous feignez de le croire, Camille, elle eût du moins daigné me regarder à la dérobée, et je vous jure...

— Pauvre diplomate ! ne jurez pas. Je ne sais où j'ai lu qu'une femme qui détourne sans cesse son regard d'un homme parle aussi clair que celle qui le regarderait sans fin. Nous autres femmes, nous ne nous y trompons pas.

Je pâlissais de plus en plus en voyant le visage d'Octave s'animer à mes paroles ; mais plus je voyais le poison que je lui versais s'infiltrer dans son cœur, et plus je me sentais ardente à continuer.

Octave s'aperçut cependant de sa distraction, et il répliqua avec un ton de douceur assez froid :

— Ce serait un malheur pour Renée si elle se laisse aller à cette folie, car je n'aimerai jamais que vous, Camille. Mais nous rêvons, en vérité, car mademoiselle de Béjarry est orgueilleuse avant tout et son cœur est insensible.

J'éclatai d'un rire amer, et, persistant à ouvrir la plaie avec une opiniâtreté aveugle qui m'étonnait moi-même :

— Vous avez deux fois tort, Octave, — repris-je. — Personne n'est maître de toujours aimer ; personne n'est maître de ne pas aimer. N'a-t-il pas suffi à des philosophes éprouvés de sentir le parfum des cheveux d'une courtisane pour la suivre comme des esclaves en laisse? Des femmes du plus haut rang et d'une vertu rigide ne se sont-elles pas amourachées de quelque vaurien, après avoir résisté à des coffres-forts de fermier général, à des poëmes imprimés sur vélin, à des bâtons de maréchal et même à des sceptres ? Vous m'avez raconté vous même ces scandales de la cour de France, Octave. Quant à votre belle cousine, elle n'est plus insensible, parce qu'il n'y a de femme insensible que celle qui n'a point encore vu l'homme qu'elle doit aimer. C'est là un axiome vulgaire depuis longtemps. Mais soyez tranquille, Octave, le jour même où vous cesserez de m'aimer, je le saurai.

— Êtes-vous devenue magicienne pendant mon sommeil ? — me demanda-t-il en riant.

— Ce sera le jour, — continuai-je d'une voix profonde, — où il ne vous suffira plus pour être heureux de demeurer seul avec moi, occupé ou rêveur, expansif en paroles ou silencieux; le jour où vous serez embarrassé de cette solitude à deux et où, tout en me parlant, vous n'auriez rien à me dire, car la bouche n'est pas muette aussitôt que le cœur. La bouche sait mentir et prononcer longtemps encore le mot divin : Je vous aime! tandis que l'âme vole sur les traces d'un autre objet.

— Vous voulez me faire peur, — dit-il, — mais vous n'y réussirez pas. — Et, rompant là l'entretien, il témoigna l'intention de se lever. J'appelai plusieurs fois avant qu'un domestique parût. Le comte demanda à celui qui finit par se présenter s'il pourrait voir le recteur de Kerbader. Cet homme répondit que le recteur venait de partir pour faire sonner le tocsin dans les paroisses voisines de la Bauge et haranguer les paysans. Je respirai. — Et ma cousine ? — demanda Octave, qui me regarda en souriant.

— Partie avec monsieur le recteur, — répliqua le domestique, — Elle m'a chargé de dire à monsieur le comte de reprendre bien vite des forces, car on aurait bientôt besoin de lui dans le pays.

— Voilà tout ? — reprit Octave.

— Oui, monsieur le comte.

— L'étrange créature ! — murmura-t-il d'un air rêveur.

— Il va l'aimer, — pensais-je, et il me sembla que mon cœur se brisait.

J'avais bien jugé Octave.

Moi, j'éprouvais pour lui cet amour qui remplit l'âme et qui grandit dans la solitude, que l'être aimé soit présent à vos yeux ou habite votre pensée. Je désirais être ignorée du monde entier; je ne voulais pas plus subir ses flatteries et son admiration flétrissante que ses sarcasmes et sa pitié. Mon rêve était de passer dans la vie entourée d'un voile, à l'abri de l'espionnage incessant de la société. J'enviais le gynécée des femmes de l'antiquité, et même le harem des odalisques, à la condition d'y régner seule. Dans les yeux de mon amant fixés sur moi, je voyais briller les poésies de la nature, les lustres des fêtes, les murmures galants, toutes les magies de la vie. Je demandais à Dieu qu'Octave pût lire dans les miens les rêves de son existence. Mais je ne devais pas remplacer pour lui le monde, les honneurs, les fanfares, les combats.

Octave, tout au rebours de moi, avait senti s'alanguir son amour à mesure que ses désirs s'éteignaient et que les obstacles disparaisssaient. Sa passion ne provenait pas de l'aimant immortel et inconnu qui soumet une âme à une autre âme. Elle avait des sources misérables et faciles à tarir. N'y a-t-il point des gens qui ne sont point jaloux parce qu'ils aiment, mais qui deviennent amoureux parce qu'ils sont jaloux? Ces êtres médiocres ne pensent à aimer une femme que le jour où ils se la voient disputer par Dieu, par le hasard, ou par quelque prétendant favorisé. Chastelard eût-il consacré sa vie à rendre heureuse Marie Stuart née simple ouvrière et filant une humble quenouille? Toute la question est là en fait d'amour. Celui d'Octave avait donc le vice de s'inquiéter des choses extérieures. Il préférait paraître à elle. Soufflé de mesquine vanité, il voulait faire envie au monde et éblouir. Reflet sans chaleur, il ne désirait que par les désirs des autres. Je sus plus tard qu'il avait aimé, soi-disant à la fureur, une cantatrice fort à la mode sous le ministère de monsieur de Calonne, vertu officielle que lui seul avait eu la gloire de vaincre. Eh bien! il l'avait promenée à son bras comme en triomphe; il n'avait jamais eu l'idée de la dérober à la prostitution des applaudissements, à cette exposition publique de la rampe, de garder pour lui les suaves accents de sa voix, les sourires de ses lèvres, le voluptueux éclat de ses vêtements de reine de théâtre. Un jour, elle avait perdu sa voix, et du même coup son amant.

Octave n'avait pas en lui-même cette source vivante d'amour, cette effusion de flammes qui anima le marbre lui-même, quand Pygmalion embrassa d'une étreinte dévorante sa froide Galatée et la fit descendre de son piédestal pour vivre de sa vie et respirer de son souffle. Il voulait aimer. Il essayait de se faire illusion et de croire qu'il aimait. Animé de ce triste et mesquin orgueil, capable de comprendre comme dans un rêve les élans de l'amour véritable, mais impuissant à le ressentir, il ressemblait à ces malheureuses natures auxquelles Dieu a donné l'inquiète intelligence de la poésie sans le génie de la manifester.

Je crains fort, mon cher enfant, de t'ennuyer par ces longues réflexions qui doivent engourdir ta curiosité; mais les malheureux aiment à retourner férocement le couteau dans leurs vieilles plaies, et tu voudras bien m'accorder cette triste satisfaction.

Jusqu'alors, non vraiment, je n'avais pas connu les horreurs de la souffrance, car je n'avais pas été jalouse. Mais la jalousie fit de mortels ravages en moi à partir de l'entretien que je viens de te raconter. Mademoiselle Renée de Béjarry revint le surlendemain à la Bauge, qu'elle habitait, car elle était orpheline depuis plusieurs années. Elle m'honora de fort peu d'attention; mais elle eut bientôt de longues conférences auxquelles je ne fus pas admise. Ce que je souffris alors tu ne saurais le comprendre, car tu es un homme, et la jalousie des hommes est toute différente de celle des femmes. Les Othellos les plus farouches et les plus inquiets souffrent surtout dans eur orgueil, et ils ont toujours sous leur main l'oreiller fatal qui peut satisfaire leur vengeance, c'est-à-dire le penchant inné, égoïste et brutal, de l'homme à la supré-

matie; mais la femme jalouse souffre surtout, elle, dans son amour, et rien ne peut la guérir ni la venger, car le poison même qu'elle verserait à son amant parjure ne saurait arracher du cœur de l'amant la passion nouvelle, car la mort de sa rivale même ne lui ferait pas reconquérir ce cœur perfide. Autrefois les femmes avaient encore la ressource de l'espérance; elles croyaient aux philtres qui font aimer, mais les Italiennes seules ont encore cette foi robuste aux drogues des sorcières de carrefour. C'est une passion horrible que la jalousie, car elle pervertit les plus nobles cœurs et les corrode de sentiments bas et mauvais. C'est un mal honteux et humiliant dont on rougit, mais dont on se sent mourir. La jalousie est un doute perpétuel, et quelle torture est plus horrible que le doute, qui brise tous les ressorts de l'âme la plus énergique? Je trouvais Octave indifférent et froid pour moi, et j'en tirais cette affreuse conséquence qu'il devait en aimer une autre, et, quand il venait à moi avec un sourire, je me sentais comme un mouvement de haine et de répulsion pour cet homme que j'adorais, car son sourire me semblait hypocrite, et alors ses caresses me faisaient l'effet d'un outrage et d'une tromperie grossière. Il me prenait parfois d'horribles envies d'aller écouter aux portes de la bibliothèque, de m'assurer de mon malheur, de l'épier, de m'abaisser à surveiller toutes ses démarches. Je demeurais aussi de longues heures dans ma chambre à répéter machinalement du bout des lèvres, sans conscience de ce que je faisais: Octave ne m'aime plus! et cette idée fixe ne me quittait un peu qu'à la suite d'une crise abondante de sanglots et de larmes.

Oh! qu'il me semblait éloigné, ce temps où, modeste et craintive enfant dans la maison paternelle, je me renfermais dans ma chambre pour penser à *lui*, comme si j'avais besoin de fermer la porte sur mon bonheur, en avare qui veut savourer son trésor, et où je me troublais et souffrais en sa présence comme devant un ennemi, car je pressentais l'influence irrésistible que ce jeune homme allait exercer sur ma volonté et sur mon cœur. Alors je l'aimais bien plus de loin que de près; j'aimais mieux le rêve de l'amour que l'amant. Maintenant j'aurais voulu le tenir toujours là, sous mes lèvres, dans mes bras. Lorsque de ma fenêtre je le voyais promener le long des berges des étangs avec sa cousine, se pencher à son oreille, lui sourire, effleurer ses cheveux, presser familièrement sa main, c'étaient chez moi des rages folles, des sueurs froides sur tous mes membres, un cercle d'acier autour de mon front, un brouillard noir sur mes yeux; et un sourire navré crispait ma bouche, qui n'eût pu prononcer une parole. Puis je me relevais de cet abattement lâche et méprisable. Je me rêvais forte et prête à lutter. Je ne savais pas résister à Octave, mais je saurais bien, pensai-je, le disputer à une rivale, car j'étais plus timide que faible. Comme beaucoup de femmes humbles, silencieuses et délicates, j'avais un de ces cœurs nobles et fiers qui s'humilient le mieux devant l'amour, mais qui se cabrent le plus résolûment contra la tyrannie. La douleur me trouvait sans force, mais je n'aurais jamais cédé aux menaces et à la violence ce que j'eusse accordé à la prière.

Cependant les jours se passaient bien tristes pour moi. Dès qu'Octave fut tout à fait rétabli, il mena la même existence que ses frères et passa son temps à chasser et à courir les paroisses. La belle Renée était de toutes ces parties. Je crus comprendre par quelques mots recueillis çà et là qu'on la regardait comme sa fiancée et qu'il devait l'épouser dans quelques mois. Je ne lui en parlais pas. J'avais obtenu qu'on me fît servir mes repas dans ma chambre, et je n'en sortais guère, craignant toujours de rencontrer dans les grands corridors quelques-uns de ces rustres gentillâtres dont l'aspect m'effarouchait. Je sentais qu'un nuage bien sombre s'amassait à mon horizon, mais j'attendais avec une sorte d'apathie fiévreuse et farouche. Souvent Octave ne rentrait que très-avant dans la nuit; il me trouvait toujours veillant sans lumeur, sans reproche ; harassé de fatigue ou préoccupé d'une pensée fixe, il ne me regardait pas et m'adressait à peine quelques paroles froides ou colères. Son caractère, dont j'avais admiré l'énergie et la résolution dans l'adversité et les dangers, était devenu capricieux, vacillant, tantôt plein d'ardeur, tantôt détendu et énervé par un marasme singulier. J'aurais donc pu me rassurer et oublier mes soupçons, car ce n'étaient point là les signes d'une passion qui se croit partagée. Mais, hélas! je l'écoutais dormir, et son sommeil agité rêvait d'une autre, de sa cousine Renée.

Le chasseur du roi avait quitté le château pour se battre en volontaire contre les bleus, suivant son habitude, et il avait emmené avec lui le lieutenant prisonnier, qui devait être échangé.

Dans ces tristes circonstances, je finis par me sentir si horriblement lasse de mon isolement, par souffrir tellement de devoir toujours refouler dans mon cœur mes doutes et mes inquiétudes, que je laissai insensiblement s'établir une sorte d'intimité mystérieuse entre le dernier des habitants de la Bauge et moi, et que je trouvais du charme à cette amitié presque muette de deux malheureux attirés l'un vers l'autre par l'influence irrésistible de leurs souffrances.

Le collibert était presque devenu en effet mon unique voie de communication avec le dehors. Il m'apprenait les nouvelles du château en quelques paroles brèves qui me frappaient par leurs tournures relevées et leur style biblique. Il m'apportait des fleurs fraîches chaque matin pour égayer ma prison volontaire. Il devinait avec un instinct charmant et ingénu toutes mes délicatesses et mes fantaisies de femme. Il me servait avec un dévouement si discret que j'en étais touchée. Il rôdait souvent dans les corridors, ainsi qu'un gardien fidèle, comme s'il eût compris que le bruit seul de ses pas suffisait à me rassurer. J'avais toujours grand soin de verrouiller ma porte et de ne laisser pénétrer personne dans ma chambre pendant les interminables absences d'Octave. Quand je faisais effort pour prendre un air calme et ouvert, un sourire doux et naïf épanouissait ses traits si fins ; mais quand l'accablement de mes douleurs avait laissé son pli sur mon front, son sillon de pleurs sur mes joues, il me contemplait douloureusement, et je l'entendais murmurer d'une voix tout altérée :

— L'âme se perd ! l'âme se perd ! Qui pleure se repent. Qui se repent a péché. O tristesse plus amère que la mort ! Il faut laver le péché dans les larmes.

DEUXIÈME PARTIE.

LA MAITRESSE D'UN VENDÉEN.

I

LA COLLIBERTE.

Un matin, Octave venait de sortir et avait sans doute laissé la porte entr'ouverte. La chaleur était excessive. Je m'habillais lentement ; mon col était découvert ; mes cheveux se bouclaient en tombant sur mes épaules, et je rêvais devant mon miroir. Tout à coup je levai les yeux et

je crus voir derrière moi, réfléchie par le miroir, une figure qui me rappela Octave tel qu'il était lorsque mon père le prit pour secrétaire intime.

C'était le collibert. En effet, il ressemblait à Octave ; mais sa figure était plus douce, plus ingénue, plus grêle, et surtout, en voyant l'expression douloureuse de ses yeux bleus, on eût dit que les deux frères s'étaient partagé les deux parts d'une âme, que l'Innocent avait eu la part blanche et immaculée, tandis que la part terrestre et impure était échue à Octave, comme la lie qui reste au fond de la dernière coupe.

Je poussai un cri d'effroi. Mais l'Innocent joignit ses deux mains sur mes lèvres, geste familier aux enfants qui aiment à bâillonner ainsi leurs mères, et me dit avec un sourire distrait et naïf ces mots terribles :

— Tu es une femme !

— Non, tu te trompes ! — m'écriai-je épouvantée, car Octave avait exigé de moi la promesse de garder soigneusement le secret de mon sexe jusqu'au moment où il déclarerait publiquement son intention de m'épouser.

— Tu es une femme ! — insista le collibert. — C'est mal de mentir à nos amis. — Je me sentis rougir, et une larme de honte vint, à ce reproche, trembler au bord de mes cils. — Tu es une femme car tu pleures, — reprit-il, — et jamais je n'ai vu les hommes pleurer. Moi je n'ai jamais pleuré, — ajouta-t-il avec son petit rire naïf, — et cependant mes frères m'ont souvent battu, battu plus fort que leurs chiens ; mais il est honteux à un homme de pleurer. Aussi je riais sous les coups, et cela les rendait furieux.

— Tu vas donc me trahir ? — lui demandai-je.

— Te trahir ! — répliqua-t-il en faisant une moue dédaigneuse. — Oh ! non. Je suis fidèle à Dieu et au roi, tout faible que je suis. Mon âme est à Dieu, et mon corps est au roi. Je prie le premier, et je me battrai pour l'autre. Pour toi aussi, Camille.

— Pour moi, pauvre enfant ! Que pourrais-tu faire avec tes bras débiles ?

— Beaucoup, — dit Jacques en secouant sa tête d'un air orgueilleux. — Je suis entré aujourd'hui pour te dire de ne rien craindre. Je veille sur toi. Toutes les pierres de ce château me connaissent, et, grâce à elles, je sais bien des choses. On ne se défie pas de moi parce que je suis un innocent ; on me laisse errer et rôder comme une bête vagabonde ; on me force à chercher la solitude en me chassant et en m'humiliant sans cesse. Aussi je pourrais te guider, les yeux fermés, dans les haies, les marais et les traînes du Bocage. J'y ai beaucoup d'amis qui viennent à moi parce qu'ils ne sont pas des hommes et qu'ils ne me craignent pas. Dans les bois, les petits oiseaux chantent avec moi ; les serines vertes viennent couver dans ma toque bleu de ciel ; les chevreuils timides viennent lécher ma main.

— Et cette vie solitaire ne t'attriste pas ? — interrompis-je avec étonnement ; — elle ne te semble pas amère et monotone ?

— Monotone ! — s'écria cet enfant de la nature. — Monotone ! mais c'est la vie de mes frères qui est monotone. Toujours boire le même vin dans le même verre, monter le même cheval, chasser la même chasse, dire les mêmes choses, s'amuser régulièrement le lendemain comme la veille, c'est une vie d'horloges vivantes. Moi, au contraire, j'ai toujours des plaisirs et des spectacles nouveaux : un soleil couchant ressemble-t-il jamais à un autre ? Si tu savais, Camille, dans quelle variété infinie de lits de pourpre et d'or le grand astre éteint ses rayons, et comme on pense au bon Dieu en admirant ces splendeurs toujours nouvelles ! Et puis je converse avec les plantes et les fleurs. Je surprends les secrets des insectes couchés dans leurs calices ou grimpant le long de leurs tiges. J'assiste à leurs guerres et à leurs amours. Et quand leurs derniers bourdonnements s'endorment à la nuit, quand la main de Dieu sème de pâles diamants sur la coupole azurée de son ciel, je me sens heureux de n'être point renfermé dans des murailles qui étouffent la voix du cœur, d'aspirer l'air libre et de me plonger dans une contemplation d'amour infini pour l'auteur de toutes choses. Et le matin au réveil, j'unis ma voix à celle des oiseaux, mes frères, et de mes sœurs les fleurs, à ce chœur immense de toute la nature qui remercie Dieu par un hymne de chants, de murmures et de parfums, de la vivifier et de la caresser avec les rayons d'or de son soleil.

— Et tu n'envies rien aux autres hommes, pauvre enfant ? — dis-je de plus en plus surprise.

— Je n'envie rien, car je n'ai besoin de rien, — répliqua-t-il.

— Il ne te monte pas au cœur de sourdes fureurs contre ceux qui sont riches et heureux ?

Il me regarda d'un air étonné et dit :

— Mais ne suis-je pas assez riche ? Le bon Dieu ne fait pas un soleil plus beau pour mes frères que pour moi. La pluie tombe sur les habits dorés comme sur mes haillons. Mes frères disent bien que ce château leur appartient. Hélas ! il est à eux comme la chambre d'hôtellerie au voyageur qui la loue. D'autres y ont trinqué, chanté, croisé le fer et dormi avant eux, et ces maîtres orgueilleux ne sont plus qu'une pincée de cendre. Mes frères mourront, et le château restera debout pour abriter de nouveaux hôtes. Croient-ils donc emporter dans leur cercueil plus de richesses que le collibert dans le sien ? Et lorsque, pendant leur sommeil, je nage dans leur étang, je foule leurs bruyères, je grimpe sur leurs arbres, il me semble que tout cela est bien plus à moi qu'à eux. S'ils m'entendaient parler ainsi, ils hausseraient les épaules de mépris pour mon ignorance. Je ne suis qu'un innocent, mais je ne m'en plains pas. Mon ignorance me rend heureux.

— Ainsi tu méprises l'or, ce dieu des hommes ?

— Non, — dit-il, — je voudrais avoir beaucoup d'or pour faire l'aumône aux mendiants, aux veuves et aux orphelins. On n'a jamais besoin d'être riche que pour les autres. Les mauvais riches, eux, ne se servent-ils pas de leur or pour éblouir et amuser leurs faux amis, et exciter leur envie en entassant sous leurs yeux des choses merveilleuses, splendides et inutiles à eux-mêmes ?

— Mais enfin, — repris-je, — ne souffres-tu pas d'être pour ainsi dire le valet et l'esclave de tes frères ?

— Bah ! — dit l'Innocent, — Armand n'est-il pas le valet de son cheval ? Quel est le but et l'emploi de sa vie sur la terre, si ce n'est de panser, d'étriller et de nourrir son cheval et de converser avec lui ? Quel est le manant qui pourrait être pour Richard un serviteur aussi zélé et aussi dévoué qu'il l'est lui-même pour ses chiens favoris. Chacun porte sa livrée ici-bas.

Je restai confondue de l'élévation d'esprit, du bon sens et de l'instinct poétique de cette pauvre créature, que les rustres gentillâtres de la Bauge osaient traiter d'idiot.

En ce moment je crus entendre du bruit dans le corridor, et, craignant qu'Octave ne revînt et ne surprît le collibert, je lui dis vivement :

— Laisse-moi seule, Jacques. Ton frère n'aime pas à te voir rôder par ici.

— Oh ! merci, Camille, — murmura l'enfant ; — tu me parles avec douceur comme ma mère qui est morte. Mais ne t'inquiète pas, Octave est occupé ailleurs ; il ne viendra pas m'empêcher de t'écouter.

— Est-il donc déjà parti pour la chasse ? — lui demandai-je aussitôt.

— Non, — dit naïvement le collibert ; — mais il cause sur la berge de l'étang avec mademoiselle de Béjarry.

Cette réponse me perça le cœur. Je répliquai avec effort :

— Elle est bien belle, n'est-ce-pas, la cousine d'Octave ?

— Elle doit être bien riche et bien belle, puisque tous mes frères lui font la cour.

— Tous ! — murmurai-je avec un tremblement nerveux. — Et Octave ?

— Octave, — répondit-il, — Octave écoute Renée lui parler de la levée des paroisses, et lui il l'entretient des jours d'autrefois, du temps où il la portait tout entière dans ses bras. Et alors il la regarde, il la regarde comme nous regarderions la sainte Vierge, Camille.

— Assez ! — lui dis-je durement. Mon cœur se brisait. Une sorte de frénésie désespérée s'emparait de moi. Le sang empourpra mes joues. Je dis tout à coup au collibert dans un transport de douleur folle : — Et moi, suis-je belle aussi, dis, Jacques ? Tu ne sais pas mentir ; je te croirai. — L'Innocent resta comme hébété à cette question, les yeux fixes et tout grands ouverts sans répondre. — Regarde-moi bien, Jacques, — repris-je avec impatience ; — suis-je belle ou suis-je laide ? Prononce ; ne crains pas de m'affliger.

— Té, mam'zelle Camille, — dit le pauvre diable, tout honteux et fort embarrassé, — je n'ai jamais pensé à cela, moi, et je ne suis pas un bon juge.

— Comment ! tu ne saurais pas distinguer, toi le frère des fleurs, si ma figure peut charmer ou repousser les regard ?

— Oh ! moi, je sais, — répliqua-t-il, — que j'ai passé bien des heures à vous regarder et à sentir mon cœur se fondre dans ma poitrine. Vous contempler c'était pour moi comme une extase et un parfum. Mais je ne me suis jamais demandé si vous étiez belle et pourquoi j'aimais ainsi à vous regarder

— Oh ! je ne vaux pas mademoiselle Renée de Béjarry, — murmurai-je avec un sourire navré. — Avouez-le franchement, Jacques.

— Ecoute donc, Camille, — dit l'Innocent, — tu n'as pas comme elle de belles robes tout en velours, des chapeaux avec des plumes, des diamants aux oreilles et aux doigts. Tout cela embellit joliment les femmes. Et puis j'ai entendu aussi mes frères vanter les grands yeux de la cousine, qui rayonnent comme des soleils.

— Et moi je n'ai que des yeux bleus, bien timides et gonflés par les insomnies, rougis par les larmes...

— La cousine est grande, — reprit l'Innocent ; — elle a des cheveux si longs, et un petit pied si mignon, et une si fière démarche... Je crois bien que c'est pour tout cela qu'on la nomme la belle Renée... et...

— Achève donc, — lui dis-je. — Et comme moi je n'ai pas cette noble taille, que mes cheveux blonds sont coupés ainsi que ceux d'un homme, que mes joues sont pâles et mes mains amaigries, dis-moi nettement la vérité, Jacques, je suis laide.

— Et cependant, c'est étrange, — interrompit l'Innocent d'un air réfléchi, — je t'aime mieux ainsi que toutes les autres que l'on appelle des belles femmes. Je t'aime parce que ta figure est si douce et ton regard si bon que je suis toujours tenté de m'agenouiller devant toi et de te prier comme une sainte, car tu ressembles à celles que j'ai vues dans les églises. Les saintes seraient donc laides, Camille ?

— Ne blasphème pas, Jacques, — lui dis-je. — Je ne suis qu'une misérable pécheresse, encore tout engagée dans les liens de la vanité et de l'erreur. N'outrage pas les saintes martyres en me comparant à elles.

— Mon Dieu ! — dit Jacques en joignant ses mains, — quel malheur si tu étais laide, toi qui es si bonne, Camille ! Mais non, tu es belle ; autrement je ne sentirais pas mon cœur s'épanouir à ta vue comme si je voyais le ciel ouvert.

— N'essaye pas de me tromper, pauvre enfant, — repris-je avec un sourire amer. — Pour être belle, il faut ressembler à mademoiselle Renée de Béjarry. Oh ! que je souffre, mon Dieu ! Il me semble que si Octave pouvait deviner ce qui se passe maintenant dans mon cœur, il aurait pitié de moi.

A ces mots, le collibert fixa sur moi un regard troublé et singulier, puis il dit sourdement :

— Tu aimes Octave, Camille ! malheur à toi ! Tu ne sais donc pas comment ont expié leur amour toutes celles qui ont cru aux paroles menteuses des seigneurs de la Bauge ? Tu ne sais donc pas comment ils tiennent leurs serments, et combien la misère la plus horrible serait cent fois préférable au malheur d'être flétrie par la séduction d'un gentilhomme de la maison de Chavannes ? Si tu aimes Octave, tu as tout à craindre.

— Que voulez-vous dire, Jacques ? — m'écriai-je épouvantée de l'expression sombre de sa parole et de son regard. — Est-ce bien au frère à accuser son frère ?

Sans doute il craignit de s'être avancé trop loin, et, reprenant l'air naïf qui lui était habituel, il répondit, non sans quelque embarras,

— Tu as raison, Camille. Jacques l'innocent ne doit accuser personne. Souvent il comprend mal et s'effraye à tort. C'est que Jacques se défie des hommes ; il a eu tant à souffrir de leur méchanceté !

— Mais tu me disais tout à l'heure, **pauvre enfant,** que tu étais heureux.

— Heureux quand j'oublie le passé, parce que maintenant je suis résigné, — dit amèrement le collibert.— J'ai eu la triste enfance de tous les êtres de ma race. A peine suspendu au sein de ma mère, j'étais déjà baigné de ses larmes. Alors du moins je voyais le ciel dans ses yeux et je souriais à son sourire. Jusqu'à l'âge de six ans, elle me garda dans la solitude, caché dans une hutte de chapuseurs aussi infortunés que nous. A cette époque, elle vint habiter une cabane près d'un village que vous avez dû traverser en venant à la Bauge. Le lendemain de notre arrivée, je vis des enfants de mon âge qui se roulaient gaiement sur l'herbe, remplissant l'air de leurs cris et de leurs rires bruyants. Je courus à eux, bien joyeux, et je voulus me mêler à leurs ébats. O souvenir ineffaçable ! les plus poltrons s'enfuirent en me montrant au doigt et en criant : Au sorcier ! aux yeux bleus ! au collibert ! Je ne comprenais pas, et je regardai derrière moi, croyant qu'ils avaient peur de quelque taureau échappé et furieux. Je ne vis rien et continuai de courir à eux. Alors les plus robustes et les plus braves se mirent à ricaner et à me frapper. Dans le premier moment de surprise et d'effroi j'eus envie de pleurer et de fuir. Mais, tout petit que j'étais, j'avais de la fierté. Croyant d'ailleurs que c'était un jeu, je mordis mes lèvres, je dévorai mes larmes, et je renversai un de ces enfants à terre. Alors ils se dispersèrent comme un essaim de frelons, et me jetèrent une grêle de cailloux et de pierres, les lâches ! Je restai immobile, étourdi, tremblant, jusqu'à ce que des paysans ameutés par tout ce tapage eussent fait mine de me poursuivre. Cette fois je me sauvai tout honteux, les yeux gros de larmes, le cœur gonflé, les bras étendus vers ma mère ; je vins cacher les palpitations qui me suffoquaient dans le sein de la pauvre femme, comme ces oiseaux effarés qui reviennent au nid, l'aile meurtrie et tout déplumés par le bec et les serres du vautour chauve. Chère et sainte mère, comme elle me pressa dans ses bras en étouffant ses sanglots ! comme elle m'embrassa pour toute la douleur qui me navrait, première épreuve des misères que le sort me gardait ! Quand je pus parler, je lui dis en la caressant : « Pourquoi donc, mère, ces méchants gars ne veulent-ils pas jouer avec ton petit Jacques ? Pourquoi l'ont-ils battu ? Je ne leur ai jamais fait de mal cependant, et j'ai été bien sage, n'est-ce pas ? — Pauvre enfant ! tu es condamné comme ta mère, » répondit-elle en pleurant. « Que n'es-tu sorti des flancs d'une autre femme, hélas ! Tu ne dois pas en vouloir à ces enfants. Tu n'es qu'un collibert ! — Un collibert ! » répétai-je effrayé instinctivement de ce nom étrange qu'elle prononça avec un accent sinistre. « Un collibert est-il donc plus méchant qu'un autre gars pour que les autres le repoussent ainsi ? Eh bien ! » ajoutai-je résolûment, « ne pleure pas, mère. Si tout le monde nous abandonne, seuls nous nous aimerons mieux, car toi, tu ne me repousses pas, tu n'as pas honte de ton petit Jacques, tu l'embrasses, tu lui apprends à aimer et à prier Dieu. Dieu non plus ne s'offense point, lui, des prières d'un collibert, n'est-ce pas ? » La pauvre femme ne savait que me répondre, elle me serrait convulsivement sur son cœur, et je n'osai répéter mes questions, de peur de l'affliger davantage. Mais dès lors je souffris silencieusement des tortures indicibles et qui vieillirent prématurément mon esprit. Je m'habituai presque à n'inspirer que l'aversion et le mépris. Enfin je parvins au comble de l'humiliation ; je me méprisai moi-même ; je rougis de n'avoir pas la force de devenir cruel et insensible ; mais je restai juste et bon, parce que Dieu n'avait pas fait mon âme pour le mal ; seulement je me réfugiai pendant mes longues journées dans les solitud les plus sauvages, et je n'approchais des villages que soir pour n'être pas reconnu. Je me glissais derrière haies comme un rôdeur coupable, et j'aimais à voir lumières s'allumer une à une aux fenêtres dans les tén bres, comme les étoiles au ciel ; j'aimais à entendre l rumeurs confuses qui sortaient de ces ruches humaines, le son mélancolique des cloches et le tourbillon joyeux des rondes et des danses. Mais ces plaisirs furtifs m'étaient toujours amers et douloureux, car ils me rappelaient mon isolement. J'étais seul, toujours seul, à cet âge qui vit surtout d'expansion et de mouvement. J'eus un jour une grande joie : ma mère me donna un compagnon, un chien avec lequel je pus me rouler sur l'herbe verte au soleil. Un jour qu'elle me vit plus triste qu'à l'ordinaire et indifférent aux bonds et aux agaceries de mon chien, elle ouvrit un petit coffret noir rempli d'objets brillants : c'étaient des bijoux et des pierreries ; elle en vendit en soupirant quelques-uns à un colporteur qui passait, et versa ensuite des pièces d'argent dans mes mains, en me disant d'aller les porter comme une offrande dans de pauvres chaumières ; avec quelle joie j'obéis ! Mais les vieillards infirmes, mais les malades abandonnés, mais les familles hâves de faim et de misère, rejetèrent mon argent comme s'il les eût souillés, et retrouvèrent des forces pour me chasser de leur seuil. Ils se défiaient de l'aumône du sorcier. Les mendiants eux-mêmes n'en voulaient pas. Eux, si humbles sous la besace, levaient leur bâton poudreux sur moi, comme si je les eusse insultés et outragés en leur parlant !

— Et pourtant, mon pauvre Jacques, — m'écriai-je attendrie par ce tableau douloureux, — tu étais le fils du marquis Olivier de Sanglier-Chavannes.

— Tu veux dire son bâtard, Camille ; mais encore je l'ignorais. Le marquis, quoique moins esclave des préjugés que tout autre gentilhomme de la province, car c'était un homme à braver Dieu et le diable, le marquis avait honte de la folle passion que la beauté extraordinaire de ma mère lui avait inspirée. Il l'avait donc toujours exilée dans quelque retraite obscure, et il venait la voir en cachette. Peut-être sa jalousie trouvait-elle son compte à la vie solitaire qu'il exigeait d'elle. Mais ma mère était si belle dans sa pâleur, si douce et si pure dans sa résignation, que le marquis sentit le besoin de la voir sans cesse, et, comme il était veuf, un beau jour il vint la chercher, suivi de tous ses gens, et l'installa au château. Ce fut un grand scandale. Les paysans et les valets enrageaient de voir une colliberte devenir presque leur maîtresse. Les jeunes messieurs de Chavannes voulurent se plaindre tout haut, mais le despotisme du marquis les força à se taire. Il les emprisonna quinze jours dans leurs chambres : la solitude et la privation de leurs amusements favoris firent plier ces natures robustes, pour qui l'action seule était la vie. Ils n'osèrent donc pas insulter ma mère, mais je portai la peine de la rage sourde qu'ils couvaient contre elle. Je devins leur bouffon, le but de leurs grossières railleries, la risée des valets. Parfois ils me forçaient à coucher au chenil, ils m'employaient à des travaux serviles, ils ne me permettaient pas de monter à cheval ni de manier un fusil. J'en vins à regretter, dans ce riche château, ma vie libre et solitaire dans les forêts. La nature, elle, ne me reprochait pas ma naissance. Elle se faisait belle, verdoyante et dorée de soleil pour le collibert comme pour les héritiers de la Bauge. J'aurais pu me plaindre au marquis, mais je craignais d'irriter encore plus mes frères et d'attirer sur eux une colère trop terrible. Cependant le marquis tenait ma mère étroitement enfermée, par crainte ou par jalousie. Elle ne sortait jamais du château, ni même de sa chambre. J'entrais seul dans cette chambre somptueuse, tapissée de velours grenat et encadrée de baguettes d'or, à certaines heures fixées. Oui, Camille, j'avais mes heures pour embrasser ma mère. Chaque fois, je la trouvais vêtue d'un costume nouveau et magnifique. C'était pour complaire au marquis. Il passait une grande partie de ses journées avec elle, à l'aimer à sa manière, c'est-à-dire d'un amour mêlé de tendresses furieuses, de doutes outrageants et de colères absurdes. Je voyais bien que toutes ces secousses la minaient et qu'elle avait le cœur aussi pâle que le visage. Elle aimait le marquis ; mais c'était une nature si naïve, si loyale et si impressionnable, que chaque reproche de mon père remplissait ses yeux de larmes, que chaque emportement lui tournait le sang dans les veines. Et quand il revenait ensuite tout embarrassé, le fier seigneur, s'agenouiller devant elle et prendre les petits pieds de ma mère dans ses mains frémissantes et y coller ses lèvres ! elle le regardait alors avec un regard troublé, humide et souriant à la fois, qui faisait mal à voir. Pauvre, pauvre femme ! ton cœur humble et sincère et ennemi de tout mensonge, ton esprit droit et incapable de ruse et de coquetterie, n'étaient pas de ce monde, et tu avais hâte de retourner dans un meilleur séjour. A la fin, la passion du marquis Olivier arriva à ce point qu'il ne pouvait plus se séparer d'elle un instant et qu'il était presque jaloux de la tendresse qu'elle me témoignait. Elle dut se cacher pour me donner quelques baisers furtifs. On craignait alors qu'il ne l'épousât secrètement. Il paraîtrait qu'il en avait parlé au recteur de Kerbader, son ami. Ce fut, comme tu penses, un motif de redoublement de haine. On fit plusieurs tentatives pour détourner le marquis d'une si monstrueuse folie. Rendre l'honneur à une fille d'une race déshonorée, n'était-ce pas un attentat aux lois de la noblesse ? On essaya de rendre la colliberte coupable d'infidélité aux yeux du marquis, d'inspirer des soupçons à l'altier seigneur, et même de lui fournir des preuves du crime de sa maîtresse. Un homme se dévoua, qui s'introduisit au milieu de la nuit dans la chambre de la malheureuse femme, pendant son sommeil, avec ordre de ne pas la réveiller, mais d'oublier dans cette chambre sa ceinture et ses gants, et de sortir par la fenêtre aux yeux de quelques témoins apostés. Heureusement, cette nuit même, le marquis veillait ma mère, qui était souffrante. Caché derrière les rideaux, il vit entrer le traître, et, au moment où ce misérable allait ouvrir doucement la fenêtre, il se jeta sur lui comme un lion, le coucha sur le plancher, lui fit avouer l'odieux complot dont il était le vil outil payé, le traîna ensuite jusqu'au lit de ma mère, à laquelle il le força de demander pardon ; puis, sans pitié, malgré les larmes et les supplications de la malade épouvantée, il le poignarda et jeta son corps sanglant et tiède par la fenêtre d'où il devait descendre vivant. Après cette scène terrible, la haine dut faire silence quelque temps. Plus tard, comme le marquis Olivier était fort jaloux de son rang et de ses priviléges, on s'attacha tout doucement à lui faire sentir la bassesse de son affection et à l'en faire rougir. On ne le blâma plus, mais on eut l'air de le plaindre et de le prendre en pitié. Le marquis commença alors à devenir plus dur, plus fantasque pour ma mère, et deux ou trois fois il la traita avec une sorte de mépris et lui reprocha l'honneur qu'il lui avait fait en l'aimant, sans réparer ces humiliations par de tendres retours comme auparavant. La pauvre colliberte aimait trop le noble seigneur ; elle s'avouait elle-même indigne d'une si haute flétrissure ; son amour était mêlé d'une vénération et d'une terreur infinies pour son puis-

sant séducteur. Elle ne se défendit pas, elle ne se plaignit pas, mais elle s'affligea profondément de ces injustes fureurs. Cependant le marquis ne pouvait cesser de l'aimer, et plus il se sentait rivé par son cœur à la pauvre créature, plus il s'emportait contre elle, comme si elle eût été maîtresse de se faire haïr de lui. Eh bien ! elle avait le courage, toute brisée qu'elle était par ces horribles luttes, de se faire gaie pour le remettre de belle humeur. Cela dura quelques mois. Puis elle tomba malade...

Le collibert s'arrêta, sa voix était altérée. Je respectai sa douleur, et je lui dis doucement :

— Tu as été bien malheureux, Jacques ; mais quand je pense que tant de souffrances n'ont d'autre source que ton origine de collibert, je m'indigne contre l'atroce préjugé qui veut que les enfants soient les héritiers des vices et de l'opprobre de leurs parents. A ce compte, toutes les familles humaines seraient éternellement et fatalement vertueuses ou criminelles.

— Il faut courber la tête devant ce que Dieu même nous enseigne, — répliqua le collibert d'une voix mélancolique. — La tache originelle du premier homme n'a-t-elle pas souillé à jamais tous ses descendants ? Le sang du Crucifié n'a-t-il pas coulé sous les clous infâmes pour la laver de nos fronts ? Dieu n'a-t-il pas dû se faire homme pour racheter la race humaine de l'expiation ?

— Je me souviens maintenant, — lui dis-je chaleureusement, — que mon père s'éleva souvent devant moi contre l'influence funeste de cette grande tradition. Il abhorrait ces préjugés qui décrètent le malheur d'une foule de générations à naître, qui leur gâtent l'avenir et leur préparent un abîme, tandis qu'ils élèvent sur un trône inviolable, qu'ils enivrent d'orgueil et qu'ils arment du pouvoir d'autres races nobles et sacrées. C'est là une erreur fatale que notre cœur refuse d'admettre. Que celui qui veut connaître la vérité et la séparer de l'erreur, comme l'ivraie du bon grain, ne consulte que l'instinct et le premier mouvement de cette conscience infaillible, le cœur simple et pur que nous a donné la nature avec notre premier souffle. Toutes les vérités naissent de Dieu, comme toute lumière du soleil. Quant à ceux qui se laisseront garrotter dans les langes des préjugés reçus, qui consulteront les mœurs et les coutumes des hommes, ils deviendront sourds et aveugles à la vérité comme les autres, et augmenteront le nombre des serfs de l'erreur. Voilà ce que disait mon père, Jacques.

— Ton père était un homme juste et qui cherchait la sainte vérité. Heureuse sois-tu d'être la fille d'un tel père ! — repartit l'Innocent.

Oh ! comme le rouge me monta au visage en entendant ces simples paroles, qui pénétrèrent comme un dard aigu dans mon âme. Je rompis brusquement l'entretien sur ce sujet et je dis au collibert :

— Mais vous me parliez de votre mère, Jacques. Que devint-elle ?

Il regarda d'un air inquiet autour de lui, puis il se rapprocha de moi et dit avec quelque hésitation :

— Je crus alors que la douleur seule était cause de sa maladie... mais il se passa de si étranges choses que j'ai eu des doutes... des soupçons... mais je ne les ai jamais confiés à personne, et je ne sais...

En ce moment je crus entendre comme une plainte, une lamentation d'une douceur si plaintive, d'un charme si pénétrant, qu'on eût dit la voix expirante d'un être de l'autre monde. Le collibert changea de visage.

— D'où vient cette voix ? — lui demandai-je en tremblant. — On dirait qu'elle monte des profondeurs de la terre.

— L'avez-vous entendue ? — dit l'Innocent tout troublé ; — vraiment ! vous l'avez bien entendue ? Ce n'est donc point une illusion ; je ne me suis pas trompé. Eh bien ! merci à vous, mon Dieu ! car c'est certainement là un signe que je dois me confier à toi, Camille. Tu vas tout savoir ; mais ne me trahis pas. Que le collibert reste toujours pour tous un innocent, un imbécile, un idiot.

J'ai déjà entendu cette voix. Il y avait trois ans que ma mère était morte. La nuit était obscure et orageuse. Un vent froid gémissait dans les corridors et les cours du château. Je rêvais au bas de la tour de l'Eau, sous laquelle sont creusés les anciens souterrains de la Bauge, les souterrains où se cachait la justice seigneuriale avec ses iniquités et ses tortures, où des anneaux de fer rouillés de sang pendent encore aux murs humides, où s'aiguisait le couperet du bourreau, où, dans les coins de caveaux bas et étouffés, des ossements cliquetaient sous les pieds. Ces souterrains sont aujourd'hui abolis et l'entrée murée. Dans cette tour se trouvait l'appartement de ma mère, la chambre où elle vécut et mourut. Mais, depuis sa mort, les portes avaient été condamnées. Personne n'y était entré. On avait tout laissé dans le même état qu'au moment où la mort lui souffla son haleine glacée. L'escalier avait été à moitié brisé par ordre de mon père. Un silence mortel enveloppait le château tout entier, qui avait été abandonné, et, pour avoir le courage de venir chercher dans les ténèbres quelques souvenirs, quelques parfums, quelques traces du bonheur passé, il me fallait toute l'énergie de mon amour filial. Peu à peu cependant mes pensées devinrent si sombres, en pensant aux circonstances singulières qui avaient accompagné la mort de ma mère, que j'eus peur. Le vent avait cessé de hurler. Le silence devint si profond et si sinistre que, du fond du cœur, je désirais entendre quelque bruit pour me prouver que j'étais bien éveillé et vivant. En ce moment, la voix brutale d'un de mes frères m'eût fait plaisir. Tout à coup, ne crois-je pas voir passer comme une ombre blanche devant moi ? Folie ! Il me sembla qu'elle montait les degrés délabrés de l'escalier de la tour, et que, parvenue au haut, elle me faisait du doigt signe de la suivre. Mes cheveux se dressèrent sur mon front. J'allais néanmoins essayer de gravir les marches chancelantes, au risque de les sentir manquer sous moi et de tomber dans quelque gouffre, lorsque je ne vis plus rien. L'ombre s'était évanouie. Mais alors un chant d'une douceur divine, semblable à celui que nous venons d'entendre, vibra à mes oreilles. Je n'eus plus la force de faire un pas. Je restai sous le charme, enivré, n'osant respirer, de peur de troubler ou de faire évanouir cette mélodie si pure, mais je me dis que c'était la voix de ma mère, et des larmes involontaires gonflèrent mes paupières. Je me dis : Les âmes ne meurent pas, elle veille sur moi, elle sait que je suis là. Il me semblait que sa voix me caressait, moi que nul depuis sa mort n'avait baisé au front, et mon cœur tressaillit comme s'il eût été à l'étroit dans ma poitrine. Mon cœur voulait aller à elle. C'est qu'elle avait une si belle voix, ma mère ! Vivante, je me plaisais à l'écouter chanter des complaintes si tristes et si harmonieuses ! O Camille ! dis-moi, tout ceci n'est-il pas bien étrange ?

— C'est une aventure effrayante, Jacques, — lui répondis-je.— Mais, depuis lors, n'as tu pas essayé de découvrir quelque chose, d'aller au fond de ce mystère... Voyons, raconte-moi les derniers moments de ta mère... Peut-être ce récit pourra-t-il éclaircir quelques-uns des doutes épouvantables qui m'obsèdent depuis mon arrivée à la Bauge.

— Ce sera court, —continua tristement le collibert ;— quand ma mère se trouva mal, pendant la nuit, mon père et le chasseur du roi étaient absents. Mes autres frères furent avertis, mais ils eurent l'air de regarder ses souffrances comme une bagatelle. Comme on n'avait pas de médecin sous la main, ce fut le recteur de Korbader, notre hôte en ce moment, qui la saigna d'abord. Elle ne voulait prendre aucune de ses potions, mais il le lui ordonnait durement au nom du marquis ; elle était si douce qu'elle obéissait comme un agneau. Je m'étais cramponné à son lit, et je la regardai fixement. Sa figure changeait de moment en moment. Elle devint blanche comme un linge, puis verte, puis livide. Ses lèvres remuaient convulsivement et balbutiaient des sons confus comme ceux des petits enfants qui souffrent. Par moments elle se tordait sous la douleur et se croyait prise entre des tenailles ardentes; puis elle s'apaisait, anéantie, brisée et baisant avec ferveur un crucifix que le recteur lui présentait. Enfin elle parut s'endormir, et mourut dans mes bras avec le calme d'une sainte. Son dernier souffle effleura mes lèvres. Le recteur ne voulut pas qu'on l'enterrât en terre bénite ni qu'on la veillât à la chapelle. Le préjugé poursuivait la colliberte jusqu'au seuil du ciel. On me fit emporter de force, malgré mes cris, hors de la chambre. Ma mère resta exposée sur son lit, seule, pendant la nuit. Vers quatre heures du matin Orré arriva ; et, sans écouter le recteur ni ses frères, il monta aussitôt dans la chambre mortuaire. Quand il redescendit, son visage était pâle et bouleversé. Il dit qu'il avait enseveli la morte de ses propres mains dans son linceul, qu'il allait la clouer dans sa bière, et qu'on devait se hâter de l'enterrer avant le retour du marquis. Les gens du château refusèrent d'aider l'ensevelissement d'une femme de la race proscrite. Mais, cette fois, mes frères se montrèrent bons et généreux. Ils se chargèrent eux-mêmes d'être les porteurs du cercueil et les fossoyeurs. Mais ils ne me permirent pas de les accompagner à la fosse. Ils y allèrent seuls, et ils s'engagèrent par les plus horribles serments à ne pas révéler le lieu au marquis, car ils lui avaient souvent entendu dire que, si la colliberte mourait jamais avant lui et loin de lui, il l'aimait assez pour aller arracher son corps hors de la terre, dût-il le faire avec ses ongles, et pour déposer un dernier baiser sur ses lèvres mortes. Quand le marquis Olivier revint, il fut saisi en effet d'une douleur si violente qu'elle sembla, dans le premier moment, égarer un peu son esprit. Il accusa presque ses enfants avec des imprécations furieuses d'avoir fait périr sa bien-aimée. Je dus attester que j'avais assisté à la crise tout entière de son agonie. Mes frères répandirent ensuite le bruit, quand il eut quitté avec eux le château, qu'il était tombé en enfance à la suite de ce malheur inattendu... Mais je puis affirmer le contraire, Camille. Mon père est toujours un plus digne descendant des Sanglier-Chavannes qu'eux tous ensemble.

— Cette histoire est horrible, — murmurai-je quand le collibert eut fini. — Je crois sortir d'un mauvais rêve. Mais il y a dans ton récit, Jacques, quelque chose d'obscur qui me fait pressentir une trame odieuse et infernale dont ta mère doit avoir été la victime. Ce château et ses habitants me font horreur, mais j'adjure le nom de Dieu que je veux t'aider à découvrir la vérité, et que pour cela je braverai le ressentiment de tous tes frères, de tous ces démons déchaînés.

— Mais que pourrons-nous faire, Camille ? — demanda douloureusement le collibert.

— Ce que nous pourrons faire ? — lui dis-je vivement, comme entraînée par un ascendant divin et irrésistible. — Ecoute, Jacques, n'y a-t-il aucun moyen de parvenir jusqu'à la chambre de ta mère dans la tour de l'Eau ?

— Depuis notre retour au château, — répliqua le collibert en hésitant, — j'ai gravi l'escalier délabré et j'ai vu la porte de l'appartement entr'ouverte. Mais je n'ai pas osé y entrer. Je me suis caché dans l'angle du mur, et j'ai bien fait. Au bout de quelques minutes d'attente, j'ai vu sortir de cet appartement...

— Qui donc ? — interrompis-je.

— Mon frère Orré, le chasseur du roi, — balbutia l'Innocent. — D'où venait-il ? Qui le sait ? Je l'entendis soupirer ; puis il descendit avec précaution, et je vis que l'escalier, malgré son apparence de vétusté, était ménagé de façon à faciliter l'ascension et la sortie de gens assez hardis pour risquer l'aventure.

— Nous la risquerons, ensemble, Jacques, — lui dis-je.

— As-tu bien réfléchi, Camille, aux dangers que cette résolution téméraire peut attirer sur toi ?

— Hésites-tu, Jacques ? Au nom de ta mère ! promets-moi de m'accompagner dans cette périlleuse recherche.

— Je te le jure, Camille ! — s'écria le collibert avec attendrissement.—Quand tu le voudras, nous pénétrerons dans la tour de l'Eau.

— Il n'y a pas de temps à perdre, Jacques. Viens me chercher cette nuit même, à une heure. Octave m'a annoncé qu'il partirait pour la paroisse de Béjarry après le dîner.

— C'est bien, Camille ; à cette heure, en effet, les oursons dormiront tous dans leur lit ou ronfleront sous la table,—dit le collibert ; — j'aurai soin d'endormir les chiens de garde. Maintenant, recueille bien tout ton courage et prie Dieu de bénir notre entreprise.

— Et toi, pense à ta mère, qui veillera sur nous, Jacques.

— A cette nuit, Camille ! — murmura le pauvre Innocent.

— A cette nuit ! — répétai-je en fixant mes yeux à terre, car j'étais comme éblouie par ma pensée, qui faisait passer devant moi les visions de ce singulier récit.

Quand je ramenai mes yeux vers le collibert, il avait disparu ; et presque aussitôt Octave de Chavannes rentra dans la chambre.

II

LA CHAPELLE.

A l'heure convenue, le collibert vint me chercher.

Il connaissait si bien les détours du château qu'il n'eut pas besoin de se munir de la lanterne sourde, si fort en usage chez les brigands de romans.

Nous parcourûmes les corridors et nous descendîmes plusieurs escaliers sans être troublés par aucune apparition fâcheuse. Enfin nous parvînmes à la chapelle, qui était comme adossée à la tour de l'Eau, et sous les sombres arceaux de laquelle on n'entrait qu'en descendant quelques marches. Je demandai au collibert pourquoi il me faisait suivre ce chemin singulier. Il me répondit que c'était afin d'éviter de traverser les cours, où nous aurions pu être facilement remarqués ; puis il croyait bon de prier Dieu qu'il ne nous advînt rien de fâcheux de notre étrange expédition.

— La chapelle, — ajouta-t-il, — est au dessous du niveau de l'étang. Mais une ancienne digue de terre et de mortier contient les eaux ; il est vrai que, lorsque les torrents grossissent, ces eaux filtrent souvent à travers les fissures et les lézardes de la digue, et couvrent les dalles de la chapelle. Mais elle est si abandonnée des habitants actuels du château qu'on se soucie médiocrement de cela. On parle bien de réparer la digue, mais je suis sûr qu'ils n'y toucheront pas qu'elle ne leur ait joué quelque méchant tour. Derrière le chœur s'ouvre dans la muraille une petite porte secrète qui communique à l'entrée de la tour, et que seul peut-être ici je connais.

— Nous entrâmes dans la chapelle, où nous fûmes tout d'abord suffoqués par une atmosphère humide. Les dalles suintaient comme les murs. Cependant nous allions nous agenouiller devant l'autel, lorsque nous entendîmes résonner sourdement un bruit de pas qui s'avançait vers la grande porte de la chapelle. Nous nous regardâmes avec terreur. Avait-on deviné nos projets ? Mais nous n'osâmes échanger une parole. Le collibert n'eut que le temps de me prendre la main et de me conduire derrière des piliers à colonnettes qui nous cachèrent. Je ne pus m'empêcher de tressaillir en entendant cliqueter sous mes pieds comme un froissement de ferraille. — Pas un cri ! pas un mot ! — me dit l'Innocent. — Ce sont des armes entassées, sans doute des épées, des fusils... Ils ont fait un arsenal de la maison de Dieu.

La porte de la chapelle s'ouvrit, et, à la lueur de quelques torches, nous vîmes entrer le redoutable recteur accompagné de la belle Renée, d'Octave et de tous ses frères, à l'exception du cadet de Chavannes.

— Que va-t-il se passer ici ? — murmurai-je en frissonnant à l'oreille du collibert.

— Ils vont sans doute organiser la nouvelle levée des paroisses qui dépendent de la Bauge, et faire jurer aux épais héritiers du marquis d'abandonner leurs stériles plaisirs pour la défense du pays et des droits du roi.

La troupe s'avança au milieu de la chapelle. Nous n'osions bouger ni respirer. Le recteur fit un signe, le silence se rétablit.

— Messieurs, — dit le prêtre, — vous savez pourquoi nous nous réunissons à cette heure, dans ce lieu sacré ?

— Oui, — répliqua Armand, — vous voulez nous prouver que, au lieu d'aller à la chasse aux bêtes, il nous faut aller à la chasse aux hommes.

— Vous l'avez dit, Armand, — reprit le fanatique recteur, — il faut aller tuer les bleus, les bleus qui ont tué le roi, les bleus qui veulent vous enrôler à leur service et vous forcer à vous battre contre vos amis les Prussiens, les bleus qui ont juré de ne pas laisser un clocher debout ni un gentilhomme vivant dans tout le Bocage, les bleus qui veulent raser vos haies, brûler vos manoirs et couper vos têtes. Messieurs, les paysans vous ont déjà donné l'exemple ; ils ont tout remué dans la province et contraint leurs seigneurs à se mettre à leur tête.

— Oui, — interrompit Richard. — Les chefs sont tués, on incendie leurs châteaux, et les paysans retournent faire leur récolte. Je connais ça.

— Monsieur, — dit sévèrement le recteur, — Dieu aime les audacieux, mais la peur n'a jamais profité à personne. Pour les patriotes, c'est un crime d'être noble et Vendéen. Et, prenez garde ! si vous ne faites pas oublier aux paysans, par votre courage et votre dévouement, les méfaits de votre famille, les paysans pourraient bien vous traiter comme des bleus. Si je vous ai donné rendez-vous ici, messieurs de Sanglier-Chavannes, c'est pour que à ma voix se joignent celles de tous vos ancêtres dont les ossements dorment sous vos pieds. Tâchez de continuer dignement cette lignée de guerriers fidèles ; ils ne seront pas morts tout à fait tant que les gouttes de sang loyal qu'ils vous ont transmis gonfleront vos cœurs d'élans généreux. Imitez un de vos voisins, ce jeune compagnon de chasse dont vous railliez autrefois la timidité, monsieur Henri de Larochejaquelein ! Savez-vous son premier mot à ses paysans ? « Mes amis, » a-t-il dit, « si mon père était ici, vous auriez confiance en lui. Pour moi, je ne suis qu'un enfant ; mais, par mon courage, je me montrerai digne de vous commander. Si j'avance, suivez-moi ; si je recule, tuez-moi ; si je meurs, vengez-moi. »

— J'avais deviné un cœur intrépide sous l'air réservé de monsieur Henri, — dit mademoiselle Renée. — Il a un regard d'aigle.

— Vous avez bien des avantages sur les bleus, — continua le recteur. — Ils ne connaissent pas le pays. Vous n'aurez qu'à vous glisser derrière les haies et à viser tranquillement votre gibier ; vous ne perdrez pas un seul coup, tandis que, eux, ils tirent en soldats, sans viser, à hauteur d'homme. Que risquez-vous ?

— Mais les bleus ont des canons, — s'écria Richard, — et nous nous n'avons pas dix sacs de poudre.

— Des canons ! — répéta le recteur.—Eh bien ! prenez-les !

— Et le moyen ? — dit Armand avec un sourire goguenard.

— Le voici, — répliqua gravement le prêtre.—Dès que la lumière annoncera une décharge, faites jeter vos hommes à terre pour l'éviter ; ils se relèvent, courent en avant pendant que les bleus rechargent, se baissent pendant l'explosion, arrivent sur la batterie, tuent les canonniers et sautent à cheval sur les canons. Voilà comment nos paysans ont conquis dernièrement la terrible *Marie-Jeanne* des patriotes. Songez bien que, si vous êtes vainqueurs, les bleus une fois dispersés s'égareront dans le labyrinthe des sentiers du Bocage et qu'ils tomberont tous infailliblement en vos mains. Vaincus, vous n'avez qu'à vous égailler par les fossés et les *rotes*, et vous êtes sauvés à vingt pas du lieu de la déroute. D'ailleurs il n'y a pas à hésiter. La troupe est allée faire faire le tirage à Beaulieu et à Saint-Sauveur. Comme elle n'y a trouvé ni homme, ni femme, ni enfants, elle a brûlé Beaulieu et Saint-Sauveur. Attendrez-vous que l'incendie vienne envelopper les murs de la Bauge? Vous n'avez plus qu'à vous armer, et vous trouverez ici tout un arsenal.

— Bah! — dit Richard, — des ferrailles, des poignards dont la rouille scelle le manche au fourreau, des épées du temps des croisades que deux hommes soulèveraient à peine, des étouffoirs de fer que vous appelez des casques.

— Les paysans, — reprit le recteur avec une ironie méprisante, — ont des bâtons, des faux emmanchées à l'envers, des broches et des couteaux, et avec ces armes ils ont pris des canons. Les bleus vous appellent des brigands, armez-vous en brigands, plantez des faucilles et des lames de couteaux au bout des bâtons; portez, comme moi, de grosses massues de bois noueux taillées dans les arbres de la liberté. Vous, gentilshommes, serez-vous moins résolus que le colporteur de laine Cathelineau? Le brave homme pétrissait son pain lorsqu'il entendit proclamer la levée de trois cent mille hommes; il essuya ses bras, alla rassembler ses voisins, sonna le tocsin et prêcha la révolte. Aujourd'hui il est général d'une armée.

— Et les vivres, qui nous en fournira? — interrompit Michel l'Ivrogne.

— Tous les villages se cotisent pour envoyer des charrettes de pain sur le passage de nos hommes, — répliqua le recteur sans cacher un sourire de mépris. — Les paysannes disent leur chapelet à genoux sur la route, dans la boue, sous le vent et la pluie, et elles offrent des vivres aux soldats du roi; car notre armée ne traîne avec elle ni tentes, ni chariots, ni bagages.

Tu ne saurais croire, Gabriel, comme je me sentais humiliée pour la cause que servait Octave en entendant ces discussions misérables dans lesquelles ces gentilshommes marchandaient si mesquinement leur courage et leur dévouement. Ils semblaient encore hésiter à prendre une résolution lorsque la belle Renée, les toisant tous d'un regard de reine, s'écria :

— N'ajoutez pas un mot, monsieur le recteur. Mes dignes cousins ont une humeur trop pacifique pour que votre éloquence puisse les entraîner à faire ce que l'honneur eût dû leur conseiller depuis longtemps. Laissez ces gentilshommes de table et d'écurie attendre que les bleus les enfument dans leur terrier. Je vois que j'avais trop espéré d'eux, et il ne me reste plus qu'à brûler ces cocardes blanches que je comptais attacher à leurs chapeaux.

Elle jeta brusquement les cocardes à terre, et, arrachant une torche des mains d'Armand, elle en pencha la flamme sur ces pauvres insignes.

— Arrêtez! — cria Octave. — Attachez-moi une de ces cocardes au chapeau, cousine, et je jure Dieu qu'elle ne tombera pas aux mains des bleus, moi vivant.

Ces mots électrisèrent enfin les autres jeunes gens. Ils tendirent tous leurs chapeaux à mademoiselle Renée. Au bout de quelques instants ils eurent aussi le chapelet suspendu à la boutonnière et le sacré cœur cousu à l'habit.

— Vive le roi! messieurs, — dit alors Renée. — Et quant aux cocardes et aux épaulettes des bleus, jurez de les rapporter attachées à la queue de vos chevaux. Ce seront là des trophées qui vous vaudront bien des faveurs, des grades et des pensions quand le trône sera rétabli.

— Vive le roi! — crièrent tous les frères singulièrement émus par cette perspective.

Hélas! oui, Gabriel, j'ai regret de l'enlever, à toi si jeune et si loyal, tant de naïves illusions. Mais de même que le lac limpide et azuré dans lequel se reflètent les étoiles et l'or de la nuit, les bandes pourpres du couchant, les images des grands arbres; de même que ce lac si pur balance ses eaux au-dessus d'un fond de vase où s'agitent de hideux reptiles, de même presque toutes les actions des hommes, fussent-elles les plus généreuses du monde en apparence, ont leur source impure dans quelque sordide et lâche mobile d'intérêt personnel. Cette héroïque guerre de Vendée, qui fit des demi-dieux d'hommes assez médiocres, ne mérite pas toute l'admiration que tu lui as souvent prodiguée devant moi. Parmi les nobles, les uns furent forcés de prendre les armes; les autres calculèrent le prix de leur sang et taxèrent pour l'avenir la reconnaissance des princes; quelques-uns crurent à la contre-révolution et voulurent aveuglément maintenir leurs privilèges. Les paysans, eux, se battirent pour ne pas quitter le pays et aller défendre la patrie sur la frontière.

Cependant le recteur poursuivait :

— Il faut essuyer, messieurs, ces vieilles armes couvertes de rouille et de poussière, qui ne doivent plus dormir dans le château comme d'inutiles trophées. Ces débris, nobles vestiges de la gloire de vos ancêtres, serviront aussi à la vôtre.—Et il se dirigea vers l'endroit où nous étions cachés. Mes genoux tremblaient sous moi. Cette scène était vraiment terrible; ces torches dont les lueurs rouges faisaient vaciller comme des balayures de flamme dans ces froides ténèbres, le langage farouche du prêtre, l'heure sinistre à laquelle nous trouvions dans le lieu saint dégradé par l'abandon, et qui ressemblait alors à ces salles où les inquisiteurs et les francs-juges faisaient leurs exécutions secrètes, tout m'effrayait. Qu'allais-je répondre pour expliquer notre présence? Qui croirait nos mensonges? Involontairement je me sentais coupable aux yeux de ces conspirateurs qui m'accusaient, moi leur hôte, d'avoir violé l'hospitalité et essayé de surprendre leurs secrets. Et le collibert, que deviendrait-il? Il allait avoir pour accusateur et pour juge ce recteur qui le haïssait; et son unique soutien, Orré, était absent. Voilà quel amas de pensées foudroya ma pauvre tête pendant les quelques secondes dont les pas du prêtre marquèrent la durée dans mon cœur. Dès que le recteur nous aperçut il s'arrêta de surprise et cria d'une voix tonnante : — Des espions ici! veillez aux portes!—Une exclamation générale d'étonnement et de fureur suivit ces paroles. Épouvantée alors plus que jamais, je m'avançai en chancelant vers le formidable prêtre, traînant par la main avec une force convulsive le collibert, auquel l'effroi avait rendu son air idiot et timide. Dès qu'on nous eut reconnus, il se fit un profond silence. Tous les regards se fixèrent sur nous avec une sorte de curiosité cruelle. Le recteur sourit, et, reprenant une physionomie calme et froide, il me demanda : — Comment vous trouvez-vous ici, monsieur, au milieu de la nuit, en compagnie de cette misérable créature?

Je gardai le silence. Je ne crois pas que dans ce moment j'eusse pu prononcer une parole. Toutes mes idées se brouillaient dans mon cerveau. Je jetai un regard désespéré à Octave, comme pour lui demander de venir à mon secours. Mais sa surprise avait fait place à une irritation concentrée, et je vis bien à son teint enflammé, à l'expression dure de ses yeux, que j'aurais en lui un juge encore plus sévère que tous les autres. Dans ce moment où tout m'abandonnait, ce fut encore l'innocent qui se dévoua pour moi et chercha à me protéger; lui toujours si tremblant devant le recteur, dont le regard cruel et profond semblait le fasciner, il fit un grand effort sur lui-même et répliqua :

— C'est moi, mon père, qui ai entraîné le Parisien dans la chapelle. J'avais promis de lui montrer les tombes des aïeux de la famille avec les belles inscriptions et les emblèmes.

— Tais-toi, vermisseau!— interrompit le recteur. — Je

ne t'ai point interrogé encore, et tu es bien hardi de répondre pour les autres. Mais tu ne perdras rien pour attendre. Tout à l'heure nous réglerons notre compte ensemble.

L'Innocent frissonna de tout son corps à cette menace. Néanmoins il eut le courage de mentir encore.

— Le Parisien m'avait aussi demandé de le conduire à la chapelle parce qu'il voulait prier Dieu pour le succès des soldats du roi.

Le recteur laissa éclater un rire sauvage et strident.

— Avez-vous entendu, messieurs, cet idiot qui veut nous tromper, qui veut jouer au fin avec nous, qui vous prend tous sans doute pour des imbéciles et des niais? Mais laissons-là cette sotte créature. A vous de répondre, monsieur?

Comme je me taisais toujours, Octave s'approcha de moi et me dit à voix basse :

— Il faut répondre, Camille. Je ne crois pas, comme le recteur, que vous ayez voulu surprendre nos secrets de royalistes, mais votre conduite est si étrange qu'elle demande une explication franche et complète.

— Octave, — répondis-je, — croyez-vous donc que je n'aie pas assez de motifs pour venir prier Dieu la nuit, sur ces dalles glacées, loin de tous les regards? Cet innocent a été mon guide; voilà tout son crime. Oui, je venais prier Dieu de me conserver votre amour, de ne pas se servir de vous une seconde fois comme un instrument terrible pour me châtier de ma faiblesse. Voyons, Octave, faut-il que j'avoue ma faute à tous ces hommes assemblés, que je profite de cet instant solennel pour réclamer de vous l'exécution de vos promesses? Sauvez-moi de cet interrogatoire cruel, Octave, ou je proclame votre secret. Peut-être le recteur l'a-t-il déjà deviné, car ses yeux s'attachent sur moi comme s'ils voulaient pénétrer jusqu'au fond de mon âme et en arracher l'aveu de la vérité. Enfin, votre cousine Renée s'impatiente.

A ces derniers mots, le front d'Octave se plissa; il me dit d'une voix creuse et altérée : Silence ! puis, se retournant vers ses frères, il s'écria :

— Je réponds de mon compagnon de route, messieurs. Il aura été abusé par quelques contes absurdes du collibert, qui se mêle d'être le chroniqueur de la Bauge, et il aura voulu entendre sur place une des légendes merveilleuses dont cette chapelle a été le théâtre.

— Vous êtes bien doux et bien tolérant pour vos amis, monsieur le comte, — répliqua le recteur avec son sourire ironique. — Monsieur Camille, — ajouta-t-il en appuyant sur le nom, — doit vous rendre grâce; car si nous l'avions seulement soupçonné d'espionnage, nous eussions pu lui apprendre que nous aussi nous connaissons les mystères de cette chapelle, et que les tombes qu'il venait visiter pouvaient à notre gré ouvrir leurs couvercles de marbre, l'engloutir dans leur profondeur et se fermer à jamais sur lui. Alors il eût pu voir face à face les ancêtres de la famille Chavannes, non plus statues, mais cadavres ; non plus marbre, mais poussière.

A ce tableau affreux, je poussai un cri d'angoisse, mademoiselle Renée haussa les épaules.

— Laissez cet adolescent tranquille, — s'écria-t-elle d'une voix qui eût cinglé un soufflet sur la joue d'un homme ; — ménagez ce cœur de lièvre, il est trop lâche pour être à craindre.

Le recteur, qui avait suivi les progrès de l'effroi sur mon visage, sourit d'un air de triomphe. Me croyant devinée, voulant me venger de tant d'humiliations, j'essayai de parler; un geste d'Octave me ferma la bouche, et au même instant mon attention fut captivée par le danger qui se détournait de moi pour gronder sur la tête du collibert.

— Ecoutez tous, messieurs, — dit à voix haute le recteur, — il faut prendre un parti à l'égard de ce collibert qui rôde sans cesse autour de nous et de nos projets comme une ombre malfaisante; s'il ne trahit pas notre sainte cause, il lui porte malheur; toutes les missions dont il a été chargé ont mal réussi ; plusieurs fois déjà j'ai voulu lui donner une sévère leçon, mais Orré, qu'il a séduit sans doute par ses sortiléges, l'a protégé. Aujourd'hui, nous allons faire justice.

— C'est cela, justice ! justice ! — s'écria toute la troupe.

— Créature maudite, pourquoi as-tu osé pénétrer dans le lieu saint? — demanda le recteur; — est-ce dans quelque intention sacrilège ?

— Dieu n'est-il pas Dieu pour tous les hommes? — répondit l'Innocent. — Est-ce donc un sacrilège que de le prier ? N'est-ce pas lui qui a dit à ses disciples qui repoussaient les enfants innocents avec des paroles rudes : « Laissez venir à moi les petis enfants, car le royaume des cieux est pour ceux qui leur ressemblent ! »

— L'entendez-vous blasphémer ? — interrompit le recteur dont les yeux étincelèrent. — C'est le démon qui parle par sa bouche. Ne sais-tu donc pas, malheureux! que tes pareils ont été partout un objet d'horreur? En Bretagne, on les appelle des caqueux, des caëvas, des cacous. Ils ne pouvaient autrefois voyager dans le duché que vêtus de rouge. Il a fallu un arrêt du parlement de Rennes pour leur faire donner la sépulture, car la proscription les suivait jusque dans la mort. Les colliberts du Poitou sont les frères des cahets de Guienne, des cagots de Béarn, des agotas, des caffas et des crétins de Bigorre. Dans l'ancien for de Béarn, il fallait la déposition de sept cagots ou crétins pour valoir un témoignage. Le parlement de Bordeaux leur défendit, sous peine du fouet, de paraître en public s'ils n'étaient chaussés et vêtus de rouge. Ils doivent avoir une porte et un bénitier à part dans l'église. Les états du Béarn demandèrent même à Gaston qu'il leur fût défendu de marcher pieds nus dans les rues sous peine d'avoir les pieds percés d'un fer chaud, et ordonnèrent qu'ils portassent sur leurs vêtements la vieille marque d'un pied d'oie. Toi et tes semblables, Jacques, vous faites un peuple à part, un peuple maudit et proscrit au milieu de la grande famille chrétienne. Nous ne pouvons donc ni écouter tes paroles, ni avoir pitié de toi.

— Mes frères ! — s'écria douloureusement le collibert, — serez-vous donc impitoyables pour celui qui vous a aimés et servis malgré votre dureté ?

— Damné vagabond, — répliqua Armand, — tu es un insolent drôle d'oser m'appeler ton frère. Je n'ai rien de commun avec l'enfant de la colliberte.

— Mais dois-je porter la peine de ma naissance? n'en suis-je pas innocent? — murmura le collibert. — Ezéchiel n'a-t-il pas répondu aux Juifs, au nom du Seigneur : « Dieu a dit : Toutes les âmes sont à moi, l'âme du fils comme l'âme du père. Le fils ne portera pas l'iniquité du père et le père ne portera pas l'iniquité du fils. La justice du juste sera sur lui et l'impiété de l'impie sera sur lui ! » Dieu m'a-t-il donc dévoué au malheur, lui qui s'est fait clouer sur la croix pour racheter le monde, mendiants ou riches, faibles ou puissants, tous enfin! Si j'ai toujours été juste et bon, si je n'ai fait de tort à personne, si je n'ai jamais détourné le bien du prochain, dois-je être présenté comme un méchant qui aurait volé, qui aurait baigné ses mains dans le sang, qui aurait trahi sa parole? Mais alors le Seigneur ne serait pas un Dieu de miséricorde, mais de vengeance et de colère, et nous autres, créatures proscrites, nous tomberions dans un désespoir amer et sans bornes, et nous n'oserions plus regarder le ciel, où trônerait une divinité impitoyable dont nous serions les jouets et les victimes de génération en génération.

— Il blasphème le nom du Seigneur ! — s'écria le prêtre, qui avait entendu dans une indicible stupeur ce hardi et généreux langage. — Le collibert ne veut pas s'humilier devant l'arrêt de Dieu, l'idiot veut raisonner, le ver de terre veut braver la foudre.

— Qu'on l'attache à un pilier ! — dit brutalement Richard, — et je réponds, avec mon fouet de chasse, de lui faire bientôt chanter une autre chanson.

— Frappez ma chair, elle pourra souffrir et prier, —

reprit fièrement le collibert ; — mais mon sang retombera sur vous comme une malédiction et n'empêchera pas la vérité de sortir de ma bouche. La vieille loi a dit : Œil pour œil, dent pour dent. Celui qui frappera avec l'épée périra par l'épée.

En ce moment les yeux du collibert s'agrandirent comme dans un paroxysme d'enthousiasme ; ses oreilles semblaient écouter un bruit perceptible pour lui seul ; ses lèvres balbutièrent quelques paroles indistinctes.

— Il nous menace, je crois, — dit le recteur. — L'idiot croit peut-être nous faire peur par ses grimaces de sorcier. Tout à l'heure il y aura ici des sanglots et des grincements de dents.

— Tout à l'heure il y aura ici des sanglots et des grincements de dents, — répéta l'idiot dont le visage redevint calme et même souriant ; mais l'accent de sa voix était lugubre.

Je crus entendre au dehors comme un bruit vague et singulier qui ne ressemblait ni aux plaintes du vent dans les cours, ni au bruissement des arbres, ni au bruit des pas de l'homme.

III

LA PORTE DU COLLIBERT.

Le recteur regarda le collibert avec ce calme de l'homme qui est certain de sa vengeance et qui ne se hâte point d'en venir au dénouement.

— Tu es un lâche, — dit-il à l'Innocent. — C'est le signe de la dégénération de la race ; car tous les autres fils du marquis Olivier sont braves.

— Mettez la main sur mon cœur, — dit le collibert.

Le recteur posa sa main sur la poitrine de l'enfant et ne sentit rien battre.

— Nous verrons tout à l'heure, — reprit-il.

— J'attends, — dit le collibert. — Et je louerais Dieu si tout mon sang répandu pouvait faire comprendre aux hommes que les enfants ne sont point les héritiers des vices ni des vertus de leurs pères. Je ne crains pas de mourir, moi ; car Jésus a promis à mes semblables les huit béatitudes du ciel. Mais il a menacé des huit malédictions de l'enfer ceux qui, sous le nom de docteurs de la loi, ferment aux hommes le royaume des cieux, dévorent les maisons des veuves sous prétexte de prières, dispensent des serments et sacrifient la justice et la miséricorde à leur intérêt.

— Tu oses m'insulter, misérable idiot ! — s'écria le recteur.

— Tu t'es reconnu ; je ne t'avais pas nommé, — répondit froidement le collibert triomphant. — Ah ! tu es bien de ceux qui ne nettoient que les bords de la coupe et qui, semblables à des sépulcres blanchis, élèvent des monuments religieux pour en imposer aux hommes.

— Au pilier ! au pilier ! — commanda le recteur avec un geste furieux.

— La mort se glisse quelquefois entre le verre et les lèvres, — dit le collibert.

— Encore une menace ! — s'écria le prêtre. — Ah ! la chose est vraiment risible. Quoi ! tu es seul, sans armes, sans appui, au milieu de nous qui te jugeons, et tu te plais à nous irriter encore par tes bravades au lieu de nous prier, de nous demander grâce, de te mettre à genoux devant nous comme un suppliant et un coupable.

— On m'a dit que les Indiens attachés au bûcher entonnaient un chant de guerre contre leurs ennemis, en souriant, tandis qu'on scalpait leurs chevelures, que la flamme faisait crépiter la chair sanglante de leurs pieds et enveloppait leur corps déchiquetés de blessures d'un voile de fumée, — répondit le chétif collibert.

— Sans doute ils empruntent comme toi cette audace à la protection du démon, — dit le recteur ; — mais nous allons voir si nous ne saurons pas, à nous tous, te rendre timide et lâche comme tous tes pareils.

— Si Dieu reste avec moi, je serai plus fort que vous tous, — s'écria le collibert, — et c'est vous qui tremblerez devant moi, et qui serez lâches, et qui demanderez grâce, et qui m'implorerez tout à l'heure !

Le bruit que j'avais cru entendre était devenu plus distinct, malgré la discussion animée du prêtre et de l'Innocent. Déjà il couvrait leurs voix retentissantes, et, sans l'ardente attention que tout le monde prêtait à cette lutte étrange, on s'en fût déjà préoccupé. C'était un grondement continuel qui augmentait de violence à chaque instant, comme les tempêtes dont on entend les éclats dans le lointain et qui poussent vers vous leurs nuages noirs zébrés d'éclairs pour les faire crever en trombe d'eau sur votre toit : mais le recteur, tout entier absorbé par sa colère, n'entendait rien, et il s'écria avec un accent farouche :

— C'en est trop ! Richard, allez chercher votre fouet de chasse pour châtier cet insolent !

Mais les yeux du collibert se dilatèrent de nouveau ; ses narines se gonflèrent, et, les bras toujours croisés sur sa poitrine, il psalmodia ironiquement ces mots :

— Mon frère Richard n'ira pas chercher son fouet de chasse pour châtier le fils de son père.

— C'est ce que nous allons voir, — répliqua brutalement Richard.

Et il se dirigea vers la porte.

— Le Seigneur l'a dit, — répéta d'une voix plaintive le collibert : — « Ils auront des yeux pour ne pas voir et des oreilles pour ne pas entendre. » — Richard ouvrit la porte, mais il recula presque aussitôt avec terreur. — Écoutez ce bruit ! — s'écria l'Innocent en étendant la main vers son frère. — Voici Dieu qui vient à mon secours.

— Voilà les eaux ! — murmura Richard en revenant vers nous.

Tous les frères devinrent pâles comme la mort. Par un mouvement instinctif, je me rapprochai d'Octave. Pour moi, lui seul était en danger en ce moment.

— C'est le sorcier qui veut nous faire périr, — dit le gros Michel. — Les colliberts adorent la pluie et les torrents, il appelle l'inondation à son secours.

— Et les eaux viennent à mon secours, à mon secours ! — répéta Jacques en sautant d'un bond sur les degrés de l'autel. — Les entendez-vous parler, et gémir, et hurler ? Elles montent, elles montent, elles écument contre les murs de la chapelle ; elles viennent chercher leur proie. Elles ont entendu ma voix. Leur sourd clapotement a répondu à mon appel.

— Vous l'entendez ! — s'écria avec rage le recteur. — Laisserons-nous cet idiot s'applaudir de son œuvre, se réjouir de son triomphe ? Ce misérable ver aura pris comme dans un filet les nobles lionceaux de la maison de Chavannes. Eh bien ! vengeons-nous. Vous êtes tous témoins qu'il a confessé lui-même qu'il est sorcier.

— Pensez à Dieu, au lieu de penser à la vengeance, — dit la voix du collibert, — car vous êtes perdus.

Pendant ces fureurs insensées, la belle Renée n'avait pas perdu son sang-froid. Elle avait laissé ses nobles cousins s'ameuter autour de Jacques et l'accabler d'injures, et elle avait essayé de refermer la porte ouverte par Richard. Mais elle ne put y réussir ; l'eau, qui remplissait les cours, se précipitait contre cette porte avec trop d'impétuosité et ne tarda pas à ruisseler dans la chapelle et à couvrir les dalles. Renée revint vers le recteur et, l'arrêtant par le bras au moment où il allait se jeter sur le collibert.

— Mon père, — dit-elle d'une voix brève, — laissez cet idiot attendre sa destinée. Si nous devons périr ici, il périra avec nous, et ses sortilèges ne le sauveront pas, vous le savez. Il n'est pas digne de gentilshommes de se dé-

sespérer lâchement dans un danger si éminent, et, au lieu
de chercher des chances de salut, de ne penser qu'à torturer ce misérable enfant. La digue est rompue ; quand
vous tueriez ce collibert, ce meurtre ne diminuerait pas
le péril.

— Ce sacrifice apaiserait le ciel courroucé contre lui, —
interrompit le recteur d'une voix sombre.

— Vous perdriez du temps et voilà tout, — répliquat-elle fermement. — Aidons-nous, le ciel nous aidera.
N'imitons pas ces matelots d'Italie qui, pour conjurer la
tempête, jettent à la mer les passagers qu'ils suspectent
de sortilége avec force tumulte et malédictions, et qui
prient ensuite la madone, au lieu de plier leurs voiles,
d'abattre leurs mâts et de faire jouer les pompes. Qu'en
arrive-t-il? le vaisseau périt et souvent le passager sacrifié
se sauve, accroché à un des débris du vaisseau. Si le collibert s'était douté de la rupture de la digue, il ne se serait pas hasardé à venir dans la chapelle avec son compagnon.

— Mais que faire? comment nous sauver?—s'écrièrent
les jeunes gentilshommes blêmes à faire peur sous la
clarté vacillante des torches.

— Dans vingt minutes, — répondit-elle, — l'eau aura
monté au-dessus de nos têtes.

— Dans vingt minutes ! — répéta la voix du collibert
toujours debout devant l'autel.

Renée haussa les épaules et continua :

— Il faut donc nous décider à remonter à la nage contre
le courant de l'inondation. Il y a six chances pour périr,
mais il y en a une pour se sauver.

Il y eut un instant de silence, pendant lequel on entendit
l'agitation croissante des eaux qui montaient, montaient
toujours, jaunâtres et bourbeuses.

— Mais ceux qui ne savent pas nager, — observa le
recteur, — comment feront-ils?

— Ils attendront qu'on vienne à leur secours, — répliqua sèchement la belle Renée. Je ne fus pas seule à frissonner ; la plupart des frères de Chavannes ne savaient
pas nager. — Il est étrange, — dit la jeune fille, — qu'il
n'y ait aucune porte secrète de communication entre le
château et la chapelle.

— Il y en avait une autrefois, — répliqua précipitamment le recteur ; — mais je crois qu'elle fut murée lors
de l'abandon de la Bauge.

— Le marquis en avait donné l'ordre, — dit une voix,
— mais il ne fut pas exécuté.

— Où est cette porte? — demanda Renée.

— Derrière le chœur, — répliqua le recteur ; — mais
c'est là un vain espoir. — Les jeunes gens qui s'élançaient
déjà à la recherche de la précieuse porte s'arrêtèrent. —
C'est un vain espoir, — continua-il, — car elle est
doublée de barres de fer, et tous nos efforts réunis ne
sauraient pas plus la remuer sur ses gonds que le doigt
d'un enfant. Il faudrait avoir la clef et connaître le secret
de la serrure. Cette clef aura été perdue sans doute, et le
marquis Olivier seul sait le secret.

— Quelqu'un a ramassé cette clef et a appris ce secret,
— dit encore la voix. Tous les yeux se tournèrent vers
l'endroit d'où partait cette voix. C'était celle du collibert,
qui venait de grimper par un escalier de chêne à moitié
écroulé de vétusté, et dont la rampe seule tenait encore,
jusqu'à la tribune où les anciennes châtelaines de la
Bauge venaient faire leurs dévotions. — La porte secrète
est là, — poursuivit-il, — dans l'enfoncement de cette
tribune, et non pas derrière le chœur.

Un rayon de joie illumina tous les visages. Ce ne fut
qu'un cri.

— Nous sommes sauvés !

Mais cette joie ne fut de longue durée.

— Sauvés ! et pourquoi cela, messieurs?—s'écria le collibert. — Je suis sauvé, moi ; mais qu'ai-je de commun
avec de nobles seigneurs tels que vous?

— Que veux-tu dire? — murmura Richard.

— Je veux dire, — reprit le collibert, — que je ne veux

pas plus longtemps vous souiller de ma présence, que je
vais quitter la chapelle et vous y laisser.

— Tu ne feras pas cela ! — s'écria Armand en s'avançant vers l'escalier.

Le collibert fit crier la clef dans la serrure.

— Faites un pas de plus, monsieur, et cette porte s'ouvre pour moi seul et je la ferme sur vous.

L'eau montait toujours. Elle glaçait mes pieds ; elle arrivait à nos genoux. Armand s'arrêta.

— Tu ne seras pas si cruel, — reprit-il, — tu ne laisseras pas périr obscurément, comme des taupes dans un
trou, la vigoureuse lignée des Chavannes. Pense à la douleur de notre père s'il perdait d'un coup tous ses enfants.
Que deviendrait ce noble héritage ?

— Ah ! vous pensez maintenant à celui que vous appelez votre père, — dit amèrement Jacques. — Mais la peur
vous égare, monsieur Armand ; si je suis sauvé, il ne
perdra pas tous ses enfants. Croyez-vous donc que je ne
fasse pas une assez belle figure pour un héritier ; que je
ne sache pas monter vos chevaux, manier vos fusils, battre les valets, vider la cave et fêter le gibier ?

— Sauve-nous ! sauve-nous ! — répétèrent tous les Chavannes, à l'exception d'Octave, qui resta silencieux et résigné comme le recteur et Renée.

— Pourquoi vous sauver ?—dit le collibert,—parce que
tout à l'heure vous vouliez déchirer mon corps à coups de
fouet ?

— Nous avons eu tort, — s'écria Richard en grinçant
les dents de rage.

— Nous te demandons grâce et oubli, — ajouta Armand.

— Et si je vous arrache à cette mort qui vous entoure
et qui vous appelle, qui me répondra qu'à votre tour vous
ne vous vengerez pas de mon hésitation ?

— Moi, — dit Renée, — moi qui n'accepte pas ton secours et qui saurai me protéger moi-même ! Sauve ces
gentilshommes, Jacques, sauve-les, parce qu'ils ont du
même sang que toi dans les veines; sauve-les, parce qu'ils
sont tes frères devant Dieu, et ne leur fais plus d'humiliantes conditions. Ta hardiesse me plaît, collibert, et je
te réponds qu'ils ne te demanderont pas de compte de ce
qui vient de se passer ici. Mais l'eau va obstruer notre
unique issue, à nous, Octave, — dit la fière jeune fille en
se tournant vers le comte et lui montrant la grande porte
du doigt.—Je vous attends.—Je ne pourrais te rendre le
geste souverain par lequel elle ordonna à Octave de la
sauver, et le regard plein de folie passionnée par lequel il
lui répondit. Je compris qu'il faisait bon marché de sa
vie et qu'il bénissait le ciel de lui fournir en échange
l'occasion d'étreindre dans ses bras la belle Renée et de
sentir son souffle sur son cou. Néanmoins je ne pus
croire qu'il m'oubliât et m'abandonnât ainsi pour elle.
J'accusai en moi-même la téméraire jeune fille d'une présomption effrontée ; je gardai mon aveuglement en le
voyant s'incliner avec respect devant elle mais n'oser la
toucher, comme s'il respectait en elle une reine et une
idole sacrée ; je me disais qu'elle lui était indifférente et
que son cœur luttait entre son amour pour moi et les apparences de dévouement qu'il lui devait. Mais mademoiselle de Béjarry, elle, lui jetant à peine un regard, lui dit
d'une voix impérieuse : — Emportez-moi !

Il la saisit avec un transport de frénésie et lui cria de
se bien cramponner à lui. Puis il voulut avancer vers la
porte. J'essayai de le suivre, car je voulais mourir, et je
lui dis à mon tour, d'une voix étranglée :

— Octave, voilà donc le choix que vous deviez faire ?
Vous me sacrifiez lâchement ; vous m'abandonnez ainsi,
moi qui, pour vous...

— Camille, — murmura-t-il éperdu, — je reviendrai.

Et il s'éloigna emportant son fardeau. Je restai anéantie et je regardai avec une joie sombre et stupide l'eau
qui montait, car je voulus mourir. J'avais vu une autre
femme préférée par le seul homme que je sentais pouvoir
aimer ; je ne pouvais plus m'obstiner dans mon illusion.

J'avais vu l'éclair de l'amour dans son regard énivré, lorsqu'il avait vu, lui, la belle Renée croire et espérer en lui plus qu'en tous les autres, et prendre possession de lui par un mot d'une autorité suprême. Il savait que la femme qui commande se donne. Et moi j'avais compris que j'étais perdue, que du moment où il me condamnait à mourir sans hésitation pour sauver cette jeune fille riche, belle, noble, presque sa fiancée, il rougirait de remplir la promesse qu'il m'avait faite à moi, pauvre fille déshonorée, roturière et reniée par son père. Oh ! cette fois, j'avais dû laisser toute espérance sortir de mon cœur et le néant y rentrer pour jamais. Mais sous le néant couvaient encore l'amour et la jalousie.

Cependant le collibert avait regardé avec une admiration étonnée la fuite hardie d'Octave et de Renée, et il murmura :

— Après tout, c'est une vaillante fille, et j'aurais aimé à la sauver.

Les gentilshommes consternés avaient tous les yeux tournés vers la tribune, et leurs visages portaient l'empreinte de la frayeur et de l'égarement.

— Mon frère, mon frère, laisse-nous monter l'escalier ! — lui cria Gaspard.

— Ah ! vous m'appelez votre frère à présent, — reprit le collibert en ricanant. — Ce nom ne vous écorche plus la bouche, il ne vous semble plus un outrage. Je suis votre frère, votre frère bien-aimé, n'est-ce pas ? Mais non, je suis un insolent drôle, un damné vagabond. Vous me demandez de vous sauver, mais ne rougiriez-vous pas d'être sauvé par un collibert qui ose paraître devant vous sans être chaussé et vêtu de rouge ? J'oublie que j'ai encouru la peine du fouet pour cela, aux termes des règlements du parlement de Bordeaux.

— Si tu n'es pas un démon, — interrompit Armand, — si tu es ce bon et inoffensif Jacques qui a mangé le pain du marquis Olivier, tu n'auras pas la lâcheté de laisser cinq de ses fils périr dans cette eau fangeuse ; car demain il te demanderait : « Jacques, qu'as-tu fait de tes frères ? »

— Laissez donc ! — répéta le collibert. — Nous n'avons rien de commun ensemble, messieurs de Chavannes. Je suis un idiot, moi, et non pas un bravo et riche et beau gentilhomme comme vous. Ah ! certes on doit s'enorgueillir d'être fort et vaillant, de ne craindre personne, d'écraser le faible sous les sabots de son cheval ! Servez-vous donc, messieurs, de cette force et de ce courage contre cette petite flaque d'eau qui tout à l'heure montera à vos lèvres. Il est doux d'avoir de grands bois où l'on peut courir la chasse des jours entiers sans sortir de son bien, des meutes aboyant au chenil, des chevaux plein ses écuries, des valets nombreux à rudoyer. Servez-vous donc de ces richesses pour retarder votre mort ; appelez donc ces valets, montez donc ces chevaux pour fuir au plus vite cette misérable flaque d'eau noire qui tout à l'heure couvrira votre front et vos longs cheveux !

Et le collibert éclata alors d'un rire presque insensé qui me fit frémir.

— Assez ! assez ! — rugirent les jeunes nobles. — L'eau nous vient à la ceinture. Nous montons.

— Tant pis, — répliqua le collibert. — Moi je me retire, car j'ai les pieds nus, et j'encourrais la peine d'avoir les pieds percés d'un fer chaud. Vous voyez que je me souviens de tout, digne recteur. Oh ! j'ai bonne mémoire !

— Malheur ! — cria le recteur. — Sois maudit, toi qui te venges si cruellement !

— Silence, mon père, — lui dit Armand. — N'irritez pas le collibert, il aura pitié de nous.

— Le recteur n'a-t-il pas dit que les colliberts devaient avoir un bénitier et une porte à part dans l'église, — s'écria l'Innocent d'une voix stridente. — Eh bien ! messieurs mes frères, voici votre porte, — ajouta-t-il en montrant la grande entrée par où l'eau affluait, — et voici la mienne, la porte infâme par laquelle vous ne voudriez pas passer, vous autres gentilshommes chrétiens.

Et il ouvrit bruyamment la porte dérobée qui communiquait aux corridors du château. Messieurs de Chavannes poussèrent un cri d'angoisse désespérée.

— Au nom de notre père qui est le tien, — s'écria Armand ; — au nom du marquis Olivier qui te demandera compte de notre vie, sauve-nous, Jacques !

— Que le Parisien monte le premier, — répliqua le collibert d'une voix émue, — lui qui n'a pas crié grâce, lui qui n'a pas eu peur de mourir, lui qui n'a pas douté de moi.

— Il ne montera pas avant nous, — cria Richard avec l'accent d'une frayeur égoïste et brutale.

Et il me saisit violemment par le bras, s'attachant à moi comme à une ancre de salut.

— Pas avant nous ! — répétèrent tous les frères.

— Si vous n'avez pas cette confiance en moi, vous êtes perdus, — reprit le collibert. — Comment voulez-vous que je croie en vos promesses de pardon et d'oubli, si vous ne croyez pas en la parole que je vous donne de laisser cette porte ouverte pour vous tous ?

— Jacques, — dit le recteur, — fais-tu cette promesse au nom de ton père ?

— Au nom de mon père, je le jure ! — s'écria l'Innocent.

Tous ses frères étaient groupés au bas de l'escalier, dont les premières marches se cachaient déjà sous l'eau. Ils s'appuyaient des mains à la rampe. Ils s'écartèrent pour me laisser monter seule.

Lorsque je fus parvenue à la tribune, le collibert sourit joyeusement et dit à ses frères :

— Vous pouvez monter, maintenant.

Puis, me prenant la main et laissant la porte ouverte, il m'entraîna dans les noirs corridors plus morte que vive, et au bout de quelques minutes il me ramena dans ma chambre ; puis il disparut. Presque aussitôt j'entendis des cris d'alarme dans le château, et un grand tumulte succéda au profond silence dans lequel il était enseveli.

IV

UN CONFESSIONNAL.

Le danger ne fut pas aussi grand qu'on aurait pu le craindre. La digue n'avait pas été enlevée, mais seulement trouée et lézardée en deux endroits, par où les eaux des torrents avaient fui. En quelques heures on parvint à se rendre maître de l'inondation, et les dégâts ne furent pas considérables. Je ne sais trop quelle récompense le collibert eût reçue de sa conduite si mademoiselle de Béjarry n'eût pas reparu. Dois-je te confesser ici que je caressai involontairement l'affreux espoir de sa mort et du salut d'Octave ; oui, il faut bien que tu pénètres dans ces affreux replis du cœur humain. Certes, il eût dépendu de moi de contribuer à sa mort par un seul geste, un seul regard, un seul mot, que je n'eusse pas fait ce geste, pas lancé ce regard, pas prononcé ce mot. Il eût dépendu de moi de la tirer de l'abîme en exposant ma vie, j'eusse regardé comme un devoir d'exposer ma vie. Et néanmoins, en songeant que peut-être elle avait péri victime de son audace, je sentais en moi-même comme un secret et hideux tressaillement de joie. Je respirais plus librement, la vie me semblait plus riante, j'étais comme une captive arrachée de la fange humide des cachots et qui rêvait le ciel bleu et le soleil ; comme l'esclave affranchi tout à coup, je ne sentais plus de carcan à mon cou, de boulet à mes pieds. Cette sensation toute physique me fit comprendre ce que c'était que la haine et comment le monde pouvait être quelquefois trop étroit pour porter deux créatures ennemies.

Maintenant je dois te dire aussi que je fus heureuse en voyant reparaître Octave et en apprenant qu'il avait sauvé sa cousine. Je fus heureuse de ce démenti donné par Dieu à ma lâche espérance, heureuse comme le coupable qui a eu la tentation d'un crime, qui l'a commencé en pensée et en rêve, et qui, au réveil, la sueur froide au front, le cœur remué par le remords, le billot sous les yeux, cherche à rassembler ses idées troublées et comprend enfin que le crime n'a pas été accompli. Je me fis horreur à moi-même.

Cependant mademoiselle de Béjarry, fière du succès de sa témérité qui la plaçait si haut dans l'admiration et le respect des jeunes de Chavannes, voulut qu'on respectât l'engagement qu'elle avait pris envers l'Innocent et que personne ne revînt sur ce qui s'était passé dans la chapelle. Elle se montra aussi grande et aussi généreuse par cette amnistie qu'elle s'était montrée vaillante et résolue dans le péril. Le collibert et moi ne pûmes nous empêcher d'admirer ce caractère indomptable, et je me plus à me punir de mes vœux secrets contre elle en exagérant encore dans mes paroles la grandeur de son action et en excusant la fascination d'Octave. Mais c'est en vain que j'essayai de me vaincre ainsi. Un instinct secret du cœur me disait que cette fière jeune fille était aussi méchante qu'altière, et que sa générosité apparente n'était que de l'orgueil, qu'un essai suprême d'une volonté absolue et despotique. Quant à Octave, je ne lui avais adressé aucun reproche. Il s'était contenté de me dire qu'il avait dû obéir à l'ordre de sa cousine sous peine de passer pour un lâche, et qu'il savait bien que son frère Jacques m'aimait trop pour m'abandonner dans un péril où il m'avait jeté. Encore me donna-t-il cette espèce d'explication avec un air de raillerie mordante que je ne pus comprendre.

Hélas ! je ne devais obtenir que trop tôt l'affreuse révélation des nouveaux malheurs qui m'attendaient. Deux jours après la scène que je viens de te raconter, je voulus revoir la chapelle qui en avait été le théâtre, et y remercier Dieu de la protection qu'il nous avait accordée à tous. Je pensais bien ne pas être troublée dans ce lieu qui avait failli nous être si fatal, et j'éprouvai une sombre joie à me rappeler les souvenirs de cette nuit terrible où j'aurais dû mourir.

La mort me semblait donc un bienfait. Insensiblement, en me retraçant tous les détails de la catastrophe, je pensais au collibert, je le revis dominant ses nobles frères par une fière énergie alliée à tant de faiblesse ; je retrouvais en lui toutes les qualités que j'avais rêvées dans Octave. Je compris que si je l'avais connu en même temps que son frère, le brillant gentilhomme ne m'eût pas trompée par les séductions d'une habile comédie. Si j'avais été entourée par la passion vraie d'un autre homme, j'eusse facilement démêlé les mensonges de l'amour factice d'Octave ; le silence du premier eût touché plus éloquemment mon cœur que les déclarations romanesques du second ; les regards timides, les gestes gauches du pauvre Jacques m'eussent bien plus troublée que les regards ardents et hardis, que les gestes passionnés du courtisan, car j'aurais reconnu l'âme qui palpitait à l'unisson de la mienne. Cependant je finis par m'effrayer et rougir de ces singulières réflexions, et l'air railleur dont Octave m'avait parlé de l'affection du collibert me revint à la mémoire. Je chassai donc ces pensées vagues enfantées par la solitude, et j'allais me retirer lorsque j'entendis des pas marcher doucement sur les dalles et deux voix échanger tout bas des paroles. Je restai immobile. Les voix passèrent à côté de moi et devinrent plus distinctes.

Voici ce que j'entendis :

— Vous êtes fidèle au rendez-vous, mon père.

— C'est une étrange idée que vous avez eue de revenir dans un pareil endroit, ma fille.

— C'est que j'étais certaine que notre entretien ne serait ni troublé ni entendu dans cette chapelle, qui est devenue un lieu d'épouvante pour tous les habitants du château.

J'avais reconnu le recteur et la belle Renée ; je restai glacée d'horreur et n'osai fuir, car le bruit de mes pas eût bien vite révélé ma présence. Les deux interlocuteurs s'étaient tus et avaient gagné un confessionnal délabré, presque en face du pilier derrière lequel je me trouvais. Là ils reprirent leur entretien. Leurs voix furent d'abord si étouffées que je ne pus rien entendre, puis peu à peu elles montèrent à un diapason plus élevé, et le silence qui régnait dans la chapelle et le château était si profond que je ne perdis plus une seule de leurs paroles.

— Il vous a donc avoué qu'il vous aimait, ma fille ? — dit le recteur à mademoiselle de Béjarry.

Avec quelle affreuse anxiété j'attendis la réponse de la jeune fille.

— Oui, mon père, — dit-elle nettement. — Le comte Octave m'a rappelé les anciens projets de nos familles. Il a ajouté que notre union était jurée depuis notre naissance, que c'était un mariage au berceau. Pour moi il se sentait capable de tous les dévouements. Jamais la cour ne lui avait montré une plus belle créature que l'éblouissante vision qui l'attendait dans ce vieux château mangé par la mousse. J'étais une reine perdue dans une caverne ; que sais-je encore ? Enfin il a égrené tout le chapelet des litanies amoureuses.

— Et vous avez cru ces belles paroles ? — demanda le recteur d'une voix rauque.

— Si je l'ai cru ! — s'écria-t-elle impétueusement. — Certes, oui. Suis-je à votre compte, mon père, une humble fille du peuple, ou une niaise pensionnaire que l'on trompe ? Tout enfant sauvage que je suis, je sais que je suis riche et belle, et que celui à qui j'accorderai ma main regardera ce don comme le bonheur le plus extrême qu'il puisse ambitionner.

— Et s'il vous trompait cependant ? — insista le prêtre avec la même rudesse.

— S'il me trompait ! — répondit-elle en éclatant de rire, tant cette idée lui paraissait bouffonne et impossible. — A quoi bon, et pourquoi ? En vérité, — ajouta-t-elle en paraissant réfléchir, — je plaindrais celle pour qui le comte Octave me trahirait.

Elle dit ce peu de mots d'une voix métallique qui me tourna le sang dans les veines.

— Eh bien ! ma fille, — reprit le recteur, — avez-vous demandé à votre noble poursuivant pourquoi il ne se hâtait pas, au milieu de ces circonstances critiques, de demander officiellement votre main au marquis Olivier, votre tuteur ?

— En effet, — dit mademoiselle de Béjarry après un instant de silence, — lorsque j'ai tourné sa déclaration en plaisanterie, et que je lui ai dit brusquement qu'au lieu de s'adresser à moi il devait s'adresser au marquis, je me souviens qu'alors il a pâli et a paru troublé. Y aurait-il donc entre lui et moi quelque obstacle mystérieux ? Oh ! quel qu'il soit, je le briserai ; mais comment savoir ?

— Et si je connaissais cet obstacle, moi ! — interrompit le recteur.

— Révélez-le à votre pénitente, mon père, et elle vous servira de tout son pouvoir dans les projets que vous formez, — répliqua vivement Renée.

— Vous aimez donc le comte Octave, ma fille ? — demanda le prêtre.

— Peut-être, — répondit-elle ; — mais je l'aime sans vouloir plier sous son joug, sans le craindre, sans lui faire un autel de mon cœur. Je l'aime comme doivent aimer les hommes ; je veux faire de lui mon esclave ; je l'aime tremblant et soumis devant moi, faisant dépendre son bonheur de mon sourire. Pour un maître, je ne veux pas en avoir. Parlez maintenant.

Le recteur baissa la voix et murmura :

— Vous êtes femme, mon enfant, et vous n'avez pas deviné que sous le toit de la Bauge respirait une autre femme.

— Une autre femme !... une rivale !... — Elle bondit en criant ces mots comme le sourd rugissement d'une hyène blessée au flanc. Ce fut une crise de fureur si violente que ses mains se meurtrirent aux planches du confessionnal et que le recteur dut essayer de la calmer par des paroles de douceur qui étaient peu familières à ses lèvres ; mais elle était tombée comme foudroyée sur les dalles et cachait obstinément dans sa mante son visage altéré. Ses dents contractées mordaient son mouchoir pour étouffer sa plainte. Tout à coup elle se releva, et, d'une voix brisée, saccadée, elle laissa échapper les paroles suivantes : — Ce n'est pas possible. Je serais mise en comparaison avec quelque baladine effrontée ou quelque bourgeoise séduite ! Non. Je mépriserais trop Octave. Oser me tromper, moi ! On ne sait donc pas que je saurais me venger mieux qu'un homme !... Je n'ai peur de rien, moi ; de rien, de rien, entendez-vous, monsieur le recteur. Ah ! elle doit rire, la petite bourgeoise. Elle est donc bien belle, apparemment ? Ah ! qu'elle ose lever les yeux sur moi, et elle verra. Mais il faut la chasser. Oui, et bien vite. Richard, votre fouet ! Oh ! si elle était là, si elle me voyait, si elle se doutait que j'ai souffert à cause d'elle. Non, il faut sourire pour l'écraser. Elle croit m'humilier de son triomphe. Dites, mon père, comment est-elle ? Mais répondez donc ! suis-je folle ? Oh ! on ne l'emporte pas si facilement sur Renée de Béjarry. Oh ! la haine et la jalousie, je les sens, les deux serpents, qui me mordent là, au cœur ! Mais la vengeance, la vengeance soulage. Elle a de beaux yeux, dites-vous ? Je les ternirai sous les larmes, ces soleils. Ah ! un duel de femme à femme ce sera original, n'est-ce pas, mon père ? Et ne craignez pas de me voir reculer. Chez moi, la jalousie n'est pas ce mal louche et boiteux qui fait douter de soi et qui épie en pleurant les regards que l'on vous vole. Je sais ce que je vaux.

— Calmez-vous, ma fille, — interrompit le recteur, effrayé lui-même de ce déchaînement de fureur ; — rien n'est encore désespéré.

— Non, en vérité, — continua-t-elle avec le même accent farouche, — je n'aurais jamais cru qu'une femme osât se mettre sur mon chemin, qu'une rivale cherchât à m'enlever le cœur que je désignais comme ma conquête. Cela me semble de la folie. Suis-je donc devenue laide ? mon front est-il grimé de rides soudaines ? ne sais-je plus sourire ? les pleurs ont-ils dévoré le feu de mes yeux ? la misère a-t-elle rendu ma main sèche et anguleuse ? Non, j'ai toujours un pied de fée, comme me disait Octave. Je m'appelle toujours Renée de Béjarry. J'ai des terres et des métairies à profusion autour de mon château, des bahuts où dorment des sacs de louis d'or, des parchemins qui ont eu le temps de jaunir depuis les croisades. Ah ! j'étais folle. Le comte Octave ne peut répudier tant de bonheur. Un caprice de passage ne détruira pas de si grands projets. Je veux qu'il devienne chef de l'armée vendéenne, et ce que j'ai voulu fermement a toujours réussi jusqu'à ce jour.

— A la bonne heure ! vous devenez sage, mon enfant, — dit le recteur ; — mais vous m'aviez vraiment effrayé. Le comte Octave n'est réellement coupable en ceci que de trop de légèreté. Il s'est laissé entraîner par un faux point d'honneur et de conscience. La personne dont je vous parlais lui a sauvé deux fois la vie.

— Eh ! ne suis-je pas assez riche pour le payer de ses services ? — reprit la pénitente. — Le comte Octave tient-il donc à sa vie plus qu'à son honneur ? De quels charmes est douée cette Agnès poltronne ? Je n'en doute pas, vous parlez du Parisien. Ce nom de Camille eût dû m'éclairer.

— Ce serait sans nul doute un grand malheur, — dit le prêtre, — qu'il s'attachât à cette petite bourgeoise. Elle n'est propre qu'à annuler les grandes qualités qui dorment en lui et qui n'ont besoin que d'une étincelle pour s'éveiller. Il lui faudrait pour compagne une femme telle que vous, qui le soutînt et l'encourageât sans cesse, qui lui fît exécuter de grands desseins, et qui fût digne de partager avec lui l'honneur du succès.

— Oh ! vous me comprenez, vous, mon père ; on dirait que vous lisez dans mon esprit.

— Vous êtes belle et vaillante, ma fille ; vous lui gagnerez le cœur de nos paysans. Vous saurez coucher sur la dure enveloppée dans le même manteau que lui ; dans le combat, vous monterez à cheval à côté de lui ; votre sang-froid l'éclairera, votre enthousiasme l'inspirera aux heures décisives. Vous serez pour Octave de Chavannes un compagnon cher, qui le pousserez à faire de grandes choses. Après tout, il a du cœur, et sa faiblesse même pour cette femme le prouve, — ajouta perfidement le prêtre en touchant au vif la plaie saignante à l'âme de Renée, après avoir déroulé devant elle une si triomphante perspective.

— Oh ! en pensant à cette femme, je crois haïr Octave, — reprit-elle ; — oui, l'amour est plus voisin de la haine qu'il ne semble. Je préférerais la mort d'Octave à son bonheur avec ma rivale.

— Mais nous disons des folies, — dit le recteur ; — peut-être n'est-il plus temps de s'occuper de tout cela. J'ai lieu de craindre que le comte Octave ne soit secrètement marié. Alors il n'y aurait plus de remède.

— Mais ce serait un crime inexcusable, — s'écria la fière Renée, — si ce mariage était accompli, si rien au monde ne pouvait briser ces nœuds infâmes !

— Rien au monde, c'est peut-être beaucoup dire, — hasarda le recteur d'une voix douce qui me fit frémir, et que je comparais involontairement en moi-même au sifflement d'un serpent qui rampe sous les fleurs.

— Y aurait-il donc un moyen ? — s'écria la pénitente.

— Qui sait ? — répondit-il.

Et il fit silence comme pour réfléchir plus profondément.

J'étouffais dans mes vêtements : je dénouai le nœud de ma cravate, je mis la main sur mon cœur pour en comprimer les battements.

La pénitente s'impatienta du silence du recteur.

— Parlez, — dit-elle.

— Il est probable, — reprit le prêtre, — que le comte Octave conservait l'espoir de faire casser ce mariage secret lorsqu'il vous a rappelé les anciens projets de vos familles...

— Ce n'est pas cela que vous vouliez me dire, — répliqua vivement Renée. Le recteur se tut de nouveau et soupira, comme si sa poitrine était chargée d'un poids énorme. — Oh ! parlez vite, — poursuivit la pénitente, — j'ai la mort dans le cœur. Donnez-moi un moyen d'humilier cette rivale, de l'anéantir, de la mettre sous mes pieds, d'arracher sa main de la main d'Octave. Vraiment, je ris quand je songe que si ce mariage est réel, que s'il est reconnu, ce sera à moi de cacher mon amour comme une passion furtive, défendue, coupable, et que cette femme aura publiquement le droit de vivre près de lui et de sourire à ses doux regards. Oh ! dites-moi bien vite quel moyen vous avez d'empêcher que je subisse cette honte, mon père, — ajouta-t-elle d'une voix convulsive.

— Non, ma fille, — repartit humblement le recteur, — je me trompais. Ce n'était qu'une idée vague, une illusion trompeuse que m'inspirait mon zèle pour l'honneur de cette noble maison de Chavannes. Mon affection pour vous m'emportait dans des rêveries insensées. Je ferais mieux de ne pas m'occuper de choses si terrestres et d'en détacher mon esprit.

— Vous êtes cruel, mon père, — dit mademoiselle de Béjarry avec impatience ; — vous faites germer dans mon cœur de folles espérances, et puis d'un mot vous les anéantissez. Je vous croyais mon ami sincère et dévoué ; mais je vois que je me suis trompée. Vous autres hommes, vous vous ressemblez tous.

— Mon conseil eût été trop difficile à suivre, — reprit-il, — et peut-être serait-il condamnable aux yeux des personnes qui n'aiment à agir que par des sentiments de charité et de générosité.

— On ne doit pas de charité à ses ennemis, — répliqua la pénitente avec violence, — et vous serez généreux envers moi si vous m'aidez de vos conseils.

— Veuillez donc excuser ma hardiesse, — dit le recteur. — Mais je n'ai pu songer au déshonneur que cette mésalliance ferait rejaillir sur la famille de Chavannes et sur vous sans qu'il me roulât dans l'esprit quelques idées sans doute impraticables; mais il me semblait que nous devions à tout prix empêcher que vous soyez atteinte d'une telle flétrissure.

— Flétrissure, c'est le mot! — répéta la belle Renée. — Croyez-vous donc maintenant, mon père, que je doive la subir?

— Si cependant vous ne trouvez pas de moyen naturel d'écarter ce malheur loin de vous, — répliqua le recteur.

— N'est-il pas affreux que les lois divines ou humaines ne nous donnent aucun aide pour prévenir ou châtier des unions si coupables? — demanda la pénitente.

— Affreux, en effet, — répéta le prêtre.

— Employer la ruse et la séduction pour se faire aimer, — reprit mademoiselle de Béjarry; — s'introduire pauvre et sans nom dans une famille qui vous donne tout, qui vous couvre de sa noblesse comme d'un manteau, qui vous fait riche de toute sa fortune patricienne, n'est-ce pas dérober des armoiries et des châteaux comme un filou vole une bourse ou un mouchoir? n'est-ce pas joindre l'hypocrisie au vol? n'est-ce pas spéculer bassement sur l'amour et faire trafic de son cœur? Quels risques a courus cette femme en échange de ce gain immense? Elle a dépouillé Octave de son consentement. Est-ce une excuse? Oh! ne devrait-on pas punir un tel crime comme ceux des gens qui volent et qui tuent?

— Vous avez raison, ma fille, — dit le lugubre prêtre. Et moi je rougissais de honte et je dévorais mes larmes, car la frayeur commençait à faire place à l'indignation dans mon cœur. Je remerciai Dieu de m'avoir amenée en ce lieu pour entendre mes ennemis dévoiler ainsi le fond de leur pensée. Cependant mademoiselle de Béjarry s'était tue après la réponse terrible du recteur. Je l'entendis respirer fortement et soupirer comme une personne oppressée. Elle se leva et fit quelques pas au hasard. Elle était en proie à une agitation violente. — Vous avez raison, — reprit plus bas le recteur; — la mort seule peut effacer la honte de cette mésalliance et en empêcher l'éclat scandaleux. — La belle Renée ne répondit pas. — Le châtiment serait juste, — continua l'odieux prêtre; — et peut-être hésiterez-vous à en prononcer l'arrêt, ma fille. C'est que nous sommes faibles, nous pauvres créatures d'argile, qui marchons au hasard sur cette terre. Le sentiment inné de la justice est bien en nous; souvent nous comprenons la nécessité et nous éprouvons le désir d'accomplir ainsi quelque grand acte de justice légitime. Notre pensée ne craint pas de concevoir, mais notre volonté recule devant l'action. Nous sommes emmaillotés par de vieux préjugés; nous ressemblons à ces hardis capitaines qui ont conservé les peurs superstitieuses apprises sur les genoux de leurs nourrices; ils craignent les visions des ténèbres, eux qui chantent sous une pluie de balles; eux si braves contre les vivants, ils sont lâches contre des fantômes. Ainsi de nous: notre pensée tue et condamne, mais notre bouche n'ose pas prononcer l'arrêt, mais notre bras n'ose pas l'exécuter. Ce n'est pas remords de conscience, c'est faiblesse et peur: c'est une question de nerfs. Un homme qui a bien sondé le cœur de l'homme a dit que la volonté peut tout. En effet, il y a des voies ouvertes pour tous les desseins par une volonté active et impitoyable; aussi a-t-on soin, dès le berceau, de nous brider des langes d'une foule de préjugés qui font bien vite partie de nous et nous créent une seconde nature; mais un esprit mâle et fier s'élève au-dessus de ces sottises, comme le mât d'un vaisseau submergé dans les sables mouvants point au-dessus des flots. Qui ne se trahit pas soi-même est sûr de réussir. Aussi ne pas faire ce qu'on croit juste ce n'est pas vertu, mais lâcheté, je vous le répète; ce n'est pas écouter la voix de sa conscience, mais les timides palpitations de son cœur et le tremblement nerveux de sa main.

— Expliquez-vous plus clairement, mon père, — dit alors mademoiselle de Béjarry d'une voix sourde et altérée.

— Je n'ai plus rien à vous dire, ma fille, — répliqua sévèrement le recteur.

Sans doute elle n'avait que trop bien compris, ainsi que moi, l'horrible conseil du prêtre. Elle garda encore le silence pendant quelques instants.

— Je vous ai indiqué le moyen extrême que vous me demandiez, — dit le recteur; — si j'ai été trop audacieux, pardonnez-moi.

— Si je vous ai bien entendu, — répondit-elle, — il s'agit d'une chose terrible. Je ne suis qu'une jeune fille violente et emportée, il est vrai, mais...

— Les femmes tombent toujours dans un excès ou un autre. Elles tuent et puis elles s'attendrissent sur leur victime. Tout à l'heure j'ai vu le moment où vous eussiez poignardé sans scrupule et sans hésitation votre rivale, si vous l'eussiez rencontrée sur votre passage.

— Oui, dans un accès de colère; mais ordonner ou commettre un crime de sang-froid... — observa la pénitente terrifiée.

— Un crime, — dit avec une ironie amère le recteur. — Pardonnez-moi donc, ma fille, de vous avoir conseillé ce que vous appelez un crime. J'ai pris, je le vois, vos intérêts trop à cœur. Je n'ai pu voir avec calme une noble, spirituelle et vaillante fille telle que vous indignement sacrifiée à la première venue. J'ai cru que vous aimiez assez le comte Octave pour préférer la perte de sa maîtresse à la honte de le voir se déshonorer, lui, par une mésalliance. Je me suis laissé égarer par ces folles pensées; qu'il n'en soit plus question.

— Que dites-vous, mon digne ami? — reprit mademoiselle Renée. — Mais c'est à vous de nous sauver. J'apprécie votre dévouement, et, si vous servez mes intérêts, vous verrez que je ne suis pas une ingrate.

— Je sais que vous avez l'âme grande et généreuse, ma fille, — répliqua humblement le recteur; puis il attendit.

Mademoiselle de Béjarry attendait aussi que le prêtre s'ouvrît plus nettement à elle sur les moyens de se débarrasser de moi. Dans sa tête devaient se heurter mille pensées contraires. Sa hauteur et son orgueil n'avaient pas encore dégénéré en cruauté. Elle avait besoin d'un complice qui prît à tâche de révolter son orgueil et de l'exalter jusqu'à un sentiment de folie féroce. Il fallait que cette idée de crime fût ennoblie et grandie à ses yeux par la passion pour qu'elle en acceptât la pensée réelle sans horreur. Le recteur savait bien à qui il avait affaire. Il laissait l'esprit de la jeune héritière se familiariser peu à peu avec le conseil qu'il avait à peine indiqué. Les femmes n'ont guère de mesure dans leurs actions; le premier pas franchi, elles se laissent emporter, par une sorte d'électricité nerveuse, d'imprévoyance aveugle qui ne calcule ni les dangers ni les difficultés, à tous les sauvages instincts de leur passion dominante. Immobile dans son confessionnal comme le tigre tapi dans les jungles, le recteur observait silencieusement les progrès de l'irritation de sa pénitente, qui, blessée dans sa vanité et son amour, devait finir par accepter l'atroce vengeance dont il lui faisait respirer l'arome.

— Vous pensez donc...? — reprit-elle enfin. — Puis elle attendit encore; mais le prêtre resta silencieux. — Vous êtes donc convaincu que cette femme a mérité un châtiment sévère?

— Ne le pensez-vous pas comme moi? — répliqua le recteur avec cette voix soumise et subalterne qui attend l'approbation de son supérieur pour donner son avis.

— Vous êtes convaincu que nous avons le droit de décider de son sort, — continua la pénitente; — qu'il est juste et nécessaire de la séparer pour toujours, de la séparer violemment du monde ?

— Peut-être ai-je eu tort d'aller si loin, — dit le recteur.

— Vous changez donc d'avis, mon père ? — demanda-t-elle précipitamment.

— J'en appelle à votre excellent jugement pour décider d'une chose si importante, — repartit encore le recteur d'une voix fausse.

— Ne me refusez pas vos avis, mon père. Dites-moi toute votre pensée.

— Je suis flatté de votre confiance, ma fille ; mais nul ne saurait mieux juger que vous de la nécessité d'une action si grave. Vous ne sauriez trouver de meilleur conseiller que vous-même.

Mademoiselle de Béjarry frappa du pied les marches de bois du confessionnal.

— Mais si Octave et cette femme n'étaient pas mariés ? — s'écria-t-elle tout à coup ; — si elle n'était que sa maîtresse ?

J'entendis ricaner sourdement le prêtre.

— Vous êtes bien satisfaite, ma fille, d'avoir imaginé ceci, — dit-il. — Mais quand même cette femme ne serait que sa maîtresse, elle aurait une promesse de mariage ; autrement elle n'aurait pas l'audace de rester à la Bauge, au milieu de nous, et le comte Octave se serait déjà délivré de sa présence.

— Elle doit avoir arraché une promesse à monsieur de Chavannes, c'est certain, — dit Renée d'un ton amer ; — mais il faut qu'elle la rende.

— Abuser de cette arme, — poursuivit le recteur, — ne serait-ce pas anéantir le bonheur et l'avenir de son amant ? Si elle poussait l'égoïsme à ce point, ne serait-elle pas indigne de toute pitié ?

— Vous m'éclairez ! — s'écria mademoiselle de Béjarry. — J'aurais alors un motif tout à fait légitime de ne garder aucun ménagement envers elle. Je la regarderais comme une créature insensée qui voudrait lutter avec moi ; comme un être lâche et cupide qui n'aimerait pas Octave, mais sa fortune et son nom, puisqu'elle détruirait sans scrupules tous ces vastes projets que je rêve pour lui. Moi, c'est pour Octave que je suis ambitieuse, vous le savez, mon père.

— Mais comment connaître ce secret, ma fille ? — demanda le prêtre.

— Avant trois jours je l'aurai deviné ou Octave me l'aura avoué, mon père, — dit la belle Renée d'une voix triomphante. — Je vous donne rendez-vous à cette même place. Et maintenant adieu et merci, digne recteur... Il est prudent que je sorte seule de la chapelle.

Le recteur la bénit, et elle s'éloigna avec sa démarche fière et souveraine. Pour lui, il erra quelques instants encore autour du confessionnal, et je l'entendis murmurer :

— Ah ! les femmes ! quels instruments capricieux et mobiles ! les plus supérieures ne sont que des enfants gâtés et volontaires, qui brûleraient une maison pour faire griller deux châtaignes, et qui pleurent sur l'égratignure de leur levrette favorite. On ne saurait compter sur des créatures dont le caractère est l'esclave du cœur. Et cependant il est si facile de les pousser à des résolutions extrêmes, de s'en servir comme de hochets tout puissants pour entraîner les hommes et leur faire oublier toute prudence ! Oh ! je n'abandonnerai pas mes desseins, et, grâce à ma persévérance, ils triompheront, j'espère, de tous les obstacles.

Puis sa voix s'affaiblit. Il s'enfonça dans ses réflexions et regagna à pas lents la porte de la chapelle.

Est-il nécessaire de te dire, Gabriel, l'impression terrible que me causa cet entretien ? Je me couchai ce soir-là avec une fièvre ardente, et je pris, dans mon épouvante, la résolution de tout confier au collibert. Je commençais à entrevoir l'abîme vers lequel les événements m'entraînaient.

V

LA BAIGNEUSE.

Je crois vraiment, mon cher Gabriel, à la fascination dont sont doués certains êtres. Il en est qui exercent un pouvoir occulte, que de loin on peut braver, mais que l'on subit en face d'eux sans pouvoir s'y soustraire. Ils versent sur vous un regard ou un son de leur voix, fluide, qui vous enlace ainsi que font les anneaux d'un serpent, fluide qui vous dompte malgré votre volonté et votre résistance. Vous vous sentez faible et inférieur devant eux, quoique hors de leur présence vous ne puissiez vous expliquer ce prestige et que vous vous prépariez à de folles bravades. Il y a en vous, sous le rayon de leur prunelle ardente, le sentiment de l'esclave devant le maître, du sujet prosterné devant les babouches du sultan, de l'homme terrifié devant le froncement du sourcil olympien qui annonce la foudre. Eh bien ! mademoiselle Renée de Béjarry était comme l'ange à l'épée flamboyante du château sombre de la Bauge. Lorsqu'elle était gaie, il émanait d'elle un entrain, une activité, un mouvement extraordinaire dans toute la demeure. Triste, elle paralysait tout. Les autres semblaient vivre par elle et pour elle, comme des satellites gravitant autour de leur planète.

Comment t'expliquer maintenant le caractère de cette jeune fille, la plus extraordinaire que j'aie jamais connue. Habituée à la richesse, née sur des langes de dentelles, n'ayant jamais éprouvé une privation, un désir qui ne fût pas satisfait, elle regardait la fortune comme un accessoire de la vie aussi naturel que la vue et l'ouïe. Elle comprenait qu'il y avait des paysans et des pauvres comme il y a des chevaux, des renards et des mulets. C'étaient des espèces distinctes, qui variaient et complétaient le paysage. Gâtée par ses parents, elle rapportait tout à elle, comme si le monde eût été fait à son usage, comme si elle eût dû partout être le centre, le but et le pivot de toutes choses. Elle n'admettait point d'égale. Elle était cruelle parce qu'elle exigeait une obéissance passive autour d'elle, et que, élevée à ne rien craindre, ne tenant jamais compte de la vie des autres, elle traitait comme un cheval rétif quiconque voulait lui résister. Elle croyait avoir aussi bien ce droit que celui de briser un meuble qui lui appartenait. Et cependant le sourire de cette étrange créature semblait d'un prix immense à tous les hommes qui l'approchaient, tant on est naturellement disposé dans ce monde à vous apprécier le prix que vous faites valoir, tout en vous accusant tout bas d'orgueil et d'arrogance. Je la comparerais volontiers à cette princesse russe qui, saisie de froid en montant en voiture et voyant de pauvres diables couchés, livides, verts et grelottants sur la neige glacée, en eut pitié et ordonna à son intendant de leur distribuer quelques roubles. Puis, rentrée chez elle et dînant joyeusement les pieds sur les chenets, elle trouva que la température s'était fort radoucie et contremanda son aumône. Du moment qu'elle avait chaud, qu'elle faisait un bon repas, les pauvres ne devaient plus avoir ni faim ni froid. Elle ne pouvait avoir de pitié de maux qui ne l'atteignaient en rien.

Telle était la nature profondément égoïste de la belle Renée. Elle ne regardait pas la résistance à ses désirs comme un droit légitime, mais comme une insulte. Je t'ai dit qu'elle fouaillait elle-même ses chiens de chasse ainsi que le plus hardi piqueur, et qu'elle regardait d'un œil sec les palpitations du gibier aux abois. Elle me fit comprendre les Frédégonde et les Cléopâtre de l'histoire, et les patriciennes romaines qui, pour une gaucherie, pour un ruban tombé à terre, pour une goutte d'eau versée sur leur robe, enfonçaient leurs longues aiguilles d'or dans la gorge nue et satinée de leurs esclaves. Dans les amours de ces altières Montespans comme dans ceux des frêles et nerveuses créoles, n'y a-t-il pas toujours quelque chose de haineux et d'emporté qui blesse les âmes tendres? Ces femmes commandent qu'on les aime et on obéit. Hélas! la plupart des hommes sont secrètement flattés de la préférence qu'elles leur accordent d'un air insouciant et dédaigneux; il semble que ce choix rehausse mieux leur mérite que l'amour d'une créature douce et naïve, et peut-être trouvent-ils une sorte d'attrait enivrant et inconnu à tenter de brider ces démons aux mains blanches. Selon eux, les femmes qui, par furie de passion pour leurs amants, versent de mystérieux poisons à leurs maris, ces sœurs ardentes et éhontées de la Lescombat, se laissent transformer au creuset de l'amour, et les épouses impudiques peuvent devenir de chastes amantes. La vanité des hommes admet tous les paradoxes. Pour en revenir à mademoiselle Renée, je ne crois pas qu'elle aimât réellement Octave; mais elle tenait à son amour, elle en était jalouse et ne voulait pas se laisser enlever la joie de ce petit triomphe. Elle était de ces femmes chez qui l'amour naît de la jalousie, et n'était capable d'aucun dévouement, car elle avait, suivant l'expression vulgaire, un cœur de rocher. Elle trouvait même un certain plaisir à faire le mal, et s'y ingéniait comme un grand acteur s'applique et s'identifie à un rôle odieux, comme le poëte s'intéresse de tout son esprit et de toute son âme au canevas de quelque intrigue diabolique. Je tiens en effet pour certain qu'il est des natures méchantes comme il est des natures bonnes, par pur instinct et d'une façon tout à fait désintéressée. J'ai connu des êtres qui aimaient pour l'unique plaisir d'aimer, et qui se dévouaient pendant une vie entière de silence au rôle d'anges gardiens inconnus d'une âme chérie. Ils étaient récompensés eux-mêmes de ce sacrifice incessant par la joie enivrante que leur douloureux sacrifice leur mettait au cœur. Eh bien! il est des créatures dépravées qui font souvent le mal pour le mal, mon cher enfant, et qui jouissent de leur œuvre hideuse.

La vie de mademoiselle Renée a été la mise en action de cette vérité horrible. Quiconque ne la flattait pas et ne lui obéissait pas lui paraissait un rebelle à châtier, un impie aussi coupable qu'un giaour introduit dans la mosquée paraîtrait sacrilége au grand muphti. Elle l'eût condamné sans plus de scrupule qu'un de ces Césars qui, prenant au sérieux leur divinité et leur future apothéose, eût livré aux bêtes du cirque le chrétien qui refusait de renier le Nazaréen et de sacrifier aux idoles. Tu comprends donc facilement qu'une femme semblable eût mieux aimé voir son amant couché dans sa fosse que dormant sur l'oreiller d'une rivale. Je n'étais qu'une proie aux yeux de mademoiselle Renée, son esprit absolu n'admettait pas les droits des autres. Elle ne croyait pas qu'il fût lâche d'user de sa force et de son pouvoir contre les faibles qu'elle regardait comme lui devant soumission. Le chasseur épargne-t-il le faon de la biche éplorée? Néron éprouva-t-il des remords lorsqu'il brûla Rome pour se donner une nuit de plaisir et qu'il chanta cet impérial feu d'artifice sur le mode ionien et le front couronné de roses? Le propriétaire d'une vieille masure regarde-t-il à la faire flamber pour amuser ses enfants? La belle Renée ne connaissait aucun frein à ses désirs les plus déréglés. Elle se grisait de son propre emportement, comme les jeunes créoles habituées dès le berceau à dépenser avec une insouciance prodigue la vie des esclaves et à tourmenter au gré de leurs caprices les pauvres petites négrillonnes qui leur servent de hochets et de poupées vivantes. Pour une nature irascible comme celle de mademoiselle de Béjarry, la rivalité et l'obstacle devaient être les meilleures causes d'une passion; car, ne t'y trompe pas, Gabriel, nous autres femmes, nous avons toujours quelque secret motif pour préférer un homme aux autres, motif qui n'est jamais celui que suppose et invente le monde.

Hélas! je ne saurais trop le répéter. Presque toutes nous sacrifions aux apparences. La jeune fille donne rarement son cœur à l'homme qui a eu le premier son amitié. Les Virginie n'aiment leur Paul qu'à la condition de ne pas connaître d'autres galants. Elles ne définiront pas dans la douce niche de leur âme le frère d'enfance qu'elles estiment, dont l'affection n'est pas douteuse, et dont le caractère n'a rien de secret pour elles. Ce qu'elles .... avant tout dans l'idéal qu'elles rêvent, c'est l'imprévu et l'inconnu. Elles aspirent à rencontrer un être auquel elles puissent délicieusement rêver; moins elles le connaîtront, plus elles pourront donner des ailes à leur amour et le faire planer dans les espaces bleus de la poésie; l'optique du cœur est si puissante que toute Juliette saura parer son Roméo de mille beautés, de mille vertus, lui prêter les plus romanesques proportions, et s'enivrer follement de sa propre chimère. Il faut à l'inconnu d'une jeune fille quelque chose d'étrange qui surprenne son imagination, des dehors brillants et fascinateurs qui fassent palpiter son cœur d'émotion, fût-ce même de douleur et de crainte. De craindre à aimer il n'y a pas loin. Ce sont là des symptômes de tousles temps. N'avais-je pas été victime, moi, de ce genre de séduction! Mademoiselle Renée de Béjarry n'était pas, elle, de ces femmes qui vont au-devant du joug, mais de celles qui domptent les cœurs et les mènent en laisse. La volonté téméraire qui se cachait sous son front de neige exerçait une puissance à laquelle nul homme, je crois, n'eût pu résister.

Quant à Octave, lui, habitué au manége de la coquetterie de Versailles, il ne comprenait que le côté frivole des femmes. Il tirait vanité des dévouements qu'il pouvait inspirer, mais je crois bien qu'au fond une femme qui n'était pas voilée de dentelles, scintillante de diamants, armoriée et blasonnée, n'était jamais tout à fait une femme à ses yeux. L'entretien qui devait couper court à toutes ces hésitations et que voulait amener au plus tôt mademoiselle de Béjarry eut lieu d'une façon fort imprévue dès le lendemain. Je vais te le raconter tel que je l'appris du collibert, qui en fut le témoin mystérieux.

Non loin de la mare aux Biches se trouvait une sorte de petit lac, caché derrière un rideau de hauts peupliers et une haie de longs roseaux. C'était un endroit délicieux, une oasis de fraîcheur à ces instants où le soleil dessèche la campagne sous son souffle aride et poudre les arbres d'un fin duvet blanc. Le silence n'y était interrompu que par le jaillissement d'une cascade qui auréolait de son éblouissante poussière liquide deux miniatures de rochers. Jamais poëte ne rêva pour sa nymphe une plus charmante retraite que cette baignoire naturelle avec sa ceinture d'arbres, avec son miroir d'eau qui reflétait le ciel. Pas une grenouille ne croassait dans cette onde limpide; à peine quelques poissons dorés s'y jouaient-ils.

C'est là que mademoiselle Renée avait l'habitude d'aller se baigner pendant les chaudes journée d'été. Elle nageait librement et en toute sécurité sur ce lac solitaire, où nul regard indiscret n'avait osé venir troubler ses loisirs jusqu'alors. Mais le collibert se défiait d'elle et la surveillait maintenant, semblable à une ombre attachée à ses pas. Il avait remarqué la persévérance que mettait Octave à la suivre dans ses courses et ses promenades hors du château pour jouer auprès d'elle le rôle de défenseur officieux et dévoué. Il fut donc surpris de voir mademoiselle Renée se diriger, le lendemain, vers le petit lac, et monsieur de Chavannes se promener tout alentour, d'un air insouciant et distrait, en épiant d'un regard furtif le silence de la campagne, et en se rapprochant toujours de plus en plus de la ligne de peupliers... Jacques se glissa alors au milieu des roseaux, et de là il vit un tableau vraiment poétique.

La belle Renée se déshabillait pour se plonger dans

l'onde fraîche et calme. Déjà sa robe avait glissé à ses pieds, ses longues tresses de cheveux dénoués flottaient sur ses magnifiques épaules et en faisaient ressortir la blancheur brune, si je puis m'exprimer ainsi. Ses yeux regardaient l'eau avec un sourire grave et orgueilleux, ses oreilles semblaient écouter les moindres bruits de l'onde, des arbres et de l'air. Cette attention inquiète donnait quelque chose de gracieusement indécis à son attitude. Les roseaux murmuraient sous une bouffée de brise : la jeune fille retenait avec ses dents blanches la dentelle de son corsage, sous laquelle palpitait son sein ému. Sa jupe bouffait gracieusement autour de sa taille, tandis que ses mains en dénouaient les cordons comme à regret. Elle ressemblait à la déesse de l'onde, un peu effarée par la crainte d'être surprise, mais encore plus fière de se savoir belle. Quelques oiseaux effleurèrent en babillant ses cheveux et son épaule nue. Elle se retourna vivement, et ses lèvres de corail laissèrent échapper la dentelle du corsage.

Au même instant elle entendit un froissement de feuillage et vit apparaître Octave de Chavannes, qui s'arrêta comme pétrifié devant elle.

Mademoiselle Renée poussa un cri de frayeur ou de colère, je ne sais, et croisa ses mains sur son sein.

— Retirez-vous, monsieur ! retirez-vous... c'est odieux ! — s'écria-t-elle. Mais Octave ne bougeait pas. Ébloui à l'aspect des charmes de cette radieuse vision, il n'avait plus ni paroles ni mouvement. Il se sentait vivre tout entier dans son regard, il s'enivrait silencieusement du tableau charmant qu'il avait devant les yeux.—Monsieur, — reprit Renée, tandis qu'une vive rougeur couvrait ses joues, — ne m'avez-vous pas entendue? oubliez-vous ainsi le respect que vous devez à une femme de votre famille? suis-je victime d'un piége? dois-je croire que ce n'est pas le hasard seul qui vous conduit ici ?

Et ses mains tremblaient, et son visage altier se crispait d'indignation. Mais Octave, joignant les mains comme un suppliant, ne sut que lui dire:

— Pardon, pardon, Renée, mais vous êtes si belle ! J'ai peine à croire que je vois en vous une mortelle... Vous devez être la nymphe de ce lieu solitaire, vous ressemblez à Diane chasseresse rêvée pas les peintres.

— Octave, vous m'outragez,—interrompit-t-elle fermement. — J'ai des amis qui, tout comte de Chavannes que vous soyez, pourraient vous faire repentir de votre insolence, si vous restiez plus longtemps ici.

— Que la foudre tombe sur ma tête! mais je ne partirai pas,—répondit-il.—C'est ici, c'est dans ce moment que je veux vous dire combien je vous aime. Je sens que ma tête, que mon cœur, que mon sang brûlent d'un amour insensé. Je payerais de ma vie sans regret une heure de solitude avec vous derrière ces arbres, devant ce miroir tremblant où se reflète votre beauté. Dans mon cerveau c'est du feu qui bout. Mon cœur bat à repousser ma main, car il veut aller vers vous. Vos yeux me versent la fièvre dans les veines. Je ne suis pas maître de ma volonté. Tout respire l'amour autour de nous ; jamais Eden plus propice ne s'offrit à la première entrevue de deux amants. Un aveu d'amour embellit une misérable mansarde ; le vôtre ferait de cette douce retraite un paradis enchanté. Je ne sais si je vous vois à travers un prisme trompeur, mais jamais femme ne me parut, dans mes songes les plus extravagants, aussi belle, aussi fière, aussi divine que vous. C'est en vain que je voudrais me souvenir en vous contemplant de ma petite cousine Renée. Ces gouttes de soleil que le feuillage laisse filtrer sur vos épaules et vos bras comme autant de diamants, ces cheveux épars, cette étincelle dans vos yeux, cet amer dédain à vos lèvres, tout vous fait plus belle encore ; ne me rendez pas fou. Vous paraissez toujours irritée. Vous me faites signe de m'éloigner. Non ! non ! Hélas, que cette colère vous sied bien ! C'est une grâce et un attrait de plus. Votre indignation même m'enivre davantage. Oh ! heureux serait-il celui qui pourrait étreindre dans ses bras le plus

doux rêve qu'il eût jamais poursuivi. Renée, Renée, je vous aime sans réserve, je me sens devenir votre serf. Aimez-moi, aimez-moi, je sens que pour moi ce sera la vie. Oh ! inspirer l'amour ou l'éprouver, quelle différence, grand Dieu ! J'ai tort de rester ici et de vous irriter. Et je m'en veux, mais je ne puis faire autrement. C'est la force qui me manque. Mais ne me regardez pas ainsi ; laissez-moi apaiser d'un baiser votre colère. Vous souriez avec mépris. Eh bien, une boucle de vos cheveux, que je l'imprègne de mon haleine et que vous gardiez cette trace de moi ? qu'il reste entre nous le plus vague, le plus fugitif souvenir de cette heure bienheureuse où je vous ai vue, il me semble, pour la première fois, où je vous ai adorée comme une divinité.

Telle fut la réponse véhémente, passionnée et presque folle de monsieur de Chavannes, qui tomba tout à fait sous le charme de cette dangereuse sirène. Dire la voix émue, le regard transporté, l'air d'extase profonde qui accompagnaient ces paroles, serait impossible. La beauté merveilleuse de mademoiselle Renée avait fasciné le malheureux, et il devait l'aimer de cet amour qu'obtiendra toujours une femme un peu supérieure qui aura la bonne fortune de ne pas aimer ou le talent de résister en aimant.

Mais mademoiselle de Béjarry ne fut nullement émue, elle, de ce triomphe soudain. Elle ne mettait guère que sa vanité et non pas son cœur en jeu dans cette terrible partie de hasard qu'on appelle l'amour. Elle joua serré comme un diplomate consommé, et devina d'instinct le grand art de la coquetterie, que nous portons toutes en germe au fond de nous et que la passion seule peut sarcler dans notre cœur.

Elle était restée impassible, n'opposant au délire d'Octave que le silence, un geste hautain ou un sourire méprisant. Elle fut si belle et si sublime d'indignation contenue et de dédain amer en ce moment, que le collibert lui-même en fut frappé et me dit involontairement, en me racontant cette scène :

— C'était un démon, mais un démon si beau !

Évidemment la sauvage et agreste jeune fille se sentait supérieure en elle-même au jeune courtisan rompu aux duperies et aux mensonges de Versailles, supérieure par la volonté, par l'ambition et même par le courage. L'avantageux comte de Chavannes n'était pour elle qu'une marionnette humaine.

Cependant, atterré de ce silence humiliant, Octave fit un pas pour se rapprocher d'elle.

VI

UNE VOIX DE SIRÈNE.

Mademoiselle de Béjarry s'avança vers le bord de l'eau et y trempa un de ses pieds. Octave s'arrêta et lui dit:

— Par pitié, Renée, que craignez-vous de moi ? Oh ! c'est mal !

Mademoiselle de Béjarry partit d'un grand éclat de rire et retira son pied mouillé :

— L'eau est un peu froide,—dit-elle.

Octave restait déconcerté.

— A qui en avez-vous avec votre mine effarée, mon cousin ?—continua-t-elle en le regardant.—Apprenez que je ne crains rien, moi ; mais je vous croyais parti, et je suis surprise de vous trouver ainsi rebelle à mes ordres.

— Renée !—répliqua-t-il.

— Trève aux déclamations, mon ami, — interrompit la baigneuse, — le moment n'est pas des plus convenables. Voulez-vous me perdre de réputation et laisser croire que je vous ai donné ici un rendez-vous un peu hasardé?

Faites ; mais craignez un démenti qui aurait du poid dans la bouche de Renée de Béjarry.

— Mais vous ne comprenez donc pas que je vous aime et qu'il faut que vous m'aimiez, — dit Octave avec un mouvement de fureur.

— Je ne puis vous aimer, mon cousin, — répondit-elle.

— Pourquoi ? — fit-il d'une voix altérée.

— La question est naïve, — observa Renée. — Mais parce que vous n'êtes pas l'homme que je veux pour mari... Je vous connais : vous m'aimez parce que vous me trouvez à votre gré, parce que je ne veux pas prêter l'oreille à vos soupirs, et que vous ne savez quel moyen employer pour dompter ma résistance à vos vœux secrets. Que voulez-vous ? je suis une fille des champs, toute franche, qui ne tombe pas en pamoison à votre première œillade, que le timbre de votre voix ne séduit pas plus que la grâce de votre taille, et qui, lorsque vous lui roucoulez quelques tendres protestations, s'amuse à penser à toutes les femmes qui se sont laissé prendre à la même glu sentimentale.

— Renée, vous me torturez le cœur, — interrompit Octave. — Croyez-vous donc que parler d'amour ce soit toujours aimer ? Non, ce que je ressens pour vous c'est un désir de dévouement complet et farouche, c'est une soif qui me dessèche le cœur. Il y a déjà entre nous une alliance mystérieuse, une chaîne invisible qui nous attache l'un à l'autre. Votre voix me fait obéir, votre regard m'exalte. Si j'étais séparé de vous par un mur de charbons ardents, si votre voix m'appelait, si votre regard se posait sur moi, fixé, brillant, je sens qu'involontairement j'irais vers vous et que j'éteindrais avec mes pieds nus ces charbons ardents. C'est du délire, oui, du délire ! Je dois être à vous ! Si vous vouliez mettre votre main sur ma poitrine, vous la sentiriez sèche, brûlante, palpitante, mais votre main la rafraîchirait comme une rosée céleste. Oh ! si comme moi vous compreniez le bonheur que nous éprouverions à nous aimer ! et vous restez froide à mes paroles, et cependant vous n'êtes pas née insensible. Ce feu de vos yeux qui allume l'amour dans les cœurs vous trahit. Oh ! mais si un autre devait être aimé de vous, je vous le jure, je ne le souffrirais pas ! Et si je le savais je n'aurais honte d'aucun crime, je cesserais même de respecter votre honneur ; non, par le Dieu vivant ! vous ne sortiriez pas d'ici pure et triomphante de votre froide vertu.

— Votre conduite est infâme, monsieur le comte, — dit la belle Renée en s'enveloppant de sa robe flottante et cherchant à cacher ses épaules et ses bras aux regards audacieux d'Octave, — mais je ne suis pas une petite fille facile à épouvanter, et, même dans cette solitude, je ne vous crains pas.

— Est-ce un défi ? — demanda Octave en frémissant.

— Savez-vous que je sais à peine si je rêve ou si je suis éveillé ? Vous aurais-je outragée en vous adorant ? Suis-je devenu fou par amour ? N'ayez pas peur de mes menaces. Hélas ! je frissonne tout entier en touchant votre main, et vous me renverseriez comme un enfant d'un regard. Mais dites-moi donc pourquoi votre image éblouit sans cesse mes yeux, pourquoi ma pensée parcourt sans cesse ces traits divins, ce visage charmant qui se détourne de moi ?

— Eh, mon Dieu ! je sais que je suis belle, — dit Renée. — Tant d'autres ont pris soin de me l'apprendre, jusqu'à vos rustres de frères. Croyez-vous que je doive vous avoir tant de reconnaissance de vous en être aperçu ? Suis-je tenue d'aimer tous ceux qui trouveront mes cils admirables et mon pied mignon ? Votre amour n'est pas même une flatterie pour moi.

— Pas de cœur ! elle n'a pas de cœur ! — répéta sourdement le comte.

— Vous vous trompez, — s'écria-t-elle avec un accent d'ironie amère ; — mais j'ai un cœur de reine et non de grisette. Je veux admirer ce que j'aime ; je veux aimer un homme supérieur aux autres et que je dompte, un

homme énergique et qui m'obéisse. Tous les grands caractères ont mis leur gloire à être faibles par amour. Il n'y a que les petits esprits, les lâches et les égoïstes qui se font despotes avec les femmes. Je ne veux être pressée qu'entre les bras qui auront fait reculer d'effroi les bleus. J'aimerais à voir me sourire le regard qui épouvante les ennemis. Pour moi, Hercule aux pieds d'Omphale est plus grand que dans l'antre du lion de Némée. En amour, il faut des preuves, et vous me donnez des paroles. Qui m'assure que vous seriez capable pour moi de toute espèce de dévouement, que vous sacrifieriez honneur et fortune pour moi ? Et c'est pourtant là le prix que je mets à mon amour. L'homme qui osera aspirer à l'obtenir, je veux être sûre de le posséder tout entier, de le voir insensible à l'amour de toute autre femme. Il faut qu'il me place si haut par son courage et sa volonté que je sois enviée de toutes.

— Renée, doutez-vous donc de moi ? — interrompit vivement Octave, qui sentait un frisson électrique parcourir tout son corps. — Mais pour vous il n'est rien que je ne fasse !

— Même le mal ? — demanda avec un sourire satanique la belle Renée.

— Même le mal, — répéta-t-il.

— Oh ! si je le croyais, — dit-elle ; — si vous saviez les rêves glorieux que j'ai faits et que je me sens la force de réaliser ; si vous étiez homme à vous élever à la hauteur de mes desseins. Mais non, vous ne seriez pas un compagnon téméraire et sans scrupule : vous m'abandonneriez en chemin. Vous ne sauriez pas briser froidement tous les obstacles. Ici, les larmes d'une femme vous arrêteraient ; là, vous reculeriez devant quelque nécessité fatale que vous appelleriez un crime. Oh ! moi aussi je comprends l'amour, mais avec mon égal en volonté, avec l'homme qui, semblable à l'aigle fixant ses yeux sur le soleil, ne baisserait pas sa paupière devant l'horizon étincelant qui s'ouvrirait à nous. Votre amour de ruelles, à vous autres courtisans, me fait pitié. Je n'aime pas les bergeries, Octave. Voyez si vous vous sentez la force de me suivre dans mon vol hardi. Alors vous pourrez espérer qu'un jour je vous aime, qu'un jour ces lèvres qui vous parlent froidement pressent les vôtres dans un baiser de feu.

— O mon Dieu ! ne me parlez pas ainsi, — dit Octave en jetant sur elle des regards dévorants. — Il me semble que je respire votre haleine, Renée, et qu'elle m'embrase comme un feu impitoyable. Dites-moi ce que je dois faire pour que cet espoir que vous me donnez ne soit pas une raillerie.

— Tout d'abord il ne faut pas me tromper, Octave ; je suis jalouse de mon pouvoir, je vous l'ai dit. Si jamais j'avais une rivale, vous deviendriez moins qu'un laquais à mes yeux. — Octave se troubla. Mademoiselle Renée continua : — Si vous aviez quelque maîtresse passagère avant de me déclarer votre amour, je pourrais vous le pardonner. Mais si je vous disais : Chassez-la ! vous la chasseriez, n'est-ce pas ? dût-elle en tomber folle de douleur à vos pieds ! Vous seriez inexorable, n'est-ce pas ?

— Inexorable, — balbutia Octave ; — mais que signifie...

— Pas un mot de plus, — répliqua-t-elle d'un ton bref. — Je vous crois. Mais ceci ne suffit pas. Comte de Chavannes, vous devez marcher droit aux bleus. Vous devez cesser de rester oisif dans ce vieux château, livré à la chasse, aux rêveries et aux rasades. Je m'estime trop pour me donner aux automates sans cerveau auxquels suffit une vie si niaise.

— Vous me transformez, Renée. Oh ! je serai digne de vous. Tant que j'aurai présente à ma pensée ma récompense future, je braverai tout danger ; oui, j'oserai même ce que les hommes flétrissent.

A ce cri de passion la hautaine jeune fille répondit par un sourire. Elle était satisfaite. Le poison s'était bien infiltré dans l'âme du gentilhomme. Elle avait tenté Octave par l'appât de sa beauté, comme le démon tenta Notre-Seigneur par la vision de la puissance, et Octave avait succombé. Ce sourire acheva de le perdre. Il ne put résister davantage à ces attraits tout puissants, et s'avança pour saisir la baigneuse dans ses bras. L'emportement d'une passion sans frein brillait dans ses yeux. Mais mademoiselle Renée d'un geste souverain et calme lui fit signe de s'arrêter, et dit :

— Faites un pas, Octave, et je me laisse tomber dans cette eau pure et riante, et vous me perdez pour toujours. Ni prières, ni larmes, ni violence ne sauraient jamais vous rendre cette Renée dont vous espérez l'amour.

Octave laissa échapper un sourd rugissement. Il étendit les bras vers elle, mais ses pieds restèrent cloués au sol par la menace de mademoiselle de Béjarry.

— Vous perdre, Renée, mais ce serait le néant pour moi ! — s'écria-t-il, — ma vie ne serait plus que ténèbres. Ce feu intérieur me consumerait. Je deviendrais un être inerte. Oh ! céleste créature ou démon, je vous obéis. Commandez.

— Octave, — reprit-elle doucement, — je ne veux vous diriger que pour vous élever aux yeux du monde et aux vôtres. Je ne puis aimer un homme nul : épouse, je me soumettrai au vaillant que j'aurai choisi ou plutôt qui m'aura conquise. Je veux donc avoir mon temps de domination. Si vous ne reculez pas devant cette épreuve, vous serez digne de rester sur le haut piédestal où vous placera mon amour. D'ailleurs je ne cherche pas à accaparer votre existence à mon profit. Je suis le prix que je propose à vos services pour votre roi et au soin de votre propre honneur.

— Et vous me jurez de m'aimer, n'est-ce pas ? Renée, — demanda Octave, — quand je vous aurai fait tous les sacrifices, quand je ne vous aurai rien refusé, quand j'aurai satisfait à tout prix le moindre de vos caprices ? Vous me jurez que vos bras ne me repousseront pas, que vos lèvres ne se détourneront pas de moi, que vos yeux ne m'insulteront pas par un froid regard, que j'y lirai cette même ivresse qui trouble ma raison, que vous ne serez pas mobile et changeante comme les autres femmes ?

— Est-ce que je ressemble aux autres femmes ? — répondit fièrement la baigneuse, toujours drapée dans sa robe flottante et immobile comme une statue. — Octave, le marbre s'animera un jour. Je vous aimerai comme je sais aimer, et peut-être est-ce vous qui aurez peur de cet amour absolu, exigeant, passionné que vous ne connaissez pas. Je ne serai point une de ces femmes monotones qui aiment leur mari du fond de leur fauteuil, les pieds sur les chenets, et pour qui le bonheur est un demi-sommeil. Je vous ferai une vie de plaisir, variée, folle, imprévue. Je vous rendrai les autres femmes indifférentes par les enivrements de la passion que je sens couver au fond de mon cœur. Je méprise les jeux de la coquetterie, car je sais mieux tenir une cravache qu'un éventail, et si j'exige de vous un respect fanatique, c'est que je hais ces gradations d'amour dans lesquelles l'amour se marchande et s'avilit. Vous ne me devrez pas à ma faiblesse, mais à ma volonté ; je veux être fière et non honteuse en tombant dans vos bras. Vous aurez une femme fidèle, car elle regardera votre honneur comme le sien : vous aurez une femme ambitieuse, car elle voudra vous voir puissant et élevé. J'ai en moi la force de tenir ces promesses.

— Oh ! non, vous ne ressemblez pas aux autres femmes, — dit le comte avec transport, — et la conquête d'un diadème me rendrait moins glorieux que celle de votre cœur.

— Il est plus glorieux de vaincre la lionne que la gazelle, — répliqua mademoiselle de Béjarry. — Mais la lionne se lasse de la cage et finit par broyer les barreaux avec ses dents. Moi, je m'ennuie dans cette solitude, Octave. Ma vie est en suspens, car j'aime mieux agir que

rêver. Je perds de belles heures de ma vie à écouler au dedans de moi mille désirs inquiets et tumultueux. J'ai donc hâte que nous partions pour la guerre.

— Mais vous courrez des dangers, des fatigues, ma belle Renée, — dit-il précipitamment.

— Que m'importe ! j'aime la liberté et la lutte. Que sont vos femmes peureuses et délicates ? des esclaves. Moi je serai libre. Un boulet, fût-il de diamant, est toujours un boulet, et je n'en veux pas traîner après moi. Quand je pense au sort qu'acceptent les femmes, j'en ai honte pour elles. Il leur faut ployer leur volonté, vaincre leurs goûts, leurs idées, leurs instincts, se conformer humblement à ceux de leurs époux, et craindre même de les blesser par des manifestations contraires. Et vous autres hommes, vous vous plaignez de ce que nous sommes fausses. Mais oubliez-vous donc que dès l'enfance on nous dresse par la contrainte ou la ruse à l'hypocrisie, et qu'elle devient notre seule arme. On nous dit : Baissez les yeux ! on nous défend tout élan de cœur. Si nous aimons, il faut cacher comme un crime ce sentiment naturel, que rien ne trahisse notre préférence secrète, ni un geste, ni un regard, ni un mot. Puis on nous ordonne de sourire à quelque riche vieillard qui achète notre main et notre âme. Qu'une jeune fille soit franche et naturelle, on chuchote, on la montre au doigt, on se fait une arme de sa franchise pour la perdre. Qu'elle se cuirasse de discrétion et de mensonge, nous vous écriez à la fausseté et à la perfidie ! C'est vous, au contraire, vous autres hommes, qui avez la force et l'impunité, et qui vous cachez sous un masque traître et déloyal pour tromper ces faibles créatures ; puis vous jetez insolemment la pierre à celles qui succombent. Insigne lâcheté ! Oh ! que je vous hais, hommes à double face ! Mais aucun de vous ne s'est jamais identifié au cœur d'une jeune fille, aucun n'a compris la supériorité qu'elle a sur son amant comme générosité et abnégation. Lui ne risque qu'une perte de temps et de phrases creuses dans cette partie inégale. La femme, elle, donne tout, son honneur, l'avenir de sa vie tout entier la seule compagne qui lui reste, c'est la honte. Ô justice humaine ! Et cependant, quand nous sommes faibles et que nous aimons, vous nous poussez à faire cet abominable sacrifice de notre existence pour votre bonheur d'un jour. Et si nous cédons, lasses de vous entendre dire que vous êtes malheureux par nous, vous nous méprisez et puis vous nous abandonnez.

— Quel sombre tableau ! — s'écria Octave, — et me confondriez-vous avec ces hommes ?...

— Prouvez-moi par votre obéissance que j'avais tort de le faire, — murmura la sirène. — Faites bien votre métier d'esclave. Domptez-vous vous-même.

— Mais soyez donc moins belle, Renée !

— Homme faible, qui ne savez pas résister à un instant de passion grossière.

— Laissez-moi seulement toucher votre main, Renée, comme gage de mon serment d'obéir.

— Qui donne la main donne le cœur, Octave. Je vous ai accordé l'espoir. Avec ce mot magique, ne devez-vous pas faire des prodiges ? Je vous le répète, l'amour ne s'achète que par l'amour. Devenez un noble chef d'armée, un vainqueur, un grand homme ; car je ne veux pas chercher mon fiancé dans la foule, obscur, inconnu, perdu ; je veux le trouver sur un sommet glorieux.

— Ainsi ce n'est pas moi que vous aimerez ? c'est mon rang, ma position.

— C'est que je vous aime pour vous-même, — répliqua Renée avec son sourire amer, — et que je croirais m'avilir en serrant sur mon cœur un homme avili.

— Et si je meurs ! — dit-il encore. Puis, croyant deviner sur les traits de mademoiselle de Béjarry une expression de surprise. — Eh bien ! oui, — ajouta-t-il, — je vous l'avoue, j'ai peur de la mort désormais, parce que mourir sans avoir été aimé de vous me semble maintenant le plus effroyable malheur. Si je meurs, je vous perds, je ne vous vois plus, j'emporte au tombeau l'affreuse crainte qu'un autre soit plus heureux que moi. Oh ! vous m'avez rendu lâche ! C'est que, voyez-vous, votre amour, Renée, c'est là tout mon espoir, le paradis que je rêve et pour lequel je donnerais celui que les prêtres nous promettent au nom de Dieu. Je n'ai plus d'autre croyance, d'autre religion que vous. Mourir ne signifie pour moi que me séparer de vous pour l'éternité.

— Les amants sont couverts d'un talisman, — dit la baigneuse toujours calme.

— Mais enfin ? si je pouvais me résoudre à sacrifier à ces chimères de gloire, à cette fumée d'ambition, le bonheur complet, l'extase que j'éprouve dans cette solitude, auprès de vous.

— Alors j'irais prononcer mes vœux dans quelque couvent étranger ! — s'écria implacablement la belle Renée.

— Quoi ! — repartit le comte éperdu, — vous n'auriez pas horreur d'ensevelir ainsi votre jeunesse triomphante, Vous qui êtes avide du monde, du mouvement, de l'éclat ? de la vie en un mot, vous auriez le courage de faire raser ces beaux cheveux qui flottent comme un voile céleste sur vos épaules, de vous coucher toute brillante de parure, toute éblouissante de beauté et de fraîcheur, dans la bière mortuaire, et de vous relever pâle et les yeux ternes, pour être dépouillée de ces pompes de Satan, comme ils disent. Et vous resteriez vêtue de bure, emprisonnée dans les froides murailles d'une cellule, entourée de faces blêmes, pieuses, inertes et sans pensée ; vous comprimeriez la voix de votre cœur, troublé de mille désirs et de mille images du monde ! Ah ! quand vous regarderiez le coin du ciel bleu encadré par votre fenêtre, vous envieriez chaque jour le sort des nuages qui voyagent librement dans l'air et des oiseaux qui voient toutes les merveilles créées par la nature. Vous mourriez avant d'avoir vécu.

— Rien n'épouvante une volonté ferme, — dit-elle tranquillement.

Cette sérénité irritait de plus en plus la passion de monsieur de Chavannes. Il se tordait les mains avec rage. Une sueur glacée coulait de son front. Une agitation extraordinaire faisait trembler tous ses membres, tandis que ses regards étincelants ne quittaient pas la belle baigneuse. Mais mademoiselle de Béjarry ne paraissait pas s'apercevoir de l'impression qu'elle produisait sur Octave. Enfin il repartit :

— Ainsi ces lèvres divines baiseraient les dalles glacées d'un cloître ! ces mains que les miennes n'osent étreindre ne toucheraient qu'un livre d'heures, ne presseraient qu'un crucifix ! O misère !

— Aimeriez-vous mieux, cousin, — reprit Renée, — que je choisisse votre frère pour époux, et qu'au lieu de garder mon amour pour Dieu je le prodiguasse à ce brave défenseur de nos droits et privilèges ? — Octave jeta un cri semblable à un rugissement, comme s'il eût été frappé au cœur, tressaillit de tout son corps, puis resta pétrifié, paralysé, foudroyé. — Je ne l'épouserais pas sans amour, — continua Renée, — mais je serais le prix de son courage.

— Tais-toi ! tais-toi, démon ! — s'écria enfin Octave en tendant vers elle les bras dans un transport furieux. — Quel qu'il soit, celui qui osera prétendre à ton cœur ou à ta main mourra par moi. Ecoute, Renée ; explique-moi bien tout ce que tu exiges de moi, et je ferai tout, oui tout, même un crime.

Et sa voix s'éteignit étranglée par la violence de son émotion.

— Bien ! — s'écria alors la belle Renée, en relevant la tête et attachant sur lui ses yeux luisants d'un feu surnaturel ; — la corde que je voulais faire vibrer en toi a bien résonné ; nos cœurs se sont compris. Et maintenant je puis te jurer que je t'aime, et d'un amour qui te disputerait à la prison et à l'échafaud. Pour ton salut, je donnerais mon honneur, je trahirais mon parti. Je ne suis pas une de ces poupées que l'on séduit avec des phrases et des grimaces, de ces êtres cupides qu'entraîne une puérile ambition, de ces Agnès que livre leur propre faiblesse. Je suis de celles qui ne cèdent qu'au bras fort qui les

dompte, au cœur énergique dans lequel elles reconnaissent le frère de leur cœur. Maintenant séparons-nous, Octave. Je te donne deux jours pour te préparer au départ. Servie par moi, Dieu seul sait où s'arrêtera ton élévation !

Alors elle lui tendit sa main à baiser ; l'exaltation de son esprit avait rehaussé l'éclat de sa beauté d'une animation singulière, et Octave semblait réellement égaré en la contemplant. Mais elle lui fit avec un doux sourire signe de se retirer, et il obéit en s'éloignant à pas lents et retournant la tête plus d'une fois, comme dominé par une puissance mystérieuse et irrésistible.

Lorsque le collibert me rapporta presque mot pour mot cette conversation, grâce à la mémoire merveilleuse dont il était doué, je compris que mon sort était engagé dans une crise extrême ; ne sachant à quelle voie de salut avoir recours, je résolus de pénétrer enfin les mystères de la tour, espérant trouver peut-être dans cette recherche quelque arme contre les projets infâmes de mademoiselle de Béjarry et du recteur de Kerbader.

VII

LA MAIN VELUE.

Cette fois, nous n'éprouvâmes aucun obstacle dans notre entreprise. Nous montâmes l'escalier de la tour de l'Eau, et nous arrivâmes à la porte des anciens appartements condamnés. Le collibert tremblait comme un criminel novice qui voit luire les yeux des espions dans les ténèbres et qui entend leur respiration contrainte dans le silence. Il essaya de mettre la clef dans la serrure de la porte, mais il ne put y parvenir. Il s'arrêtait à chaque grincement du fer rouillé, tendant l'oreille ou retournant la tête derrière lui, quoique nul autre bruit ne prêtât l'éveil à nos soupçons et à nos craintes. Moi-même je n'étais pas très-rassurée. Les appartements vides, dont nous n'étions séparés que par cette porte, exerçaient sur mon esprit le même pouvoir de fascination que la vue d'un gouffre au-dessus duquel un ennemi m'eût tenue suspendue. Plus vaillante que lui, j'ouvris néanmoins et j'entrai ; Jacques, pâle d'émotion, jeta autour de lui des regards effarés. Le silence, dans cette haute salle, produisait une impression pénible et oppressait le cœur.

— Hélas ! hélas ! — murmurait mon compagnon, — le temps n'efface pas la mémoire. Il me semble qu'il n'y a pas une semaine que j'ai été emporté de force hors de cet appartement. Son aspect ressuscite à mes yeux tout le passé. Mais allons vite, Camille, ou mon courage faillira. Cette sorte de terreur inquiète qu'inspirent les ténèbres et la solitude nous dominait tout à fait, malgré nos courageuses résolutions. Nous croyions toujours voir des ombres blanchâtres se dessiner au fond des salles comme des guides silencieux et funestes, puis s'évanouir à notre approche. Nous traversâmes ainsi deux autres longues chambres ; enfin nous parvînmes à un grand salon qui me parut assez bien décoré. — Nous approchons, me dit Jacques à voix basse ; — mais pourquoi suis-je venu ici ? j'ai eu tort. Tenez, Camille, si j'osais, je vous prierais de quitter avec moi ce lieu maudit. Non, je n'aurai pas la force de rentrer après tant d'années dans la chambre de ma mère, de revoir le lit sur lequel je l'ai embrassée mourante, de regarder tous ces objets, muets témoins de ses dernières souffrances.

— Silence ! — lui dis-je.

Nous avions tous deux tressailli. J'avais cru entendre un gémissement étouffé. Ce n'était point le cri d'un oiseau lugubre, mais bien le son plaintif d'une voix humaine. Au frissonnement convulsif du collibert, à la sueur froide qui couvrit son front, à l'expression d'horreur qui se peignit dans son regard, je vis bien que je ne m'étais pas trompée. Lui aussi il avait entendu. Il me pressa la main et murmura :

— Ce n'étaient donc point des rêves que ces soupçons contre lesquels j'ai tant lutté et qui m'ont entraîné jusqu'à la porte de la chambre mortuaire. Ce que je viens d'entendre m'encourage, loin de m'épouvanter. Je ne fais point ici une recherche impie ; la tour de l'Eau cache quelque affreux mystère. Si ma mère a été sacrifiée comme une victime, malheur aux coupables! car elle sera vengée d'une façon terrible. Allons!—Puis il ouvrit la porte et entra dans la chambre de la colliberte, ainsi que moi. C'était une belle chambre fort élevée, dont la tapisserie était cramoisi et or; mais l'humidité et l'abandon en avaient fané les couleurs. Jacques se mit à soupirer, et ses soupirs m'effrayaient, car ils trahissaient la violente agitation de son cœur; moi j'osais à peine respirer. Mes yeux n'examinaient qu'avec inquiétude l'intérieur de cette chambre, théâtre d'un drame inconnu. Des miasmes de sang et de mort me semblaient s'exhaler de ce luxe vieilli. L'ameublement avait encore une apparence splendide. Les sofas en velours cramoisi, les carreaux dorés, le plancher de mosaïque, les fenêtres hautes à vitraux coloriés et lozangés de plomb, tout attestait la richesse seigneuriale des maîtres de la Bauge. De longues glaces étroites reflétaient bizarrement les objets. Dans les candélabres fichés au mur se penchaient, entourées de leurs collerettes de cristal, des bougies aux deux tiers consumées. — Elles ont éclairé l'agonie de ma mère, — me dit Jacques d'une voix sourde. Je détournai les yeux, et mon regard alla tomber sur une estrade où se dressait un grand lit à baldaquin, dont les rideaux de damas, cramoisis comme la tenture de la chambre, étaient fermés. Le tapis de pied était à demi roulé, comme si des pas récents s'y étaient embarrassés. Le bout d'un drap blanc traînait à terre, et cela me fit involontairement songer aux plis d'un linceul. Je baissai les yeux, craignant de voir quelque horrible vision entr'ouvrir les rideaux sinistres. Tout à coup le collibert s'écria : — Je la vois encore étendue là sur ce lit de mort!—Pour le coup, une folle peur me prit, et je fis le geste de m'enfuir. Mais j'eus bientôt honte de ma frayeur en le voyant me regarder avec un sourire mélancolique et l'entendant ajouter : —Oh! qui m'aimera comme elle! — Presque aussitôt, un soupir qui semblait venir du lit ou de la muraille sembla répondre à ces paroles. Nous nous regardâmes terrifiés. Nous n'étions pas devenus les dupes crédules d'une hallucination ; nous avions toute notre raison, et pourtant nous avions bien entendu tous deux un soupir sorti d'une poitrine humaine. Nous reculâmes jusqu'au seuil de la chambre, l'œil fixé sur ce lit, l'oreille inquiète, la respiration suspendue. Nous n'entendîmes plus rien. Le collibert était extraordinairement ému. Je lui proposai moi-même cette fois de nous retirer. — Je resterai, — répondit-il d'un ton farouche. — Qui sait si ce n'est pas l'âme de ma mère qui a parlé! N'ai-je pas souvent distingué sa voix dans les brises de la nuit? — Il s'avança au milieu de la chambre et s'agenouilla près d'une petite table à pieds de griffon, sur laquelle se trouvaient des gants de femme flétris et un voile de femme tout chiffonné. Il pressa religieusement sur ses lèvres ces objets sacrés pour lui. — Ces gants ont étreint ses mains ; ce voile a touché ses cheveux, — dit-il. Et des larmes coulèrent le long de ses joues. Il se releva tout à coup, et, m'entraînant vers le mur qui faisait face à l'estrade, il me plaça devant un tableau recouvert d'un voile noir et me dit : — Levez ce voile!—J'obéis, et je vis le portrait d'une jeune femme de la plus ravissante beauté, la joue fraîche et rose, la bouche souriante, l'œil bleu et humide, les cheveux blonds aux spirales ondoyantes. — C'est elle ! — s'écria Jacques d'un ton de triomphe.—Vous voyez la colliberte. Comprenez-vous qu'elle ait été éperdument aimée du marquis de Sanglier-Chavannes ?

— Hélas ! mieux eût valu pour elle être laide et ne pas inspirer un amour qui devait avoir des suites si malheureuses, — murmurai-je.

— Vous avez raison, Camille, — dit Jacques en soupirant ; — mais ma pauvre mère était si bonne et si peu fière de sa beauté, si humble dans sa prospérité inattendue, que le malheur eût dû la respecter.

Et en disant cela le collibert s'avança vers l'estrade.

— Mon Dieu ! — m'écriai-je, — dans quel désordre a-t-on laissé cette chambre! Ne dirait-on pas que tous ces objets viennent d'être touchés et froissés à l'instant? Ces coussins jetés à terre, ces sofas qui portent l'empreinte des gens qui s'y sont étendus, cette carafe encore pleine d'eau, tout cela semble indiquer la vie ; sans cette poussière, sans ces fleurs desséchées qui s'effeuillent en cendres sous le doigt, je m'attendrais presque à voir apparaître l'habitante de cette chambre.

— Taisez-vous, Camille, taisez-vous, — répliqua le collibert montant sur l'estrade. — Hélas ! il n'y a que trop longtemps que ce lit est vide. —Et en même temps il écarta les rideaux rouges, comme pour me faire assister par la pensée ou se mieux représenter à lui-même la triste scène dont il venait de parler. Je regardai le drap blanc qui pendait à terre et qui n'était qu'à moitié caché par la couverture de damas cramoisi. Mille pensées confuses et lugubres traversèrent mon cerveau. J'improvisai plus d'un drame émouvant en face de cette couche froide et sinistre d'aspect. J'y cherchai involontairement des taches de sang, des vestiges de crime. Il me semblait impossible que cette douce et belle créature dont j'avais admiré la beauté, qui s'était laissé tirer du chaume et de l'obscurité pour s'asseoir dans un fauteuil seigneurial, fût morte naturellement, entourée de tous ces jeunes héritiers, ses ennemis naturels. Mais comment la colliberte était-elle morte? Dieu seul pouvait le dire. Pauvre femme! on lui avait arraché son enfant, et elle était restée sans défense aux mains de ses ennemis. Oh! si ces murs pouvaient parler et révéler le crime ! Sans doute, à ce récit, pensai-je, nos cheveux se dresseraient d'horreur. En ce moment, ne crus-je pas voir le drap blanc s'agiter. Il me passa un frisson par tous les membres. Je saisis le bras du collibert, et, d'un geste brusque, je lui montrai le lit sans prononcer une parole. La couverture et le drap se soulevèrent de nouveau. Mon cœur battit avec violence. Le collibert, pâle comme la mort, restait immobile. Enfin il me dit à voix basse : — La porte est restée ouverte. C'est sans doute le vent qui vient par quelque fenêtre dont les vitraux sont brisés.

Nous n'osions détacher nos regards de ce lit funèbre, ni faire un pas en arrière. Nous nous sentions pétrifiés, attendant quelque chose d'extraordinaire, pressentant quelque vision monstrueuse, nous repentant de notre hardiesse maintenant qu'elle s'était changée en frayeur, mais ayant honte de cette frayeur vis-à-vis l'un de l'autre.

Jacques reprit le premier courage et tira résolûment les rideaux. Tout resta immobile. Nul bruit ne rompit le silence des appartements déserts. Nul mouvement ne trahit la présence de quelque hôte étrange importuné de notre visite nocturne. Néanmoins, pour rien au monde je n'eusse hasardé de tourner la tête. Il me semblait que des yeux étincelants devaient nous espionner par les trous des serrures, que des pieds d'homme dépassaient la frange des portières de soie, que derrière les vitraux des fenêtres souriaient et grimaçaient des figures sinistres. Ma peur peuplait le vide. Je me dis qu'il était plus facile peut-être de pénétrer dans la tour de l'Eau que d'en sortir; qu'un piège invisible nous attendait sans doute dans cette chambre, et qu'au premier pas une trappe pouvait s'ouvrir sous nos pieds et nous précipiter dans un abîme.

Cependant le silence continuait, et nous dûmes finir par nous rassurer. J'essayai de sourire :

— En vérité, Jacques, je crois que nos yeux et notre tête battent la campagne.—Le collibert ne répondit pas. — Allons, mon pauvre Jacques, — repris-je, — aurez-vous donc l'esprit plus faible qu'une femme? En fait d'êtres surnaturels, il ne faut croire qu'à ceux que l'on voit et qni résistent à l'épreuve de nos âmes terrestres.

— Je crois en Dieu et je ne l'ai jamais vu, — répliqua le collibert sans détacher ses regards du lit. — Pourquoi ne croirai-je pas aux êtres intermédiaires? Si vous aviez couché comme moi à la belle étoile, en communication avec les mille voix de la nature; si vous saviez comme le ciel prédit l'orage, comme le malheur se sent dans l'air, comme les cloches parlent la veille d'une mort, comme les cigognes quittent leur nid la veille d'un incendie, vous croiriez aux pressentiments. Et pourquoi Dieu, qui est la bonté et la vérité même, n'aurait-il pas permis que des guides secrets et mystérieux nous aidassent dans la recherche des crimes? C'est lui qui veut que le sang vingt fois lavé ne puisse s'effacer du plancher; c'est lui qui fait reparaître les corps livides et troués de blessures à la surface des flots; c'est lui qui se sert quelquefois de l'instinct d'un chien ou du témoignage d'un muet pour accuser les coupables. Oh ! si je pouvais trouver ici une preuve du crime que je soupçonne !

Et il avança sa main pour soulever la couverture de damas.

Mais il ne la toucha pas. Un cri d'épouvante nous échappa à tous deux. Ce que nous avions vu dépassait tout ce que le rêve le plus noir eût pu nous faire apparaître.

La couverture s'était soulevée tout à fait, et nous avions vu, horrible chose ! une main velue sortir de dessous ses plis.

Cette fois, la terreur l'emporta complétement. La lanterne me tomba des mains. Le collibert avait glissé en arrière et gisait sur les degrés de l'estrade. Le cœur me battait avec tant de force que je crus mourir; j'essayai de fuir, mais mes jambes tremblaient sous moi. Je me croyais retenue par mes vêtements et je luttais en efforts insensés pour m'échapper. Je fis lourdement quelques pas, comme si je traînais une montagne après moi. Mais je ne pus me traîner ainsi que jusqu'au sofa le plus rapproché de l'estrade, et j'y tombai, épuisée, évanouie.

Quand je revins à moi, la lanterne était rallumée, et le collibert, penché sur mon front, tenant mes mains dans les siennes, me regardait avec inquiétude. Je me souvins aussitôt et je m'écriai :

— Fuyons, Jacques ! sortons de cette chambre terrible ! Ah ! il ne faut jamais tenter le démon !

— Calmez-vous, — me répondit mon compagnon ; — il est trop tard pour reculer et perdre courage. Nous sommes sur la trace de la vérité. La faiblesse humaine m'a vaincu tout à l'heure, mais à la fin je l'ai domptée. J'ai sommé l'être inconnu de reparaître. Il n'a point osé essayer la lutte avec moi. J'ai soulevé cette couverture fatale et j'ai trouvé le lit vide et froid.

— Était-ce donc une illusion, mon Dieu ! — murmurai-je.

— Non, — répondit froidement le collibert; — nous avons vu tous deux cette effroyable main. Signe de Dieu ou du démon, elle nous aura conduits à la découverte que nous poursuivons. Si c'était la main d'un homme, cet homme n'a pu s'échapper que derrière l'estrade, car je ne me suis pas évanoui, moi, et, dans le silence et l'obscurité, j'aurais bien entendu le pas d'un homme sur le parquet, quelque léger qu'il fût.

— Mais derrière l'estrade il n'y a que la muraille, Jacques... — répondis-je avec accablement.

— Attendez, — dit le collibert; — je ne sais comment il me vient à cette heure un vague souvenir de mon enfance. Dans ce souvenir, plus fantasque et plus lointain qu'un songe, je vois cette muraille s'ouvrir et une lueur de torches briller dans les ténèbres de cette issue étrange. Oui, oui, je me souviens maintenant, j'étais bien enfant, mais la frayeur grava dans ma mémoire chaque détail de cette scène. Je m'étais réveillé au milieu de la nuit dans mon lit, qui était presque un berceau; on entendait un grand tumulte dans les cours du château, et la chambre était éclairée çà et là par les rouges lueurs qui venaient du dehors. Je me mis à pleurer. Mon père marchait à grands pas, les cheveux en désordre, le visage gonflé par la colère ; il voulait aller décrocher son épée appendue à la muraille. Mais devant cette épée se tenait éperdue, suppliante, agenouillée, ma pauvre mère. Il fronçait les sourcils et évitait de la regarder. Elle n'osait lui parler, mais ses yeux parlaient si bien ! Le tapage redoubla. Tout à coup le marquis ouvrit brusquement une fenêtre; il se fit un profond silence :

« — Que voulez-vous, manants? — cria-t-il avec dureté.

» — Ne pas quitter le pays, monseigneur; nous ne voulons pas.

» — Vous ne voulez pas?... — Le marquis éclata de rire mais ce rire était sinistre. Il prit un air doux et continua : — Mais pourquoi ne voulez-vous pas?

» Alors ce fut à chacun de ces pauvres diables à dire sa raison : celui-ci avait une vieille mère infirme, et, lui parti, qui la nourrirait et la soignerait? elle avait déjà la tête un peu faible; elle n'aurait qu'à devenir idiote, et les petits enfants lui jetteraient des pierres. Celui-là tenait la main de sa fiancée et demandait s'il était bon Dieu possible d'abandonner une si belle fille pour aller mourir de la fièvre par delà les mers. L'un disait qu'il aimerait mieux se périr dans la mare aux Biches que de devenir seigneur dans un pays habité par des monstres et des sauvages. Plus loin, une mère prenait dans ses bras son enfant à la mamelle et le tendait au marquis en criant :

» — Tuez-le tout de suite et moi aussi, puisque aussi bien il n'aura plus de père !

» C'était un concert de larmes, d'imprécations et de prières à fendre le cœur; mais le marquis était un homme bien dur alors; il grommela seulement :

» — C'est à ne plus s'entendre, en vérité !—Et, s'adressant à un des paysans, il lui dit : — Ah çà ! toi, Pierre Lenoir, qui es vigoureux comme un chêne vert, es-tu donc devenu un lâche ?

» Pierre Lenoir répondit fermement :

» — Je ne suis pas un lâche.

» — Crois-tu donc que parce que tu partiras pour les colonies tu seras un homme mort ?

» — Si je pars, je n'en mourrai peut-être point, mais mes enfants n'en seront pas moins orphelins, — répondit le paysan d'une voix sombre.—Orphelins d'un père vivant, ce sera drôle, — ajouta-t-il avec un rire amer.

» Il y avait des vieillards qui pleuraient et qui disaient aux jeunes gens :

» — Emmenez-nous ! nous sommes aussi bons que vous pour mourir.

» Il y avait des pères qui pleuraient et qui disaient :

» — Si ces jeunesses tournent à mal, à qui sera la faute, grand Dieu !

» Non, jamais je ne verrai une si épouvantable image de la désolation humaine. Tous ces malheureux étaient frappés à la fois dans toutes leurs affections. Aussi n'avaient-ils qu'une idée fixe dans la tête, que ces mots aux lèvres : ne pas partir.

» Moi, je m'étais levé tout doucement et je regardais avec une inquiète curiosité dans la cour. Ces groupes désespérés me faisaient mal à voir. Leur douleur parlait tout haut. Si le marquis disait à l'un :

» — Quand tu seras parti, cela empêchera-t-il ta femme de garder les bestiaux?

» Le paysan répondait :

» — Non; mais si le feu du ciel tombe, comme l'an dernier, sur notre cabane, je ne serai plus là pour la rebâtir, et la pauvre, elle ne dormira pas longtemps sous le vent et la grêle.

» Tel autre était un gars indépendant, sans lien de famille : mais il disait :

» Je veux mourir où je suis né; s'il faut partir, il n'y a que mon cadavre qui partira d'ici.

» Et ainsi de tous. Cependant la colère du marquis allait toujours croissant, sous son air calme.

» — Ces animaux-là raisonnent comme des hommes, — disait-il entre ses dents. Enfin d'un geste il commanda le silence et dit avec calme : — Pourquoi, mes gars, n'êtes-vous pas venus causer de cela avec moi dans la journée, au lieu de me réveiller brutalement dans la nuit, comme des brigands qui viennent faire le sac d'un château.

» — Parce que, monseigneur, vous avez chassé le cerf toute la journée, pendant que vos baillis nous parquaient dans les écuries du château, — répliqua Pierre Lenoir, qui avait son franc parler comme frère nourricier de mon frère Orré.

» — Ce Pierre Lenoir a la langue bien pendue, n'est-ce pas, madame? — observa le marquis en se retournant vers ma mère. — Le drôle joue au parlement. Il nous fait des remontrances. La comédie devient réellement plaisante...

» — O monseigneur! n'aurez-vous pas pitié de ces pauvres gens? — murmura d'une voix faible la colliberte.

» — J'avais voulu vous dérober l'ennui de toutes ces jérémiades,— dit brusquement le marquis.— C'est ce qui m'avait engagé à vous mener courre le cerf, malgré le mauvais temps.— Puis, s'apprêtant à fermer la fenêtre : — Prenez garde de vous refroidir, ma chère âme, — dit-il à ma mère. Et il cria aux paysans : — Revenez demain.

» — Non, monseigneur, — répliqua résolûment Pierre Lenoir.

» — Non! non! — hurlèrent tous les manants.

» Mon père devint pâle, et ses yeux lancèrent un éclair.

» — Pourquoi cela? — demanda-t-il.

» — Parce que demain, comme aujourd'hui, — répondit Pierre Lenoir, — monseigneur se laisserait entraîner à aller courre le cerf par la femme qui ferme le cœur et les oreilles de notre maître à nos plaintes, par celle qui perd votre âme, noble marquis Olivier, par celle qui boit notre sang et nos larmes, enfin par la colliberte.

» — Malheur sur la colliberte! —ajoutèrent les paysans dans une indicible rumeur de haine et de mépris.

» Le marquis se tourna vers elle; il n'était plus pâle, mais pourpre de rage.

» — Ces pauvres gens, — dit-en ricanant, — vous intercédez pour eux, madame, et voilà comme ils vous traitent. Les avez-vous entendus, bien entendus? Ah! ah! les pauvres gens! Ayez donc pitié d'eux! Priez-moi donc pour eux!

» Mais elle, ma chère mère, elle restait immobile, sans force, sans regard, comme écrasée par cette malédiction populaire, répétant comme une enfant :

» — Celle qui boit notre sang et nos larmes!

» — Les misérables, ils me la tueront! — s'écria le marquis. Et il alla vers elle, la prit tendrement dans ses bras, essaya de la réchauffer sur son cœur; puis, frappant le parquet du pied : — Je les écraserai sous le talon de fer de mes bottes! — cria-t-il. Il la déposa sur un sofa et saisit son épée. D'un bond il fut à la fenêtre; à sa vue les cris redoublèrent.— Vous ne voulez pas partir? — dit-il.

» — Non! — firent les manants.

» — Eh bien! moi je le veux! — répliqua-t-il en fermant la porte avec tant de violence que les vitraux volèrent en éclats.

» Ce fut alors un hymne effroyable de malédictions et le gémissements furieux. Je vis luire des armes dans les mains des paysans. Ils avaient caché sous leurs sayes des bâtons, des haches, de longs couteaux; ils se ruèrent sur la porte de la tour. Quelques-uns des plus agiles se cramponnèrent aux trous et aux saillies de la muraille. A voir remuer, glapir, et monter comme une marée vivante cette fourmilière de révoltés, j'eus peur et je poussai un cri d'effroi.

» Ce cri réveilla ma mère de sa torpeur. Elle regarda le marquis d'un air de doux, mais de profond reproche. Elle lui dit :

» — Oh! monseigneur, vous m'avez fait haïr de toutes ces pauvres âmes égarées. Vous me ferez tuer mon enfant.— Et elle m'attira sur son sein. Puis, palpitante, les doigts écartés, elle prêta l'oreille au bruissement de la foule, ainsi qu'une statue de la Terreur. — Vous m'avez trompée, — continua-t-elle à mots saccadés. — J'allais heureuse et confiante à cette chasse; vous étiez gai et plein d'ardeur. Je riais comme vous... et pendant ce temps. . Oh! c'est horrible!

» — C'est vous qui m'accusez maintenant, — interrompit le marquis avec emportement. — Tout le monde est donc contre moi. Mais peu m'importe, je saurai mettre à la raison tous ces braillards.

» Le tumulte augmentait de plus en plus. La porte de la tour avait été enfoncée. Les manants montaient l'escalier; nous en entendîmes qui criaient :

» — Tuons la sorcière, le marquis redeviendra un bon seigneur!

» — C'est elle qui lui a jeté un sort. Elle lui a fait boire l'eau qui trouble l'esprit et qui donne soif de sang.

» — Tuons la sorcière! nous ne partirons pas!

» — O monseigneur! — dit-elle en joignant les mains,— au nom de cet enfant, ne soyez pas impitoyable pour ces malheureux.

» — Silence, madame, — dit le marquis; — ce que vous demandez est impossible. Il n'est plus temps : tous ces hommes, je les ai vendus.

» — Vendus! — répéta ma mère avec horreur.

» — Ce sont mes serfs, madame, et, si j'ai eu tort, c'est à Dieu seul que j'en devrai compte. Si je manquais à ma parole, si je déchirais le parchemin que j'ai signé au nom de tous ces hommes, je serais obligé de quitter ce château de mes pères comme un vagabond, je perdrais le fief entier qui m'a été légué. De toutes ces terres, de ces étangs, de ces forêts, de ces tourelles, de tant d'armures et de chevaux, il ne me resterait que mon nom, sans un écu pour en soutenir la noblesse. Je ne pourrais vivre en goujat, madame. Le marquis Olivier ne saurait ni tendre son chapeau sur la route, ni mettre ses bras aux gages d'un autre homme. S'il tombe, il tombera debout. Sachez tout : pour vivre comme nous avons vécu, pour que vous soyez la plus riche et la plus heureuse des châtelaines, pour que vous puissiez humilier l'orgueil de celles qui ne sont pas des collibertes et qui feignaient de vous mépriser seulement, tandis qu'elles vous haïssaient parce que vous êtes belle...

» — Eh bien!

» — J'ai dévoré une partie de mon patrimoine. Alors j'ai voulu réparer ce malheur et j'ai joué; j'ai joué et perdu, madame, et alors, pour distraire l'attention et écraser l'envie, j'ai augmenté mon luxe et mon faste. J'ai voulu que mes salles fussent plus splendides, que mes fêtes attirassent une foule plus brillante et plus nombreuse encore, et que vous, madame, vous eussiez des robes dignes de la main des fées et des diamants de reine à vos oreilles et à votre cou.

» — Et qu'importe, n'est-ce pas, — éclata alors ma mère indignée, — que chacun de ces joyaux coûtât un homme! — Et, arrachant ses pendants d'oreilles par un geste sublime, elle les jeta à terre aux pieds du marquis, — Ah! je ne vous avais jamais demandé ces parures et ces plaisirs, monseigneur, — continua-t-elle; — deviez-vous donc attirer sur ma tête tant de haine? Honte sur ces ornements qui dévorent le sang de dix familles! — Et, brisant le collier pendu à son cou, elle le laissa tomber sur le parquet. — Ces bracelets sont faits des larmes des orphelins, —dit-elle encore.

» Et elle détacha ses bracelets.

» Le marquis la regardait avec admiration.

» La foule des paysans avait traversé les autres salles que nous venons de voir et heurtait à la porte de cette chambre, criant :

» — Malheur à la colliberte !

» — Et c'est cette sainte créature que ces misérables outragent ? — dit mon père en brandissant son épée. — Eh bien ! nous allons voir qui sera le plus fort.

» Il saisit un petit porte-voix qui devait appeler à son aide toute sa meute de valets, de palefreniers et de gardes-chasse, gaillards bien armés et disciplinés qui devaient vaincre facilement l'essaim des paysans révoltés.

» La porte tremblait sur ses gonds.

» En ce moment ma mère s'approcha du marquis et lui dit de ses lèvres pâles comme celles d'une morte :

» — Pas de sang ! pas de sang !

» Mon père hésita, puis il murmura :

» — Elle a raison. D'ailleurs je ne veux pas qu'elle coure l'ombre d'un danger. — La porte craquait sous les coups des paysans. Le marquis nous entraîna par la main, ma mère et moi. Il lui dit : — Jure-moi le secret sur ce que tu vas voir.

» Elle jura d'une voix éteinte. Nous passâmes derrière l'estrade. Il gratta le mur, et le mur s'ouvrit, te dis-je, comme par enchantement. Nous descendîmes quelques marches d'un escalier qui fuyait sous nos pas en tournoyant. Le mur se referma derrière nous. Oh ! je le vois encore, il y a là un secret qui sera la clef de tous les autres. Derrière cette estrade se cache une issue mystérieuse ; je la découvrirai. Oh ! sans doute, elle s'est rouverte depuis, Dieu sait pour quel sinistre dessein ! Toujours est-il que nous nous trouvâmes, au bas de l'escalier, dans l'obscurité d'un vaste caveau. Grâce à la lueur de la torche qu'avait allumée mon père, je me souviens confusément d'avoir entrevu des blocs de marbre sur lesquels veillaient des chevaliers armés de toutes pièces. C'étaient les statues des aïeux de la famille. Comme toutes ces blanches figures immobiles m'effrayèrent ! Mon père s'en aperçut et me dit en souriant :

» — Jacques, ne crains rien, ce sont des amis. Je vais laisser ta mère sous leur garde et sous la tienne.

» Puis, baisant la colliberte au front, il nous plaça dans une sorte d'enfoncement formé par le socle creux d'une de ces statues et s'éloigna dans une autre direction. Nous souffrîmes bien en l'attendant. La colliberte l'aimait, et elle priait pour lui. Elle avait oublié les serfs, ou plutôt elle maudissait leur révolte qui mettait en danger la vie du marquis. Quand il revint, tout était apaisé ; mais jamais elle n'osa lui reparler de cette scène affreuse.

— Et les paysans partirent, Jacques ? — demandai-je vivement au collibert.

— Ceux qui ne furent pas tués partirent pour les colonies, — dit-il en baissant les yeux. — Je ne les ai jamais revus. Mon père s'était associé à un de ces marchands de chair humaine qui transportaient des villages entiers en Amérique. Il n'avait pas vendu ses paysans comme des esclaves, mais il avait traité avec le spéculateur des colonies et signé comme le représentant de tous ces hommes. Et il avait tenu sa parole, et il n'avait pas forfait à sa signature. Tous partirent... volontairement. Ah ! je me trompe, il y eut une exception en faveur d'un seul : Pierre Lenoir le harangueur resta dans le pays, car il y fut pendu, malgré les prières de mon frère Orré. Comme tu penses bien, je ne sus ces détails que plus tard, lorsque le marquis devint aveugle et que les langues se crurent libres. Souvent ma mère se rappelait le danger que nous avions couru, et alors elle m'embrassait en pleurant. Ces baisers et ces larmes m'ont heureusement donné le souvenir de cette scène affreuse, et ce souvenir me donne la certitude de trouver une issue secrète derrière cette estrade.—Jacques m'aida alors à me relever, et tous deux nous nous mîmes à chercher avec une fiévreuse impatience une fissure, un jour, un ressort qui justifiât nos soupçons. Le mur était parfaitement uni et tendu de damas cramoisi. Après de longs efforts, nous commençâ-

mes à désespérer. Sans l'opiniâtre souvenir du collibert, nous eussions renoncé à une tentative qui nous semblait folle et impossible. Je m'appuyai contre un des piliers du lit, tandis que ma main jouait distraitement avec les fleurs de cuivre doré d'un candélabre à trois branches fiché au mur. Tout à coup la branche du milieu se fendit en deux, la tapisserie se plissa sans se déchirer, et la muraille s'entr'ouvrant laissa voir une étroite issue donnant sur les marches d'un escalier tortueux. — Qu'avais-je dit ! — s'écria le collibert. — Tu vois bien, Camille, que Dieu est pour nous.

— Oserez-vous descendre ? — dis-je en reculant avec effroi.

— Si j'oserai ! — reprit-il avec un sourire de joie indicible. Et il s'élança sur la première marche de l'escalier. — Viens, Camille, viens, si ton cœur bat d'émotion comme le mien, si tu veux découvrir comme moi le mystère d'iniquité que ces profondeurs cachent à tous les yeux !

Sa voix était entraînante. Epouvantée d'ailleurs à la pensée de rester seule dans la chambre mortuaire, je le suivis.

VIII

MORTE VIVANTE.

Permets-moi, mon cher Gabriel, d'abréger un peu les détails de ce récit déjà si long et de ne pas te décrire trop minutieusement toutes les émotions qui nous attendaient dans les caveaux de la tour. Je n'écris pas à plaisir un de ces romans sépulcraux dont les horreurs niaises et les prétentions extravagantes ne méritent point l'attention d'un esprit sensé.

Mon histoire, quoiqu'elle puisse paraître aujourd'hui beaucoup plus invraisemblable que les puériles et mystérieuses inventions de l'excellente dame Anne Radcliffe, est vraie de tout point. Je ne recourrai donc pas aux savantes préparations de la susdite romancière. Pour toi, l'intérêt de mon récit ne consiste pas dans l'agencement matériel des faits ni l'harmonie des périodes, mais dans la connaissance de mes malheurs et de mes souffrances morales, ces tortures suprêmes.

Au bout de quelques minutes, nous nous trouvâmes dans le vaste caveau dont le collibert m'avait parlé.

Des deux côtés s'alignaient les mausolées de marbre avec leurs statues de chevaliers, de barons et de comtes. Elles se détachaient dans l'ombre avec une majesté solennelle.

Deux fois nous crûmes voir une forme animée se glisser sans bruit et disparaître derrière les piliers bas et lourds qui soutenaient la voûte du caveau. Le collibert se mit à sa poursuite.

L'inconnu, qui n'avait ni torche ni lanterne, allait rapidement, mais il vint à heurter le socle d'une statue et tomba. Quand il se releva, Jacques et moi le saisîmes par les bras, et, quoiqu'il fût vigoureux, il ne parvint pas à nous faire lâcher prise. Nous n'avions pas échangé une parole. Le collibert regarda son visage à la clarté pâle de la lanterne, et il s'écria :

— Bastien Lenoir, le fils de Pierre le pendu, le frère de lait d'Orré !

Le paysan parut consterné en se voyant reconnu ; mais, ne tenant pas Jacques pour un adversaire bien redoutable, il lui dit insolemment :

— Que faites-vous ici, malheureux ?

— C'est à nous à t'adresser cette question, — répliqua le collibert.—Est-ce toi qui nous a fait une si belle peur là-haut ?

— Moi ou un autre, qu'importe ! Vous avez sué froid, petit gars, — dit Bastien.

Et il nous humilia d'un sourire ironique et vainqueur.

— Ce que c'est que l'imagination ! — me dit Jacques. — Nous aurions affronté dix épées levées sur nous, et nous avons failli perdre tout courage devant la main de ce rustre. Il est vrai qu'elle est aussi velue que la patte des chiens confiés à sa garde. Pourquoi es-tu venu dans les souterrains de la tour de l'Eau ? — ajouta-t-il en s'adressant au paysan.

— C'est le secret de mon maître, — dit Bastien.

— Ecoute, — reprit le collibert, — nous sommes les amis d'Orré, confie-nous le secret.

— Que non pas ! — dit Bastien d'un air narquois. — Je saurai bien, au contraire, vous forcer à déguerpir d'ici.

— Essaye donc, — répliqua Jacques. — Tu es robuste, mais je suis agile ; tu es sans armes, moi j'ai ce long couteau ; tu es seul, nous sommes deux.

— Je saurai mourir pour garder le secret de mon frère de lait.

— Mourir ce n'est rien, mais mourir sans confession ! — dit le collibert.

Ces paroles frappèrent le paysan de terreur. L'expression de son visage changea tout à coup. Le collibert avait touché juste. Il connaissait les gars de son pays.

— Mourir sans confession ! — répéta Bastien avec émotion. — Un chrétien ne m'eût pas fait une pareille menace ; mais un collibert n'est pas chrétien, on me l'a toujours dit. Eh bien ! pour le salut de mon âme, je trahirai la confiance de mon frère de lait ; mais plus tard je me vengerai, mauvais gars.

— Plus tard, tu feras ce qu'il te plaira, — dit Jacques ; — mais parle vite.

— Orré s'est battu avant-hier contre les bleus, — reprit le paysan. — J'y étais. L'affaire a été chaude ; je n'ai pu le couvrir à temps de mon corps. Orré a été blessé ; il est tombé dans mes bras et je l'ai emporté, tandis que nos gens s'égaillaient en tirant leurs derniers coups de feu. Je ne me suis arrêté qu'à la métairie de l'oncle à Duboux. Orré souffrait tant qu'il a perdu ses sens ; il n'a retrouvé sa tête et rouvert l'œil qu'au milieu de la nuit. J'étais seul, étendu à terre sur ma peau de bique, à côté de son lit ; je l'entends crier : « Oh ! la malheureuse ! Mon Dieu ! depuis combien de temps suis-je ainsi sans connaissance ? » Je me levai et lui dis : « — Frère, depuis douze heures seulement. » Ça eut l'air de le calmer un peu. Puis il répéta plusieurs fois : « — Que faire ! mon Dieu ! que faire ! » Tout à coup il me regarda et dit : « Bastien, tu m'es dévoué à la vie et à la mort, n'est-ce pas ? » Cette question me fit rire. J'avais tort, car aujourd'hui je trahis du lait que celui de ma mère a nourri. Enfin patience ! Quand j'eus fini de rire, Orré me confia qu'une femme vivait cachée dans ces caveaux ; qu'il y allait de l'honneur de la famille que nul ne s'en doutât, et que si je ne me chargeais pas de venir lui apporter des provisions, tandis que lui Orré restait forcément couché sur son lit de douleur, la malheureuse mourrait de faim.

— De faim ! — répéta le collibert avec horreur. — Une femme enfermée dans ces caveaux, mais vraiment c'est un rêve, un épouvantable rêve que nous faisons.

— C'est la pure vérité du bon Dieu, — dit le paysan.

— Et Orré t'a donné tous les renseignements nécessaires pour arriver jusqu'à elle ? — continua le collibert éperdu.

— Oui, seulement j'ai ordre de ne pas lui parler.

— Eh bien ! marche, nous te suivrons, mais ne tente pas de nous échapper, ou malheur à toi ! — Bastien obéit. Nous marchions à ses côtés. Le feu de la fièvre brillait dans les yeux de Jacques ; il chancelait comme un homme ivre ou fou. Des paroles entrecoupées s'échappaient de ses lèvres ; il disait : — Je ne sais que croire, qu'espérer ou que craindre. Ma tête s'égare dans ce chaos. Morte

de faim, pauvre femme ! Si nous allions la trouver morte ! Oh ! j'étouffe dans cette atmosphère humide. Comme elle a dû souffrir ! Hâtons-nous !

Par moment il riait et frottait ses mains l'une contre l'autre, comme un enfant qui se réjouit de quelque surprise ménagée par la tendresse maternelle. Puis ses yeux se remplissaient de larmes, et il se sentait pénétré d'un attendrissement auquel il n'eût pu assigner de cause.

Tout à coup Bastien Lenoir cessa de marcher et grommela sourdement :

— C'est ici qu'il faut s'arrêter. — Nous le regardâmes étonnés. Le caveau se prolongeait toujours devant nous.

— Sous nos pieds il y a une grille de fer, — dit-il ; — sous cette grille, un escalier ; au bas de cet escalier, un autre caveau. Aidez-moi à la soulever.

Nous joignîmes nos efforts aux siens. La grille fut relevée.

Nous n'avions plus la force ou le sang-froid nécessaire pour parler. Nos visages seuls exprimaient l'indignation douloureuse dont nous étions saisis.

Enfin nous entrâmes dans ce nouveau souterrain, dont les murs verdissaient d'humidité et de dégradation. On y respirait un air méphitique. La lueur de notre lanterne effrayait les immondes habitants de ces réduits ténébreux. Nous vîmes fuir les dos écaillés des lézards dans les crevasses moussues.

Au fond du caveau, la terre humide était recouverte de paille. Sur cette paille nous distinguâmes comme une forme humaine enveloppée dans les lambeaux d'un tapis de laine.

Je m'arrêtai, le cœur serré. Etait-ce bien une femme cette créature languissante, peut-être moribonde, que notre approche n'avait pas eu le pouvoir de faire tressaillir, de faire relever sur sa couche misérable avec un cri de joie aux lèvres et un regard étincelant d'espoir.

Elle n'avait pas bougé. Nous n'entendions pas même le bruit de sa respiration. Alors nous craignîmes d'être arrivés trop tard. Jacques se pencha avidement sur le visage de la malheureuse ; il cherchait à reconnaître ses traits ; mais avait-il jamais vu ces joues creusées et crayeuses dont les pommettes seules conservaient un vermillon sinistre, ce front plissé et dépouillé de cheveux, ces paupières rouges et enflammées, ces lèvres blafardes ?

— Quelle peut être cette femme ? — murmura-t-il avec la sourde irritation d'un homme trompé dans un secret espoir.

— J'ai apporté tout ce qu'il faut pour la réveiller, — dit le paysan.

Et, s'agenouillant près de cette infortunée, il chercha à faire glisser entre ses dents contractées quelques gouttes d'un cordial propre à ranimer la vie et à réchauffer le sang qui se glaçait dans ses veines. Mais il ne put y parvenir.

Le collibert alors repoussa doucement Bastien, et, prenant les froides mains de la pauvre créature dans les siennes, il appuya ses lèvres sur la bouche de la moribonde, espérant lui rendre par son souffle la force et la chaleur, épiant son premier regard.

Nous restâmes un quart d'heure dans cette attente silencieuse, le visage de Jacques rayonnant de cette expression presque extatique remarquable chez tous ceux qui accomplissent un acte de dévouement.

— J'ai senti le cœur battre, battre contre le mien, — dit-il soudainement. Puis il ajouta : — Elle respire ! elle respire ! ô merci, mon Dieu !

Et il attacha son regard sur les yeux de la pauvre femme.

Ces yeux s'entr'ouvrirent et se refermèrent comme blessés par l'éclat, si faible pourtant, projeté par la lanterne.

— J'ai fait un rêve, un joli rêve, — murmura une voix douce. — Oh ! s'il pouvait continuer ! Pourquoi me suis-je réveillée ?

— Ce n'est pas un rêve, pauvre femme, — dit le collibert avec émotion.—Vous n'êtes plus seule, abandonnée. Vous avez des amis autour de vous.

Elle se souleva un peu et regarda lentement notre groupe,

— Des amis ! je n'ai jamais eu d'amis, — dit-elle. —Ne raillez pas. Si vous êtes chargés de terminer mes souffrances par une mort prompte, soyez les bienvenus,

— Vous n'avez rien à craindre de nous, — s'écria le collibert ; —nous ne sommes pas vos bourreaux, mais vos sauveurs,

— Des sauveurs ! — répéta la femme d'une voix tremblante. — Oh ! vous raillez toujours. Est-ce que je puis exciter la pitié de quelqu'un, moi. Je suis une proie que la mort réclame depuis longtemps. Je l'ai trop fait attendre. Je n'ai pas d'or pour récompenser la pitié ; je ne suis plus belle pour émouvoir les cœurs. Voyez ces bras décharnés, ce visage fané par la réclusion, ridé par le chagrin. Est-ce que les hommes ont jamais pitié des spectres? Mais soyez toujours les bienvenus, car vous avez quitté le grand jour et le soleil pour me voir mourir au fond de cette tombe, et il me semble que vous m'apportez par votre présence un parfum du bon air de là-haut, de cet air plein de senteurs d'herbes et de fleurs qui fait vivre.

— Elle interrompit brusquement ces paroles incohérentes, et, pressant sa poitrine de ses mains amaigries : — Oh ! qu'il faut souffrir pour obtenir la mort ! — dit-elle avec un accent déchirant.

Jacques tremblait de tous ses membres, comme si la voix de la recluse eût exercé sur lui une influence mystérieuse.

— Vous avez faim, — répliqua Bastien au cri de souffrance de la malheureuse, — mangez.

Et il lui tendit un gâteau de sarrasin qu'elle saisit avidement. Un sourire fauve illumina son visage pendant qu'elle mangeait. Jacques et moi nous pleurions.

— Merci, nobles cœurs, — dit-elle en nous regardant avec surprise. — Mais maintenant fuyez, sauvez-vous. Les maîtres de la Bauge sont si méchants ! Ils vous enfermeraient aussi, et c'est trop horrible d'être enfermé dans ces éternelles ténèbres. On ne meurt pas tout de suite, voyez-vous ! on espère toujours. Et les chevaux blanchissent et tombent pendant qu'on espère.

— Rassurez-vous, — répondit Jacques ; — je suis venu pour vous délivrer. Vous pouvez encore être heureuse et libre.

— Libre ! — s'é ria-t-elle avec transport et d'une voix frémissante. — Quoi ! je verrais encore l'espace bleu sur ma tête, les vertes forêts ; je me réchaufferais au soleil, j'entendrais chanter les oiseaux ; je verrais jouer les petits enfants, j'écouterais leur babil plus doux au cœur que le chant des oiseaux ; je pourrais presser des mains amies !… Oh ! non, ce serait trop de bonheur ; cela ne se peut pas ! J'ai promis de ne pas déserter ma tombe. Et un serment c'est sacré. D'ailleurs, je ne suis bonne qu'à mourir ; mais vous, qui êtes jeunes et beaux, et qui n'avez pas l'habitude de souffrir, fuyez, vous dis-je !

— Mais je ne vous comprends pas, — répondit le collibert de plus en plus bouleversé. — On vous offre la liberté et c'est vous qui la refusez ! Dites-moi donc quel pouvoir étrange enchaîne votre liberté ? Dites-moi donc quelle faute vous avez commise ? Dites-moi, enfin, votre nom.

— Ne m'interrogez pas. Je ne dois point vous répondre, — dit la recluse.—Partez et oubliez-moi. Je n'existe plus. Mon nom n'est écrit que sur le marbre d'une tombe, et sans doute ce marbre est déjà caché sous l'herbe. Prier et souffrir, voilà mon lot ici-bas. Autrement, — ajouta-t-elle,—ils feraient périr l'enfant innocent qui ne se doute pas de ma misère, et je veux qu'il vive, lui, qu'il vive longtemps. Que m'importe d'être malheureuse, pourvu qu'il soit heureux ! d'être recluse, pourvu qu'il soit insouciant et libre au soleil ! S'il m'était seulement donné de le revoir une fois avant que mes yeux s'éteignent et que mon cœur s'endorme de l'éternel sommeil…! C'est

pour *lui* que j'ai consenti à ce pacte impie et que je refuse de vous suivre. Ah ! ce n'est pas acheter trop cher la vie de son enfant que de la payer de ce prix terrible, une réclusion sans espoir !

Une sueur froide couvrit le front du collibert.

— Vous parlez de votre enfant, pauvre femme ; vous avez un enfant, et vous dites que vous n'avez pas un ami, pas un cœur qui vous aime et qui vous pleure ! — s'écria-t-il avec un rire amer.

— Oh ! ne l'accusez pas, — répondit-elle ; — il ignore que j'existe.

Le collibert saisit les mains de la recluse par un geste de douce violence, et, d'une voix haletante :

— Son nom ! dites-moi son nom? — demanda-t-il.

— Je ne puis le dire, car ce serait révéler le mien et attirer la foudre sur sa tête, — répliqua-t-elle. — Mais pourquoi me questionner ainsi? Ne voyez-vous pas que c'est une torture affreuse que de ne pouvoir répondre quand on parle de lui, de lui à qui je pense sans cesse, de lui que, même dans ce caveau obscur et silencieux, mes yeux croient voir et mes oreilles entendre à chaque instant. Que de fois mes bras se croisent en frémissant sur mon sein, croyant l'étreindre comme autrefois, alors que je le berçais tout petit sur mes genoux ! Ces doux rêves m'ont aidée à vivre.

— Son nom ! son nom ! — répéta le collibert avec angoisse et plongeant son regard dans les yeux ternes de la recluse.

— Je ne le dirai pas, — murmura-t-elle. — Cette insistance est étrange. Dois-je donc me défier de vous qui avez l'air si doux et si bon?

— Vous défier de moi ! — s'écria Jacques le regard humide. — O mon Dieu ! de moi, qui sens tout mon cœur aller vers vous. Par pitié, dites-moi le nom de votre enfant, madame, ou sinon, qui sait? peut être est-ce moi qui vous le dirai.

La recluse le regarda avec stupeur.

— C'est impossible, — dit-elle ; — vous ne pouvez savoir ce secret formidable. Mais, par pitié ! ne m'interrogez plus. Ni prières, ni menaces ne sauraient me faire quitter cette prison où je dois mourir.

— Quoi ! si cet enfant dont vous parlez était malheureux, s'il avait besoin de vous, s'il vous appelait à lui, si votre présence devait le sauver, vous resteriez froide et sourde à son appel ? — s'écria le collibert.

Le regard terne de la recluse s'alluma et jeta un éclair.

— Non, certes, il ne m'appellerait pas vainement ! sa voix ressusciterait mes membres inertes. Dussé-je me traîner sur mes genoux, j'arriverais jusqu'à lui, et mon dernier souffle lui dirait : « Mon fils, mon enfant, me voilà ! Dieu ne laisse pas manquer de courage et de forces les mères qui veulent défendre leur enfant. »

— J'étais sûr de votre réponse, — dit le collibert d'une voix brisée par les larmes. — Oh ! vous aimez votre fils comme moi j'aimais ma mère.

— Votre mère? — répéta la recluse en tressaillant.

— Elle est morte dans ce château, madame, — continua-t-il.

— Dans ce château ! — dit-elle éperdue. — O mon Dieu ! ne m'abusez-vous pas? ai-je bien entendu ? ai-je bien compris? Mais non, je suis folle ! Dites-moi que je suis folle, que je rêve et que j'espère une chose impossible. Mais parlez, parlez toujours, De vous entendre seulement je suis heureuse, et j'oublie, oui, j'oublie tout ce que j'ai souffert.

Jacques devint pâle comme la mort et se sentit défaillir. Il s'appuya contre la muraille.

— Madame, — murmura-t-il, — on dit que la joie aussi fait mourir. Mon cœur bat à se briser de l'espoir que vos paroles m'ont donné. Je ne pourrais résister plus longtemps au doute qui me torture. Vous avez refusé de me dire le nom de votre enfant, refuserez-vous de bénir dans vos prières celui de l'humble créature qui a voulu vous délivrer?

— Quel est ce nom? — s'écria, avec un accent qui partait des entrailles, la recluse, dont tout le corps frissonna comme d'une secousse électrique.

— Les maîtres de la Bauge m'appellent Jacques le collibert, — répondit-il sans oser la regarder.

La recluse se leva toute droite sur sa couche misérable, et le cri qu'elle jeta n'eut rien d'humain.

— Jacques! toi, mon fils!

Voilà tout ce qu'elle eut la force de dire. La voix mourut dans son gosier, ses yeux se voilèrent : la joie avait écrasé cette femme si faible. Le sang refluait à son cœur; ses lèvres remuaient machinalement.

— La colliberte! — s'était écrié Bastien Lenoir en reculant avec un regard haineux que j'eus lieu malheureusement de me rappeler plus tard. Dans le moment, je n'y fis nulle attention, préoccupée que j'étais par cette scène touchante.

Pour Jacques, sa joie était du délire, de la folie. Il s'agenouillait devant la colliberte, et il embrassait ses genoux et ses mains; puis il la regardait et pleurait; puis il essuyait ses larmes et s'écriait :

— Pourquoi pleurer? l'heure de la joie est venue. O ma mère! parle-moi, appelle-moi ton petit Jacques, ton fils bien-aimé, ou je croirai que je suis le jouet d'un songe. J'ai l'esprit si faible que souvent je prends mes rêves pour des réalités. Mais non, tu n'es pas une âme errante, tu ne traînes pas sous ton linceul quelque péché qui te ferme l'entrée du paradis! tu n'es pas une de ces ombres auxquelles la justice divine fait expier le sang versé, les trésors volés et les jugements iniques? J'ai entendu ta voix et je touche tes mains glacées. Tu es bien ma mère, la colliberte, sur le cercueil de qui j'ai tant prié.

La recluse reprenait insensiblement ses sens sous les baisers, les sanglots et les larmes de son fils. Elle l'écoutait comme elle eût écouté le concert des anges; elle le contemplait avec ce regard enivré des mères que nulle parole ne peut rendre.

— Mon enfant, — balbutia-t-elle, — que j'aime ta figure douce et pâle! Ton âme doit être généreuse et noble. Il me semble vraiment avoir été morte depuis que je t'ai quitté; avoir erré dans le néant et le vide; mais ta vue m'a fait renaître; tu as réchauffé l'air autour de moi; tu as éclairé l'obscurité de ce caveau. Oui, je me sens revivre. Oh! maintenant, je ne veux plus être séparée de toi; je ne me résignerais plus, j'aurais peur de la solitude. Mon fils, n'est-ce pas que tu n'abandonneras pas ta mère?

— Nous resterons ensemble! — s'écria Jacques; — je vous aimerai si bien, je vous servirai si bien, que vous oublierez cette réclusion comme un rêve affreux. Nous nous cacherons dans quelque humble asile où le bonheur vous rendra la santé. Mais je vous demanderai à mon tour, ma mère, comment vous avez consenti à vous laisser ensevelir vivante dans ce tombeau, à abandonner votre enfant isolé au milieu de ses ennemis? Nommez-moi tous ceux qui ont exercé envers vous cette contrainte impie, cette criminelle violence, car je dois tout révéler au marquis de Sanglier-Chavannes.

— Le marquis est encore vivant! — s'écria la colliberte émue.

— C'est lui seul qui vous délivrera, ma mère, — poursuivit Jacques. — Vous ne devez point sortir d'ici furtivement, comme un coupable qui s'évade, mais comme l'opprimé qui demande justice et vengeance. Il faut que le seigneur de la Bauge se souvienne de son énergie d'autrefois et qu'il épouvante et confonde par votre apparition soudaine les misérables qui ont mis la main au crime. Les plus hardis pâliront, je vous jure, et cette pâleur les dénoncera. Ayez courage, ma mère, et bon espoir.

— Hélas! mon fils, je ne demande que la liberté et le droit de ne pas te quitter, — dit la pauvre femme. — Que m'importe la vengeance! Dieu veut que l'on pardonne à ses ennemis.

— Vous pouvez pardonner, ma mère, — répliqua le collibert, — mais moi je n'ai point cette vertu. Il n'est pas un de vos jours, il n'est pas une de vos nuits de douleur que je ne voie écrits sur votre visage en signes qui gonflent mon cœur d'amertume et de haine. Vos larmes ont creusé des rides sur tous vos traits, et vous voudriez que je contemplasse avec calme ces rides, sillons d'une souffrance inouïe! Non, je ne veux pas devenir ainsi complice du crime. Parlez, ma mère, parlez. Dans une heure le marquis Olivier doit tout savoir.

La recluse soupira péniblement; mais, vaincue par l'insistance du collibert, elle s'étendit sur sa couche, et, les mains dans celles de son fils, elle commença son triste récit.

IX

LES CORBEAUX.

« Tu te souviens, Jacques, du moment où l'on t'arracha de mes bras, malgré tes prières et tes plaintes. J'étais si affaiblie par la souffrance que mon visage se couvrait déjà, disait-on, des empreintes violettes et du masque immobile de la mort.

» Le recteur et tes nobles frères étaient restés dans la chambre. Quoique je n'eusse pu prononcer une parole, j'entendis parfaitement tout ce qu'ils disaient.

» Le recteur se mit à allumer des cierges autour de l'estrade et s'écria :

» — Allons, messieurs, il est temps de réciter les prières des agonisants.

» — Oui-dà! — répondit Richard, — la belle ne charmera donc plus notre bourru de père avec ses sourires de séraphin. Dieu me damne si elle ne l'avait pas ensorcelé!

» — Il faut espérer que, la sorcière morte, le sortilège cessera, — ajouta Jean.

» — Maintenant il s'agit de ne pas perdre de temps, — reprit le recteur, — et d'ensevelir la colliberte au plus vite. Je ne vous conseille pas d'attendre que le marquis soit de retour.

» — Ni Orré, — dit Richard. — Il n'aime pas plus que nous la colliberte, mais c'est un tranche-montagne tout hérissé de scrupules chevaleresques. Et la promptitude de la maladie nous attirerait des soupçons et des réflexions à ne plus finir.

» — Le croyez-vous gars à nous trahir? — demanda le recteur.

» — Non, l'honneur de la famille lui tient trop à cœur, — dit Gaspard.

» — Mais, à coup sûr, si nous l'avions consulté, — ajouta Richard en ricanant, — il n'aurait pas partagé notre opinion sur le régime à faire suivre à la colliberte. Et s'il se doutait du genre des potions que le recteur a versées à cette femme, il serait homme à en faire avaler autant à notre digne confesseur.

» — Hâtez-vous donc! — s'écria le recteur. — Aidez-moi à envelopper cette marquise de la main gauche dans le linceul. — Les frères ne répondirent pas. — Qu'attendez-vous donc? — répéta-t-il avec impatience.

» — Eh! ce n'est pas notre métier de toucher aux morts, — dit dédaigneusement Richard, — surtout quand ce sont des colliberts et que de pareilles drogues ont infecté leur sang.

» — Vous êtes fous, — repartit le recteur. — Croyez-vous donc, messieurs, gagner la peste à toucher aux morts que vous faites?

» Et il appuya d'une voix stridente et sardonique sur ces derniers mots.

» — Plus bas! mon père, plus bas! — dirent les jeunes gentilshommes avec terreur

» — Faites donc alors venir les *corbeaux* (1), — ajouta Richard.

» — Oui, — dit amèrement le recteur, — pour que ces vieilles femmes épèlent les signes d'une mort étrange sur ce visage , qui avant quelques heures sera couvert d'une teinte noire.

» — Tiens! elle portera son deuil, — dit grossièrement Gaspard.

» — Ne faudra-t-il pas aussi creuser la fosse de nos mains ? — demanda Michel.

» — Il faut avoir l'énergie et le courage d'accomplir jusqu'au bout ce qu'on a entrepris, — répliqua le recteur d'un ton sévère.

» Les jeunes gens s'approchèrent lentement du lit.

» J'étais plongée dans un tel état de prostration physique que cet affreux dialogue ne m'émut pas plus que s'il se fût agi d'une personne étrangère. J'entendais machinalement, voilà tout.

» En ce moment le galop d'un cheval retentit dans la cour.

» Les gentilshommes se précipitèrent vers la fenêtre.

» — Le cheval d'Orré hennit au pied du perron ! — s'écria Richard.

» — Orré monte! — ajoutèrent les autres.

» — Malheur à lui d'être venu trop tôt! — murmura le recteur d'une voix sombre.

» J'entendis des pas lourds, mais précipités, faire gémir le plancher des salles voisines.

» — Faites bonne contenance, messieurs, — dit le recteur. — Vous avez l'air d'écoliers qui craignent la férule du pédant.

» — Orré n'est pas commode, — observa Michel.

» — Bah ! il est plus noir que méchant, — dit Richard. — Tout cadet de Chavannes qu'il soit, je saurai lui tenir tête.

» Orré entra dans la chambre comme un sanglier qui fait sa trouée, et s'écria aussitôt :

» — Que viens-je d'apprendre, messieurs? la colliberte est morte. Dieu soit loué de l'avoir rappelée à lui !

» Ses frères respirèrent bruyamment. Leurs visages mornes s'éclairèrent; ils relevèrent la tête comme Richard, qui seul avait gardé le chapeau sur le front et dont le regard insolent ne s'était pas baissé.

» Ils allèrent tous donner une poignée de main et une accolade à Orré.

» Le recteur de Kerbader lui dit :

» — Avez-vous fait bonne chasse, mon cher Orré?

» Le cadet de Chavannes jeta sans doute alors un regard observateur autour de lui, car il demanda d'une voix brève, au lieu de répondre au recteur :

» — Depuis quand mes frères sont-ils devenus des enfants de chœur? Que faites-vous tous ici? Est-ce pour rendre honneur à la colliberte morte, vous qui l'aimiez si peu de son vivant, que je vous trouve tous rassemblés autour de son lit de mort?

» — Ils sont venus, comme de dignes chrétiens, sur ma requête, prier pour l'âme de la morte, — répondit le recteur de Kerbader.

» — Ce beau zèle religieux vous est venu bien vite, mes frères, — observa Orré. — Voilà la première fois que j'entends monsieur le recteur parler de l'âme des colliberts. — Ils ne répondirent pas. Le chasseur s'approcha du lit, et je sentis instinctivement son regard attentif peser sur moi. — Cette maladie a été bien soudaine, et la mort a été prompte, — dit-il froidement. — Qui donc a soigné cette femme ?

» — C'est moi, Orré, — répondit le recteur.

» — Vous! — reprit Orré avec l'accent de la surprise. —

Je ne vous savais pas médecin, mon père. Et mes frères vous ont aidé, peut-être ?

» Cette parole jetée simplement dut faire pâlir les coupables. Le plus impétueux de tous releva maladroitement le gant.

» — Que signifient toutes ces questions, — interrompit Richard ; — nous soupçonnerais-tu ?

» — Malheureux, — murmura Orré qui se fit violence pour ne pas éclater, — vous soupçonner ! et à quel propos ? parce qu'une femme est morte et que le recteur l'a soignée dans sa maladie ? Tu es fou.

» — Eh bien ! viens avec nous, frère, et laissons le digne recteur s'occuper de préparer le voyage éternel de la colliberte, — dit Gaspard.

» — Allez! — fit insouciamment Orré. — Moi, je reste.

» — Tu restes ? — dit Richard stupéfait ; — mais ce n'est pas l'usage.

» — C'est mon idée. Je veux dire aussi une prière pour la morte, et je suis en retard.

» — Mais c'est une profanation. Le recteur et les corbeaux doivent seuls rester dans la chambre mortuaire pour ensevelir le corps.

» — C'est moi seul qui l'ensevelirai ! — répliqua Orré d'une voix tonnante.

» — Depuis quand mon frère Orré a-t-il appris le métier des corbeaux ? — demanda ironiquement Richard.

» — Depuis que les recteurs sont médecins, — répondit le cadet de Chavannes en se jetant dans un fauteuil.

» Ses frères restaient immobiles et leur inquiétude devait être grande. Mais probablement le recteur leur fit quelque signe qui les rassura, car ils prirent le parti de s'éloigner tout en ricanant et de laisser la place libre à Orré. Ils le prévinrent qu'ils allaient l'attendre dans la salle des Panoplies, qui se trouvait au bas de la tour, presque contiguë à la chapelle, et où ils avaient l'habitude de s'exercer à l'escrime et même de jouer à la paume par les jours de pluie.

» — J'étouffe ! — dit le chasseur quand ils furent partis. — Je suis ruisselant de sueur et écrasé de fatigue.

» — Vous êtes trop emporté dans vos amusements, — répliqua le recteur ; — mais tenez, Orré, voici justement un cordial qui va vous rendre toute votre vigueur. J'en fais souvent usage.

» Il remplit d'eau un grand verre à pied qui brillait avec ses facettes bleues et rouges sur la table, et dans lequel il avait jeté, un instant avant l'entrée du chasseur, quelques gouttes d'une fiole qu'il portait dans une poche de sa soutane; il le tendit à Orré.

» — Merci, mon père, — dit le cadet de Chavannes. — Vous êtes homme de ressources et de précaution ; mais je veux que vous me fassiez raison. — Le recteur balbutia quelques mots d'excuse tout à fait inintelligibles. Il devait être fort troublé pour perdre ainsi sa présence d'esprit renommée. — Buvez le premier, — dit avec une sorte de cordialité brusque le cadet de Chavannes. — A tout saint tout honneur. Nous avons à veiller près de ce corps ; il faut prendre des forces. Vous autres, gens d'Eglise, vous n'êtes pas habitués comme nous, francs chasseurs, à vous passer de sommeil.

» — Nous ne devons pas veiller, — reprit le recteur. — Mais buvez donc ; en refusant vous me faites injure, Orré; le verre est rempli pour vous.

» — Et c'est vous qui le viderez ! — s'écria le jeune homme d'une voix terrible.

» Puis, saisissant avec force les mains du prêtre, il porta violemment le verre à ses lèvres. Je vis ce mouvement car, aux paroles d'Orré mes paupières s'étaient entr'ouvertes.

» Le recteur poussa un cri rauque :

» — A moi! au secours !

» Orré le lâcha, et, brisant le verre sur le plancher, le

---

(1) Dans plusieurs provinces du midi et de l'ouest, on donne le nom de *corbeaux* aux vieilles femmes, vêtues de noir, qui font métier d'ensevelir les morts et de les veiller avant les umérailles

broyant sous les talons ferrés de ses bottes, il dit simplement :

» — Je sais tout ce que je voulais savoir.

» — Monsieur, — s'écria le recteur en lui lançant un regard venimeux, — vous avez outragé le ministre du Seigneur.

» — Et toi, c'est le Seigneur lui-même que tu outrages en attentant à la vie de sa créature, — répondit Orré en haussant les épaules. — Mais puisque les fils de Sanglier-Chavannes sont tes complices, tu es sauvé. Sois muet comme la tombe : il ne s'est rien passé entre nous. J'ai tout oublié, mais ne te joue plus à moi ; je te permets de me haïr cordialement, mais que nul de mes frères ne sache que j'ai deviné leur secret. Maintenant, laisse-moi !

» Le recteur fut écrasé par ce mépris souverain. En politique consommé, il n'essaya pas de détruire les soupçons d'Orré par des dénégations, ni de braver sa colère ; il tenta de le gagner à sa cause.

» — Tu es un homme d'un grand cœur, Orré, — lui dit-il, — et si ton esprit était dégagé de quelques sots préjugés, tu pourrais atteindre, avec mon aide, tel sommet glorieux que tu désignerais. Tu vois que je te connais.

» Le cadet de Chavannes répondit froidement :

» — Ajoute que celui qui a résisté à la force et à la ruse ne se laisse pas amorcer à la flatterie, et tu me connaîtras mieux encore. Va-t'en. — Le recteur se retira, mais à pas lents, comme un vaincu qui n'avoue pas sa défaite et qui se promet la vengeance. — Enfin parti ! — murmura Orré. — Pourvu qu'il soit encore temps ! — Et il se pencha avidement vers moi. Il prit un miroir de Venise, encadré de baguettes d'or, aux coins desquelles des amours joufflus donnaient de la trompette, et le plaça devant ma bouche. La glace se ternit. Il poussa un cri de joie, puis il alla faire relomber les portières de la chambre et les rideaux des fenêtres. Chose singulière, je voyais, les yeux fermés, tous ses mouvements ou plutôt je les devinais, je les sentais par une sorte de seconde vue. L'action se reproduisait dans mon cerveau comme une image fidèle, comme un reflet intérieur. Orré tira ensuite de sa poche une petite fiole bien enveloppée dans un étui de peau de chagrin, et, l'approchant de mes lèvres, il me fit avaler quelques gouttes de la liqueur qu'elle contenait. Tout mon corps tressaillit aussitôt comme sous un choc électrique. Il s'assit sur un tabouret à côté du lit et il attendit, tenant une de mes mains dans les siennes ; et, s'égarant dans une reverie inquiète, il se mit à penser tout haut : — Ce démon de prêtre, — disait-il, — aurait-il déjà oublié toutes ces nuits où il me faisait parcourir la campagne avec lui, au clair de lune, pour m'enseigner la vertu secrète des sucs de chaque plante ? Ne m'étais-je pas épris d'une si folle passion pour cette science de bonne femme que j'en oubliais la chasse ? — Orré s'interrompit pour rire à cette pensée, puis il reprit d'une voix de plus en plus sérieuse : — Mais un beau soir, à la suite d'une dissertation sur une de ces herbes sinistres qui font lentement mourir, le pieux recteur ne me plaignait-il pas de n'être que le cadet de Chavannes ? Il se mit à blâmer la vie perdue, folle, scandaleuse, de mon aîné Victor Octave, et à dire que, s'il mourait par hasard, je deviendrais l'héritier du titre et de tous les biens du marquis Olivier, et que je serais un plus digne représentant de la famille que cet étourdi d'Octave. Ce mot léger, *par hasard*, me fit tressaillir comme si j'eusse marché sur la queue froide et visqueuse d'un serpent. Jusqu'alors j'avais eu en grande admiration le savoir du recteur. Depuis, je tiens la science en horreur et je chasse. Les robes noires me font peur... — Il s'interrompit encore, mais ce fut pour s'écrier joyeusement : — Ah ! le sang remonte au visage ! Aujourd'hui, je rends grâce au recteur de ce qu'il m'a appris. Je pourrai défaire sa besogne. Comme je me défie de lui, je suis toujours cuirassé de sa cui-

rasse et armé de ses armes. — Puis, se frappant le front, il s'écria : — Mais que vais-je faire de cette malheureuse ? Je ne puis la sauver sans perdre mes frères. Dois-je donc sacrifier toute notre race au salut de cette colliberte ?

» Une lutte terrible s'engagea dans son esprit. Pendant qu'il hésitait entre le cri de la conscience et celui de la nature, la chaleur pénétrait tous mes membres. Je me sentais revivre. Mais en même temps je comprenais mieux ma position et une effroyable angoisse me saisit au cœur.

. . . .

» Orré, en proie à la plus vive agitation, l'âme déchirée par les sentiments les plus contraires, pris entre son devoir et son orgueil de famille comme entre deux tenailles ardentes, regrettait peut-être sa généreuse action.

» Au même instant, ses frères, inquiets de ce qui se passait, sortirent de la salle des Panoplies, et, s'attroupant dans la cour, l'appellèrent à grands cris.

» Il ouvrit une fenêtre et leur demanda d'une voix altérée :

» — Que voulez-vous ?

» — N'as-tu pas bientôt fini de prier, Orré ? — dit Richard.

» — Viens boire avec nous, — ajouta Michel.

» — Je suis à vous dans l'instant, — répondit-il, — mais laissez-moi faire paisiblement mon métier de corbeau. Si quelqu'un de vous tient à m'aider..

» — Non ! non ! — s'écrièrent-ils.

» Il se retourna.

» J'étais relevée à moitié sur mon lit de mort, accoudée, les cheveux épars, l'oreille tendue, écoutant avec terreur.

» Orré devint pâle.

» Je murmurai :

» — Oh ! si j'entendais le pas du cheval du marquis Olivier, je serais sauvée !

» — Silence, malheureuse ! — s'écria le cadet de Chavannes d'un ton farouche. — Vous seriez sauvée, dites-vous, et mes frères seraient perdus, n'est-ce pas ? Voulez-vous donc me faire repentir de vous avoir sauvée ? Croyez-vous donc que je ne tienne pas davantage à l'honneur et à la vie de mes frères qu'à la vôtre ? Pourquoi me rappeler que monseigneur Olivier serait un père et un juge implacable ?

» — Oh ! si je l'entendais venir seulement ! — repris-je avec cette obstination des gens pris d'une folle terreur.

» — Si vous l'entendiez, madame, vous seriez noyée dans un des étangs de la Bauge avant d'avoir pu dire une parole contre un de mes frères.

» — Que voulez-vous donc faire de moi ? — dis-je épouvantée. — Ne m'aiderez-vous pas à fuir de cette caverne, vous qui m'avez réveillée de la mort ?

» — C'est impossible, — répondit-il avec rudesse. — On doute de moi, on me soupçonne. Les issues sont toutes surveillées et gardées.

» La voix des jeunes gentilshommes retentit de nouveau dans la cour.

» — Descends vite, Orré ! — cria l'un d'eux. — Si tu ne peux venir seul à bout de la tâche, nous allons tous remonter et t'aider. Notre père peut arriver à chaque instant, et nous ne voulons pas qu'il voie ce triste spectacle ; il en deviendrait fou.

» — Vous entendez ? — dit Orré en dirigeant sa main vers la fenêtre.

» Je me résignai, et, croisant mes bras sur ma poitrine, je répliquai doucement :

» — Qu'allez-vous décider de moi ? J'attends.

» Il courut à la fenêtre et cria :

» — Patience, patience, mes frères ! — Puis, se tournant vers moi : — Vous ne sortirez pas de cette chambre, madame ; vous ne quitterez pas ce lit autour duquel ont été psalmodiées les prières des agonisants.

» — Que dites-vous donc, Orré ? — m'écriai-je. — Mais c'est une chose insensée et impossible ! Mais je ne veux pas, entendez-vous ? je ne veux pas !

» — Les morts n'ont pas de volonté, madame, et vous êtes morte pour tous... Ils ne jettent pas loin d'eux leur linceul, et vous êtes morte pour tous.

» — Orré, regardez-moi donc, que je voie si vous raillez ou si vous devenez insensé, — repris-je. — Vous m'avez rendu la force, et je veux vivre. Je saurai me défendre maintenant et crier à l'aide, et ma voix parviendra bien à toucher quelque cœur. Tous les hommes ne ressemblent pas à vos frères, ces tigres à face humaine !

» — Mes frères sont là, madame, — dit-il avec calme, — seuls dans cette aile du château ; si vous me forcez à devenir leur complice, ils ne tireront pas l'épée contre moi, mais ils me tueront sans merci s'ils croient que je vous ai sauvée.

» — Mon Dieu ! je ne sais si ma raison s'égare, — répondis-je éperdue, — mais je ne vous comprends pas, Orré.

» — Pas un cri ! pas une plainte ! madame, — dit le jeune homme. — On me surveille, on pourrait vous entendre.

» — Mais expliquez-vous, — lui demandai-je à voix basse. — Quel est votre dessein ?

» — Le seul qui puisse vous sauver, madame, — répondit-il. — Les morts ne sortent pas de leur bière, eux, et vous en sortirez, vous ; mais il faut que pour tous la colliberte soit morte.

» — Et ce n'est point là une raillerie, Orré ? Ce que vous exigez là est bien sérieux. Je serai morte pour le marquis Olivier.

» — Pour le marquis Olivier, qui vous pleurera, madame, — répliqua durement le cadet de Chavannes.

» — Et pour mon enfant ? — demandai-je alors agenouillée sur le lit funéraire, les mains jointes, le cœur serré, des larmes plein les yeux.

» — Surtout pour votre enfant Jacques, le collibert, madame, — dit encore le jeune homme. — Autrement mes frères seraient perdus, notre nom serait souillé, notre écusson flétri. Aujourd'hui le crime n'a pas plus droit d'asile chez les gentilshommes que chez les bourgeois et les manants. La tête coupée paye la main sanglante. Il ne faut pas que le crime des héritiers de Chavannes soit révélé. Je ne puis être le juge ni l'espion des miens. Si jamais ce crime devait publiquement éclater, la main du bourreau ne les flétrirait pas. Je vengerais moi-même la société dans leur sang. Voilà comment je comprends l'orgueil féodal.

» — Mais je vous jure, Orré, — interrompis-je, concevant une lueur d'espoir, — que je ne dirai rien de mes tortures ; que nul ne saura, ne soupçonnera même ce qui s'est passé ; que jamais une accusation ne sortira de ma bouche... Je m'y engage par le serment que vous me dicterez vous-même.

» — Je sais que vous êtes bonne et douce, — dit le cadet de Chavannes ému ; — mais mon père vous aime trop, madame, et je vous hais, moi, comme les autres. Vous vous êtes placée entre lui et ses enfants. La passion dégradante qu'il a conçue pour vous, humble colliberte, a affaibli son affection pour ses fils légitimes et exalté sa rigueur naturelle. La destinée vous mène, vous ne pouvez empêcher le sort. Le marquis est soupçonneux et terrible ; il vous interrogera. Je veux que vous résistiez à ses menaces et à ses prières encore plus puissantes sur votre âme faible. Ses soupçons ne feront que s'accroître. Plus tard, dans un moment de colère, sous le coup d'un outrage, humiliée par quelqu'un de mes frères, un mot peut vous échapper. Leur vie, à côté de vous qui tenez leur secret, qui les avez dans votre main et sous votre pouvoir, serait intolérable. Que l'un d'eux frappe votre enfant, votre cœur de mère se révoltera, et, pour venger le collibert, vous dénoncerez et accuserez sans pitié le coupable auquel vous auriez promis le pardon et l'oubli ! Vous voyez, madame, qu'il m'est impossible de vous sauver ainsi ouvertement sur la foi d'une parole... D'ailleurs, si vous vouliez sortir de cette cham-

bre, libre, sereine et d'un pied assuré, mes frères vous attendent, vous dis-je, au bas de l'escalier de la tour. Ce sont les seuls valets, les seuls gardiens qui veillent sur vous. Et ce que le poison n'aurait pu faire, l'épée ou le poignard l'accomplirait sans pitié.

» — Oh ! pourquoi ne m'avez-vous pas laissée mourir ? — dis-je en retombant accablée sur ma couche. — Je regrette le poison du recteur. Pourquoi l'avoir repoussé de mes veines ?

» — Parce que je ne suis pas un lâche et un assassin, pauvre femme, — répliqua Orré, vraiment touché de mon désespoir. — Mais ayez confiance en moi, laissez-vous envelopper du suaire, laissez-vous étendre dans le cercueil. On craint le retour du marquis, et on ira vite en besogne... Dans les premières heures de la nuit, je viendrai lever le couvercle de la bière ; vous me suivrez, et je vous guiderai vers un asile où vous serez à l'abri de toute indiscrète curiosité. Là vous expierez le malheur d'avoir inspiré une passion aveugle au marquis de Sanglier-Chavannes.

» — Me laisser enterrer vivante ! — m'écriai-je avec horreur, — mais c'est un supplice affreux. Jamais, jamais je n'y consentirai !

» — Nous montons, Orré ! — crièrent les frères dans la cour.

» — Apportez la bière ! — leur répondit-il d'une voix tonnante. Puis, revenant à moi : — Trêve de pamoison ! — fit-il brusquement, — il ne s'agit plus de faiblesses de femme. Si vous refusez... eh bien ! il y a encore du poison dans le verre que le recteur a laissé sur l'encoignure de l'estrade. Buvez à l'instant, ou bien levez-vous et sortez de la chambre ; vous rencontrerez mes frères au haut de l'escalier, à l'entrée de la première salle.

» Un effort d'énergie désespérée m'emporta.

» — Enveloppez-moi dans ce linceul, Orré, — lui dis-je.

» — Vous jurez, n'est-ce pas, que vous ne sortirez pas sans mon consentement de la retraite où je vous cacherai, que vous ne vous montrerez pas à âme vivante, que vous resterez morte pour tous.

» — Je le jure ! — fis-je d'une voix éteinte.

» — La vie du collibert répondra de votre fidélité à tenir votre parole.

» Je tressaillis. Orré, entendant les pas de ses frères qui approchaient, m'entortilla dans le suaire et m'en couvrit le visage.

» Je crus que j'étoufferais sous ce drap léger, qui pesa comme une montagne entre l'air et moi.

» Les jeunes gentilshommes entrèrent.

» Richard s'écria :

» — Tu as été bien long, Orré. Aussi pourquoi refuser l'assistance de ce bon recteur ?

» Orré haussa les épaules.

» — La bière est-elle prête ? — dit-il.

» — Voici Jean et Michel qui l'apportent.

» — C'est bien. Hâtons-nous ! Donnez-moi les clous et les marteaux.

» Les deux porteurs laissèrent pesamment tomber à terre la boîte funèbre.

» Orré me prit dans ses bras et me coucha soigneusement dans le cercueil.

X

SOUS LE SUAIRE.

» J'avais quelquefois entendu parler de malheureux enterrés vivants, surpris par une crise léthargique, et qui écoutaient leurs funérailles s'accomplir sans pouvoir déraidir leurs bras paralysés, ni faire sortir un cri de leur gosier, ni soulever leurs paupières lourdes comme du plomb.

. » Cette pensée me vint à l'esprit, et mes cheveux se dressèrent d'horreur sur mon front.

» Eh bien ! ma situation était plus horrible que la leur. Ils faisaient des efforts inouïs, ces infortunés ; ils espéraient toujours finir par vaincre cet engourdissement funeste, leur volonté n'était pas complice de leur malheur, et, si leur bouche venait à s'ouvrir, leur regard à briller, un de leurs doigts à remuer, ils étaient sauvés.

» Mais moi je devais au contraire employer tout mon courage et toute ma force à dompter la nature, à rester immobile et muette, à contrefaire la morte, dérision sacrilége, car si je tressaillais, si je jetais un cri de détresse, si je me relevais, rejetant loin de moi le linceul, ce n'étaient pas le salut et la vie qui m'attendaient, c'était la mort que j'appelais.

» Au lieu d'actions de grâces rendues au ciel, je n'entendais que des menaces, des clameurs de malédictions et de haine.

» Orré saisit de ses mains robustes le couvercle de la bière et le posa sur la fatale boîte.

» Je sentis que les ténèbres se faisaient autour de moi. Un vertige éblouit mes yeux, je crus étouffer. Je doutai de la promesse du cadet de Chavannes, je me moquai de ma sotte crédulité. Si Orré était complice de ses frères, pensai-je, ets'il avait joué la comédie pour me faire consentir à descendre de plein gré dans la fosse? La nature se révolta en moi contre le sort que je subissais. J'eus peur.

» En ce moment, ma tête rebondit comme si le cercueil eût été violemment heurté. C'était le contre-coup du marteau qui rebondissait sur les planches avec un affreux bruit.

» Orré plantait le premier clou.

» Chaque coup me faisait froid à la poitrine. Au dixième (je les comptais avec angoisse), je ne connus plus rien ; je me soulevai, je raidis mes bras et mes jambes, je fis des efforts prodigieux pour faire sauter le couvercle. Vains efforts ! un poids inébranlable pesait dessus. Mes ongles alors râclèrent les quatre planches avec furie, machinalement, comme s'ils eussent pu le trouer et le déchirer, Je voulais fuir, je n'avais qu'une pensée. qu'un cri : Mon Dieu ! un clou pour percer le couvercle, un trou pour voir le jour, le ciel bleu, les nuages ! une fente pour aspirer l'air, une issue pour fuir !

» Hélas ! misérable, il m'eût fallu des jours entiers pour parvenir à trouer ces planches des jours ! Et dans quelques minutes on allait peut-être emporter la bière !

» Les marteaux clouaient toujours.

» Ah ! je ne pensais plus, je l'assure, au danger de reparaître aux yeux des frères de Chavannes. Je les appelais, je les désirais de tout cœur, j'aurais voulu revoir leurs visages menaçants et furieux. C'étaient des hommes, des vivants. Je pouvais espérer toucher leur âme par mes prières et mes larmes ; je me disais que je trouverais de telles paroles qu'ils ne pourraient les entendre sans se sentir attendris. Ils ne pourraient me repousser quand je me traînerais à leurs pieds, être inexorables et muets comme la fatalité quand j'embrasserais leurs genoux. Leurs yeux verraient mes larmes, leurs oreilles entendraient mes sanglots. Et, s'ils me repoussaient cependant, s'ils se faisaient sourds et aveugles, si je ne trouvais autour de moi qu'un mur de visages d'airain, eh bien ! j'invoquerais Dieu, et je le prierais tant qu'il ferait sans doute un miracle pour moi, qu'il ouvrirait son ciel et m'enverrait un de ses anges en aide. Et, après tout, si je devais mourir, je me disais qu'il valait mieux mourir, les yeux au ciel, de la main des vivants, d'un coup rapide, l'oreille emplie de voix humaines, que dans cette bière muette, morne, implacable, au milieu du silence glacial de la terre, rongée par la faim et le désespoir.

« A cette horrible pensée, je voulus crier et appeler mes assassins, mais de mon gosier ne sortaient que des sons étouffées, étranglés. Cependant ils eussent été entendus, ils le furent même, car aussitôt Orré entonna d'une voix retentissante les prières des morts.

» Ses frères se joignirent à lui, et le chœur formidable étouffa les faibles accents de ma voix mourante.

» Oh ! comme alors je maudis la duplicité de cet homme et ma stupide confiance ! Le blasphème montait à mes lèvres. Je pensais que Dieu m'abandonnait et que c'était horrible d'être condamnée innocente à un tel supplice, Oui, je regrettai de ne pas l'avoir mérité. Mon exaltation s'éleva jusqu'au délire, mais retomba bientôt jusqu'à l'affaissement le plus absolu.

» Les chants cessèrent.

» Tant que les coups de marteau retentirent, j'espérai encore sans trop me l'avouer. Le dernier clou me cadenassait dans la mort et le néant. Mon cœur battait à rompre ma poitrine, comme s'il eût voulu s'élancer hors de sa prison.

» Les porteurs vinrent. Je sentis que la bière se soulevait et se balançait aux mains de ces hommes robustes. Ils se plaignirent du poids. Les jeunes gentilhommes se moquèrent d'eux,

» — Qu'est-ce que le poids d'une femme morte ?—dirent-ils.

» — C'est cela,— pensai-je ;— ces porteurs ont raison d'être surpris. Les morts sont plus légers que les vivants.

Pendant que le cercueil traversait les salles de la tour, n'espérais-je pas encore ? Ah ! c'est bien là le signe de notre amour enraciné de la vie. J'espérais mille choses folles ; que le feu prendrait au château, que le marquis reviendrait, que la foudre tomberait sur le cortége qui m'accompagnait à la froide demeure ; enfin, dernière misère ! que peut-être le fossoyeur serait ivre ou malade, et n'aurait pu encore creuser la fosse.

» J'oubliais que le hasard n'arrive que lorsqu'il n'est ni désiré ni prévu. Le ciel devait rester pur et azuré ; ce jour-là, le marquis Olivier chassait bravement à vingt lieues de la Bauge. Le fossoyeur était bien payé, et il avait fait sa besogne en conscience.

» Dire le frissonnement et la révolte de tout mon être à la première pelletée de terre jetée sur le cercueil serait chose impossible. Je jetai des cris déchirants ; mais le fracas des cailloux et de la terre roulant dans la fosse les étouffa entièrement. Alors je cognai désespérément ma tête aux planches et je fus pris d'un tel accès d'angoisse furieuse qu'au bout de quelques minutes je tombai dans un abattement profond et une sorte de demi-sommeil.

» L'obscurité était devenue compacte et sourde, pour ainsi dire, do fluide, de sonore et d'animée qu'elle est d'ordinaire, même dans les nuits les plus noires.

» Alors les idées les plus frivoles, les songes les plus puérils, les souvenirs les plus étrangers à ma situation traversèrent ma pensée.

» Ainsi je me rappelai dans ses détails les plus insignifiants l'heure où le marquis Olivier m'avait vue pour la première fois. Je revis cette scène de ma jeunesse comme si c'eût été la veille. Je marchais pieds nus dans le ruisseau de la forêt en chantant. Je battais l'eau et la faisais jaillir en pluie autour de moi, pour effrayer les écrevisses et leur faire quitter leurs caches, suivant l'habitude des pêcheuses du pays. Je relevais naïvement de la main ma jupe de laine rouge, pour qu'elle ne trempât point dans l'eau. C'était au soleil couchant. Il ne faisait pas un brin de vent, et les grands arbres du bois étaient immobiles.

» J'entendis le galop d'un cheval bruissant sur les feuilles sèches qui s'amoncelaient dans les allées, car nous étions en automne.

» Puis le cheval parut, monté par un beau cavalier, qui ôta son chapeau et me salua en souriant.

» Je restai toute honteuse, et le feu au visage.

» — C'est vous qui chantiez si bien, ma belle enfant, —dit-il d'une voix douce.— Les oiseaux se taisaient pour vous écouter, et ils avaient raison, car vous leur donneriez des leçons. C'est votre voix qui m'a guidé jusqu'ici, car depuis plus d'une heure je me suis égaré dans la forêt.—Je ne savais que répondre à ce beau monsieur si poli. Ce langage si nouveau pour moi, habituée aux grossières rebufades et aux injures des paysans, m'étonnait et me charmait à la fois. Il continua : — Je voudrais retourner chez moi, la belle. Ne pourriez-vous m'indiquer le chemin le plus direct ?

» — Vous êtes donc du pays ? — dis-je étonnée.

» — Oui, je suis du pays, — dit-il en riant.

» — Et où est-ce votre chez vous ?

» — Au château de la Bauge, ma petite.

» Je faillis tomber à la renverse.

» — Vous êtes le grand marquis ! — m'écriai-je stupéfaite.

» Car l'intendant du château était l'homme le plus éminent que mes yeux eussent jamais entrevu.

» — Cela vous fait-il peur, mon enfant ?

» — Que non pas, — dis-je timidement.

» Mais je tremblais de frayeur, et il le vit bien, car il me dit en me menaçant du doigt :

» — Vous mentez ! fit ce n'est pas bien de mentir à votre seigneur.

» Enfin il m'encouragea si bien que je sortis du ruisseau et que je marchai devant lui pour lui montrer le chemin, en tenant mes sabots à la main.

» A la vue du château, je m'arrêtai et je lui dis :

» — Maintenant, not'seigneur, vous ne pouvez plus vous égarer, vous v'là chez vous.

» — Tiens, — dit-il, — déjà arrivés ! Tant pis ! je serais allé comme ça jusqu'au bout du monde, sans penser à rien.

» Ce qu'il disait là me fit plaisir et me chatouilla le cœur, car moi aussi j'avais trouvé le chemin court, et pourtant je n'avais pas chanté comme à l'ordinaire, ni cueilli les fleurs des haies, ni guetté les nids d'oiseaux le long des sentiers.

» Le marquis me proposa d'entrer à la Bauge ; mais je lui répondis :

» — Ça ne se peut pas. Mon père serait inquiet de ne pas me revoir, et d'ailleurs les gens du château me chasseraient.

» — Pourquoi donc ? — s'écria-t-il fort étonné.

» — Parce que je suis une colliberte, — répliquai-je après un peu d'hésitation.

» Pourquoi hésitai-je ? Dieu le sait.

» Il laissa échapper un geste de mépris et arrêta court son cheval, comme s'il eût aperçu devant lui, dans l'herbe, luire les anneaux diaprés d'un reptile.

. . . .

» Quoique je dusse m'y attendre, cela me fit de la peine de la part de ce seigneur si galant, et de grosses larmes roulèrent dans mes yeux tandis que je disais :

» — Vous voyez bien que vous êtes comme les autres !

» Le marquis devint rêveur ; puis il répliqua :

» — Viens avec moi ; ils seront bien forcés de te faire tous bon visage.

» Mais je vis bien qu'il parlait ainsi par excès de bonté, et je balbutiai :

» — Chacun sa place, monseigneur ; vous là-haut moi là-bas. La colliberte priera Dieu toute sa vie pour vous.

» Et, lui tournant le dos, je me sauvai brusquement à toutes jambes. A un coude de la route, je me retournai ; il n'avait pas bougé et me regardait toujours, immobile comme un bloc.

» Voilà comme j'eus le malheur d'aimer le marquis Olivier. Eh bien ! même dans ce cercueil infâme, je n'eus pas la force de maudire ce souvenir ; il rafraîchit mon âme, et je pus prier.

» Cependant des heures, qui me semblaient des siècles s'écoulèrent ; je n'espérais plus, seulement je répétais :

» — Oh ! si Dieu me retirait de la tombe, si je pouvais être une de ces bûcheronnes de la forêt, pauvre, misérable, grelottant sous la pluie et le vent, courbée sous le faix, doutant du pain de chaque jour, [oh ! comme je remercierais Dieu, car je serais libre du moins, libre !

» J'eusse en effet accepté toutes les misères pour échapper à la mort, pour aspirer un peu d'air pur, pour entrevoir un nuage, toucher une fleur, une herbe, entendre un chant d'oiseau. C'était une soif enragée d'existence ; mais non, ma vie était dans la main d'un homme qui pouvait m'oublier volontairement, ou se noyer, tomber de cheval, être écrasé par une poutre peut-être, avant l'heure où il devait me délivrer. Je crus que j'allais devenir folle un instant ; mais je pensai à toi, mon enfant, et je me résignai. Je te vis en moi-même, et j'éprouvai une douceur secrète et calmante à me dire : Je souffre pour lui !

» Ma résignation toucha Dieu. Orré tint sa parole. Resté seul avec le fossoyeur, il l'avait empêché de combler la fosse tout de suite ; et, dans le silence de la nuit, il vint me tirer de mon sépulcre.

» Il me cacha d'abord dans une hutte de *chapuseurs* abandonnée ; puis, quand le marquis eut quitté la Bauge et fait condamner mes anciens appartements, Orré me les donna pour asile, en me révélant l'issue qui mène aux souterrains, afin que je pusse m'y retirer au besoin.

» J'ai vécu ainsi des années, recluse, inconnue de tous, seule, tandis que le monde s'agitait et bourdonnait autour de ma retraite. Ma vie sans but a coulé comme un ruisseau perdu sous les sables, qui ne baigne aucune verdure, qui n'arrose aucune fleur. J'ai compté bien des jours, pour moi monotones et vides, tandis que, pour les autres, ils étaient pleins d'événements, d'affection, de plaisirs et de dévouements. Cette jeunesse rayonnante que Dieu ne nous donne qu'une fois, cette beauté qui se fane et qui ne refleurit jamais, se sont usées dans les larmes solitaires. Nul sacrifice, nul danger bravé, nul obstacle renversé ne pouvaient me faire revoir ceux que j'aimais, car l'obstacle, c'étaient mon serment et la vie de mon fils. Parfois ma raison s'altéra. Je me figurais être l'âme errante et gardienne de ce vieux manoir. Je chantais souvent des complaintes tristes comme mon cœur, et je me disais :

» Si Jacques m'entend par hasard, s'il rôde autour de la Bauge, si quelque chose va de moi à lui, il comprendra que sa mère l'appelle et que mes bras s'étendent pour le serrer sur mon sein.

» Hélas ! mon bras et mes lèvres ne trouvèrent jamais que le vide ! Peut être la mort est-elle plus douce et plus sereine qu'une vie pareille ? Le cœur, comprimé, refoulé dans toutes ses sympathies, ne peut chercher de refuge que dans la démence. Aussi, je te l'avouerai, mon enfant, je n'avais de jours de bonheur que ceux où ma raison s'égarait.

La recluse s'arrêta, épuisée par l'ardeur fiévreuse avec laquelle elle avait achevé ce douloureux récit.

— Pauvre mère ! — dit Jacques, dont le visage était baigné de larmes, — jamais femme n'a souffert plus que toi. Tant d'hommes réunis pour assassiner une faible créature sans protecteur et sans défense, c'est à en devenir fou de rage et de honte ! Oui, c'est à en douter de Dieu !

— Douter de Dieu quand je te retrouve ! — reprit-elle ; — quand je t'embrasse ! Mais songe donc que je suis heureuse ; que, grâce à mes souffrances, tu n'as pas été malheureux, toi ! car ta vie a été sauve ; car tes frères ont été doux et humains pour toi, n'est-ce pas ?

— Doux et humains ! — répondit-il avec un rire amer. Oui, comme pour leurs chiens de chasse. Ne m'ont-ils pas outragé, humilié, nourri et battu comme leurs chiens ? n'ai-je pas fait pitié aux valets ? Mais patience, patience ! la dent du rat brisera le boutoir des sangliers. Je les croyais des gentilshommes cupides et brutaux, mais non pas des assassins et des lâches !

— Calmez-vous, Jacques, — lui dis-je effrayée de son état d'exaspération.

— Me calmer, — reprit-il, — lorsque je vois ma mère sur ce grabat de paille humide, ma mère qu'ils ont séparée de moi pendant tant d'années ! Que de bonheur perdu. mon Dieu ! que de larmes amères qui n'auraient pas coulé et qui sont retombées brûlantes sur mon cœur ! Cette dure captivité au milieu de ces noires murailles, je pourrais la pardonner s'il s'agissait de moi, mais non quand c'est ma mère qui en a souffert les tortures.

— Que voulez-vous donc faire ? — lui demandai-je. — Oh ! n'essayez pas de lutter contre eux, ils sont ici les maîtres souverains.

— Camille, — interrompit le collibert d'une voix tremblante, — moi qui suis fou de liberté et de soleil, s'ils m'eussent enfermé avec ma mère, si j'avais pu être son compagnon de douleur, je me serais cru heureux et je les aurais bénis. Mais séparer le fils de la mère et le laisser pleurer sur une tombe vide ! Ah ! il est vrai qu'ils la croient occupée par le cadavre de la colliberte,—ajouta-t-il avec un rire terrible,—et que c'est Orré seul qui a exigé le serment !

— Soyez prudent, Jacques, — lui dis-je encore, — ils sont nombreux, ils sont robustes, ils sont les seigneurs du château, et vous n'êtes qu'un enfant.

— Mais voyez donc ces cheveux blanchis et clairsemés, — s'écria-t-il en me montrant la colliberte, — ces haillons de bure, cette pâleur de la faim sur le visage de ma mère ! Elle avait froid tandis qu'ils brûlaient des chênes entiers dans leur foyer ; elle avait faim pendant qu'ils s'asseyaient à des tables odieusement surchargées de venaison et de vins exquis.

— Eh bien ! il faut fuir avec votre mère, Jacques, fuir ce repaire de bandits.

— Oui, — répéta-t-il, — nous fuirons. Et les assassins resteront ici, mais pour y souffrir à leur tour. Je veux que le marquis vienne avec nous, et, pour l'y décider, je le ferai descendre dans ces caveaux. Ma mère, bientôt tous vos sauveurs seront réunis autour de vous. Préparez-vous à revoir monseigneur Olivier du Sanglier-Chavannes.

La recluse joignit les mains et nous dit :

— Je vous attendrai en remerciant Dieu.

Nous nous éloignâmes, suivis de Bastien Lenoir, qui avait tout écouté dans un morne silence. Chaque fois que le nom du marquis avait été prononcé, j'avais vu briller un éclair dans ses yeux, et les souffrances de la colliberte ne semblaient pas l'avoir ému. Elle lui inspirait un singulier mélange de mépris et de crainte.

Son dévouement pour Orré nous répondant de sa discrétion, nous lui enjoignîmes de rejoindre immédiatement son maître.

Le collibert entra chez le vieux marquis. Moi je retournai dans la chambre d'Octave, la tête bouleversée par ces étranges événements, et j'appris avec terreur, par un domestique, que le comte venait d'arriver de la chasse, de fort mauvaise humeur, et qu'il m'avait déjà demandée plusieurs fois. Or, on ne l'attendait que le lendemain, cette chasse n'étant qu'un prétexte de tournée dans les paroisses voisines.

XI

AMOUR PASSÉ.

La porte de la chambre était entr'ouverte. J'avança à pas légers ; mais je m'arrêtai sur le seuil en entendant parler.

Octave était seul. Il se promenait de long en large avec agitation et laissait échapper des phrases entrecoupées. J'écoutai, prise d'une curiosité anxieuse.

— Il faut en finir, — disait-il. — Je ne veux pas trai-

ner plus longtemps ce boulet rivé à ma vie. Renée se doute de quelque chose. Le recteur aura deviné mon secret et il aura parlé... Allons ! un quart d'heure de courage, et j'aurai soufflé sur ce brin de paille qui s'interpose entre le bonheur et moi.—Ces paroles me glacèrent. J'entrai néanmoins, et le comte ne m'eut pas plus tôt aperçue qu'il s'écria avec un accent de sarcasme : — D'où venez-vous donc, Camille ? Il paraît que vous mettez mon absence à profit pour vous livrer à de petites promenades sentimentales et nocturnes dans les corridors du château ? Si j'étais un amant espagnol ou un More de Venise, je pourrais vous demander compte de ces mystérieuses équipées ; mais un chevalier français ne doit pas se montrer si curieux. Permettez-moi seulement de vous dire, ma chère, que je vous attendais avec impatience, parce que nous avons à causer ensemble de choses sérieuses.

— De choses sérieuses ! — répétai-je fort émue du contraste de son ton léger et frivole avec les paroles que j'avais surprises et l'agitation visible qui le dominait en ce moment.

— Vous m'aimez, n'est-ce pas ? — reprit vivement Octave en serrant mes mains dans les siennes et plongeant un regard inquisiteur dans mes yeux, comme s'il eût voulu lire jusqu'au fond de mon âme.

— Avez-vous donc perdu le souvenir de tous les jours écoulés ? — répondis-je, surprise de cette question dont je ne comprenais pas le but.

— Vous m'aimez, Camille, — continua monsieur de Chavannes d'une voix altérée, — vous m'aimez sans égoïsme, pour moi seul, d'un amour sans bornes. Vous n'hésiteriez pas à vous sacrifier pour mon intérêt ! N'est-ce ce pas là ce que vous m'avez dit souvent ?

Je sentis mon cœur tressaillir d'un effroi instinctif ; mais je répliquai avec effusion :

— Oh ! que je serais heureuse de pouvoir te servir en quelque chose, Octave. Mon âme est tellement à toi que je me reproche sans cesse de l'être ici inutile, à charge peut-être. Ne suis-je donc pas même bonne à t'épargner un danger, à remplir quelque mission où ma vie serait le bouclier de la tienne ? Hélas ! je n'ai plus même le pouvoir de te consoler, de rendre ton front plus calme et plus serein, de ramener le sourire à tes lèvres, quand tu rentres soucieux et triste de tes réunions royalistes.

— C'est que nous allons jouer une terrible partie en effet, — interrompit Octave. — Nous sommes accablés des plus graves préoccupations. La levée de toutes nos paroisses est décidée. Désormais je vais me consacrer tout entier à cette tâche immense. Et vous comprenez, Camille, — ajouta le comte avec une sorte d'hésitation, — qu'un soldat en campagne ne doit plus avoir qu'une seule maîtresse, la gloire.

Je pâlis, mais à toute force je ne voulais pas comprendre ; je désirais retarder le moment fatal où Octave répudierait notre amour, ou plutôt, dois-je dire la vérité ? je ne croyais pas qu'il osât en venir là. Je pensais qu'il garderait encore pour moi un peu de respect humain, de la pitié, un peu d'amour, que sais-je ?

— Oh ! ne vous excusez pas, mon ami, — lui dis-je doucement. — Vous voir de loin en loin me suffit... Nous autres femmes, nous ne savons qu'aimer. Mais les hommes, eux, je le comprends, il leur faut une vie extérieure, plus brillante, plus animée que cette vie silencieuse du cœur à laquelle ne manquent pourtant ni les joies folles ni les orages. Vous avez une épée, Octave, et vous voulez atteindre cette belle chimère que vous appelez gloire et honneur. Vous avez un esprit élevé et profond, et vous voulez acquérir une position éminente au milieu de ce chaos politique où tous les talents et toutes les ambitions font avalanche les uns sur les autres... Vous avez pris à la cour des goûts et des habitudes de luxe et de splendeur. Il vous faut des parcs, des valets nombreux, des chevaux de race, des piles d'or à couvrir les tables de jeu, et vous voulez payer tout cela au prix de vos veilles et de votre sang. Cela vous dévorera les meilleures heures de votre jeunesse. Mais qui oserait vous blâmer? Pour l'homme je le sais, l'amour n'est qu'une distraction, une halte, un entr'acte dans la vie... et pour la femme c'est le but même de la vie. La femme qui aime véritablement doit se soumettre à cette loi inflexible... et je me soumettrai, Octave.

Le comte avait écouté ma réponse avec une impatience mal déguisée, et il reprit froidement :

— Vous ne m'avez pas laissé achever ma pensée, Camille. Je voulais vous dire que le château, moi absent, ne sera plus une habitation convenable pour une femme. La Bauge deviendra un bivac, une caserne où l'on n'entendra plus que les cris de guerre, les roulements de tambour, le choc des fusils, où l'on ne respirera plus que l'odeur de la poudre. Il faut donc que vous partiez, Camille.

— Que je parte ! — répétai-je, aussi bouleversée que si je n'eusse pas dû m'attendre à cet avertissement brutal ; — mais ma sûreté est là où vous êtes, Octave ; c'est vous qui m'avez conduite dans ce pays où je suis étrangère. Oh ! je resterai au château ; une femme n'est jamais inutile, à portée des champs de bataille ; je payerai l'hospitalité des vôtres en soignant leurs blessés.

— C'est impossible, — dit-il sèchement. — Vous partirez.

— Vous me chassez ! — m'écriai-je d'une voix altérée. Il garda le silence et baissa les yeux, humilié involontairement du rôle lâche qu'on lui faisait jouer. — O dernière honte ! vous me chassez, monsieur, — dis-je en éclatant. — Alors pourquoi jouer encore la comédie? Jetez ce nouveau masque; montrez votre âme à découvert, dites-moi franchement : Je ne vous aime plus. Et croyez-vous donc avoir besoin de m'apprendre que vous en aimez une autre? L'heure du mensonge est passée , celle de la trahison est venue. Oh ! soyez généreux, monsieur le comte, n'essayez pas de me tromper encore, car on ne trompe pas une femme qui aime et qui vit en vous... une femme dont le regard veille sur vous, dont le cœur vous épie à toute heure. Et d'ailleurs la jalousie n'est-elle pas un pressentiment que Dieu jette comme un éclair brûlant dans le cœur de la femme oubliée? Si vous voulez que je ne vous soupçonne pas, si mes soupçons vous outragent, empêchez donc mon front de pâlir quand votre sourire cherche mademoiselle Renée de Béjarry, et tout mon corps de se glacer quand vous touchez sa main.

— Vous comprenez donc, ma chère, qu'il faut partir,— me répondit nonchalamment Octave.

Juste Dieu ! vous entendîtes cette réponse infâme, et, pour me châtier davantage de ma faute, vous ne m'accordâtes pas la grâce de tomber morte aux pieds de cet homme sans cœur.

Lorsque je pus recouvrer la parole, que l'indignation avait étouffée quelques instants dans mon gosier, je lui dis avec un sourire de mépris :

— Je comprends que cette noble fille ne sera jamais votre femme, monsieur de Chavannes, tant que j'aurai un souffle de vie.

— Vous êtes folle, Camille, — dit le comte en haussant les épaules. — Qui donc m'empêcherait d'épouser Renée, si j'en avais réellement l'envie ?

— Moi, Octave ; car, avant de vous voir la conduire à l'autel, je m'accuserais devant tous de mes souillures ; je proclamerais ma honte, je m'avouerais votre maîtresse.

— Soit, — dit le gentilhomme, — vous êtes encore assez jolie pour rendre mademoiselle Renée fière de son triomphe. Vous ferez ombre au tableau de notre bonheur. Ce sera d'assez mauvais goût, cette esclandre; mais, bah ! au fond de la Vendée !

— Mais je ferai plus, — m'écriai-je, — que de me plaindre comme une petite niaise séduite et abandonnée. On rirait de moi et l'on vous admirerait comme un galant roué. Je sais que pour un homme c'est un mérite charmant que de perdre une pauvre fille qui croit à la parole qu'emporte le vent. Tant pis pour nous si nous n'avons

pas su nous garder, si nous avons commis le crime d'aimer, si nous avons laissé battre dans notre poitrine ce cœur que Dieu nous a sans doute donné pour rester muet et glacé... Honte à l'enfant ignorante et crédule, mais honneur au corrupteur pervers qui l'a trompée de parti pris, de sang-froid, pour le plaisir de se distraire et de flétrir la vie entière d'une créature innocente !... C'est là la morale du monde... Eh bien ! monsieur, je ne vous ferai pas trophée, comme vous l'espérez. On ne rira pas de ma crédulité. On ne vous félicitera pas de votre talent de séducteur, car je montrerai à tous, à mademoiselle Renée la première, votre promesse de mariage.

— Vous feriez cela, Camille ! — interrompit Octave d'une voix brisée par la colère.

— Je leur dirai à tous, — continuai-je, — pour quel prix vous l'aviez signée de vos noms Victor-Octave de Chavannes, et nous verrons si votre père, ce loyal gentilhomme, que j'invoquerai comme on invoque Dieu au moment de périr, me repoussera du pied ainsi qu'une vagabonde et une mendiante.

— Vous oseriez parler de cette promesse à mon père ! — s'écria le comte tout à fait désespéré.

Car, malgré toute sa forfanterie, il redoutait encore, ainsi que ses frères, la volonté énergique de l'aveugle, et il connaissait sa loyauté chevaleresque.

— Je lui parlerai, — dis-je fermement.

— Oh ! je saurai bien vous forcer au silence, — répliqua-t-il. — Ah ! vous voulez me perdre... ! et voilà pourtant ces femmes qui se vantent d'aimer !

— Vous perdre, Octave, parce que je réclame votre promesse sacrée?

— Me perdre parce que, pour soutenir cette levée de boucliers dont je vais être le chef, j'ai emprunté des sommes considérables sur mon héritage, et que mon patrimoine ne pourra jamais acquitter plus de la moitié de ma dette.

— Ainsi donc ce n'est point un soupçon insensé de ma part. Vous ne comptez pas remplir cette promesse que vous me fîtes autrefois avec tant d'enthousiasme. Vous désirez épouser mademoiselle Renée de Béjarry.

— Mon mariage avec ma cousine peut seul me sauver et me permettre de faire honneur à ma signature, vous dis-je. Jugez-moi comme il vous plaira, Camille. Je n'aime pas cette fière amazone, mais j'ai besoin de sa fortune.

Je l'interrompis.

— Vous ne l'aimez pas, Octave. Oh ! si je pouvais le croire !

— Je vous le jure, Camille... Ainsi donc sauvez-moi. C'est votre amour que j'invoque... Soyez généreuse ; rendez-moi cette promesse.

— Vous n'aimez pas mademoiselle Renée? — répétai-je encore.

— Non, Camille, — dit le comte avec une sorte de franchise passionnée. — Cette fille hautaine me traite souvent avec une sorte de pitié dédaigneuse à laquelle je ne suis guère habitué. Quand je lui parle d'amour, elle me répond le plus souvent par des sarcasmes, ou se montre plus exigeante en conditions que les dames errantes de nos romans de chevalerie. Je cherche en vain à retrouver auprès d'elle mon sang-froid et mon esprit de cour. Je reste triste, embarrassé, honteux quelquefois du rôle qu'elle me fait jouer. Oh ! il me semble même que je la hais de me rendre ainsi inférieur à moi-même.

— Non, vous ne la haïssez pas, — repris-je alors d'une voix tremblante. — Vous l'aimez éperdument, monsieur le comte. Cette femme vous domine comme un enfant. Pour elle vous seriez capable de tous les dévouements comme de toutes les bassesses ; pour elle vous vous servez de mon amour contre moi. Octave, à partir de ce moment, vous ne pouvez plus me tromper, car j'ai lu mieux que vous-même dans votre âme. Assez longtemps j'ai subi mon malheur sans une plainte, assez longtemps j'ai faibli devant votre volonté. Tout à l'heure encore, j'eusse fait à votre avenir égoïste le sacrifice de ma vie, mais je ne veux pas servir de marchepied à votre amour pour une autre, je ne veux pas vous conduire moi-même dans la chambre de ma rivale. Je rendrai ce mariage impossible.

Octave vit bien qu'il avait perdu son pouvoir de fascination sur moi. Alors il fut pris d'un aveugle transport de fureur, et, dédaignant toutes les formes d'une courtoisie inutile, il laissa éclater ce fonds de violence brutale et implacable qui existe dans le cœur de tous les hommes, et que les gens du monde ont seulement l'art de déguiser plus habilement que les gens du peuple.

— Malheureuse, — s'écria-t-il, — rien au monde ne m'arrêtera, sachez-le bien, pour atteindre le but que je me suis tracé! La promesse, donnez-la moi, que je la déchire, que je la brûle, que je l'anéantisse à jamais, qu'il n'en reste pas un mot, pas une lettre?

— Elle est dans d'autres mains que les miennes, monsieur, — dis-je avec une apparence de calme, quoique mon cœur battît avec force et que mes yeux se remplissent de larmes.

— Mensonge! mensonge! — répéta le comte. — Je la veux, entendez-vous!

— Que je dise un seul mot, et elle sera connue de votre père, — dis-je encore.

— Cela ne sera pas! — s'écria Octave. — Rends-moi ce papier maudit de bonne grâce ou je saurai t'y contraindre. — Cette lutte était affreuse. Le comte s'avançait vers moi avec un regard si flamboyant de menaces que je reculai jusqu'à la muraille, où je restai adossée. Non, il n'est pas de plus dure épreuve, de pire douleur pour une femme que de voir l'homme qu'elle a aimé et qu'elle aime encore, celui qui devrait être son soutien et son protecteur contre tous, devenir son ennemi et son bourreau, et user contre elle, faible, immobile, sans défense, de cette force qui eût dû être son bouclier. Oh! rencontrer la haine dans ces yeux qui vous ont souri tant de fois, entendre sortir des menaces et des outrages de cette bouche qui pressait la vôtre et qui ne murmurait alors que des paroles d'amour et des promesses de bonheur éternel, oui, c'est là une de ces souffrances où le cœur de la femme se brise ou se pétrifie! Du jour où je fus réduite à trembler devant l'homme que j'aimais, à avoir peur de lui, à le voir haineux et mauvais, la figure ravagée par l'emportement et la colère, ma vie morale fut terminée. — Tu as peur, enfin! — dit le comte en s'arrêtant tout à coup avec un sourire de triomphe et en me regardant trembler convulsivement de tous mes membres.

— J'ai tant souffert que j'en suis venue à désespérer de la vie, — répondis-je; — mais le désespoir m'a donné du courage. Ah! vous croyez qu'on peut trahir aussi facilement la foi jurée, traîner comme une pauvre esclave à la laisse une jeune fille qui vous a tout sacrifié, son honneur et sa famille, et que, le jour où l'on est las de son amour, on n'a qu'à la dénoncer aux humiliations et aux injures du monde, et que sur ce mot : Va-t'en! elle baisera humblement sa chaîne et la main qui la frappe, et ira mourir dans quelque coin! C'est une erreur fatale, monsieur le comte. Nos destinées sont maintenant liées et inséparables. Il fallait vous en tenir à votre première trahison, Octave; alors je n'aurais su que souffrir et mourir. Aujourd'hui, j'ai la force de me venger. Partout vous me retrouverez sur votre chemin, car nous suivrons le même, dût-il me conduire à l'abîme.

Le comte m'avait écouté sans m'interrompre, avec son sourire glacial. Quand j'eus fini, il saisit mon bras, le serra avec violence et me dit :

— Allons, ma vaillante ennemie, la promesse?

— Je la garderai, — dis-je en pâlissant de douleur mais sans un cri de plainte ou de reproche.

— Par le Dieu vivant! — s'écria-t-il en lâchant mon bras, — dites-moi à qui vous avez confié ce papier?

Je ne répondis pas. Il parut réfléchir un instant.

— Eh bien! qu'importe? — ajouta-t-il plus froidement. — Cette promesse ne signifiera rien du moment où tu ne seras plus là pour en réclamer l'exécution.

— Que prétendez-vous donc faire? — demandai-je, troublée malgré moi de ces bizarres paroles. — Voulez-vous m'écarter de votre chemin par la mort et me punir ainsi de vous avoir trop aimée?

— La mort! pour qui me prenez-vous? — dit le comte en ricanant. — Je ne suis pas un gibier de potence, madame. D'ailleurs les morts parlent par leurs blessures, par les traces du poison, par la trahison de leurs complices. Puisque nous nous sommes loyalement déclaré la guerre, que je vous ai prévenue de la nécessité de votre départ, et que vous refusez d'y consentir, eh bien! demain vous disparaîtrez de ce château, sans violence et du gré de tous ses habitants.

— C'est impossible! — m'écriai-je.

— Très-facile, au contraire, dans ce moment de trouble et de confusion. J'ai deux médecins tout à ma dévotion, et dans vingt-quatre heures vous ne serez plus pour le monde qu'une folle.

— Que dites-vous, Octave? vous ai-je bien compris? Une idée si infernale a-t-elle pu entrer dans l'esprit d'un gentilhomme et d'un chrétien? — dis-je vaincue par l'effroi et joignant les mains. — Folle! vous me feriez passer pour folle, moi que vous avez aimée! Ah! pitié, Octave! Mais on ne vous croira pas; mais cette infamie Dieu ne la permettrait pas!

— Je vous dis, Camille, — reprit le comte avec fureur, — que, si vous persistez dans votre folle résistance à ma volonté, je vous ferai transférer dans la maison de fous de Bressuire, et que qui entre dans ces maisons-là n'en sort plus. Vous serez déchue, malheureuse, de tous vos droits de créature humaine; vos cheveux seront rasés, votre corps emprisonné dans quelque affreux vêtement de force; enfouie dans une loge obscure et étroite, comme une bête fauve, vous ne verrez pas un coin du ciel; l'été, vous serez dans une fournaise, et l'hiver vous aurez froid dans la moelle des os. Vous apprendrez à oublier votre nom, car vous ne serez plus que le numéro un tel.

— Ce que vous dites là est trop horrible, monsieur le comte. Je n'y crois pas. Je parlerai haut, je me plaindrai, on m'écoutera, on aura pitié de moi.

— Le bâton des gardiens sait faire taire les plaintes et les supplications, Camille. Tous les fous se plaignent de leur réclusion à grands cris. Les visiteurs sont faits à cela.

— Vous voulez m'épouvanter, Octave; mais vous calomniez l'humanité. On ne suppose pas à plaisir la folie chez ceux qui ont toute leur raison. Ceux qui m'interrogeront, ceux à qui vous m'aurez dénoncée sauront bien reconnaître que je ne suis pas folle.

— Ils ne le voudront pas, — dit le comte; — car c'est par mes yeux qu'ils verront, et c'est moi qui parlerai par leur bouche. Et, tenez, vous-même deviendrez le complice involontaire de mon projet. La menace seule de ce malheur a bouleversé vos traits déjà et jeté dans vos yeux une expression d'égarement. D'ailleurs, voyez-vous, Camille, les directeurs de ces maisons-là tiennent à conserver leurs clients. La raison des aliénés, ça s'appelle des moments lucides. La manie de tous les fous, c'est d'avoir leur bon sens. On les reconnaît à cela. Aussi les gardiens ont-ils des moyens bien simples pour les mettre à la raison. Ceux qui se plaignent, on leur supprime leur ration de nourriture; ceux qui menacent, on les bat; ceux qui deviennent furieux et qui frappent, on les met à la chaîne.

— O mon Dieu! mon Dieu! pitié au nom d'autrefois! — m'écriai-je en tombant épuisée aux pieds d'Octave, les yeux remplis des funestes visions qu'il venait d'évoquer, et croyant déjà entendre les pas des hommes qui venaient me chercher pour m'entraîner dans cet horrible enfer. — Pitié! — répétai-je machinalement; — mais si je tombe dans ce gouffre, je deviendrai folle, en effet. Seule, perdue au milieu de ces misérables créatures voyant sans cesse leurs figures grimaçantes, leurs contorsions stupides, entendant leurs hurlements sauvages la peur me gagnera, puis la démence... et je finirai par être comme eux... Folle! folle! mon Dieu!... Oh! non, c'est impossible,—dis-je tout à coup surexcitée par l'excès de la terreur;—c'est un rêve dont vous avez voulu éblouir ma pensée pour m'épouvanter et me dompter... Mais vous ne le feriez pas, vous ne pourriez pas le faire...

Et je me relevai haletante, l'interrogeant néanmoins d'un regard fiévreux et éperdu. Il répondit sans s'émouvoir :

— Je vous donne un jour entier pour vous décider, Camille, à quitter volontairement la Bauge. Si vous refusez, vous ne devez plus espérer d'autre asile que la maison de Bressuire.

Et, s'inclinant avec une courtoisie ironique, il sortit de la chambre.

Pour moi, je tombai dans un anéantissement profond, ne sachant vraiment si j'étais bien éveillée ou si je venais de faire un songe épouvantable. Je ne pouvais croire à la réalité de ce qui venait de se passer entre Octave et moi.

XII

L'AVEUGLE.

A partir de cet entretien, les événements marchèrent avec une rapidité foudroyante. Je ne puis guère te les raconter d'une façon complète et précise, car je n'assistai pas à tous, et j'appris la plupart des détails que tu vas lire d'un homme qui eut sans doute intérêt à modifier la vérité dans son récit.

Le collibert avait révélé sans retard au marquis Olivier l'existence de sa mère.

L'impression que produisit cette nouvelle sur le seigneur de la Bauge fut terrible. Elle lui rendit toute son énergie d'autrefois.

Il écouta Jacques sans l'interrompre, sans manifester son émotion par un seul cri de joie. Il restait immobile, morne, le visage semblable à un masque de cire, si bien que le collibert le crut un instant paralysé dans ses facultés morales. Mais quand ce dernier eut fini de parler, le marquis saisit sa main, et Jacques sentit que la fièvre battait dans ses artères.

— Et tu l'as vue, toi ? — dit le vieux seigneur avec un geste d'envie passionnée.

L'accent avec lequel il prononça ces paroles éclaira le collibert sur l'amour profond, absolu et violent du marquis Olivier, et lui fit comprendre sa vieillesse prématurée, l'assoupissement singulier de ses passions et de ses instincts dominateurs.

La mort de la belle Jeanne avait détendu tous les ressorts de la pensée, du sentiment et de la vie physique chez cet homme de fer, dont le cœur et le caractère étaient tout d'une pièce.

Depuis lors il végétait dans une sorte de somnolence agitée seulement de quelques rêves, qui étaient des souvenirs. Mais quand Jacques lui eut répété :

— Ma mère est vivante, je l'ai vue, je l'ai embrassée, — le vieillard parut réveillé et rajeuni par la baguette d'une fée. Il crut que le bonheur, que la vie, que l'amour allaient revenir, que les jours d'autrefois allaient recommencer.

— Mon épée, Jacques ? — dit-il vivement. — Oh! le cœur est toujours jeune. Et moi qui blasphémais le ciel! Je vais embrasser Jeanne. Oh! merci, mon Dieu! Descendons vite à la tour du bord de l'eau, Jacques ; je me sens fort et robuste maintenant.—Guidé par son fils, il parvint jusqu'à la colliberte. Tu devineras facilement l'effet d'une semblable réunion. Deux êtres qui s'aimaient, et qui croyaient ne jamais se revoir que dans l'éternité, qui séparés n'existaient plus que d'une manière incomplète, se retrouvaient. Ils pouvaient confondre leurs larmes et se dire leurs souffrances. Pour eux, ce passé de douleur cessait d'exister. Leurs premières paroles furent des sanglots, puis les sanglots s'éteignirent dans un baiser ; puis le son de leur voix les fit tressaillir tous deux comme une harmonie divine et pénétrante.—Jeanne,—murmura le marquis d'une voix mouillée de larmes, — depuis que je t'avais perdue, j'avais oublié que je vivais !

— Mon cher seigneur, — dit la colliberte, — moi je ne faisais que prier pour vous et que me souvenir. — Alors seulement elle pensa à le regarder. — Laissez-moi vous voir, mon ami, — continua-t-elle. — Ah! je suis bien changée, moi. Vous ne retrouverez plus la belle colliberte. Mais vous, vous êtes toujours le roi des beaux cavaliers de la province, n'est ce pas ? Les hommes ne vieillissent pas aussi vite que les femmes.—La recluse croyait voir le marquis tel qu'au jour de leur séparation. Cependant lui ne répondait pas ; douloureusement surpris en comprenant que Jacques n'avait point parlé de son infirmité, il retenait ses sanglots. A la fin, la colliberte s'effraya de cette immobilité et de ce silence étrange ; son cœur se troubla involontairement. La lanterne de Jacques éclairait peu ; elle se pencha vers le marquis et saisit sa main ; la main resta froide et inerte dans les siennes. Elle la lâcha, et la main retomba, toujours inerte. La recluse laissa échapper un cri d'épouvante : — Mon Dieu ! mon cher seigneur, allez-vous mourir ? Pourquoi votre main est-elle glacée ? Oh ! répondez-moi donc ? rassurez-moi donc ! —Le marquis pleurait.—Vous êtes bien cruel, Olivier, — continua-t-elle ; — ai-je dit quelque chose de mal ? Oh ! parlez ! mes yeux sont sans doute bien affaiblis, mais il me semble que vous détournez vos regards de moi. Seriez-vous donc irrité ? Oh ! je ne vois plus ce regard de lion, si terrible dans la colère, si doux quand il se fixait sur moi. Approchez donc, Olivier, et regardez votre pauvre Jeanne. Les yeux, c'est l'âme. Et je verrai bien tout de suite si vous m'aimez toujours. La bouche peut mentir et tromper, mais les yeux ne savent pas faire semblant d'aimer quand le cœur est indifférent. Olivier, mon mignon seigneur, regardez-moi !

— Hélas ! hélas ! —dit le marquis, — je ne vous verrai plus jamais, jamais. Oh ! ce supplice, je ne l'avais pas rêvé.

— Que voulez-vous dire, Olivier ?— s'écria la colliberte qui arracha la lanterne des mains de Jacques et la porta brusquement au visage du marquis. L'Innocent s'éloigna pour aller faire le guet et ne pas gêner les épanchements de cette entrevue, dont il ne se sentait plus la force de soutenir les émouvantes impressions. — Oh ! votre visage m'épouvante ! — s'écria Jeanne en contemplant le marquis. — Pourquoi cette expression terne et glacée ? Autrefois, en m'apercevant, vos traits s'épanouissaient, vos bras se nouaient autour de mon cou, vos yeux brillaient de joie et de tendresse. Ah ! je devine, — ajouta-t-elle avec un accent de voix amer, — vous me trouvez laide. Mon aspect vous repousse et je vous fais pitié.

— Non, Jeanne, tu te trompes étrangement, — murmura le seigneur de la Bauge avec un sourire forcé, — c'est moi au contraire qui vais te faire pitié. Tu ne comprends donc pas, ma bien-aimée, que je ne puis plus te regarder que dans mon souvenir et dans mon cœur ?

— Mon Dieu ! expliquez-vous, Olivier. Toujours ces yeux fixes et ternes qui m'effrayent !

— Jeanne, je suis aveugle, — dit le marquis. La colliberte poussa un cri déchirant. — Calme-toi, reprit-il ; — tu oublies que les années ont coulé entre nous, Jeanne ; tu te crois au lendemain de notre séparation. Je suis un vieillard, sais-tu ! moi qui te parle. Mais n'accusons pas trop la Providence. Grâce à ce malheur, pour moi tu es toujours belle comme autrefois. C'est ma chère et resplendissante colliberte que je crois voir devant moi et que j'entends, car le timbre pur et argentin de ta voix ne s'est pas altéré. Mais tu ne réponds rien ? Jeanne, me repousseras-tu, toi, parce que je ne suis plus qu'un être infirme ? Parle-moi, car je ne puis te voir, ni connaître si tu souffres, car Dieu m'a fait cette impuissance que je ne pourrais secourir même celle que j'aime, moi qui ai besoin des secours de tous.

— Pauvre Olivier ! oh ! ne doute pas de moi, — dit la recluse,—ce serait un blasphème. Dieu a bien marqué l'heure de notre réunion, puisqu'il l'a fixée au moment où mon aide peut t'être utile, où mon bras débile et mes yeux affaiblis peuvent te guider. Je te ferai une vieillesse heureuse, mon doux seigneur. Tu ne seras plus isolé, végétant dans ton ennui et ta souffrance. Nous fuirons loin de ce château maudit.

— Fuir ! — s'écria le marquis. — Crois-tu donc que mon pouvoir et ma volonté soient paralysés comme ma paupière et mon bras ? Non, Olivier l'aveugle et l'infirme ne sera pas un objet de pitié et de risée. Privé de toi, isolé de toute affection, j'ai pu prendre peu de souci de mes droits; mais, pour te protéger, tu me verras rajeunir. Sois mes yeux, Jeanne, et je reparaîtrai plus terrible que jamais dans la grande salle de la Bauge. J'oublierai que je suis père pour devenir juge.

— Sois clément et miséricordieux, — dit la colliberte.

— Non, — répliqua le marquis. — La clémence serait pour de tels crimes faiblesse et lâcheté. Je te vengerai.— Au même instant ils entendirent comme un bruit de pierres qui roulaient avec fracas, de coups de pioche qui retentissaient sourdement, puis un cri de désespoir et de rage qui éclata avec la vibration d'une corde qui se brise et que répétèrent les échos des caveaux. L'aveugle et Jeanne s'étaient tus et restaient atterrés de surprise et d'effroi. — Quel est ce bruit ? — dit enfin le marquis.

—Je ne sais ; mais mon cœur se serre, — répondit la recluse. — Oh ! si nous pouvions fuir ! J'ai soif d'être tirée de ce sépulcre. Mais je suis encore si faible... Je puis à peine me soutenir sur ce grabat de paille...

— Le collibert nous a dit de l'attendre, — répliqua l'aveugle.

Un nouveau cri de détresse vint retentir jusqu'à eux. La recluse frémit de tous ses membres.

— Mais votre cœur est donc sourd, Olivier?—s'écria-t-elle.—Il n'a pas remué et tressailli à cet appel ? Mais c'est la voix de Jacques! Je n'osais pas vous avouer ma crainte tout à l'heure. Mais c'est lui qui nous appelle et nous attend !

— Jeanne, es-tu sûre de cela ? — dit le marquis d'une voix altérée.—Aurions-nous à craindre un guet-apens? Mais rasssure-toi. Je suis le maître. Que je paraisse, et l'on m'obéira !

Les coups de pioche retentissaient toujours. La recluse se souleva avec effort et fit quelques pas en chancelant ; mais elle s'arrêta bientôt, la mort dans le cœur, en disant :

— Je ne puis, je ne puis aller plus loin. De la force, mon Dieu ! donnez-moi donc de la force! Nous sommes trahis, Olivier. Ils me tueront mon fils. Oh ! lâche créature qui ne peut aller vers son enfant!

—Mais moi je puis marcher ! — s'écria le vieux seigneur ; — j'ai de la force plus que toi. Mais, dussé-je me traîner à tâtons dans ces caveaux...

— Oui, et le temps se passe, et ils le tueront, — interrompit la pauvre mère avec un rire terrible et insensé.

—Mais écoutons,—reprit le marquis. — Le bruit devient plus sourd. Que font-ils ?

Chacun essayait de cacher à l'autre sa crainte mortelle et attendait.

Mais alors ils commencèrent à comprendre le danger qui les menaçait, et la colliberte s'écria:

— Oui, nous sommes trahis. Savez-vous, Olivier, ce que signifie ce bruit infernal. Mes bourreaux font murer l'entrée du souterrain ; ils nous enferment ici comme dans une tombe.

— C'est impossible, — dit l'aveugle. — Ils ne sont pas descendus à ce degré d'infamie de devenir parricides, de tuer celui dont ils ont reçu la vie.

— Nous sommes condamnés, vous dis-je, — insista Jeanne. —Oh ! vous avoir revu, mon cher seigneur, avoir espéré regarder le soleil doré dans le ciel et mourir dans ces ténèbres froides ! Si seulement,— ajouta-t-elle, — ils me faisaient mourir seule, si je ne vous entraînais pas dans ma perte, Olivier !

— Mais moi je ne t'ai pas retrouvée pour te perdre, pour voir s'anéantir tout cet avenir que je rêvais ! — s'écria le marquis avec rage. O mes yeux vides ! que ne pouvez-vous briller quelques instants? mais non, partout l'ombre autour de moi, partout la nuit ! Et ces mains robustes qui eussent autrefois fait écrouler des murailles, me servent moins que les mains de lait d'un enfant.—Mais comme le bruit sourd ne cessait pas, l'aveugle continua :

— Il ne faut pas s'abandonner soi-même. Il me reste une main vaillante et une épée. Jeanne, je vais t'emporter, puisque tu n'as pas la force de marcher. Cramponne-toi bien à mes épaules. Tu verras pour moi, tu me guideras, et peut-être arriverons-nous à temps.

— Oh! oui, sauvons notre enfant, — dit-elle, et elle obéit, dans un transport convulsif, à l'ordre du vieux seigneur, qui s'avança d'un pas lourd et chancelant, hésitant à se diriger vers l'issue du souterrain.

Par malheur, en soulevant la grille qui fermait l'entrée du petit caveau, cachot de la colliberte, celle-ci laissa échapper la lanterne de ses mains. La lanterne roula sur les degrés et la lumière s'éteignit.

Ce fut un moment d'angoisse horrible pour les infortunés. Ils errèrent alors presque au hasard, avec l'aveugle ténacité du désespoir, séduits néanmoins quelquefois par une folle espérance, s'arrêtant pour écouter la voix d'un libérateur et n'entendant que le bruit mat des pierres qu'on entassait.

Souvent le marquis s'arrêtait, épuisé de fatigue et à bout de courage, et il disait à la colliberte, avec cette hésitation de l'homme qui s'attend à une déception, mais qui veut faire croire qu'il espère, qu'il entrevoit une chance de salut,

—Jeanne, ne vois-tu rien encore ? ne te vient-il pas un peu de jour, un rayon, une lueur qui indique l'issue du souterrain ? Il me semble qu'un vent frais m'a frappé au visage, que je sens l'air du dehors.

— Allons toujours, — répondait la recluse; — je ne vois rien encore.

— Oh! que les détours de ces caveaux sont longs ! — s'écria le vieillard en s'appuyant à la muraille.

— Je puis les abréger et vous guider, — dit tout à coup une voix à quelques pas d'eux... — Le marquis et la colliberte poussèrent un cri de joie. — Mais à une condition, — ajouta la voix.

— Qui que tu sois, parle donc, parle vite, — dit le marquis.

— Eh bien ! abandonnez cette femme, cette colliberte sacrilége, marquis Olivier. Choisissez entre elle et la vie

— Jamais ! jamais ! — s'écria le vieillard.

— Eh bien ! soit, vous périrez ensemble. Que Dieu vous garde !— dit la voix en ricanant.

— Arrête ! arrête ! — répéta l'aveugle avec angoisse.— Ecoute ; si tu nous guides et si tu nous sauves, je t'offre une récompense royale. Ce que tu demanderas, tu l'auras. Es-tu un gentilhomme? Au nom de l'honneur, je te supplie...

— Je ne suis qu'un paysan, un manant, pour parler votre langage, marquis Olivier, — interrompit la voix.

—Eh bien ! aimes-tu une fille pauvre ? je la doterai. As-tu des enfants? je les élèverai. As-tu de l'ambition ? je remplirai d'or ton chapeau de paysan.

— Rien, je ne veux rien que la mort de cette femme, et je l'aurai, — répondit la voix menaçante.

— Qui donc es-tu ? — demanda le marquis d'une voix éteinte.

— Marquis Olivier de Sanglier-Chavannes, je suis Bastien Lenoir, le fils de Pierre Lenoir ; tu te souviens, de Pierre que tu as fait prendre sans pitié parce qu'il se plaignait de ce que tu vendais tous nos frères pour payer les joyaux de la colliberte ?

— Le fils de Pierre Lenoir !... — répéta douloureusement l'aveugle ému d'un remords poignant.

— C'est moi qui vous ai dénoncés, écoutés, suivis, — ajouta Bastien.

Le vieillard courba la tête avec résignation devant cette fatalité implacable, et serra de sa main frémissante la garde de son épée.

— Retiens-le, retiens-le ! — lui dit la recluse éperdue ; —qu'importe le salut d'une créature qui allait mourir ? Il faut sauver Jacques et toi-même, mon cher seigneur. — Mais le marquis restait immobile, écoutant avec angoisse et désespoir les pas de Bastien Lenoir se perdre dans l'éloignement. Enfin il essaya machinalement de le suivre. Mais le malheureux semblait être devenu fou. Il courait, haletant, dans la direction du paysan ; il se heurtait aux pierres des parois ; il y ensanglantait son front et sa main vacillante. Par moment il s'arrêtait découragé ; puis il se traînait de nouveau avec son fardeau précieux, lentement, péniblement, la sueur ruisselante à ses tempes dépouillées. Parfois ils entendaient plus distinctement le bruit des travailleurs, puis ce bruit semblait s'éloigner et s'éteindre. — Mais, mon ami, — dit la recluse dans un de ces instants affreux, — ne te souviens-tu plus des détours de ces caveaux qui t'étaient si familiers autrefois ?

— Mais, malheureuse, tu oublies donc, — répondit le pauvre Olivier, — que je suis aveugle, que je vais au hasard, que ma force, ma volonté, mon courage, tout s'anéantit devant cette infirmité. Et ma tête s'égare et le danger augmente à chaque instant. Mais une idée me vient. Où sommes-nous, maintenant ? Peux-tu distinguer quelque chose autour de nous ?

La colliberte porta ses mains sur un mausolée contre lequel ils étaient alors appuyés et dont le marbre blanc se détachait vaguement dans l'ombre.

— Je touche, — répondit-elle, — le mausolée sur lequel est couché un chevalier mourant qui écrase sous son gantelet de fer la tête plate et hideuse d'un serpent dont les anneaux monstrueux s'enroulent autour du corps d'un petit enfant.

— Oh ! Dieu soit loué ! —s'écria le marquis.—Nous sommes sauvés. J'étais vraiment fou de ne pas songer plus tôt à l'interroger ainsi. C'est la statue du baron Armand de Sanglier-Chavannes, le croisé, dont le dernier né fut étouffé par un serpent énorme que cet héroïque guerrier avait rapporté de la terre sainte. Armand vengea son fils, mais il fut mordu par le reptile au défaut de sa cotte de mailles et faillit périr. Nous sommes sauvés, te dis-je ; suivons la galerie à droite, et nous arriverons au bas de l'escalier qui conduit aux appartements de la tour.

Il marcha alors avec une ardeur nouvelle, et, au bout de quelques minutes pendant lesquelles ils entendirent le bruit des pioches et des éboulements de pierres se rapprocher, la colliberte se laissa glisser à terre et arrêta le marquis en s'écriant :

— Le recteur est là, à dix pas de nous !

Ils ne s'étaient pas trompés. Deux paysans s'occupaient activement à murer une porte de pierre au bas de l'escalier.

L'un de ces paysans était le dénonciateur Bastien Lenoir, le fils du pendu, le frère de lait d'Orré.

Devant eux le recteur retenait violemment le collibert et cherchait à étouffer ses cris d'appel et de détresse. Le cœur de la recluse ne l'avait pas trompée. C'était bien la voix de son enfant qu'elle avait entendue.

Jacques se débattait depuis longtemps ainsi, sous la main robuste du recteur, essayant de se dégager afin de retourner avertir son père de leur nouveau danger, menaçant et suppliant tour à tour, mais en vain.

Ses forces commençaient à s'épuiser dans cette lutte sourde et acharnée.

En entendant la voix de sa mère, il fit un violent et suprême effort, et se détacha de l'étreinte du prêtre.

— Au secours ! à moi, monseigneur Olivier ! —s'écriat-il d'une voix pantelante. — A nous deux nous pouvons lutter, à nous deux nous pouvons vaincre le recteur, qui veut nous prendre dans ce souterrain comme il forcerait un sanglier dans sa bauge.

—Monsieur le marquis Olivier sait qu'il est libre de sortir de ces caveaux s'il abandonne cette femme, — dit gravement le recteur en désignant de la main la colliberte.

— Honte sur vous, ministre de Dieu, qui prêchez le crime et qui proposez une lâcheté à un gentilhomme, à votre hôte ! —s'écria le marquis indigné. — Nous sortirons tous d'ici, librement ou de force, entendez-vous, recteur de Kerbader !

— C'est ce que nous verrons ! — repartit ce dernier. — Nous sommes trois hommes robustes et résolus de notre côté, et nos trois adversaires sont un vieillard infirme, une femme moribonde et un enfant idiot. La victoire ne sera pas fort glorieuse peut-être, mais elle a le mérite de ne pas être douteuse.

— Oh ! ce mur monte toujours,—dit la recluse.

En effet, les deux paysans empilaient toujours les pierres les unes sur les autres, sans s'émouvoir de ce qui se passait, comme des automates que rien ne pouvait distraire de leur besogne mécanique.

— Ces travailleurs sont vos vassaux, mon père, — dit alors Jacques au marquis. — Ordonnez-leur de cesser leur tâche criminelle.

— Si la voix de votre maître a encore quelque autorité sur vous, cessez d'élever ce mur infâme !—s'écria le marquis Olivier. — Jetez ces outils, renversez ces pierres, et faites-nous libre passage !

— Au nom de Dieu, votre vrai et suprême seigneur, continuez votre œuvre !—ordonna le recteur.

Mais la voix tonnante du vieux marquis avait imposé aux deux paysans, si longtemps habitués à la craindre et à la respecter.

Ils interrompirent leur travail et laissèrent tomber leurs outils à terre.

— Ils vous obéissent, mon père, — dit Jacques avec un transport de joie.—Nous l'emportons. Maintenant, dites à ces fidèles gars de nous aider à nous emparer de cet homme.

— Bien !—dit le marquis, — vous avez reconnu la voix de votre maître. Ce n'est pas tout : Saisissez le recteur et veillez sur lui ; vous m'en répondrez sur votre tête.

Les paysans se regardèrent et hésitèrent.

Le recteur de Kerbader poussa un ricanement sourd et dit :

— C'est vendre un peu trop tôt la peau de l'ours, monseigneur.—Puis, s'adressant aux manants immobiles : —Venez donc, ouailles égarées,—ajouta-t-il.—Mais non ; ils savent bien que quiconque met la main sur le ministre et l'oint du Seigneur en est cruellement puni. Sa main se dessèche et son âme est perdue. Vous êtes allé trop loin, marquis Olivier, vous avez gâté votre cause. Cet acte de violence n'aura servi qu'à me rendre inexorable.

— Qui donc est votre maître ici, de ce prêtre ou de moi ? — s'écria le vieillard dans un accès de fureur. — Obéissez, ou sinon..!

Les paysans ne bougèrent pas.

— Vous l'entendez, mes frères,—interrompit le recteur, l'âge et les infirmités n'ont pas été pour le marquis un avertissement assez dur et salutaire. C'est toujours le tyran qui parle. Obéissez ou sinon...! Toujours la menace à la bouche, comme s'il avait son escouade de valets armés de fouets et de bâtons, prêts à châtier la moindre désobéissance à ses caprices, comme au temps où il fit pendre ton père, Bastien Lenoir.—Ce dernier laissa échapper un cri sourd à ce souvenir, qui le blessa au cœur comme une lame ardente. Le prêtre vit l'effet de ses paroles, sourit et continua : — Défends donc le bourreau de ton père, Bastien, ou sinon... il te fera pendre aussi. Heureusement, on a rogné le boutoir du sanglier ; ses griffes sont usées ; il ne tuera plus personne. Bastien Lenoir, ramasse ta truelle et reprends ta besogne.

Bastien obéit.

— Misérables ! — s'écria le marquis, — vous vous révoltez contre votre maître ?

— Monseigneur, nous ne lèverons pas la main contre vous, — répondit l'autre paysan ; — mais nous ne pouvons pas non plus faire du mal à un ministre de Dieu.

Et il se remit à l'œuvre ainsi que son compagnon. Le recteur ne put cacher un tressaillement de joie infernale.

— Tu ne triomphes pas encore, — lui dit le collibert exaspéré par cette scène terrible. — Mon père, à nous deux, ne briserons-nous pas facilement cet obstacle, le seul qui se dresse entre nous et la liberté et la vie ?—Et s'élançant sur le recteur, il l'étreignit et l'enlaça de ses bras grêles, mais nerveux. Surpris de cette attaque soudaine, le prêtre chancela et ne résista qu'avec peine au collibert, dont l'agilité extraordinaire balançait sa force supérieure. Jacques fit entendre un cri de triomphe, et le recteur pâlit en voyant s'avancer vers eux le marquis, le visage bouleversé par le désespoir. — Frappez le misérable ! — s'écria Jacques. — Tirez l'épée du fourreau, frappez-le de l'épée ! — Le recteur essaya de se dégager par un effort violent ; mais il tomba au contraire sur un genou. Sa position devenait critique. Les paysans restèrent immobiles et regardèrent curieusement la lutte. Le marquis tira en effet son épée : il était encore robuste, et d'un seul coup il pouvait sauver tout ce qu'il aimait au monde. Il s'avança, plein d'espérance cette fois, guidé par la voix du collibert. Mais quand il se trouva, souffle à souffle, devant le groupe ardent des lutteurs, qu'il entendit leur respiration haletante, qu'il se pencha sur eux et qu'il n'eut plus qu'à lever sa main armée de l'épée et à la laisser retomber, qu'il se sentit le pouvoir de faire courber la face contre terre à ce prêtre odieux, quel ne fut pas l'étonnement de tous en voyant le terrible vieillard pâlir, tressaillir et hésiter ? — Mon père, frappez donc ! — répéta le collibert consterné, éperdu ; — mes forces s'épuisent, tous mes membres ruissellent de sueur. Frappez donc !

— Le marquis Olivier jeta un cri déchirant, mêlé de rage et d'angoisse, et recula de deux pas. — Mon père, mon père, que faites-vous ? — dit encore le pauvre enfant. — Ployez donc cet homme sous votre main puissante. Il reprend courage. Je le sens qui se relève insensiblement, comme si la terre lui eût rendu des forces.

La colliberte, joignant ses mains, interrompit sa prière à Dieu pour crier à son tour :

— Mon cher seigneur, secourez donc votre enfant !

— Malheureux ! — dit alors le vieux marquis à Jacques d'une voix brisée, — je n'ose pas frapper.

— Vous n'osez pas ! — dit Jacques avec stupeur.

— Veux-tu donc que je risque de te tuer ? Oublies-tu donc que je suis aveugle, aveugle, et que mon épée frapperait au hasard ?

A cet aveu déchirant le recteur redoubla de sauvage énergie et conçut une nouvelle lueur d'espoir.

— Eh ! qu'importe ! frappez au hasard ! — s'écria impétueusement le collibert, qui raidissait ses bras avec une force convulsive, — mais sauvez ma mère. Si le recteur se dégage de mon étreinte, nous sommes perdus.

Mais le marquis semble pétrifié ; il n'ose suivre l'héroïque conseil de son fils ; il sent ses idées se confondre, sa raison vaciller dans cette horrible alternative.

A chaque plainte oppressée qui sort en sifflant comme un râle de la poitrine du collibert, il répond par un cri rauque, et son épée reste suspendue et menaçante sur les deux adversaires. Peut-être la laisserait-il tomber enfin, mais la pauvre Jeanne se traîne à ses pieds et lui crie :

— Olivier, ne tue point ton enfant !

Et le marquis n'ose frapper. Cependant les secondes sont des siècles pour les deux ennemis ; à mesure que la lutte continue, le collibert sent défaillir ses forces, et le recteur retrouve les siennes, comme l'Antée de la fable, dans l'espoir de son triomphe et de l'abandon de Jacques.

La souffrance arrache à celui-ci des gémissements de plus en plus étouffés. Il a à peine la force de murmurer :

— Mon père ! au secours ! ne m'abandonnez pas, ne perdez pas ma mère !

Le souffle expire sur ses lèvres violettes. Ses yeux se ferment par moment, et sa tête se penche sur son épaule. Cependant ses doigts sont encore incrustés, comme s'ils étaient de fer, au cou du recteur.

— Qu'ai-je donc fait au ciel pour être ainsi frappé d'impuissance ? — dit le malheureux père. — Aveugle ! être aveugle ! se sentir ferme de cœur, serrer la poignée d'une épée dans sa main, tenir son ennemi presque à sa merci, et ne pas voir où diriger le coup qui nous délivrerait tous !

Les bras du collibert se détendirent, et il s'affaissa aux pieds du recteur en criant :

— Ma pauvre mère !

— Mon Dieu ! quel crime ai-je donc commis, — murmura l'aveugle, — pour que vous me forciez d'assister, comme un spectateur indifférent, à l'agonie de mon fils ?

Cependant le prêtre, saisissant Jacques évanoui dans ses bras, se retourna, enjamba le nouveau mur qui s'élevait déjà à moitié de la voûte, puis il s'écria :

— Ah ! digne seigneur, vous vouliez me tuer ; eh bien vomis maintenant contre moi l'imprécation et le blasphème ! Que la colère empourpre ton visage, je me ris de tes menaces et de ta colère ! Si tu étais moins orgueilleux, tu m'implorerais peut-être. Mais je te préviens que ce serait aussi inutile. Chacun son tour. Tu auras le temps de cuver ta rage, noble châtelain de la Bauge !—Puis, s'adressant aux paysans : — Mes enfants, — dit-il, — terminez vite votre besogne. Votre récompense sera large, et je vais d'ailleurs vous aider. Quant au collibert, je serai généreux, je lui octroie la vie et la liberté. Qu'il aille vous chercher, s'il veut, des défenseurs au château.

— Mes fils ne sont pas les complices de ton crime, — dit fièrement le vieux gentilhomme. — Jacques, appelle-les à notre aide. Cet homme les calomnie. Il a beau jeu pour nier les sentiments de famille, lui prêtre sans famille, détaché de tous liens d'affection, et qui n'a qu'un bréviaire à la place du cœur.

— Vous avez la mémoire courte, monsieur le marquis, — répondit ironiquement le recteur.— Vous oubliez que vos excellents fils sont les assassins de la colliberte, qu'ils se soucient fort peu d'affronter votre vengeance que vous appelez votre justice, et qu'ils sont peut-être pressés d'hériter.

—Tais-toi, infâme !—s'écria le noble aveugle.—Je ne te demande plus que la pitié de ton silence.

Et se couchant à terre, adossé aux parois, pressant la tête de la colliberte sur son sein, il attendit, le visage gonflé de larmes.

Le recteur et les deux paysans achevaient rapidement leur œuvre sinistre.

Cependant le collibert, bientôt ranimé par la fraîcheur de l'air, et profitant machinalement de la générosité singulière du prêtre, qui ne provenait que d'un extrême dédain et d'une profonde conviction de sa puissance, se mit à gravir lentement les degrés qui montaient aux appartements de la tour de l'Eau, et disparut après avoir jeté un regard désespéré sur le marquis et la recluse.

XIII

L'EAU DE JOUVENCE.

Deux heures après la sortie d'Octave, j'entendis gratter à ma porte. J'ouvris et je crus voir l'ombre du collibert; ses yeux seuls, étincelants d'un feu sombre, semblaient vivre sur son pâle visage.

Il m'apprit en quelques mots l'horrible situation de Jeanne et du marquis; puis il ajouta rapidement:

— Suivez-moi, Camille. Peut-être pourrons-nous encore les sauver. Dans mes courses vagabondes, j'avais découvert, il y a deux ans, l'entrée d'une grotte toute voilée de broussailles et de genêts sur le revers des rochers qui bordent le midi de la Bauge. Je n'osai pas alors m'aventurer dans ses détours, parce que les eaux des torrents y pénètrent souvent; mais je suis sûr que cette grotte doit aboutir aux caveaux, et je veux tout tenter pour parvenir jusqu'à ceux qui comptent sur moi.

— Mais vos frères vous empêcheront de sortir du château, Jacques,—répondis-je.

— Mes frères!—dit-il avec un sourire égaré; — je leur prépare un étrange sujet de distraction. Dans quelques minutes, ils n'auront guère le loisir de songer à moi.

Il me montra mystérieusement le col d'une petite bouteille caché sous son sayon bleu.

— Quel talisman renferme donc cette bouteille? — demandai-je avec une sorte d'inquiétude instinctive.

— Tu verras, Camille, tu verras! mais dépêchons.

Et il se mit à gambader comme un insensé, en m'entraînant vers la porte. Dans ce moment, j'en suis sûre, la tête du malheureux enfant, frappée par tant de commotions successives et par la catastrophe à laquelle il venait d'assister, était en proie à une sorte de délire.

Tout à coup la porte s'ouvrit brusquement, et nous vîmes entrer mademoiselle Renée de Béjarry.

Son premier regard fut effrayant de hauteur et de dédain soupçonneux. Nous reculâmes de surprise.

— Ah çà! est-ce que vous conspirez ici, mes petits amis, — dit-elle en ricanant. Elle était vêtue d'un long peignoir blanc serré à la taille par une cordelière dont les bouts flottaient; ses cheveux, tressés en deux longues nattes piquées çà et là de roses vives, tombaient gracieusement sur ses épaules. Un collier de corail à triple rang sautelait au hasard sur son cou et sa blanche poitrine. Elle avait ainsi l'aspect étrange d'une jeune druidesse regardant avec un sourire de triomphe les captifs ramenés par les guerriers de sa tribu et dévoués à Teutatès. L'aube venait de paraître. — Ma visite matinale vous surprend un peu, n'est-ce pas?—reprit-elle en narguant notre silence.

— Que désirez-vous de nous, mademoiselle Renée? — dit le collibert, qui s'avança vers la porte avec vivacité.

— Vous dire que vous êtes mon prisonnier, Jacques, — répondit-elle en souriant toujours. — Le recteur vient de me mander qu'il vous confiait à ma garde et que vous ne deviez pas sortir du château.

— O les infâmes! — dit Jacques, dont les yeux prirent une fixité effrayante; — ils veulent consommer l'iniquité. Ils se défient même du rat qui peut ronger les mailles du filet sanglant. On me donne une femme pour geôlier. C'est juste, je suis un enfant.

— Quant à votre compagnon, Jacques,—dit mademoiselle Renée d'un air glacial et sans me regarder, — il est libre de quitter la Bauge. La porte est ouverte pour lui.

— Je ne sortirai qu'avec le collibert, mademoiselle, — répondis-je tout émue.

— Ah! ah! — s'écria la fière jeune fille, — monsieur Camille craint sans doute qu'on ne devine le secret honteux de son travestissement. N'importe! je lui conseille de le garder pour courir les chemins creux et les landes. Mais je ne dois pas me commettre plus longtemps avec une créature qui devrait avoir été chassée comme une mendiante du château, depuis le premier jour de son arrivée. Sortez, vous dis-je! — ajouta-t-elle impérieusement.

— Camille ne sortira pas sans moi, — dit le collibert.

— Je vous félicite d'avoir trouvé un tel champion, un si puissant protecteur, —me dit dédaigneusement mademoiselle Renée.

— Oh! ma mère qui m'attend! — murmura Jacques. Et, s'avançant vers la jeune fille, il lui dit : —Renée, Renée de Béjarry, Dieu veut que je sorte du château.

Elle haussa les épaules.

— Et moi, qui ai le droit d'y rester aussi bien que vous, mademoiselle, — m'écriai-je alors indignée, — je m'éloignerai sans me plaindre; mais soyez douce pour Jacques, mais ne me forcez pas à errer dans ces campagnes désolées comme une étrangère et une vagabonde.

— Le droit d'y rester! — dit mademoiselle Renée.—Ah! je vois bien que vous êtes folle, ma chère. Vous êtes un peu trop vaine de la beauté qu'on vous accorde. Eh bien! vous tâcherez d'attendrir quelque seigneur des environs; il vous donnera l'hospitalité comme a fait celui de la Bauge. Vous n'avez rien à craindre; l'aumône ira audevant de vous. Les gentilshommes de la province sont fort charitables et ne vous demanderont qu'un peu de reconnaissance. Quel besoin avez-vous d'un compagnon et d'un défenseur? qui songe à nuire à la beauté? Ce visage angélique, voilà votre arme la mieux trempée, votre bouclier le plus fort, votre compagnon le plus fidèle. Ne croyez pas cependant à tous les éloges; ne vous enivrez pas de ce nectar qui tourne facilement en poison, de ce miel si doux qui s'aigrit bien vite et devient amer. Les hommes sont trompeurs. Quand ils ont assez admiré la beauté d'une femme, ils tournent les yeux vers d'autres soleils. Puis, entre nous, ma chère, votre beauté est un peu flétrie et n'a rien de bien extraordinaire. Mais cet air de souffrance et de pâle langueur plaît quelquefois à nos tyrans.

Mon cœur bondissait à ces insultes d'autant plus cruelles qu'elles étaient dites avec une aisance parfaite et une sorte d'intérêt ironique. Néanmoins je me contins et je répondis doucement:

— Je sais que je suis moins belle que vous, mademoiselle de Béjarry; mais les beaux yeux doivent annoncer une belle âme. J'espère en vous. Laissez-vous toucher et donnez la liberté à Jacques. Vous avez pour vous le bonheur, comme vous aviez déjà la richesse et le rang: vous êtes noble, et noblesse oblige. Ne faites pas le malheur des autres, ne soyez pas mon ennemie.

— Je crois, Dieu soit témoin! que la maîtresse du comte de Chavannes ose se mettre en parallèle avec moi! — répliqua mademoiselle de Béjarry avec un rire insolent et en me regardant avec un mépris souverain et écrasant.

Je me contins encore, quoique je sentisse des larmes brûlantes jaillir de mes yeux.

— Mademoiselle, ayez pitié! — lui dis-je. — Triomphez de votre victoire, de vos avantages sur moi: je suis une humble fille, sans esprit, sans orgueil, sans ambition. Le malheur a brisé ma fierté et a durement coupé les ailes à tous mes rêves. Je suis l'ombre de moi-même, et je ne me reconnais plus, ni quand je descends au fond de mon cœur, ni quand je contemple au miroir mon visage abattu. Vous m'avez, toute jeune, vieillie et anéantie en quelques jours, car vous m'avez enlevé l'amour de l'homme qui était mon dieu. Quel ressentiment pouvez-vous donc avoir contre moi qui suis votre victime? Non, vous allez me dire, n'est-ce pas? que tout ceci n'était qu'une épreuve et qu'un jeu; que vous êtes venue pour me rendre Octave; que vous me permettez de faire valoir mes droits sur lui, car je ne puis penser que mademoiselle de

Béjarry, la belle et la noble, soit venue ici pour outrager cruellement une femme délaissée, trahie. Un seul mot de vous peut annuler le passé, et je recevrai a deux genoux, comme une grâce, votre parole de laisser Octave libre de tenir sa promesse.

— A merveille ! — s'écria alors mademoiselle Renée en éclatant de rire. — Vous vous croyez ma victime. Voilà donc ce qu'un semblant de beauté peut inspirer d'aveugle présomption à une petite fille. — Et, me regardant à demi prosternée devant elle : — Voilà donc cette beauté qui a captivé le cœur du courtisan de Versailles ? En vérité, l'amour s'acquiert à bon marché. Il suffit de n'être pas trop rigide !

Je ne pus tenir à ce dernier outrage.

— C'en est trop ! — dis-je en relevant la tête. — Oh ! si, après de telles paroles, vous ne renoncez pas à l'alliance du comte de Chavannes ; si vous ne me quittez pas comme une fée généreuse, en terminant l'entretien par ce mot attendu : Soyez aimée d'Octave ; non, pour toutes ces richesses, pour ces parchemins et ces terres, pour cette beauté éclatante qui vous rendent si fière, je ne voudrais pas être mademoiselle de Béjarry telle qu'elle apparaîtrait à mes yeux !

— Bien, — répliqua-t-elle ; — je vous connais maintenant. Le masque tombe, ma toute belle ; votre feinte humilité cède à la rage de l'ambition trompée. Que ne m'appelez-vous démon ! Eh ! mon Dieu ! qui n'est pas exposée aux insultes des mendiants de la route ?

— Honte ! honte sur vous, noble héritière ! — m'écriai-je. — Si j'ai commis une faute, Dieu, qui m'a punie, sait que j'étais une créature jeune, inexpérimentée et crédule ; mais jamais mon cœur n'a déserté l'honneur et n'est tombé dans le mensonge et la bassesse. Je suis restée chaste par l'âme et je n'ai fait que souffrir pour mon amour insensé. Mais vous, fille noble et pure, je sais que le crime couve sous ce masque de froideur et d'indifférence hautaine ; je sais que l'hypocrisie seule a collé ce masque sur votre visage pour cacher l'ardeur qui vous entraîne vers les plus viles passions.

— Misérable ! — interrompit mademoiselle Renée en se mordant les lèvres jusqu'au sang pour conserver un air de calme apparent, — ne reste pas un instant de plus sous le toit de la Bauge. Je te chasse, entends-tu ! comme on chasse les voleurs et les femmes de vie impure.

— Bien ! bien ! — dit alors le collibert en me prenant la main, — tu as dit la vérité à la fille de Bélial, au Mammon d'iniquité. N'en rougis pas. Tu as été assez longtemps résignée, assez noblement patiente. Il faut écraser sous son pied le reptile qui rampe jusqu'à vous pendant votre sommeil et veut boire votre sang. Viens, Camille !

Mademoiselle Renée, pâle et frémissante de colère, me montra la porte du doigt ; mais elle repoussa le collibert lorsqu'il voulut sortir le premier.

— Tu resteras ici, drôle, et on t'attachera au chenil ! — s'écria-t-elle.

— Prends garde à toi, Renée, — répondit Jacques d'une voix brève et irritée. — Pour ceux qui m'attendent, Dieu ne veut pas que j'aie patience. Tu es l'Astaroth qui a pris une forme séduisante pour tromper les hommes. Je ne porterai pas la main sur une femme, parce que c'est lâche ; mais, prends garde ! toi qui es si fière de ta beauté, de ta jeunesse, de ta force, prends garde que Dieu ne te frappe et ne te retire tous ses dons ! Ne me tente pas. Dieu me parle à cette heure, et sa voix est sévère et retentissante.

— Misérable collibert ! en es-tu venu à ce point de folie et d'idiotisme de te croire l'ambassadeur de Dieu et l'exécuteur de ses justices ? — repartit la jeune fille.

— Je puis beaucoup, je puis beaucoup ! — répéta le collibert, dont l'exaltation croissait de plus en plus et dont la face se couvrait d'une sueur ruisselante ; — je puis verser sur toi la laideur et l'humiliation... La beauté peut cacher le vice sous son mirage étincelant, comme la verte prairie cache la vase molle et tremblante où s'enfonce le

voyageur imprudent. Prends garde que je ne te frappe de laideur.

— Sortez ! — me dit pour toute réponse mademoiselle Renée. Et, s'adressant à Jacques : — Pour toi, dangereux sorcier, sur ta vie, ne bouge pas !

— Elle brave son sort, — continua le collibert. — Renée, il en est encore temps, laisse-moi m'éloigner ; je t'en supplie pour toi-même. Je ne me reconnais plus, j'ai cessé d'être doux et patient. On a mis la haine dans mon cœur, et la haine porte ses fruits.

— Tais-toi, idiot ! — dit mademoiselle de Béjarry.

Et, saisissant sur une table la cravache d'Octave, elle en frappa l'épaule du collibert.

La figure de Jacques se crispa de rage et devint livide. Ses yeux s'injectèrent de sang.

— Tu l'as voulu ! — s'écria-t-il avec une agitation extraordinaire. — Souvent je t'ai entendue regretter, lorsque tu lisais les fables anciennes, le privilége de ces déesses qui retrempaient leurs charmes vieillis et leur jeunesse fanée à une source immortelle. Tu enviais la découverte de cette onde souveraine qui effaçait les rides et rendait au corps la brillante souplesse des jeunes années. Eh bien ! moi qui suis sorcier, je possède une eau de Jouvence singulière, et qui peut transformer ta personne aussi vite que la baguette magique d'une fée.

— Trêve de sottises ! — interrompit l'héritière.

— Tu as hâte d'en finir, n'est-ce pas ? — reprit le collibert avec un accent étrange. — Eh bien ! sois flétrie dans ta beauté, Renée. Cet appât du démon ne servira plus un mauvais cœur. Tu ne séduiras plus personne ; mais, à ton tour, tu connaîtras l'aversion et la pitié des autres. — Et, saisissant avec rapidité la petite bouteille cachée sous sa saye, il la déboucha, et, avant que j'eusse pu faire un mouvement, il jeta au visage de la belle Renée une partie du liquide qu'elle contenait. Mademoiselle de Béjarry poussa un cri terrible et déchirant, qui retentit jusqu'au fond de mon cœur, et recula en chancelant.

— Viens, Camille ; la colliberte attend, — me dit Jacques au moment où je me précipitais vers la jeune fille pour la secourir.

— Oh ! que je souffre ! — murmura-t-elle d'une voix rauque. — Tu m'as tuée, misérable !

— J'ai mieux fait, — répliqua le collibert avec son rire idiot ; — je t'ai défigurée, je t'ai rendue laide, laide à faire peur, — répéta-t-il.

Renée se redressa de toute sa hauteur et s'écria en se tordant les mains :

— Non ! non ! cela n'est pas !

— Tiens, regarde ! — dit Jacques en lui tendant un miroir.

Elle ne se fut pas plutôt regardée qu'elle saisit le miroir avec rage et le brisa contre terre en proférant d'affreuses menaces, mêlées de blasphèmes et de cris de douleur.

— Ce n'est pas moi ! — dit-elle enfin avec épouvante. — Ce visage hideux n'est pas le mien. Répondez, répondez ! n'est-ce pas que je ne fais pas horreur ? Mais regardez-moi donc ? mais dites-moi donc que tout ceci n'est qu'un rêve ?

Mais lorsqu'elle me vit détourner la tête, car je n'osais contempler son visage horriblement brûlé, ses yeux gonflés, rouges et troubles, ses lèvres pendantes, ses joues marquées et déchirées de sillons ardents, elle tomba renversée sur le plancher, évanouie, inanimée.

— Qu'avez-vous fait, Jacques ? — dis-je alors avec stupeur. — Quelle est donc cette eau terrible ?

— C'est du vitriol, — répondit le collibert, que la vue du mal qu'il avait produit commençait à rappeler à la raison. — Mais viens ! fuyons !

— Pouvons-nous laisser cette malheureuse mourante et sans secours ? — lui dis-je. — D'ailleurs, ses cris ameuteront tous ses frères sur notre passage, si elle reprend bientôt connaissance, et nous serons perdus alors tout à fai

— Non, — répliqua Jacques ; — elle se gardera bien de crier, car tous ceux qui accourraient à ses cris verraient sa laideur, et l'orgueil l'emportera sur le désir de se venger. Elle se traînera seule jusqu'à sa chambre.

Le collibert m'entraîna ainsi et me guida si habilement par les détours qui lui étaient familiers que nous ne rencontrâmes que deux ou trois valets.

.   .   .   .

En sortant du château, nous longeâmes un hangar sous lequel les bûcherons empilaient les arbres et les branchages coupés dans la forêt pour le service du château.

Jacques me pria de l'attendre un instant, et disparut derrière les pyramides de bois qui encombraient le hangar, en me disant que ce temps serait employé pour notre vengeance,

Il revint bientôt vers moi, et nous nous dirigeâmes en toute hâte vers les rochers.

Un quart d'heure après, il me montrait un buisson de houx entouré de genêts, et disait :

— Ce buisson cache l'entrée de la grotte.

Au même moment, nous entendîmes une voix crier :

— Camille !

Nous retournâmes la tête, pleins d'angoisse, et nous aperçûmes le comte Octave, qui, sous prétexte de chasser dans les rochers, s'y promenait en rêvant.

— Où allez-vous ainsi, mes camarades ? — reprit-il d'un ton froid et railleur. — Vous vous êtes donc décidée à nous quitter, Camille ? J'avais deviné quel compagnon vous choisiriez.

Et, s'avançant, il se plaça entre nous et l'entrée de la grotte.

— Victor-Octave, ne nous arrête pas, ne nous fais pas perdre une minute ! — s'écria Jacques.

— Quelle mission importante as-tu donc à remplir, pauvre diable ? — dit le comte.

— Je vais sauver ma mère et le marquis Olivier, que le recteur fait murer à cette heure dans les caveaux de la tour, — répliqua le collibert avec violence.

Octave le regarda d'un air étonné et dit :

— Ah çà ! c'est un rêve de ton esprit égaré, Jacques ?

— Non, non, ce n'est point un rêve, — répliqua le collibert ; — ainsi, laisse-nous aller librement, ou j'oublierai que tu es mon frère.

— Au fait, — observa Octave, — je n'avais point remarqué que tu t'es armé d'une de mes épées.

— Octave, ne me force point à tourner la pointe de cette épée contre la poitrine de mon frère.

— Pauvre innocent, tu me menaces, je crois, — dit machinalement le comte.

— Sais-tu, Victor-Octave, ce qu'a fait cet innocent, — s'écria le collibert, dont l'exaltation renaissait à la vue de ce nouvel obstacle ; — il a mis le feu au château de tes pères. En ce moment l'incendie couve au pied des murs de la Bauge. Dans quelques minutes, les langues de flamme l'envelopperont et danseront sur le haut de ses tours.

— Tu divagues, Jacques, — interrompit le comte, saisi d'un secret et involontaire effroi. — Mais, si tu avais été assez idiot pour commettre ce crime, malheur à toi ! Viens, retourne au château avec moi et crains un châtiment digne de ta folie. Camille, n'est-ce pas qu'il ment ?— Je n'osai répondre, car les paroles de Jacques venaient de m'expliquer le mystère de sa courte absence sous le hangar. Le comte fut alors véritablement alarmé. Il voulut ramasser son fusil qu'il avait déposé à terre ; mais le collibert le poussa du pied dans un des précipices dont tous ces rochers étaient les crêtes chauves et menaçantes. — Malheureux ! — s'écria le comte. — Viens avec moi de gré ou de force. J'arriverai peut-être à temps pour prévenir les résultats de ton crime.

— Mais pas assez tôt, — dit le collibert, qui avait fait un bond en arrière et tiré son épée, — pour empêcher la belle Renée de souffrir et d'être perdue à jamais. En ce moment elle se tord dans des convulsions de douleur, mon frère.

— Tu mens ! tu mens ! — répliqua Octave, dont les yeux étincelèrent. — Oh ! je vais courir au château, mais après avoir fait justice de toi.

— Et moi aussi j'arriverai à la grotte, — dit Jacques, — mais après avoir vengé ma mère du seul de ses assassins qui allait m'échapper.

Alors les deux frères croisèrent leurs épées et échangèrent des regards chargés de haine.

— Ta mère peut t'attendre longtemps, — dit le comte. — Elle est derrière mon épée, et c'est là une muraille que tu ne renverseras pas, misérable !

— Ta noble fiancée Renée t'appelle sans doute, Octave, — dit le collibert. — Tout à l'heure elle sera menacée par les flammes et ne pourra se sauver sans ton secours. Elle t'attendra et tu ne viendras pas.

Le choc des épées devint plus rapide et plus terrible. Octave était certainement beaucoup plus habile à l'escrime, mais le collibert devait à ses habitudes de coureur de landes et de bruyères une agilité sauvage et une vigueur nerveuse qui compensaient son désavantage évident. Il bondissait comme un serpent, par sauts imprévus, et fatiguait son adversaire en faisant voltiger et tournoyer autour de lui la pointe de son épée comme la mèche d'un fouet.

Il ne parait jamais, mais semblait s'évanouir sous les coups les plus sûrs d'Octave, et déroutait toute la science de ce dernier, dont la furie augmentait d'autant plus en voyant l'inutilité de ses efforts.

Tout à coup une lueur étrange grandit et éclaira les rochers d'une teinte rouge éclatante.

— Le feu ! le feu au château ! — m'écriai-je avec terreur.

— Le feu ! — répétèrent les deux frères.

Puis ils recommencèrent aussitôt leur combat furieux avec plus d'acharnement encore.

— La belle Renée va mourir, — dit Jacques, — et les assassins seront brûlés vivants.

— Et le château embrasé s'écroulera sur les caveaux où ta mère t'attend, sais-tu ? — dit Octave.

— Eh bien ! va donc sauver ta fiancée, — répliqua Jacques ivre de désespoir et de folie.

— Et toi, tâche donc d'arriver jusqu'à la colliberte avant la flamme, — s'écria le comte exaspéré.

Leur haine semblait prendre de nouvelles forces à la clarté de l'incendie. Ils s'attaquèrent alors avec une rage aveugle, sans précaution, comme des bêtes fauves voulant se déchirer, et du premier coup ils furent blessés tous deux.

— Ce coup pour Renée ! — dit Octave.

— Ce coup pour ma mère la colliberte, — dit Jacques.

Les lames étaient rouges de sang et rouges du reflet des flammes. On commençait à entendre des clameurs d'épouvante s'élever de tous côtés. Je vis des gens sortir du château et courir çà et là, éperdus et stupides. La gigantesque Bauge brûlait tout entière comme une montagne de feu et lançait des tourbillons de flamme vers le ciel, ainsi que les volcans en éruption. C'étaient des pluies d'étincelles balayées par le vent, des nuages de fumée noire qui s'élargissaient tout à coup en éventails flamboyants et formaient une ceinture étincelante au château. Des flèches de feu se dardaient dans l'air, puis des spirales se tordaient et tournoyaient en sifflant dans les masses de fumée comme des escaliers de diamants. Le brasier intérieur commençait à rugir. C'était un spectacle sublime d'horreur,

Mais les deux frères ne regardaient pas. Ils combattaient toujours. Leurs vêtements étaient déchirées, leurs épées brisées et tordues, leurs membres ruisselants de sueur et de sang.

Cependant le collibert blessé perdait son agilité et ses forces, déjà lassées par sa lutte avec le recteur ; il ne pouvait plus lutter contre Octave. Ce dernier le regarda alors avec un sourire diabolique et lui plongea son épée dans la poitrine en disant :

— Renée ! sois vengée.

Jacques poussa un cri sourd et tomba.

Je voulus retenir Octave, mais il s'élança vers le château aussi rapidement que s'il n'eût point été blessé. Je m'agenouillai près du collibert. Ses lèvres étaient blanches et ses yeux vitreux. Je pris sa main qui se glaçait déjà. Il me dit péniblement :

— La grotte... ma mère... sauvez-les ! Camille, oui, je vous aimais !

Et il expira, comme s'il eût attendu de me faire cet aveu pour mourir.

Je regardai avec stupeur ce front pâle et ce pur visage où la souffrance avait si tôt marqué son empreinte. Mais je pensai à la mission que me léguait le pauvre enfant ; et, me relevant, j'allais me précipiter vers la grotte quand je vis paraître le recteur suivi de Bastien Lenoir et de l'autre paysan qui avait muré l'entrée des caveaux.

Terrifiée, je voulus fuir, mais le recteur fit un signe à ses compagnons, qui me saisirent, puis il me dit d'une voix brève :

— Je me charge de votre salut mademoiselle ; j'ai un asile tout prêt à s'ouvrir pour la protégée du comte de Chavannes. Le collibert a voulu lutter contre moi, mais vous voyez que Dieu me protège. Ainsi donc pas de vaine résistance, pas de supplications inutiles. De gré ou de force, vous nous suivrez.

Bastien Lenoir m'entraîna facilement sur les pas du recteur, car je n'avais plus conscience de mes actions ni de mes pensées.

Tout ce dont je me souviens, c'est que nous nous arrêtâmes près d'une hutte de *chapuseurs*, où nous trouvâmes des chevaux préparés.

— Où donc me conduisez-vous ? — demandai-je machinalement au recteur.

— A la torche de Penmarch, — me répondit-il d'une voix dure qui me fit tressaillir.

XIV

LE GUETTEUR DE PENMARCH.

Pendant trois jours et trois nuits, nous ne nous arrêtâmes presque pas. Mes guides ne répondaient plus à mes questions. Plus nous nous éloignions de la Bauge, plus le pays prenait un aspect désolé et sauvage. Nous traversions de vrais déserts de landes et de bruyères.

En plusieurs endroits, la Sèvre était débordée, et des plaines se trouvaient transformées en grands lacs, sur lesquels pointaient çà et là quelques hameaux bâtis sur des éminences. Nous les traversions dans des *toues*, petites embarcations attachées à la porte de chaque maison. C'était le côté du Bocage qui touche à la Bretagne.

Bien d'autres inconvénients rendaient notre route fort pénible et même dangereuse. Nous étions obligés de passer par des sentiers ou plutôt des ravins sinueux et si étroits qu'une charrette en occupait toute la largeur. Ils étaient encaissés par deux rangs de fossés de six pieds. La crête de ces levées de terre était murée de broussailles et d'arbres mutilés par des émondes septennales qui ne laissaient que des troncs hideux ou des souches dont les branches renaissantes formaient au-dessus de nos têtes une voûte verte épaisse vraiment périlleuse pour les voyageurs à cheval.

Nous rencontrions peu de gens dans les chemins ; les paysans des hameaux que nous traversions venaient baiser la soutane du recteur, et, quand il leur annonçait les bleus, ils secouaient leurs longues et grasses chevelures,

et brandissaient leurs bâtons noueux d'une façon menaçante en disant :

— Ont-ils la tête dure ?

Du reste, l'hospitalité nous attendait partout. Pas une métairie où l'on ne nous offrît avec un cordial empressement les tranches de bouillie froide de sarrasin humectées de lait caillé bouillant.

Nous étions bien en Bretagne. A tout instant, nous voyions se dresser au milieu des landes ces autels informes et gigantesques, ces blocs entassés et comme suspendus en l'air le plus souvent, que les érudits nomment des menhirs, des cromlechs et des dolmens.

Le soir du second jour, le recteur nous quitta. Mes guides me virent si abattue et si fatiguée qu'ils eurent pitié de moi et me permirent de me reposer quelques heures dans une métairie.

Mais le repos m'était plus funeste que la fatigue du voyage ; le souvenir de ces derniers jours m'obsédait si cruellement que je ne pus trouver un instant de sommeil et que je demandai moi-même à continuer notre route.

Vers la fin de la troisième nuit, j'entendis tout à coup un bruit sourd, qui, à mesure que nous avancions, devenait plus distinct et même terrible. On eût dit l'immense grondement qui devait être la voix du chaos lorsque tous les éléments y luttaient pêle-mêle.

Le ciel était gris et opaque de brouillards. Des abats d'eau glacée venaient nous fouetter le visage, poussés en tourbillons par la rafale.

Effrayée de ce mystérieux bruissement qui grandissait toujours, j'arrêtai court mon cheval, car il me semblait que je courais vers un abîme, lorsque Bastien Lenoir me dit pour me rassurer :

— C'est la mer !

— Bientôt, en effet, nous arrivâmes à une éminence d'où nous aperçûmes un spectacle d'une affreuse beauté.

C'était la baie de Douarnenez, toute dentelée de rochers, d'**écueils** et de récifs. La côte, à perte de vue, ne formait qu'une montagne blanche d'écume et de flots, mouvante et tumultueuse. Les vagues montaient se briser jusqu'au haut des rochers. Les brouillards descendaient jusqu'à leurs crêtes nues et sauvages.

Nous suivîmes silencieusement la côte pendant quelques heures. Je ne pouvais me lasser d'admirer le formidable tableau de cette mer éternellement courroucée, cachant sous son écume la digue de rochers qu'elle ne pouvait renverser et se confondant au ciel. Cet aspect grandiose et terrible s'harmoniait bien avec mon âme déchirée par tant de secousses, vide et désespérée.

Nous nous arrêtâmes enfin à un endroit où la côte faisait une pointe dans l'Océan par une réunion de rocs dépouillés que la tempête attaquait avec une furie dont nulle description ne saurait te donner l'idée. Ces rochers dangereux et séparés se prolongeaient jusqu'aux bornes de l'horizon. D'épaisses vapeurs nageaient entre les flots tourbillonnants et le ciel. Je n'apercevais dans ce sombre brouillard que d'énormes globes d'écume qui s'élevaient impétueusement, bondissaient et se brisaient dans les airs avec un fracas épouvantable.

Je crus sentir la terre ou plutôt les rochers trembler sous moi, et, machinalement, je voulus fuir.

Je voyais les flots s'amonceler les uns sur les autres, se gonfler en montagne et menacer de tout engloutir, comme si des voix furieuses sortaient de leurs flancs noirs. Ils s'avançaient, s'avançaient, tournoyaient en écumant à la crête des écueils et jaillissaient en pluie jusque sur nous. Étourdie d'un saisissement inexplicable, le cœur serré, je crus que le chaos marchait vers moi et allait m'emporter comme la vague emporte une plume d'alcyon. Je comprenais si bien mon néant en face de cette immensité !

— Oh ! c'est là, — m'écriai-je, — l'extrême limite imposée à l'audace de l'homme.

— Que non pas ! — répondit Bastien Lenoir. — Regardez

là-bas, à gauche, dans le brouillard. Que voyez-vous?
— Une lumière, — dis-je avec stupeur.

— C'est la torche de Penmarch,— reprit-il,— un rocher séparé de terre par cet espace où la mer se jette avec fureur et qu'on appelle le saut du Moine. On prétend qu'un moine, poursuivi par les gardes d'un roi païen, parvint à leur échapper au moment d'être saisi, en se jetant dans la mer, et trouva un asile sur ce rocher. On y a élevé un phare à feu tournant. C'est à ce phare que nous avons ordre de vous mener. — Je ne répliquai pas un seul mot, car je me regardai dès ce moment comme bannie et séparée du monde à jamais. Je conservai une sorte de calme qui provenait de mon épuisement, non de ma résignation. Le passé et l'avenir ne s'offraient plus à ma pensée que sous la forme de deux abîmes, l'un qui avait dévoré mon cœur, l'autre qui allait prendre ma vie. Une parole de mon guide confirma cette dernière pensée. —Vous allez faire une halte qui durera long-temps,— dit-il.

Nous descendîmes, non loin du village de Penmarch, par des degrés grossièrement taillés dans le roc jusqu'à une petite anse où se trouvaient amarrées plusieurs chaloupes Bastien nous fit monter dans celle qui nous était destinée ; le patron nous attendait, et la chaloupe fila bientôt, non sans éprouver de violentes secousses, au milieu des vagues irritées qui tantôt la portaient sur leur dos écumant, tantôt la faisaient glisser comme une flèche descendant au fond d'un précipice.

Un instant nous déviâmes de notre route, par suite d'un coup de vent qui fit pirouetter la chaloupe sur elle-même et faillit la faire sombrer sous l'eau. Je vis pâlir le patron, et j'entendis un fracas de vagues si furieux que je crus être à ma dernière heure.

— Rendez grâces à Dieu, — nous dit cet homme d'une voix altérée. — Si le vent nous avait chassés jusqu'à ce tourbillon de vagues que vous voyez à droite, nous étions perdus. C'est l'Enfer de Penmarch, un abîme au-dessus duquel rien ne surnage; une planche, une coque de noix y enfonce aussi net qu'un vaisseau. L'Enfer ne rend rien.

Nous regardâmes avec une curiosité mêlée de terreur ce redoutable abîme ; les rochers du fond étaient de couleur rouge, et le jeu de l'écume et des vapeurs les faisaient paraître en mouvement.

Enfin nous atteignîmes la torche.

La tour, de soixante pieds de hauteur, se divisait en deux étages : le premier, auquel on montait par un escalier perpendiculaire incrusté dans le mur, était le magasin ; le second était l'appartement du guetteur, entouré d'une petite galerie.

Sur la plate-forme, autour de la gigantesque lanterne, circulait aussi une galerie de deux pieds de largeur, qui devait lui servir de promenoir.

Le guetteur chargé d'entretenir le feu du phare se condamnait volontairement à une réclusion perpétuelle dans cette tour, de douze pieds de diamètre, qui semblait un vaisseau à l'ancre au milieu de la tempête.

Lorsque la lune était aux quadratures, la mer couvrait complétement le rocher; alors le guetteur ne pouvait sortir de la tour une minute.

Il lui était défendu de posséder un canot; car, entraîné par l'orage, il eût pu laisser éteindre le feu au moment le plus nécessaire.

Tous les huit jours, la chaloupe qui nous transportait venait renouveler sa provision de vivres ; mais, à l'époque des équinoxes, il restait souvent plusieurs semaines sans pouvoir sortir et sans voir une créature vivante.

Le patron nous raconta ces détails pendant la traversée.

Dès que nous eûmes abordé à la torche, mes guides hélèrent le guetteur. Une voix rauque leur répondit, et la porte du magasin fut ouverte.

Nous montâmes par l'échelle incrustée au mur, et nous fûmes reçus par le solitaire habitant de la torche avec assez peu d'empressement.

C'était un homme d'une taille très-élevée, mais d'une effrayante maigreur. Ses membres, très-longs, mais secs et tannés, devaient être doués d'une force singulière. Sa tête était petite et son front déprimé ; ses yeux creux et rouillés semblaient s'abriter sous ses rudes sourcils fauves, comme s'ils eussent craint de se fixer sur vous. On eût dit que la lumière du jour l'éblouissait et l'inquiétait comme la chauve-souris chassée de l'angle obscur où elle se gîte.

Ses pieds difformes, ses mains larges, ses cheveux plats et longs, sa barbe hérissée, sa figure enfumée et sauvage, lui donnaient un aspect sinistre.

L'habitude de l'isolement lui avait fait perdre pour ainsi dire l'usage de la parole. Il était sobre de réponses, et ne parlait souvent que par monosyllabes.

Quand Bastien Lenoir lui eut expliqué à voix basse le sujet de notre visite imprévue, il grommela quelques mots que je ne pus entendre, et jeta sur moi un regard curieux et furtif.

Il nous fit traverser le magasin, qui était encombré de planches, de meubles, d'étoffes, de caisses, épaves des naufrages que le phare n'avait pu empêcher.

Il marchait lourdement devant nous avec sa souquenille de toile et ses larges braies gauloises, costume des paludiers guérandais qui ajoutait à son air étrange.

Nous montâmes ensuite à sa chambre, où il dit aux guides de se reposer et de l'attendre pendant qu'il me conduirait à la guette.

Oh ! comme j'eus envie, à ce moment, de me jeter aux pieds de mes guides et de les supplier de me ramener à la côte !

Tout mon corps frissonnait à la pensée de rester seule avec ce guetteur sauvage, sur ce rocher isolé de tout secours humain, et où je n'avais pu être menée que pour y être lâchement assassinée et puis jetée à la mer, cette tombe muette qui ne rend pas ses victimes et ne trahit jamais les coupables.

Mais comment exciter la pitié de ces hommes dévoués au recteur et pour qui je n'étais qu'une étrangère ?

D'ailleurs mes soupçons pouvaient les irriter au lieu de les émouvoir et les pousser à précipiter l'exécution de leurs desseins infâmes.

Le Breton me conduisit à la guette.

C'était une cellule voisine de la sienne et meublée comme les chambres des fermiers du pays.

D'un côté se dressait un vieux bahut orné de quelques plats d'étain ; de l'autre, une large caisse soutenue à quatre pieds du plancher par quatre pilastres montant jusqu'au plafond.

Cette caisse, accolée au mur et sculptée ainsi que les étais et la corniche couronnant la façade, était un lit garni en guise de matelas d'un large sac d'avoine.

Le guetteur me dit durement :
— La nuit vient vite ici, couchez vous. — Il attacha à un fer qui sortait de l'angle d'un mur une chandelle de résine qu'il venait d'allumer, et ajouta :—Dans un quart d'heure je viendrai la reprendre.

— Quoi ! ne pourrai-je conserver toute la nuit cette lumière ? — lui demandai-je en tremblant.

Il me regarda d'un air étonné, et répéta avec une sorte de rire silencieux :
— Toute la nuit ! voir clair pour dormir !... Oh ! oh ! trop d'exigence c'est défendu.

— Mais, par pitié !— repris-je,— laissez-la-moi. Je suis si souffrante; cette lumière me consolerait, j'aurais moins peur.

— Pourquoi peur ? — interrompit-il aussitôt en fixant sur moi un regard perçant mais rapide, qu'il détourna aussitôt.

— Mais vous voyez,— répliquai-je,— que je suis seule ici, abandonnée, sans amis...

—Oh ! très-sûr, personne ne viendra vous chercher à la torche de Penmarch. Mais la lumière ici c'est impossible.

Il sortit. J'examinai aussitôt ma prison. La porte fermait en dehors. La fenêtre, qui donnait sur la petite galerie circulaire, était grillée de barreaux de fer. Cette cellule était donc la tombe d'où je ne devais pas sortir.

Le guetteur revint, prit la chandelle de résine, et l'emporta sans daigner me parler.

Ma résignation ne put vaincre l'horreur profonde qui saisit mon cœur et tous mes membres à la pensée de la mort sourde et inévitable qui m'attendait.

Je priai sans pouvoir me calmer. J'essayai de me jeter sur le lit et de dormir : impossible.

Certes, la vie n'avait plus d'attrait pour moi. J'aurais cherché avec joie les occasions de la sacrifier, mais librement, au grand jour, par quelque acte de dévouement, tandis que cette vengeance qui me choisissait pour sa proie, cette condamnation mystérieuse qui préparait lâchement ma perte, cette attente pleine d'angoisse, tout me révoltait contre la sentence inique dont l'homme de Pen-Mark devait, sans nul doute, être le sinistre exécuteur.

Je cherchai à entendre la conversation de mes guides avec lui ; mais le bruit lamentable des flots couvrait leurs paroles.

. . . .

La nuit se passa dans ces anxiétés douloureuses. Vers le matin, brisée par la lassitude, je tombai dans une sorte d'engourdissement et de demi-sommeil.

Le guetteur m'éveilla à cinq heures du soir, en entrant dans ma cellule pour m'apporter un peu de laitage et de pain.

Je demandai à voir Bastien Lenoir.

Le guetteur me répondit avec son regard vague :

— Parti ce matin. La torche n'aime pas les hôtes. On n'y reste jamais longtemps. Je dois être seul à mon poste.

Cependant il me permit de me promener pendant une heure sur la galerie.

Je profitai de cette complaisance inattendue, et bientôt je m'absorbai tout entière à regarder l'Océan grondant sous mes pieds.

En contemplant sa vaste étendue, il me vint à l'esprit mille rêves de liberté et de délivrance. J'enviai les ailes des mouettes et des goëlands. Puis peu à peu un singulier vertige s'empara de ma pensée.

Il me sembla que les vagues essayaient de monter vers moi, afin de m'emporter loin, bien loin de cette tour maudite.

Leurs mugissements cessèrent de m'effrayer, et je crus les entendre m'appeler dans leur sein et me dire qu'elles me cacheraient à jamais et me sauveraient de la main sanglante des hommes.

Tant de terreurs avaient ébranlé ma raison, et le jeûne avait encore contribué à augmenter mon égarement.

Je sentais la faim me déchirer la poitrine, et pourtant je versai d'un œil morne et d'une main ferme dans la mer le laitage apporté par le guetteur. Je pensais que ce laitage pouvait être empoisonné.

Je ne tardai pas à voir toutes choses remuer et tourbillonner autour de moi, les montagnes de la côte, les flots, les nuages, le ciel, et jusqu'à la galerie où j'étais, et qui me semblait s'abaisser vers la mer.

Alors une horrible tentation me prit.

Je crus entendre le pas du guetteur, sentir sa main se tendre vers moi, son souffle m'effleurer, et, dans un transport d'épouvante et d'hallucination, je me penchais sur la balustrade de la galerie, les yeux fermés et les bras étendus, lorsque j'entendis une voix s'écrier :

— Malheureuse !

Je me retins machinalement à la balustrade et me retournai.

Le recteur était debout, pâle comme la mort, à la porte de la galerie.

Il n'avait pas fait un geste, un mouvement pour me sauver, mais le cri qui lui était échappé m'avait rendu la raison.

Il avait le visage bouleversé comme par une émotion violente, et il me regardait avec un trouble inexprimable.

Son émotion et le cri même qu'il avait jeté me rassurèrent un peu. J'allai droit à lui et je m'écriai :

— Ayez pitié de moi !

— Que craignez-vous et qui craignez-vous ? — demanda-t-il d'un ton sévère.

— Je crois que ma vie est en danger ici, — répondis-je.

— Elle était en danger il n'y a qu'un instant, — répliqua le prêtre.

— Mais c'est la mort qui m'attend ici, j'en suis sûre, — m'écriai-je, — une mort plus cruelle, et vous pouvez me sauver. Ayez pitié de moi !

— Vous m'accusez, — reprit froidement le recteur. — Si je voulais votre mort, pourquoi vous aurais-je sauvée tout à l'heure ? Pourquoi ? oui , dites-le-moi, et surtout ne mentez pas, — ajouta-t-il avec un geste d'emportement et comme un homme égaré. — Je n'avais pas même besoin de vous pousser du doigt dans l'abîme, et c'est moi qui vous ai arrêtée sur le seuil de l'espace lorsque vous tendiez vos bras à la mort et votre âme à la damnation éternelle. N'est-ce pas la vérité ? Eh bien ! dites, pourquoi vouliez-vous mourir ? et pourquoi, au moment où vos yeux se fermaient, ai-je cru voir reparaître devant moi la pâle image d'une femme..? Mais qu'ai-je dit ? j'ai parlé d'une femme... Folie ! Que m'importe que vous viviez ou non, fille du péché ! Le passant se détourne-t-il pour écouter la plainte expirante du vermisseau rampant dans l'herbe que son pied écrase. D'ailleurs n'avais-je pas des droits sur votre vie ? — continua-t-il d'une voix de plus en plus irritée.—Répondez, mademoiselle, n'est-ce pas vous qui avez essayé de détruire tous mes projets, qui vous êtes jetée fatalement sur mon chemin, qui avez voulu ravir à mademoiselle de Béjarry l'amour et l'alliance du comte de Chavannes ? De quel droit avez-vous semé le trouble dans cette famille, vous, pauvre bourgeoise que le comte aura prise sur son chemin, je ne sais où ? Mais ne dirait-on pas que j'ai besoin de justifier ma conduite à vos yeux ? C'est étrange. Mais ne me regardez pas ainsi avec ces yeux suppliants, car je crois toujours voir *celle* que je ne puis oublier... Oh ! l'importune vision ! Elle me poursuivra donc sans cesse ? Non, jamais je n'aurai le courage... Jeune fille, — s'écria-t-il alors en me saisissant par le bras, — ne te joue pas de moi ! Dût mon cœur saigner, je sais le dompter. Ne te fie pas à ce trouble singulier que tu as eu le pouvoir d'éveiller dans cette âme que je croyais endurcie et implacable à jamais depuis que le vieil homme est caché sous une robe noire !

— Vous l'avouez ! vous avez pitié de moi?—répondis-je, ne comprenant au milieu de ses paroles incohérentes que ce sentiment de remords auquel il semblait vouloir résister.

— Arrière, pécheresse !—s'écria-t-il en me repoussant. — Je ne me reconnais plus. Quels traits as-tu empruntés pour me fasciner ? Mais je lutterai contre la faiblesse qu remue mon cœur. Albain ! Albain !

Le guetteur accourut.

— Oh ! ne me livrez pas à cet homme ! — m'écriai-je en tombant agenouillée et embrassant de mes mains crispée les barreaux de la balustrade.

— Tu n'es pas faible comme moi, n'est-ce pas Albain ? — dit le recteur au gardien. — Tu ne trouves rien d'extraordinaire à cette fille qui tremble et qui pleure ? C'est une femme comme les autres femmes, au sourire qui ment, à la bouche qui ment, aux yeux qui mentent, au cœur qui oublie. Réponds, Albain. N'est-ce pas là un tableau touchant, et la terreur de cette belle fille ne fait-elle pas tressaillir tout ton être ?

— Je ne sais ce que vous voulez dire, mon père, — répondit le guetteur. — Rien ne me fait d'effet, à moi, voyez-vous. J'ai trouvé plus d'une fois, à la marée basse, des jeunes filles noyées sur les écueils, et je n'ai jamais pensé qu'à détacher leurs colliers de leur cou livide et à enrager de la peine que j'avais à tirer leurs bagues de leurs doigts raidis et gonflés.

A ces horribles paroles, un frémissement nerveux secoua tous mes membres.

— Tu es un homme, toi, Albain,—répondit le recteur. Celui qui aurait ton cœur de bronze et mon cerveau pourrait tout oser. Mais il est des heures où je sens ma main trembler comme celle d'une femme. Oui, je suis un lâche. Allons, emporte cette folle dans ta guette.

— Grâce ! grâce ! — criai-je encore. — Quel mal vous ai-je fait ?

— Emporte-la ! Faut-il te le répéter, Albain ? — dit sévèrement le recteur. — Je ne puis voir ses yeux se fixer sur moi, entendre sa voix ? Ses cris m'entrent au cœur comme des lames ardentes. — Le guetteur essaya de détacher mes mains des barreaux qu'elles étreignaient convulsivement. — Hâte-toi, Albain, — disait le prêtre, — car il me semble que j'ai envie de la défendre contre toi et que je t'en veux de m'obéir. Quelque chose me pousse à me jeter entre elle et toi. Folie ! Non, cette fille sait trop de choses, elle peut me perdre. Elle doit me haïr, elle me hait ; pas de faiblesse.

Je me débattais furieusement sous les larges mains du guetteur.

Dans la lutte, je laissai tomber le médaillon qui renfermait le portrait de ma mère, et que je n'avais jamais cessé de porter sur mon cœur.

Au même instant, mes mains, torturées par Albain, avaient lâché les barreaux, et le misérable m'emportait.

Le recteur ramassa le médaillon ; mais il ne l'eut pas plus tôt regardé qu'il jeta un cri terrible et cria à Albain de s'arrêter.

Cet homme, au lieu d'obéir, hâta sa course en murmurant :

— Le recteur est faible ; il se trahit lui-même. — Et il s'enferma avec moi dans la guette. Là, il tira un poignard caché sous sa longue saye et me dit rudement :

— A genoux, la belle, si vous voulez faire un bout de prière avant... — Il n'acheva pas. Le recteur lui ordonna d'une voix tonnante d'ouvrir. Et, voyant que cet homme hésitait, il ébranla la porte par deux ou trois efforts désespérés. Le guetteur ouvrit alors ; mais, revenant à moi, il dit au prêtre, la figure toujours sombre et menaçante :

— N'avancez pas ou je frappe cette femme avant que vous ayez pu lever votre bâton sur moi !

— Que signifie cette désobéissance, Albain ? — demanda le recteur, troublé et parlant d'une voix sourde et entrecoupée.

— Cette jeune fille, — dit le guetteur en posant la main sur mon épaule, — n'est-elle pas une espionne des bleus que vous avez envoyée à la torche pour y être punie comme les autres ?

— Non ! — répliqua le prêtre.

— Pourtant Bastien Lenoir l'a amenée de votre part, et me l'a recommandée comme espionne, — dit Albain avec son sourire muet et lugubre.

— Bastien Lenoir t'a trompé, — dit le recteur.

— Le jureriez-vous sur mon sacré-cœur ? — demanda Albain avec un air de doute et un regard soupçonneux.— Ah ! c'est qu'il ne faudrait pas que vous comptiez tromper les gars, tout recteur que vous êtes ! Voyons, jurez-vous ? Et il détacha le sacré-cœur cousu à la boutonnière de son gilet rouge et le tendit au recteur, qui jura. — Pourquoi donc avoir envoyé cette fille à la torche de Penmarch ? — demanda encore le guetteur.

— Parce qu'elle savait quelques-uns de nos secrets et qu'elle devait garder bouche close jusques après l'événement ; tu le sais, Albain ? — répliqua le prêtre.

— C'est compris, — dit Albain.

— Maintenant, laisse-nous et veille bien au phare. L'heure approche.

Le guetteur sortit.

Aussitôt le prêtre s'élança vers moi, et, me montrant le médaillon,

— De qui tenez-vous ce portrait ? — dit-il d'une voix émue comme celle d'un homme qui veut connaître l'arrêt d'où sa vie doit dépendre.

— Rendez-le-moi ! — m'écriai-je. — C'est mon talisman.

— Votre talisman ! — reprit-il. — Mais de qui le tenez-vous ? Ne mentez pas ! il y va de votre salut.

— C'est le portrait de ma mère, — dis-je avec effort.

Le recteur recula avec une expression d'égarement dans le visage.

— De votre mère... Cette ressemblance... Non, il n'y a pas deux visages semblables... C'est bien là ce noble sourire, ces beaux yeux voilés de mélancolie... C'est elle-même ! Si cependant je me trompais...! Dites-moi le nom de votre père, malheureuse enfant !

— Le nom de mon père, oh ! laissez-moi le cacher à jamais, — lui dis-je. — Je ne suis pas digne de prononcer ce nom que j'ai déshonoré.

— Il le faut pourtant, il le faut ! — insista le prêtre.

— Mais mon père, je l'ai trahi, lui si rigide, si implacable et si bon pour moi !

— Oh ! c'est bien lui, — interrompit le recteur, — l'homme juste et tendre, bon aux faibles, dur aux méchants. Eh bien ! ce magistrat intègre se nomme...

— Mais vous le connaissez donc, vous qui m'interrogez ? — m'écriai-je confondue à mon tour, — vous connaissez le citoyen Paul Duhamel ?

A ce nom, le recteur frissonna et cacha dans ses mains son visage baigné de larmes soudaines. Ce fut pour moi un spectacle étrange que de voir pleurer cet homme implacable.

— Fatalité ! — s'écria-t-il enfin en joignant ses mains tremblantes, — y a-t-il donc un Dieu là-haut ? Oui, — ajouta-t-il, — puisque ce Dieu m'a permis de sauver cette enfant, et qu'il a fait refluer tout mon sang au cœur à la vue de ces traits, image fidèle de ceux que je n'ai jamais oubliés.

— Que voulez-vous dire ? — lui demandai-je de plus en plus surprise de ce changement subit,

— Oh ! je te fais horreur, n'est-ce pas, Camille Duhamel ?— reprit le recteur d'une voix sourde.—Tu as envie de me fuir comme un être malfaisant et nuisible à tout ce qui l'approche ? Eh bien ! veux-tu savoir le nom que me donnaient les hommes quand j'étais jeune et ambitieux d'un noble avenir, quand j'avais l'âme innocente et que le sang n'avait jamais taché mes mains, quand j'aimais d'un cœur pur et que les mauvaises passions ne m'avaient point infiltré leur fièvre dévorante et collé à tous les membres leur robe de poix brûlante comme celle de Déjanire ! Ne crois donc pas, jeune fille, que je suis né marqué du sceau infâme des criminels, que je suis né pour le mal, et que je n'ai fait que remplir ici-bas ma tâche immonde. Non, j'étais un jeune homme pur et généreux quand on m'appelait André Duhamel.

— André Duhamel ! — répétai-je éperdue.

— Le frère de ton père, Camille, — continua le recteur.

— Ah ! il ne t'a jamais parlé de moi, je le vois. Il ne t'a pas appris à me maudire. Il ne m'a pas accusé ; seulement il n'a jamais prononcé mon nom devant toi. Pour lui je n'existais plus. Peu lui importait de savoir où vieillissait la branche pourrie de l'arbre !—Je me souvins alors de la prophétie que mon père avait faite, en désignant le recteur, dans la nuit fatale où Octave avait surpris ses secrets. Je reculai, pâle et consternée, devant cet homme étrange. — Oh ! je réparerai mes crimes, — dit-il.— Dieu veuille qu'il soit encore temps de me repentir !

En ce moment, le guetteur reparut et lui dit :

— Monsieur le recteur, un signal annonce que le vaisseau a dépassé l'île de Sein.

Le prêtre parut se troubler à cette nouvelle ; il murmura avec agitation .

— Peut-être est-ce encore là une faute qui me sera comptée! Mais, non, non. Il s'agit du salut et du triomphe d'une cause sainte. Vraiment, je deviens enfant !

— Faut-il éteindre le phare ? — demanda Albain en le regardant fixement.

— Tout à l'heure ! tout à l'heure !— répondit le recteur avec un geste d'impatience.— Attends la nuit noire !— Le guetteur se retira; mais ses durs sourcils fauves se froncèrent et ses paupières frémirent légèrement.—Oui,— reprit le recteur en me prenant la main,—je suis le frère de Paul Duhamel. Nous nous sommes longtemps aimés, mais nous dûmes nous haïr lorsque notre cœur battit à tous deux pour la même femme, l'ange qui fut ta mère, Camille. Je ne sais pas ressentir les passions à demi; en moi tout est extrême. Déjà, malgré les conseils et l'exemple de mon frère, je m'étais laissé aller à toutes les folies de la jeunesse; je vivais à la table des grands seigneurs. je vidais le fond de leurs verres et je devenais joueur, débauché et sceptique comme eux. Pour cet ange, néanmoins, je me sentais la force d'étouffer mes mauvais instincts, de devenir bon et vertueux, mais elle aima ton père. Alors je fus envieux et jaloux du bonheur de Paul. Je raillai sa froide vertu, je cherchai à l'humilier devant elle. Tout fut inutile. Cependant elle cherchait à me ramener dans le sentier de la vie pure, calme et sage de mon frère. Elle cherchait à me relever à mes propres yeux, à me rendre l'estime des autres et à me forcer ainsi à devenir meilleur. O crédulité de l'amour ! malgré sa froideur, je voulus deviner de l'amour dans ce soin touchant qu'elle prenait de mon bonheur, et je ne cessai d'espérer que le jour de son mariage avec Paul. Alors je tombai du ciel dans l'enfer. Je me fis prêtre. Je vins me cacher dans les rochers de Bretagne, et je ne rêvai que mépris pour le genre humain, haine et vengeance contre ceux qui m'avaient volé ma part de félicité dans ce monde. Un jour enfin mon frère vint avec *elle* me visiter à Kerbader. Les insensés ! ils me croyaient guéri de ma folle passion, comme si l'on guérissait jamais d'un amour vrai qui n'a pas été accepté et compris, comme si, à l'heure même de la mort, on ne se sentait pas encore dans son cœur la pointe de la flèche acérée ! Ils vinrent, et, emporté par le délire de tous les rêves enfantés dans ma solitude, j'abusai de la confiance de mon frère, et, pendant son absence, j'essayai de me venger du passé. Prières, menaces, folles supplications, j'employai tout pour émouvoir l'âme de cette noble femme qui me repoussait avec horreur ; je me traînai à ses pieds, je les mouillai de mes larmes, et, quand je vis mes plaintes et mes pleurs méprisés, je me relevai furieux et je voulus de force l'étreindre dans mes bras. Ce fut une lutte horrible, et ton père, Camille, devait en être témoin un instant. S'il ne me tua pas, s'il dédaigna de châtier mon crime, c'est qu'il ne voulut pas souiller sa main du sang d'un frère, et que peut-être il me crut devenu insensé Oui, Camille, voilà l'hospitalité que reçut Paul Duhamel chez son frère le recteur de Kerbader! Il quitta ma maison avec *elle*, à l'entrée d'une nuit d'hiver, par le brouillard, le vent et la pluie, sans me maudire, sans m'adresser une plainte ni une menace. Mais, hélas ! son silence fut plus humiliant et plus gros de mépris que les plus cruels outrages.

Je restai étourdie de surprise après avoir entendu cette singulière confession. Le recteur allait continuer lorsque le guetteur reparut et lui dit :

— Les gars redoublent les signaux. La coque de noix est en pleine baie Audierne, à la hauteur de Treguanec.

— Je ne sais pourquoi j'hésite, — murmura le recteur.

— Ces souvenirs m'ont troublé l'esprit... Mais oublions tout cela. Il s'agit de mettre la main à l'œuvre et non plus de parler.

— J'attends l'ordre, — dit le guetteur avec un geste d'impatience.

— Eteins le phare, Albain, — répondit le prêtre d'une voix faible.

Albain disparut aussitôt.

— Que se passe-t-il donc ? — demandai-je au recteur.

— Rien, — répondit-il,— rien d'important. Tu es en sûreté, toi, Camille ; tu n'as rien à craindre. Mais regarde-moi donc ! Oh ! c'est bien là le visage si pur et les traits délicats de ta mère. On eût dit, en la voyant, une de ces figures vaporeuses et aériennes que les poëtes font trôner dans les nuages. Comment ne t'ai-je pas reconnue tout d'abord pour la fille de ma bien-aimée? mais j'éprouvais un mystérieux plaisir à te regarder, mes yeux ne pouvaient se détacher de toi, et je croyais, fou que j'étais, que c'était la haine. Abîmes du cœur, qui vous connaîtra jamais !

J'étais si émue, si troublée, que je pouvais à peine respirer, et je dis au recteur :

— Je ne sais si c'est l'effet de l'orage qui menace... mais j'étouffe... j'ai besoin d'air...

— Venez sur la galerie, Camille, — répliqua t-il avec douceur.

Nous retrouvâmes sur la galerie le guetteur, qui riait tout seul, comme le démon quand il s'applaudit de quelque méchante œuvre.

— Ohé ! bon pied, bon œil, les camarades ! — criait-il en regardant les flots. — Bon œil pour voir le phare ! Bon pied pour nager dans les brisants ! Oh ! oh ! c'est l'heure où les requins sentent la mort autour des coquilles de noix.

Ces paroles bizarres me firent tressaillir comme le cri d'un oiseau de mauvais augure.

La mer offrait alors un spectacle effrayant.

Les vagues se gonflaient, s'étendaient, roulant leurs franges d'écume jusqu'aux crêtes des rochers.

L'orage éclatait dans sa terrible magnifiecence. La profonde obscurité qui couvrait les eaux ne laissait voir au loin que cette écume blanchâtre qui moussait à la pointe des écueils.

Parfois la sombre lueur d'un éclair faisait les ténèbres visibles, et la foudre, déchirant les nuages par des raies de feu, allait fracasser quelque récif.

La mer, fouettée et soulevée par les vents furieux, rugissant comme un géant aux mille bras, aux mille voix, semblait se dresser au-dessus du phare, un instant englouti et disparu. La torche de Penmarch paraissait un pauvre vaisseau isolé et échoué dans la tempête, une frêle aiguille perdue dans ce chaos immense. Tantôt la mer se brisait au pied de la tour. tantôt elle nous enveloppait nous-mêmes d'un voile et d'un nuage de poussière humide.

Sapée par les flots, entraînée par les coups de vent ébranlée par les éclats de la foudre, la torche de Penmark semblait s'agiter, s'incliner sur sa base et près de s'abîmer dans la mer, ce linceul gigantesque.

Intimidée par cette scène sublime, je détournai mes yeux vers la côte, et j'y vis briller une lueur, fixe d'abord, puis mobile et voltigeant çà et là.

Le phare était éteint. Cela me frappa vivement d'abord, et je demandai au recteur comment il avait pu permettre, je n'osai dire *ordonner*, à Albain d'éteindre le phare, lorsque la nuit et l'orage se réunissaient pour rendre la côte plus périlleuse pour les vaisseaux.

— Il le fallait ! — répondit faiblement le prêtre.

Un coup de canon retentit au loin sur la mer.

Le recteur laissa échapper un tressaillement de joie.

— Vous avez entendu, — lui dis-je. — N'est-ce pas le canon d'un vaisseau en détresse?

— Oh ! nous réussirons! — s'écria-t-il. — Ce vaisseau va s'engager dans les brisants et les écueils qui gardent notre côte. Dieu veuille que l'enfer de Penmarch l'attire et l'engloutisse ! Ah ! les braves jacobins, ils voulaien nous surprendre ; mais ils ne verront la chapelle de Kerbader qu'après être ressuscités !

— Que dites-vous? — m'écriai-je. — Quoi ! vous laisseriez périr les malheureux que porte ce vaisseau surpris par l'orage, peut-être des mères qui serrent leurs enfants contre leur sein, des jeunes filles qui aiment, des êtres faibles et innocents qui prient Dieu de les sauver. Soyez Dieu pour eux.

— Non! non! — répliqua-t-il d'une voix forte. — Ce sont des soldats, des républicains, des ennemis qui viennent pour apporter la mort là où ils vont la trouver. Nous les détruirons sans avoir besoin de lutter contre eux; nos glaives et nos balles sont les écueils de la côte. Et si l'un d'eux s'échappait...

— Oh! les gars qui veillent sur vos rochers les sauveveraient... — interrompis-je vivement.

— Enfant! — dit le recteur; — ces lueurs que tu vois s'éparpiller sur la côte, ce sont des lanternes hissées au haut de grandes croix de bois que portent des mulets enveloppés de couvertures noires et dont la tête est harnachée de courroies et de linges tordus et enchevêtrés de manière à maintenir solidement ces croix flamboyantes. Les mouvements de ces animaux sont si lents et si mesurés, que le feu des lanternes semble presque toujours fixe et immobile comme si elles ne changeaient pas de place. Ce sont des phares ambulants qui doivent attirer les bleus au piége. L'enfer de Penmarch attend leurs coques de noix. Sur la côte veillent, comme tu dis, nos gars armés de fusils, de pieux et de fourches. Ils ne laisseront pas un de ces jacobins vivant pour aller raconter aux clubs de Paris le sort de ses compagnons.

— Horrible! horrible! — interrompis-je. — Par pitié! sauvez-les, vous que j'ai vu pleurer au souvenir de mon père. André Duhamel, au nom de ma mère que vous avez aimée, au nom de ces nobles sentiments qui vous agitaient tout à l'heure, je vous conjure...

— C'est impossible, — répondit-il froidement. — Ne m'implorez pas en vain. Ce succès doit augmenter puissamment mon influence; les généraux vendéens seront contents de moi. Et qui sait si ton bonheur ne profitera pas de la confiance que j'inspirerai désormais à tous les royalistes!

— Il n'est plus de bonheur possible pour moi, murmurai-je.

— Pourquoi désespérer de l'avenir? — reprit-il. — J'étais aveugle jusqu'à présent. Si j'avais su que tu étais la fille de Paul Duhamel, j'aurais encouragé l'amour du comte de Chavannes pour celle qui l'avait sauvé. J'aurais été ton allié, j'aurais ruiné l'espérance de cette ambitieuse Renée, que j'ai si follement aidée de mes conseils. Ton triomphe eût rejailli sur moi et honoré notre famille.

— C'est là un rêve qu'il faut oublier, — lui dis-je.

— Non pas, — répliqua le recteur. — Tu peux encore espérer de devenir la comtesse de Sanglier-Chavannes, Camille; mademoiselle de Béjarry est morte, dit-on, dans les flammes allumées par le collibert. Octave, qui n'a pu la sauver, est à la tête de nos gars, qui entourent la chapelle de Kerbader. Et tu as courageusement gardé sa promesse, n'est-ce pas, malgré ses menaces et ses violences?

— Je l'ai gardée, — répondis-je.

— Tout peut donc se réparer.

— Non, car aujourd'hui je méprise le comte Octave.

— Mais vous l'aimiez, Camille.

— Mais, après ce qui s'est passé entre lui et moi, je me jetterais dans ces flots avant de consentir à porter son nom, monsieur le recteur.—Ilgarda le silence et devint rêveur. Un second coup de canon expira sourdement dans le fracas des vagues. — Et vous êtes sûr, — repris-je, — que c'est un vaisseau de guerre?

— Oui, — répondit le recteur. — Octave n'a pas voulu nous révéler le nom du représentant qui dirige l'expédition, mais à Paris il était parvenu à surprendre tous les plans secrets qui la concernaient. Par quel miracle, je l'ignore. Les jacobins croient agir dans le plus profond mystère, et en effet pas un détail de ce guet-apens maritime n'a été ébruité, pas un avis ne nous est venu de nos comités de Paris, si bien que plusieurs de nos gentilshommes se sont d'abord défiés des renseignements du comte Octave et les ont traités de fables. Cependant la fable prend aujourd'hui toute l'apparence d'une réalité, et on n'accusera plus le comte d'avoir voulu se jouer de la bonne foi de nos Bretons et se mettre en évidence.

Pendant que le recteur parlait, je me sentais saisie d'une vague et sinistre inquiétude. Des souvenirs confus s'emmêlaient dans ma tête. Je l'interrompis vivement:

— Vous dites, monsieur le recteur, que ce sont les révélations du comte qui ont trahi le secret de cette expédition... et que le représentant qui la dirige... Répétez, je n'ai pas bien écouté, bien compris...

— A l'heure qu'il est, monsieur de Chavannes seul encore sait le nom de ce représentant. Mais qu'importe?

— Qu'importe! — repris-je machinalement en cherchant à renouer dans mon cerveau la chaîne de mes souvenirs.

— Oh! le comte est un homme de tête quand l'amour ne le domine pas, — dit le recteur. — Les princes ont pour lui la plus haute estime, et ne le payeront point comme tant d'autres d'ingratitude. Il ne se laissera pas oublier.

Je l'écoutais, et mon esprit retournait en même temps vers le passé. Tout à coup je me rappelai la nuit où j'avais ouvert la porte de notre maison au fugitif Octave et où il avait eu l'audace d'interroger mon père endormi.

Je jetai un cri d'effroi et je saisis le bras du recteur en murmurant:

— Oh! malheureuse, malheureuse! encore ce coup pour m'accabler!

— Parlez, Camille, parlez! — dit le prêtre effrayé de mon agitation.

Mais sans rien écouter, tremblante, prise de terreur, une sueur froide sur tous les membres, je criai:

— Le phare! faites rallumer le phare! Sauvez ce vaisseau! rallumez le phare!

— Expliquez-vous, — disait le recteur.— Mon enfant, revenez à vous! un peu de calme...!

— Non, — dis-je toujours éperdue, — chaque minute qui passe... c'est un crime... Le représentant du peuple... c'est mon père... Paul Duhamel!

— Votre père, Camille! — répéta le recteur bouleversé. — Mais non, Camille, vous vous trompez... C'est un songe, une folie...

— Le citoyen Paul Duhamel, vous dis-je. C'est lui! Oh! misérable que je suis, c'est à ma faiblesse, à ma lâcheté, à ma trahison que mon père devra cette dernière honte... la défaite et la boucherie de tous ces braves soldats... Ah! le guetteur avait raison de me flétrir du nom d'espionne... c'est moi qui ai vendu mon père... Oh! ce sang qui tachera les flots criera vengeance contre moi... Ces victimes pâles, déchirées, livides, je les verrai reparaître sans cesse devant moi et m'entourer et m'accuser... O spectres sortis de la mer, éloignez-vous!...

Et, dans mes remords et mon épouvante, je me traînai à genoux sur les dalles de la galerie, et je repoussai le recteur, qui cherchait à me calmer pour obtenir une explication plus positive des paroles qui m'étaient échappées.

Enfin, quand je pus parler avec plus de calme, je lui racontai comment j'avais donné asile au fugitif sous le toit du patriote Duhamel, comment j'avais fait notre hôte du noble condamné à mort, et comment il avait profité de cet abri et de cette hospitalité pour jouer le rôle d'espion auprès de mon père et m'entraîner à fuir avec lui.

Le recteur parut terrassé par ce récit.

— Oh! c'est sur moi que retombera tout le sang versé, — dit-il. — Le doigt de Dieu m'accable et tourne tous les événements contre moi. Je suis perdu si je fais rallumer le phare. Les Vendéens ne me le pardonneront pas. N'importe! je ne dois pas hésiter. Albain! — cria-t-il.

Le guetteur parut.

— Rallumez le phare! — dit le prêtre.

— C'est impossible, monsieur le recteur, — répondit Albain.

— Pourquoi impossible ?

— Vous savez bien qu'en ce moment la coque de noix des bleus vogue vers l'Enfer de Penmarch. S'ils voient briller la torche, ils seront peut-être encore à temps de rebrousser chemin.

— Albain, rallumez le phare ! — dit le recteur d'une voix impérieuse.

Le guetteur le regarda d'un air surpris et se retira à pas lents.

Trois minutes après il parut sur la galerie qui entourait la gigantesque lanterne, et il cria au recteur :

— Mon père, je suis enfermé ici, et nul avant demain ne touchera au phare dont je suis le gardien.

— Misérable ! — répliqua le recteur, furieux d'être ainsi joué. — Auras-tu l'audace de me désobéir ?

— Ne me menacez pas tant, mon père, — dit le guetteur. — J'ai l'oreille peu endurante ; et, si vous devenez bleu, je tirerai sur vous sans vergogne comme sur un patriote.

Le recteur, anéanti, pressa son front de ses mains comme s'il eût voulu en faire jaillir quelque pensée lumineuse. Enfin il me dit :

— Ecoutez, Camille, je puis encore essayer d'être utile à ces malheureux. La chaloupe qui m'a amené est amarrée au pied de la torche. Je connais la côte, et, malgré la tempête, je tâcherai... J'ai souvent risqué ma vie pour le mal... Si je péris, ce sera une expiation.

— Et vous allez me laisser seule au pouvoir de cet homme ? — lui dis-je.

— Viens donc avec moi, Camille ! — s'écria le recteur. — Toi aussi tu as été coupable, pauvre femme. Que Dieu nous juge, car nous allons nous mettre en ses mains !

XV

LES DEUX FRÈRES.

Cette traversée fut épouvantable en effet. Mais j'étais si préparée, si dévouée à la mort, que je ne vis rien de la lutte titanique engagée entre le recteur et le courroux de la mer. Nous devions mille fois périr. Notre chaloupe était balancée et secouée par les vagues comme la plume avec laquelle joue le vent.

Enfin le recteur parvint à la faire échouer sur le sable d'une petite plage tout inondée, et, me prenant dans ses bras, il me fit gravir les rochers qui la dominaient, car l'eau montait jusqu'à sa ceinture.

De la côte nous assistâmes à quelques-unes des horribles scènes du drame combiné par le génie politique du comte de Chavannes.

Le vaisseau des bleus, entraîné vers l'Enfer de Penmarch, venait de s'éventrer sur un de ces écueils sauvages qui faisaient sans cesse rugir et écumer la mer.

Les chaloupes seules, où s'étaient jetés quelques soldats à la désespérade, vinrent se heurter, se perdre, se briser au pied des rochers.

Quelques-uns de ces malheureux s'accrochaient aux saillies de la roche et cherchaient à échapper aux vagues hurlant à leurs jambes et bondissant quelquefois par-dessus leurs têtes. Mais les gars veillaient. Ils brisaient les mains des bleus à coups d'aviron, et les repoussaient à l'eau, tandis que les pauvres soldats leur demandaient pitié en leur tendant des mains saignantes et fracassées.

Jamais plus horrible tableau ne frappa le regard humain que cette tuerie nocturne. Les cris des naufragés, le grondement des flots, l'effroi des ténèbres, les gémissements des blessés, les railleries féroces des gars bretons, leur aspect fantastique à la lueur des torches et des lanternes, tout me pénétrait d'horreur.

Quand ils passaient près de nous, ils brandissaient leurs lourds bâtons et disaient au recteur :

— Eh ! ils n'ont pas la tête si dure.

Le recteur me pressait la main, cherchant à me contenir quand je voulais maudire à haute voix l'infâme cruauté de ces hommes.

Si je lui disais :

— Mais ces tigres à face humaine ne sont donc ni pères ni fils dévoués, ils n'ont donc jamais rien aimé, jamais senti battre leur cœur ?

Il me répondait :

— Taisez-vous, Camille. Les bleus brûlent les chaumes de ces pauvres diables ; ils coupent leurs arbres sur pied, ravagent leurs champs, et quelquefois ils sabrent leurs femmes et noient leurs enfants.

Je me récriai d'indignation contre ces calomnies, mais le recteur m'entraînait, cherchant avec une inquiète et haletante curiosité un visage connu parmi les cadavres jetés sur la grève.

L'orage commençait à se calmer, et les flots à se retirer de la plage qu'ils envahissaient auparavant.

Nous errions sur ces sables mouvants, où nos pieds étaient baignés par les vagues expirantes, lorsque nous crûmes voir nager vers nous une forme indistincte.

Nous nous arrêtâmes et nous attendîmes.

C'était un des naufragés qui portait sur son dos l'un de ses compagnons. Ils atteignirent une roche à fleur d'eau, peu distante de la grève où nous nous trouvions.

Nous nous avançâmes, et j'entendis un de ces hommes dire à l'autre :

— Abandonne-moi ici et tâche de te sauver. Je suis épuisé.

Cette voix me fit tressaillir. L'autre répondit :

— Jamais, citoyen, quand je devrais laisser un échantillon de ma peau à chacune de ces griffes du diable qui bordent la côte. Je ne suis pas un lâche.

— Laisse moi, te dis-je ; l'expédition est manquée, je veux mourir. Qui ne réussit pas trahit sa patrie. Toi, tu n'es qu'un soldat, tu peux fuir. Oh ! nous avons été vendus !

Cette fois, je reconnus la voix de mon père, le représentant du peuple Paul Duhamel.

Le recteur s'avança le plus près possible de la roche et leur cria :

— Venez à moi, je vous sauverai.

— C'est un piège ! — dit le soldat.

— Un piège ? — répéta le recteur. — Mais d'un mot ne puis-je réunir autour de moi cent gars résolus. Allons, venez !

Je m'enveloppai soigneusement de mon caban de pêcheur et j'en rabattis le capuchon sur mon visage pour ne pas être reconnue de mon père et de son compagnon, qui n'était autre que l'ouvrier Brindejonc, celui qui m'avait autrefois recueillie dans sa mansarde du faubourg Saint-Antoine.

Brindejonc transporta mon père sur la grève, malgré sa résistance, et là, aidé du recteur, il le conduisit dans une de ces grottes ou excavations de rochers si communes sur les côtes de l'Océan. C'était la retraite favorite du prêtre lorsqu'il habitait Kerbader. Il alluma des sarments qui y étaient entassés. Mais à peine la flamme eut-elle brillé, que Paul Duhamel, qui était pâle à faire peur, devint livide et tremblant d'une sourde colère.

— Le recteur ! — s'écria-t-il. — Oh ! sortons de ce asile ; je ne veux rien devoir à ce démon, qui ne doit jamais m'apparaître qu'aux jours de malheur !

Il fit quelques pas en chancelant, et comme André se plaçait devant lui à l'entrée de la grotte :

— Place ! place au représentant du peuple, — ajouta-t-il. — Je vais me livrer à vos amis les gars.

— Mon frère, — répliqua le recteur, — mon frère, je ne suis pas cause de ton malheur et je veux te sauver.

— Alors tu es traître à ton parti, — dit énergiquement

Paul Duhamel. — Ame de boue, tu n'es pas même fidèle à ceux que qui te payent et que tu sers !

— Mon frère, — reprit humblement le recteur, — ne peux-tu me pardonner le passé ?

— Pardonner à celui qui a fait de ma vie entière une douleur et qui a chargé ma conscience du poids de sa honte, puisque le préjugé rend solidaires tous les rejetons d'une même souche ! Pardonner à celui qui a fanatisé de pauvres ignorants pour les armer contre leurs concitoyens, qui a prêché pour les ténèbres et le mensonge contre la lumière et la vérité, qui a pris le couteau en main pour déchirer les flancs de sa mère la patrie !

— Mon frère, mets-moi sous tes pieds, je l'ai mérité ; mais laisse-moi te sauver pour me réconcilier avec Dieu !

— Lâche humilité ! — s'écria mon père indigné ; car il ne croyait pas à la sincérité du prêtre. — Tu te fais petit pour éviter ma vengeance, humble parce que tu as peur.

— Mon frère, ne m'accable pas, — dit le recteur d'une voix haletante. — J'ai péché, il est vrai ; mais souviens-toi que le même lait nous a nourris, que le même sourire a souri à nos premiers regards, que nous avons été bercés ensemble sur les genoux de notre sainte mère !

— Ajoute, — dit alors Paul Duhamel en ricanant, — que nous avons aimé la même femme.

Le recteur tressaillit et changea de visage. Cependant il se contint encore :

— Mon frère, — répondit-il, — je ne puis craindre la vengeance d'un fugitif, d'un homme désarmé ; la haine vous aveugle.

— La haine, — dit le représentant ; — mais je n'ai pas de haine contre toi. Je te méprise, voilà tout. Je méprise l'homme de paix et de charité qui prêche le meurtre, l'incendie, la révolte. Je méprise l'ambitieux qui se fait payer le prix du sang des pauvres gars crédules.

— Mon frère, ne m'accable pas, — dit encore le recteur, — lorsque je me repens et que je confesse mes fautes, lorsque je te tends la main...

— Mais cette main, je la repousse ! — s'écria Paul Duhamel. — Ton hypocrisie ne saurait me tromper, je ne crois pas à ton repentir. Mais sans doute tu veux te ménager une porte de salut avec les patriotes, dans la prévision du triomphe des bleus. C'est digne de celui qui pousse les gars au combat et qui se cache derrière eux comme un lâche !

— Mon frère ! mon frère, rétracte cette parole ! — s'écria à son tour le recteur, dont le visage s'empourpra de colère et dont les yeux lancèrent des éclairs, — ou j'oublierai tous les souvenirs de notre enfance et je me vengerai.

— Pas tant de feu, mon cadet ; je suis là, — dit Brindejonc en se jetant entre les deux frères.

Mais Paul Duhamel, implacable, jeta comme un défi insultant ces mots au recteur :

— Appelle donc tes gars pour te venger de deux fugitifs !

Au même instant des torches étincelèrent à l'entrée de la grotte ; des voix confuses se répondirent ; puis une douzaine de paysans se précipitèrent dans notre asile.

Le comte Victor-Octave de Chavannes était à leur tête.

— Des naufragés ! des bleus échappés aux écueils, ici, avec le recteur de Kerbader ! — dit-il d'un ton sévère.

— Vous voyez, monsieur le comte, que je ne vous ai pas trompé, — dit une voix parmi les paysans.

C'était le guetteur de Penmarch, qui, surpris de la disparition du recteur, avait hardiment gagné la côte dans un canot que les pêcheurs lui avaient laissé depuis deux jours, afin d'avoir l'aide de son courage et de sa force renommée à l'heure de la lutte avec les bleus.

— Comment ! mon père, — reprit le comte avec l'accent impérieux d'un juge, — c'est vous qui avez conduit ici ces jacobins !

— Je l'ai entendu, — dit le guetteur, — les supplier de se fier à lui. — Le recteur, à cette accusation directe, pâlit et hésita à répondre. — Vous voyez, — reprit Albain, — il se trouble ; il est d'accord avec les ennemis du roi. D'ailleurs, je vous le répète, il m'avait ordonné de rallumer le phare.

— C'est un traître ! — dit le comte, peut-être secrètement satisfait de ne pas avoir à partager les honneurs du succès avec son ami le recteur.

— C'est un traître ! — répétèrent les gars bretons. — Qu'il soit jugé et puni !

— Quand il vous prêchait et vous exhortait à vous battre, c'était pour vous envoyer à la boucherie ! — Pendant cette grêle d'insultes et d'accusations, le recteur avait eu le temps de reprendre un air de hauteur et de calme dédaigneux. Il fit signe qu'il voulait parler. — Qu'as-tu à répondre ? — demanda sèchement le comte. — Les preuves sont contre toi. N'est-il pas vrai que tu as conduit ces bleus dans cette grotte ?

— C'est la vérité, — répondit le recteur.

— Tu les as arrachés à la mort qui les attendait sur la plage en leur indiquant cet abri ?

— C'est la vérité.

— Tu leur a promis enfin de les sauver, au risque de ta vie, n'est-ce pas ?

— C'est la vérité, — répondit toujours le recteur.

— Vous entendez ! il avoue son crime ! — s'écria le guetteur.

Alors le prêtre l'interrompit, et, le désignant du geste,

— Mais ce que cet homme ne vous dit pas, mes gars — reprit-il, — c'est que, si j'ai caché les bleus dans cette grotte, c'était pour vous les livrer.

Un mouvement général de surprise eut lieu dans les groupes de paysans.

— Expliquez-vous, — dit le comte. — C'est là une chose facile à dire, mais difficile à prouver.

— Difficile ! — répliqua le recteur en ricanant. — Non pas, quand j'aurai dessillé vos yeux, quand je vous aurai dit que l'un de ces fugitifs... — et il désigna mon père, — est le représentant du peuple Paul Duhamel, le chef de l'expédition.

— Qui nous affirmera que c'est la vérité ? — demanda le soupçonneux guetteur.

— Monsieur le comte de Chavannes lui-même, — répondit le recteur, — car il a dû le connaître à Paris. — Tous les regards se tournèrent vers le comte qui ne put s'empêcher de baisser les yeux devant le rigide républicain, dont il s'était précipitamment approché. — Rendez-moi témoignage, monsieur le comte, — dit le recteur impassible.

— Vous avez dit la vérité, mon père, — murmura Octave.

— Cet homme ne voulait pas se sauver, malgré les prières de son soldat, — ajouta le prêtre. — Il persistait à attendre la mort sur le rocher qu'il avait atteint. Il échappait donc à notre vengeance et nous perdions les papiers importants qu'il devait porter sur lui. J'ai essayé de le tromper et de l'attirer dans nos mains par l'attrait d'un salut certain.

— O comble de lâcheté ! — s'écria mon père. — Serpent, comme je t'avais bien deviné !

Mais le recteur, sans s'émouvoir, continua :

— Une autre fois, mes gars, soyez moins prompts à soupçonner et à accuser un homme qui a dévoué sa vie au triomphe du roi. Soyez toujours aussi pur que moi, monsieur le comte. Mes gars, emmenez ces hommes à la chapelle de Kerbarder, qui leur servira de prison. Allez ! je vais prier Dieu pour attirer les bienfaits de sa grâce sur vos têtes, et demain nous le remercierons solennellement du succès qu'il nous a accordé.

Ces paroles furent accueillies par les cris de joie enthousiastes des paysans.

Pour moi, cachée dans un coin obscur de la grotte, absorbée dans la contemplation du noble visage de mon père, je restai terrifiée par la trahison du recteur ; je ne pouvais y croire, je ne pouvais la comprendre.

— Ètes-vous donc le génie du mal ? — lui dis-je, lorsque le comte et les gars eurent disparu avec leurs prisonniers et que je me retrouvai seule avec lui.

— Vous aussi, Camille, vous avez été dupe du rôle que je viens de jouer, — dit-il avec un sourire mélancolique.

— Mais c'était le seul moyen qui me restât pour le sauver peut-être, en me sacrifiant pour lui. Vous saurez tout bientôt, mon enfant. Mais d'abord je veux m'occuper de votre sûreté. Je vais vous conduire à la maison que j'habite. Elle est isolée, à un quart de lieue de la mer, et là vous n'aurez rien à craindre.

Dès le lendemain matin, le comte de Chavannes forma un conseil de guerre composé des quatre à cinq gentilshommes qui l'accompagnaient à l'affaire de Kerbader, et mon père fut condamné à mourir de la mort du soldat, ainsi que le pauvre Brindejonc.

Le recteur, qui avait regagné toute la confiance des chefs et celle des gars, demanda une entrevue avec le représentant, pour l'exhorter à mourir en chrétien.

Les sentiments religieux étaient trop profondément respectés chez les Vendéens pour qu'une telle requête rencontrât la moindre objection.

Le recteur fut introduit dans la sacristie de la chapelle, où se trouvaient les prisonniers Paul Duhamel et Brindejonc.

— Tu viens jouir de ton triomphe, — lui dit mon père avec cet orgueil de l'homme courageux qui va mourir.

— Je viens sauver votre âme, — répondit à voix haute le prêtre, qui craignait que ses paroles ne fussent épiées.

— Arrière, hypocrite ! — s'écria le représentant. — Trève de jargon fanatique ! Crois-tu parler encore à tes stupides paysans ?

Mais le recteur s'était rapproché de lui, et il répliqua très-vite et à voix basse :

— Paul, tu es condamné. Il faut fuir, entends-tu ! Tu vas te couvrir de ma soutane et sortir à ma place.

— Jamais je n'emploierai la ruse et le déguisement pour échapper à la mort, — dit Paul Duhamel avec fermeté.— Garde tes vêtements profanés.

— Tu es fou, — murmura le recteur hors de lui. — Allons ! hâte-toi, le temps presse !

Et aussitôt il voulut lui enlever l'écharpe de représentant que le patriote avait voulu porter pour marcher à la mort.

Mais à ce moment Brindejonc tressaillit et s'écria :

— Maudit tartufe ! tu ne nous feras pas mordre deux fois à l'hameçon. Va te gausser de nous en enfer, mon cadet ! Rira bien qui rira le dernier.

Et, saisissant un pistolet rouillé et hors de service qu'il avait trouvé dans un coin de la sacristie, il en asséna un coup terrible sur la tête du recteur.

Le malheureux ouvrit les bras, chancela comme un homme ivre, murmura :

—Frère, prends... ma soutane... sauve-toi...—et il tomba sur les dalles, raide et inanimé.

Mon père resta pétrifié d'horreur à la vue de cette scène tragique, qu'il n'avait pas eu le temps de prévenir.

Brindejonc le pressa alors de suivre le conseil du recteur, mais il lui répondit froidement :

— Le chef ne doit pas revenir vivant du champ de bataille où gisent ses soldats. Quant à toi, je t'ordonne de partir pour annoncer le désastre de cette expédition. Que les Vendéens ne mettent pas à profit la sécurité de nos généraux.

— Tu le veux, citoyen ? — dit Brindejonc.

— Je le veux ! — répliqua mon père.

Et tout fut dit entre ces deux républicains sincères.

Le représentant et le volontaire s'embrassèrent en pleurant, malgré leur stoïcisme. Puis Brindejonc endossa la soutane du recteur et parvint à tromper les gars chargés de veiller sur les prisonniers, et à s'éloigner de la chapelle de Kerbader.

Comme il ne connaissait pas le pays, il errait encore au hasard deux heures après, et se trouvait auprès de la maison qui me servait d'asile, lorsque de grandes rumeurs, se propageant sur la côte, lui apprirent qu'on avait découvert son évasion et qu'on était à sa poursuite.

Ces rumeurs m'effrayèrent, moi qui, immobile à la porte de la maison, attendais le retour du recteur et de mon père, qu'il m'avait promis de sauver.

J'allais rentrer lorsque je vis déboucher d'un sentier de traverse la soutane noire du prêtre ; je crus qu'on avait découvert son projet, et qu'il fuyait les paysans furieux. Je courus à lui.

Deux cris nous échappèrent en même temps.

— Brindejonc !

— Mam'selle Camille !

Les cris des gars se rapprochaient.

Je le fis rapidement entrer avec moi dans une *cache* secrète que m'avait révélée le recteur et qu'il avait fait pratiquer dans un mur de son habitation depuis le commencement des troubles.

Les gars entrèrent dans la maison et la fouillèrent inutilement.

Quelques jours après, nous nous mîmes en route, et à travers mille dangers nous parvînmes à la ville de Bressuire, qui était retombée en ce moment au pouvoir des bleus.

Brindejonc me ramena ensuite à Paris ; mais je ne tardai pas à quitter cette capitale, agitée par tant de bouleversements successifs, pour venir avec la bonne Marthe me réfugier dans cette solitude de Liverdun, son pays. Brindejonc retourna à l'armée de Vendée et servit sous les ordres de Hoche.

Il s'informa du sort de monsieur de Chavannes. On lui assura qu'il était passé en Angleterre, où sa cour assidue près des princes l'avait plus avancé dans leur faveur que ses services héroïques en Bretagne et en Vendée.

Depuis, je n'ai jamais entendu parler du comte Octave, mais j'ai précieusement gardé sa promesse de mariage, frêle souvenir dont la vue évoque à ma pensée tous les bonheurs et toutes les souffrances de ma jeunesse.

Ici s'arrêtait le manuscrit de madame Clavel. Cette lecture fit sur l'esprit naturellement poétique et romanesque de Gabriel une impression plus dangereuse que salutaire. Elle exalta l'imagination, les rêves fabuleux, et même les ambitions secrètes de ce jeune homme, et elle eut certainement une influence terrible sur la destinée qui allait s'ouvrir pour lui.

Peut-être tenterons-nous plus tard de raconter la vie du fils de Camille, si cette longue histoire, qui n'en est pour ainsi dire que le prologue, n'a point découragé la patience de nos lecteurs.

FIN DES MÉMOIRES D'UN ANGE.

TABLE

DES CHAPITRES CONTENUS DANS CET OUVRAGE.

FIN DE LA TABLE DES MÉMOIRES D'UN ANGE.

Paris. — Imprimerie J. Voisvenel, rue Chauchat, 14.

www.ingramcontent.com/pod-product-compliance
Ingram Content Group UK Ltd.
Pitfield, Milton Keynes, MK11 3LW, UK
UKHW020004100726
13658UKWH00002B/800